EIN SPIEGELBILD MIT FEUERSÄULE

GERTRUD FUSSENEGGER

EIN SPIEGELBILD MIT FEUERSÄULE

LEBENSBERICHT

Februar 1998

DEUTSCHE VERLAGS-ANSTALT

Die Deutsche Bibliothek – CIP-Einheitsaufnahme

Fussenegger, Gertrud:
Ein Spiegelbild mit Feuersäule: Lebensbericht /
Gertrud Fussenegger. – Neuauflage –
Stuttgart: Deutsche Verlags-Anstalt, 1994
ISBN 3-421-06677-9

2. Auflage 1994

Gesamtherstellung: Friedrich Pustet, Regensburg
Umschlaggestaltung:
Brigitte und Hans Peter Willberg, Eppstein
Printed in Germany

VORWORT

Am 12. Mai 1908 starb in der kleinen westungarischen Stadt Raab – heute Györ – eine junge Frau nach der Geburt ihres zweiten Kindes, eines Knaben. Ihr Name war Klara Fussenegger. Sie war die erste Frau meines Vaters.
Zehn Jahre zuvor war ein zwanzigjähriger Fähnrich der Infanterie bei einer Truppenübung nahe Villach in der hochgehenden Drau ertrunken.
Sein Name war Luis Battyek.
Als junges Mädchen hatte meine Mutter ihn gekannt. Er war ihre erste Liebe gewesen. Sie beweinte und betrauerte ihn und ging, sooft sie konnte, in sein Elternhaus, um seine Bilder anzuschauen und mit seiner Mutter über ihn zu reden.
Luis und Klara waren Geschwister gewesen.
Meine Eltern heirateten dann 1910.

So waren zwei junge Menschen gestorben, ehe meine Eltern zusammenkommen konnten. Erst deren Tod machte mein Dasein möglich.

DASEIN ist immer auch SO-SEIN, und SO-SEIN *eine* aus Milliarden Möglichkeiten. Wer hat entschieden, daß eben diese *eine* Wirklichkeit wurde? Was hat darüber entschieden?
Früher sagte man: Es war Gottes Wille.
Doch wieviel Willkür war seinem Willen damit zugetraut?
Heut sprechen wir von Zufall.
Doch woher fällt Zufall zu?

ERSTER TEIL
1912–1933

MENETEKEL

An einem der ersten Apriltage 1912 stach das größte schönste und schnellste Schiff, das je gebaut worden war, von einem englischen Hafen in See. Es fuhr mit Volldampf um das Blaue Band, die höchste Auszeichnung, die einem Schiff verliehen werden kann. Zwei Tage vor seiner projektierten Ankunft in New York, in der Nacht zum 15. April, wurde es vor der Küste von Neufundland von einem Eisberg gerammt und sank.

Die Nachricht von diesem Untergang versetzte die ganze zivilisierte Welt in Entsetzen, man sprach von einem Menetekel, man sprach von einer Lektion, die der auf ihren Fortschritt bedachten, von ihrem Fortschritt überzeugten zukunftstrunkenen Menschheit erteilt worden sei.

Auch meine Mutter entsetzte sich. Sie war eine kluge Frau, sie dachte: Mein Kind. Auch mein Kind ist mitbetroffen von Menetekel und Lektion.

Sie war in jenen Tagen im 9. Monat schwanger.

Am 8. Mai wurde ich geboren.

DAS NEST

Geboren wurde ich in Pilsen, im Hause meiner Großeltern, demselben, das ich in einem meiner Bücher als das Haus der Familie Bourdanin beschrieben habe; in einer Wohnung also, die vollgestopft war mit einem Wust altmodischer Möbelstücke, Gipsfiguren, Ahnenbilder und heroischer Erinnerungen, mit falschgehenden Uhren, halbblinden Spiegeln und laubgesägtem Ziergerümpel. In der Wohnung lebten neben dem alten tyrannischen Vater und dessen Frau Marie zwei unverheiratete Töchter, beide Lehrerinnen. Zeitweise tauchten auch die Söhne auf, Hubert-Roderich, der charmante Abenteurer und Hermann-Friedrich, der düstere Pflichtfanatiker. Alle diese Leute hatten das cholerische Temperament und die theatralische Vitalität ihres Vaters geerbt. Alle waren nicht nur von ihrem Selbstwert, sondern auch von der Einzigartigkeit ihrer Familie zutiefst durchdrungen, alle waren Originale oder doch dabei sich zu Originalen auszuwachsen. So ging es den ganzen Tag ziemlich laut und dramatisch zu. Obwohl jeder dem anderen das Erdenklich-Beste wünschte, um sein Wohl besorgt und dafür tätig war, so fühlte sich jeder doch durch den anderen mißverstanden, in seiner Freiheit beeinträchtigt oder sonstwie geärgert. Da gab es Streit zwischen den Männern, und bei den Frauen heftige und tränenreiche Szenen.

Warum meine Mutter gerade dieses Haus gewählt hatte, um entbunden zu werden, ist mir unbegreiflich. Aber sie hing wohl an dem Nest, in dem sie bis zu ihrem dreißigsten Jahr, bis zu ihrer Heirat gelebt hatte. Sie hing vor allem an ihrer Mutter, und sie fürchtete sich vor der Entbindung, aber nicht nur so wie sich jede Frau, auch heute noch, vor einer Entbindung fürchtet: Man hatte sie schon in jungen Jahren für geradezu unfähig erklärt, eine Schwangerschaft, eine Geburt zu überstehen: ihr Herz hatte einen schweren Klappenfehler. Man hatte ihr auch widerraten zu heiraten; vor jeder Anstrengung, vor jeder Aufregung habe sie sich zu hüten.

Nun war es so weit. Der jüdische Hausarzt Hoffmann lehnte es ab, die Verantwortung allein zu übernehmen. Er brachte einen Kollegen mit, Dr. Austerlitz. Dieser beschäftigte sich nur damit, den Kreislauf der Gebärenden zu observieren.

Während meine Mutter in den Wehen lag, kniete ihre eine Schwester Marie oder Marci in der Küche und betete lauthals einen Rosenkranz nach dem anderen.

Die zweite Schwester Anna oder Anci ging umher und beschwor die Ärzte mit gerungenen Händen, sich noch gründlicher zu säubern, die Instrumente noch länger auszukochen und das Neugeborene, wenn es erschien, ja nicht im ersten Bad zu verbrühen.

Alles ging gut. Um neun Uhr abends blickte ich zum erstenmal in das Licht der Welt, das heißt, ich wurde gebadet, bekleidet, mit einem Spitzenhäubchen versehen und in ein riesiges gleichfalls mit Spitzen besetztes Steckkissen eingefatscht – unter die hell-leuchtende Petroleumlampe des Wohnzimmers gebracht und der andächtig gerührten Familie präsentiert. Vermutlich störte mich das Licht und ich versuchte mit zusammengekniffenen Lidern und unter allerlei hilflosen Grimassen meinen Kopf abzuwenden, was die Frauen in hellen Jubel versetzte: – Sie lächelt ja schon, sie hat uns alle angelächelt.

Mein Vater war nicht zugegen. Er kam erst drei Tage später zu meiner Taufe.

Zugegen war aber schon ein kleines böhmisches Bauernmädchen, das man als Amme gedungen hatte. Sie saß abseits in einem Winkel und hatte zu warten, zu warten, zu schweigen und bereit zu sein, bis das kostbare Kind der Nahrung bedurfte. Niemand fragte sie, was sie dachte, wie ihr zumute war. Das eigene Kind hatte sie in ihrem Dorf in ihrer Familie zurücklassen müssen. Die Familie sorgte dafür, daß es starb.

Am vierten Tag nach meiner Geburt wurde ich im Hause meiner Großeltern auf die Namen Gertrud Anna Maria Emilie Antoinetta getauft.

Der Mann, der mich taufte, Pater Radek, war der Militärgeistliche des 35. Infanterieregiments in Pilsen. Bei diesem Regiment war mein Vater etliche Jahre stationiert gewesen.

Vor einiger Zeit hatte er sich in eine andere Garnison versetzen oder, wie der einschlägige Ausdruck lautete, transferieren lassen. Die Garnison war das galizische Neu-Sandez.

Als ich geboren wurde, war mein Vater Hauptmann, 45

Jahre alt; er war ein großer schlanker Mann mit rötlichem Schnurrbart und hellen Augen. In seiner Jugend war er sommersprossig gewesen, jetzt war er an Gesicht, Hals und Händen kupferbraun windgegerbt und sonnverbrannt. Seine Eltern stammten aus Vorarlberg, doch sie waren früh von dort weggezogen und hatten sich in Wien niedergelassen. Dort leitete der Vater meines Vaters ein kleines Kontor für den Verkauf Vorarlberger Seiden und Baumwollweben im Auftrag einer Firma, deren Eigentümer mit ihm verwandt war.

Sein Sohn, mein Vater, widersetzte sich dem Wunsch der Eltern, das Geschäft weiterzuführen.

Er wollte Baumeister werden oder Bauer oder Offizier. Er wurde Offizier, vielleicht weil diese Laufbahn den Eltern am billigsten kam.

Er begann als Einjährig-Freiwilliger, das war kein guter Start. So war sein Avancement nur mäßig. Auch seine Dienstbeschreibung ließ zu wünschen übrig. Er galt für eigensinnig, kritisch gegen seine Vorgesetzten, reserviert gegen seine Kameraden, als schwieriger Fall.

Erst im Krieg konnte er sich auszeichnen.

Da hatte er an der Südfront einen Bergstock in den Judicarien zu verteidigen. Er erfüllte seine Aufgabe mit Zähigkeit, Umsicht, unter Einsatz seiner Person und höchstmöglicher Schonung der ihm unterstellten Truppe.

Seine Untergebenen hatten nur eins an ihm zu beklagen: daß er nicht sprach. Er war wortkarg bis zur Wortlosigkeit.

Auch später blieb er wortkarg, nur mit meiner Mutter hörte ich ihn dann und wann längere Gespräche führen, und in seinen letzten Jahren sprach er auch mit meinem Bruder und mit mir. Doch immer mußte er von seinem Partner zum Reden veranlaßt und manchmal mit Geduld und Tücke verlockt werden. Trotzdem hatte er ein genaues und intensives Verhältnis zur Sprache (nur sah dieses Verhältnis ganz von ihm selbst ab). Er war ein großer Leser, er las täglich stundenlang bis in sein hohes Alter, ohne das Gelesene zu kommentieren. Wenn er einmal ein Urteil äußerte, war es streng und zutreffend.

ERSTE BILDER

Meine erste Erinnerung: ein Haus und ein Garten und in dem Garten ein Weiher und hinter der dunklen grünen spiegelnden Wasserfläche eine Mauer, mit Efeu bewachsen.

Auf dem Weiher bewegt sich ein Kahn. In dem Kahn sitzen zwei Buben. Sie ziehen die Ruder, sie fahren heran, ich kenne sie, einer von ihnen streckt den Arm nach mir aus und will mich ins Boot ziehen. Ich fürchte mich und flüchte, flüchte zwischen die Frauen, die hinter mir am Ufer stehen und plaudern, ich weiß nicht, wer sie sind, ihre Gesichter sind weit weg, hoch oben, nur ihre Röcke sind nah, faltig, elastisch, von innen durchwärmt. Zwischen ihnen: ein gutes Versteck. Irgendetwas Beruhigendes tönt von oben: – Nein, nicht in den Kahn, nicht auf den Weiher –, und eine tätschelnde Hand streift über meinen Kopf. Auf meinem Kopf sitzt ein Mützchen aus blauer Seide.

Das wars und nicht mehr: das erste Bild. Eins weiß ich mit Sicherheit: Ich war nicht älter als zwei, es war in Neu-Sandez, vor Kriegsbeginn. Im August flüchteten wir aus Neu-Sandez (und niemals bin ich wieder an den Ort zurückgekehrt), wir flüchteten vor der russischen Dampfwalze, wie es damals hieß, vor der riesigen ungeschlachten Übermacht aus dem Osten. Die Mutter flüchtete mit mir, meinen Halbgeschwistern und dem Kanarienvogel, der in einem kleinen Reisekäfig saß. Wir fuhren nach Pilsen. In Tarnow verabschiedete sich der Vater von uns um an die Front zu gehen. Weder von diesem Abschied noch von der Flucht ist mir ein Bild geblieben, nur der Käfig, der kleine Reisekäfig des Kanarienvogels prägte sich ein.

Auch so signalisiert sich Weltgeschichte.

– *Warschau ist gefallen* –, sagten die Großen, und das Kind horchte auf.

– *Warschau ist gefallen* –, sagten sie zueinander, und ihre Augen leuchteten dabei, und ihre Stimmen hatten einen Klang, wie ihn das Kind noch nie vernommen hatte. Am Abend wurde das Kind in eine fremde Wohnung mitgenommen und auf einen Balkon hinausgeführt, man hob es auf die Ballustrade und ließ es hinunterschauen auf die Straße. Da wogte etwas und brauste und über dem Wogen und Brausen schwankten Lichter und Flammen, Gesänge kamen heran und wurden sehr laut und zogen vorüber. Alle, die auf dem Balkon waren, winkten und riefen, auch das Kind winkte, und sein Herz klopfte stolz und bang.

Ein paar Tage später kam die Mutter von einer längeren Reise zurück, es war mitten in der Nacht, und das Getuschel der Erwachsenen weckte das Kind. Die Mutter näherte sich ihm und wollte es küssen, aber das Kind wies die Liebkosung der Mutter von sich, es richtete sich nur kerzengerade auf in seinem Bett und sagte: – Weißt du es schon? *Warschau ist gefallen* –, und dann plumpste es in seine Kissen zurück und schlief weiter.

Später sah es die Straße wieder, durch die der Fackelzug gezogen war, und wieder wogte die Straße von Menschen, aber ganz anders als das erstemal. Die Menschen bewegten sich nicht wie ein Strom unter Lichtern und Liedern, sie rotteten sich zusammen zu schwarzen brodelnden Schwärmen, sie jagten heran, schreiend, und stoben, wieder schreiend, auseinander. Reiter erschienen, in Helmen, auf tänzelnden Pferden, drohend, und vor einem Gebäude, in dessen Giebelfeld der doppelköpfige Adler steckte, standen Soldaten und hielten Gewehre mit aufgepflanzten Bajonetten vor sich hin.

Die Mutter drängte das Kind ängstlich vor sich her und in einen Torflur hinein.

– Warum schreien die Leute? – fragte das Kind, – und warum rennen sie hin und her? –

– Sie haben Hunger –, sagte die Mutter, – darum schreien sie , darum rennen sie, alle diese Leute haben Hunger und wollen Brot. –

Es war nicht lange danach, das Kind spielte zu Hause am Fenster und stellte seine kleinen buntgemalten Häuschen auf. Da dröhnte ein Schlag, daß das Kind rücklings bis in die Mitte des Zimmers taumelte und hinter ihm her flogen die Scherben und schlitterten über den Boden. Der Aschenkübel, der vor dem offenen Ofenloch gestanden, war umgestürzt, und die Asche war durch die ganze Stube geblasen.

Über dem Horizont aber stach eine *Feuersäule* in den Himmel, und jemand schrie aus dem Hof herauf: – Das war Bolewetz, Bolewetz ist in die Luft geflogen. –

Und gleich darauf zischte das Gerücht aus allen Winkeln: Die Arbeiter haben die Pulverfabrik gesprengt, damit der Krieg endlich zu Ende gehe, sie haben die Fabrik in der Mittagspause gesprengt, während sie in der Kantine beim Essen saßen, aber sie hatten den Zeitpunkt falsch berechnet, die Sprengung ließ auf sich warten, und die Frauen, die nichts wußten, die nicht eingeweiht waren und die zu warnen jetzt niemand mehr den Mut hatte, sie waren schon wieder hinübergegangen zu ihrer Arbeit, und nun lagen sie zu Hunderten unter den Trümmern.

Die ganze Stadt war in Aufruhr, denn noch stand der Pulverturm, das große Magazin voll Dynamit, ringsherum brannte der Wald, und wenn der Brand den Pulverturm erreichte, würde die ganze Stadt zusammenstürzen.

Der Pulverturm wurde gerettet und die Stadt wurde nicht zerstört, aber die *Feuersäule* blieb vor den Augen des Kindes stehen, eingebrannt wie es sie dort gesehen hatte, giftig gelbrot zuckend vor schwarzen Rauchgebirgen.

ARCHIPEL

Erinnerungen sind wie ein Archipel im Meer des Vergessenen. Anfangs liegt eine Insel allein, ringsum Lethe. Später taucht Insel neben Insel auf, Bilder zu anderen Bildern gereiht ergeben Zusammenhänge. Es wird schwierig auszuwählen und die wichtigsten Punkte anzupeilen; es ist auch nicht immer leicht, die Reihenfolge zu rekonstruieren.

Da helfen nur einmalige datierbare Ereignisse. Solche Ereignisse sind nicht nur Attentate und Katastrophen wie die von Bolewetz. Solche Ereignisse sind auch Sommerferien und Reisen. An ihnen bildet sich die Zeit ab. Im Jahr 16 in Böhmisch-Eisenstein im Nobelhotel Rixi; im Jahr darauf in einem tschechischen Dorf am Rand des Böhmerwaldes zwischen Taus und Furth, das Dorf hieß Babylon, der Bauer, der uns aufnahm, wurde Herr Schweiner genannt. (Offenkundig war der bei ihm immer noch käufliche Gänsebraten, waren Milch und Eier, Pilze und Erdbeeren wichtiger geworden als das Logis im Luxushotel und die Table d'hôte mit Silber und Kristall.) Im Jahr 18 wollte uns Herr Schweiner nicht mehr aufnehmen, er getraute sich nicht mehr, weil wir Deutsche waren. So krochen wir im Erzgebirge unter, dort hofften wir auf die Hilfe eines befreundeten Arztes, der uns versprochen hatte, Kartoffeln und Brot zu beschaffen. Aber die Hoffnung trog. Das ausgesogene Land gab nichts mehr her.

Wir reisten viel, warum und wozu kann ich heute mit Sicherheit nicht mehr sagen. Vermutlich waren wir zumeist nach Nahrungsplätzen unterwegs. Selbstverständlich fuhr man damals mit der Eisenbahn, zuerst fuhren wir in den roten Samtcoupés der ersten, dann in den grünen Plüschcoupés der zweiten Klasse. Später gewöhnten wir uns an die harten Holzbänke der dritten, auch die vierte haben wir dann und wann ausprobiert.

Eine Reise war ein großes Unternehmen. Man reiste mit Unmassen von Gepäck, unförmigen Koffern und abenteuerlich verschnürten Paketen. Man war lange unterwegs, mußte häufig umsteigen, in jeder größeren Station war der Zug zu wechseln. In einer kleinen schwarzen Blechkiste wurde Proviant mitgeführt. Aus einem Thermophor schenkte uns die Mutter Tee und Limonade aus. Manchmal kauerte man eine halbe Nacht in einem dreckigen Warteraum oder auf dem Bahnsteig auf einem der Collis. So habe ich Linz und Wien, Salzburg und Prag zum erstenmal erlebt, als zugige finstere oder nur düster erleuchtete Bahnhöfe, mit verrotteten Mauern, zerschlagenen Fenstern, heruntergefetzten Fahrplänen. Militärzüge donnerten vorüber, biwackierende Truppen kochten zwischen den Geleisen ab. Dazwischen krochen abgewrackte abgehärmte und ausgehungerte Menschenschlangen unter der Last ihrer Habseligkeiten dahin. Einmal erschrak ich furchtbar, als ich – auf einem Bahnsteig stehend und von meiner Mutter beordert, das Gepäck zu hüten – sah, wie plötzlich eine

Flügeltür aufsprang und eine Masse daraus hervor und auf mich zustürmte, vornedran ein Mann mit einem riesigen Bombardon. Daß ich nicht niedergestoßen und zertrampelt wurde, muß ich ein Wunder nennen. Die Masse stürmte einen Zug, der soeben eingefahren war. Noch ehe er alle Leute aufgenommen hatte, die hineinwollten, fuhr er wieder los. Die Menschentrauben klammerten sich schreiend an Türen und Griffe. Je mehr Fahrt der Zug gewann, desto schneller fielen sie von ihm ab. Einige strudelte es neben die Räder, was sonst noch geschah, sah ich nicht mehr. Meine Mutter war zurückgekehrt und hielt mir die Augen zu.

So also war der Anfang, der eben noch erinnerte Anfang meines Lebens: zwischen Siegesfeiern, von denen ich nichts begriff, und Revolten, bei denen ich das Fürchten lernte, und immer umschwirrt von Reden über Krieg, Hunger, Seuchen und Tod; die Welt ein Horizont voll dunkler Wolkengebirge, aus denen Blitze zuckten, Donner rollten, fernes Schauspiel. Innen aber etwas ganz anderes: die sichere gepolsterte abgeschirmte Zelle, das eigene Dasein: das bemalte Kinderbett, der Puppenwinkel, Weihnachtsbäume; prächtig bebilderte Bücher zwischen goldgepreßten Deckeln, Pompadours aus Glasperlen, posamentierte Kleider; Spaziergänge an der Hand, immer an der Hand.

Gesichter von Personen tauchen erst später auf, noch später zeigen sich genauere Umrisse einzelner Charaktere. Personen waren für mich damals eher etwas wie atmosphärische Erscheinungen, Wolken- oder Wetterlagen: Die Großmutter wie ein milder segenträufender Maienhimmel, desgleichen meine Tante Marci; von der Mutter blies ein strengeres kühleres Klima, mitunter scharfer Gegenwind. Der Großvater, finster, bedrohlich, ein ständiges Sturmtief, vor dem sich die ganze Familie duckte, nur ich nicht, – mich liebte der alte Tyrann; der Vater, zumeist im Feld, ein bleiches fernes Nordlicht, selten sichtbar. Selbst die Geschwister schienen mir irgendwie fern und ungreifbar; die vier Jahre, die mich vom Bruder, die acht Jahre, die mich von der Schwester trennten, legten einen Graben zwischen uns: an gemeinsame Spiele kann ich mich kaum erinnern.

Dafür zog es mich, rätselhaft und übermächtig, in andere Gemeinsamkeiten; es zog mich in Küche und Kammer hinaus, auf Treppen und Pawlatschen, da waren die Mädchen, die böhmischen Dienst-, Kinder- und Küchenmädchen, die Mařenkas und Haničkas, junge und ältere, lustige, die gerne kicherten, andere, die gerne seufzten und sentimentale Lieder sangen, blasse, müde und abgewelkte, und solche, denen die Lebenslust aus den Augen spritzte. Bei ihnen war ich gern, hier fühlte ich mich wohl, was wars, was mich zu ihnen zog?

Längst war die Amme entlassen, aus meinem Gesichtskreis verschwunden, und wäre sie nicht auf einem der wenigen Familienphotos mitpräsentiert, wer weiß, ob ich je von ihr gehört hätte? Denn meine Mutter hegte keine Sympathie für die dralle Dunkeläugige, unter zusammengewachsenen Brauen Finster- und Starrblickende, und möglicherweise hätte man sie mir verschwiegen. So aber erfuhr ich von ihr, sie war nicht wegzuleugnen, da im Familienalbum vertreten. Sicher behielt ich etwas von ihr, nicht Erinnerung kann man es nennen, doch einen Nachklang davon, eine Art Schleppe, die sich von ihrer Gestalt durch mein Bewußtsein zog, ein Nachgeschmack süß, milchig, Nachgefühl von Wärme und Wohl-Lust. Vermutlich war es das, was mich immer wieder aus den Vorderzimmern in die Hinterstuben, in Kammern und Winkel trieb, zu den Mädchen vom Land, zu ihrem Geschäker und Geschwätz, zu ihren simplen Liedern und primitiven Späßen, und auch, da sie doch allesamt tschechisch sprachen, zu ihrer fremden Sprache.

(Mir ist dieser Hang geblieben: das Immer-wieder-Eintauchen-Wollen in das einfache Leben, Rückzug aus den vorderen Zimmern, Fluchtweg ins Ammendunkel).

Aber ich sollte nicht: es war mir verboten, mich dort herumzutreiben; und wie es gewiß von meiner Amme geheißen hatte: *Das leichtfertige Tuch!* (denn ihr Kind war ja ledig geboren), so hieß es jetzt auch wieder von den meisten Mädchen: *Leichtfertiges Tuch!* Und – Was hast du bei denen zu suchen? –

So blieb mir wohl nichts anderes übrig als einen anderen Weg zu gehen, den viel unkontrollierbareren Weg der Phantasie. Hier suchte ich meinen Umgang und fand mich reichlich beliefert. Da waren die Märchenbücher, aus denen man mir vorlas, und die Bilder in diesen Büchern, deren Kommentierung man mir nie verweigerte: zuerst einmal Rotkäppchen und der Jäger und der entsetzliche Wolf, die verzauberte Prinzessin, die vom Drachen bewacht wird, Dornröschen und die Schwester mit den sieben Raben. Aber auch Isaak ist dabei, der geschlachtet werden sollte auf dem Berg Moria und der es sich ohne Mucksen gefallen ließ, auf den Opfertisch gelegt zu werden. Je behüteter mein Kinderalltag verlief, desto weiter und rabiater schweifte meine Phantasie in Räume des Außergewöhnlichen und Schauderhaften. Dieses Schweifen war mir ein Ersatz für alles, was ich nicht durfte: für das Geplänkel mit den böhmischen Mädchen und für die anderen kleinen Abenteuer, die sich weniger behütete Kinder Tag um Tag zu verschaffen wissen. Bei mir kein Darandenken: Querfeldeinrennen, Über-Bäche-Springen, geschweige denn Auf-einen-Baum-Klettern, alles verboten. Ich war in Watte gewickelt: das kostbare Juwel, das keinen Kratzer abkriegen sollte. Warum denn nur?

Es lag an der Familiengeschichte, an der mütterlichen natürlich: sie war präsent, sie war dominant. (Ich könnte sagen: ich hatte sie auszubaden.)

Meine Mutter war das zweitjüngste Kind von sechs Geschwistern, drei Buben, drei Mädchen. Der älteste Sohn erschoß sich mit Fünfzehn. Zwei Töchter blieben unverheiratet, und die Ehen der beiden jüngeren Söhne, des – wie nannte ich sie vorhin? – des charmanten Abenteurers Hubert-Roderich und des Pflichtfanatikers Hermann-Friedrich, waren unerfreulich und ohne beträchtlichen Nachwuchs zu Ende gegangen.

So lief das Leben in schmalem Bett, ein dünnes Rinnsal. Von einem Halbdutzend Kinder hatten meine Großeltern drei Enkelinnen, das war nicht viel, und auf zweien von ihnen, den Sohneskindern lagen die Schatten der mißglückten Ehen, genauer gesagt, die Schatten der für unleidlich, ja, sogar für verderbt gehaltenen Schwiegertöchter: sie zählten nicht, waren nicht anerkannt.

Da war dann nur das Tochterkind übrig, das einzige, das akzeptiert, das geliebt, gehätschelt wurde: ich. In diesem Sinne war ich Alleinkind, nicht meiner Eltern, dafür einer vielköpfigen Familie.

Nach mir langten die Lebenstriebe, die sonst keinen Halt gefunden hatten, sie suchten mich zu umranken, mich einzuspinnen.

Was meine Geschwister betrifft, die von meiner Mutter erheirateten, – hier lief nun manches durcheinander: sie waren zwar aufgenommen, dennoch blieben sie Fremde. Sie wurden mit Freundlichkeit traktiert, doch die Freundlichkeit entsprang einem Vorsatz und nicht der Natur: Die Distanz war kaum einzuschmelzen.

Das kleine Mädchen Irmgard fühlte das deutlicher als der Junge. Irmgard ging ihrerseits auch auf Distanz. Dem kleinen Jungen Erwin gegenüber taute die Fremdheit zeitweise bis auf Reste ab.

So war eine meiner Tanten, Marci, meinem Bruder herzlich zugetan. Immer hatte sie für ihn und mich die gleichen Leckerbissen bereit (und wenn es damals im Krieg auch nur schauderhaft leimig schmeckende, mit Sacharin gesüßte Kringel waren). Unermüdlich strickte sie ihm Strümpfe, und ich habe ihre Stimme heute noch im Ohr, wenn sie, den Strickstrumpf in der Hand, hinter ihm herlief, um den Sitz der Ferse und die Länge der Spitze an ihm zu probieren: – Zeig er mir Seine Hufe, Bürschl, ich bitt Ihn. Ich glaub, Seine Hufe sind schon wieder gewachsen. –

Mit Wohlwollen wurde in der Familie Häßler registriert, daß sich der kleine Junge so leidenschaftlich an seine Stiefmutter, meine Mutter, anschloß, daß er stundenlang schrie und weinte, wenn sie außer Haus war; nicht vergessen wurde es ihm und es wurde immer wieder und wohlgefällig wieder erzählt, daß Erwin bei einer solchen Gelegenheit so untröstlich gewesen sei, daß sogar der alte Großvater gerührt durch seinen Jammer in die Stadt gegangen war, um Schokolade und eine Trompete zu kaufen. Aber nicht einmal Trompete und Schokolade vermochten Erwins Schmerz zu stillen, verzweifelt schrie er weiter, spuckte die Schokolade in die Trompete und schluchzte, bis die Ersehnte zurückkam.

Solche Untröstlichkeit wurde meinem Bruder als Verdienst angerechnet.

Trotzdem ging es ihm schlecht, wenn er sich einmal an mir vergriff oder wenn er mir auch nur einmal aus Versehen einen Schaden zufügte, mich beim Laufen zum Beispiel auf das Pflaster stieß, daß ich mir die Nase blutig schlug.

Da ging ein furchtbares Donnerwetter über ihn nieder.

Einmal als ich mich an unreifen Pflaumen überessen hatte und nachts die ganze Bescherung von mir gab, da wurde der Achtjährige von Tante Anci aus dem Schlaf gerissen und durch die nächtliche Stadt nach dem Hausarzt geschickt. Als dieser nicht auffindbar war und der Junge zurückkam, jagte sie ihn zum zweitenmal in die Stadt um einen anderen Arzt.

Der Doktor kam, ein fremder, den Tante Anci nicht kannte. Plötzlich fand sie es bedenklich ihn bei mir einzulassen. Er könnte mich erschrecken, fand sie, oder mir Bazillen bringen, vor Bazillen fürchtete sie sich sehr.

So durfte er nur bis an die Tür kommen und einen Blick auf mich werfen von weitem, ich schlief, erleichtert von meinen Pflaumen, schon selig-rosig und tief wie ein Sack.

Der Arzt schüttelte den Kopf. – Dann ging er. Ich denke, mein Bruder kroch, bibbernd vor Übernächtigkeit, wieder auf seine Matratze.

Mit riesigen schwarzen rollenden Augen bewachte mich meine Tante Anci, als wir einmal auf einem Ausflug ins Gebirge kein Quartier mehr fanden und in einem Heustadel übernachten mußten. Ich befand mich sehr wohl unter meiner Pferdekotze und hätte gerne geschlafen, sie aber betastete mich wohl ein Dutzendmal in der Nacht und beschwor mich mit raunender Stimme: – Du schläfst doch, Kind, ja, schläfst du doch? –

Und wenn ich, schon als Erwachsene wegfuhr von Pilsen und am Waggonfenster stand und ungeduldig darauf wartete, daß das Abfahrtszeichen gegeben wurde nach so vielen Bitten, Ratschlägen und Ermahnungen, die ich anzuhören hatte, und wenn mir die Tante schließlich bei schon rollenden Rädern noch zurief: – Gib acht, daß der Zug nicht entgleist –, so waren das wohl alles Tänze, Tänze rund um den einzigen Lebensspröß, der zählte, Tänze ebenso gebieterisch durch Liebe und Sorge diktiert wie durch die Lust am komödiantischen Auftritt; denn diese Lust war stark.

Und die Familie lebte schon ihre eigene Saga.

DIE SCHULE

Ich weiß, ich weiß: wer heute etwas auf sich gibt, hat zu klagen, hat anzuklagen, zu verfluchen, was ihm da zustieß, was ihm da angetan wurde, wie er gequält war. Er lernte kuschen. Er lernte zittern. Er lernte die Hand unter den Rohrstock des Lehrers halten.

Auch ich. Natürlich lernte auch ich. Was lernte ich?

Angst. Angst vor dem Gewühl fremder Wesen, vor Geschrei, Gepuff, Geknuff. Angst mich nicht auszukennen, wer will wohl, wer will böse? So viele fremde Namen, immer wieder, (denn ich wechselte die Schulen wie die Hemden). So viele Gesichter, nie gesehen. Eine Sprache, die ich nicht verstand, denn sie war Mundart. Gelächter ringsum, wenn ich den Mund aufmachte, denn da wars Hochdeutsch. Ich in anderen Kleidern als die anderen, mit einer anderen Frisur als die anderen, mit einer anderen Schultasche als die anderen. Sprache, Kleider, Frisur, Schultasche, alles immer anders – und damit Ziel des Spottes.

Erst wenn die Schulglocke schrillt, ist Hoffnung, daß es aufhört. Erst wenn der Lehrer hereinkommt, ist Erlösung: jetzt müssen alle an ihre Bänke, müssen stramm stehen, beten. Dann hocken sie auf ihren Plätzen, haben keine Blicke mehr für mich, kein Bein, das sie mir stellen, kein Spottwort, das sie mir zurufen könnten. Jetzt ist der Lehrer da. Er hält Ordnung. In dieser Ordnung ist auch ein Plätzchen für mich, Freiraum, den mir niemand streitig machen kann: Schiefertafel, Griffel, Fibel, Rechenbuch. Das Lesestück – ein Kinderspiel. Das Einmaleins – zur Not gekonnt. Am schönsten: Die Biblische Geschichte. Sogar der Katechismus macht Spaß.

Sag ich eben: ich wechselte die Schulen wie die Hemden, so wars, weil wir jeweils umzogen: von Pilsen nach Vorarlberg, von Vorarlberg nach Tirol. Von der Telfer Volksschule wechselte ich in die Pfaffenhofener Klosterschule; dann zwei Jahre lang Privatistin; dann ein Jahr Realgymnasium in Innsbruck. Dann der Tod der Mutter – und ab nach Pilsen: eine Klasse übersprungen, von der dritten in die fünfte. 1930 Matura.

Aber mit diesen Wechselbädern war es noch nicht getan. Was heute niemandem mehr einfiele, wurde damals praktiziert, in unserer Familie jedenfalls, die sich nie um Vorschriften kümmerte, Vorschriften nie zu Zwängen ausarten ließ: alljährlich wurde ich – mitten in der Schulzeit – mindestens auf vier, oft auf sechs Wochen einfach umgepflanzt. Meine Mutter reiste nach Böhmen zu ihren Eltern und nahm mich mit. Oder wir gingen schon im Mai aufs Land, da fragte niemand, ob das erlaubt sei, ob es mir zugemutet werden könnte. – Sie wird es schon nachholen –, hieß es. – Sie macht das leicht. Und die Tanten werden sie unterrichten. –

Ja, die Tanten: dieselbe, die bei meiner Geburt lauthals Rosenkranz gebetet hatte, kniend in der Küche; und die andere, die die Ärzte beschworen hatte, das Neugeborene nicht zu verbrühen; zwei Lehrerinnen, beide meine Taufpatinnen, beide meine Nebenmütter.

Von ihnen wird noch viel zu erzählen sein.

Beide hielten mich – leider – für das gescheiteste Kind der Welt. Beide erzogen mich mehr zum Phantasieren als zum Lernen. Beide waren von meinen Leistungen, auch wenn sie nur höchst dürftig waren, über die Maßen entzückt.

Das hatte ich dann zu büßen in der Schule.

Wer ermißt das Elend, das das Kind befällt, wenn es zur Not addieren kann und plötzlich mit Dezimalzahlen multiplizieren soll? Wer ermißt die Schrecknisse einer Schularbeit, in der alle Beispiele wie spanische Dörfer sind? Glühendes steigt auf: Versagen. Alles brennt: die Ohren, der Nacken, der Rücken bis zum Gesäß. Aus den Achselhöhlen rinnt der Schweiß. Die Gedanken schlierig, schwer und verworren, alles Gewußte – noch gestern Gewußte – zerronnen. Jede Überlegung verheddert sich. In Todesangst fühlt man die Minuten verrinnen, da ist keiner, der hilft, keiner, der helfen kann, die Augen der aufsichtführenden Lehrperson wandern über die Klasse, bleiben auf einem stehen, fragend, bedauernd. Na, was ist los mit dir? Du schreibst nicht? Aha. Aha!

Andernteils: Wer ermißt das Glück, wenn alles klappt, und es gibt allerlei, was klappt, fast immer klappt: Geographie, Geschichte, Sprachen, Religion. Und deutscher Aufsatz, natürlich deutscher Aufsatz.

Das Thema ist gestellt, du sitzt da, denkst nach. Was geschieht in deinem Kopf?

Jedes Thema kann so oder so oder soundso angefaßt, aufgebaut, durchgeführt werden. In deinem Kopf ist ein Wirrwarr, aber dieser Wirrwarr ist nicht dumpf und schwer, schlierig und quälend wie bei der Mathematik-Schularbeit, es ist ein leichter Wirrwarr, er summt, aber nicht dröhnend und betäubend wie dort, sondern hell und kampflustig und dann zielbewußt. Denn aus dem So oder So hat sich ein einziges SO herausgeschält, manchmal ist es auch mit einem hohen sirrenden Ton herausgesprungen, nun ist es da und steigt, steigt, zieht seine Bahn, genau und leuchtend. Ja, oh ja. Oh ja. Der erste Satz. Der zweite Satz. Die Feder rennt. Die erste Seite, die zweite, die dritte. Auch rechts und links von dir wird geschrieben, du merkst es nicht, nur dann und wann, wenn neben dir geseufzt, gestöhnt, geächzt wird, wenn auch die beste Freundin immer wieder am Federstiel kaut, schaust du flüchtig hin: Ach, die Dummen. Ach, diese Langweiligen. Du verachtest sie. Sogar die beste Freundin. Schlimm.

Wenn dann die Arbeit zurückkommt, benotet, siehst du dem Austeilen der Hefte mit einem leicht wippenden, kaum zu verbergenden Triumph entgegen. Wird es heute wieder heißen: Hervorragend? Wird der Aufsatz wieder vorgelesen werden? – Nein? Diesmal nicht? – Ein winziger Stich, aber ein Stich ins Herz. Achselzuckend schiebst du das *Sehr gut* beiseite.

Unersättlich. Unersättlich.

Du bist kein guter Mensch.

NOCH EINMAL: DIE SCHULE

Der erste Unterricht, den ich genoß, war Privatunterricht. (Extrawurst also. Warum Extrawurst? Warum haben mich die Meinen bloß immer auf Extrawurst getrimmt?)

Meine Tante Marie oder Marci genannt, übernahm ihn. Sie, Lehrerin wie gesagt, war damals das erste Jahr im Ruhestand (Jahr 18/19: viele deutsche Schulen waren geschlossen, viele deutsche Lehrer entlassen worden).

Wir wohnten damals im ersten Stock des großväterlichen Hauses, sie im zweiten.

Da sie gern spät aufstand, begann der Unterricht nie vor zehn Uhr. Wir fingen damit an, daß wir hinter dem Lehnstuhl des Großvaters niederknieten und laut ein ausführliches Morgengebet sprachen. Dann durfte ich meine Hefte und Bücher auf dem Wohnzimmertisch auspacken.

Nun hätten wir beginnen können.

Da erhob sich der Großvater aus dem Lehnstuhl und sprach: – Marci, was ich sagen wollte ... –

Was folgte, wußten wir alle. Wenn der Großvater *etwas sagen wollte*, war das ein Auftrag, und der Auftrag zielte meist dahin, daß er seine Tochter in die Stadt schickte. Er selbst ging kaum noch aus. Also mußte sie gehen: auf die Bank, auf den Magistrat, ins Bürgerliche Bräuhaus, zu Verwandten, irgendwohin.

Die Tante erhob sich gehorsam. Denn wenn sie sich nicht gehorsam erhoben hätte, wäre ihr das übel bekommen. Überdies ging sie gerne spazieren.

Manchmal nahm sie mich mit.

Manchmal blieb ich auch bei meinen Büchern sitzen, vor allem, als ich schon lesen konnte: ich las die Fibel, Strabanzerchen und die Erzählungen von Christoph von Schmid. Ich las eine Reihe von Büchern von Christoph von Schmid. So wurde ich mit Sentiment und Moral eingezuckert. Ich lernte auch Verse auswendig. Da erzählte ein Gedicht von einem Mädchen, das gut lesen konnte:

> Die schwierigsten Wörter liest glatt sie und nett,
> wie Skagerak, Skizze, Skunks und Skelett.

Das merkte ich mir, mit Wonnegefühlen. Das Einmaleins dagegen – harte Pflicht.

Im Sommer 1919 übersiedelten wir nach Dornbirn. Dort ging ich zum erstenmal richtig zur Schule. (Siehe oben!) Wir hatten eine junge Lehrerin. Sie hieß Agathe Schöch. Sie wurde sehr wichtig für mich. Sie war der erste Mensch, der, nicht zu meiner Familie gehörend, auf mich Einfluß nahm. Sie *wollte* auch Einfluß nehmen.

Ich versuche die Sache so zu sehen, wie sie sie gesehen haben mag. Sie kam selbst soeben erst von der Schule, von einer Klosterschule, fromm erzogen, eine strenge Katholikin. Ihre Welt war eine hermetisch geschlossene Welt, nur nach oben offen zu Kirche, Glaube und – nach dem Tod – zur ewigen Seligkeit.

Nun unterrichtete sie zum erstenmal, sicher voll guten Willens, sicher voll gespannter Erwartungen; sie wollte die Kinder, die vor ihr in den Bänken saßen, nicht nur in Lesen, Schreiben und Rechnen drillen, sie fühlte sich verpflichtet, ihr Seelenheil zu besorgen.

In dieser Klasse: zwanzig Buben, zwanzig Mädchen, alle aus Dornbirn Oberdorf, Steinebach, Fußenegg, Watzenegg und wie die Weiler sonst noch hießen und heißen.

Unter den vierzig eine eben Zugereiste. Die *Andere*.

Zwar: der Name ist gut Dornbirnerisch, aber die Kleine ist in Böhmen geboren, spricht das böhmische Deutsch, sieht verwöhnt aus, ist trotzdem schüchtern, errötet jedesmal, wenn man sie anspricht. Ein nettes Kind, aber vom heiligen katholischen Glauben weiß sie so gut wie nichts. Sie weiß nicht, wer der Papst ist. Sie weiß nicht, daß man – unter Auflage einer Todsünde – am Sonntag zur Messe zu gehen hat. Sie weiß nichts von Lourdes, nichts von Reliquien, von Märtyrern. Sie kennt nicht den Rosenkranz. Eine Rorate – was ist das? Und Weihwasser – was macht man damit?

Agathe Schöch ist entsetzt. Wie ist dieses Kind erzogen worden? War denn da niemand, der es am Sonntag mitnahm zur Kirche? Der ihm vormachte, wie tief eine ordentliche Kniebeuge und an welchen Stellen der Kirche eine solche anzubringen sei? Niemand der ihm beigebracht, wann schwer, wann läßlich und wann himmelschreiend gesündigt wird?

Nichts weiß dieses Kind (ist aber begierig zu wissen).

Woran kann das liegen?

Es liegt an den Eltern, selbstverständlich. Der Vater: ihn bekommt die junge Lehrerin kaum zu Gesicht. Aber die Mutter, die schon: Eine feine Dame. Eine *Dame,* das will Agathe nicht bestreiten. Aber was ist das schon, eine Dame? Hat sie deshalb schon eine Fahrkarte in den Himmel? Mitnichten. Also imponiert sie Agathen nicht.

Die feine Dame findet nichts dabei, am Sonntag von der Messe wegzubleiben.

Die feine Dame gibt offen zu, daß es nicht Sitte ist in ihrem Haus vor Tisch zu beten.

Die feine Dame meint: – Was haben Sie nur, Fräulein Schöch? Das sind doch nur Äußerlichkeiten. Auf die Frömmigkeit des Herzens kommt es an. –

Die junge Lehrerin schweigt, schlägt die Augen nieder und schweigt. Aber im Inneren denkt sie: Meine Trudi hol ich mir schon. Und sie holt sich ihre Trudi.

BEI AGATHE

Bei Agathe ging mir eine Welt auf. Wahrscheinlich hatte ich nach dieser Welt schon lange Ausschau gehalten und irgend etwas hatte ich ja schon früher erhascht: *Warschau ist gefallen.* Oder die *Feuersäule*... Aber erst jetzt bei Agathe ging mir eine WELTORDNUNG auf.

Die hatte man mir vorher verstellt: – Kind, das verstehst du nicht. – Und weil *Weltordnung* auch *Dunkles* einordnet, hatte man mir die Aussicht dahin mit rosaroten Gardinen verhängt:

– Kind, schau nicht hin! – Man hatte mich bis jetzt in Watte gepackt:

– Kind, halt dich nur ruhig und sei lieb. –

Aber ich wollte hinschauen, verstehen, und auf das Ruhighalten und bloße Liebsein, so kam mir nun vor, konnte man pfeifen.

Ich wollte etwas anderes: eben WELTORDNUNG. Die Weltordnung des christ-katholischen Glaubens.

Nun saß ich bei Fräulein Schöch und las in dicken schwarzgebundenen Büchern von Heiligen, die als Märtyrer für ihren Glauben gestorben waren. Sogar Kinder waren unter diesen Märtyrern, und das war herrlich.

Freilich: Alles, was da erzählt wurde, mochte vor sehr langer Zeit geschehen sein. Doch es leuchtete mir ein. Kinder glaubten und wurden am Glauben gehindert von Müttern, Vätern, Onkeln und Tanten. Sie sollten, weil das so Sitte war, den heidnischen Götzen opfern. Sie sollten in heidnischen Tempeln unanständige Bilder ansehen, am Freitag Fleisch essen oder sonst etwas Furchtbares tun. Aber diese Kinder setzten sich zur Wehr, sie glühten vor Liebe zu Jesus. Sie weigerten sich standhaft und ließen sich vergeblich anflehen: – Kind, halte still und sei lieb! – Am Ende ließen sie sich rädern, mit glühenden Zangen zwikken, in Öl sieden, von Löwen zerfleischen.

Ach, wie herrlich war das!

Ich war sofort entschlossen, ebenso liebeglühend an Jesus zu hängen, ebenso mutig und ebenso intransingent zu sein.

Das alles hört sich spöttisch an, aber es ist nicht spöttisch gemeint. Ich merkte, und das hat mich Fräulein Schöch gelehrt, es gibt einen Ernst. Einen anderen Ernst als nur Krieg und Krankheit und Zusammenbruch, als Hunger, Seuche und Flucht. Es gibt einen Ernst, der von hier nach dort reicht, von der Erde zum Himmel, der nie begonnen hat und nie enden wird. Der den Einzelnen, auch das Kind, in seine Pflicht nehmen kann, nehmen will, nehmen muß. Ideologie nennt man das heute. Der Glaube, nannte man es damals. Ich sage: System.

Meine Mutter war nicht entzückt über ihre plötzlich systembesessene Tochter; nicht entzückt, wenn sie mich spät abends, vor meinem Bett auf dem nackten Boden kniend eingeschlafen fand, den Rosenkranz in den Fingern; nicht entzückt, wenn ich plötzlich lieber in Gebetbüchern las als in Grimms Märchen und Christoph von Schmid. Und als ich einmal, aus der Kirche heimkehrend, nicht aufhören konnte in meinem Gebetbuch zu lesen und dabei über die steinerne Kirchentreppe purzelte und mir beide

Knie blutig aufschlug, sagte meine Mutter nur ganz trokken: – Geschieht dir recht. Warum bist du so bigott? –

Vor Bigotterie hegte meine Mutter einen heftigen Abscheu. – Ich könnte dir alles verzeihen –, sagte sie einmal, – nur das eine nicht, wenn du ins Kloster gingest. –

Dabei war meine Mutter das, was man heute eine fromme Frau nennen würde. Doch wie sie es daheim gelernt hatte und wie das so üblich war in weiten Kreisen des deutsch-böhmischen Bürgertums: Religion hatte man, indem man auf mehr prätendierte als auf Konfession. Konfession galt für Form, den Inhalt meinte man selbst leisten zu können. Mit Gott verkehrte man nicht zeremoniell in liturgisch geregelter Audienz. Mit Gott verkehrte man in traulichem tête à tête und auf Du und Du. Und wenn man einmal an Gott nicht glauben konnte, na gut: dann war man eben *weltfromm.* (Das begann bei Goethe und endete auf der Schneekoppe oder allenfalls vor der Sixtinischen Madonna in Dresden).

Zur Kirche ging man auch, mindestens die Frauen gingen zur Kirche, einmal zur Maiandacht, einmal zu Weihnachten und am Karfreitag um drei Uhr nachmittags. Weder am Karfreitag noch am Aschermittwoch durfte im Hause Klavier gespielt werden. Und zwischen Christfest und Neujahr durfte keine Wäsche am Dachboden hängen, sonst starb eins aus dem Haus, unbedingt.

An diesem Limit erlag die Aufklärung. Da begannen die Archetypen.

Wenn ich heute an den zumeist milden Liberalismus der Pilsner Bürger denke, so meine ich die Gründe, die Hintergründe zu kennen: Die Deutschen glaubten sich den Tschechen überlegen. Der Klerus war zumeist tschechisch, Weltgeistliche und Ordensleute Söhne von tschechischen Bauern, Kleinhäuslern und Handwerkern. Sie tauften, lasen die Messe und begruben. Auch die Letzte Ölung zu spenden wurden sie dann und wann zugelassen. Daß man aber auf sie gehört, sie um Rat gefragt, ihre Lehren ernst genommen hätte, das war undenkbar. Auch mit der Tonsur waren sie nichts weiter als kleine Wenzel, auch im Rauchmantel blieben sie Domestiken. (Das rächte sich später, im Jahr 45. Da erhob sich kaum eine Stimme von seiten der tschechischen Geistlichkeit gegen das große Massaker. Heimgezahlt wurde mit Schweigen, hier und an anderen Stellen.)

Nun waren unsere Familien in ein Land übersiedelt, wo die Dinge anders lagen als in Böhmen: hier hatte man *gegenreformiert,* und zwar nicht mit Gewalt, sondern mittels einer jahrhundertelangen jesuitisch-minuziösen Seelenbetreuung, hier war die Kirche lange auch der Träger der Bildung gewesen. Hier fand man es selbstverständlich, daß der Geweihte auch das Sagen hatte. Hier wäre niemandem so leicht beigekommen zu sagen: – Alles könnte ich dir verzeihen, nur das eine nicht, wenn du ins Kloster gingest. – Hier lernte man um, aber langsam.

MEINE SPIELE

Ich hatte als Kind eine Menge Spielzeug, Bälle, Bausteine, Puppen; Puppenkleider, Puppenküchen, Puppenhäuser. Aber wenn ich mich an meine Spiele erinnere, denke ich nicht an die. Ich denke an den Brunnen in unserem Telfer Garten.

Was war das für ein Brunnen? Nichts weiter als ein Faß, halb in die Erde eingelassen, darüber ein Wasserhahn, auf ein eisernes Rohr montiert, nüchtern armselig, aber mein liebstes Spielwerk.

War meine Freundin Helena da, konnten wir auf dem Brunnen schwammreiten. Warum das *schwammreiten* hieß? Keine Ahnung. Vielleicht hieß es richtig schartenreiten. Denn wir legten ein langes schmales Brett auf das waagrechte Brunnenrohr und hutschten darauf, hinauf, hinunter, hinauf, hinunter, ich glaube stundenlang.

War Helena nicht zugegen, war ich anderweitig mit dem Brunnen beschäftigt. War das Faß voll, ernannte ich es zum Weltmeer. Irgendwo hatte ich von Piraten gelesen, die fremde Städte und Länder überfielen und Gold und Edelsteine raubten. Gold (Ziegelsplitter) und Edelsteine (bunte Kiesel) wurden von mir auf Schiffe verladen (Holzbrettchen, spannenlang) und über den Ozean gefahren. Wind und Wellen gefährdeten die Räuber. Noch übler erging es, wenn andere Schiffe nahten, den ersten die Beute abzujagen. Kämpfe entspannen sich, ein Fahrzeug ging unter, auch das andere sank. Die Schätze trudelten auf den Meeresgrund. Sie mußten von Tauchern geborgen, neu verladen, neu geraubt und wieder geraubt werden: Ringelspiel des Abenteuers – im Wasserfaß.

Im Winter war das Faß zugefroren: Arktisches Eis erstreckte sich von Rand zu Rand. Meine Schwester besaß Nansens Expeditionsbericht: Durch Nacht und Eis. Auch ich hatte die dicke Scharteke gelesen. So schickte ich den großen norwegischen Forscher in einer Zündholzschachtel über unser Telfer Wasserfaß. Wenn das Eis nicht zu dick war, stemmte ich Löcher, um die Packeisrinne zu simulieren. Dann irrte mein Nansen verzweifelt umher, um einen Übergang zu finden, Eisbären bedrohten ihn. In einem Iglu aus Schnee verbrachte er betrübte Nächte.

Noch dramatischer: Ich spielte *Christenverfolgung*. Dazu schleppte ich meine Puppen herbei (also spielte ich *doch* mit Puppen). Etliche hatten die standhaften Christen zu spielen, andere Richter und Henkersknechte. Einmal band ich eine dicke, lang- und schwarzhaarige Puppe, die ich nicht recht leiden mochte, an einem Bein an einen Nagel, schichtete unter ihr einen Scheiterhaufen und zündete ihn an.

Zum Glück blies der Wind, nur das Papier fing Feuer und flatterte halbversengt davon. Ehe ich den Scheiterhaufen neu armieren konnte, erschien meine Mutter, warf einen Blick auf Puppe und Scheiter und schüttelte den Kopf. Ich erschrak. Mit einem Mal schämte ich mich für mein Spiel. Ich versuchte es nie mehr wieder.

Ganz anders war dieses Spiel: Wir wohnten in einer großartigen Landschaft, im Norden des Tales die Hohe Munde, ein riesiger bis zu den vorgelagerten Moränenhügeln herab kahlgeschundener, kahlgeblasener weißlichgrau- und gelbgeflammter Kalkblock, in der Mitte gespalten, zwei Gipfel nebeneinander, als lehnten zwei Häupter Schläfe an Schläfe wie die einer gigantischen ungeschlachten Pietà; im Süden des Tales andere Formation, kaum niedriger als die Hohe Munde, aber grün bis in die obersten Regionen.

Urgestein. Im Osten eine fernblaue Bucht: die Innsbrucker Berge, eingerahmt von Martinswand und Saile.

Ich stehe am Fenster, das Fenster ist offen, die Flügel nach innen geklappt, im Glas spiegelt sich das Gebirge, Wolken spiegeln sich, Häuser, die nahe Fabrik, das benachbarte Feld. In der Spiegelung ist alles verändert, fließender, größer, ungenauer. Wenn ich die Fensterflügel bewege, gleitet das Bild. Nun hole ich den Wandspiegel, nun kann ich es kippen, das Fließend-Seitenverkehrte auf den Kopf stellen, das auf den Kopf-Gestellte seitenverkehrt zum Fließen bringen, da ist die Welt dreimal da, so, so und so, ich werde nicht satt, sie zu spiegeln und die Spiegelung auszuwechseln und mir vorzustellen, wenn die Welt nun wäre, wie sie sich spiegelt, und niemand kennte sie so, nur ich...?
Aber da ruft es von draußen:

– Komm, Geschirr abtrocknen! – Oder: – Das Zimmer ist noch immer nicht aufgeräumt. –

Zuletzt – und damit endeten meine Kinderspiele: Ich hatte von Wilhelm Busch Max und Moritz gelesen. Ich hatte es schon längst gelesen, das Büchlein hatte die Sechsjährige zu kleinen täppischen Streichen angeregt, jetzt möchte die Zwölfjährige noch einmal einen Streich probieren.

Ich nehme einen Holzprügel und werfe ihn gegen ein Fenster. Die Scheibe klirrt, entzwei.

Ich stehe da und staune: Das Fenster ist *wirklich* entzwei. Ich wollte doch gar nicht, daß es kaputt ginge. Ich wollte doch nur *spielen,* daß es kaputt geht. Das Spiel war kein Spiel mehr, es kippte in Wirklichkeit um. Wieso?

POLITISCHES

Auch darüber muß geredet werden. Muß – wirklich *muß?* Es ist das Wichtigste. Warum das Wichtigste? Weil es das Schwerste ist. Allgemein wird Rechenschaftsbericht gefordert: nostra culpa oder Hosiannah, je nach der Seite, auf der man gestanden hat. Ich sage: So war es. Ich *möchte* sagen: So war es und möchte dabei nicht schielen nach rechts oder links oder linkslinkslinks. Schuldbekenntnisse werden entwertet, wenn sie allzu bereitwillig abgegeben werden. Schulderkenntnisse erkennen um so weniger, je eifriger sie ihre Ergebnisse vorzeigen. Es heißt: Saulus wurde zu Paulus in einem Augenblick. Wurde er? Ich glaube es nicht.

Also: ich bin auf der Seite geboren, die Unrecht bekam, auf der Seite, der Schuld zugesprochen wird, nun schon seit vielen Jahren.

Mein Großvater, Vater meiner Mutter, war Offizier. Ihre Brüder waren Offiziere. Mein Vater war Offizier. Auch mein Bruder ist Offizier geworden.

Und es war jeweils unmöglich, der Sache, für die Großvater, Vater, Onkel und Bruder den Kopf hinhielten und hingehalten hatten, ein Ende mit Schrecken zu wünschen.

Sie hielten die Köpfe hin für den Staat, dann und wann sagte man auch: für Volk und Vaterland. Der Staat war Österreich. Einmal Kaiserreich, dann Republik, dann Deutsches Reich, dann wieder Republik. Ein Stück Geschichte. Kann man sie in Geschichten erzählen? Ich fing schon damit an: *Warschau ist gefallen. Die Feuersäule. Die Hungerrevolte.*

Also Bilder:

Ich kann mich nicht erinnern, daß wir hungerten. Aber erinnert wird der Schauder, mit dem wir auf der Straße eine Lache Milch umstanden, weiße kostbare Milch auf dreckigem schwarzen Pflaster. Wer hatte die kostbare Milch auf die Straße geleert? Wer beging diesen Frevel?

Ich kann mich nicht erinnern, daß wir hungerten, aber erinnert wird ein nächtlicher Weg durch den Erzgebirgswald, es war kalt und es schüttete. Wir gingen zu einer Mühle, dort wurde auch gebacken, dort sollte es Brot geben. Doch als wir ankamen, saßen schon andere Menschen da und warteten, die ganze Backstube voll. Von irgendwoher kam Feuerschein, er malte schwarze Schatten auf die Gesichter, umrandete die Gestalt des Bäckers mit feurigen Säumen: nun wurde der Backofen geöffnet und die heißen Brote herausgenommen. Aber es waren mehr Menschen da als Brote. Die Brote langten nicht, wir gingen leer aus.

An Hunger erinnere ich mich nicht, aber an das Entzükken, das ein goldgelber Maiskuchen erweckte, – und eine Schüssel gehäuft voll Kürbiskraut.

Eines Tages kam der Vater auf Urlaub. Er war erschrekkend hager, weiß im Gesicht, weiß sein Haar, seine Lider flatterten, seine Hände zitterten, wir Kinder durften ihn nicht anreden, ich hatte auch gar keine Lust dazu. Ich fürchtete ihn.

Er kam von *dorther.*

Dort: das war die Front. Dort, soviel wußte das Kind, wird geschossen. Dort ist alles schwarz und schrecklich. Aber es ist auch nötig und großartig. Das liest das Kind ab von Postkarten, auf denen Soldaten stürmen oder Fahnen schwingen oder entsetzliche Ungeheuer zu Fall bringen: diese Ungeheuer heißen dann jeweils Russen, Italiener, Franzosen, Engländer. Sie sind die Bösen, unsere Soldaten natürlich die Guten. Nahezu göttliche Wesen: der liebe alte Kaiser, auch sein Freund und Vetter Wilhelm; Hindenburg und Ludendorff – wackere Recken, treue Eckehards. Zum hundertstenmal blätterte das Kind das Kartenbündel durch. – Mama, wir werden doch siegen, oder, Mama? –

– Wir wollen es hoffen, Kind. – Die Antwort klang bedrückt.

Im Frühherbst 18 fuhren wir nach Kitzbühel.

Wir fuhren hin, weil der Vater irgendwo in der Nähe stationiert war, ich glaube in Südtirol. (Seine Judicarienfestung hatte er wohl verlassen müssen). Außerdem hieß es: in Kitzbühel werde es mehr zu essen geben, wir könnten uns aus der Militärkantine verpflegen. Ich weiß nicht, ob das gelang, aber die Schüssel mit Kürbiskraut, die hat es da gegeben.

Kitzbühel: eine kleine Stadt, weit entfernt davon das zu sein, was sie heute ist: internationaler Rummelplatz, Alpin-Bazar. Damals eine bescheidene Bezirksstadt mit schüchternen sommerfrischlerischen Anfängen, in jenen Wochen Stützpunkt der Etappe hinter der wankenden Südfront, viel Militär, etliche Lazarette. Hier erlebte ich den Zusammenbruch.

Zum erstenmal war von Niederlage die Rede, von Revolution und Republik. Das waren neue Wörter, auch sie füllten sich mit Bildern: Züge, die vorüberrollten und vollgestopft waren mit Soldaten, die sangen, schrien und mit ihren Gewehren in die Luft schossen. So voll waren die Züge, daß viele keinen Platz mehr in den Wagen fanden, sie saßen auf den Dächern, sie hingen in Trauben an den Lokomotiven; ein Mann ist mir albtraumhaft im Gedächtnis geblieben: er hing zwischen den Rädern angeschnallt wie ein Paket. Wenn die Züge stehen blieben, stürzten die Männer heraus, rissen Zäune um, warfen die Planken zu einem Haufen zusammen und setzten sie in Brand. Sie lagerten, wärmten sich, kochten ab und feuerten aus ihren Gewehren. Auch Höfe brannten sie nieder, auch Magazine plünderten sie. Wir durften das Haus einige Tage lang nicht verlassen, in unserer Nachbarschaft war einem Knaben durch eine verirrte Kugel der Schädel zerschmettert worden.

Dann geschah anderes: Auch die Etappe löste sich auf. Alles bröckelte ab, wurde mürb und verging.

Wir hatten, als wir in Kitzbühel eintrafen, dem dort kommandierenden General einen Anstandsbesuch abgestattet. Der General hatte drei Töchter, eine saß in dem großen schönen Zimmer an einem schwarzen Flügel und spielte wunderschön, wie es mir vorkam. Alle drei Töchter schienen mir wunderschön und wie Prinzessinnen aus dem Märchen. Von ihnen hieß es, sie seien mit drei ungarischen Offizieren verlobt.

Der General hieß Brunfaux. Der fremdklingende Name umkleidete ihn und die ganze Familie für mich mit einer geheimnisvollen Aura.

Nun, kaum vier Wochen nach jenem Besuch, begleiteten wir die Familie Brunfaux zum Abtransport. Sie verließen Kitzbühel in einem Viehwaggon. Die Generalin weinte, die Mädchen lächelten blaß und verstört. Es hieß, die drei ungarischen Leutnants hätten sich bei Nacht und Nebel davongemacht und ihre Bräute verlassen.

Meine Eltern – der Vater war eines Tages von der Südfront zurückgekehrt, mit einem der letzten Züge der italienischen Kriegsgefangenschaft entkommen – meine Eltern lehnten es ab, so überstürzt abzureisen. Wir blieben noch drei oder vier Wochen. Aber nun kam die Seuche.

Die Seuche: das war die Grippe, die damals im Jahr 18 wütete. Es war, als wenn der Tod, der vier Jahre lang reichliche Ernte gehalten hatte, noch nicht lassen wollte von seinem grausigen Werk. Hatte er bis jetzt unter Schlachtenlärm und Gedröhn geerntet, so schien er jetzt still und geschäftig dabei, die Übriggebliebenen einzusammeln. Die unterernährten Soldaten starben, die ausgehungerten Kinder erloschen, und alle, ausnahmslos alle von der Grippe befallenen schwangeren Frauen waren verloren.

Wir wohnten dicht unter dem Kirchenhügel, unter dem Friedhof. Den ganzen Tag läutete die Glocke zu den Begräbnissen, die einzige Glocke, die man in dem Glockenturm von Kitzbühel hatte hängen lassen, denn die anderen hatte man längst eingeschmolzen und zu Kanonen umgegossen. Nun diente die alte große Glocke zu allen Anlässen und erfüllte die Luft unaufhörlich mit rhythmischem Gedröhn.

Auch meine beiden Geschwister erkrankten an Grippe. Meine Mutter pflegte sie, niemand hatte Zeit, sich um mich zu kümmern. Ich schlich, zum erstenmal alleingelassen auf dieser Welt, hinaus in den Garten. Der Abend war braun von Moder, Trauer, Einsamkeit. Ich watete durch das raschelnde Laub. Durch die kahle Hecke sah ich zu, wie sich ein einsamer Invalide an zwei Stöcken vorüberschleppte. Ich kehrte ins Haus zurück. Dort suchte ich mir ein Stück Papier und einen Bleistift. Im Sommer hatte ich in Blockbuchstaben schreiben gelernt. Ich schrieb: – Als mich Gott auf die Erde ließ, war tiefer Friede. Dann kam der schreckliche Krieg. Das Volk jagte den Kaiser weg. Wir waren sehr enttäuscht. –

Ehe es Winter wurde, kehrten wir nach Pilsen zurück. Wir reisten über München, in München war die Räterepublik ausgerufen worden. Beim Aussteigen wurde mein Vater von Bewaffneten aufgefordert, seine Rangabzeichen abzunehmen und sein Bajonett abzuliefern. Er verhandelte mit den Männern und erklärte sich schließlich bereit, Rangabzeichen und Bajonett unter seiner Feldpelerine verschwinden zu lassen. Wunderlicherweise gaben sich die Männer zufrieden und ließen ihn gehen. Noch wunderlichererweise bekamen wir ein Zimmer im Hotel Zum Deutschen Kaiser. Die Nacht knatterte von Schüssen. Tags darauf fuhren wir nach Eger weiter. Wohin fuhren wir eigentlich?

Das Land, in dem wir bis jetzt gewohnt hatten, Böhmen, hieß plötzlich nicht mehr Böhmen und schon gar nicht mehr Österreich. Wo seine Grenzen liefen, wußte keiner. Niemand wußte, wer wo regierte. Einige Leute sagten: Böhmen heiße jetzt Tschecharien oder Tschechovien, sie sagten auch, die alten Grenzen seien gesperrt, niemand dürfe hinein. Andere sagten: Die Deutschen sitzen in Eger und Karlsbad und das Land komme jetzt zum Deutschen Reich. Sehr viele sagten: Von nun an werden die Arbeiter regieren, von nun an kriegen die, die diesen Krieg geführt haben, keinen Groschen, und alles, was sie haben, wird ihnen weggenommen und verteilt. Unbeirrt von allen Gerüchten fuhren meine Eltern nach Pilsen. Meine Mutter wollte heim, zu ihren Eltern, in ihre Wohnung, zu ihren Möbeln und ihrem Hausrat, an dem ihr Herz hing.

Sehr hing ihr Herz daran, nur allzusehr.

Nun waren wir also da, doch unseres Bleibens war nicht mehr lange. Mein Vater ertrug es nicht, hier zu leben. Auf der Straße marschierten Kolonnen, singende, schreiende, fäusteschüttelnde Menschenmassen. Sie trugen Transparente mit sich, auf denen beschimpft wurde, was früher gewesen war; sie trugen auch Galgen mit sich, an ihnen baumelten große häßliche Puppen. Einige dieser Karikaturen kamen mir bekannt vor, entsetzt wagte ich zu erkennen, wen sie darstellten: Franz Joseph, Wilhelm, die Generale.

Eines Tages kam der neue Staatspräsident Thomas Garrigue Masaryk nach Pilsen. – Wir müssen beflaggen, hieß es. Das ist Vorschrift, und wer nicht beflaggt, dem ergeht es übel. – So hängten wir eine Fahne hinaus, eine nur kleine Fahne, um wenigstens einen Rest von Widerstand und Ablehnung zu dokumentieren. Der Weg des Präsidenten führte an unserem Haus vorüber, wir standen auf dem Balkon, meine Geschwister, ich, vielleicht auch meine Mutter. Wir warteten. Da lief es wie eine Brandungswelle heran, eine Welle aus Jubelrufen, Fahnenschwenken, Hüteschwenken, eine Welle von fernher und immer näher, die lange schnurgerade Bahnhofstraße entlang. Wir standen, wie wir es untereinander ausgemacht, stumm, regungslos, wie Salzsäulen und starrten dem alten Mann entgegen, der mit seiner Crew im offenen Auto vorüberfuhr. Ich sehe ihn heute noch vor mir, den feinen alten Herrn, mit weißem Spitzbart, den humanistischen Professor, von dem mir später glaubhaft versichert wurde, er habe nur das Beste gewollt; ich sehe ihn sich hin und her wenden, die Häuser hinaufblicken, auch zu uns heraufblicken, die schwarzbehandschuhte Rechte grüßend erhoben. In meinem Kinderkopf – Kindskopf war nur ein Gedanke: Ich hasse dich. Du sollst es merken, daß ich dich hasse. Und weil er sich gleich wieder abwandte, glaubte ich triumphierend: Er hat es gespürt.

Am nächsten Tag herrschte große Aufregung in unserem Haus, Aufregung herrschte in ganz Pilsen. Eine unserer Verwandten, eine begüterte, allen wohlbekannte, aber wenig beliebte Frau, Witwe eines Apothekers, Mutter einiger erwachsener Söhne und einer verheirateten Tochter, hatte sich geweigert ihr Haus zu beflaggen, und im Augenblick, da sich der Konvoi des Staatspräsidenten näherte, waren die Jalousien an ihrem Haus heruntergelassen worden. Das wurde bemerkt und von der Menge registriert. Solange der Staatspräsident in der Stadt weilte, wagte niemand eine illegale Maßnahme zu ergreifen. Nun aber, da er wieder abgereist war, wollte man sich rächen.

Ich hatte die Frau, eine Tante zweiten Grades, des öfteren schon bei uns gesehen, eine große, sehr korpulente Person, weißhaarig, vollbusig, mit großen graugrünen Kulleraugen, vollblütig strotzend und, wenn sie sich erregte, dunkelrot. Sie war immer sehr prächtig gekleidet, in Seide mit Pailletten bestickt, in Wolle mit Schutasch aufstaffiert, wallend von Volants und Spitze. So saß sie und redete und ereiferte sich, und ich glaubte ihr Mieder krachen zu hören; ich mochte sie nicht.

Nun, an jenem Morgen sammelte sich eine Menge vor ihrem Haus und rief drohende Worte zu ihren Fenstern hinauf. Die Menge wuchs und wuchs. Das Haustor war zugesperrt und verrammelt. Aber das nützte wenig. Das

Haustor wurde aufgesprengt, die Menge drang ein, stürmte die Treppe hinauf und begann die Wohnung zu demolieren.

Nun griff die Polizei ein und zerstreute die Wütenden. Doch am anderen Tag waren sie wieder da. Und wieder wuchs die Masse, und jetzt wurde die Forderung laut, die Frau an den erstbesten Laternenpfahl zu knüpfen.

Die Söhne der Frau rangen die Hände und baten um Gnade für ihre Mutter und boten Geld für ihr Leben. Aber die Menge johlte nur Hohn und Spott. Die Tochter warf sich den Eindringlingen entgegen und suchte die Mutter mit ihrem eigenen Leib zu decken. Es half alles nichts. Man ergriff die Frau an den Beinen und schleifte sie, – sie hatte sich in ihrem Bett verkrochen, – über Bettkante und Parkett über die Schwelle, schleifte sie zur Treppe und die Treppe hinunter. Ihr Kopf plumpste von Stufe zu Stufe, ihre Röcke stauten und schlugen über ihren Kopf, ihre Kleider zerrissen, ihr aufgelöstes graues Haar schleifte hinterher, bald mit Blut durchtränkt; so ging es hinab, vom zweiten zum ersten Stockwerk, vom ersten Stockwerk zum Erdgeschoß, den langen Korridor entlang und dann hinaus auf den Marktplatz. Da standen die Laternenpfähle der Reihe nach.

Aber da traten einige Leute vor und schrien in das Geheul der Menge und ließen Kommandostimmen erschallen. Es waren Legionäre, sie waren kenntlich an ihren Uniformen, fremden Uniformen, die an die Uniformen der ehemals feindlichen Alliierten erinnerten, und in der Tat, sie hatten auch noch vor einem Jahr oder einem halben in fremden Armeen gekämpft, viele in Rußland, manche in Italien, manche in Frankreich. Nun waren sie in ihre tschechoslowakische Heimat zurückgekehrt, Helden und Widerständler (doch dieses Wort war noch nicht erfunden), die mitgeholfen hatten, die k. u. k. Monarchie zu stürzen. Sie trugen ihre Waffen immer noch und hielten die Macht oder doch einen Teil der Macht in ihren Händen. Warum nun eine Abteilung Legionäre für die Frau eintrat, weiß ich nicht zu sagen. Die Frau war bekannt als deutsche Nationalistin und galt für sehr hochmütig, und sie hatte durch den Umstand, daß sie ihr Haus nicht beflaggte und sogar die Rolladen herunterließ, den Staatspräsidenten beleidigt.

Trotzdem duldeten die Legionäre nicht, daß Frau Pauline Kalser an einen Laternenpfahl geknüpft wurde.

Sie ließen die Frau in das Rathaus schleppen. Dort wurde sie in ein Gewahrsam geworfen. Einige Tage später wurde sie ihrer Familie wieder übergeben und in Sicherheit gebracht. Aber sie starb noch in derselben Woche.

Ich habe das alles nur vom Hörensagen erfahren. Nur einen kleinen ganz kurzen Augenblick habe ich selbst einen Blick auf den Pilsner Ringplatz werfen können, wo der Aufruhr tobte. Ein Viertel des Ringplatzes war schwarz von Menschen und das will schon etwas heißen: denn dieser Platz ist einer der größten Plätze des Landes, dreihundert Meter im Geviert.

Mein Großvater, damals sechsundachtzig Jahre alt, hatte während des Aufruhrs zu helfen versucht. Er hatte sich in seinen braunen Havelock gekleidet und hatte, der das Haus doch sonst kaum noch verließ, den Bürgermeister aufgesucht, einen Herrn Mandel, um Schutz für seine Nichte zu erlangen. Vergeblich. Der Bürgermeister hatte die Achseln gezuckt und erklärt, zu seinem Bedauern sei er außerstande einzugreifen, er sei machtlos gegen des Volkes Zorn.

Ich bin nicht sicher, ob es dieses Anlasses bedurft hatte, um meine Eltern zu einer Übersiedlung von Pilsen nach Deutsch-Österreich, wie Restösterreich damals hieß, zu veranlassen. Mein Vater hatte keinesfalls bleiben wollen. Noch im Frühsommer desselben Jahres war es beschlossene Sache: Wir ziehen, aber wohin?

IM ANDEREN LAND

– In jenen Tagen erging ein Befehl des Kaiser Augustus, daß sich alles Volk aufschreiben lassen sollte, ein jeder in seiner Heimatstadt ... –

Mit diesen Worten beginnt Lukas die Erzählung von der Geburt Christi, vom Beginn eines neuen Äon. Und es scheint: diese Grundfigur kehrt immer wieder. Zwar gibt kein Kaiser den Befehl, aber wenn die novatio rerum eintritt, Reiche fallen und neue errichtet werden, dann tritt immer wieder der Augenblick der großen Wanderungen ein, ein jeder in seine Heimatstadt, weil er nicht weiß, wo er sonst bleiben könnte. Die Heimatstadt meines Vaters, damit auch die unsere, war Dornbirn in Vorarlberg. Dort versuchten meine Eltern neu zu beginnen. Aber recht glücklich ließ sich dieser Beginn nicht an.

Zuerst schlüpften wir bei der Mutter meines Vaters und seiner Schwester unter. Später zogen wir in eine eigene Wohnung im Oberdorf, in ein altes Haus mit den typischen großen niederen Stuben des Rheintalhauses, eine davon war getäfelt, mit einem riesigen Kachelofen versehen, in den Fenstern lag die Landschaft, Bodensee und Säntis, eine prachtvolle Aussicht. Leider gehörte das Haus einer Familie, in der erblicher Irrsinn herrschte. Mit Narren hausen ist schwer. Meine Eltern litten darunter.

Meine Mutter war, viel später erst erfuhr ich davon, damals noch einmal in die Hoffnung gekommen, Hoffnung sage ich, und sollte eher Verzweiflung sagen. Sie hatte Angst, Angst um ihr Leben, mit gutem Recht. Angst auch vor Armut, wir waren arm. Angst vor den Qualen der Schwangerschaft, denn ein schmerzhaftes Unterleibsleiden machte ihr das Leben ohnehin zur Qual. Sie ließ sich das Kind nehmen. Immer wenn ich in der kleinen Stadt bin, in der es geschah, gehe ich mit Schaudern durch die Straßen und Gassen und denke an das Entsetzen, das meine Mutter hier erlitt. Sie starb fast an dem Eingriff. Mit einer schweren fieberhaften Sepsis wurde sie nach Hause gebracht, von dort mußte sie noch einmal in ein anderes Krankenhaus geschafft werden, und dort gelang es dem Arzt sie zu retten. Er rettete ihr das Leben für sieben weitere Jahre.

FASTNACHT

In Böhmen hatte ich nie etwas von Fasching und Mummerei gehört. Doch im ersten Winter, den wir in Dornbirn verbrachten, begegnete ich zum erstenmal Maskengestalten und verkleidetem Volk. Erst erschrak ich und dachte an

Flucht. Aber gleich darauf erwachte in mir das Verlangen, mich ebenfalls zu verkleiden, mich zu verwandeln und unter jene zu mischen, die mir so schrecklich wie wunderbar, so schauerlich wie zauberhaft erschienen. Und sofort bestürmte ich meine Mutter: – Laß mich unter die Maschkra gehen. – Meine Mutter konnte mit meinen Wünschen nichts anfangen. Sie konnte gar nicht begreifen, daß ihr Kind, so wohlbehütet und zur Sanftheit angehalten wie es doch war, plötzlich so ungewöhnliches und ungebärdiges Verlangen zeigte. Endlich erlaubte sie mir, mich aus einer Mottenkiste für eine häusliche Feier herauszustaffieren.

Aber mir stand der Sinn ganz woandershin. Nach langem Wühlen und Stöbern in Winkeln und Rumpelkammern fand ich einen braunen fransenbesetzten, mit schwarzen Mustern durchwirkten Theatermantel, von dem es immer hieß, eine junge schöne frühverstorbene Tante habe ihn getragen, noch im letzten Winter ihres Lebens, als sie schon todkrank gewesen sei. Diese Geschichte wob eine Aura von Ungewöhnlichkeit um das Kleidungsstück. Ich fand auch einen seidenen Capuchon aus Goldbrokat mit riesigen phantastisch flügelnden Bändern. Dieses Ding setzte ich mir auf den Kopf, den Mantel lud ich auf meine schmalen Kinderschultern, vor das Gesicht band ich mir eine selbstgeschnittene und selbstbemalte Maske. So trat ich vor den Spiegel: Da sah ich aus wie ein großer brauner goldköpfiger Nachtfalter mit einer geisterhaft bleichen, kalkweiß grinsenden Larve, genau richtig ausgestattet für die wilde Faschingslust, die Abend für Abend schattenhaft an unserem Haus vorübergeisterte.

Nun fehlte mir nur noch eine Begleitung zum Flug hinaus. Bei unseren Hausherren diente eine Magd aus dem hintersten Bregenzerwald, eine dicke Kleine, so klein und dick, daß man sie fast eine Zwergin nennen konnte, und gutmütig war sie dazu. An sie schlich ich mich an und heuerte sie mit Bitten und Schmeicheleien zu einem Ausflug an. Die Kleine ließ sich schnell erweichen. In einer alten Jacke, deren buntgeflicktes Futter sie nach außen wendete, mit einer mottenzerfressenen Pelzhaube und einer Maske meiner Fabrikation, so entwich sie mit mir hinaus in die stille Nacht.

Es war, ich kann mich ihrer genau erinnern, eine sehr milde, friedliche, frühlingatmende Nacht. Wir begegneten kaum einem Menschen. Aber wohlgemut strebten wir in die Mitte der Stadt und erfüllten das Schweigen des Marktplatzes mit unserem Gelächter. Mit lichtglänzenden Fenstern standen die Häuser ringsum, wunderbar sprudelten die Brunnen, mir klang ihr Laut, als lachten sie mit uns. O wilder Rausch, trunkene Erdenseligkeit, die damals mein Kinderherz übermächtig ergriff! In meiner Vermummung war ich mir selbst entrückt. War ich nicht ein kleiner Kobold, ein Zwerg, der aus den Spalten des Gebirges geschlüpft war, oder ein dunkelgefärbtes Nachttier, das mit bärenhaft tanzenden Schritten über das Pflaster tappte? Die verkleidete Zwergin, kindisch wie ich, lachte als wäre sie trunken. Wir riefen und winkten zu den Häusern empor, wir taumelten und hüpften Arm in Arm und sprangen, zeigte sich irgendwo eine menschliche Gestalt, unter endlosem Gelächter um sie herum.

Am anderen Tag wollte ich sogleich abermals hinaus und das herrliche Spiel wiederholen. Aber meine Mutter verbot es mir und vertröstete mich auf den Fastnachtsdienstag: Sie werde mir, sagte sie, ein hübsches Kostümchen schneidern, das dürfe ich anlegen und mit ihr dann durch die Stadt spazieren. Das jedoch wollte ich nicht. Ich hatte Kameradinnen gesehen in weiß gepuderten Haarperücken, in rosagemusterten Reifrockkleidchen: Nie und nimmer wollte ich in einer solchen zahmen Robe Fastnacht feiern. Ich wollte unerkannt, als wildzusammengestückelte Lumpenscheuche mein Wesen in den nächtlichen Straßen treiben. Mit leidenschaftlichen Bitten und Beschwörungen fiel ich meiner Mutter um den Hals; kopfschüttelnd, mit kummervoller Miene betrachtete sie ihr entfremdetes Kind.

Im anderen Jahr konnte ich die Fastnacht kaum erwarten. Längst hatte ich meinen Anzug wieder hervorgewühlt, eine Maske geschnitten und mit Wasserfarben bemalt: – Da eben, an dem Tag, da der lang ersehnte Ausflug stattfinden sollte, kamen meine Eltern mit ernst verschatteten Gesichtern aus der Stadt nach Hause. Der alten Großmutter, sagten sie, die schon eine lange Zeit krank gewesen, gehe es schlecht, und vielleicht werde sie sterben. Ich erschrak. Ich hatte die Mutter meines Vaters, eine alte, halbtaube Frau immer mehr gescheut als geliebt, sie war mir fremd geblieben, unheimlich in ihrer Bresthaftigkeit. Nun sollte sie sterben, und ich – ich durfte nicht auf die Maschkra gehen. Meine schüchterne Frage wies meine Mutter streng zurück: An so etwas nur zu denken heute, sei Sünde; an die Großmutter möge ich denken, die in ihrem Bette liege und sterben müsse.

Ach ja, ach ja. Ich dachte an die Großmutter, aber ich mußte noch viel mehr an die Fastnachtlust denken, die ich so nah und bezaubernd – wie ein hüpfendes Feuer – vor mir gesehen, und die mir nun entschwinden und erlöschen sollte, für heute, für morgen, für ewig. Was konnte es der alten Großmutter nützen, wenn ich zu Hause blieb? Was konnte es ihr schaden, wenn ich dennoch ging?

Die Eltern brachten uns Kinder zu Bett und gingen wieder fort; sie wollten Nachtwache halten bei der schwerkranken Frau. Wir hörten sie die Wohnung verlassen, hörten sie das Haustor öffnen und wieder schließen. In derselben Sekunde hoben mein Bruder und ich die Köpfe aus den Kissen: – Hörst du, sie sind fort. Und auf der Straße sind die Maschkra. –

Wir sprangen auf und liefen zum Fenster. Durch die feuchtbeschlagenen Scheiben starrten wir hinab auf die erhellte Straße. Ein Trupp Masken zog singend vorbei, und von fernher erklang der uralte Gesang derer, die zum großen Feuer sammeln:

– Fifa, fifa, foh –
Buschler oder Stroh
machen's Feuer hoh! –

– Du! – rief mir mein Bruder zu, – wenn wir doch gehen könnten –?!

– Können wir nicht? –

– Wird uns niemand erkennen? –

– Komm, komm rasch. Wir gehen. –

Vor Eile und Aufregung zitternd schlüpften wir in unsere Kleider, knüpften uns gegenseitig die Vermummungen fest. Mein Bruder hatte sich als Nachtwächter maskiert;

ich, in meinem alten schleppenden Theatermantel, war bereit, ihm wie ein ungestaltes Schattentier zu folgen.

Durch die Tenne entkamen wir. Schaudernd vor schlechtem Gewissen traten wir auf die Straße hinaus.

Ich dachte, nun würde sie wiederkehren, die süße, rauschige Lust meiner ersten Fastnacht. Aber sie kehrte nicht wieder. Wir liefen die Gassen hinab, unheimlich klapperte uns der eigene Schritt. Wir hatten keine Zeit zu verweilen, keine Zeit, unser verwandeltes Wesen zu genießen. Wir liefen hinter etwas her, was wir daheim gelassen hatten, wir liefen unserem schlechten Gewissen davon, aber es lief mit uns, er irrte mit uns durch die nächtliche Stadt. Andere Masken, die des Weges kamen, erschreckten uns, sie schienen uns so ungeheuer und uns feindlich gesinnt. Wir wichen zur Seite, duckten uns ängstlich, krochen zitternd hinter Zäunen dahin. Manchmal verlor ich das Licht aus den Augen, das der Bruder in seiner Laterne trug. Dann schrie ich, jede Vorsicht mißachtend, gellend seinen Namen. Niemand erkannte uns, aber wir glaubten uns von allen erkannt. Aus allen Höfen und Fenstern, so schien uns, erschollen drohende Rufe; und endlich geschah es: Eben, als wir verschnaufend innehielten, klirrte hoch über mir eine keifende Stimme, und ein Guß eiskalten Wassers schoß auf mich herab.

Nun wollte ich heim. Aber mein Bruder bestand darauf: Er wollte in einer der Herbergen sein Nachtwächterlied singen. – Geh nicht –, flehte ich frierend. Komm mit mir nach Hause. – Aber er ging doch. Ängstlich blieb ich zurück in dem düster erleuchteten, von mir ungewohnten, scheußlichen Gerüchen durchwitterten Flur. Der Bruder tappte die Treppe hinauf, hob sein Sprüchlein zu singen an. Da fielen ihm rohe Stimmen ins Wort, ein wildes Lärmen erhob sich, Trampeln, Poltern und Geschrei. Quer über den Flur flog mein Bruder gegen die Stiege; der Larve beraubt, prallte er mit dem Gesicht gegen den Geländerbalken, schwarz schoß ihm das Blut aus der Nase über Mund und Kinn. Die Laterne kollerte scherbend und erlosch, die hölzerne Hellebarde fegte splitternd hinterdrein. Ich schrie laut, sinnlos vor Entsetzen, und laut schreiend rannten wir beide aus dem ungastlichen Haus.

Wie der Abend endete, weiß ich nicht mehr. Gewiß kamen wir nach Hause, krochen in unsere Betten, kleinlaut, bestürzt. Gewiß auch, daß die Großmutter nicht starb in jener Nacht und auch in den folgenden Tagen nicht, sondern erst ein oder zwei Jahre später, als ihr das hohe Alter die letzte Lebenskraft weggezehrt hatte. Auch erfuhren unsere Eltern nichts von unserem Abenteuer. Als wir es ihnen später einmal gestanden, nahmen sie unser Geständnis nicht ernst und glaubten, wir hätten uns ein Märchen zusammengereimt. Aber es vergeht keine Fastnacht, ohne daß ich daran denke, wie es uns damals ergangen ist. Wenn ich die erleuchteten Fenster sehe, hinter denen die großen Feste rauschen, wenn ich die verwehten Fetzen Musik höre, die mir die Luft aus fremden Häusern zuträgt, da frage ich mich oft: Ist dort die süße Lust, die ich auch einmal empfunden habe, das Pulsen und Quellen, aus denen die Freude sprudelt, die heilige Trunkenheit der reinen Verwandlung? Oder ist dort das andere, das ängstliche Jagen und Flüchten vor sich selbst, das heimliche Schaudern und Grausen, der feindliche Guß aus dem Finstern, das blasse Gesicht des Bruders, blutig hingeschlagen auf den schwarzen Boden?

Denn immer liegt wo ein Mensch im Sterben. Immer spricht eine Stimme: Gedenke! Gedenke!

SCHREIBEN

Im Anfang war ein großes schwarzes Kontobuch, fast bis zur letzten Seite ausgeschrieben. Aber die Ränder, mehr als zwei Finger breit, die waren frei. Auf ihnen durfte ich kritzeln, zeichnen, malen, *schreiben*.

Noch wurde mir das Schreiben sauer, aber da war dann und wann jemand, dem ich diktieren konnte: meine Tante Marci zum Beispiel. Sie schrieb in ihrer klaren korrekten Lehrerinnenschrift, was ich ihr ansagte, sie schrieb geduldig: Die Beschreibung eines Ausflugs oder ein Märchen. Aber die Geschichte versandete jedesmal, ehe sie zu Ende war. Mich störten die leisen Nachhilfen, die sie mir gab, wenn ich zögerte, wenn ich nachdachte. Sie fielen wie Reif auf meine sich mühsam vortastenden Sprach-Tentakel.

Auch meine Tante Anci glaubte, mir behilflich sein zu müssen. Wenn ich über meinem Kontobuch saß und über ein paar Reimen brütete, die ich dann in schmierender Kinderschrift und haarsträubender Orthographie an den bewußten Rand sudelte, da hatte sie sofort ein hübsches weißes Blatt zur Hand und die nächsten Zeilen schwungvoll hingeschrieben, da ging das plötzlich so glatt und schönrednerisch, und die Versfüße stimmten und die Reime klingelten und alles war Schwung und Schwall.

Aber dann, wenn Vater oder Mutter kamen, dann erfolgte das Schlimmste: ihr Gedicht wurde als meines ausgegeben, und es hieß im Brustton der ehrlichsten Überzeugung: – Sie hat es ganz allein gemacht –. Aber eines Tages war der Schwindel zu Ende – Gott sei Dank. Ich konnte nun wirklich selbst schreiben, und es machte mir keine große Mühe mehr, Seiten um Seiten zu füllen, und ich brauchte auch niemanden mehr, der mir verriet, daß sich auf Herz Schmerz reimt, auf Garten warten und auf Baum Traum, und sogar so weit war ich gekommen, daß ich nicht mehr nur auf den Kontobuchrand angewiesen war, sondern ein eigenes dickes steifgebundenes Buch hatte, herrliche zweihundertsechzig Blätter glänzendes Papier, fein liniert, es schien mir der größte Schatz und ich hütete es wie ein Fafnir und, als einmal meine Schwester aus Unachtsamkeit oder aus Verachtung gegen meine ihr ziemlich unverständliche Schreibwut den Deckel beschädigte, stürzte ich mich auf sie und verprügelte sie fürchterlich. Soweit, so gut – oder minder gut, und nun hätte ich ja meinen alten – schon damals alten – Traum verwirklichen und mit dem Dichten loslegen können.

Aber – und das war merkwürdig – sogleich legte ich mir eine Marotte zu, die einen großen Teil meiner Phantasie einbremste und mich über Gebühr beschäftigte: Ich begann in einer winzigen Schrift zu schreiben, so eng, daß ich bis zu siebenunddreißig Silben auf eine einzige Zeile flickte, die Buchstaben preßten sich zusammen, einer kroch gleichsam in den anderen hinein. Nicht der Inhalt schien mir das wichtigste bei diesem Schreiben, sondern daß ich so eng wie nur möglich kritzelte und so gleichmäßig wie es mir nur gelingen wollte, daß ich niemals ausstrich und nie radierte und sogar Absätze vermied, weil sie die Gleichmäßigkeit der Seiten gestört hätten.

Es war eine Manie, eine klägliche, ängstliche und auf dümmliche Art formalistische Manie und fast kommt es mir vor, als hätte ich mich in diese verwuselten Zeilen verstecken und hinter diesen gleichmäßig mit grauen Bleistiftmustern übersponnenen Seiten verschanzen wollen, verstecken und verschanzen vor wem?

Wenn mich die Meinen ermahnten, meine Schrift zu ändern, die Augen nicht an ihr zu verderben, so verteidigte ich mich: Mir sei das Buch so kostbar, und in der Tat hegte ich eine beinahe abergläubische Verehrung für unbeschriebenes Papier, allein sein Geruch regte mich auf, es kam oft vor, daß ich vor einem Papierladen stehenblieb, die ausgelegten Hefte betrachtete und davon Herzklopfen bekam.

Also: ich schrieb. Ich schrieb dann und wann Gedichte, wenn ich die von mir produzierten gereimten Gebilde so hochtrabend bezeichnen will, vor allem aber schrieb ich Geschichten.

Geschichten, woher nahm ich sie? Aus eigenem Erleben? Leider nein. Die Quellen waren trüb genug: Mädchenbücher, Töchteralben, miese Literatur, wie ich sie verschlang, wo ich sie herkriegte, kaum noch Märchen, meine Märchenzeit war schon vorüber. Eins freilich war mir immer wichtig: Daß sich was tat in meinen Geschichten, daß kein Zustand blieb wie er war, waren die Leute glücklich, sofort mußte ihnen was Schlimmes passieren, waren sie unglücklich und in Not, mußte ihnen ein tüchtiger Retter geschickt werden; idyllischen Naturbeschreibungen wich ich zwar nicht aus, doch lang konnten sie mich nicht aufhalten, gleich war wieder was Dramatisches fällig. Natürlich hatte jede der Geschichten eine Moral, entweder wurde jemand belehrt, daß das Landleben doch das beste sei, oder ein verstockter Vater wurde zum Christentum bekehrt oder – und hier schlich sich doch ein Element der Anschauung ein: ich versuchte das Bauernleben mit dem des Fabrikarbeiters zu vergleichen und bei diesem Vergleich konnte nur ein einziges Ergebnis in Frage kommen: Fabrikarbeit ist von Übel, sie stürzt ins Verderben. Mit zwölf wagte ich meine erste Liebesgeschichte, die zu allem Überfluß noch dramatisiert und in das Mittelalter verlegt war. Es ging so blutrünstig und auch sonst verwegen darin zu, und ich bin nur froh, daß niemand von den Meinen auch nur die geringste Ahnung von psychoanalytischen Mustern hatte; man hätte vermutlich das größte Zeter und Mordio über mich angestimmt.

Zu meiner Entlastung darf ich hinzufügen, daß ich damals mein erstes Schillerdrama gelesen hatte: *Die Jungfrau von Orleans.*

LESEN

Ich sagte es schon: Nach Fibel, Märchen und Christoph von Schmid die miesen Töchteralben, aber kein Karl May, nie ein Karl May. Mit neun die Nibelungen, in einer schauderhaft kitschigen Nacherzählung von Herzog, mit zwölf den ersten Schiller, gleich darauf auch *Faust I,* doch nur aus Ehrgeiz: Goethe nach Schiller, gehörte sich das nicht so? Aber ich verstand keine Zeile. Theodor Storm, der gefiel mir, und irgendwie paßte er zu den Menschenbildern, die man mir als nachahmenswert vorstellte: man hatte stets schweigsam, bedeutend, treu und tiefgründig zu sein. Und traurig. Trauer stand hoch im Kurs.

Also: *Aquis submersus. Viola Tricolor. Immensee.*

Und viele, ja unzählige Bücher, deren Autoren, deren Titel ich nicht mehr weiß, die ich in mich hineinfraß, oft nur stückweise fraß, von einem zum anderen wechselnd, Tohuwabohu. Das kam so: Meine Eltern konnten es sich nicht leisten, Bücher zu kaufen, dafür waren sie in einer Leihbibliothek abonniert, Wagners Leihbibliothek in Innsbruck. Es verging kaum eine Woche, daß nicht eines von ihnen nach Innsbruck fuhr, um neue Bücher zu holen. Dann lagen die grauen Bände zu einem Bündel geschichtet auf Vaters Schreibtisch, immer auf demselben Eck, in unserem Wohnzimmer. Auf dieses Bündel richtete sich natürlicherweise mein heftigstes Begehren. Leider war es mir strengstens verboten, meine Nase hineinzustecken.

Aber da ich damals Privatistin war und die langen Vormittage in unserem Wohnzimmer versaß, wo ich lernen sollte, alleine lernen, (wer kann sich die Langeweile vorstellen?) – was konnte anderes geschehen, als daß ich wegschlüpfte von meinem Lateinbuch, dem *Hauler* oder von dem noch verhaßteren Mathematik- oder Naturgeschichtsbuch? Ich stahl mich an das bewußte Bündel heran, schlug auf und las. Aber was, wenn jemand kam? Und alle Augenblicke konnte die Mutter aus der benachbarten Küche kommen.

Glücklicherweise stand neben dem Schreibtisch der Ofen, und in dem Ofen brannte ein Feuer und daneben war ein tiefer, viereckiger Korb voll klobiger Buchenscheiter, sie waren meine Rettung. Denn wenn sich ein Schritt draußen vernehmen ließ, klappte ich das Buch blitzschnell zu, nahm ein Buchenscheit und warf es in die Glut. Der Vorgang wiederholte sich an einem Vormittag gewiß ein dutzendmal, der Ofen wurde heiß und heißer, schon lief er rot an, und innen krachte die Hitze und pfauchte, und ich wundere mich nur, daß er nie explodierte von meiner blinden unersättlichen Lesewut.

Jahre später, und die Mutter war tot, die gestrenge, ich war in die mildere Region meiner Großmutter übersiedelt und durfte nun lesen was ich wollte; aber auch hier gab es Mahnungen und sogar Verbote: Nach elf sollte kein Licht mehr brennen, ich sollte schlafen.

Dieses Verbot zu umgehen war nicht leicht, denn in unserer Wohnung hatten wir verglaste Türen zwischen den drei Zimmern, in denen wir wohnten, die Großmutter, die beiden Tanten und ich, und da war es kaum zu vermeiden, daß aus dem dritten Zimmer, wo ich mit Tante Marci schlief, ein Schein hinausdrang in das erste, wo die beiden anderen lagen.

Tante Marci war nachsichtig, sie duldete meine Lesewut, vielleicht nur deshalb, weil diese von meiner Tante Anci am heftigsten bekämpft wurde. Immer wieder erschien diese im Nachthemd und klopfte und rief und führte sich dabei ziemlich melodramatisch auf. Ich knipste das Licht ab und lag mucksmäuschenstill, doch wenn ich nach einer Weile wieder nach dem Schalter griff, dann ließ sich Tante Marci aus ihrer Kemenate vernehmen: – Gib acht, sonst ist sie gleich wieder da, die Weiße Dame von Boieldieu. – So konnte es nicht weitergehen, ich mußte auf Abhilfe sinnen.

Ich begann mit einer Taschenlampe unter der Bettdecke zu lesen, so fraß ich mich schwitzend und von Sauerstoffmangel bedrängt durch die Shakespearschen Tragödien, durch Zola und *Die Memoiren einer Sozialistin.* Mit der Zeit verfiel ich noch auf einen anderen Ausweg: Ich stöberte einen uralten Regenschirm aus der Rumpelkammer, öffnete ihn über meinem Bett, warf eine Decke darüber, entzündete eine Kerze darunter, so hatte ich eine winzige Zelle voll Licht und, war sie auch bald erhitzt von der Kerzenflamme und ziemlich feuergefährdet, so war sie doch mein Reich: Lese-Reich, Wonne-Reich und hier las ich dann Nietzsche und zuletzt, in meinem Vormaturajahr, den *Untergang des Abendlandes.*

ONKEL RODERICH

Friede seiner Asche. Von allen Originalen unserer an Originalen reichen Familie war er bestimmt das originellste, einer der sonderbarsten Käuze, die mir über den Weg gelaufen sind. Ich bewahre sein Bild als Glanzstück im Schrank meiner Erinnerungen auf, eine Art Petrefakt aus dem Steinbruch der Vergangenheit, ein Fossil aus der riesenhaften Fossiliensammlung Kakanien: Hubert-Roderich, der Held, der Erfinder, der Abenteurer, Liebling der Damen, bewundertes Ideal meiner Kindheit, schlimmste Plage meiner späteren Jahre.

Onkel Roderich, älterer Bruder meiner Mutter, war einer meiner Taufpaten obwohl er damals schon seinem ererbten christlichen Glauben abgeschworen hatte und Mohammedaner geworden war. Wie ging das zu?

Hubert-Roderich zählte zu den Männern, die sich um die Wende unseres Jahrhunderts um die Erschließung auch der abgelegensten Winkel des Balkans verdient gemacht haben. Damals war der Balkan ein Gebiet, das wir heute Entwicklungsland nennen würden. Und wie sich jetzt in solchen Ländern auch heute die verschiedensten Mächte einen erbitterten Wettstreit liefern, wessen Waren jeweils gehandelt und wessen Pulver jeweils verschossen werde, so war es auch damals – etwa in Albanien. Österreichs Interessen stießen dort gegen Interessen Italiens, es kam zu Kämpfen und Plänkeleien, und Onkel Roderich fand dabei Gelegenheit sich hervorzutun. So hörte ich ihn oft davon erzählen, wie er, zum Adjutanten des Fürsten Wied bestellt, dessen Fort – mittels der einzigen Kanone, die vorhanden war, und nur mit seinem Offiziersdiener zusammen – verteidigt habe, so lange bis sich der Souverain auf ein hinter dem Fort ankerndes Boot gerettet habe. Da sei die letzte Munition verpulvert gewesen, die Albaner stürmten heran, Hubert-Roderich geriet in ihre Gefangenschaft. Nun habe er sich schon für einen toten Mann gehalten. Doch siehe da, die tapferen Moslems dachten gar nicht daran, ihm den Garaus zu machen. Sie näherten sich ihm vielmehr wie Freunde, beinahe unterwürfig: Sie wüßten einen mutigen Feind zu schätzen, und trugen ihm ihre Freundschaft an, worauf er seinerseits – aus Höflichkeit – zum Islam übertrat und den Fez nahm.

Hubert-Roderich war eine Abenteurernatur. Meine ersten Erinnerungen zeigen ihn mir in der Zeit des Ersten Weltkriegs, wenn er im Haus seiner Eltern – meiner Großeltern – auftauchte, um hier Urlaub zu machen oder um sich nach einer eben erlittenen Verwundung zu erholen. Dreimal hatte es ihn erwischt, einmal hatte ihm sogar ein Geschoß den Hals durchschlagen, doch – erstaunlicherweise – nie war er *schwer* verletzt, nie hatte er einen wirklichen Schaden erlitten. Immer wieder stand er rank und schlank auf, witzelnd, leichtfertig und zu neuen Abenteuern aufgelegt.

Er war ein schöner hochgewachsener eleganter Mann; sein Haar war von seidigem Glanz, die Nägel seiner schmalen langfingrigen Hände von diskreter Politur. Täglich machte er große Toilette, wobei er sich der verschiedensten Utensilien aus einem kostbaren Necessaire bediente. Mit Andacht sah ich ihm zu, wie er Haar und Bart und Brauen mit verschiedensten Bürstchen bearbeitete, wie er sich mit Messern rasierte, die zu berühren mir strengstens verboten war: sie schnitten, hieß es, wie Gift. Onkel H.-R. liebte es überhaupt, sich mit einer Aura des Geheimnisvollen und Zaubermeisterlichen zu umgeben. So führte er immer umfangreiches Gepäck mit und überschwemmte die Wohnung, in der er abstieg, mit einer Unzahl technischer Geräte, Theodoliten, Lichtbildapparaten, Fernrohren, Elektrisiermaschinen und deren Bestandteilen. Niemand wußte, wozu er die Dinge brauchte, doch niemand durfte sie berühren oder auch nur nach ihren Zwecken fragen. Onkel Roderich hatte Technik studiert und hatte auch einmal in der Türkei eine Brücke und in einem noch ferneren östlichen Land eine Bahn gebaut. Das war nun freilich schon etliche Jahre her. Seither zeigte er zu bürgerlichem Broterwerb nicht mehr viel Lust. Wenn ihn die Familie dazu ermahnte, sich doch wieder nach einer soliden Beschäftigung umzusehen, wußte er ihre Zumutungen mit allerlei Witzeleien aus dem Feld zu schlagen: Was, man mutete ihm zu am Morgen in ein Büro zu gehen? – Alle Hausfrauen und dienstbaren Geister schütteln ihre Staubtücher zwischen acht und elf aus den Fenstern auf die Straße. Wie komme ich dazu, daß mir der Schmutz einer ganzen Stadt auf den Kopf geworfen wird? Das können sich meinetwegen andere antun. Ich betrete die Straße nicht vor zwölf. Und um zwölf geht ein anständiger Mensch ins Kaffeehaus und liest seine Zeitung. –

Jetzt, im Krieg, lagen die Dinge natürlich anders. Jetzt focht er als Hauptmann an einer Front im Südosten. Mit Stolz registrierte die Familie, daß sein Name gleich zweimal im Heeresbericht wegen schneidigem Einsatz rühmend hervorgehoben worden war. Gerührt hörte man seine Berichte darüber, wie er immer wieder seinen Mann gestellt habe, und immer waren diese seine Berichte auch mit witzigen Episoden gewürzt. So erzählte er etwa, ihm habe – nach einer eben überstandenen schweren Nierenkolik – der Militärarzt widerraten, aus dem Lazarett an die Front zurückzukehren; er müsse sich von Milch ernähren, und Milch werde sich dort nicht auftreiben lassen. Nun sollte aber eben eine neue Offensive gestartet werden... und nicht um die Welt wollte er die versäumen. So habe er sich gleich zu helfen gewußt. Er kaufte eine Kuh und begab sich mit der Kuh in die Schlacht...

– Und was ist aus der Kuh geworden? –

– Das, liebes Kind, frag mich nicht! –

Er war in den letzten Monaten des Krieges auf irgendeine geheimnisvolle Weise zu einer Menge Geld gekommen. Und nun überraschte er seine Familie damit, daß er mit diesem Geld etwas Einleuchtendes und Nutzbringendes unternehmen, daß er *ein Landgut* kaufen wollte. Seine Wahl fiel auf Kärnten, weiß der Himmel warum, denn Kärnten war damals 1919/20 das einzige Bundesland Neu-Österreichs, in dem es nach Friedensschluß noch blutige Unruhen gab. Deutsche und Slowenen führten Krieg miteinander, das erschreckte Onkel Hubert-Roderich nicht, er zog auf dem Andrähof ein.

Es war ein schöner Hof, einer der größten in der Gegend, zweihundert Joch in einer hübschen Landschaft. Im Süden säumten die Karawanken den Horizont, im Norden sanfte grüne Hügelschwellen. Eine Reihe mächtiger Linden beschattete das Wirtschaftsgebäude und das kleine Blockhaus. In diesem Blockhaus sollte die *Herrschaft* wohnen. Onkel H.-R. richtete sich darin mit seiner Gattin ein.

Diese, nebenbei gesagt seine zweite Frau, war eine sehr langgewachsene hager-knochige und etwas lederhäutige Italienerin, die er knapp vor dem Krieg geheiratet und dann bei seinen Eltern in Pilsen abgesetzt hatte. Ich kannte sie gut, diese Tante Niny. Ihre größte Leidenschaft war, auf violettem Briefpapier mit giftgrüner Tinte – oder auf grünem Briefpapier mit violetter Tinte endlose Briefe zu schreiben. Gern fädelte sie auch winzige Glasperlen auf lange Fäden und verstrickte diese zu den in jenen Jahren modern gewordenen gläsern funkelnden Beuteln. Bei anderen Tätigkeiten hatte ich sie nie beobachtet. Glaubte der Onkel, diese Frau werde jetzt eine tüchtige Gutsherrin werden?

Er jedenfalls stürzte sich mit Elan in das für ihn neue Abenteuer der Landwirtschaft. In seiner Ausrüstung befanden sich etliche Paar hoher glänzender Schaftstiefel: sie würden ihm auf seinen Wegen über Wiesen und Felder vortreffliche Dienste leisten. Auch machte er zu Pferd eine tadellose Figur: diese Umstände belebten seine Begeisterung. Was allerdings seine Kenntnisse in der Landwirtschaft betraf, so gingen sie vermutlich nicht weit über die Erfahrungen hinaus, die er mit der bewußten, im Krieg verlorenen Kuh gemacht hatte. Sicher glaubte er, so schwierig könne es nicht sein einen Hof zu führen: was unbeleckte Bauernlümmel zustande brächten, das werde er, der Hochgescheite, doch mit dem kleinen Finger schupfen!

So war es, nachdem er sich notdürftig im Andrähof eingerichtet hatte, seine erste Tat, seine ganze zahlreiche Familie zu sich einzuladen.

Die Familie kam. Wie denn auch nicht? Damals im Jahr 20 litt man noch immer Mangel und selbst dort, wo der Mangel schon aufgeholt war wie in der Tschechoslowakei: die lange Notzeit des Krieges saß noch in aller Knochen. Ein Leben auf dem Land, auf einem *Gut*, das strahlte Verlockung aus, das spielte in köstlichen Farben: da gab es Eier, Butter, leckere Braten, Obst und Beeren und duftigen Speck. Da stellte man sich vor, man würde schmausen und tafeln und dazwischen spazierengehen und balsamische Lüfte atmen. Und so, voll herrlicher Erwartungen, rückten die Scharen an: des Gutsherrn Mutter, meine Großmutter, die beiden Schwestern Anci und Marci, meine Eltern mit meinem Bruder und mir, eine Cousine, ein Vetter... Mir wäre angst geworden an Hubert-Roderichs Stelle. Ihm nicht. Wohlgelaunt spannte er den zwanzigjährigen Fuchs, Lisa, oder die beiden Wallache ein, den Schecken, der auf dem linken Auge blind war, und den Schimmel, der auf der rechten Hinterhand lahmte. So kutschierte er nach Klagenfurt die Gäste abzuholen, mal mit der Kalesche, deren Federungen gebrochen, mal mit dem Brückenwagen, der sonstwie angeknackst war. Unter munterem Peitschengeknall fuhr man in Lehndorf ein. Die Gäste bejubelten die Gegend: – Wie hübsch, wie reizend, das Bächlein, die Berge, die Linden! Ach, Roderich, ein Paradies! –

Freilich: wenn man von der Straße abbog und in den Andrähof einfuhr, gab es bestürzt gerundete Augen. O Himmel, was war denn da geschehen? Das Wirtschaftsgebäude, von dem H.-R. doch immer berichtet hatte, es sei so stattlich und solide gebaut, auch auf den verschiedentlich verschickten Bildchen hatte es so geschienen, – es sah jetzt plötzlich erschreckend mitgenommen aus: das Dach zur Hälfte abgedeckt, die Mauern von Rissen durchzogen, die Fensterhöhlen gähnend leer. Wie war das passiert? Hatte der Krieg zuletzt doch noch gewütet? Alle Fragen schnitt der Gutsherr mit herrischer Geste ab. Er selbst nämlich hatte das Haus demolieren lassen. Es hatte ihm plötzlich nicht mehr gefallen, es war ihm zu derb, zu bäurisch erschienen, die niedrigen Räume hatten ihn gestört, nachdem er sich selbst einmal den Kopf an einen Balken angerannt – kurz und gut, er wollte das Haus umbauen, vergrößern, modernisieren lassen. Doch mitten in der Arbeit waren Schwierigkeiten aufgetaucht, er hatte die Lust daran verloren und alles stehen lassen wie es stand. Zwei, drei Räume im Erdgeschoß waren noch benützbar, das mochte langen.

Da war ja noch das Blockhaus, das – Gott sei Dank – noch nicht umgebaut worden war. Es war zwar klein, drei enge Stuben im Souterrain, zu zwei Kammern kroch man auf einer Art Hühnerleiter empor. Hier wurden die Gäste untergebracht, nach Männlein und Weiblein getrennt. Es ging ziemlich eng her, wir lagen, wenn ich mich recht erinnere, zu sechst in einer Reihe auf Strohsäcke geschichtet wie die Sardinen in der Büchse. Schränke gab es nicht, kaum Stühle, nur an Mäusen war kein Mangel. Sie gehörten, so ließen wirs uns erklären, sozusagen zu der Hinterlassenschaft des letzten Gutsherren, der seine Vorräte im Krieg hinter den Täfelungen gestapelt hatte, betrügerischerweise und um allfälligen Kontributionen zu entgehen. So hatte er die Mäuse herangezüchtet, nun lebten sie zu Hunderten unter den Dielen, liefen nachts über unsere Gesichter und schossen zwischen unseren Füßen hin und her. Fallen nutzten nicht viel, aber Onkel Roderich hatte ein Verfahren entwickelt, den huschenden Grautieren nachzuspringen und sie mit einem Tritt zu erledigen, das seiner

Behendigkeit alle Ehre machte. Mehrere Mal wurden auch Ratten gesichtet, leider, und einmal mußte eine, die beim Schließen eines Fensters mit dem Schwanz eingeklemmt worden war, mittels eines Kerzenleuchters erschlagen werden.

Niemand hatte daran gedacht, elektrisches Licht einzuleiten, auch kein Wasser gab es im Haus, schließlich fehlte es auch an der allergewöhnlichsten Bequemlichkeit – war diese doch nichts als ein wackliger Bretterverschlag an der Tennenrampe; sie aufzusuchen mußte man den ganzen Hof überqueren, was nicht nur lästig, sondern auch für uns weibliche Benützer eine peinlich–genante Sache war.

Wurden diese Mißstände durch Gewöhnung erträglich – und die ganze Familie war ja herzlich bereit sich in alle Umstände auf Onkels Gut zu schicken – so wurde doch *ein* Übelstand mit der Zeit nur unerträglicher, der nämlich, daß es nichts zu essen gab auf dem berühmten Andrähof. Die Kühe im Stall sahen erbärmlich aus, wie dem Traum des Pharao von den sieben Hungerjahren entstiegen, sie standen trocken oder waren doch nahe daran, vor Alter oder wegen unzureichender Fütterung ihre Milchabgabe einzustellen. Wohl gackerten etliche Hühner in einem Verschlag, doch ihre Eier wurden, wie es sich später herausstellte, von dem diebischen Hüterbuben regelmäßig beiseite geschafft. Truhen und Kisten waren leer, nicht einmal die Hunde hatten satt zu fressen, und das einzige Schwein, das der Onkel hielt, sprang vor Hunger aus dem Pferch und richtete unter dem Federvieh eine blutige Verheerung an.

Kurz entschlossen griffen die Gäste zur Selbsthilfe. Sie ließen anspannen und fuhren in die Gegend hinaus, um da und dort bei barmherzigen Krämern und Müllern oder bei glücklicher wirtschaftenden Grundbesitzern für Geld und gute Worte etwas Nahrung zusammenzuhamstern. Die einen brachten einen Sack Buchweizen, die anderen Türkengries, ein Glücksvogel ergatterte eine Speckseite, Butter und einen Korb voll Eier.

Nun wurde gekocht und gebacken, die Stimmung hob sich: Noch war es ja früh im Jahr, noch stand die Ernte aus. War die einmal herein, dann würde das Schlaraffenleben beginnen.

Doch seltsamerweise hatte Onkel Hubert-Roderich, der Hochgescheite, der Brücken- und Bahnerbauer im Orient, Held von Durazzo usf. wenig Glück auf den eigenen Feldern. Da hatte er sichs zum Beispiel in den Kopf gesetzt, statt der landesüblichen Kartoffeln feine Gemüse zu pflanzen, Blumenkohl etwa, den er selbst gern aß. So ließ er fünf Hektar weit draußen vor dem Dorf – fernab von Brunnen und Bach – mit Setzlingen bestellen. Aber die zarten Pflanzen mochten die grobe Erde nicht und wurzelten nicht an. Der Rest verschmachtete in der Hitze oder erstickte im Unkraut, die letzten wurden von den Raupen des Kohlweißlings bis auf die Strünke abgefressen. Auf zehntausend Kilogramm schneeweißer Rosen hatte der Onkel gerechnet und ihren Erlös kalkuliert, nun geisterte sein Traum über dem dürren und verwilderten Feld traurig aus.

Immer wieder ging es dem Onkel auf diese Weise. Nie wollte er sich dem Landesbrauch beugen, nie auf die Ratschläge der Einheimischen hören. Immer glaubte er, der Techniker, auch mit der Natur nur nach seiner Berechnung, nur nach seinen Entwürfen verfahren zu können. Da war zum Beispiel diese Sache mit dem Truthahn: Es gab auf dem Andrähof einige Truthühner und natürlich auch einen Truthahn, einen prächtigen Burschen übrigens, der den ganzen Tag mit nichts anderem beschäftigt war, als seine Federn zu sträuben und gurrend und kollernd seine Damen zu umkreisen. Ich vermute, dieses aufdringliche Betragen hatte Onkel Hubert-Roderich geärgert. So sehr er selbst darauf erpicht war den Kavalier zu spielen, dem weiblichen Geschlecht zu imponieren und hinter ihm her zu schwänzeln, um so gereizter zeigte er sich, wenn auch ein anderer auf seine Rechnung kommen wollte – und wars auch nur ein Truthahn.

Nun war eine der Hennen brütig und wollte auf ihren Eiern sitzen. Jeder vernünftige Mensch hätte ihr das gestattet. Doch Onkel Roderich fand, damit würde die Henne schon zu viel des Guten getan haben. Habe sie die Eier hervorgebracht, sollte der Gatte dafür brüten. (Warum hatte er sich auch so brünstig aufgeplustert?) So wurde der Truthahn gefangen, in die Ruine des Wirtschaftsgebäudes geschleppt, dort mit Gewalt auf das Nest gepreßt, ein Korb darüber gestülpt, mit Stricken niedergebunden. Der Truthahn protestierte aus Leibeskräften, es nutzte ihm wenig. Er mußte nieder und sich ducken, indessen die Henne trauernd herumirrte und ihr Gelege suchte. Beim Mittagessen verkündete Onkel Roderich triumphierend: er habe den männlichen Egoismus des eitlen Prahlers bezwungen und einen gerechten Ausgleich der Lasten für das weibliche Geschlecht erkämpft. Doch – noch war die Mahlzeit nicht beendet – da verriet ein Lärm vor dem Tor, daß sich etwas Unvorhergesehenes ereignet hatte. Der Truthahn war aus seinem Kerker ausgebrochen, er hatte, nicht ohne die ihm unterlegten Eier zu zertreten, die Stricke gesprengt, den Korb abgeworfen und war entflohen. Zorngeschwollen wanderte er jetzt in der Ruine umher, erschien in den Fensterhöhlen und flog endlich unter triumphierendem Gekreisch aus dem öden Gemäuer zu seinen Hennen herab.

So hatte Onkel Hubert-Roderich wenig Glück mit dem, was er sich vornahm. Trotzdem sah man ihn niemals bedrückt oder mißlaunig oder bereit auch nur den geringsten Fehler zuzugeben. Gern gab er Einladungen für städtische Sonntagsgäste. Dann mußten seine Schwestern am Samstag ausziehen und in der Nachbarschaft Rahm und Schinken besorgen. Die Fremden tafelten an vollbesetzten Tischen und lobten Onkel Roderichs Landwirtschaft. – Nun war es eben an einem solchen Sonntag, als ein fürchterliches Gewitter losbrach. Schon lang hatte man eine schwarze Wolkenmauer im Norden brauen gesehen, finster geballt und sich immer mehr verfinsternd, bis sie sich mit einem Mal in Bewegung setzte und in das Klagenfurter Bekken niederbrauste, von einer Windsbraut geführt, die sich wie eine rachsüchtige Mänade in die Lindenkronen des Andrähofs warf. Wir alle hatten uns in die mittlere Stube des Blockhauses geflüchtet, ein grausiges Brüllen und Dröhnen orgelte um den Dachstuhl, das ganze Haus zitterte unter dem Anprall des Orkans. Vom Sturmwind eingedrückt sprangen die nordwärts gelegenen Fenster auf, aber gleich darauf wurden auch die gegenüberliegenden Fenster aus der Verriegelung gerissen. Hatte sich das Wetter gedreht oder wütete eine Windhose über uns? In weißen Güssen stürzte das Wasser herein – und gleich darauf auch ein peitschender Hagelschlag, die Eiskörner sprangen über Bretter und Estrich, ein prasselnder Aufruhr, ein eumenidisches Strafgericht.

Es war gelungen die Fenster wieder zuzuzwängen und mit raschen Hammerschlägen zuzunageln. Aber draußen tobte das Element mit ganzer Kraft, und jammernd schrien wir durcheinander:

– O Gott, der Weizen! O Gott, das Heu! O weh, die Äpfel, die Birnen, die Bohnen! – Weh über alles, was draußen im Unwetter war.

Nach Minuten häuften sich die Schloßen vor dem Haus wie Schnee im Dezember, vermischt mit einem Gehäcksel abgeschlagener Zweige, zerfetzter Blätter, gebrochener Äste und losgerissener Sparren.

Wie die Nacht verging, weiß ich nicht mehr. Man hatte mich in den Oberstock auf die kollektive Strohmatratze gebracht, wo ich, als das Toben der Natur nachließ, von Angst und Aufregung erschöpft eingeschlafen sein muß.

Der nächste Morgen bot ein klägliches Bild. Weiß war die Landschaft, winterlich – und doch nicht winterlich, denn überall, wo die Sonne leckte, trat das Grün hervor, noch saftig und frisch, doch geknickt und niedergewalzt, zu Tode getroffen.

Gleich neben dem Andrähof hatte sich ein See ausgebreitet. Der kleine reizende Bach, der sonst zwischen Vergißmeinnichtinseln dahinscherzte, war über die Ufer getreten und hatte weite Flächen überflutet. Da schwamm das Heu, nach mühseliger Mahd, die Straße war überschwemmt, eine Brücke war weggerissen. Auch in den Stall war das Wasser eingedrungen und hatte dem ohnehin dürftigen Vieh grausam zugesetzt. Die Kühe standen bis über den Bauch darin, die Schafe waren in ihrer Not auf die Hühnerleiter geklettert und äugten aus grünen Lichtern schreckhaft herunter. Die Truthühner aber und alles übrige Federvieh war jämmerlich ersoffen.

Das war nun freilich ein trauriges Fazit aller Bemühungen, aller Experimente und Pläne und zugleich das Ende des so hoffnungsvoll begonnenen Sommers. Vernichtet war alle Hoffnung auf reichliche Ernte. Aber besonders erbitternd war die Tatsache, daß wohl der ganze Landstrich unter dem Wasser gelitten, daß sich aber die volle Wut des Himmels gerade über dem Andrähof entladen hatte.

Wie die Klagenfurter Sonntagsgäste in jener Nacht davongefahren oder sonstwie zur Stadt zurückgekehrt waren, davon erfuhr ich nichts. Aber auch wir anderen, Hubert-Roderichs Familie, rüsteten nolens volens zur Abreise. Mein guter Vater hatte sich die ganze Zeit bemüht bei der Arbeit auf Hof und Feld zu helfen. Er hatte mit angepackt, wo er konnte, und war sich nicht zu gut vorgekommen mit den Knechten zu säen, zu mähen und Heu zu wenden. Er wollte sich und seine Familie nicht ohne Gegenleistung beherbergen lassen. Er hatte auch immer versucht, Onkel Hubert-Roderich ins Gewissen zu reden, ihm von seinen Experimenten abzuraten, ihn auf den Landesbrauch zu verweisen. Ohne Erfolg. Nun, vor unserer Abreise schloß er sich noch einmal mit dem Gutsherrn ein und redete allen Ernstes mit ihm: Ein gutes Stück Land wie dieser Hof sollte doch nicht verkommen, sollte doch nicht verdorben werden. Es habe ein Anrecht auf gute Wirtschaft, habe ein Anrecht auf Bemühung und Vernunft. Mein armer Vater predigte tauben Ohren. Höflich bedankte sich der Onkel – und fuhr fort zu wirtschaften wie bisher.

Ein Jahr später mußte er wegen totalen Ruins den Hof verkaufen. Nicht genug damit: aus dem Verkauf entwikkelte sich ein Prozeß, aus dem Prozeß ein zweiter und dritter, eine ganze Schlangenbrut fruchtloser und vergeblicher, am Ende nur noch lächerlicher Streitigkeiten. Die meisten gingen zu des Onkels Schaden aus. Er verarmte ganz und gar.

Schon bald nach unserer Abreise hatte er sich von Tante Niny getrennt und sich mit einer anderen, einer viel jüngeren anmutigen und anschmiegsamen Wienerin verheiratet. Aber die junge Frau war auch nicht imstande, Onkel Hubert-Roderichs unternehmungslustige Phantasie zu zügeln, geschweige denn seine Leidenschaft für juridische Verwicklungen zu zähmen. Er trennte sich auch von ihr, das heißt, er ließ sie mit ihrem Kind einfach bei ihren Eltern sitzen, ihr Vater, ein honoriger jüdischer Geschäftsmann aus der Wieden, nahm Tochter und Enkelkind wieder auf.

Er selbst kaufte sich mit dem Rest seiner Barschaft einen alten verrosteten schrottreifen Donaudampfer und gondelte auf diesem einige Monate lang umher. Dann hatte er auch davon genug (vielleicht setzte ihm die feuchte Wasserluft mit Gliederreißen zu). Weitere Prozesse bezahlten seine Geschwister, der treue Hermann-Friedrich und die noch treuer ergebenen Schwestern Anci und Marci. Zum Lohne las er ihnen aus seinen Akten vor: sie strotzten von Invektiven und ironischen Wendungen gegen Minister, Gerichte, Behörden, gegen die ganze österreichische Republik. Den kinderreichen Staatspräsidenten Miklas nannte er ein Kaninchen, einen hohen Verwaltungsbeamten namens Hirsch einen beträchtlichen Sechzehnender. Schließlich wurde es der so oft gefoppten Obrigkeit zu bunt, sie setzte ihn hinter Schloß und Riegel.

Nun war es aus mit Witzchen und Gelächter. Mit großen Anstrengungen und unter großen Kosten wurde der Spaßmacher aus dem Gewahrsam befreit. Da er sein österreichisches Bürgerrecht in einer Aufwallung von Staatsverdrossenheit abgelegt hatte, konnte er als Staatenloser ausgewiesen werden. Wohin konnte er gehen? Er flüchtete in das Haus seiner Mutter (der Vater war gestorben) und zu seinen Schwestern nach Pilsen.

Hier lebte er nun, von den alternden Frauen ernährt und gekleidet und mit einem Taschengeld versehen, das er zum größten Teil für Präsente ausgab: Veilchen und Bonbonnièren für junge Damen.

Dieser Mann stand eines Tages vor meiner Tür, um von mir, in meinem Haus aufgenommen zu werden. Es war im Jahr 45, und mir ging es so schlecht, wie es mir mein Lebtag noch nie gegangen war. Wir hungerten, hatten kein Geld und waren zusammengepfercht auf kleinstem Raum. Er kam als Flüchtling, halbnackt, aus einem tschechischen Gefängnis, ausgewiesen, ausgemergelt, halb wahnsinnig durch die erlittenen Entbehrungen. Obgleich ich ihn nicht mochte, obgleich ich Gründe hatte ihn zu hassen, ihn, seine Leichtfertigkeit, seinen kalten sophistischen Witz, seinen in chevalereske Redensarten verpackten Egoismus, – es kam nichts anderes in Frage als ihn aufzunehmen. Ich zögerte keine Sekunde. Ich hieß ihn willkommen. Ich fütterte ihn. Ich stellte ihm in unserer überfüllten Wohnung noch ein Bett auf. Mein Bruder gab ihm Kleidung aus unseres Vaters hinterlassenen Beständen. Wir teilten alles mit ihm; ein ganzes Jahr wohnte er bei uns. Drei weitere Jahre wohnte er in der Nachbarschaft und verbrachte die Tage in unserem Kreis. Zuerst duckte er sich, war still, bescheiden und erzählte nur von seinen entsetzlichen Erlebnissen. Aber nach vier Wochen kam seine Natur wieder zum Vorschein: er begann Pläne zu schmieden, er begann uns zu tyrannisieren. Er machte mir Vorschläge, was im Haus zu tun und was zu lassen sei. So wollte er unseren ganzen Garten umgraben und mit Spinatsamen besäen lassen. So sollten die Stiele unserer Löffel geschliffen werden, damit man sie auch als Messer gebrauchen könnte. So füllte er den Raum, in dem er wohnte, mit Papieren, Plänen, Akten, Zeichnungen, Reißschienen, Zirkel, Kabeln, Zungenschabern und uferlosen Schriften. Er entwarf Projekte zur Austrocknung des Neusiedler Sees, zur Regulierung der Donau und zur Erdbebenverhütung in der Türkei. Er konstruierte auch eine Vorrichtung, die es einem Kettenhund ermöglichen sollte rund um das Haus zu laufen. Er schrieb: das hatte er sich so angewöhnt in den Zeiten seiner Rechtsstreitigkeiten. Er machte Eingaben, verfaßte Memoranden – und Sonette. Mittels der Sonette, so behauptete er, habe er die Monate der Gefangenschaft überstanden, denn indem er Reime gesucht und unermüdlich zu Sonetten verschlungen habe, habe er seinen Geist wach und sich aufrecht erhalten und sich über die Elendsumstände erhoben, denen seine Zellengenossen, die nicht-dichtenden, wehrlos erlegen seien. Und da ich inzwischen Schriftstellerin geworden war und mit Büchern zu tun hatte, so sollte ich dafür sorgen, daß seine Sonette im Druck erschienen.

Es war eine lange und, wie mir vorkam, unleidliche Zeit. Eines Tages war sie dann doch zu Ende. Er verließ Hall, er verließ Tirol und suchte woanders eine Bleibe. Nachdem er uns noch weitere zwei Jahre mit allerlei Sperenzen, mit wechselnden Vorwürfen, Anklagen, ja, sogar Prozeßdrohungen in Atem gehalten hatte, starb er.

Ich atmete auf, ich glaube, wir alle atmeten auf. Doch fast im gleichen Augenblick, als wir die Nachricht erhielten, setzte ein anderer Vorgang ein. Unser Widerwillen verstummte. Die kaum eingestandene, aber in unserem Inneren still bohrende Furcht vor seiner Rückkehr, vor neuer Plage, neuem Ärger, neuer Tyrannei, diese Angst konnte nun füglich ruhen. Die Erinnerung machte sich über die Bilder her, die wir von ihm hatten, und milderte ihre Schärfe. Plötzlich verblaßten die Züge, die uns gegen ihn aufgebracht hatten, andere traten hervor, solche aus besseren Zeiten, solche aus freundlicheren, versöhnlicheren, ja, rührenden Situationen. Plötzlich vergaben wir ihm. Plötzlich lachten wir über ihn, unbeschwert, ja, in einer Anwandlung heiterer Zärtlichkeit. Plötzlich liebten wir ihn wieder.

Ich liebte ihn wieder, wie ich ihn als kleines Mädchen geliebt und bewundert hatte, wenn er mir erlaubte, sein Bärtchen zu bürsten und seine seidigen Haare zu streicheln: das erste Idol, der erste Kavalier meines Lebens.

UND NOCHMALS: DIE MUTTER

Als meine Mutter im dreißigsten Lebensjahr stand, sagte ein Arzt zu ihr: – Sie werden das achtundvierzigste nicht überleben. – Der Arzt war ihr Hausarzt, er kannte ihre Konstitution. Sie hatte soeben einen schweren Gelenksrheumatismus mit Müh und Not überstanden. Nach solchen Krankheiten stellen sich in späteren Jahren oft Endocardites lentae ein. Heute sind solche Leiden heilbar. Nach damaligem Stand der Medizin waren sie der nahezu sichere Tod.

Das meinte der Arzt, als er meiner Mutter in einer Aufwallung unbarmherziger Offenheit die Prognose hinwarf: Sie werden das achtundvierzigste nicht überleben. – Sie glaubte ihm und lebte von nun an in diesem Bewußtsein.

Man hatte ihr gesagt: heiraten dürfe sie nicht, geschweige denn ein Kind bekommen. Zwei Jahre später heiratete sie meinen Vater, Witwer mit zwei Kindern. Wieder zwei Jahre später wurde ich geboren. Das heißt: sie ließ sich nicht abschrecken sich mit dem Leben einzulassen. Sich zu schonen, dachte sie nicht. Auch die zwei Halbwaisen, für die sie die Verantwortung übernahm, sollten ihr wie eigene Kinder sein. Sie kochte für sie, nähte für sie, pflegte sie, wenn sie krank waren. Niemand sollte ihr auch nur die geringste Versäumnis vorwerfen können, vielmehr – und das wog schwerer: sie selbst wollte sich nicht die kleinste Nachlässigkeit vorwerfen müssen.

Vielleicht war sie sogar zu streng mit sich selbst. Denn da sie sich in einem andauernden moralischen Akt anstrengte, die Mutterschaft an den Stiefkindern nachzuvollziehen und Tag für Tag von neuem zu vergessen, daß die beiden eben doch nicht ihr Fleisch und Blut waren, so wollte sie, daß auch andere vergaßen: die kleine Irmgard etwa, die doch schon vier Jahre alt gewesen war, als sie die leibliche Mutter verlor, aber auch der Gatte. Sie sollten durch nichts erinnert sein. Das brachte Verwicklungen mit sich. Es brachte auch Bitterkeiten. Mein Vater fand sich schließlich damit ab, daß die Bilder der jungen Klara, seiner ersten Frau, von den Wänden verschwanden; daß ihr Name nicht mehr genannt wurde, wenn die Kinder zugegen waren, und daß man schließlich in eine andere Stadt zog, um das Vergessen zu erleichtern.

Die Stadt war Neu-Sandez in Galizien. Keine angenehme Garnison. Die Gegend war zwar schön, aber was hatte man von der schönen Gegend? Wenn es regnete, waren die Wege grundlos, bei schönem Wetter erstickte man in Staub. Die Stadt war trostlos, überall Nachlässigkeit und Lotterwirtschaft. Meine Mutter litt unter der Trennung von daheim. Der garnisonierte Offizier war in solchen Gegenden auf sich selbst, das heißt auf den Umgang mit seinesgleichen angewiesen. Seine Frau hatte Umgang zu pflegen mit anderen Offiziersfrauen (Offiziers*damen* sagte man), so war es ungeschriebene Vorschrift. Meine Eltern hielten nicht viel von diesem Umgang. Meine Mutter haßte die Pflichtvisiten, die obligaten Kränzchen und jours fixes. Das leere Geklapper einer anbefohlenen Geselligkeit ödete sie an. Die leere Routine des Truppendienstes setzte wieder meinem Vater mit Langerweile zu. Er wurde reizbar, galt als strenger Vorgesetzter. Dabei machte er sich Sorgen.

Europa war in jenen Jahren zwischen 10 und 14 ein einziges Pulverfaß. Da saß ein halbes Dutzend Nationen nebeneinander und, wie ihnen vorkam, zusammengepfercht mit einem jeweils verhaßten Nachbarn. Bald funkte es da, bald funkte es dort. Am Balkan wurde unentwegt geschossen, intrigiert, tribuliert. Es konnte sozusagen täglich zum Krieg kommen.

Verzehrende Sorge: Mein Vater sah, daß es nicht gut stand um Österreichs Armee und Staat. Wenn das Pulverfaß explodierte, mußte es die schlecht gerüstete Monarchie ins Verderben reißen.

Verzehrende Sorge auch seitens meiner Mutter: Sorge um meines Vaters Gesundheit und Leben, Angst vor der ungewissen Zukunft, Angst um die Kinder, Angst vor dem eigenen tiefsitzenden Schaden.

Doch noch hatte sie viele Jahre Zeit.

Eines Tages war es dann wirklich so weit: Sarajewo und die Folgen. Die kurze Euphorie rund um die Tage der Kriegserklärung mag meinen Eltern manches erleichtert haben. Mein Vater, erst kurz vorher von dem berühmten Chirurgen Eiselsberg operiert, entschloß sich, trotz immer noch eiternder Wunde, sofort ins Feld abzurücken. Die Mutter fuhr mit uns Kindern westwärts, als Flüchtlinge kamen wir in Pilsen an.

Im Haus der Großeltern konnten wir zu viert nicht unterkommen. Wir mußten in anderen Quartieren unterkriechen, in fremden Betten schlafen, an fremden Tischen essen.

Eine jüdische Familie namens Fried gab uns monatelang Unterkunft.

Endlich kam der Augenblick: – Warschau ist gefallen, die russische Dampfwalze zurückgedrängt, Galizien wieder in österreichischer Hand. –

Obwohl es nicht sicher war, daß die Front stabil blieb und obwohl Seuchen wüteten in der Gegend, wollte meine Mutter nach Neu-Sandez fahren, um unseren zurückgelassenen Hausrat zu holen oder doch Nachschau zu halten, was davon übrig war.

Man warnte sie, sie werde sich überanstrengen, sie werde die Cholera bekommen oder gar den Flecktyphus; doch sie ließ sich nicht zurückhalten, ihre treue Schwester Anci fuhr mit ihr.

Der Abschied vor dieser Reise prägte mir das erste Bild, das ich von meiner Mutter behielt.

Ich stand auf dem Bahnsteig und sie stand am Fenster ihres Waggons, lächelnd und totenblaß und nickte mir zu. Irgendjemand stand neben mir und hielt meine Hand und, als der Zug sich in Bewegung setzte, sagte er mir, ich sollte winken.

Aber ich winkte nicht. Eine Art Erstarrung ergriff mich und etwas wie Begreifen breitete sich in mir aus, Begreifen, was es sie kostete, dorthin zu fahren.

Meine Mutter hatte Glück. Denn in Neu-Sandez fand sie die Wohnung unzerstört. Russische Offiziere hatten in ihr Quartier genommen, aber nichts zerschlagen, nichts besudelt, nichts weggetragen. Im Vorzimmer stapelte sich eine Pyramide von Champagnerflaschen, aber in einem silbernen Körbchen daneben lagen die Karten derer, die hier campiert hatten: Dank an den Herrn Major der feindlichen Armee. (So spielte man Elite, Solidarität über den Abgrund hinweg – seither verlernt).

Nun hatte meine Mutter wieder woran ihr Herz hing: Ihre Möbel, die teuer erkauften, ihre Wäsche, die selbst gestickte, das vielgeliebte Klavier, sie spielte gut und gern. Silber, Porzellan und Küchengerät, alles brachte sie zurück und füllte damit eine Neubauwohnung in Pilsen, drei kleine Zimmer waren es, vollgestopft und ungemütlich, Salon und Speisezimmer wurden nie benützt, wir wohnten in einem Schlafzimmer, zu viert, ziemlich zusammengepfercht, und wenn der Vater auf Urlaub kam, so waren wir fünf.

Abends, wenn wir in unseren Betten lagen und schlafen sollten, saß die Mutter meist noch lange wach, um beim Schein ihrer Klavierlampe Briefe zu schreiben. Sie schrieb an den Vater, an den Mann, den sie liebte und der noch immer im Feld war, ein Jahr in Rußland und Polen, drei Jahre in Italien, endlose Zeit voll Kummer und ewigem Bangen.

Nun war sie hoch in den dreißig, dem vierzigsten nahe, und sie strich die Zeit ab von der ihr verbliebenen Frist.

Kriegsende, Zusammenbruch und Armut, bittere Bedürftigkeit. Der Mann war heimgekehrt, von keiner Kugel getroffen, von schwerer Krankheit verschont, aber verdüstert, unzugänglich, auch der willigsten Liebe kaum erreichbar: stundenlang saß er stumm und starrte die Wand an und, wenn man ihn störte und zurückzurufen versuchte, antwortete er unwirsch. Trotzdem: niemals ein Streit. Die Mutter ehrte seinen Gram um die verlorene Sache, um vergebliche Opfer, sie lehrte auch uns diesen Gram achten, lehrte uns Scheu vor dieser Trauer und trug sie mit ihm, so hab ichs empfunden; und in verschatteter Zeit wuchs der Schatten in ihr.

In Dornbirn konnte sie nicht heimisch werden. Wir lebten, ich weiß nicht wie, von der Hand in den Mund, der neue Staat Österreich war so arm, daß er die fälligen Gagen und Pensionen zu zahlen nicht imstande war. Mein Vater versah eine Zeitlang den Posten des Landeskommandanten von Vorarlberg, aber auch diese Position konnte uns nicht ernähren.

Unsere Verwandten – und wir hatten viele Verwandte in der Gegend – erwiesen sich freundlich und hilfreich und auch nicht die Begütersten unter ihnen ließen uns Überheblichkeit spüren. Aber waren meine Eltern zu stolz, um daraus Vorteile zu ziehen, waren sie zu vorsichtig, um sich in persönliche Abhängigkeiten zu begeben? Wir aßen Maissterz und Rüben, meine Mutter saß tagelang stichelnd an ihrem Nähtisch, um uns aus alten Kleidern neue zu schneidern. Um eine Hilfe im Haus zu sparen, griff der Vater selbst zu, er heizte den Kachelofen, er kehrte sogar die Stuben und schleppte Wasser für den hölzernen Bottich, in dem wir am Samstag badeten.

Endlich im Jahr 21 (dreiundvierzig war die Mutter geworden) kam eine bessere Zeit für uns.

Damals war in ganz Neu-Österreich eine Anzahl Vermittlungsstellen eingerichtet worden, die entlassene Offiziere und entlassene Beamte in neuen Berufen unterbringen sollten: der Hauptmann der Artillerie wurde vielleicht Vertreter, der Oberst der Pioniere lernte um auf Landvermessung...

Mein Vater hatte eine Zeitlang einer solchen Vermittlerstelle vorgestanden und vielen ehemaligen Kameraden ein Unterkommen verschafft. Nun wartete er, daß auch ihm – als dem letzten übriggebliebenen – eine Stelle angeboten würde. Er war entschlossen jede anzunehmen, um seine Familie durchzubringen.

Da aber trat ein Glücksfall ein.

Im Tiroler Inntal wurde ein Verwalter für eine Landwirtschaft gesucht. Der Ort hieß Telfs. Da war eine Fabrik, Eigentum einer Schweizer Firma, in der Fabrik wurde Baumwollzeug gewoben, billiges Zeug. Zu der Fabrik gehörte ein Gut. Es sei, so hieß es, über den Krieg verkommen. Nun sollte sich ein verläßlicher Mann darum kümmern.

Mein Vater meldete sich für diese Stelle. Es war ja einer seiner Herzenswünsche gewesen seit Kindertagen, Bauer zu werden und am Land zu leben. Doch er hatte keinerlei Erfahrung, und abgesehen von dem kurzen Intermezzo auf Onkel Roderichs unglückseligem Andrähof, nie auf dem Land gearbeitet oder gar theoretische Kenntnisse in der Ökonomie erworben. Nur als Soldat, beim Ausrücken in die Landschaft, bei den unzähligen Feldübungen und Märschen hatte er sich umgesehen auf böhmischen Äckern, in karpatischen Wäldern, in der ungarischen Puszta und auf judikarischen Matten. Er hatte die Augen offengehalten, das kam ihm jetzt zustatten. So übersiedelten wir von Dornbirn nach Telfs.

Als wir dort ankamen, sagte meine Mutter zu mir: – *Hier darfst du fünf Steinchen vom Boden aufheben und sagen: sie sind mein.* – Dieser Satz hat sich mir tief eingeprägt. An ihm kann ich ermessen, wieviel meiner Mutter daran gelegen war, daß wir uns eine feste Heimat gewannen, wieviel sie entbehrt hatte in den Jahren des Umherziehens, von Stadt zu Stadt, von Wohnung zu Wohnung und immer auf dem Sprung.

Endlich war es soweit, daß wir etwas Fühlung mit dem Land gewannen, in dem wir lebten. Das war zuerst und vor allem eine ganz materielle Fühlung: Wir hatten einen Garten. Wir hielten Hühner. Wir bekamen die Milch aus dem Stall, den wir kannten, das Holz aus dem Wald, der uns vertraut wurde, die Kartoffeln aus dem Acker rechts oder links nebenan.

Als Wohnung bot man uns eine Art Chalet an mit herrlicher Aussicht, aber eine gute halbe Stunde vom Dorf entfernt; man bot uns auch die Prachtvilla an, die der Vorgänger des jetzigen Fabrikbesitzers sich errichtet hatte, einen Bau aus der Zeit um 1900, mit Säulen und Eichentüren und einer ledertapezierten Bibliothek, aber in einem Schattenloch gelegen, feucht und voll Mauerschwamm. Meine Eltern waren klug genug, beides, Chalet und Prunkvilla auszuschlagen und eine dritte Wohnung zu nehmen, die zwar häßlich aber lebbar und brauchbar, trocken und luftig war: Im sogenannten Mädchenheim.

Dieses Mädchenheim war vor dem Krieg errichtet worden um Arbeiterinnen in der Spinn- und Webfabrik als Unterkunft zu dienen. Man kann sich denken, wie es aussah: Billigst gebaut mit spänigen Böden aus Fichtenholz, braunen schäbigen Türen, die Stiegenstaffel aus abgetretenem Beton, die Toilette im Treppenflur, kein Bad. Kaum hundert Schritte vor unserem Haus lag die Fabrik, ein vierstökkiger Riesenkasten, aus dem acht Stunden des Tages ein verworrenes metallisches Lärmen kam, das Scheppern und Scharren der Webstühle, das Sausen der Schwungräder und Riemen, das Hämmern und Dröhnen aus der angeschlossenen Werkstatt. Das alles störte uns nicht. Nie habe ich meine Eltern über Lärm oder Staub oder die Nähe der Fabrik ein abschätziges Wort äußern gehört. Sie probten von nun an ein Leben ohne Prätention. Sie hatten ein neues Dasein begonnen, – die Mutter, für wie lange?

Aber auch hier war Schattenhalb.

Des Vaters Gesundheit war angeschlagen. Nun sollte er, schon Mitte der Fünfzig, sich als Landwirt bewähren, als Landwirt – das heißt in Tirol auch allemal: als Bergsteiger. Der Gutshof Birkenberg lag nicht hoch über der Talsohle, aber die Wälder, ringsum verstreut, kletterten die Hänge hinauf bis Buchen, bis Wildmoos, die Alm war hinter der Hohen Munde im Gaistal gelegen. Überall mußte der Vater hin; wenn er auch nie selbst Hand anzulegen gezwungen war, er mußte Nachschau halten, und jeder größere Weg kostete ihn mehr Kraft als er hatte, am nächsten Tag lag er dann auf dem Sofa: sein Puls zuckte in Extrasystolen.

Diese Tage waren schlimm, schlimmer als wenn die

Mutter krank lag. Uns Kinder packte die Furcht: was, wenn wir auch hier wegmußten? War der Vater zu alt, um den Dienst zu versehen, mußte er kündigen. Wohin dann mit uns?

Ja wohin? Die Mutter wußte es. In hundert schlaflosen Stunden der Sorge hatte sie die Gewißheit gewonnen: Was auch geschah oder geschehen mochte, das schlimmste war die Heimatlosigkeit. Das schlimmste: kein sicheres Dach haben über dem Kopf; sie, die Bürgerstochter aus Pilsen, in deren Familie Hausbesitz immer erblich gewesen, sie wollte das eigene Haus.

Nun sparte sie. Groschen auf Groschen legte sie zusammen. Längst hatten meine Eltern gelernt auf einst gewohnte Freuden zu verzichten: für sie gab es kein Theater, kein Konzert, keinen Urlaub. Auch wir Kinder wurden knapp gehalten. Wenn ich einen Bleistift verlor oder einen Handschuh liegen ließ, bekam ich Schelte: – Du wirst als Bettlerin sterben, sagte die Mutter.

Endlich zeigte sich eine Möglichkeit: aus dem Pilsner Familienbesitz wurde ein Haus veräußert (einer der Brüder, – wer konnte es anders sein als der leichtfertige Hubert-Roderich? – drängte auf Verkauf). Der Anteil meiner Mutter wurde unter abenteuerlichen Umständen über die Grenze geschmuggelt. Auch meine Tante Anci gab ein Schärflein hinzu. Nun konnte man daran denken, Grund und Boden zu erwerben. Mein Vater zeichnete Pläne. Meine Mutter drängte auf raschen Kauf. Drei Jahre noch – und noch zwei. Das Leiden, von dem der Arzt gesprochen hatte, meldete sich mit ersten wetterleuchtenden Vorzeichen. Sie hatte keine Zeit mehr zu verlieren. Endlich wurde in der kleinen Stadt Hall ein Bauplatz gefunden, der geeignet schien: ein Stück Wiese am Rand der geschlossenen Siedlung, am Rand der Felder. Eine Mauer zog sich der Gasse entlang. Hinter der Mauer wollten wir bauen. Die Gasse hieß Fuxmagengasse. Seltsamer Name.

Der Grundstein wurde gelegt. Ein Zimmermann versprach den Bau solide auszuführen.

Nun stand meine Mutter im 47. Lebensjahr.

Eines Sonntags, es war etliche Wochen nach der Firstfeier, holte sie mich aus dem Institut, wo ich zur Schule ging, sie holte mich, um mir die künftige Heimat zu zeigen. Es war, ich kann mich noch genau erinnern, ein sehr schöner, von Föhnlicht vergoldeter purpurdurchflossener Oktobertag. Wir fuhren mit der polternden Trambahn hinaus in die kleine alte Stadt. Die Mutter führte mich durch die düsteren Winkelgassen, dann bogen wir hinaus ins Sonnig-Freie. Hinter der krummen Steinmauer, die von wildem roten Weinlaub leuchtete, erblickte ich zum erstenmal das neue Haus. Es war Sonntag, niemand war auf dem Bau. Wir traten ein, da lagen statt des Estrichs noch die rohen Trame, unverputzt standen die nackten Ziegelmauern, durch die Fensterlöcher flutete das Licht. Die Mutter ließ mich in das obere Stockwerk klettern, hier sollte das Speisezimmer sein und da die Küche und weiter oben hinter dem langen Holzbalkon mein und der Schwester Zimmer.

Ich schweifte durch die Räume, spähte durch die Luken, hell und hoch stand der Dachstuhl, noch ohne Ziegeldecke und weit flog der Blick über Felder und Gärten, über das breite Tal und über den Kranz der Berge rundum, deren Gipfel schon verschneit waren.

Die Mutter war drunten geblieben, ich rief zu ihr hinab, rief immer wieder, immer einsilbiger kam ihre Antwort. Da stand sie, zwischen Aushub und Gruben, sie hatte eine Handvoll Erde aufgehoben und sah darauf nieder und zerbröselte die Krume in der behandschuhten Hand.

Das war im Oktober 25, und zehn Wochen später feierten wir mit ihr das letzte Weihnachtsfest.

Es war in der Tat höchste Zeit für sie geworden, das Heim für die Ihren zu erbauen, denn ehe das Neue Jahr kam, stellten sich nächtliche Fieberanfälle ein, die Anfälle steigerten sich, kamen schnell auch am Tage, entsetzliche Beängstigungen überfielen sie. Man schaffte sie ins Krankenhaus und holte sie wieder zurück, weil auch da keine Hilfe war, und im März kam meine Großmutter angereist, endlich benachrichtigt, um die Tochter zu pflegen, sie pflegte sie Tag und Nacht mit allen Kräften, die die Übersiebzigjährige noch besaß, und Anfang Juni ging es zu Ende.

Damals blühten in unserem Garten die Schwertlilien. Niemals zuvor und niemals nachher habe ich sie so schön blühen gesehen. Als es dämmerte und dunkelte, leuchteten sie noch eine Weile, als hätten sie etwas vom Licht des Tages in sich eingesogen. So schien es mir jedenfalls und es berührte mich wie eine geisterhafte Gegenwart. Seither fällt mir immer meine Mutter ein, wenn ich diese Blumen sehe; irgendetwas von ihrem Wesen fühle ich in den Pflanzen ausgedrückt: aus dem starren Blätterbündel, in dem jedes Blatt an ein geschliffenes Schwert erinnert, steigt der schlanke Schaft und aus ihm die Blüte, geheimnisvoll zart, von der blaßblauen Farbe der Schwermut, gesiegelt mit der kleinen goldenen Krone im Innern.

BESTECHUNG

Zum Begräbnis hatte sich fast die ganze Verwandtschaft versammelt, die Geschwister meiner Mutter, die Schwester meines Vaters; natürlich waren auch meine Geschwister da. Alle waren sich darin einig, daß meiner Mutter Tod ein großes Unglück sei, für jeden einzelnen von uns, ein großes Unglück, doch das größte für mich.

Ich war vierzehn. Man hielt mich für ein Kind.

Ein Kind mußte erzogen werden.

Das Institut, in dem ich das letzte Schuljahr verbracht hatte, ein Schülerheim im Innsbrucker Wilten, in dem eine tranig-träge Schulrätin, unterstützt von einer einzigen kleinen, über Gebühr geplagten hilflosen Klosterschwester, die Aufsicht führte, dieses sogenannte *Marienheim* sei, so hieß es, nichts für mich. Dort war alles, wie man naserümpfend feststellte, ländlich-sittlich, nämlich primitiv und von einfachstem Zuschnitt: Wir schliefen zu fünfzehnt in einem Saal, wuschen uns an einer mit kaltem Wasser beschickten Blechrinne, aßen ein schlampig zusammengehudeltes Futter. Nein, das alles war nichts für mich. Dort war die Aufsicht mangelhaft, die Erziehung ungenügend, dort lernte man keine Manieren.

Onkel Hubert-Roderich formulierte es kurz und bündig: – Dort kann man sie nicht lassen. Dort wird sie ein Trampel. –

Ich haßte ihn für diesen Ausspruch. Ich liebte mein Marienheim. Ich fühlte mich wohl dort, trotz Blechrinne und fünfzehnbettigem Schlafsaal, fühlte mich wohl unter den Institutsgenossinnen; die meisten kleine Tiroler Bauernmädchen, die, weil sie vielleicht ein wenig besser lernten als andere, aus ihren Dörfern hierher nach Innsbruck geschickt worden waren, auf Hauptschulen, Handelsschulen, auch auf das Pädagogium. Zum erstenmal in meinem Leben hatte ich Anschluß an eine Gruppe gefunden, zum erstenmal fühlte ich mich aufgenommen in einer gutmütig-duldsamen, rauhbeinig-herzlichen Kameraderie.

Aus. Aus.

Kaum war die Mutter gestorben, bedeutete man mir, ins Marienheim könnte ich nicht mehr zurück – (und dabei hatte ich der Mutter doch erst vor kurzem das Versprechen abgebettelt, daß ich das nächste Jahr wieder dort wohnen dürfte).

Mein Vater verhandelte mit meiner Großmutter (die er liebte und achtete) und mit meinen Tanten (gegen die er gewisse Vorbehalte hegte). Das Ergebnis der Verhandlung war, daß ich den Frauen übergeben und von ihnen nach Pilsen mitgenommen werden sollte. – Für zwei Jahre nur, sagten sie, nur für zwei Jahre! –

Ich wollte nicht. Ich liebte meinen Vater, ich hatte ihn inzwischen lieben gelernt, die Scheu des Kleinkinds war überwunden. Statt dessen war in mir eine eifernde und leidenschaftliche Zuneigung zu ihm aufgekeimt, mit Stolz unterfüttert, mit Stolz auf ihn, Parteinahme für ihn.

Nun sollte ich ihn verlassen. Das tat weh.

Ich vergaß den Augenblick nicht, da mein Vater, laut aufweinend, neben mir an der Bahre der Mutter niedergekniet war: ich hatte mir nie gedacht, daß der Vater imstande sei zu weinen. Nun hatte er vor mir geweint und die starre Hand meiner Mutter mit Küssen bedeckt und dieser Augenblick hatte mich tief betroffen und mich ihm noch einmal angenähert. Auch zu meinen Geschwistern fand ich in jenen Tagen einen anderen Zugang: zum erstenmal flohen wir zueinander, wie junge Vögel, denen der Sturm einen Teil des elterlichen Nestes zerstört hatte. Es fiel kein

Wort zwischen uns, das war auch nicht nötig. Zwischen uns wollte sich zum erstenmal eine fugenlos verkittete Gemeinschaft bilden.

Aber nein. So nicht. Noch nicht. Für mich begann der Pilsner Zwischenakt.

Meine Schuld: ich wills nicht leugnen. Ich ließ mich bestechen. Gegen meinen standhaften Widerstand hätte mich niemand gezwungen. Mich lockte das weichere Nest. Mich lockten vermutlich auch, ohne daß ichs mir eingestand, die bequemeren Verhältnisse. Immer schon hatte ich es erfahren: In Pilsen ließ es sich leben. Das Essen war üppig. Die Kronen saßen lockerer. Da gab es Vergnügungen, neue Kleider, Verwöhnung.

Meine liebe und gute Tante Anci wußte ganz trefflich auf dieser Klaviatur zu spielen. Sie setzte sich in jenem Sommer zu mir und malte mir aus, was sie mir alles in Pilsen verschaffen könnte. Ich sagte: – Ich möchte ein eigenes Zimmer haben. – – Du kriegst es –, sagte sie.

Ich kriegte es nie, aber in diesem Sommer malte sie mir es aus: neue weiße Möbel, Vorhänge aus geblumtem Batist, einen Bücherkasten und – Herrlichkeit aller Herrlichkeiten: einen eigenen Schreibtisch.

(Komm dagegen auf, Marienheim!)

Auch Kleider versprach mir die Tante: Nach dem Trauerjahr könnte ich die hübschesten Sachen bekommen. Und Reisen versprach sie mir, zu Ostern nach Prag und in den nächsten großen Ferien nach Venedig.

(Diese Versprechen hielt sie auch).

– Und du weißt doch, Kind, alles was du brauchst ... für dich alles. – Ich schüttelte den Kopf und bockte noch immer. Nein. Doch ich wußte schon, daß ich log.

Ich war schon gefallen.

MISSGESCHICKT

Ich kam aus Tirol, aus einer geschlossenen Gesellschaft, kam in die zwar bürgerliche, aber vergleichsweise weit geöffnete Gesellschaft der westböhmischen Industriestadt.

Ich war sieben Jahre zuvor aus Böhmen in das alpine Österreich versetzt worden und war dort eine Fremde gewesen. Jetzt war ich zurückgekehrt – und auch hier wieder eine Fremde.

Als ich an einem Septembermorgen des Jahres 26 das Zimmer der fünften Klasse im Mädchen-Reform-Real-Gymnasium betrat, muß ich meinen Schulkolleginnen höchst mißgeschickt erschienen sein: Ein dickliches Mädchen mit langem, in Zöpfe geflochtenem aufgestecktem Haar, blaß, sommersprossig, kurzsichtig blinzelnd. Sie steckt in einem scheußlichen schwarzen Kleid, das ihr fast bis zu den Knöcheln reicht, dabei schreibt die Mode den Saum bis knapp zum Knie vor. Die Strümpfe und die plumpen Schuhe sind gleichfalls schwarz, das ganze Wesen sieht verunglückt aus. Wo kommt *die* her. Die!

Das Alpenkind, nennt sie der Französisch-Professor, der fesche Pittermann, und witzelt darüber, daß sie keinen Spaß versteht und bei jeder seiner Annäherungen einen roten Kopf bekommt und ein böses Gesicht macht.

Die Jungfrau vom Dienst, nennt sie der Chemie-Professor, der grobschlächtige Ruschka.

Sie trauriges Sordino! schimpft sie der schon etwas schwerhörige Musikprofessor, dem sie mit ihrer leisen kreidigen Stimme auf die Nerven geht.

Die Mitschülerinnen beachten sie kaum. Sie sind – en bloc – gerade damit beschäftigt, einem verabschiedeten jungen Professor nachzutrauern.

Sie sind alle in ihn verliebt, *verknallt,* heißt der einschlägige Ausdruck – *denn er war himmlisch.*

Die Neue schweigt und lächelt verquält und geniert.

Zwei Mädchen schließen sich ihr an: eine etwas zurückgebliebene, lymphatische Siebzehnjährige, mit der sonst niemand etwas zu tun haben will, und eine extrem hagere abscheuliche kleine Hexe mit beschädigten Schneidezähnen, die ebenfalls isoliert ist, da sie alle anderen für falsch, ehrgeizig und intrigant halten, und die sich deshalb jedem, der sie noch nicht näher kennt, an den Hals wirft.

Die Neue nimmt die beiden Freundschaften hin wie ein Geschenk. In den Kern der Klasse dringt sie nicht vor. Sie ist zu fremdartig, zu tief eingesponnen in ihre Art; der Ko-

kon, aus Schüchternheit und moralischem Hochmut, aus Unsicherheit und Eigensinn gewirkt, hält ein ganzes Jahr.

Ein ganzes Jahr steht sie abseits, immer in schwarzen Kleidern, mit aufgesteckten Zöpfen, immer verstockt, verstummend, wenn die anderen davon reden, daß sie mit ihren Freunden ins Kino gehen und dort einander küssen. Das ist hier schon üblich so in Pilsen, Flirt und ein bißchen Geschäker und Bäumchenwechseln. Man hat als Fünfzehn- und Sechzehnjährige zweimal die Woche sein obligates Rendezvouz mit fixem Programm: Man trifft sich bei der Branca, promeniert am Waldeck vorüber und haut dann ab in stillere Gefilde. Am nächsten Tag begakelt man das alles im Kreise der Freundinnen, aber zugleich, fast zugleich weiß es schon die ganze Klasse, und wer nicht mittut bei dem rituellen Spiel, gilt nichts, gilt für dumm, unterentwickelt, unattraktiv.

Unattraktiv. Das wird es wohl sein. Aber die kleine Hexe mit den beschädigten Schneidezähnen weiß die herzdurchbohrende Kränkung in eine Schmeichelei zu wickeln: – Ach, weißt du, ich glaube, früher, vor fünfzig Jahren vielleicht, da hättest du gefallen. Da hätte man dich schön gefunden. Für die damalige Zeit hättest du gepaßt. –

Mag sein. O ja. Für heute: mißgeschickt.

Und wieder ist die kleine Hexe da und reibt sich wie ein Kätzchen an meiner Schulter: – So sag doch, sag doch endlich einmal. Du warst doch sicher schon verliebt? –

Verliebt?

Mir verschlägt es den Atem. Daß jemand fragen kann, so einfach fragen. *Verliebt.* So hat noch niemand zu fragen gewagt: geradezu und ins Gesicht hinein, als gäbe es keine Scham und keinen Winkel, wo nur das Eigene, nur das *Eigenste*... Was gehts dich an?

Ich will nicht gefragt sein. Nicht wie du fragst. Und nicht von dir. In solchen Fällen geht man in Deckung, macht sich flach wie eine Flunder, legt Tarnfarbe an, gründelt im Schlamm, im Algenmoos. Man will sich nicht preisgeben.

Oben flattert eine Attrappe im Lügenwind.

Denn die Wahrheit: eine lange Geschichte. Sie reicht zurück in die Kindheit, tief hinab in die Kindheit, da war man neun. Dann durch Verwirrung gezogen, verballhornt in kindlichen Haß, kindlichen Aufruhr. Mit zwölf tauchte das Wort *Liebe* auf, es stand in Büchern, aus ihnen trat es hervor, trat zu früh hervor und in das eigene Leben, das wußte man wohl, doch es war da und hatte mit einem Schlag alles verwandelt: man war allein mit ihm, Tag und Nacht, wie mit einem Raub, mit einem eifersüchtig gehüteten Diebsgut (denn das Wort Liebe auch nur zu denken, war verboten), dann gedacht, immer dasselbe, derselbe Name, dasselbe Bild, Wochen, Monate, Jahre, endlose Jahre der Vorjugend. Tatsächlich geschah so gut wie nichts: eine Begegnung, fünf Worte, wieder eine Begegnung, ein Lächeln, ein Blick, ein Jahr lang nichts mehr, dann ein Brief, nach Monaten ein zweiter. Weit weg.

Weit weg und alles verschwiegen.

Ein einziges Mal Gespräch mit der sterbenden Mutter: Geständnis, Bekenntnis, Versprechen: – Für immer wird mir das dauern. –

Die Mutter zu ihrer Mutter in banger Nacht: – Ich sterbe beruhigt. Das Kind ist *bewahrt.* –

Beim sogenannten Maiausflug gegen Ende des Schuljahrs kam es zum großen éclat zwischen mir und der Klasse: In einem Wirtshaus im Böhmerwald entzündete sich während des Abendessens ein Streit. Es ging – ja, worum ging es wohl? – Es ging um Religion, um Dogmen der römisch-katholischen Kirche, um Unbefleckte Empfängnis und Jungfrauengeburt. – Das gibt es doch nicht –, meinte eins der Mädchen, die orientalisch kuhäugige Trude Sonnemann, – ein Unsinn, an so was zu glauben. –

– Und auch die Beichte ist Unsinn –, fiel eine andere ein.

– Und die Auferstehung –, steuerte eine dritte bei, – und überhaupt alles über Wunder und Unsterblichkeit, Mumpitz. Mumpitz. –

Ich antwortete, heiß vor Zorn. Ach, nicht daß ich selbst nicht schon oft Gedanken des Zweifels gedacht hätte, aber die Art und Weise, wie hier abgetan und abgewertet wurde, versetzte mich in helle Empörung. Gerade die Dümmsten der Klasse, so schien es mir, rissen den Mund am weitesten auf, gerade die erbärmlichsten Spatzengehirne tschilpten den kecksten Spott. Mit allen Kräften setzte ich mich zur Wehr, natürlich allein. Wer hülfe mir schon?

Zwar: die Lehrerin sucht die Wogen zu glätten. Sie steht formal auf meiner Seite, redet von Toleranz, die jeder anständige Mensch gegen die religiösen Überzeugungen eines andern zu üben habe. Doch diese Hilfestellung bringt mich ganz aus dem Häuschen, ich fühle mich erst recht herabgesetzt, für schonungsbedürftig erklärt, als sei der Glaube ein Makel, eine Schwäche, eine Art Bresthaftigkeit, wie ein Hinkefuß oder ein Wolfsrachen, dem man um Gottes willen Rücksicht schuldet.

Ich schreie die Lehrerin an: – Seien Sie ruhig, Sie, Sie verstehen nicht, was ich meine. –

Und dann gegen das Rudel der Spötterinnen – und in diesem Augenblick scheint mir die ganze Klasse zu diesem Rudel zu gehören: – Was seid ihr denn schon, ihr? Nichts seid ihr als ein Haufen Huren. – Entsetztes Verstummen. Auch meinerseits. Vernichtend schlägt das Gefühl in mich ein: ich bin zu weit gegangen, ich habe mich ins Unrecht gesetzt, und was ich eben noch so heftig fühlte, Verachtung, Haß, Wut, all das Geballte, es ist geplatzt, entleert, zusammengesunken wie ein angestochener Luftballon.

Nach einigen Schrecksekunden steht die Lehrerin auf: – Ich will das nicht gehört haben –. Und dann: – Übrigens ist es Zeit, schlafen zu gehen. –

Huren hatte ich meine Schulkameradinnen genannt, hatte das Schimpfwort, unbesehen wen es traf, über den Tisch gefetzt (wie ich später einmal ein offenes Messer über den Tisch werfen sollte).

Aber es war doch gar nicht so, daß mir das Wort leicht von den Lippen gegangen wäre, möglicherweise hatte ich es damals zum erstenmal gebraucht, Worte wie dieses gehörten nicht zum aktiven Wortschatz in unserem Haus. Es war ein Wort von der anderen, der abgewandten Seite der Welt. Ich war bald vierzehn, als mir als dunkle und nahezu unglaubhafte Saga ans Ohr drang, daß es Frauen gab, die sich für Geld verkauften; auch, daß es Häuser gab, in denen das tagtäglich geschah, ja, die eigens dafür eingerichtet waren, daß es auch in unserer Stadt solche Häuser gab, und irgend jemand hatte mir einmal geflüstert, wo diese Häuser lagen. Sie waren nahe dem Bahnhof, hinter einem Zaun an den Gleisen, und wenn man vorbeifuhr, konnte man in ihre Fenster schauen. Ja, das tat ich seither, wann immer ich vorüberfuhr, warf ich einen verstohlenen Blick auf die drei Fassaden, die mit besonderem Namen gekennzeichnet waren, und immer empfand ich es als eine Art Niederlage, wenn ich auf den Augenblick wartete und es nicht lassen konnte, hinzublicken.

Einmal, ein einziges Mal nur wagte ich den Weg durch die Straße, an der diese Häuser lagen. Hastig ging ich, beinahe laufend, so hetzte ich vorbei. An zweien der Häuser waren Türen und Laden geschlossen. Aber an dem dritten stand ein Fenster offen, und in dem Fenster saß eine Frau, eine stämmige Person mit einem runden rohen, gleichwohl raubvogelhaft scharfen Gesicht, sie sah nicht sinnlich, sondern nur hart und geldgierig aus. Ihr Blick kreuzte den meinen für eine Sekunde, ihre Augen blieben ganz unbewegt.

An diese Begegnung – wenn man ein solches Blickekreuzen eine Begegnung nennen will – dachte ich nur mit einem abergläubischen Schaudern zurück. Ich habe nie jemandem davon erzählt. Jetzt schreibe ich es auf.

UNTER DER GLOCKE

Es muß wohl gesagt sein, irgendeinmal:

Mit dem, was man Geschlechtlichkeit nennt, hat man es uns nicht leicht gemacht. Über diesen Bereich des Lebens, des Daseins, der Natur, hatte man eine schwere Glocke gestülpt: Tabu.

Diese schwere schwarze Glocke stand wie ein Fremdkörper in der sonst eher liberal aufgelockerten Landschaft unserer Erziehung. Man war in meiner Familie nicht prüde in engerem Sinn; daß es Nacktes gab in der Kunst, war selbstverständlich, und daß das Nackte dort als Abglanz des Göttlichen, des Reinen und Vollkommenen aufgefaßt werden konnte, das war durchaus denkbar. Die verquälten

Schamhaftigkeiten in unserer dörflichen Umgebung wurden als Lächerlichkeiten abgetan.

(So war es mir in der Telfer Schule verboten worden, in Söckchen zum Unterricht zu erscheinen. Meine Mutter ließ mich im Sommer trotzdem in Söckchen zur Schule gehen, mit dem Erfolg, daß ich mir in der Nähe des Schultors Socken und Sandalen auszog, beides ins Gebüsch warf und barfuß weiterlief, denn barfuß laufen war erlaubt, das war ein Zeichen der Armut und nicht anstößig. Wenn es dann regnete, waren Schuhe und Socken durchnäßt, eine neue Schwierigkeit für mich, das erzieherische Dilemma, in dem ich steckte, auszutarieren.)

Trotzdem: die schwarze Glocke.

Ich will mir überlegen, woher das Gewicht, die Schwärze, die drückende Last dieser Glocke rührte.

Sie rührte von meiner Mutter, zweifellos. Und rührte möglicherweise daher, daß meine Mutter, Kind einer unglücklichen Ehe, von der Überzeugung durchdrungen war, daß Geschlechtlichkeit Unglück stiften kann, daß das ganze Dasein zu verderben imstande ist. Überdies hatte sie ihren alten tyrannischen Vater oft und oft mit niederschmetternder Verachtung von gefallenen Mädchen sprechen gehört; vielleicht hatte sie auch noch in den Ohren, was er einmal im Zorn zu seiner ältesten Tochter gesagt hatte: – Wenn du entehrt bist, bring ich dich um. – So redeten damals Väter zu ihren Töchtern.

Emilia Galotti, man kennt die Geschichte. Der Dolch des literarischen Vaters funkelte in manchen realen Familien geisterhaft im Hintergrund. Hart? Ja, aber so war die Zeit. Ein einziger Ausrutscher im jugendlichen Triebdruck konnte alles zerstören: Den Ruf der Familie, die mit List und Tücke und jahrelang verbissenem Roboten erreichte Stellung des Vaters, die Hoffnung auf weiteren Aufstieg der Söhne, die Hoffnung auf standesgemäße Vermählung der anderen Töchter; einmal schwach geworden – und alles war futsch. Die Tugend der Töchter, sie war die Bedingung der Bedingungen, unter denen aus dem Herrn Revisor ein Oberrevisor, aus dem Amtsrat ein Hofrat, aus dem Militärmedizinalakzessisten ein Militärmedizinaloberakzessist werden konnte.

Das alles hatte seinen Preis.

Die *Ehre* hatte *ihren* Preis.

(Ehre, das Wort ist uns fremd geworden, doch wer heute noch Kaufleute über Kreditwürdigkeit reden hört, kann sich in dieser Richtung Gedanken machen.)

Wie waren denn nun Ehre und Tugend am besten zu bewahren? Nicht nur indem man sich bereitmachte, sie mit Zähnen und Klauen nach außen zu verteidigen, sondern und vor allem, indem man ihre Gefährdung von innen her leugnete, glattweg und unentwegt leugnete. Das war Suggestiv-Methode.

Gefährdet war die Tugend der Töchter natürlicherweise vor allem durch die Töchter selbst, sie waren ja Wesen aus Fleisch und Blut, gut genährt, prall und jung, geschont und kribbelnd vor Lebenslust und Lebenssehnsucht. Doch darüber kein Wort, nie ein Wort. Tabu.

Daß der Mensch essen und trinken will und muß, das verstand sich von selbst. Auch daß er sich bewegen und unterhalten sein will, wurde anerkannt. Ja, daß er einmal Unfug treiben und toben mag, wurde für erwägenswert und verzeihlich gehalten. Aber daß junge Mädchen aus guter Familie – aus *guter* Familie, bitte sehr!! – nach einem Mann begehren könnten, das war undenkbar.

Es war nicht nur Fremden gegenüber, es war auch in eigenem Familienkreis unaussprechbar. Unmöglich das Geständnis zwischen Schwestern: Du, ich möchte... Unmöglich sogar zwischen Freundinnen: Du, mich zieht es... Selbst dem eigenen Ich gegenüber: tabu.

Der Triebdruck der Natur, also geleugnet, nicht einmal zur Denkbarkeit erhoben. Doch was nicht genannt, nicht gedacht, nicht gewußt wurde, dem konnte (so schloß, so hoffte man) nicht nachgegeben werden. Die Unwissenheit wurde als erste mächtigste Schranke betrachtet. Sie war *das* unübersteigliche Hindernis. (Und die Schranke hielt in tausend Fällen besser, als man es heute für möglich hält.)

Zugelassen hingegen, wenn auch mit äußerster Vorsicht und unter strengen Kautelen war *Liebe.* Bei jüngeren Jahrgängen hieß es *Schwärmerei.* Da spielte Romantik mit und die allgemeine Wertschätzung von Gefühlen. *Liebe* war im glücklichen Fall Vorstufe bräutlicher und schließlich ehefraulicher Gefühle. *Schwärmerei* dagegen galt für erste täppische Einübung, für eine Art Kindergartenschule der Gefühle. So mochte sich das junge weibliche Wesen stufenweise vorbereiten auf das, was einmal kommen sollte: Heirat, Kinder, Familie. Ihre Weiblichkeit war nicht Sache ihrer Physis, sondern ihrer Emotionen. Hier war sie zur Fähigkeit aufgefordert, sublimativ, in die Entfernung zu lieben.

In unserer Familiengeschichte gab es einige mehr oder minder rührende Beispiele solcher Liebe in die Ferne:

Meine Tante Marci zum Beispiel, ein eher häßliches Mädchen; der Vater wollte sie verheiraten, doch als der prospektive Bräutigam erschien, war sie verschwunden, wie vom Erdboden verschluckt. Sie hatte den jüngsten Bruder gebeten, sie in den Dachboden einzuschließen und den Schlüssel – für ein Honorar von 20 Kreuzern – aus dem Fenster zu werfen. Empfang und festliches Mittagessen mußten ohne sie stattfinden. Der vom Vater in Aussicht genommene Mann kam sich genasführt vor und reiste erbittert ab.

Mit dreißig ging Marci für zwei Jahre nach Wien, um als Gasthörerin an der Universität Deutsche Literatur zu hören. Natürlich ging sie auch ins Burgtheater, und dort geschah es dann: sie verliebte sich in Joseph Kainz, Joseph Kainz als Don Carlos. War ihr, der Tochter eines autoritären Vaters die Generationen-Tragödie so tief unter die Haut gegangen, daß sie sich selbst in Carlos wiedererkannte? Kurzum, sie liebte. Sie besuchte jede Aufführung, in der der angebetete Mime auftrat. Als Cyrano von Bergerac sah sie ihn zwölf-, als Carlos fünfundzwanzigmal. Geduldig stand sie stundenlang an der Theaterkasse in der Schlange. Alles was sie Kainz auf der Bühne sprechen hörte, lernte sie auswendig, alle Schillerballaden, von denen es hieß, daß er sie liebte, konnte sie noch mit sechzig fehlerfrei.

Eines Tages bot ihr jemand an, sie mit Kainz bekanntzumachen. Kainz sollte an diesem Abend eine große Gesellschaft besuchen. Dort werde sich eine Gelegenheit ergeben, man habe ihm schon von seiner Verehrerin erzählt ...

Die Liebende geriet in grenzenlose Verwirrung. Sie besorgte sich ein neues Kleid. Sie ließ eine Friseuse kommen und sich die Haare kräuseln. Dann machte sie sich auf den Weg. Schon war sie vor dem Haus angekommen, in dem die Gesellschaft stattfand. Sie sah die Fenster erleuchtet, sah dahinter die Schatten gleiten, hörte verworrene Klänge, es wurde Musik gemacht...

Dort oben war *er*.

Sie stand und schaute. Sie stand und schaute. Eine Stunde verging, eine zweite verging, schon verließen die ersten Gäste wieder das Haus. Da kehrte sie um und ging fort. Wankend kehrte sie in ihre Pension zurück. So verlief ihre Liebe zu Joseph Kainz, die einzige Liebe ihres Lebens.

Ist das zu glauben?

Auch die erste Beziehung meiner Mutter stand unter dem Stern der Ferne und Entrückung. Wie ich schon schrieb: der junge Mann ertrank. Sie trauerte um ihn viele Jahre, der Tod gab ihrer Liebe eine besondere Würde, eine Aura von Sternenschimmer und Unendlichkeit.

Ein dritter Fall wurde mir aus unserer Bekanntschaft berichtet: Eine kleine Bankbeamtin verliebte sich in einen Musikstudenten, er wußte nichts davon. Aber sie hörte ihn täglich aus dem Hinterhaus auf seiner Bratsche spielen und dabei husten, denn er war lungenkrank, von neuem spielen und von neuem husten, es zerriß ihr das Herz. Sie suchte den Direktor ihrer Bank auf, log ihm vor, der Musikstudent sei ihr Cousin, ihr Cousin sei krank und müsse in ein Sanatorium, doch er nehme kein Geld von ihr, aus Stolz, aus Rücksicht, aus welchem Grund auch immer. Sie bat den Direktor, ihr Gehalt bis auf einen winzigen Rest einzubehalten und dem Musikstudenten zu überweisen, als ob es sich dabei um eine Spende der Bank, um eine Geste mäzenatischer Großherzigkeit handelte. So geschah es auch. Der Student brach sein Studium ab, ging in ein Sanatorium, dort heilte er sich aus, kehrte zurück und heiratete, doch nicht etwa die, die ihm Gesundheit und Studium erkauft hatte, sondern eine andere Frau. Die Bankbeamtin schwieg und resignierte. Jetzt war der Musikstudent schon ein wohlbestallter Dirigent und brauchte ihre Hilfe nicht mehr. Doch eines Tages nach Jahren schlug wieder ihre Stunde. Der Geliebte starb, auch seine Frau starb. Ein Sohn blieb zurück. Seiner nahm sich die Einsame an, aber auch von ihm wollte sie nicht gekannt sein. Von Neuem unternahm sie den Trick mit dem wohlhabenden Gönner, auch diesmal gelang er. Sie zahlte des Burschen Studium. Bei seiner Promotion saß sie, weißhaarig, in der letzten Reihe, einen Strauß Rosen auf dem Schoß, und war selig.

Das waren die Geschichten, die man mir erzählte. Ich lernte aus ihnen – und war eine gelehrige Schülerin –, daß Liebe eine verwandelnde Kraft haben kann: sie gilt zwar einer Person, aber diese Person ist nicht ihr letztes Ziel. Diese Person ist wie ein Schlüssel, der eine sonst geschlossene Tür aufschließt. Die Tür führt in weite, manchmal sehr weite Räume. Nicht der Besitz des Geliebten führt zu der Schlüsselgewalt, sondern das eigene unermüdlich liebende und zur Verwandlung bereite Herz.

Daneben freilich, nicht abzuleugnen, auch das andere: Physis, Demütigung, Niederlage, Verwirrung, die ganze endlose verfluchte und süße Jugend entlang.

Was ist früher: die verletzte Scham durch das Verbot oder die Verletzung des Verbots? Was ist schwerer: mit sich selbst leben in ewigem Zwiespalt – oder sich schließlich hinnehmen lernen, sich abfinden?

Aber immer allein.

Immer der Meinung, daß die eigene Bedrängnis nur die *eigene* ist; daß niemand anderer unter ähnlichem leidet und daß, dementsprechend, jedes Vertrauen von selbst ausgeschlossen bleibt.

Die breite, plumpe, krötenhaft platte Öffentlichkeit der eigenen Lage, heute allgemein eingeübt, durchexerziert und bis in die abgelegenste Variante durchstöbert: damals noch nicht erfunden. Noch nicht erfunden, das eigene Eingeweide ausgestülpt, seziert und abgewogen, in statistisch genormte Begriffe verpackt, in Gesellschaft und Gruppenleben einzubringen.

Damals: Geheimnis. Rest von Geheimnis.

Noch war der große, alle Winkel ausleuchtende Scheinwerfer nicht aufgeknipst. Damals hielt sich Menschenkenntnis noch an die Vorfelder. Damals war Dunkel noch geduldet.

Um noch einmal darauf zurückzukommen:

Einen Haufen Huren hatte ich meine Schulkolleginnen in einem Anfall von Wut und in maßloser moralischer Überheblichkeit genannt.

Mir hätte das übel bekommen können. Sie hätten, so sage ich mir heute, mit gutem Recht Revanche nehmen, mich verprügeln oder mir sonst mitspielen können.

Nichts davon geschah.

Im Gegenteil.

Waren die Mädchen so gutmütig oder bezog keine das Schimpfwort auf sich selbst – oder – auch das ist möglich, hatten mir doch wenigstens einige bei dem voraufgehenden Streit ihre Sympathien zugewendet?

Wahrscheinlich. Denn am anderen Morgen, als wir aufbrachen und wanderten – wir wanderten von Winterberg auf den Dreisesselberg und Plöckenstein, in die Stiftergegend also, in die Hochwaldlandschaft, da war ich nicht mehr allein. Eine Kollegin, mit der ich vorher kaum je ein Wort gewechselt hatte, schloß sich mir an. Sie hieß Marie, wir nannten sie Mariechen, noch lieber nannten wir sie Aida, eine kleine Blonde, die bei allen beliebt war. Ein guter Mensch; sie war die Tochter eines Fabrikanten und war durchdrungen von der Überzeugung, daß was in der Fabrik ihres Vaters geschah (und in allen Fabriken und in der ganzen Welt) ein Unrecht war an denen, die da arbeiteten. Sie litt unter dem Anblick der Armut und träumte davon zu helfen. Noch waren ihre Träume ziellos und schwankend, aber sie *träumte* doch. Nun lud sie mich auf diesem unserem ersten gemeinsamen Weg ein mit ihr zu träumen.

An diesem Tag gründete sich eine Freundschaft, die auch auf andere übergriff und die schließlich zur Bildung einer Gruppe führte, die für uns alle, die ihr angehörten, von nicht geringer Bedeutung war. Plötzlich war ich von Freundinnen umgeben. Da war neben Mariechen Fritsch die kleine Ilse Krafft, die sich nach der Gattin Alexanders des Großen Roxane nannte. Da war die bescheidene, aber unbestechliche Margarete Lanzendörfer. Da war Marietta Eidlitz, Tochter eines jüdischen Redakteurs, die einzige von uns allen, die den echten intellektuellen touch hatte; und da war schließlich meine Herzensfreundin Trude Löffler, Jüdin auch sie; fünf Mädchen, jede gewann einen bestimmten Umriß für mich, jede wurde mir in irgendeiner Weise wichtig. Hatte ich sie denn vorher nicht wahrgenommen?

Es dauerte nicht mehr lange, da hielten wir zusammen wie Pech und Schwefel. Wir hielten zusammen nicht nur gegen die Lehrer, sondern vor allem gegen die andere Gruppe, den Rest unserer Klasse, den wir verachteten. Das hatte nichts mit Noten und Leistungen zu tun; diese Linie ging querdurch. Das hatte, möchte ich heute vermuten, mit Anfälligkeit zu tun für Ideologie. Denn wir fünf waren anfällig. Oder es hatte mit unserer neuen Deutschlehrerin zu tun, mit Melanie Riesenfeld.

Sie kam und unterrichtete uns zwei Jahre: in der sechsten und siebenten Klasse, ihre Fächer waren Deutsch und Englisch, aber Englisch wurde auf unserer Schule nicht gelehrt. Ich hörte sie drei Stunden wöchentlich, zwanzig Monate lang. Ich habe bei keinem Menschen jemals mehr gelernt. Kein Lehrer war strenger gegen mich, unerbittlicher, wenn er glaubte, daß ich Besseres leisten könnte, ungeduldiger gegen meine Unarten, die emotionale Überfrachtung, die pathetische Ungenauigkeit; kein Lehrer hat mich so sehr gefordert und mich am Genick gepackt – und keiner hat mich auch so sehr ermutigt wie sie.

Eine kleine dicke Frau, schwerhüftig, krummbeinig, aber das Gesicht eines Erzengels. Die hohe Stirn, die große scharf gebogene Nase, das kurzgeschnittene glatte rote Haar. Die vorstehenden eisblauen riesigen Augen. Der kleine Mund, der bezaubernd lächeln und sich süffisant verziehen konnte. Die stolze, ganz und gar unbetuliche Haltung. Melanie Riesenfeld.

Wir nannten sie Mela. Und dieser Name war die Parole, das Codewort gleichsam dessen, was in uns vorging in den nächsten Jahren. Wir waren auf sie eingeschworen, wir fünf. Die anderen mochten sie nicht. Sie war ihnen zu streng, und in der Tat: Mela hielt uns in eiserner Disziplin. Wenn sich während des Unterrichtes auch nur der Schatten einer Unruhe bemerkbar machte, klopfte sie mit dem Schlüssel auf den Tisch. Das genügte. Wir erstarben!

Der Stoff des Jahres sah Spätbarock und Frühklassik vor. Dazwischen Lessing, Sturm und Drang. Da war auch auf Kant hinzuweisen, auf Hamann, auf Herder. Ich weiß nicht, wie sie es fertigbrachte, jede dieser Gestalten, die doch vielschichtig, schwer verständlich, in die Umstände ihrer Zeit verwickelt, in sich selbst vielfach gebrochen und in genialer Potenzierung weit jenseits unserer Horizonte waren, uns trotzdem klar, genau und ohne grobe Simplifizierung vor Augen zu führen.

Ihre Höhepunkte erreichte sie bei Goethe.

Ich habe das Goethebild, das sie uns vermittelte, niemals grundsätzlich revidieren müssen.

Aber wie jede Berührung mit Literatur, wenn sie mehr ist als Berührung mit bedrucktem Papier, ging diese über den Gegenstand im engeren Sinne hinaus. Es ging in unser Leben ein, daß Goethe als *Liebender* Goethe geworden war. Aus seiner Lebensgeschichte streckten sich Tentakel aus, die bis in die zartesten Verzweigungen unserer eigenen Existenz reichten. Hier ging Transport vor sich auf dem Vehikel von Sprache, von Rhythmus und Wortfeldern, und erreichte eine tief in uns eingelagerte Zone.

Nicht nur mein Goethebild hat Mela in mir festgelegt. Sie hat bestätigt, was in mir vorgegeben war: daß Eros eine große verwandelnde Macht ist; daß Eros als eigentlich kulturschöpferische Instanz in Leben und Welt hineinwirkt; daß Liebe vor allem ein Ereignis ist im Liebenden.

Hochromantisches also, Solipsistisches: die Innenwelt der Außenwelt der Innenwelt. Das Ereignis der autarken Monade. Einesteils. Andernteils war Melanie Riesenfeld Trägerin einer aufklärerisch liberalsozialen Bildung: neben Goethe war Lessing ihr Liebling. Weltoffenheit, Demokratie, Toleranz und einen kleinen Drall zum Internationalen Sozialismus: das war neben Goethes großer Liebesseligkeit ihre zweite Botschaft an uns. Ich kann nicht beurteilen, ob ihr der Widerspruch jemals aufging. Sie war Jüdin, allerdings agnostisch. Für sie war das Judentum vor allem eine von vielen Minderheiten, die ihre Menschenrechte zu verteidigen hatten. Noch machte man dieser Minderheit die Menschenrechte nicht streitig.

Noch nicht.

Nach meinem ersten Pilsner Jahr fuhr ich am Beginn der Sommerferien nach Telfs zu meinem Vater.

Ich brachte ein gutes Zeugnis mit, obwohl ich doch in diesem Schuljahr zwei Jahrgänge hatte bewältigen müssen: Einser der Reihe nach, nur in Mathematik eine Drei. Mein Vater lobte mich, er lobte mich auf seine wortkarge unterspielende Weise, um so tiefer reichte sein Lob und tauchte mich in dankbares Entzücken.

Dankbares Entzücken – auch gegenüber der Natur; das hörte nie auf und hat für mich bis zum heutigen Tag nie aufgehört: die reine Augenfreude auch vor dem längst Gewohnten, längst Auswendiggelernten, doch immer von neuem Begierig-Abgelesenen: der Berg, vor allem dort, wo er hoch und steil und klippig ist, wo er in Zacken aufsteigt, in Wänden abbricht, wo er für mich *unbetretbar* ist. Der Blick auf die Hohe Munde war für mich immer der Blick ins Unverfügbare, ins *Transzendente.*

Er langweilte mich nie, er hat mir auch in jenem Sommer ein gewisses nie versiegbares Quantum Glück geliefert.

Glück – oder mindestens unerschöpflichen Spaß – lieferte auch der Umstand, daß wir nun einen Hund hatten, einen großen sehr starken und schwer zu bändigenden Wolfshund namens Rex, ein schönes Tier, das mich zuerst wütend anfiel, mich aber dann bald akzeptierte, wohl weil ich mit ihm unermüdlich durch die Gegend lief und dabei das Spiel spielte, auf das er versessen war: Apportieren. Mit hechelnder Zunge wartete er darauf, daß man ihm einen Stock warf – oder einen Stein, je größer, desto lieber, und am liebsten war es ihm, wenn man einen groben schweren Brocken über einen steilen Abhang in die Tiefe schleuderte, er stürzte sich nach, jaulend vor Vergnügen, brach durch Gebüsch und Latschen und verschwand. Dann kam er wieder, den Brocken schleppend, keuchend, doch unersättlich; denn sofort legte er mir den Stein wieder vor die Füße und wartete unter flehentlichen Sprüngen und leidenschaftlichen Wedelgebärden, bis ich ihm den Brocken von neuem rollen ließ. Mit weit aufgesperrtem Maul und bis zur Ausrenkung klaffenden Kiefern schleppte er die oft kindskopfgroßen Steine nach Hause und deponierte sie unter unseres Vaters Bett.

Über diese seltsame Gewohnheit hinaus hatte unser Hund noch andere unbequeme Marotten. So raufte er mit beinah jedem Hund, dem er begegnete, so raste er auf jede Kuh zu und kniff sie in den Schwanz. Mit der großen Dogge des benachbarten Tierarztes war er aufs schwerste verfeindet. Zum Glück war die Dogge zumeist in dem weitläufigen Garten des Tierarztes eingesperrt. Doch sobald sich unser Hund näherte, begann sie hinter dem Zaun zu toben. Rex riß sich los, um unter wütendem Gekläff gleichfalls den Zaun entlang zu jagen. Schon lief beiderseits ein ausgetretener Pfad entlang: wo die beiden Kämpen einander begegneten, dort wuchs kein Gras mehr.

Trotzdem war ich eines Tages leichtfertig genug, Rex zu bestimmten Dienstleistungen heranziehen zu wollen. Ich sollte einkaufen gehen und band ihm den Einkaufskorb an das Halsband. Zu allem Überfluß legte ich noch das Portemonnaie hinein. Ich wollte es schon fertigbringen, unseren Wildling am Zaun des Tierarztes vorbeizuzerren. Ich hatte mit der Tücke des Zufalls nicht gerechnet. Denn gerade an diesem Morgen war die Dogge freigekommen und fuhr zähnefletschend auf uns los.

Nun war kein Darandenken mehr, Rex festzuhalten. In ein sich überkugelndes Knäuel verwickelt, fegten die beiden, Dogge und Wolfshund, miteinander in den nächsten Acker. Der Acker war ein Maisfeld, die Pflanzen standen schon hoch und bildeten einen dichten Wald. Mitten hinein sauste das kämpfende Paar. Rechts und links knickten die Stengel. Unter wildem Geheul zog sich der Kampf quer durch das Feld, bald nach rechts, bald nach links, man hörte nur mehr den Lärm und konnte an dem Schwanken der Pflanzen den Weg des Unheils verfolgen. Mein Schreien nutzte wenig, auch die Pfiffe des Tierarztes waren vergeblich.

Ich dachte an meinen Korb und an das Portemonnaie.

Nach langer Zeit kehrte Rex zurück, erschöpft, blutig, zerzaust. Vom Korb hatte er nur mehr den Henkel an seinem Halsband hängen. Vom Portemonnaie natürlich keine Spur.

Ich begab mich auf Suche. Umsonst.

Gedäftet kehrte ich nach Hause zurück und gestand meinem Vater. Er blickte von seinem Buch auf, mehr amüsiert als geärgert.

– Warum hast du denn das gemacht? – fragte er.

– Aus Blödheit –, sagte ich.

Er zuckte die Achseln, zog seine Börse, legte das Geld auf den Tisch. – Na also! – sagte er.

Damit drückte er seine Erwartung aus, daß ich mir die Lehre zu Herzen nehmen würde. Ich nahm sie mir zu Herzen. Mit minimalem Erziehungsaufwand erreichte er einen maximalen Erziehungseffekt. Eine gute Methode.

Ob sie genügt hätte, wäre ich bei ihm geblieben?

Eine Erziehungsarbeit ähnlicher Art leistete an mir die Haushälterin, die mein Vater kürzlich eingestellt hatte. Sie war eine Tiroler Bergbauerntochter aus dem Zillertal, eine hagere knochige Person, mürrisch und starrköpfig, aber einer der stolzesten und achtbarsten Menschen, die mir in meinem Leben begegnet sind.

Was zuerst an ihr auffiel, war, daß sie ihre Arbeit sehr langsam, mit nahezu aufreizender Bedächtigkeit ausführte; doch alles war immer in guter Ordnung, sauber, und alles stets zur rechten Zeit bereit.

Sie hatte ihr Lebtag – und sie mochte damals hoch in den Vierzigern sein – als Dienstbote verbracht. Trotzdem hatte sie sich niemals beugen gelernt, nie hatte sie gelernt zu kriechen und den Wünschen der Herrschaft gefügig zu sein. Sie führte ihren eigenen Stil in unseren Haushalt ein und, da sie selbst aus Verhältnissen stammte, die zu äußerster Sparsamkeit zwangen, war sie auch jetzt puritanisch sparsam, mit dem Einfachsten zufrieden und sah durchaus nicht ein, warum nicht auch andere mit dem Einfachsten zufrieden sein konnten. Schlecken und Prassen, das gab es bei Anna nicht. Das Essen war anständig, doch es hatte auch an Festtagen immer noch den Charakter von Fastenspeise.

Mein Vater war es zufrieden. An ihm trat, je älter er wurde, der vorarlbergische Einschlag stärker hervor, damit die Bereitschaft, sich auch mit kargen Lebensverhältnissen nicht nur abzufinden, sondern sie für natürlich und richtig zu halten. Also lebten wir widerspruchslos in Annas Stil. Für mich freilich war es ja vorläufig nur ein Zwischenakt, zwei Monate, schnell vorüber. Dann ging es wieder zurück zu den fetten Fleischtöpfen Böhmens, zu Torten und Schlagrahm und zu gespickten Braten.

Immerhin lernte ich bei Anna die ersten bescheidenen Kochkünste. Ich bat sie darum, ihr in der Küche helfen zu dürfen. So ließ sie mich rühren, kartoffelschälen, einmal sollte ich sogar einen Apfelstrudel machen. Aber der Strudelteig, der seidig weich und schmiegsam-dehnbar geraten sollte, wurde zu einem Patzen, der nicht einmal mehr ausgewalkt, geschweige denn gezogen werden konnte. Brummend tat ihn Anna beiseite und zauberte mit wenigen Handgriffen einen Ersatz. Das Brummen des Dienstboten traf mich tief. Doch minderte es nicht meine Begier bei Anna zu lernen.

So verlief der erste Sommer nach Mutters Todesjahr. War er ein heiterer Sommer für mich? Ich glaube nicht, da ich selbst ja auch nicht heiter war, sondern eher niedergeschlagen, von Augenblicken pubertärer Depressionen heimgesucht, mich viel älter fühlend als ich war, immer noch in meinen schwarzen und grauen langröckigen plumpen Trauerkleidern, viel zu dick – das war eine meiner größten Kümmernisse –, und doch voll Sehnsucht danach rank und schlank, flink und drahtig zu sein. Ich fühlte mich eingeschlossen und bis zur Unerträglichkeit eingesperrt in meinen zu weichen, zu fetten, beinah schon fraulichen Körper, der mich allmonatlich mit starken Schmerzen und heftigen Blutflüssen plagte. Und mich auch sonst ärgerte: so war meine Haut viel zu empfindlich um normal zu bräunen, bei starker Sonnenbestrahlung lief sie nur rot an, warf sich womöglich in Blasen auf. Eine schlechte Turnerin war ich, ohne Schwung an Pferd und Barren, ohne Behendigkeit beim Ballspiel, ohne Treffsicherheit beim Bogenschießen, unfähig rasch zu laufen und – bis zur Verquältheit – beschämt darüber. Schwimmen hatte ich gelernt, dafür hatte meine dann und wann progressiv gestimmte Tante Anci doch gesorgt. Ich schwamm gern und mit Ausdauer, aber vom Trampolin zu springen, bereitete mir Pein, und mit dem Schwimmen unter Wasser konnte ich mich nie befreunden.

Das einzige, was ich mir abzuringen imstande war: in die Berge zu wandern, weite Wege zu machen und dabei die Zeiten einzuhalten, die auf den Wegweisern angegeben waren, ein stilles verbissenes Bemühen gegen die eigene physische Trägheit, gegen den eher labilen Kreislauf, am besten zu bewältigen, wenn ich allein wanderte, nur mit dem Hund, zwei Stunden am Vormittag, drei Stunden am Nachmittag, immer dieselben Wege und Steige: nach Birkenberg, in die Lärchenwälder von Mieming, auf den Straßberg, nach Buchen.

Auch die Wanderungen mit der Schwester waren gut.

Dabei hatte ich zu lernen.

DIE GESCHWISTER UND ZWEI HÄHNE

Meine erste Erinnerung an meine Schwester – ich war damals vielleicht drei –, daß sie mir in der Badewanne mit einer fürchterlich kratzenden Bürste Rücken und Hinterbacken rieb. Ich schrie wie am Spieß, die Mutter kam, beendete die Aktion und schickte meine Schwester hinaus.

Meine nächste Erinnerung: daß meine Schwester am Galgen hing, an einer Art Galgen, an einer Streckvorrichtung nämlich, die ein Orthopäde für sie geliefert hatte. Man fand, das Mädchen halte sich schlecht und könnte am Ende bucklig werden. Statt sie zu Gymnastik und freier Bewegung anzuregen, unterwarf man sie einer quasi prokrustischen Methode. Man montierte die Apparatur an den Türstock, meine Schwester mußte den Kopf in eine breite rotgepolsterte Schlinge stecken und sich mittels einer Schnur selbst den Hals in die Länge ziehen.

Mir imponierte der Vorgang ungemein, und ich beneidete sie heftig um das Vorrecht, sich selbst aufzuhängen.

Meine dritte Erinnerung: im Herbst 18, als wir in Sommerfrische waren und meine Mutter keine Hilfe hatte: da mußte die Vierzehnjährige Geschirr spülen.

Sie stand, hochaufgeschossen für ihr Alter, ein hellhäutiges rotbezopftes Mädchen, am Geschirrschaff und handhabte Fetzen und Reibel. Sie tat es mit leicht verfinsterter gelangweilt gekränkter Miene. Ihr hübsches schmales Gesicht mit dem feinen Gemmenprofil zeigte diese Miene nur zu oft.

Es war immer, als wäre ein Schleier um sie. Kam sie sich so benachteiligt vor?

Gewiß. Meine Schwester Irmgard war auch benachteiligt, obgleich niemand da war, der sie benachteiligen *wollte.* Sie geriet in den Kernschatten, den die Zeit auf uns warf. So erhielt sie eine vorerst nur mangelhafte Schulbildung. Ein Jahr in der Handelsakademie in Pilsen hatte sie belebt, entfaltet, hatte ihr Freundschaften eingetragen, die Jahrzehnte hielten. Doch ehe noch das Jahr zu Ende war, hieß es wandern. Wir kamen nach Vorarlberg, da gab es keine Schule diesen Typs. Eine klösterlich geführte Handelsschule bot nur sehr ungenügenden Ersatz, sie übte nur in primitive Büroarbeit ein. Doch eben Büroarbeit dieser Art wollte das Mädchen auf keinen Fall annehmen. Sie redete davon, daß sie Pflegerin werden wollte, nachdem sie die Mutter meines Vaters eine Zeitlang tatsächlich gepflegt hatte. Ich begriff diesen Wunsch nicht. Mir wäre der Dienst an der alten Frau, einer, wie ich vermuten muß, sehr ungeduldigen und schwierigen Patientin eher ein Albtraum gewesen.

Auch meine Eltern dachten nicht daran, auf den Wunsch der Tochter einzugehen. Beide fanden: meine Schwester Irmgard werde zuerst einmal zu Hause gebraucht. Beide waren einer Meinung: ihr falle kein Stern aus der Krone, wenn sie daheim der Mutter hülfe, und sicher dachte man auch, sie werde doch einmal heiraten und dann habe sie wenigstens gelernt einen Haushalt zu führen.

Das entsprach damals noch den normalen bürgerlichen Vorstellungen: ein Mädchen war letzten Endes dazu da zu heiraten. Den normalen bürgerlichen Vorstellungen entsprach es freilich auch, daß man den Töchtern den Rahmen bot, mit jungen Leuten der eigenen Kreise bekanntzuwerden. Man führte sie aus oder sorgte dafür, daß sie sonst in Gesellschaft kamen. Daran aber schien niemand in unserer

Familie zu denken. Telfs war kein guter Ort für solche Fischzüge – oder wir bildeten uns ein, daß er kein guter Ort sei. Wir kapselten uns ab. Nach Innsbruck fuhr man, um dort in einem Konsum billig einzukaufen und noch am selben Tag mit schweren Taschen beladen nach Hause zurückzukehren. Ein Franziskanerpater kam wöchentlich zweimal zu uns, um meiner Schwester Englischstunden zu geben. Und einmal in der Woche wanderte sie in das Kloster Pfaffenhofen hinüber, um bei einer Klosterfrau namens Amanda ein wenig Französisch zu parlieren. Fand man sie damit schon genug unterhalten?

Vermutlich. Einmal bestand der Plan, meine Schwester mit einer Freundin zusammen auf eine Reise nach Salzburg zu schicken. Schon war der Koffer gepackt, das Quartier bestellt: plötzlich tauchte ein Hindernis auf; eine Tante sagte sich zu Besuch an, das ließ Mehrarbeit im Hause erwarten. Die Eltern fanden: Irmi werde gebraucht. Man verbot ihr die Reise. Ich hörte sie durch die offene Tür im Nebenzimmer schluchzen und ihren Jammer vor sich hinflüstern. Warum durchbohrte mich dabei ein *Schuldgefühl*?

Ich wußte immer noch nicht, daß Schwester und Bruder mir nur Halbgeschwister waren. Ich wurde zwölf, ehe ich es erfuhr, und auch da wurde es mir nicht mitgeteilt, ich mußte es aus verstreuten zufällig aufgeschnappten Andeutungen erraten. Mit meinen immer noch vagen Vermutungen lief ich jedoch weder zu den Eltern noch zur Schwester. Ich wandte mich an den Bruder. Mit ihm besprach ich mich.

Ich kann nicht sagen, daß mich die Neuigkeit sehr erschütterte. Ich wunderte mich nicht einmal, daß man sie mir so lang verschwiegen hatte. Wir Kinder waren es gewohnt, mit Vor-uns-Verschwiegenem zu leben. Man hielt eben dicht vor uns – in vieler Hinsicht.

Die Unbedenklichkeit, mit der heute auch vor kleinen Kindern losgeplaudert wird und die sich gern als Wahrhaftigkeit ausgibt – wozu auch heucheln? – sie war damals noch nicht Usus.

Die Älteren glaubten es ihrer Rolle schuldig zu sein, daß sie bestimmte Tatsachen unter Verschluß hielten: man verschonte das junge Leben vor Konfrontationen, von denen man Erschütterung und Verwirrung befürchtete; man schonte aus Vorsicht, aus Rücksicht, vielleicht auch aus Furcht, daß die eigene Rolle im Lichte der Wahrheit fragwürdig, zwielichtig, brüchig werden könnte. – Also doch Heuchelei?

Mir hatte man es jedenfalls lange erspart, auf die Distanz aufmerksam zu werden, die zwischen meinen Geschwistern und mir bestand. Versuchte die Mutter, manchmal sogar gegen die eigene Natur, diese Distanz zu leugnen: ihre Familie verfuhr viel unbedenklicher. Da war ich der unbestrittene Liebling, das Nesthäkchen, das süße Herzblatt. Da wurde ganz offen mit zweierlei Maß gemessen. Ich lernte diesen Vorzug naiv hinnehmen als wenn er nur dem Umstand gegolten hätte, daß ich die Jüngste (und angeblich auch die Bravste) war. So wurde mir mancher Konflikt erspart, vielleicht auch manche korrumpierende Wirkung.

So lernte ich nie auf einen Umstand pochen, der mir ganz ohne Verdienst und eigentlich nur auf Grund fremden Unglücks Vorteile brachte. Ich lernte allerdings auch nie meine Vorzugsstellung zu hinterfragen, sie abzuweisen, womöglich zurechtzurücken. Und als ich es lernte, war schon sehr viel, da war schon *zu* viel gelaufen.

Ganz bestimmt litt meine Schwester unter mir – und sie war nicht der Mensch, leicht hinwegzukommen über irgendetwas.

Das nistete in ihrer Natur. Hinzu kam wohl noch die Folge eines Schocks, den sie als Kind erlitten hatte: als ihre Mutter starb, plötzlich zusammenbrach, da hatte sich in den darauffolgenden Stunden des Jammers und der Verwirrung niemand gefunden, der sich um das kleine Mädchen kümmerte, das ahnungslos vom Spielplatz nach Hause kam. Niemand hatte es vorbereitet. Es lief, wie es gewohnt war, zur Mutter hinein, die schien zu schlafen.

Das Kind kletterte auf das Bett, nicht begreifend, daß die Mutter nicht erwachte, sich nicht rührte, nicht begreifend, warum sie so stumm blieb und so kalt.

Als nun die neue Mutter kam, sollte sie vergessen; auch die beiden Jahre vergessen, die sie inzwischen mit dem kleinen Bruder zusammen bei den mütterlichen Großeltern verbracht hatte. Das war unmöglich. Mißverständnis und Zwistigkeiten zwischen den Familien, plötzlich aufgebrochen, verbitterten dem Kind das Zutrauen in die neuen Verhältnisse. Wieder konnte es nicht begreifen, woher der Wandel kam.

Von einem Tag zum anderen wurde es ihm verboten, die eigenen Großeltern zu kennen, geschweige denn zu besuchen.

Und wenn die alte Großmutter vor dem Schultor auftauchte, um die kleine Enkelin zu sehen, zu umarmen, sich mit Liebkosungen auf sie zu stürzen, sollte sich die Siebenjährige losmachen und so rasch wie möglich davongehen. Viel verlangt. Sehr viel verlangt. Noch heute, so sagt meine Schwester, höre sie das Rufen der alten Frau hinter sich: – Irmerl, Irmerl, bleib Sie doch stehen! –

Sie blieb nicht stehen. Sie unterwarf sich dem Verbot. Aber die Verletzung blieb und schürfte.

Daheim war der kleine Bruder, zwei-, drei-, vierjährig. Er hatte es gut, er hatte alles vergessen, was vorher gewesen war. Er erkannte auch die Großmutter nicht mehr. Für ihn war die neue Mutter *die* Mutter schlechthin. Er war zärtlich. Er war anhänglich. Er fühlte sich wohl.

Das kleine Mädchen sah das und schwieg. *Nie* nahm sie sich das Brüderchen vor: – Ja, weißt du denn nicht mehr...? –

Nie störte sie ihm die kindliche Seelenruhe. Trug alles aus und schwieg. Hielt dicht.

Heroisch.

Und dann kam ich, Gertrud Anna Maria Emilie Antoinetta (schon die übermäßige Benamsung zeigte an, was man von meinem Erscheinen hielt), ich, das Goldkind, das kostbare Wunderwesen. Hätte sie nicht böse sein müssen auf mich, neidisch, rachsüchtig? Sie war es nicht. Sie kniff mich nie. Stieß mich nie. Fügte mir nie einen der kleinen grausamen Bosheitsakte zu, die Kinder sonst ihren Rivalen zuzufügen pflegen. Und wenn sie mich einmal mit einer kratzigen Bürste wusch, tat sie es sicher nur aus Reinlichkeitssinn und Pflichtgefühl.

Trotzdem: es war ein Schleier zwischen ihr und mir. Wir

stritten oft. Wir spielten nur selten miteinander. Wenn sie nach dem Mittagessen das Geschirr wusch und ich ihr helfen sollte, half ich ungern. (Einem Dienstmädchen hätte ich wahrscheinlich lieber geholfen.) Die Eltern schalten uns oft wegen unserer Unverträglichkeit.

Mit dem Bruder ging es besser. Mit dem Bruder ging es sehr gut. Freilich war er selten da, er ging in einer anderen Stadt zur Schule, erst in Innsbruck, dann in Dornbirn, denn in dem Marktflecken Telfs gab es natürlich keine Mittelschule. Er war ein mäßiger Schüler. Von allen Fächern interessierte ihn am meisten Geschichte – darin glichen wir einander –, aber sonst tat er sich nicht viel an mit Lernen und Büffeln. Mein Vater war oft aufgebracht, dann fielen harte drohende Worte: – Wenn du so weitermachst, wirst du ein Schlosser. Wenn du so weitermachst, schicken wir dich nach Amerika. –

Natürlich waren das alles leere Redensarten, und wenn der Vater vielleicht in Augenblicken des Zorns einmal derartiges dachte, die Mutter wäre an einem solchen Vorsatz sofort gescheitert. Sie liebte den Jungen. Sie sorgte sich um ihn, buk ihm Kuchen, nähte ihm Hosen, schickte ihm Pakete an den Schulort. Der Vater war zu sparsam, um dem einzigen Sohn ein auskömmliches Taschengeld zuzumessen. Da half die Mutter manchmal mit Kreuzern aus, auch Tante Marci versuchte es aus Pilsen: – Für Seine Hufe schicke ich Ihm drei Paar Socken und, weil ich doch weiß, wie gern Er Süßes ißt, einen Topf Honig. – Daß dann für den Honig Zoll zu zahlen war, das hatte die Gute nicht bedacht; der Fünfzehnjährige bezahlte mit seinem Abendessen – einen Monat lang.

Sagte ich oben: mit meinem Bruder ging es gut, sehr gut sogar, so will das nicht heißen, daß wir nicht manchmal miteinander balgten wie junge Hunde. Einmal rauften wir erbärmlich um das Vorrecht, einen Korb voll Kirschen heimtragen zu dürfen. Trotz Kratzen, Beißen und Spucken verlor ich den Kampf. Der Bruder eroberte den Korb und ging mit seiner Beute triumphierend vor mir her. Ich folgte ihm in hundert Meter Abstand, laut zeternd über jeden Kirschkern, den ich auf seiner Spur erspähte.

Einmal geschah etwas, in das meine beiden Geschwister auf typische Weise verwickelt waren.

Wir hielten Hühner, erst zehn, dann zwanzig Stück, erst einen Hahn, dann deren zwei. Nun aber waren diese Hähne schwer nebeneinander zu halten, denn statt daß sie ihren Hennen den Hof gemacht und sie damit zur Eierproduktion angeregt hätten, verbrauchten sie ihre Kräfte im Kampf gegeneinander. Immerfort flogen die Federn, bluteten die Kämme, so konnte es nicht weitergehen, einer von ihnen mußte sterben. Aber welcher?

Meine Mutter behielt sich die Entscheidung vor.

Meine Schwester wollte die Entscheidung einholen. So brachte sie beide Hähne, je einen unter einen Arm geklemmt, in die Küche. Es war unglückseligerweise nach dem mittäglichen Geschirrwaschen. Das Geschirr, ein Dutzend Teller, ein Dutzend Gläser und etliche Schüsseln stand in Stößen geordnet auf dem Tisch; der Tisch in der Mitte in der Küche auf hartem Klinkerboden.

Nun also: Meine Schwester hielt die Hähne fest und meine Mutter betrachtete sie zweifelnd: welcher sollte unter dem Beil meines Bruders den Kopf verlieren?

Denn zum Schlachtgeschäft war mein Bruder ausersehen.

Die Hähne ruckten und gluckten und funkelten einander in unverhohlenem Haß an. Trotzdem hätten sie vielleicht, durch die ungewohnte Situation geängstigt, stillgehalten, doch meine Schwester bewegte die Feinde aufeinander zu, um sie zu noch deutlicheren Haßreaktionen anzuregen, und da war es schon passiert: Die Tiere hatten sich, beide zugleich, plötzlich befreit, waren aus den Armen meiner Schwester los und auf den Tisch geflattert. Dort begannen sie, einander zwischen Tellern und Schüsseln und Gläsern ein wildes Duell zu liefern. Der Effekt war schrecklich. Der ganze Boden war mit Scherben bedeckt, meine Mutter rang die Hände, meine Geschwister fingen die Hähne ein, ich meinte zu ersticken vor Gelächter.

Nun war das Urteil schnell gesprochen, sofort mußte der eine der Übeltäter auf den Block.

Mein armer Bruder hatte seinen Part zu spielen.

Er mag damals dreizehn Jahre alt gewesen sein. In diesem

Alter steht Mannhaftigkeit als drohende und zugleich berückende Aufgabe vor dem Knaben. Mannhaftigkeit aber ist zu lernen nur durch Bewährung. Bewährung auch vor einem Hahnenhals, bittere Sache.

Mein Bruder war grün im Gesicht, als er zur Exekution schritt. Vor unserem Haus stand der Hackstock bereit. Mit geschwungenem Beil näherte er sich dem Ort. Mit abgewandtem Gesicht übergab ihm die Schwester den Delinquenten. Ich stand am Fenster und sah zu. Ich müßte lügen, wenn ich behaupten wollte, daß mich der Hahn übermäßig dauerte. Auch mein Bruder dauerte mich nicht. Eher schadenfroh beobachtete ich, wie verbissen – verzerrt und verzweifelt er dreinsah. Immer schon hatte er mich seine männliche Überlegenheit fühlen lassen wollen, nun sah ich diese männliche Überlegenheit auf schwachen Beinen.

Doch es gelang: Der Kopf des Hahnes war auf den Block gelegt, niedergehalten, das Beil erhoben, mit scharfem Streich geführt. Dann aber geschah es...

Der geköpfte Körper entkam und taumelte flügelschlagend einige Schritte umher. Da kam in vollem Braus der freigelassene, zum Leben Begnadigte, der Widersacher, kampflustig, wütend, mit aufgesperrtem Schnabel.

Schon wollte er sich auf den Feind stürzen, da sah er – ja was sah er? Er sah den klaffenden Schlund, das quellende Blut, den taumelnden Körper, den abgetrennten Kopf. Der Gegner war tot. Doch – tot, was war das? Eine Sekunde stand der Überlebende starr.

Dann wich er zurück, mit gespreizten Flügeln, gesträubten Federn, Schritt für Schritt rückwärts gehend, in einem Entsetzen, das uns mitentsetzte, mit einem gellenden, nicht mehr hahnenschreiähnlichen Schrillaut.

Der Laut fuhr uns in alle Glieder.

Mein Bruder warf das Beil zur Erde und ging.

Nach einer Weile kam meine Schwester blaß und verstört, um den geschlachteten Hahn zu holen. Ich erklärte, nie mehr Huhn essen zu wollen (und sollte meinen Vorsatz jahrzehntelang halten).

Die Mutter kehrte die Scherben in der Küche zusammen und blieb den Abend über schweigsam und traurig. Tremendum mortis.

NOCH EINMAL: DIE SCHWESTER

Bald nach dem Grundverlust unserer Jugend, dem Tod der Mutter, trat ein zweiter, vielleicht noch schwererer Grundverlust in unserer Familie ein. Und er traf mich noch tiefer als der Mutter Tod.

Meine Schwester hatte es unterdessen doch erreicht, eine pflegerische Ausbildung zu erhalten. Doch nicht Krankenpflegerin sollte sie werden, sondern Mutter- und Säuglingsfürsorgerin. Damals begann man, zwar zögernd und mit schmählich geringen Mitteln, etwas wie einen sozialen Dienst auch auf dem Lande aufzubauen, sogar in Tirol, wo man den Eingriff in persönliche Bereiche bisher nur der Kirche zugebilligt und jede weltliche Korrektur für eine marxistische Erfindung gehalten hatte. Angesichts einer erschreckend hohen Kindersterblichkeit und unsicher geworden durch das Beispiel fortschrittlicherer Länder fand man sich allmählich doch bereit, da und dort weibliche Wesen anzustellen, die den Müttern das ABC der Kinderpflege beibringen und sich um bestimmte Notfälle kümmern sollten.

Die Ausbildung erfolgte in Wien in einem einjährigen Kurs, bei dem die Schülerinnen einige medizinische Kenntnisse erwarben, in Kinderpflege gedrillt und im übrigen aufs schamloseste ausgenützt und überanstrengt wurden.

Das Essen war unzureichend, die Nachtwachen, jeweils vierzehn Tage lang und ohne ausgiebige Ruhe tagsüber, eine erschöpfende Tortur. Dabei hatten die jungen Mädchen auch tuberkulöse Kinder zu pflegen, kleine Todeskandidaten mit offenen Kavernen. Kein Wunder, daß Ansteckung erfolgte.

Nicht immer betraf sie die Lunge.

Nun war es Spätherbst geworden in jenem für uns so unglücklichen Jahr 1926. Ich war seit September in Pilsen. Da traf ein Brief meines Vaters ein, er war an meine Großmutter und meine Tanten gerichtet, aber er wurde auch mir zum Lesen gegeben. Da stand es: die Schwester – in ihrer ersten Stellung – plötzlicher Anfall – unerträgliche Schmerzen – man denkt an Blinddarm. In der Klinik wird sofort zur Operation gefahren.

Die Operation ist gelungen, aber es war nicht der Blinddarm. Die Ärzte konnten nicht anders handeln –. Niemals ein Kind.

Niemals ein Kind. Ich kannte die medizinischen Ausdrücke, deren sich der Vater in seinem Schreiben bediente. Vielleicht hatte man mir seinen Brief nur deshalb zum Lesen gegeben, weil man meinte, ich würde ihn sowieso nicht verstehen. Aber so unwissend war ich nicht mehr. Ich hatte mich unterrichtet und las das Urteil in seiner ganzen Wucht und Unerbittlichkeit: *Niemals ein Kind.*

Ich war vierzehn. Heirat und Kinder, das war damals für mich, genauer gesagt: für mein Bewußtsein etwas wie eine Reise zum Mond; irgendwann, irgendwo, weit hinter den Horizonten. Aber die Nachricht über die Schwester traf mich mit voller Gewalt, ein Stich ins Herz, eine bis ins Mark reichende Verwundung.

In die eher verlegene Betroffenheit der alten Frauen, in ihr gewiß ehrliches, aber eher gemessenes Bedauern schrie ich mein Entsetzen lauthals aus einer Schicht meines Wesens, die bisher noch gar nicht angesprochen worden, doch offenbar schon vorhanden, ausdifferenziert und mächtig war. Ich schrie Aufruhr und unerträglichen Schmerz. Die Frauen staunten: Wie konnte das Kind verstehen? Doch das Kind war eben kein Kind mehr. Es erfaßte wie eine fertige Frau und konnte ermessen.

Konnte ermessen, ich sage es ohne Übertreibung. Der Verlust dröhnte in mir, er betäubte alles, was mich betraf. Hatte ich den Tod der Mutter und alles folgende, Begräbnis und Abschied, gefaßt und beinah tränenlos ertragen, jetzt brach ich in Tränen aus und weinte hemmungsloser als ich je vorher geweint hatte, stundenlang und ohne aufhören zu können, weinte mich nachts in den Schlaf und erwachte wieder weinend. Man konnte mich nicht zur Schule schikken, und als ich nach Tagen endlich so weit war und Beruhigung eintrat, war diese Ruhe doch so labil, daß ich mich immer wieder in einem jähen Anfall krümmte.

Qualvolle Träume zeigten Schuldgefühle an. Etwas wie ein neurotischer Wirbel war im Gang.

Nun aber, mehr als ein halbes Jahr später, in den Ferienwochen, nüchterne Zeit. Die Schwester ist da, verschleiert wie immer, in einer Art gereizter Schwermut, unmöglich mit ihr über das Geschehene zu reden; obgleich täglich und stündlich mitgedacht, wird es von Schweigen zugedeckt.

Die Schwester hat nach einigen Monaten der Erholung eine neue Stellung angetreten, in Telfs. Nun ist sie hier Fürsorgerin, übt einen Beruf aus, der noch wenig Ansehen genießt in der Bevölkerung, denn derlei gab es ja früher nie. Überdies ist er miserabel entlohnt. Dafür ist er mühselig bis zur Erschöpfung, nach heutigen Maßstäben absurd.

Die Fürsorgerin bricht am Morgen zu den obligaten Gängen auf; ihr Rayon ist riesig, überdies geht es bergauf und bergab. Sie hat monatlich Hunderte Häuser zu besuchen, Hunderte, die weit verstreut an den steilen Lehnen liegen, in dieser Gemeinde zehn, in jener ein Dutzend, da ein Einschichthof, den man nur über einen abenteuerlichen Steig erreichen kann, an der gegenüberliegenden Talseite den nächsten.

Natürlich geht die Fürsorgerin zu Fuß. (An ein Auto ist selbstverständlich nicht zu denken, nicht einmal ein Fahrrad nützt auf holprigen Wegen, in alpinem Gelände.)

In diesem Sommer begleite ich meine Schwester dann und wann. Obgleich sie mich meist vor den Häusern zurückläßt, die sie besucht, erfahre ich mancherlei; ich erfahre Elend, Unwissenheit, Nachlässigkeit, Aberglauben und bittere Armut. Das Spektrum, das sich vor meinen Augen öffnet, ist dunkel eingefärbt. Um die Ehelichgeborenen braucht sich meine Schwester noch nicht zu kümmern, von ihnen nimmt die Behörde an, daß sie ohnehin ausreichend versorgt sind. Meine Schwester ist auf die Spur der Lediggeborenen gesetzt, vor allem derer, die in Pflege gegeben wurden; sie ist auch auf der Spur von Fällen, die aus kriminellem Milieu gemeldet sind.

Das Bilderbuch des Lebens blättert sich auf. Die Typologie vermehrt sich. Die idyllische Vorstellung von bäuerlichem Leben, wenn je vorhanden gewesen, wird kräftig korrigiert. Anderenteils bekommt man auch viel Gutes zu sehen: Anstand, Zähigkeit, Liebe, unermüdliches Rackern um das tägliche Brot.

Ich lerne, daß es in unserer Tiroler Umgebung nicht nur zweierlei Menschen, sondern auch zweierlei Orte gibt, zweierlei Art zu hausen. Da ist das breite Tal, der sonnige Hang oder die sanfte Lehne, weit ab von Lawinenstrich und Mure und feuchter Au, fruchtbar, gefestigt durch eine lange Zeit, schon seit Jahrhunderten besiedelt, bewährte Menschenheimat. Da haben die reicheren Bauern ihre Höfe, ihre Äcker; da ist auch die Kirche, das Kloster, da sind die Häuser stattlich, vielfach bemalt und geschmückt. Da hat man auch – in aller Bescheidenheit – satt zu essen. Da läuft niemand in Lumpen. Da gibt es auch seltener Trunksucht, Idiotie und Vergehen.

Hier hat die Fürsorgerin wenig zu tun.

Aber daneben, oft nur eine Wegkehre entfernt: in der Rinne, am Bach, wo das Gelände abbricht, wo die Sonne erst spät zum Vorschein kommt, dort wo Mure und womöglich Lawine zu erwarten sind; oder drüben auf der südwärts gelegenen Schattenseite, wo der Winter um soviel länger dauert als der Sonnenbogen kürzer ist, wo der Herbst frühen Reif bringt, oder wo der Acker gar zu steinig, gar zu armselig ist – dort stockt auch die menschliche Natur, dort findet man sich ab mit dem schlecht gebauten Haus, dort hockt man in grauem verlottertem Gemäuer, dort sehen die Alten böse und verbissen, die Kinder ängstlich und traurig aus; dort hört man von Streit und Prügelei und von noch Schlimmerem.

Auf solchen Huben hat man sich auf eine Art von Verdienst eingelassen, die bösen Vermutungen Anlaß gibt: man nimmt zum Beispiel Kinder in Pflege, ledige Kinder natürlich, denn eheliche werden selten in Pflege getan; eine alte oft schon selbst gebrechliche Frau hat sich fünf, sechs, sieben solcher Geschöpfe eingetan. Ihr Haus, ihre Hütte ist ein Kinderstall. Die ledigen Mütter und Väter zahlen wenig, sie sind ja selbst arm daran, Knechte, Mägde, Fabrikarbeiter, Trinker. Dem erbärmlichen Aliment entspricht die Pflege: Mehlpapp und wieder Mehlpapp und Dreck – und Schläge, wenn das Würmchen plärrt. Am übelsten aber ist der Mohnsaft, in die Flasche getan; vielleicht sogar Schnaps. Denn dann schläft der Bams. Dann ist Ruhe.

In solche Quartiere geht niemand gern. Aber meine

Schwester geht. Oft wird sie mit Gezeter empfangen. Schimpfworte, Flüche hageln auf sie nieder. – Der Teifi soll di hol'n. Die Zeachen solln dia derfrearn! –

In extremen Fällen darf sie den Schutz des Gendarmen anfordern. Der Gendarm begleitet sie, aber oft bleibt er dann einen Steinwurf weit vor dem betreffenden Haus zurück. Ihm ist nicht recht geheuer. Fürchtet er sich mehr vor geschleuderten Töpfen oder vor geschleuderten Flüchen?

Die Schwester aber faßt die Mappe unter den Arm, schnauft tief, sammelt sich zu einer Haltung, halb Hochmut, halb Verzweiflung, so tritt sie ein.

EIN BEGINN

Anfang-September-Abend: der Himmel ist klar, blaß rotgolden nach einem schönen wolkenlosen Tag. Die Landschaft schon eingedunkelt, die dunklen Massen, Rücken, Spitzen, klar konturiert, genau bekannt. Die Saile, die Serles, der Glungezzer; und scharf wie leuchtende Nadelspitzen funkeln die Lichter von Innsbruck. Der Zug rollt ostwärts das Inntal hinab. Ich stehe am Fenster und schaue zurück mit Bangen. Dieser Abschied, so weiß ich, hat mehr zu bedeuten als nur ein Fortgehen um wiederzukommen. Dieser Abschied ist nicht mehr gutzumachen. Ich möchte bleiben die ich war. Aber ich werde nie mehr sein die ich gewesen bin. Es ist entschieden. Mit der Landschaft unter dem bleichenden Himmel, die hinter mir zurückbleibt, sich verschiebt, verwandelt und versinkt, ist mein Widerstand verschoben, verwandelt, versunken.

Ich weiß es.

In Pilsen angekommen beginnt das Andere.

Das Trauerjahr ist zu Ende, die Trauerkleider werden abgeräumt. Noch ehe der Unterricht beginnt, werde ich zur Schneiderin geführt: Meine Tante Anci hat schon eine Reihe heller bunter Stoffe ihres Geschmacks besorgt. Ich soll neu eingekleidet werden für Werk- und Feiertag. Doch nicht nur das: Unter den Stoffen sind auch solche für Tanzkleider. Der Schülerin der 6. Klasse steht der nahezu obligate Tanzkurs ins Haus.

Erst will ich nicht und bocke. Tanten und Großmutter verlegen sich aufs Überreden. Schon habe ich die Allüren verwöhnter Kinder angenommen, die sich zu ihrem eigenen Vergnügen bitten lassen.

Endlich gewähre ich gnädig: also gut, Tanzkurs und neue Kleider und neue Schuhe, Täschchen und Seidenstrümpfe, bald auch Puder, Lippenstift und Dauerwelle. Tante Anci kauft wie befohlen. Tante Marci zahlt dazu.

Die Großmutter nickt nachdenklich.

Vielleicht haben die Frauen ihre Pläne mit mir?

In der Schule war ich heuer nicht mehr die Fremde, ich wurde stürmisch begrüßt. Meine neue Schale wurde bewundernd notiert: – Fabelhaft, wie du aussiehst. Zum Verlieben. –

Zum *Verlieben?*

Hieß das nun plötzlich, daß sich irgend jemand in mich verlieben könnte?

In mich, die doch bisher gar nicht gezählt hatte?

Ja, so schien es. Die unwägbare Verwandlung im eigenen Ich (Verwandlung wovon und wozu?) schien plötzlich in irgendeiner Weise nach außen durchzuschlagen. Plötzlich bemerkte ich: die Männer schauten auf, wenn ich vorüberging. Sie drehten sich nach mir um. Nicht wenige liefen mir auf der Straße nach, versuchten mich anzusprechen, suchten mir aufzulauern, mir Briefchen zuzustecken. Was war in die Leute gefahren? Eine Epidemie?

Zuerst machte es mir Spaß, ich fand es komisch, ich lachte und kokettierte zurück, besonders wenn ich mich sicher fühlte, etwa vor unserem Haustor, in das ich mit einer raschen Wendung verschwinden konnte. Es fiel mir gar nicht ein, daß man meine Blicke, mein Lachen, meinen backfischigen Übermut als Aufforderung verstehen, als Bereitschaft zu billigen Abenteuern umdeuten könnte. Es war einfach nur lustig, eine Sorte von Beschwipstheit, vier Wochen lang.

Dann war der Spaß daran zu Ende.

Gegenläufiges setzte ein. Das war so mit mir von jeher:

Ich trieb Unsinn, trieb ihn weit, aber mit einem Schlage: Widerstand. Es war, als wäre eine Schranke gefallen oder eine Glocke angeschlagen. Sie mahnte zum Abbruch, wenn nötig zur Flucht. Auf eine Phase des unbedenklichen Vorpreschens folgte eine Phase des Einziehens, des Einspinnens, der Nachdenklichkeit; auch der Depression.

Am Sonntag ging ich, wie ichs gewohnt war, zur Kirche. Die Predigt war tschechisch. Ich verstand sie nicht. Die Religionsstunden in der Schule sagten mir nichts. Ich konnte, was da gelehrt wurde, in keinen Zusammenhang bringen mit der stürmischen zärtlichen Entzückung, die mich in Kindertagen immer wieder erfüllt, mich wie auf Flügeln der Freude emporgetragen hatte: selige Stunden beim sonntäglichen Hochamt, wenn die Orgel spielte, wenn der Weihrauch wölkte, oder bei der Maiandacht, wenn vor dem Altar in Kerzenschimmer und Blumenduft das Tantum ergo angestimmt wurde. Wie weit war das alles weg. Es war ein Stück einer schöneren Welt. Hier war die Welt nicht so schön. Pilsen war eine häßliche Stadt, *wir* jedenfalls fanden sie häßlich, schwarz von Ruß, von Industrien durchsetzt, von riesigen Werkgeländen, Gleisanlagen, kahlen zertrampelten Exerzierfeldern eingeschnürt, die neuerbauten Viertel nüchtern bis zur Trostlosigkeit. Freilich: noch war die Altstadt beinahe unberührt, in der Mitte des Ringplatzes die große Bartholomäuskirche, ein hoher gotischer Bau, Zeugnis mittelalterlichen Bürgerstolzes. Dann: kleiner, intimer die gleichfalls gotische Franziskanerkirche. Sie mochte ich gern, hier fühlte ich mich eingemeindet und aufgehoben, hier konnte für Augenblicke wenigstens jenes andere wiederkehren, gläubige Dankbarkeit, zärtliches Vertrauen, abgeschwächt freilich und schon irgendwie gebrochen. Leise, doch unabweisbar regten sich Zweifel. Ich ließ sie nicht ein, noch nicht, doch ich dachte jetzt oft an einen Mann, der dann und wann bei uns in Telfs zu Gast gewesen war, einen ehemaligen Regimentskameraden meines Vaters, der sich offen als Atheist bekannte. Mein Vater hatte ihm mit voller Ruhe und eher zustimmend geantwortet. An die Argumente, die die Männer tauschten, konnte ich mich nicht mehr erinnern. Ich wußte nur, daß sich der Mann einen Kantianer genannt hatte. Über Kant wurde nun auch in der Schule gesprochen. Der Sternenhimmel über mir, das moralische Gesetz in mir... das klang nicht schlecht. Das mußte man gelten lassen. Das *Eigene* war es nicht.

Da bohrte eine andere Unruhe:

Warum war ich – trotz Stöckelschuhen und Dauerwellen, trotz bunter Kleider und Verehrerbriefchen – immer noch ganz anders als die anderen? Was trennte mich von ihnen? Was ließ mich verstummen, wenn sie witzelten? Was unterschied meine Wünsche, meine Träume, meine Sprache von ihrer Sprache, ihren Wünschen, ihren Träumen?

Ich ging mit Marietta Eidlitz spazieren. Wir besprachen »meine Probleme«. Marietta Eidlitz war ein kluges Mädchen. Sie war die weitaus gebildeteste von uns, weil sie aus einem gebildeten Hause kam. Ihr Vater, ehemaliger Redakteur, hatte sie schon früh mit den Fragen der Literatur, aber auch der Politik befaßt. Sie war kritisch, sie formulierte überlegen, oft spöttisch. Ich bewunderte sie ohne sie recht zu mögen. Immer war etwas wie ein Vorbehalt in mir gegen sie. Obgleich ich die einzelne Lehrperson an unserer Schule ebenso frech verulkte wie sie: es machte mich stutzig, daß sie über die Schule als Ganzes nur zu spötteln wußte. Ebenso spöttelte sie über Staat und Nation und Konfession. Auch über ihre Konfession, die jüdische. Vielleicht nährte sich mein Vorbehalt auch aus anderer Wurzel: Marietta blieb mir physisch immer ein wenig unheimlich, sie war groß und dünn und von so zartem Knochenbau, daß ich immer wieder erschrak, wenn sie mir die Hand reichte: so zerbrechlich lagen ihre Finger in den meinen. Ihre Augen waren blaßgrau und grünlich, ihr kurzes Haar aschblond und matt gelockt. Alte Rasse, dünnes Blut. Sie erzählte mir, sie sei nach siebzehnjähriger kinderloser Ehe erschienen, als ihre Eltern längst die Hoffnung, ja den Wunsch nach Nachwuchs aufgegeben hatten. Als ihrer Mutter Bauch immer dicker wurde, vermutete man ein Myom: – Das Myom war ich –, sagte sie und lachte. Dieses Lachen kam mir widrig vor.

Nun also ging ich mit Marietta spazieren. Ich weiß noch genau wo: wir waren gerade auf die alte Straße gelangt, die von der immer stinkenden Hanackschen Hefefabrik zum Lochotin führte. Als wir so über den alten geplatteten Damm unter den Linden dahingingen, sagte Marietta: – Ich glaube, du kannst nie ein moderner Mensch werden, weil du viel zu religiös bist. –

Diese Bemerkung der Gleichaltrigen traf mich tief, ganz anders als das oberflächliche Gemecker ein halbes Jahr zuvor am Wirtshaustisch. Diesmal wurde ich nicht etwa zornig, im Gegenteil: ich spürte, Marietta hatte recht, in gewisser Weise hatte sie den Nagel auf den Kopf getroffen. Sie stellte mich vor eine Alternative: entweder so oder so. Diese Alternative löste in mir keineswegs sogleich die Bereitschaft aus, mich nun Hals über Kopf aus meinen Halterungen loszureißen und über Bord zu werfen, was mir bisher so teuer gewesen war. Mir war nur, als hätte mich jemand mir selbst gezeigt: So bist du. Ich schaute zum erstenmal auf mich wie auf einen fremden Menschen und damit schaute ich auch zum erstenmal auf meinen Glauben: ich mußte nun wissen, was er mir wert war; ich rückte ihn in mein Blickfeld – und war damit schon von ihm abgerückt.

Für mich begann jetzt eine andere Zeit, Zeit der Suche, Zeit der wechselnden Valuten.

Ich hatte den Weg betreten, um Mitglied einer offenen Gesellschaft zu werden.

DER *EINE* OFEN

Ich schreibe dieses Buch, weil ich glaube, daß sich für meine Altersgenossen die Irrtümer, die Niederlagen, das Elend unserer späteren Jahre auf etwa die gleiche Weise wie bei mir angebahnt haben.

Wir, kurz vor dem Ersten Weltkrieg geboren und in den ersten tristen Nachkriegsjahren zum Bewußtsein erwacht, wir hörten viel über Weltgeschichte und wenig über Politik. Wir hörten von Schlachten, Zerstörungen, Siegen, Niederlagen, immer stand Gewalt zur Rede, war Gewalt tätig, eigene und fremde. Auch der Schlußakt dieser Kette blutiger Szenerien war blutig und gewaltsam: die Revolution. Das wüste Bild der Weltgeschichte schreckte ab und faszinierte zugleich. Es verdunkelte uns jedenfalls die Zone, in der sich Zutrauen bilden kann zu vernunftgemäßem Handeln, Zutrauen zu vernunftgemäßem Dialog, zu Abwägung und Ausgleich der Interessen. Nach Donnerschlägen wird das Säuseln sanfter Lüfte kaum vernommen. Das Nachbild gebündelter Blitze stumpft den Blick ab für normales Licht.

Ich war ein Kind: ich hörte meinen Vater nie anders als mit Bitterkeit vom österreichischen Staat reden, von *dieser sogenannten Republik*: ein Bettler- und Schnorrerstaat, der in Genf nur zu antichambrieren und sich von Anleihe zu Anleihe elend durchzufretten habe. Die Inflation mit ihrer ins Grausige gesteigerten Wert-, weil Vermögens-Vernichtung leuchtete wie ein Fanal die Tiefe aus, in die wir abgestürzt, in der wir als Geschlagene, Schuldig-Gesprochene, von der übrigen Welt Abgeurteilte gelandet waren. Ein Dollar – eine Million Kronen, neue österreichische Papierkronen. Hieß das nicht, daß alles, was wir erarbeiteten, ersparten, errackerten, ja, selbst *waren*, nur den millionsten Teil dessen wert war, was glücklichere Völker erarbeiteten, ersparten, *waren* –? Das hatte der Krieg aus uns gemacht. Wir zählten nicht mehr.

Meine Eltern bewahrten in einem kleinen, aus Silberfäden gestrickten Beutelchen noch einige Vorkriegsmünzen auf: goldene Zehn- und Zwanzig-Kronenstücke. Ehrfürchtig klaubten wir sie um: sie hatten es zu ihrer Zeit sehr wohl mit dem Dollar aufnehmen können. Ihr Prägebild zeigte den Doppeladler und des Kaisers Profil.

Allerdings: mein Vater war kein Monarchist. Für den letzten Habsburger Karl hegte er geringe Sympathien, für den alten Kaiser eine achtungsvolle Anhänglichkeit, die aber mehr der Person als dem Regenten galt. Mein Vater hatte dreißig Jahre seines Lebens im Dienst an Großösterreich verbracht; was wunder, daß er diesen Staat für notwendig, nützlich und – samt seinen Fehlern – für einen unentbehrlichen Teil der Weltordnung gehalten hatte? Nun war dieses Staatsgebilde zugrunde gegangen, nicht nur durch die ihm zugefügte Niederlage, sondern durch einen schon lange währenden, von den eigenen Völkern betriebenen Auflösungsprozeß. Slawen, Ungarn, Italiener – sie alle hatten an der Substanz genagt, den Bau unterwühlt und als Völkerkerker denunziert. Letzten Endes hatte nur noch das deutsche Element hergehalten und den Absturz gebremst. Was blieb also übrig als sich als Deutscher zu fühlen, vor allem als Deutscher? Und obgleich gewisse Vorbehalte bestanden gegen Preußen, Sachsen, sogar gegen Bayern, und obgleich man sich als Österreicher auch in Deutschland nicht genügend geachtet, beachtet, nicht genügend eingeschätzt, geschweige denn verstanden fühlte, war man doch der Gesamtheit der Deutschen verbunden und in einem Winkel des Herzens deutscher *Nationalist.*

Tropfenweise Infiltration in die kindliche Psyche: eine Tante war einmal mit einem deutschen Hauptmann verlobt gewesen, die Verlobung war dann zwar auseinandergegangen. Doch daß sie von einem *deutschen* Hauptmann um ihre Hand gebeten worden war, wurde als Ehre für sie betrachtet.

Ein Urgroßvater war als Buchdrucker- und Buchbindergeselle durch Deutschland gewandert und hatte von einem deutschen Meister ein vorzügliches Zeugnis erhalten. Der *deutsche* Meister wurde von der Familiensaga gleichsam mit drei Rufzeichen referiert.

Mit acht, neun Jahren bringt man mich an den Rhein bei Lustenau. Obwohl der Fluß dort nur die österreichisch-schweizerische Grenze bezeichnet, wird er mir doch schon als der *Rhein* bezeichnet, *Deutschlands Strom*: Lieb Vaterland und Loreley.

Was sonst noch hinzutritt an infinitesimalen, aber homöopathisch wirksamen Infiltrationen: In Deutschland wird nicht gestohlen, in Deutschland wird alles Verlorene zum Fundamt gebracht, es gibt nur redliche Finder. In Deutschland fahren die Züge pünktlich, in Deutschland spuckt niemand auf den Boden. In Deutschland ist jede Uniform Träger absoluter Rechtlichkeit. Ihr gegenüber fruchten keine Trinkgelder, keine faulen Ausreden, keine Mätzchen. Sie ist ungeheuer streng, dafür aber gerecht, genau und unerschütterlich, schlimmstenfalls ein bißchen komisch in ihrer biderben Sturheit.

Reich der Ordnung. Reich der Sauberkeit. Reich der Sicherheit. Einesteils. Andernteils: Reich des Tiefsinns. In Deutschland können die Griechisch-Professoren viel besser griechisch als bei uns. Die Chemiker können besser Chemie, die Techniker besser Technik als sonstwo auf der Welt. Alles ist ungeheuer gründlich, solide, alles um eine Spanne größer als bei uns.

Jetzt ist Deutschland geschlagen wie Österreich, ebenso schlecht daran wie wir, womöglich noch schlechter. Die in Versailles erklärte Kriegsschuld ist noch um etliche Grade ernster gemeint als das über uns gesprochene Urteil in St. Germain. Die Inflation, noch gigantischer als in Österreich, erschüttert uns mit. Die Gebietsverluste rund um das Reichsgebiet betreffen uns mit. Wir schauen auf Deutschlands Karte nicht wie auf die Karte eines fremden Staates.

Wir leben in Tirol. Hier ist das Land beinahe noch wichtiger als der Staat. Und dieses Land ist zerrissen, mitten auseinandergefetzt: die schönere bessere reichere Hälfte (so hört sichs an) abgetrennt und (so hört sichs an) den Welschen hingeworfen zum Fraß. Da ist viel von Verrat die Rede, von welscher Tücke (unvergessen das Jahr 15), viel von miesem, billigem Dreh um den Termin des Waffenstillstands im Jahr 18, von Makkaronifressern und faulen Tigos. Dieses Feindbild ist wie eine schwarze Kulisse aufgezogen, eine Riesenfratze, drachenmäulig, zähnefletschend, sie verbirgt den Blick auf das, was dahinter liegt: Italien. Italien immerhin Wiege abendländischer Kultur, Rom und Florenz, Venedig und Neapel, Leonardo und Raffael, gilt das alles nichts? Nein, es gilt nichts – und wenn, so gilt es in einer anderen Zone, einer anderen Schublade, das war einmal, ist schon so lange her, man legt es nicht um auf das, was heute ist, man legt es nicht um auf das Monstrum *der Welsche.* In dieser Bitterkeit sind sich alle gleich, Bürger, Bauer, Arbeiter, Schwarzer und Roter, selbst der Geistliche steht in derselben Front, nicht einmal der Umstand, daß der Papst ein Italiener ist, kauft ihm ein Jota ab von Haß und Trauer.

Das war Tirol. Und nun: in Pilsen.

Die Stadt hat hunderttausend Einwohner, davon sind angeblich zehntausend Deutsche. Vor gar nicht langer Zeit, so erzählt man uns, war das Verhältnis umgekehrt: neun Deutsche, ein Tscheche. Freilich – und das wird unter den Tisch gekehrt – war die Stadt damals noch klein, zehntausend Menschen, soviel wie jetzt als Deutsche geführt werden, der Zuwachs kam vom Land, das Land quoll über von Menschen, sie drängten zur Stadt, das Land war tschechisch, im Norden, im Osten, im Süden, nur vom Westen her leckte eine schmale fransige Zunge deutsch durchsiedelten Gebietes vom Böhmerwald an die Stadt heran. Lititz hieß das letzte Dorf im Radbusatal, in dem es noch einige deutsche Bauern gab.

Wir leben also als Deutsche in einer nicht nur stagnierenden, sondern allmählich zerbröselnden Diaspora.

Solange Alt-Österreich bestand, liefen die Dinge noch ein wenig anders. Das Bürgertum strengte sich an, den Part der Deutschen zu spielen: wer etwas auf sich gab und nicht gerade militant tschechisch-national war, schickte seine Kinder auf deutsche Schulen. Im Jahr 18 brach das ab. Die Opportunisten schwenkten auf die neue Linie ein. Gerechterweise muß man sagen, daß nicht immer nur blanker Opportunismus im Spiel war. In vielen Familien mischten sich deutsche und tschechische Elemente, in jedem Böhmen war beides gemischt, zu ungleichen Teilen zumeist, aber die Mischung war da, und es war wohl nur natürlich, daß man *den* Teil herauskehrte, der Aufstieg und Fortkommen versprach.

Auch in unserer Verwandtschaft gab es Tschechen, eine durch Einheirat verursachte Abzweigung vom deutschen Hauptstamm. (Man stand gut mit diesen Leuten und beinahe besser als mit der deutschen Vetternschaft.) Aber in unserer Linie stand das Deutschtum nie in Frage; als Alt-Österreich unterging, verließen zwei Brüder meiner Mutter das Land, und da auch wir, meine Eltern wegzogen, blieb die alte eben verwitwete Mutter mit zwei Töchtern allein zurück. Sie wurden tschechoslowakische Staatsbürger, ohne Begeisterung.

Nun war auch ich wieder da, war da auf Zeit. Ging selbstverständlich in eine deutsche Schule, besuchte auch nicht einmal den tschechischen Sprachunterricht, der in meinem Jahrgang auch nicht mehr obligatorisch war (deshalb hatte ich ja auch eine Klasse übersprungen). Ich nahm, leider, nie ein tschechisches Lehrbuch zur Hand. Ich bemühte mich auch nie darum tschechisch zu lernen, aus Hochmut, aus Dünkel und darüberhinaus weil ich, ein extrem optischer Typ, nie imstande war eine Sprache vom Hörensagen zu lernen. Ich verstand zur Not, was die Dienstmädchen schwatzten, was die Schneiderin und der Friseur zum besten gaben. Ich antwortete auch, haarsträubend fehlerhaft. Ins Kino ging ich selten ohne Begleitung –. Damals war die Leinwand noch vom Stummfilm beherrscht. Die Untertitel lernte ich verstehen: Já tě miluji! Ich liebe dich. Pomoc, pomoc! Zu Hilfe, zu Hilfe! Vražda! Mord! Am besten konnte ich noch die Kinderreime: Šla Mařenka do zeli... Mariechen ging ins Grüne raus... und: Vařila lištička kašičku... Das Füchschen kocht ein Breichen...

Meine Umgebung: Deutsche und Juden, Juden als Deutsche, Deutsche *weil* Juden. Unsere Schule, halb privat, halb öffentlich, Stiefkind der staatlichen Behörde war auf das Schulgeld der Schülerinnen und auf private Zuwendungen angewiesen. Die Schülerinnen, zur Hälfte mosaischer Konfession. Die Zuwendungen kamen von den Firmen Waldstein und Co., von den Bankhäusern Donebauer und Zunterstein. Unsere Lehrer zu einem Drittel Juden. Im Vorstand des deutschen Kulturvereins: Juden. Der deutsche Tanzmeister: ein Jude. Der deutsche Buchhändler konnte sich nur halten, weil er von der Kulturgemeinde unterstützt wurde.

Und man weiß sich selbst noch recht gut zu erinnern, wie man als kleines Mädchen das erstemal mit schüchternen Trippelschritten den Eisplatz betrat um die ersten Kratzspuren zu wagen; kommt ein großer Lümmel angeschliffen, schlägt einem die Mütze vom Kopf und die Beine vom Eis und schreit dabei: – Zatracená německá Židovka! – Verfluchte deutsche Jüdin.

Der Schock ist so groß, daß man nie mehr auf einen Eisplatz zurückkehrt.

So sitzen Deutsche und Juden in einem Boot.

Noch sitzen sie in *einem* Boot.

Staatsfeiertag.

Die vorgeschriebene Klassenfeier wird, wie gleichfalls vorgeschrieben, am Vortag vom Klassenvorstand abgespult. Unser Klassenvorstand – eine ältere Dame, Typus Wandervogel. Sie unterrichtet Geschichte und Geographie, schlecht genug, wie unser kritischer Klüngel findet, immer mit dem Blick ins Lehrbuch, denn ihre Kenntnisse sind ziemlich wackelig. Doch es kann nicht nur an ihren wackeligen Kenntnissen liegen, daß sie die Klassenfeier zum Staatsfeiertag vier Jahre lang auf gleiche Weise erledigt. Vier Jahre lang höre ich von ihr denselben Vortrag, die für die Staatsnation eher blamable Geschichte von der *Königinhofer* und *Grünberger Handschrift.*

In Kürze referiert: Im vorigen Jahrhundert erfolgten die großen Entdeckungen alter Literatur, der Nibelunge Not wird ausgegraben, das Gudrunlied aus Staub und Moder erweckt, die Franzosen haben ihre chansons de geste, die Italiener, nun, die prunken schon lange mit Dante, Petrarca und Orlando furioso. Nur die Tschechen haben mit keinen Ergebnissen aufzuwarten. Hatten sie denn keine Helden wie Siegfried, keine singenden Ritter wie Wolfram, waren sie denn *stumm*?

Eines Tages wird im Kloster Königinhof eine alte Handschrift entdeckt, angegilbt und brüchig wie alte Handschriften zu sein pflegen. Da wird in mittelalterlichem Tschechen-Slawisch der Mären wundersam viel erzählt, von Przemyslidenglanz und -gloria. Die nationalen Tschechen jubeln: Seht ihr, auch wir haben mit ruhmvollen Vergangenheiten aufzuwarten. Bald darauf wird eine zweite ähnliche Handschrift entdeckt, in Grünberg. Neuer Jubel, aber – leider auch kritische Stimmen. Paläographen, Altslawisten, Historiker finden verwunderliche Eigentümlichkeiten, die sie sich nicht erklären können. Doch zweifeln – an den neuen nationalen Heiligtümern? Wer dürfte das? Wagte das? Das ganze Volk müßte aufstehen, die Frevler zu steinigen. – So bleibt die Lage in der Schwebe, bis sich eines Tages ein gewisser Professor Th. G. Masaryk mit zu Worte meldet. Durch ihn, auch durch ihn, wird die Lüge entlarvt, zu viele Haare waren in der Suppe gefunden worden, und zuletzt platzt noch die Bombe: Die Epen der

Tschechenherrlichkeit waren mit neufabrizierter Tinte geschrieben, mit *deutschem Anilin.*

Das deutsche Anilin ist jedesmal der Clou des Vortrags zum tschechoslowakischen Staatsfeiertag. Triumphierend posaunt es die gealterte Wandervogeldame in die Gegend. Deutsches Anilin. Schluß und basta. Sie klappt ihr Buch zu, geht und entläßt uns. Was hätte sie noch weiteres zu sagen?

(Ich meine heute: sie hätte hinzufügen können, daß jener Professor Th. G. Masaryk in Schwierigkeiten geriet, als er sich auf die Seite der Kritiker schlug, daß er sein nationales Ansehen riskierte, seine Laufbahn aufs Spiel setzte, die ihn schließlich, freilich erst viel später, auf den Sessel des Staatspräsidenten brachte; daß er also als Wissenschaftler gehandelt und sich als Ehrenmann bewährt hatte und daß es eigentlich recht gut sei, einen solchen Mann an der Staatsspitze zu haben. Doch nichts davon. Nie etwas *davon.* Nur: Lug und Trug und deutsches Anilin.)

DER *ANDERE* OFEN

Das war nun der *eine* Ofen, der für uns angeheizt wurde, der Ofen NATIONALISMUS, mit manchmal billigem Brennmaterial, ich gebe es zu.

Aber da war ja noch ein anderer Ofen, der ebenfalls brannte, gewaltig blubbernd, ein riesiger Dauerbrenner, und er brennt noch heute: der Ofen SOZIALISMUS.

Wir saßen dazwischen und wärmten uns die Backen, mal hier, mal dort.

Es ist leichter vom zweiten Ofen zu reden; es heißt: es sei auch ehrenvoller, und wer redet nicht gern von Ehrenvollem? Die Leiden der Menschheit seit Anno Tobak sind da eingeschürt worden und gaben Wärme und Glut, – Energie sagt man heute und Motivation –, und weiterhin wird der Ofen geheizt aus der unerschöpflichen Vorratsgrube erlittenen Unrechts und zugefügten Elends – und leuchtet manchmal mit Himmels- und leuchtet manchmal mit Höllenglut.

Da waren, früh gewonnen, eigene Erfahrungen. Die Menschheit zerfällt dem Kind in zwei Teile. Das wird deutlich zum Beispiel, wenn es an der Wohnungstür schellt.

Einmal wird die Tür weit aufgerissen, Freudenrufe ertönen, Küsse und Umarmungen gewechselt, hereinspaziert, nur hereinspaziert, so eine Überraschung, das ist ja wunderbar. Dann werden unter Verbeugungen und Komplimenten Hüte und Mäntel abgenommen, der Salon wird geöffnet, geschmeichelt, gelacht, gejubelt.

In diesem Fall ist UNSERESGLEICHEN gekommen.

Aber oft geht es auch anders, ganz anders zu an der Wohnungstür. Es hat geschellt, man späht durchs Guckloch. Nun wird gezögert, es wird gefragt und rückgefragt, dann wird – vielleicht – die Tür einen Spaltbreit geöffnet, dabei ist die Kette vorsorglich eingehakt. Nach weiteren Fragen wird die Tür wieder ins Schloß gedrückt, aus der Küche wird ein Teller Suppe geholt, ein Stück Brot oder eine kleine Münze. Nun schließt man auf, reicht hinaus, danach wird endgültig zugeschlossen, der Schlüssel im Schloß gedreht. Wenn sich das Kind an den Türspalt drängen möchte, wird ihm das sanft, aber bestimmt verwehrt. – Geh weg, ein Zigeuner. – Geh weg, ein schmutziger Mann. – Geh weg, du kriegst nur Flöhe! –

Das Kind hat einen Schimmer erhascht von einem bleichen Gesicht, von zerlumpten Kleidern, mit Fetzen umwickeltem Schuhwerk.

Da gibt es Leute, die Sand verkaufen, Scheuersand, mit dem das Dienstmädchen Tisch und Stühle der Küche zu reiben hat. Die Leute transportieren den Sand in Schubkarren von Haus zu Haus, gehen jeweils in die Hinterhöfe und rufen: – Pisek, pisek! – Man schickt das Mädchen zu ihnen hinunter, sie faßt die Ware in einem alten zerbeulten Blechtopf, Preis zwei Heller. Dann zieht der Mann weiter, bald erschallt seine Stimme aus dem Nebenhof: – Pisek, Pisek! –

So ziehen auch Scherenschleifer und Rastelbinder, Männer, die gesprungene Töpfe und Schüsseln mit Draht eingittern, ähnlich die Kohlenmänner, die die schwarze Fracht säckeweise in die Keller buckeln, mit Bettlern, Zigeunern und Pfannenflickern zusammen ein dunkles übelriechendes Geschwader, schwarzer Bodensatz der Gesellschaft, nicht geheuer, weil immer verdächtig, sie könnten stehlen, Kinder rauben oder Brände legen.

Zu ihnen kann nicht einmal das Kind Neigung und Zutrauen fassen. Doch es gibt auch anderes:

Die slowakischen Bäuerinnen zum Beispiel, die mit ihren Stickereien und Häkelarbeiten durch die Städte Böhmens pilgern und ihre Ware anbieten. Sie sind bunt und putzig gekleidet, und die Buntheit und Putzigkeit ihrer Tracht versteckt ein wenig die Armseligkeit ihrer Kleidung. Sie haben runde hagere knochige Gesichter mit vielen feinen Falten um Augen und Münder, und aus diesen Falten lächeln sie, lächeln das Kind an in kurzen, gleichsam aufleuchtenden Augenblicken, wenn der Ausdruck der Sorge, der Ängstlichkeit, der stillen Verzweiflung für Sekunden aus ihren Mienen weicht.

Diese Frauen kommen mit schweren Butten auf den Rücken. Wenn sie an der Wohnungstür geläutet und ihr Anliegen vorgebracht haben, da geschieht es schon mitunter, daß sie eingelassen werden. Im düsteren Vorzimmer wird Licht angemacht, da dürfen sie ihre Ware ausbreiten. Schon darüber scheinen die Frauen hochentzückt. Sie stellen ihre Butten ab und beginnen auszukramen.

Schöne Ware, herrliche Ware, schweres Leinen, bunt bestickt, feines Leinen, weiß bestickt, ajouriert, durchbrochen, mit Zacken umrandet, einfachen, doppelten, dreifachen Zacken und Bogen oder mit Spitzen besetzt, von Spitzenbahnen durchkreuzt, mit Häkelsternchen-Blüten und -Kränzen benäht. Da sind Kissen und Tischdecken, Handtücher und Überhandtücher, solche mit und solche ohne Fransen, Bettdecken aller Art, Tischläufer, Vorhänge und Servietten. Die Frauen hocken oder knien auf den Vorzimmerfliesen – neben ihren Butten und kramen, legen aus, legen zurück und falten auseinander und zusammen. Manche Stücke sind mit Seidenpapier unterlegt, blauem oder rosa, damit sich die Feinheit und Reinheit der Stäbchen und Rosetten noch deutlicher abhebt und das prüfende Auge gnädig mache, das strenge und prüfende Auge der

Milostiva paní, der feinen reichen bürgerlichen Dame, die sich herabläßt, die Ware zu beschauen und die sich vielleicht – vielleicht!! – Gott gebs und die Heilige Mutter Gottes! – dazu entschließt irgendein Stück begehrenswert zu finden und den Kauf zu erwägen. Slowakische Handarbeit ist ja beliebt ihrer reichen Muster, ihrer prächtigen Ausführung wegen; und überdies ist sie *unverwüstlich*.

Eine bürgerliche Hausfrau kann *nie* genug davon bekommen.

Aber dann kommt der Augenblick, der unvermeidliche schreckliche, wenn die künftige Käuferin (Gott gebs und die Heilige Mutter Gottes!) die Frage stellt: – Und – was soll das kosten? –

Das Kind, das dabeisteht und diese Frage hört, begreift noch nichts von Geld und Geldeswert; aber es bemerkt doch, *kann* nicht umhin zu bemerken, wie diese Frage wirkt; wie sich die fremde Frau unter ihrem Kopftuch krümmt und wie sie fortfährt ihre Arbeit zu loben, noch hastiger, noch demütiger als zuvor alle Schwüre darauf zu leisten, daß das Leinen wirklich das beste aller Leinen und das Garn das beste aller Garne und die angebrachten Muster doch um Gottes willen die aller-allerschönsten seien. Ihre Worte überstürzen sich, ihr Tonfall wird flehentlich ... Da erfolgt die neuerliche (schreckliche) Frage: – No, sag Sie schon, *was* das kostet! – Erst nach der dritten, jetzt schon mit merkbar ungeduldigem Unterton gestellten Frage wird der Preis genannt, fast flüsternd und in die Butte hineingesprochen, als wenn er etwas Ungeheuerliches wäre.

So wird er auch aufgenommen: als Ungeheuerlichkeit. – Jesus, Maria, Josef, soviel! Das ist ja ein *Vermögen*. – Und dann: – Pack Sie nur wieder ein, das kauf ich nicht. Das ist's nicht wert! – O lieber Gott und Heilige Maria, nicht wert –? nicht wert? – das beste Leinen, das beste Garn, den ganzen Winter hab ich dran gestickt. –

Nein, trotzdem: nein!

Nun geht der Schacher an. Die fremde Frau nennt einen neuen Preis. Auch ihn findet die Milostiva paní viel, viel zu hoch. Sie bietet die Hälfte. Die fremde Frau schüttelt verzweifelt den Kopf. Die Milostiva paní bietet um eine Krone mehr. Die fremde Frau ringt zitternd die Hände. Dem Kind, das noch immer dabeisteht, wird sonderbar zumute. Es begreift, wie gesagt, nichts von Geldeswert. Aber es spürt: da ist was im Gang, was besser nicht sein sollte. Dieses Hin und Her zwischen Dame und Slowakin, dieser ungleiche Kampf zwischen Macht und Ohnmacht, Haben und Bedürftigkeit, dieses Schritt-für-Schritt-der-Not-auf-den-Leib-Rücken, der himmelschreienden Not da hinten irgendwo jenseits des reichen böhmischen Landes, in Bergen und Wäldern der Weißen Karpaten und der Beskiden, in Hütten aus Lehm und Stroh mit offenen Herdstellen und lekkem Dach; bei der Ölfunzel wird gestichelt und gehäkelt, gesäumt und geschlungen, mit tränenden Augen und schmerzendem Rücken, der Magen knurrt, im Häferl steht der Eichelkaffee, in der Wiege hustet der Säugling und hinter dem Ofen ächzt die alte gichtbrüchige Baba dem Tode entgegen.

Nichts wußte das Kind davon, natürlich nichts. Wer hätte ihm auch von der Armut erzählt dort hinten im fernen Land, wer von dem rechtlosen Leben feudaler Hintersassen, von dem seit Jahrhunderten gezüchteten Elend? Aber es verfolgte mit wachsendem Widerwillen das Feilschen hin und her um Kronen, Kreuzer und Heller, und es begriff das einfach nicht: ihm selbst gegenüber war man so weich und so voll Mitgefühl, so nachgiebig als wären die Herzen Lebkuchenherzen, die jeder Wunsch zerbröckeln kann; und hier hart, kalt, wie Stein.

Das Kind begreift nicht, daß die Dame (ob nun die eigene Mutter oder Tante oder sogar die Großmutter, die sonst so gute) nicht einfach hingeht und das Geld holt, das verlangte, denn obwohl es, wie gesagt nichts versteht von Geldeswert, es fühlt instinktiv, daß der geforderte Preis billig und der angebotene und schließlich bezahlte ein Schandpreis ist.

Und dann, wenn alles vorbei, die Slowakin abgezogen ist mit ihrer Butte und das neuerworbene Stück der übrigen Familie vorgezeigt und auf dem großen Eßtisch ausgebreitet wird, dann hört das Kind die *Wahrheit*:

– Eine prachtvolle Arbeit. Ja – und *so billig!* Da ist mir wieder ein *Fang* geglückt. –

Von den Dienstmädchen habe ich schon gesprochen: daß ich eine Affinität zu ihnen entfaltete, die freilich von den Meinen nicht gern gesehen war. Immer wieder wurde ich aus der Küche ins Zimmer gerufen, immer wieder wurden meine Gespräche mit diesen Mařenkas und Haničkas jäh unterbrochen. Was mich zu ihnen zog, kann ich schwer beschreiben. Vielleicht stand hinter ihnen als ferne und immer mehr in die Ferne rückende, trotzdem unauslöschliche Aureole das dunkle dumpfe Urbild meiner Amme.

Selbstverständlich standen diese Mädchen weit über den Rastelbindern und Pfannenflickern, den Kohlenmännern und Sandverkäufern, also über dem schwadigen Bodensatz der Gesellschaft. (Der war strikte ausgeschlossen aus dem eigenen Dasein.) Die Mädchen lebten mit im Hause, sie hatten Namen, Gesichter, Eigenheiten, sie waren *Personen.* Sie genossen sogar ein gewisses, wenn auch streng dosiertes Vertrauen. Immerhin gehörte meine Familie nicht zu jenen, in denen alles, sogar die Zuckerdose ständig abgeschlossen wurde. Zu essen bekamen sie dasselbe wie wir. Auch gab es in unserem Haus keinen Eingang »nur für Dienstboten«. Dann und wann wurden sie von meiner Großmutter mit dceruška, Töchterchen angesprochen.

Nur – ihre Unterkunft ist jämmerlich.

Im Haus meiner Großeltern schlief das Mädchen in der Küche, da die als Mädchenkammer vorgesehene Kammer längst vollgestopft war mit Kisten und Schachteln, alias Karthandln. Die Küche war groß, da hatte ein Bett Platz. Über das Bett war eine breite Holzplatte gelegt, sie diente zum Abstellen von Geschirr, zum Ausziehen von Strudeln und derlei Tätigkeiten. Das Brett blieb auch nachts über dem Bett. Darunter lag sie dann, die Mařenka oder Hanička flach ausgestreckt wie in einer Totenlade. So durfte sie schlafen, *wenn* sie schlafen konnte: sie diente in einer Familie von Spätzubettgehern. Niemand genierte sich die Küche zu durchqueren, wenn er durch Küche und über die verglaste Pawlatsche das Örtchen aufsuchen mußte. Auch mit Licht und Geklapper war man nicht heikel. Immerhin war diese Schlafstelle noch viel besser, als die, die das Dienstmädchen in der elterlichen Wohnung hatte.

Dort ist sie in der für Dienstboten bestimmten Kammer

einquartiert, das heißt in einem winzigen dunklen Loch. Dort schläft sie, dort hat sie auch ihre Habseligkeiten. Aber neben Bett und Schrank ist da noch ein Ding, ein großer aus braunen Weiden geflochtener Korb. Er heißt der *Schmutzwäschekorb.* In ihm wird die Schmutzwäsche von vier, fünf oder sechs Wochen bis zum nächsten Waschtag aufbewahrt. Die Schmutzwäsche stinkt, und der Gestank verdichtet sich in dem winzigen Raum zu einem stickigen bitteren Mief. Doch das ist noch nicht das Schlimmste. Das Schlimmste sind die *Flöhe.*

Flöhe gab es schon immer die Menge. Jetzt im Krieg nehmen sie überhand. Sie kommen mit Flüchtlingen, Urlaubern, Invaliden, eingeschleppt in deren Kleidern, eine scheußliche Landplage. Man muß nur in eine Trambahn steigen, schon fängt es an im Hemd zu kribbeln, schon geht es an mit Jucken, Brennen, Kratzen. Ich bin besonders anfällig. Mich wittern die Bestien von weitem, und ihre Bisse lassen auf meinem weißen Kinderkörper rote handtellergroße heiße Schwellungen entstehen.

(Furcht und Abscheu vor diesen jetzt mehr oder minder ausgestorbenen Plagegeistern habe ich bis heute nicht ganz ablegen können.)

Damals kannte man noch keine Chemikalien, mit denen man den Tieren zu Leibe rücken konnte. Die einzige Hilfe bestand darin, so schnell wie möglich die Wäsche zu wechseln. Den ersten Biß verspürt, flink also aus den Kleidern! Hemd, Hose, Leibchen abgestreift, zusammengerollt, in ein Bündel geschlagen, da war sie gefangen, die freche Bestie, der Schmutzwäschekorb nahm das Bündel auf.

Dort stapelten sich solche Bündel, wochenlang. – Geh nicht in die Kammer! – hieß es dann. – In der Kammer sind Flöhe. –

Mir wurde die Vorstellung zum Albtraum: der Korb und das Mädchen. Das Mädchen lag auf seinem Bett und schlief. Aber die Flöhe schliefen nicht. Sie gaben keine Ruhe. Wachgehalten vom Hunger suchten sie nach einem Ausweg. Sie krabbelten durch die Falten, sie wanden sich durch die Knicke, sie arbeiteten sich aus den Bündeln hervor, knisternd, zappelnd, hundertfüßiges Leben. Und schließlich kamen sie frei.

Sie verließen den Korb, stürzten hervor in Scharen, eine Armee kleiner starker rotbrauner Hüpfer, gierig nach Freiheit, gierig nach Nahrung, lechzend nach süßem Menschenblut. Und da lag schon ihr Opfer.

Ich mochte mir nicht vorstellen, was nun geschah, wie sie ihr Opfer überfielen. Ich wunderte mich jeden Morgen aufs neue, daß das Mädchen gut gelaunt-gelassen, womöglich trällernd aus ihrer Kammer kam. Ich dachte sie dort von Dämonen befallen.

Und schließlich: ein Mädchen wurde des Diebstahls verdächtigt. Ein Muff der Mutter war verschwunden, ein Kleid, ein Regenschirm. Beschuldigungen, Verhöre. Die Dinge waren doch eben noch zum Lüften auf dem Balkon gehangen, wohin waren sie geraten? Das Mädchen, eine dicke Plattnäsige, beteuerte weinend ihre Unschuld. Obgleich ich gerade sie nicht besonders gut leiden mochte, griff mir ihr dumpfes Jammergebrüll ans Herz. Ich glaubte ihr sofort und wollte meine Hand für sie ins Feuer legen. Schließlich erfand ich eine Geschichte: ich hätte dann und dann einen Mann über die Mauer kriechen, hätte ihn ums Haus schleichen und dann plötzlich wie ertappt davon rennen gesehen. Ich beschrieb den Mann, ich *sah* ihn vor mir, ich lief in den Garten hinaus um seine Fußspuren zu finden, und ich merkte: ich suchte wirklich nach ihnen und als ich einen abgebrochenen Ast erspähte, glaubte ich schwören zu dürfen: er habe ihn abgebrochen.

Meine Eltern stutzten, als ich ihnen die Geschichte erzählte. Schon wollte ich triumphieren: so war der Mann *wirklich* dagewesen. Da merkten sie den Schmäh. Achselzuckend schickten sie mich weg. Das Verhör ging weiter und endete mit Kündigung.

HIMMELSGLUT UND TRÄUME

So stapelte sich etwas in mir auf seit Kindertagen, so wie es sich in so vielen anderen Zeitgenossen stapelte, der STOFF DES JAHRHUNDERTS – Brennmaterial für den einen, weltweit befeuerten Ofen. In mir wuchs soziale Empfindlichkeit als eine Art Wundstelle oder Zone erhöhter Reizbarkeit, Reizbarkeit gegen Unrecht, Unterdrückung, Beraubung – Parteinahme für die Leidenden, Unterdrückten, Beraubten.

Und dazu lernte ich mit der Zeit auch die Wonnen der Empörung kennen.

Freilich: Reizbarkeit und Parteinahme wuchsen nicht immer gleich schnell, sie wuchsen je nach Aufenthalt, im Osten anders als im Westen, in Böhmen intensiver als in Vorarlberg und Tirol. Hier, im eher ländlichen Bereich, war die Gesellschaft anders geschichtet. Hier gab es keine Sandverkäufer, die sich von Hinterhof zu Hinterhof wandernd in der Hoffnung auf fünf Heller die Stimme aus dem Leibe schrien. (Pisek, pisek!) Hier gab es keine demütigen slowakischen Bäuerinnen, die sich an jeder Tür von jeder ihrer bürgerlichen Kundinnen von neuem schamlos übervorteilen lassen mußten, hier gab es auch keine Dienstmädchen mehr, die man in eine Flohkammer zu sperren gewagt hätte, abgesehen davon, daß es hier gar nicht so viele Flöhe gab. Hier waren wir nämlich selbst von Armut und Bedürftigkeit eingeholt worden, mindestens für eine Zeit. Wer sich selbst den Riemen enger schnallen muß, braucht kein schlechtes Gewissen zu haben, wenn es auf dem Tisch nebenan dürftig zugeht. Wer sich selbst nach dem Nickel bücken muß, findet nicht viel dabei, daß sich andere nach dem Kupferling bücken.

Doch hauptsächlich lag es daran, daß hier im Westen die Voraussetzungen andere waren. Freilich, ich schrieb es schon, gab es auch hier alteingesessene Armut: die Not des Bergbauern, der auf einem elenden Fleckchen Erde rakkerte, die Not des Auszughäuslers, der auf die Gnade seiner Erben angewiesen war, die Not des Fabrikarbeiters, der zwölf Kinder zu ernähren hatte. Aber die Armut zeigte hier doch ein anderes Gesicht. Auch der ärmste Bergbauer saß auf eigenem Boden und war sein eigener Herr. Der Auszughäusler hatte doch früher wenigstens einmal eigenen Boden besessen, das steifte sein Rückgrat, auch wenn er krumm und verkrüppelt einherhinkte; ein inneres Rückgrat war da und gab auch dem Arbeiter noch einen Rest von

Selbstbewußtsein und Stolz (denn vielleicht wohnte er doch noch im eigenen Haus und hatte dahinter sein Fetzchen Acker und einen Stall für Ziegen und Hennen). Niemand sagte hier: Gnädiger Herr! – oder Gnädige Frau! – geschweige denn, daß sich irgendwer einfallen ließ, eine Hand zu küssen oder gar einen Rocksaum, wie ichs in Pilsen oft genug gesehen.

Das gefiel mir, das tat mir wohl, das zwang uns im Umgang auch mit dem, wie man so sagte, gewöhnlichen Volk nie nach Belieben zu verfahren, sondern immer auf der Hut zu sein, immer bedacht, nicht zu verletzen. Vor allem gefiel mir, daß es hier kein Handeln gab wenn man kaufte, kein Schrauben und Feilschen und erpresserisches Hin und Her. Ich konnte es nicht leiden, wenn jemand gedemütigt wurde und ich hatte mich immer geschämt, wenn ich mitansehen mußte wie gedemütigt wurde, und mehr geschämt für den, der die Demütigung zufügte als für den, der sie erlitt.

Ich habe mir später im Geschichtsunterricht sagen lassen, daß es in den Alpenländern auch in früheren Jahrhunderten keine Leibeigenschaft gegeben habe, daß also Freiheit bestanden habe auch in der Masse des Volkes, und ich war geneigt anzunehmen, daß es daran gelegen hatte, wenn sich hier auch der Arme, sogar der Ärmste anders betrug als im Osten. Ich habe mir aus anderen Quellen Nachrichten geholt, daß man auch hier harte Abhängigkeiten zu tragen hatte und daß es mit der berühmten Freiheit der Tiroler Bauernschaft nicht so weit her gewesen sei.

Beides mag in gewisser Weise stimmen.

Doch ich meine, daß ich hier noch ein drittes Element erwähnen muß: die Kirche. Sie hatte mit ihrer Lehre, mit ihren Geboten, Zeichen und Sinnbildern das ganze Leben des Landes dicht durchsponnen. Sie war anders als in Böhmen, sie war intensiver gegenwärtig. Sie nahm den Menschen in einen ununterbrochenen Dienst, aber sie stellte ihn auch in eine sonst unverfügbare Würde.

Sie band jedes, auch das elendste Leben, in eine hohe, nicht mehr zu übertreffende Beziehung, und wenn sie die Leute auf die Knie verwies, so vermittelte sie zugleich die Empfindung, daß auch Kaisern und Königen keine würdigere Haltung möglich war als ihrerseits genauso wie die Ärmsten auf den Knien zu liegen.

Nicht daß ich wagte zu behaupten: Kein Mißbrauch, keine Unterdrückung, keine Erpressung, kein Sacrileg gerade durch jene, die das Sacrosancte verwalteten.

Doch das System, tief durchdacht, auf langer Erfahrung gegründet, mit Menschenkenntnis gesättigt, von inkommensurablen Wahrheiten genährt, Ur-Wahrheiten...

Kann ich noch mehr sagen?

Es war eine schöne Zeit, als wir davon träumten: Eines Tages würde die ganze Menschheit eine Gemeinschaft von Brüdern sein; keine Grenzen mehr und keine Unterschiede, keine Stände, Klassen und Nationen; man müßte doch nur einmal das Glück und die Vorteile einer solchen Bruderschaft deutlich machen, in die Köpfe ein*hämmern*; schon müßte jeder einsehen, daß Frieden das höchste Gut sei und für ewig zu befestigen. Darum führten wir einen neuen Gruß in unserer Gruppe ein, er lautete: PAX und in besonderen Fällen: PAX AETERNA!

Es war eine schöne Zeit, als wir uns ausmalten, daß Reichtum abgeschafft und Armut ausgerottet werden könnte. Man mußte ja nur, so dachten wir, das Gold der Millionäre, das in den Banken nutzlos herumlag, herausholen und verteilen; das war die Lösung. Das Gold reichte für alle. Es konnte alle sättigen. Es konnte alle kleiden. Es konnte jeden beglücken, wenn er sich nur beglücken ließ in proletarischem Stil. Einmal, ein einziges Mal mußte gehandelt werden, um das Unglück auf dieser Welt ein für allemal zu vernichten, und darum schnitzten wir in unsere Schulbänke in großen und tiefgekerbten Buchstaben die Devise ein: *Proletarier aller Länder vereinigt euch!* (und verachteten die Mitschülerinnen, die nur die Namen der Filmstars Greta Garbo und Adolphe Menjou in *ihre* Bänke schnitzten).

Es war eine schöne Zeit, als wir davon träumten und nicht nur unsere Freizeit, sondern auch die meisten Unterrichtsstunden damit verbrachten, in solchen Träumen zu schwelgen: wie die revolutionären Massen zu strikt proletarischer Moral und im Sinne des historischen Materialismus zu bilden seien. Niemand mehr sollte Analphabet bleiben, niemand mehr sollte egoistische Bestrebungen betätigen, niemand mehr sollte einen ungewaschenen Hals oder gar Läuse haben. Bildung und Hygiene sollten zu staatsbürgerlichen Pflichten erklärt werden. (Wehe, wenn nicht ...) Doch die Pflicht aller Pflichten, die unbestrittene unbestreitbare Pflicht, Alpha und Omega war natürlich *Gleichheit*. Und wir strengten unsere Köpfe an, um uns gesellschaftliche Modelle auszudenken, in denen Gleichheit bis in die unscheinbarsten Einzelheiten, bis in die abgelegensten Details des täglichen Lebens durchgeführt und gewährleistet werden konnte.

Alle sollten in möglichst gleichen Häusern wohnen. Alle sollten möglichst dasselbe essen und zwar in riesigen Kantinen, eine Kost, gesund, nahrhaft und ohne kulinarische Mätzchen. Selbstverständlich sollten auch alle gleich gekleidet sein, im Winter in wattierte Jacken, im Sommer in leichtes Leinenzeug, gleiches Schuhwerk, gleiche Hauben, gleiche Wäsche: es war an *alles* gedacht.

Wir begannen in einem Anfall reformatorischer Wut Planskizzen anzufertigen für den Neubau proletarischer Städte. Zwischen langen schnurgeraden Straßen sollten lange schnurgerade Grünstreifen lange schnurgerade Barakkenbauten begleiten. Barackenbauten – ja, diese Bauform hatte es uns angetan, sie schien uns am ehesten der heiligen Nüchternheit sozialistischer Planlandschaften zu entsprechen. Alle sollten die gleichen Vorteile genießen: alle Wohnräume müßten nach Süden schauen. Keiner sollte Treppensteigen müssen, andernteils sollte niemand über den Köpfen anderer herumtrampeln können. Also Ebenerdigkeit. Überall dieselbe Ausstattung: solide, einfach, keine Kinkerlitzchen. Kummer bereitete uns die Unterbringung von Familien: sie brachten unterschiedliche Strukturen ein, sie störten die Uniformität. Also beschlossen wir kurzerhand, die Familie in der künftigen Gesellschaft abzuschaffen. Da wir noch nicht so weit gediehen waren, an allgemeine Promiskuität zu denken, so verfuhren wir einfach umgekehrt, trennten Männer und Frauen, wiesen ihnen verschiedene Wohnstätten zu. Kinder wurden, das verstand sich von selbst, in Horten abgegeben.

Sechs Personen konnten jeweils in einer Stube wohnen: wir stellten uns auch diese Stuben bis in die Einzelheiten vor: eiserne Betten, schmale Spinde, alles in Reih und Glied.

Selbstverständlich nahmen wir uns vor, daß in dieser Gesellschaft jedermann dasselbe verdienen sollte. Wer nicht arbeiten konnte, nun, der wurde vom Staat ernährt. Wer nicht arbeiten *wollte,* – ja, der verfiel einem strengen Verdikt. Worin dieses Verdikt bestand, darüber konnten wir uns in langen Diskussionen nie ganz einigen. Jedenfalls waren wir entschlossen, streng pädagogisch zu verfahren: zuerst Belehrung, dann Ermahnung, dann Verwarnung. Dann – unvermeidlich – die Strafe. Wir dachten an Verbannung. Aber wohin? Nach Sibirien? Ja, vielleicht nach Sibirien. Die große Sozialistische Sowjetrepublik würde sicher soviel brüderliche Freundschaft aufbringen, die unverbesserlichen Asozialen aus dem Westen zu vereinnahmen.

Ja, es waren schöne Zeiten, als wir träumten. Wir glühten vor Eifer. Wir, sage ich, wie viele waren wir denn? Mariechen Fritsch oder Aida, Ilse Krafft oder Roxane, Trude Löffler und ich, und schließlich Marietta Eidlitz, dieselbe, die mir mit ihrer Bemerkung, ich sei viel zu religiös um jemals ein moderner Mensch zu werden, vor einem Halbjahr so sehr zugesetzt hatte. War es wirklich erst ein halbes Jahr her –? Ja, es war. Nun sah sie die Früchte ihrer Bemerkung aufgehen oder glaubte doch, daß es die Früchte ihrer Bemerkung waren. So behandelte sie mich – wie übrigens auch die anderen – mit einem Anflug von herablassender Ironie, wie eben erfolgreiche Propheten allzuschnell bekehrte Jünger zu behandeln pflegen. Sie duldete unsere sozialistische Begeisterung mehr als daß sie sie anblies. Sie ließ sich sogar dann und wann vernehmen, so einfach, wie wir uns die Sache vorstellten, werde sie nicht ablaufen. Aber sie versorgte uns immer weiter mit einschlägiger Lektüre: Zola und Gorki, Popper-Lynkeus und Otto Bauer und, nicht zu vergessen, mit dem Kommunistischen Manifest.

Wir verschlangen diese Schriften und kamen uns sehr klug vor, viel klüger jedenfalls als die Gesamtheit unserer Lehrer (mit Ausnahme der von uns angebeteten Melanie Riesenfeld), viel klüger und besser als unsere Klassenkameradinnen, die stumpfe und dumpfe Majorität, die von Sozialismus nichts wissen wollte, weil es ihr an *Bewußtsein* gebrach; ich selbst fühlte mich selbstverständlich auch viel klüger und besser als meine Verwandten – die elenden Bürger! – und selbst gegen meinen Vater begannen sich in mir kritische Gedanken zu regen: war er als Oberst d. R. nicht doch noch ein heimlicher Militarist?

Eines Tages inszenierten wir einen kleinen Aufstand in unserer Schule. Er wandte sich gegen den, wie uns vorkam, höchst reaktionären (man würde heute sagen: faschistoiden) Lehrstoff. Wir hatten in Latein soeben De bello gallico gelesen und tasteten uns jetzt bei Livius durch die Geschichte Roms, von den sagenhaften Königen über die Samnitischen zu den Punischen Kriegen; da mit einem Male lief uns die pazifistische Galle über. Zu viert erhoben wir uns und verlangten nach anderen Autoren, bei denen es friedlicher zuginge, bei denen etwas über Roms Kultur und Zivilisation zu vernehmen sei oder sonst was Erfreuliches.

Wir hatten es satt, immer nur zwischen Belagerungen und Schlachten herumzuturnen und das brachten wir ziemlich heftig vor, besonders Marietta wurde ungewohnt energisch, sie ließ sogar etwas über *Schweinerei* hören, ich erschrak, ich fand, das ginge nun doch zu weit, doch ich hätte nicht gewagt sie zu bremsen.

Der Lateinprofessor, ein älterer Herr, hörte schweigend zu, schweigend und bestürzt, mir schien es sogar, als sei er blaß geworden. So etwas war ihm sicherlich noch nie passiert. Still verließ er die Klasse – und am anderen Tag, siehe, da trug er einen Stoß anderer Bücher unter dem Arm und verteilte sie: Nun würden wir fortan statt Livius einen anderen Schriftsteller lesen, Ovid sein Name, und an seinem Werk – die Metamorphosen, Philemon und Baucis etwa, – daran würde sich unser antimilitaristischer Komplex gewiß nicht stoßen.

Gut, so schlugen wir auf: wir vier triumphierend, die anderen eher mißtrauisch und mürrisch. Das dicke Ende kam sogleich. Denn plötzlich waren wir in eine Welt versetzt, in der das bisher von uns eingelernte Vokabular keineswegs ausreichte. Nun war nicht mehr von castra movere die Rede und in aciem producere, also nicht mehr von

Lagerbewegungen und Schlachtenordnung, nicht mehr war mit der alteingeschliffenen vergleichsweise simplen Militärsprache auszukommen, mit dieser auf feste Versatzstücke eingespielten Phraseologie. Plötzlich rollte ein ganz anderer Wortschatz auf uns zu, ein individualistischer, geschmeidiger, leider aber auch ganz unabsehbarer Wortschatz: mit ihm hatten die Römer die Genüsse ihres Lebens beschrieben, und ihren vielgestaltigen Alltag, Garten- und Kochkünste, Gewürze, Kräuter, Gefäße, die Unzahl ihrer Werkzeuge. Das alles hieß es jetzt benennen lernen, das heißt, es hieß Vokabeln büffeln drei-, vier- und fünfmal soviel wie vorher.

Wir Sozialistinnen lernten verbissen – trotzig, die anderen fluchten uns und nannten uns a-sozial.

GEGENLÄUFIGES

Neben Menschheitsbeglückungsträumen läuft ganz anderes her, zum Beispiel: Tanzstunden. Kino. Und unvermeidlich: erste Liebesgeschichten.

Fangen wir bei den Tanzstunden an. Sie finden im Deutschen Haus statt – wo sonst? – und wo sonst stünde das Deutsche Haus als in der Goetheova ulice. Es besteht in meiner Erinnerung vor allem aus einem primitiven Restaurant, etlichen übelriechenden Gängen, einem kleinen Theaterchen und dem sogenannten Ballsaal. Er ist der Schauplatz der Tanzstunden des Tanzmeisters Schwarz.

So ist es üblich: die Schülerinnen der sechsten Klasse des *Lyzeums* – nämlich unserer Schule – werden mit Jünglingen der siebenten Klasse des Gymnasiums, der Real- und der Gewerbeschule zusammen in alten und modernen Tanzschritten unterrichtet. Der Kurs dauert zwölf Wochen und endet in einem sogenannten Haupt-Kränzchen, d. h. in einer ballähnlichen Veranstaltung, für die Schüler und Schülerinnen zusammen die Verantwortung tragen. Es ist eine alte Erfahrung: in diesen Wochen der Terpsichore sind die Beteiligten samt und sonders abnormal. In der Schule geht es drunter und drüber. Gelernt wird wenig oder nichts. Die Noten sausen ab. Mit Sehnsucht warten Eltern und Lehrer auf das Ende des Frühlingssturms. Frühlingssturm? Für mich nicht.

Anfangs, ich sagte es schon, wehrte ich mich und wollte nicht in den Tanzkurs gehen; aber bestochen durch zwei, drei rosa-blaue Fähnchen, ein straßbenähtes Abendtäschchen und Shimmyschuhe lasse ich mich herbei. Zum Friseur werde ich auch geschickt und dort mit dampfenden Brennscheren onduliert. Für meine von Sommersprossen gesprenkelten Arme hat Tante Anci Lilienmilch besorgt. Mit gepuderter Nase und dilettantisch rougierten Lippen werde ich ins Deutsche Haus geführt.

Tante Anci ist mit dabei. Immer ist sie mit.

Nun also stehe ich einer Schar junger Leute gegenüber und schaue neugierig von einem zum anderen. Ich kenne eigentlich gar keine jungen Burschen. Jedenfalls kann ich die, die ich kenne, an den Fingern einer Hand abzählen. Ein Mann ist für mich doch etwas wie ein Wesen von einem anderen Planeten – ausgenommen natürlich Verwandte, Lehrer und so fort. Die Begegnung hier in dem Ballsaal des Deutschen Hauses findet unter einer anderen Bedingung statt: sie ist in ein erotisches Ritual gekleidet oder vielmehr in ein Ritual, das Erotisches simuliert.

Es ist mir genant und unangenehm. Eine Weile. Dann macht es einen Augenblick Spaß. Dann wird es langweilig, enttäuschend, demütigend. Ja: demütigend. Denn es zeigt sich, daß ich keinen Anschluß finde. Ich kann es nicht aufnehmen mit den Martys, Lillys und Käthen, die alle diese jungen Kerle schon kennen, die mit diesen Burschen schon im Kino oder am Bory waren (der Bory – ein Park mit dichtem Bewuchs) oder deren Eltern mit den Eltern der Burschen befreundet oder in geschäftlicher Verbindung sind, dieselbe Sprache sprechen, die Spielregeln kennen, die sich die Bälle zuwerfen.

Ich wieder abseits. Schon wieder.

Nicht, daß ich keinen Verehrer gefunden hätte. O nein. Doch unglückseligerweise fand ich gerade *den* Verehrer, den ich am wenigsten wollte, der selbst ein Außenseiter, ein Eigenbrötler und inmitten der auf salonlöwenartige Geschmeidigkeit dressierten jeunesse dorée geradezu ein *Monstrum* war.

Er war dick und galt als doof, er war lächerlich und anstößig arm. Ja, anstößig arm, und niemand in der sonst auf liberal-demokratische Toleranz und sogar auf Sozialismus eingeschworenen Gesellschaft hatte so viel Liberalität und so viel Sozialismus, daß er diese anstößige Armut tolerieren wollte. Denn diese Armut war keineswegs proletarisch und damit rührend oder, wie sagt man heute? politisch relevant, sondern dörflich-steifleinern und damit lächerlich; und Lächerlichkeit tötet. Ihn tötete sie nicht, obwohl er sie sicher bitter empfand; aber er hielt aus mit elefantenhafter Beharrlichkeit – und liebte mich.

Leider war ich um kein Haar besser als die anderen. Auch ich, Sozialistin, tolerierte ihn nicht. Auch ich fand ihn lächerlich. Ich schämte mich seiner ganz offenkundigen Neigung und schließlich gelangte ich dahin, daß ich seine Anbetung verfluchte. Denn nachdem ich dreimal mit ihm getanzt und viermal an seinem Arm den Saal umrundet hatte, beschloß er, mit keiner anderen Dame mehr zu tanzen und keine andere mehr an seinem Arm spazierenzuführen. Er ignorierte die Aufforderung des Tanzlehrers, irgendwelche Mauerblümchen zu engagieren. Er forderte nur noch mich auf. Wurde ich durch einen anderen Tänzer von ihm *abgelöst* – (wie der einschlägige Ausdruck lautete), so setzte er sich in einen Winkel des Saales und verfolgte mich mit seinen Blicken. Er sah dabei gar nicht böse oder eifersüchtig aus, vielmehr selig und zufrieden, denn wenn ich mit dem anderen eine Runde gedreht hatte, – ach, wie schnell war die Runde vorbei! – erhob er sich wieder und segelte auf mich zu. Und ruckte mit seinem runden Borstenkopf und löste mich seinerseits ab.

Allmählich begann ich den Mann zu hassen und sah weg von seinem hellen, runden, entzückt lächelnden Gesicht und sah verzweifelt und – ach nur zu oft vergeblich! – nach einem anderen Tänzer aus.

Diese anderen – nun ja. Sie waren, glaube ich, ziemliche Laffen. Grünes Gemüse, eitle Lämpel. Aber, so bildete ich mir wenigstens ein, jeder von ihnen, *jeder* wäre mir lieber gewesen als mein Anbeter.

Mein Anbeter war der Sohn eines armen Leinewebers aus Mutterndorf im Böhmerwald, Sohn eines Kleinhäuslers, Ferdinand H. Er besuchte die Gewerbeschule, die billigste aller Pilsner Mittelschulen und die praktischste: wer sie absolviert hatte, war fachmännisch ausgebildet und konnte in einen technischen Beruf einsteigen. Sicher war es Ferdinands Eltern nicht leicht gefallen, ihm dieses Studium zu bezahlen. Sicher hatte er den billigsten Kostplatz, das schäbigste Kämmerchen so wie er den scheußlichsten Anzug und das unmöglichste Schuhwerk trug. Immer erschien er zu der Tanzstunde in derselben braungrauen plumpen billigen Kluft und in demselben plumpen klobigen hinterwälderischen Schuhwerk.

In diesem Schuhwerk sollte er Charleston tanzen.

Das war in jenen Jahren der Modetanz Nr. 1, der große Hit, der Tanz der Tänze. Es handelte sich bei diesem Tanz vor allem um die Fähigkeit, seine Schuhsohlen so rasch wie möglich von der Spitze ein- und dann auswärts über den Boden zu wetzen, die Beine nach links und rechts zu schleudern, dazwischen wieder zu wetzen, eine Art von Veitstanzbewegung, die am besten mit leichten Pumps und glattsohligen Shimmyschuhen zu leisten war.

Daran mußte Ferdinand scheitern.

Auch er versuchte zu wetzen, natürlich versuchte auch er seine Wald- und Wiesensohlen, seine Hirten- und Ackerbauernschuhe über das Parkett zu schleudern. Aber es war, wie wenn man einem Nilpferd einen Balanceakt oder einem Bären einen Spitzentanz hätte beibringen wollen. Schließlich kapitulierte er und begnügte sich jeweils bei jedem Takt in die Knie zu knicken. Ich war zur Gefährtin dieser Knicke auserkoren, und ich konnte mich nicht wehren.

Armer Ferdinand, er liebte mich so sehr, und doch forderte er mich nie zu einem Rendezvous auf, Gott sei Dank. Nie schweiften wir miteinander durch Feld und Wald, nicht einmal über den Bummel wagte er mich zu begleiten. Aber er schenkte mir zum Nikolaus *Das Sinngedicht* von Gottfried Keller, in einem grauen Leinenbändchen, das ich noch heute besitze. Da wird die Geschichte einer Magd erzählt, die sich einem vornehmen Mann in Liebe verbindet und daran zugrunde geht. Es mag Ferdinand hart gefallen sein, dieses Geschenk zu kaufen, wer weiß, wie viele Entbehrungen es ihn gekostet hat.

Die Tanzstundenzeit ging zu Ende, Ferdinands Liebe endete nicht. Ich war froh, den lästigen Schatten loszuhaben, aber von weitem verfolgte er meine Wege. Mit wieviel Elend und Kummer mag er sie verfolgt haben! Dann und wann schrieb er mir ein Kärtchen: Ich habe Sie mit N. N. gesehen. Verzeihen Sie, wenn ich es Ihnen sage: N. N. ist ein schlechter Mensch, er ist nicht wert, daß Sie mit ihm gehen.

Aber auch viel später meldete sich Ferdinand zu Wort. Längst hatten wir die Schule beendet, ich war nach Tirol zurückgekehrt, er war irgendwo in Böhmen untergekommen: zu jedem Geburtstag schickte er mir einen Gruß.

Dann und wann erhielt ich auch ganz mysteriöse Briefe:

Er habe mich irgendwo getroffen, in X. auf dem Bahnhof und habe mich dort in Kummer und Not sitzen gesehen. Trotzdem habe er nicht den Mut gehabt, mich anzusprechen. Er habe nicht den Mut gehabt, mir seine Hilfe anzubieten. – Ich Elender –, schrieb er, – wie können Sie mir verzeihen? –

Ich war verwundert. Ich war nie in X. gewesen, konnte also dort niemals und von niemandem in Kummer und Not gesehen worden sein. Mit wem hatte er mich verwechselt?

Ich schrieb berichtigend. Aber er ließ die Berichtigung nicht gelten: Er dankte mir für meine Nachsicht und, daß ich ihm Beschämung ersparen wollte.

Mir wurde schwül zumute. Ich dachte: Nun, hoffentlich laufe ich ihm nie wirklich über den Weg.

Trotzdem bot ich ihm brieflich das Du an. Warum das? – Ja, warum? Es entsprach meiner Natur, daß ich nie etwas unbezahlt annehmen wollte. Ich hatte mein Angebot schnell zu bereuen. Es forderte eine Flut von Briefen heraus und dann: paketweise Manuskripte. Ferdinands Dichtungen. Das hätte ich ahnen, das hätte ich erraten sollen: Ferdinand war ein heimlicher Dichter. Daher vermutlich seine Neigung zu mir, Sympathie der verwandten Seele, Affinität der gleichen Elemente. Ein Stück psychischer Alchemie.

Doch leider gefielen mir die Manuskripte nicht. Ich fand sie schlechtweg gräßlich. Ich setzte mich hin und schrieb ihm eine genaue Analyse (so genau ich damals eben zu analysieren vermochte). Ich versuchte, mein Urteil in etwas Zuckerguß zu packen, aber der Kern war bitter, bitter, nichts zu machen.

Wie Ferdinand mein Urteil aufnahm, kann ich mir schwer ausmalen. Ich erhielt einige verworrene Zeilen. Dann verstummte er. Er verstummte für Jahre.

Mir war es nicht leid.

Aber nach dem Krieg meldete er sich wieder. Nun lebte er – ein Vertriebener wie so viele andere – in Deutschland. Er berichtete mir aus seinem Leben, über seine Militärzeit, seine kurze Ehe: Die Frau sei schon krank gewesen, als er sie heiratete, sie starb bald darauf.

Nun aber sollte die Tote eine neue Verbindung zwischen uns herstellen: – Meine Frau Lotte ist mit Dir verwandt gewesen. Ihre Mutter Lotte war Deine Tante Lotte. Ich hoffe, Du kannst Dich an Lotte noch erinnern. –

Ich erinnerte mich nicht. Ich durchstöberte mein Gedächtnis nach allen, auch den abgelegensten Tanten. Eine Lotte war nicht darunter. Ich schrieb: – Du mußt Dich irren. Ich wüßte nicht... Aber er beharrte darauf: Verwandtschaft über die Frau. Ein Faden. Eine Brücke, wollte ich sie etwa abbrechen?

O diese Dichter!

Und immer wieder: Grüße, Wünsche zum Geburtstag, zu Weihnachten, ein Blumenstrauß über Fleurop zu dieser Lesung, zu jener Lesung, wenn er davon in der Zeitung eine Notiz gefunden hatte. Und dann die Bitte um Signierungen.

Von jedem Buch, das von mir erschien, kommt von einer bundesdeutschen Buchhandlung ein Paket: fünfmal dieser Roman, fünfmal jener.

– Herr H. hat bestellt. Wir bitten um ... –

Und wieder fünf Jahre oder zehn. Ich habe den Auftrag über Donaustädte zu schreiben. Dazu gehört natürlich auch Donauwörth. Ich muß hinfahren und recherchieren, wie ich in jede Stadt fahre und recherchiere, topographische, geschichtliche, wirtschaftliche Daten sammle. Ferdinand lebt in Donauwörth, so setze ich Donauwörth ganz unten auf mein Programm. Ich reise und reise. Ich war schon fast überall: in Ingolstadt und in Ulm und in Budapest, in Hirsowa und Belgrad; Donauwörth ist ausgespart. Einmal muß es wohl sein.

Ich könnte hinfahren und brauchte mich nicht zu melden. Doch das kommt mir feige vor. Also schiebe ich Donauwörth noch einmal vor mir her.

Am 7. Mai, Vorabend meines 63. Geburtstags trifft ein Brief ein. – Wie immer wünsche ich Dir alles Gute. Aber es ist mein letzter Geburtstagswunsch. Die Ärzte sagen: ich bin voll Krebs. Komm bald, sonst lebe ich nicht mehr. –

Ich bin betroffen und irgendwie beschämt. Doch zugleich fallen mir die merkwürdigen Briefe ein, die mysteriösen Behauptungen, wieder regt sich in mir der Widerstand gegen die Insistenz dieser Neigung.

Trotzdem setze ich mich hin und bringe einen langen anständigen Brief zuwege: Zwar könne ich im Augenblick nicht reisen, doch demnächst... und: – Ich weiß jetzt, was uns trotz aller Fremdheit miteinander verbunden hat, damals in unserer Jugend, wir beide waren Außenseiter, wir beide paßten gar nicht in unsere Umwelt. Also: Gemeinsamkeit. –

Ich schicke den Brief ab.

Im Juni werde ich – wohl oder übel – nach Donauwörth fahren.

An einem der letzten Tage des Mai, Pfingstsamstag, ruft mich eine Frau an, ich kenne ihren Namen nicht, sie sei Ferdinands Schwester. Er sei soeben gestorben, meinen Brief in den Händen.

GRIMM ÜBER FRÄULEIN GRIMME

Das war eine lange Geschichte und ging weit über jene Jahre hinaus. Doch ich habe hier noch eine andere Geschichte einzufügen, eine, die mich fast nur nebenbei betrifft. Trotzdem glaube ich: sie gehört hierher.

Der Zug stand immer ganz hinten am letzten Bahnsteig.

Die Strecke war spärlich befahren. Hier rollte kein Schnellzug, hier zuckelten nur die ausgedienten Garnituren von Personenzügen hinter den ältesten schwerfällig prustenden Lokomotiven.

Das Gelände stieg: Kiefernwälder, Ackerstreifen. Kaum eine Siedlung.

Nach einer Stunde waren wir da. Wir stiegen aus und wanderten zum Schloß.

Das Schloß lag unten im Tal, weit sichtbar, eine Gruppe hoher, steilgegiebelter Dächer.

Vom Dorf sahen wir wenig. Wir kümmerten uns auch nicht viel darum, wir gingen daran vorbei. Jenseits des kleinen Flüßchens, der Střela, begann der Park. Der Park gehörte schon zu der Welt, die wir für die unsere hielten.

Dort, hinter der Brücke, am Wehr stand mit feuchten gelbgefärbelten Mauern das Bräuhaus des Fürsten. Nicht das Schloß, das Bräuhaus war unser Ziel. Auch hier war fürstliche Domäne. Der Bräumeister war fürstlicher Beamter. Er braute fürstliches Bier. Im Hause des fürstlichen Bräumeisters waren wir zu Gast.

Er war, wie sichs für einen Bräumeister gehört, ein kleiner dicker Mann – mit schlauen Äuglein und einer Glatze, über die er seine letzten Haare in drei langen Strähnen gekämmt trug. Er war ein Deutscher und hatte den schönen deutschen Namen Kranzenberger. Seine Frau war Tschechin aus guter Familie, eine feine Dame, die sich gerne mit einem Hofstaat anderer fast ebenso feiner Damen umgab. Aus diesem Grunde lud sie meine Tante Anci so oft als möglich bei sich ein. Und wenn ich in Pilsen war, wurde ich mitgenommen. Ich fuhr seit jeher gerne nach Plaß.

Das Haus war gemütlich. Die Mahlzeiten gut und ausgiebig. Sie wurden in einer kleinen ebenerdigen Stube eingenommen, in der als einziger Schmuck ein Jagdbild an der Wand hing. Das Bild war zugleich eine Uhr. Wenn die Uhr schlug, begannen sich die Figuren auf dem Bild zu bewegen. Ein Mann im Vordergrund holte einen blutigen Hasen aus einem Sack und zeigte ihn vor. Dazu spielte ein Lied. Mir gefiel die Uhr, und ich wartete immer mit Spannung auf den Vorgang.

Zu meinen Plasser Freuden gehörten auch Katzen und

Hunde und eine gelegentliche Ausfahrt in einer Kalesche. Dann und wann spielten auch die Kinder des Bräumeisterpaares mit mir, zwei Mädchen und ein Knabe. Aber da sie viel älter waren als ich, blieben diese Spiele ziemlich unergiebig, und vielleicht wären mir meine Besuche mit der Zeit doch langweilig geworden, wäre dort nicht eines Tages das Fräulein aufgetaucht.

Das Fräulein war eine lange hagere Person mit einer damals schon ganz aus der Mode gekommenen hochtoupierten Frisur. Ihre Züge waren scharf geschnitten, aber ihre Haut war noch zart und rosig. Wie alt sie war, das konnte ich nie schätzen. Man nannte sie die Tochter des Erzherzogs. Niemand aus meinem Bekanntenkreis hatte sie jemals von diesem Erzherzog reden hören. Trotzdem tuschelte jedermann hinter ihr her und sagte ihr diese Herkunft nach. Das machte sie zu etwas Besonderem. Dazu kam, daß der Erzherzog, von dem da die Rede war, als der schönste, beliebteste und angesehenste aller Erzherzöge des an Erzherzögen so reichen Erzhauses gegolten hatte. Eine weithin verehrte erlesene Erscheinung, die sich sogar bei den Gegnern und Hassern der Monarchie noch einiger Achtung erfreute. Er – also! ihr Vater. Doch das Fräulein war, wie schon gesagt, weit davon entfernt, sich dieses Vaters zu rühmen. Sie redete vielmehr immerfort und mit schon beinah übertriebener Pietät von einem Marienbader Ehepaar als von ihren Eltern, obgleich doch jeder wußte, daß diese Leute, ein Doktor Grimme und seine Frau, von dem hochgeborenen natürlichen Vater nur als Pfleger und Erzieher seines Sprößlings ausfindig gemacht und vielleicht sogar gekauft worden waren. Über die Mutter war weiter nichts bekannt.

Das Fräulein hatte, wenn man ihr glauben wollte, eine geradezu märchenhaft schöne Kinder- und Jugendzeit verbracht. In der elegantesten Villa von Marienbad aufgewachsen, von den feinsten Gouvernanten behütet, in den vornehmsten Schulen unterrichtet, war sie schon als Backfisch in hochadeligen Kreisen aufgenommen worden, hatte auf Hofbällen getanzt, an Hofjagden teilgenommen, war von mindestens einem Dutzend Baronen, Grafen, Magnaten und Millionären um ihre Hand gebeten worden. Sie hatte, auch das erzählte sie gern und ausführlich, von allen aber nur einen geliebt – und dieser einzige sei leider ein Spieler gewesen, der ihr zwar zuerst Abstinenz vom Spieltisch geschworen, dieses Versprechen aber schmählich gebrochen hatte, worauf sie ihr Jawort zurückzog und sich lieber in einer vestalisch selbständigen Existenz eingerichtet habe.

Jetzt freilich erging es dem Fräulein ziemlich übel. Ihre Eltern Grimme waren gestorben, die märchenhafte Villa war verkauft und das hinterlassene Vermögen war in Kriegsanleihen und in der Inflation zugrunde gegangen. Nur ein wenig Schmuck war Fräulein Grimme geblieben, einige Bilder, Nippes und derlei Krimskram, dazu noch ein riesiges Tigerfell – und damit richtete sie sich jetzt im Bräuhaus als Dauergast der Kranzenbergers häuslich ein.

Sicherlich war sie vorerst nur für eine bestimmte Zeit geladen worden, für Tage, bestenfalls für Wochen. Wie sie es zuwege brachte, für immer zu bleiben, entzieht sich meiner Kenntnis. Das eine nur kann ich sagen: sie strahlte etwas wie einen Zauber aus, denselben Zauber vermutlich, den auch ihr Vater ausgestrahlt hatte, wenn er sich unter dem grünen Federbusch der Feldmarschälle gemessen winkend und leutselig lächelnd zwischen jubelnden Menschenspalieren bewegte. So eroberte sie das Herz von Frau und dann von Herrn Kranzenberger, auch das meiner Tante. Ich verehrte das Fräulein wie ein höheres Wesen. Die Hunde liefen hinter ihr her, die Katzen schmeichelten ihr. Mit einem Wort: sie war ein Star.

Dabei verhielt sie sich keineswegs untüchtig, untätig und zimperlich. Sie stickte, sie nähte, sie machte sich nützlich. Sie versah das ganze Haus Kranzenberger mit neuen Vorhängen, neuen Tischdecken. Sie strickte für die Hausfrau prachtvolle Schals, dem Hausherrn Westen und Käppchen. Da ihr Pflegevater Arzt gewesen war, hatte sie auch einige medizinische Kenntnisse abbekommen. So diagnostizierte sie manchmal sicherer als ein richtiger Doktor. Sie scheute sich auch nicht in fremde Häuser zu gehen, aus denen ansteckende Krankheiten gemeldet wurden, um dort zu helfen und nach dem Rechten zu sehen. So weit war alles in Ordnung mit ihr. Und doch kam der Zeitpunkt, von dem ab weder neue Vorhänge und Tischdecken noch hippokratische Hilfeleistungen ihr weiteres Verbleiben im Hause Kranzenberger rechtfertigen konnten.

Da war nämlich diese Geschichte mit dem Sohn des Bräuers, die schon seit dem ersten Auftauchen des Fräuleins geschwelt hatte und nach einiger Zeit zu einer Krise gedieh mit dramatischer Zuspitzung, katastrophaler Entladung und einem langen, sehr langen höchst melancholischen Abgesang. Der Sohn des Bräuers mit Namen Paul – oder wie er sich lieber nannte: Pavel – war nämlich Kommunist. Da er studierte, war das nichts Außergewöhnliches. Auch die junge tschechische Intelligenz war in jenen Jahren vielfach kommunistisch.

Ahnungslos, voll ehrenwerter Vorstellungen und wallender Menschenliebe mag auch Pavel, der Sohn des fürstlichen Bräuers gewesen sein. Und hatte er denn nicht recht, sich über die Reichen zu ärgern? Gleich neben seinem Vaterhaus lag das fürstliche Schloß, ein Riesenbau mit zahllosen Zimmern und Sälen, leer und unbenutzt das ganze Jahr, da sich die fürstliche Familie auf anderen Schlössern in weniger abgelegenen Gegenden aufzuhalten vorzog. Daneben der Konvent, ein beinahe ebenso weitläufiges Gebäude, fünf oder sechs Patres oder Chorherren herrschten über den ganzen Komplex und brachten ihre Tage in feierlichem Nichtstun hin, – so jedenfalls mochte es Pavel erscheinen, und sein gutes Herz rechtete für die Armen, die drüben im Dorf in engen Kaluppen hausten, und für ihr Dasein voll Plage und Entbehrung. Und so wollte er auch nicht mehr nur zusehen und schweigen, sondern ergriff die Gelegenheit, die ihm ein neuerlich eingeführter Feiertag, der Erste Mai und die für dieses Datum anberaumte lokale Veranstaltung bot: er bestieg die mit grünen Reisern und roten Fahnen geschmückte Tribüne und hielt eine Rede gegen die Reichen und Bösen und stellte in Aussicht, daß deren Herrschaft ganz sicherlich sehr bald zu Ende sei. Ich kann mir denken, wie er diese Rede hielt, der schmale schmächtige Jüngling, der noch so jung war, daß seine männliche Stimme noch nicht ganz gefestigt war und immer, wenn er sie kräftiger erhob, in einem kleinen Gickser zu brechen drohte. Für gewöhnlich war sein Gesicht sehr blaß, nur von kleinen roten Fleckchen und Knötchen gesprenkelt, auch das hing mit seiner Jugend zusammen. Während dieser Rede aber und vorher und nachher war er sicherlich dunkelrot, auch seine Ohren flammten, er sprach nur kurz – und da mit längeren Pausen und etwas mühsam, denn er neigte ein wenig zum Stottern. Trotzdem war der Beifall, den er erntete, begeistert, denn da hatte zu den Plasser Sozialisten nicht ein fremder zugereister Irgendwer gesprochen, sondern Pavel, der Sohn des fürstlichen Bräuers, *ihr* Pavel, und das war wunderbar. – Ich könnte mir vorstellen, daß sie ihn feierten und hoch leben ließen, und vielleicht hoben ihn einige sogar auf ihre Schultern und trugen ihn durchs Dorf.

Erst am Abend kam er wieder nach Hause.

Seine Eltern waren natürlich schon längst im Bild, und sie empfingen ihn, wie Eltern in solchen Fällen ihre Söhne zu empfangen pflegen: die Mutter in Tränen, der Vater mit finsterem Gesicht. Was sollte der Fürst von der Aufführung des Bräuersohnes halten? Seit Jahrzehnten saß man da und versuchte seinem Brotherrn loyal zu dienen – und nun, nun untergrub der eigene Sohn die Stellung des Vaters, den Ruf der Familie und so weiter und so fort.

Pavel verteidigte sich, und er tat das vielleicht mit guten und einleuchtenden Argumenten und einem Aufwand von Vokabeln, dem seine Eltern keinesfalls gewachsen waren. Der Vater verstummte und senkte nachdenklich seine gefurchte Stirn, die Mutter weinte nur noch leise und ergeben vor sich hin. So ging man schließlich spät nachts und mit beschwertem Herzen, doch immer noch friedlich auseinander.

Aber tags darauf begann der häusliche Krieg, als sich die Tochter des Erzherzogs mit dem Sozialisten in die Wolle kriegte.

Schon längst war es ihr ein Greuel gewesen, daß der junge Mann so gerne eine rote Krawatte trug, auch, daß er seine Fingernägel nicht immer sauber putzte und sich dafür auch gar nicht zu genieren schien. Seine Lektüre hatte ihr schon manche abfällige Bemerkung entlockt. Jetzt aber nach dem Auftritt auf der Tribüne überschüttete sie ihn mit spöttischen Reden. Sie stempelte ihn zum Hanswurst und Träumer Guckindieluft, der eines Tages schon auf der Nase liegen werde, denn wer sich einbilde, das Volk könne beglückt und zu gleichmäßiger Brüderlichkeit erlöst werden, der irre sich gewaltig, hinter allen Tiraden von Freiheit und Gleichheit lauere derselbe hartgesottene Egoismus. Das Volk brauche einen Herrn, und könne auch nichts anfangen mit der Freiheit, die es doch nur dazu benütze, sie dem erstbesten Tyrannen in den Rachen zu werfen.

So redete das Fräulein und zuckte die Achseln über die stammelnden und zitternden Entgegnungen des guten Pavel, und es focht sie nicht an, daß sie dabei den Sohn des Hauses vor sich hatte, des Hauses, in dem sie selbst Gastfreundschaft genoß – schon seit langer, man könnte sogar sagen, seit allzulanger Zeit.

Warum hielt sie sich nicht zurück? Warum bändigte sie nicht ihre spitze Zunge und brachte den Takt und die noblen Manieren ins Spiel, über die sie doch sonst in so reichlichem Maße verfügte? Warum nur ließ sies zum Äußersten kommen und setzte sich dabei ins Unrecht? Wir haben heute leicht fragen. Hier prallten zwei Welten zusammen, hier gab es keine Versöhnung.

Das mochte auch Pavel empfinden, und so entschloß er sich eines Tages zu einem verzweifelten Schritt. Er stellte seine Eltern vor die Wahl: entweder müßte das Fräulein gehen und das Haus verlassen oder er, der Sohn. Wieder weinte die Mutter und rang die Hände, und der Vater senkte nachdenklich seine zerfurchte Stirn. Er kämpfte um seinen Entschluß und dieser Entschluß war dann ebenso unbegreiflich wie unumstößlich. Er entschied sich für das Fräulein, er verstieß den Sohn. Noch am selben Tag erfolgte der Exodus. Pavel zog aus, in eine Kaluppe am anderen Ende des Dorfes. Er nahm mit, was ihm gehörte. Zum Transport ließ man eine Kalesche anspannen. Pavel warf alle seine Habseligkeiten Stück für Stück in den Wagen: Socken, Hemden, Schuhe, Bücher, auch zwei oder drei der bewußten roten Krawatten. Doch er selbst stieg nicht ein. Er wollte ein so kapitalistisches Fahrzeug nicht benützen wie diese Kalcschc. Er lehnte es sogar ab, sich zum Kutscher auf den Bock zu schwingen. Zu Fuß ging er fort, mit gesenktem Kopf hinter dem Wagen her, ein ehrbarer Puritaner und Bekenner seiner Gesinnung.

Die Jahre vergingen.

Pavel blieb außer Hauses. Herr Kranzenberger starb, Frau Kranzenberger zog aus der Brauerei in eine kleine Villa, die sie sich unterdessen erbaut, – Fräulein Grimme zog mit ihr. Auch Frau Kranzenberger starb. Fräulein Grimme blieb in Plaß. Ihr ging es nicht mehr so schlecht wie zuvor, sie bezog eine kleine Rente, vielleicht hatte sich vom Vermögen ihrer Eltern doch noch ein bescheidener Rest nutzbringend aktivieren lassen.

Es kam der Krieg. Von Pavel erfuhren wir wenig. Er hatte, ehe die Deutschen kamen, in seiner Partei Karriere gemacht, hatte geheiratet. Einmal war ich bei ihm zu Besuch gewesen. Er wohnte in Prag in einer Wohnung, die mit roten Polstermöbeln, roten Gardinen, roten Teppichen ausgestattet war. Auf dem Tisch stand ein Rubinglas mit roten Nelken. Seine Frau trug ein rotes Kleid. Entmutigt durch so viel Einfarbigkeit zog ich mich rasch zurück.

Jetzt, so hörten wir, war er verhaftet und in ein Konzentrationslager gebracht worden.

Der Krieg ging zu Ende. Ich riet allen meinen deutschen Verwandten und Freunden, die Tschechoslowakei zu verlassen, ehe der Zusammenbruch erfolgte. Auch Fräulein Grimme riet ich so. Niemand folgte mir. Auch sie folgte mir nicht. Sie habe keine Furcht, schrieb sie mir, sie habe niemandem etwas Böses getan, sie bliebe wo sie sei, in Plaß.

Sie rechnete falsch.

Sie wurde aus ihrem Haus geholt, geschlagen, an den Haaren gerissen, bespuckt und barfuß und halbnackt durch den Ort und dann noch einmal zehn Kilometer weit bis in das nächste Lager getrieben.

Dort blieb sie ein Jahr, hungerte, wurde krank und schließlich nach Deutschland abgeschoben.

Von dort erreichte uns eine einzige mit zitternden Krakeln beschriebene Nachricht: Ich bin todmüde, ich möchte sterben. Und ehe unsere Antwort sie erreichte, starb sie auch.

Pavel war zu jener Zeit nicht in Plaß gewesen. Er hatte

überlebt und war nun, nachdem das Land befreit und von allen unerwünschten Mitbewohnern gesäubert war, in die höchsten Kader seiner Partei aufgestiegen.

Eine seiner Schwestern, die gleichfalls ausgewiesen, nach Übersee ausgewandert und dann und wann zu uns zu Besuch gekommen war, erzählte uns von ihm. Sonst war da keinerlei Verbindung mehr.

Aber im vergangenen Jahr erhielt ich eine Karte.

Obwohl sie keine Unterschrift trug, begriff ich sofort, von wem sie kam. Die Karte zeigte Plaß, das Schloß, die Kirche, den Konvent, Park, Brunnen, Brücke. Lauter kleine nebeneinander gesetzte Details in Polycolor. Und auf der anderen Seite stand geschrieben: – Ich denke an alles Gute. Ich werde es nie vergessen. Wie schön und wie edel waren die Frauen von Pilsen und Plaß. –

Ich verstand: er meinte damit seine Mutter. Auch meine Mutter. Auch meine Tante. Vielleicht sogar – noch mich. Aber ich möchte mir wünschen und möchte die Hoffnung nicht aufgeben, daß damit sogar – ganz am Rande – auch Fräulein Grimme gemeint war.

Denn einmal muß ja jeder Zorn erlöschen und jeder Grimm begraben werden.

TRÜBUNGEN

Auch das war eine lange Geschichte, und es wird Zeit, daß ich mich zur Ordnung rufe. Was soll das Abschweifen? *Jene* Jahre wollen beschrieben werden, *meine* Jahre; trübe Jahre, leider.

Ich weiß nicht genau, was meine Mutter gemeint hat, als sie damals kurz vor ihrem Tod in einer bangen Nacht zu ihrer Mutter sagte: Ich sterbe beruhigt. Das Kind ist *bewahrt*.

BEWAHRT. Das war so ein Wort. Es klingt nach Endgültigkeit. Es klingt nach GEWAHRSAM, nach Futteral, Schublade und Verschluß. Konnte meine Mutter wirklich glauben, ich sei *bewahrt*?

Sie verließ sich dabei auf das, was ich ihr in unserem letzten Gespräch vor ihrem Tod eingestanden hatte: – Ich hab wen lieb. Das wird mir ewig dauern. – Verließ sie sich auf diesen Vorsatz? Oder verließ sie sich auf meine Natur, die imstande gewesen war einen solchen Vorsatz zu fassen?

Wie dem auch war: das kleine heimliche, so lange behütete Nest einer tief eingehausten Zuneigung – meiner ersten Liebe – kühlte allmählich aus. Treue (schönes Wort, damals schönes Wort!) war nicht mehr zu halten. Sie welkte ab, hungerte aus; abgetrennt von ihren Wurzeln konnte sie nicht mehr dauern.

(Und hatte sie denn, so frage ich heute, nicht lange genug gedauert, sich lange genug aus sich selbst ernährt, bis zur Monomanie auf sich selbst beharrt? Hätte sie weitergelebt, wäre sie zum Symptom geworden meiner eigenen Lebensunfähigkeit. Doch was diese betrifft: da hatte es keine Gefahr).

Eines Tages beschloß ich, mich zu verlieben. Ich kann mich noch genau daran erinnern: Ich faßte den Entschluß aus Langerweile und weil mir das Leben im Augenblick öde vorkam. Alle spielten, nur ich nicht. Also wollte ich es einmal probieren mitzuspielen.

Zwei meiner Schulfreundinnen, Grete und Trude, waren in unseren Chemieprofessor verliebt. Obgleich ich Chemie nicht leiden konnte, gab ich meinem Herzen einen Stoß: Hic salta. Und sogleich fand ich mich belohnt, das Leben war plötzlich nicht mehr langweilig. Es war spannend geworden. Zweimal in der Woche Chemiestunde, wir freuten uns gemeinsam darauf. Wir machten die Wohnung des Herrn Pawelka ausfindig und stibitzten seine Visitenkarte von der Tür. Unter Gekicher flohen wir mit dem Raub. Dann wurde die Karte in drei gleiche Teile zerschnitten und das Los darüber geworfen, wer den Vornamen *Franz*, wer den schönen Nachnamen *Pawelka* und wer nur die Prager Heimatanschrift, die auch auf der Karte stand, erhalten sollte. Sehr spannend, wie gesagt.

Franz Pawelka war ein Sportler und hielt sogenannte Trockenkurse ab; er warb für den Schilauf. Jetzt dauerte es nicht mehr lange, bis wir von der welterrettenden Sendung des Sports, insbesondere des Schisports überzeugt waren:

Neben Sozialismus – Schilauf. In der weißen Welt des Schnees, bei Stemmbogen und Christiania würden bestimmt die letzten Schlacken des alten Adam in Nichts zerstäuben.

Franz Pawelka war ein munterer schlacksiger Bursche, um die Dreißig herum, unvermählt. Obgleich ich ihn also liebte – oder zu lieben entschlossen war –, erinnerte er mich immer ein wenig an einen mageren Italienerhahn, dergleichen wir daheim in Telfs bei unseren Hennen gehalten hatten. Leider war er auch wie ein Hahn ziemlich selbstbewußt und eitel. Er spürte wohl die geballte weibliche Sympathie, die ihm aus der Klasse entgegenflammte, und da er offenbar ein Liebhaber junger Jahrgänge war, so tauchte er auch auf unseren Kränzchen auf und begann einer von uns die Kur zu schneiden.

Aber, ach, wer war die Eine? Es war Marty, Marty Siegler, Schweinezüchterstochter aus Worhabschen, eine dralle Blondine und so ungefähr die schlimmste *Materialistin* in unserer Klasse.

Wir von der idealistischen Partei waren tief enttäuscht. Mit bitterem Groll sahen wir den Protagonisten weißsportlicher Erlösungshoffnungen mit Marty schäkern. Blutenden Herzens hörten wir sie am nächsten Tag lachend von ihrer Eroberung erzählen. Der Glaube an die nahe Menschheitsbeglückung begann in unseren Herzen zu wanken: Wenn schon die Besten so furchtbar irren konnten...

Wir haßten Marty und verachteten sie. Eines Tages bat sie mich um ein Taschenmesser. Ich hörte nicht. Sie bat mich noch einmal. Ich hörte noch nicht. Beim drittenmal nahm ich das offene Messer und warf es quer durch die Klasse. Es schepperte neben ihr zu Boden.

Ich hatte Glück gehabt. Wieder einmal.

Ich hatte es nötig Glück zu haben, mehr als einmal. Ich könnte auch sagen: Ich brauchte einen Schutzengel. So behütet ich schien – war ich denn nicht nach Pilsen mitgenommen worden, um behütet zu sein? –, war ich unterdessen ganz unter der Hand und ohne daß meine besorgte Umgebung es ahnte, auf einen nicht ungefährlichen Weg geraten. Da war es sumpfig, glitschig, abschüssig. Ich sage nicht: hier lauerte das Verderben, der ewige Abgrund, der Absturz ins Nichts. So drücke ich es nicht aus. Aber ich hätte mich gehörig in Dreck und Nesseln setzen können. Ich hätte …

Und dabei sah alles so hübsch und harmlos aus.

Es begann damals, als ich meine beschwipste Tour hatte, beschwipst von guter Laune, aufbrechender Lebenslust, Spaß daran, daß ich gefiel; in einer sonnigen Mittagsstunde, blendendes Oktoberlicht, eben sag ich einer Kameradin Adieu, da steht ein junger Mann vor mir. Ich schaue ihn an, überrascht: daß es *das* gibt! Ein Bursch wie aus dem Bilderbuch. Am meisten blendet mich wohl sein schwarzer Lackmantel, auf dem die Sonne spiegelt, doch die ganze Erscheinung hat etwas Blendendes an sich – in diesem Augenblick.

Ich wende mich heimwärts. Der Mann geht mir nach. Dann spricht er mich tschechisch an. Ich antworte deutsch, daß ich nicht verstünde, und erwarte, damit werde das Gespräch zu Ende sein. Er aber antwortet ebenfalls deutsch und zwar fließend, er möchte mich irgendwann treffen. Ich sage: Das geht nicht. Und übrigens, hier sei ich daheim. Damit will ich in unser Haustor einschwenken. Er sagt: – Ich darf mich Ihnen aber doch wenigstens vorstellen. Ich heiße Soundso. –

Soundso, obwohl mir der Name nichts sagt, habe ich ihn mir doch gemerkt – und am Nachmittag plaudere ich in der Schule: – Da hat mich heute einer angequatscht, der Soundso. –

– Was? *Der*? – Der Aufruhr ist ungeheuer.

Die Mädchen stürzen aus ihren Bänken und umringen mich. – *Der* hat dich angeredet? Dich!? Unglaublich! –

Ich drauf: – Wieso unglaublich? Was ist denn an ihm dran? –

– Was an ihm dran ist, fragst du? Der schönste Mann von Pilsen. Und der eleganteste. Und aus guter Familie. Und reich. Und Doktor ist er auch schon. –

– Aha. –

– Hast du ein Rendezvous mit ihm? –

– Aber nein. –

– Du bist blöd. Wo er dich angeredet hat … –

– Aber das geht doch nicht. Eine Straßenbekanntschaft ... –

– Pah, Straßenbekanntschaft. Was ist schon dabei? – Du bist *beneidenswert.* –

Ich muß gestehen, daß ich nach diesem Gespräch sehr guter Laune war. Endlich war ich im Kreise meiner Kameradinnen *beneidenswert* geworden: das arme Aschenputtel aus Tirol *beneidenswert.*

Vorläufig ließ sich Herr Soundso nicht mehr so schnell wieder blicken. Es stellte sich später heraus, daß er soeben seine erste Stelle in Karlsbad angetreten hatte. Aber sein Vater, ein hohes Tier, wußte es wohl einzurichten, daß der Sohn nach Pilsen zurückversetzt wurde. Und nach einem halben Jahr gehörte Soundso zum festen Inventar der Pilsner Innenstadt – und damit auch für einige Zeit zum festen Inventar meines Lebens.

Ein hübscher Bursche war er, der Soundso, obwohl er mir nie mehr so gefiel wie im ersten Augenblick unserer ersten Begegnung. Groß, dunkel, mit sanft gewelltem Haar und einem ebenmäßigen, etwas weiblichem, etwas zu aufdringlich gemmenhaftem Gesicht. Er trug sich sehr aufrecht, liebte helle, fast weiße Anzüge und auffallend rötliches Schuhwerk. Dazu schwarze glänzende Mäntel aus Leder oder Wachstuch (wie es damals der Mode entsprach). Umgeben war er von einem Schwarm junger Leute, auch ältere Semester waren dabei, und diese fielen mir auf, weil sie alle das Aussehen professioneller Kaffeehaus-Sitzer hatten: sie erinnerten mich an die bleichen fetten Triebe, die auf unserem Telfser Gartenrasen zum Vorschein kamen, wenn wir eins der ausgelegten Bretter zur Seite rückten.

Herr Soundso überragte sie alle um Haupteslänge. Herr Soundso überstrahlte sie, die Jüngeren wie die Älteren, selbstverständlich an Schönheit und Attraktivität. Es war deutlich, daß er sie nur deshalb um sich duldete, um sich von ihnen abzuheben: glänzender Lichtpunkt vor dunkler Folie, sonnenhaft ruhig vor blassem Gewimmel. Herr Soundso stolzierte mit gemessenen Schritten. Die anderen gruppierten sich um ihn: Apollon mit Gefolge. So tauchte er am Bummel auf und leuchtete die Promenade hinauf und hinab. Ein Stück Kleinstadtalltag, bald gewohnt.

Aber der Aufzug gewann einen neuen pikanten Reiz, als neben Herrn Soundso ein Zwerg auftauchte, ein bedauernswerter verkrüppelter Mann, glatzköpfig, schwerleibig, auf kurzen, kürzesten Stummelbeinchen. Er war Beamter und Akademiker wie Soundso und die meisten seiner Kumpane. Sie arbeiteten in der Finanzdirektion und stellten dort einen Teil des Beamtenstabs. Es war nicht unnatürlich, daß sich der Zwerg in ihrer Gesellschaft befand. Aber die Häufigkeit und Intensität, mit der die Mißgestalt neben Apollon auftauchte, mit der Apollon die Mißgestalt neben sich herführte, mußte ins Auge springen. Apollon lächelte verträumt, wenn man ihn darauf ansprach, und meinte, es sei doch nur anständig, sich um den armen Kerl zu kümmern. Jaja, gewiß, sehr anständig. Nichts einzuwenden.

Auch ich war eine Weile überzeugt von Mitleid und Anstand. Erst Mela stach mir den Star dafür, was da gespielt wurde. Doch das geschah erst später, beinahe zu spät.

FLEURS DU MAL

Nun waren die zwei Jahre vergangen, von denen es geheißen hatte, ich sollte sie in Pilsen verbringen; danach sollte ich heimkehren zum Vater nach Tirol.

Es kam, wie es kommen mußte, ich kehrte nicht zurück (außer jeweils für die Sommerferien). Vor Ablauf des zweiten Jahres setzte ich mich hin und schrieb meinem Vater einen langen Brief, in dem ich ihn bat, die Frist um zwei weitere Jahre zu verlängern und mich bis zur Matura in Pilsen zu lassen. Ich führte Gründe an: die Schule, die ich nicht wieder wechseln wollte, die Differenzen zwischen den Lehrplänen... Obgleich das alles stimmte, hatte ich doch das durchbohrend beschämende Gefühl, daß ich mit diesen Gründen nicht *meinen* Grund meinte, daß ich in Wirklichkeit log. Denn es war natürlich so, daß ich nicht mehr hinaus wollte aus dem warmen Nest, in dem ich saß, so weit hatte man mich schon korrumpiert; daß ich die Schule nicht aufgeben wollte, in die ich mich eingelebt hatte, nicht den Schwarm der Freundinnen, nicht das Gegacker, Geschnatter und Gefloder rings um mich her und auch in mir selbst; daß es mir zu gefallen begonnen hatte hier, wo es mir *nie* hätte gefallen sollen, so war doch mein Vorsatz gewesen, der Vorsatz war zerbröselt, aus.

So schrieb ich diesen Brief mit schlechtem Gewissen und wartete mit Bangen auf die Antwort. Sie ließ längere Zeit auf sich warten und, als sie endlich eintraf, enthielt sie nur wenige Zeilen: Du hast mich sehr enttäuscht. Aber ich sehe ein – vielleicht ist es wirklich besser.

Zwei weitere Jahre also, der Vater hatte nachgegeben, wieder einmal hatte er in Sachen meiner Erziehung nachgegeben und die Lage akzeptiert, die in der Familie Häßler über mich beschlossen worden war.

Wer diesen Beschluß betrieben hatte, darüber konnte kein Zweifel bestehen. Es war nicht meine Großmutter, so gern sie mich bei sich behielt, es war auch nicht meine Tante Marci, so gut sie mir gesinnt war. Seit jeher war unter den Frauen im Hause Häßler meine Tante Anci dominant gewesen. Sie war von den Dreien, bei denen ich lebte, die jüngste, kräftigste, agilste, eine Mittfünfzigerin damals, von eiserner Gesundheit, unermüdlicher Phantasie und nahezu rabiater Unternehmungslust. Nie hatte sie ihre Vitalität ausleben, ausschöpfen können. Sie hatte nicht geheiratet, angeblich, weil sie ihre Mutter nicht hatte verlassen und den tyrannischen Launen des Vaters überantworten wollen; angeblich, sage ich, denn die Gründe müssen wohl tiefer gelegen sein. Anci war Lehrerin geworden, zuerst an einer dörflichen Volksschule, dann an einer Pilsner Bürgerschule, Hauptschule würden wir heute sagen. Sie trat mit Verve auf, trug unermüdlich vor, ihre Stimme dröhnte, ihre schwarzen rollenden Augen warfen Blitze, bei ihr döste keine Schülerin ein, bei ihr waren alle immer Aug und Ohr. Aber der pedantische Schulbetrieb, der alltägliche Trott, die Korsettierung in Vorschriften und Verbote, das alles lag Anci nicht. Sie sann auf Neuerungen, nahm Urlaub und machte sich auf Reisen und dabei auf die Suche nach, wie sie sagte, besseren, natürlicheren, vernünftigeren pädagogischen Entwürfen. Von solchen war ja in den ersten Jahrzehnten unseres Jahrhunderts da und dort und vor allem in Deutschland die Rede, bei Anthroposophen, Theosophen und Naturaposteln. So war Anci viel unterwegs, schnupperte in manches System, nahm eine Kostprobe von der Frauenbewegung, eine Prise von den Montessorischen Bemühungen und von dem reformatorischen Enthusiasmus einer Ellen Key. Freilich ließ sie sich mit keinem dieser Systeme systematisch ein, sondern ließ es immer nur bei kurzen Stipvisiten bewenden, dann kehrte sie zurück ins elterliche Haus oder sie nahm in einer Aristokratenfamilie die Stelle einer Erzieherin an. So war sie eine Zeitlang auf einem ungarischen Schloß bei einem Grafen Esterhazy gewesen, so unterrichtete sie später im Hause Lobkowitz eine Reihe von Prinzessinnen in Deutscher Literatur, Rechnen, Rechtschreibung und mittels eines uralten Globus und eines schon aus dem Leim gegangenen Bändchens Ploetz Geographie und Geschichte. Obwohl sie es nirgends lange aushielt, gewann sie sich doch da und dort Freunde für den Rest ihres Lebens und einen treuen Anhang.

Diese Frau liebte mich nun. Obgleich sie nie ein Wort darüber verlor, daß sie selbst hätte ein Kind haben wollen oder daß es ihr schwergefallen wäre, auf ein Kind zu verzichten: *Ich* war jetzt ihr Kind oder sollte ihr Kind sein, ihr Liebesobjekt, Erziehungsobjekt, Begeisterungsobjekt, ihr Werk und ihr Spielzeug, ihr Stolz. Sie erdachte für mich alles, was sich nach der Lage der Dinge und dem Usus der Zeit für mich erdenken ließ: modische Kleider, Schuhe, Schmuck, Handtäschchen, Maniküre, Reisen, Lilienmilch und Sommersprossencremen, Frisuren, Bälle – fast jeden Tag dachte sie sich etwas anderes aus. Ich sollte Geige spielen lernen – und sofort mit der Geige photographiert werden. Ich sollte Bridge spielen lernen und in die feine Gesellschaft kommen. Ich sollte mit ihr einen Esperantokurs besuchen um mich dereinst auf internationalem Parkett bewegen zu können. Ich sollte mit siebzehn einen Pelzmantel bekommen – etwas damals durchaus Ungewöhnliches. Ich sollte mir die Ohren stechen lassen für Ohrringe – und schließlich sollten auch meine Gedichte gedruckt und selbstverständlich entsprechend bewundert werden: der Katalog ihrer Pläne hatte viele Posten. Und da sollte sie nicht auch planen, mich in Pilsen zu behalten –

nicht nur über die zwei ersten Jahre hinaus nach meiner Mutter Tod, sondern auch noch zwei weitere Jahre und womöglich ad infinitum? Und so mußte sie wohl beginnen nach einem Nagel Ausschau zu halten, an dem ich hängen bleiben konnte, und es war wohl nur zu natürlich, daß ihr auf der Suche nach diesem Nagel Herr Soundso ins Auge fiel.

Herr Soundso, ich kann es nicht leugnen, begann mich seinerseits zu beunruhigen. Obgleich ich mir einredete, daß ich mich vor allem aus Eitelkeit mit ihm zeigte, daß ich mit ihm gesehen werden und damit *beneidenswert* sein wollte, und obwohl ich bald heraus hatte, daß der junge Mann, zwar studiert und Doktor der Rechte, ein ausgemachter Dummkopf war, ein Plattkopf hinter seiner blassen Elfenbeinstirn, so setzte er mir doch zu: Ich ließ mich einladen mit ihm in Gesellschaft zu gehen, einmal in ein Konzert, einmal in die Oper, einmal in einen Tanzkurs (schon wieder in einen Tanzkurs) mit etlichen Ehepaaren zusammen, deren männliche Teile zu Apollons offizieller Leibstandarte gehörten. So kamen wir einige Monate lang regelmäßig zusammen. Vielleicht gab es etliche Leute, die uns für ein Paar hielten. Vermutlich aber wußten die meisten unsere Beziehung besser einzuschätzen: Apollon führte mich spazieren wie man ein Hündchen spazieren führt, um Tierliebe zu demonstrieren, auch wenn keinerlei Tierliebe vorhanden ist. Ich war das schuldlose Feigenblatt, das er sich anheftete. Natürlich wußte ich von nichts – und ahnte doch eine Menge. Etwas Morbides wehte mich aus der Gesellschaft an; ich konnte es nicht benennen. Doch statt daß ich mich zurückzog, begann ich Herrn Soundso und seine nur für mich undurchschaubare Undurchschaubarkeit mit nicht geringem Aufwand zu romantisieren. Ich fing an, um seine Person eine Art Ideologie zu flechten, Ideologie der Schönheit, amoralisch-antikisch-klassischer Lebenskunst, weniger bacchisch-anakreontisch als manieristisch-alexandrinisch: Wir waren ja unterdessen in der deutschen Literaturgeschichte bis August Graf von Platen vorgerückt: *Wer die Schönheit angeschaut mit Augen...*, und in der französischen Chrestomathie bis Baudelaires

Fleurs du mal; auch von George hatten wir schon etwas läuten gehört, und Oscar Wildes *Dorian Grey*, nun ja, den gab es sowieso.

Noch aber hielt mich das Lager der moralischen Sozialisten fest.

Ich versuchte sogar im Gespräch mit Soundso und dessen Freunden einige schüchterne Anmerkungen in dieser Richtung zu machen und ihnen ins Gewissen zu reden, daß sie bei ihrem heiteren Genießerleben doch auch der Armut gedenken sollten. Dafür erntete ich freilich nur mitleidiges Gelächter. Diese jeunesse dorée war mit sozialen Argumenten nicht zu beeindrucken, ich verachtete sie dafür.

Allerdings hatte unterdessen auch in mir der Zweifel zu nagen begonnen, und so, wie ich mich mehr oder minder plötzlich eines Tages als Sozialistin entdeckt hatte, ebenso plötzlich und radikal stürzten für mich alle sozialistischen Utopien ein.

Das geschah nicht durch Fremdeinwirkung, sondern im redlich bemühten Gespräch mit Gesinnungsgenossen und -genossinnen. Unaufhörlich waren wir da auf ideologischen Fischfang aus und auf Suche nach der *Wahrheit*. Wir verhielten uns dabei, wenn ich mich so ausdrücken darf, insofern sokratisch, als wir nicht von Erfahrungen, von platten Tatsachen und ökonomischen Quantitäten, sondern von Begriffen ausgingen. Ließen sich Begriffe sauber ineinanderschachteln wie Klötzchen in einem Baukastenspiel, so war es gut, so fühlten wir uns schon im Besitz des Steins der Weisen. Sperrten sich aber die Begriffe gegeneinander, klafften Widersprüche auf, waren unsere armen wirren Backfischköpfe nicht imstande, mit den Dingen zurecht zu kommen, nun, so waren wir ebenso schnell bereit aufzugeben und das Spiel über Bord zu feuern.

So trieben wir unsere Übungen unbedenklich weiter, lustig und mit, wie ich heute zugeben muß, beneidenswertem Selbstvertrauen.

Der Verschleiß der Systeme war dabei nicht gering.

Doch gerade dort, wo wir uns die größte Mühe gegeben hatten, das Denkmögliche so realistisch und lückenlos wie nur möglich durchzuspielen, scheiterten wir an unserer

Genauigkeit. Es ging um das Spiel Menschheitsbeglückung durch Gleichheit.

Wie ich schon beschrieb: Wir gaben uns nicht mit allgemeinen Rahmenvorstellungen von Sozialismus zufrieden, wir gingen, und dabei verfuhren wir Gesinnungsgenossinnen echt weiblich, bis ins Detail. Unser Dogma lautete: Da jeder genug haben sollte, konnte keiner mehr als nur das Notwendigste haben: Also – Barackenschlafplatz und Kantinenessen, alles zugemessen, abgezählt, für jeden gleich. Eine harte Auflage, das war uns klar, und nur durchzuhalten, wenn harte Aufsicht geführt wurde. Harte Aufsicht also in jedem Haus, in jedem Betrieb, harte Aufsicht in allen Bereichen des Daseins.

Zum Beispiel: Will einer ins Kino gehen, gut, er hole sich ein Billett, doch beileibe nicht an der Kinokasse, sondern beim Hauswart. Der führt Buch. Denn es soll dafür gesorgt werden, daß nicht der eine so oft er will und der andere vielleicht nie ins Kino kommt. Jeder Kinobesuch wird deshalb registriert. Doch es gibt andere Vergnügungen: etwa eine Fahrt ins Grüne. Auch sie wird registriert, auch dafür Karten beim Hauswart. Jedem so viele Kinobesuche, so viele Ausflüge. Und wenn nicht jeder in deiner Gruppe schon einen Vergnügungsschein in Anspruch genommen hat, soll dir, Vergnügungssüchtigem, kein zweiter gewährt werden!

So wird Gerechtigkeit gewährleistet. Absolute.

Doch wie, wenn sich der Hauswart bestechen läßt?

Das ist doch möglich, oder? Durchaus. So muß der Hauswart überwacht werden von einem Oberwart. Der Oberwart von einem Ober-oberwart. Und dieser gleichfalls von einem Ober-ober-ober-... Die Reihe ist unendlich.

Da kollabierte der Entwurf.

Das ist nicht Sozialismus, sagte eine von uns, das ist Sklaverei. Der vollkommene Sozialismus – die vollkommene Sklaverei. So lautete unser Schluß.

Unser Gespräch verstummte. Wir stießen an eine Mauer, Mauer des Schreckens, Erschreckens. Unsere Hoffnung stürzte mit gebrochenen Flügeln ab. Traurigkeit breitete sich aus. Ist denn Gerechtigkeit nicht herstellbar?

(Und wenn es nicht vollkommene Gerechtigkeit gibt, lohnt es denn überhaupt, für Gerechtigkeit zu kämpfen?)

– Vielleicht, äußerte sich eine von uns, besteht der Stoff dieser Welt doch wirklich nur aus Täuschung und Gewalt, aus Grausamkeit und Lust? – Ach, Jammer.

Jammer, Jammer.

Vielleicht ist Flucht in den Traum die einzige Rettung vor der Verzweiflung? Und Schönheit der einzige Garant, daß mehr ist als Chaos: Schönheit, Harmonie, Goldener Schnitt. Herr Soundso!

Es war wohl unvermeidlich, daß mir damals der ZARATHUSTRA in die Hände fiel. – Also sprach ... –, das klang verläßlich. Das klang nach Einfachheit, Größe, Bedeutung. Das klang – unbewußt registriert – im Nachhall biblisch und deshalb tief anrührend in Schichten, die ja schon längst wieder auf Berührung warteten.

Da sprach (wieder einmal) der *Eine*, aber nicht liebesselig schwankend wie Werther-Goethe, Prometheus-Goethe, Ganymed-Goethe, sondern titanisch selbstbesessen und selbstgewiß: in Stein eingegraben, in Bronze gegossen, *Ewige Worte*.

Aber, das war das Neue daran: *Amoralisch*. Da war von Umwertung aller Werte die Rede, von Morgenröten und Fröhlichen Wissenschaften, da tönte es von Tanzliedern, von Werdelust und ewiger Wiederkehr, und der Alte kam vom Berge und war weise und versprach den Übermenschen, und so war es kein Wunder, daß man, jung wie man war und verwirrt und verwöhnt und unglaublich naseweis, in diese Falle tappte.

Beinahe tappte. Denn Gott sei Dank machte ich nicht ganz so ernst mit den aufwendigen Lehren vom Sprung über den eigenen Schatten, sondern blieb im Vorfeld der kühnen Redensarten und kecken Ergüsse, und über einige Kinoküsse gelangte ich nicht hinaus mit Herrn Soundso, und von seiner Bande hielt ich mich ungeschoren.

Als ich meine damals verfaßten Oden und freien Rhythmen Melanie Riesenfeld vorlegte und sie um ihr Urteil bat, sah sie mich etwas starr an mit ihren großen eisblauen Augen und sagte nur: – Wie kommst du zu diesen Dummheiten? Ich glaube, du solltest ein bißchen mehr auf dich obacht geben. Es wäre schade um dich. –

DIE FREUNDIN

Und wieder Ferien in Telfs, und diesmal kam meine Freundin mit mir, Trude Löffler.

Sie verdient es, daß ich ihr in diesem Lebensbericht ein Kapitel widme; es wird nicht leicht sein über sie zu berichten. Im Grunde habe ich wenig zu sagen. Aber die Erinnerung rührt mich an an einer Stelle, die sonst fast unberührt blieb in meinem Leben. Soll ich sagen: Diese Stelle blieb eine Wunde, die nie zu brennen aufhört? Sie ist nicht nur eine Wunde. Sie ist auch eine Stelle der Freude, des heimlichen Gelächters, der – ja, sagen wir es! – fröhlichen Innigkeit. Kaum ein Mensch hing so an mir wie sie. Kaum einer hat mich so gut gekannt. Für kaum einen anderen wurde ich so sehr zum Prägestempel. Und kaum einer hat sich weiter, tragischer und endgültiger von mir entfernt.

Doch vor allem: Mit keinem habe ich mehr gelacht und Unfug getrieben. Ja, so begann es: mit Lachen und Unfugtreiben und endlosem Gedalber.

Trude Löffler war eines von den sieben jüdischen Mädchen in unserer Klasse. Sie stammte aus der Sedlačekgasse, aus einem einstöckigen Haus aus der Barockzeit, im Erdgeschoß war ein Laden, in dem man Schnaps, Rum, Wein und Himbeersaft zu kaufen bekam. Man konnte dort auch ein Gläschen kippen. So war der Laden meist gefüllt mit allerlei eher dunklen Gestalten, Kutschern, Marktfahrern, es mögen auch Straßenkehrer darunter gewesen sein, die da auf einer der schwarzen Holzbänke beisammen hockten, das Stamperl in der roten Pranke oder die Pulle zwischen den grobbestiefelten Beinen. Hinter dem Ladentisch stand Herr Löffler, manchmal auch seine Frau oder eine seiner drei Töchter. Trude war die Älteste von ihnen, aber sie war nur ungern im Laden und sah immer kreuzunglücklich drein, wenn sie bedienen mußte.

Ich weiß nicht, wie lange die Familie Löffler schon in diesem Haus und wie lange sie in Pilsen lebte. Von allen jüdischen Familien, in denen ich verkehrte, war sie die einzige, in der ich noch Spuren des alten Glaubens entdecken konnte. An den Wänden hingen Bilder von rituellen Geräten, und es gab Inschriften in hebräischen Buchstaben. Passah und das Laubhüttenfest wurden bei Löfflers gefeiert. Ich war nie dabei, Trude redete nicht davon. Aber ich wußte, daß sie fasteten, beteten, auch wohl einmal in den Tempel gingen. Der alte Löffler versah das Amt des Patriarchen.

Trude war kein hübsches Mädchen. Sie hatte zwar eine helle blühende Haut und dichtes gekraustes Haar, ihre Hände und Füße waren klein und zierlich, aber sie war viel zu dick und hatte wulstige Lippen und kleine, zwischen gequollene Lider gebettete Augen. Sie legte wenig Wert auf ihr Äußeres, vielleicht aus angeborener Gleichgültigkeit, vielleicht auch – und viel eher – aus Stolz, weil sie es sich nicht anmerken lassen wollte, daß sie unter ihrem unvorteilhaften Äußeren litt. Trude war auch keine gute Schülerin und am Ende unserer Schulzeit nahe daran zu erliegen. Aber sie war klug, hatte eine unbestechliche Beobachtungsgabe und ein genaues Urteil.

Es begann, ich sagte es schon, mit Gedalber und dummen Streichen. Wir kicherten durch die Gegend, über alles konnten wir lachen. Einmal lief Trude aus dem Tor der sogenannten Branca mitten in eine Kompanie marschierender Soldaten hinein. Die Soldaten marschierten weiter, und Trude fand nicht mehr aus dem Trupp. Sie sprang nach rechts, sprang nach links und sprang jeweils gegen einen Marschierer. Ich stand daneben und fühlte mich an eine überfahrene Taube erinnert, die zwischen den Rädern des sie überrollenden Wagens hin und herflattert. Endlich gelang es Trude zu entkommen. Ich lachte, sie lachte. Wir rannten von Gelächter geschüttelt in den nächsten Hausflur, die Treppe hinauf, saßen dort auf einer Stufe nieder, lachten und lachten und konnten uns nicht fassen. Noch am anderen Tag in der Schule konnten wir einander nicht ansehen, ohne sofort wieder in ein haltloses Gekicher auszubrechen. Die Professoren wurden wütend, schrien mit uns (wir lachten weiter) und schrieben Warnbriefe an unsere Erzieher.

Es verstand sich von selbst, daß Trude zur Gruppe der *Idealistinnen* gehörte. Nicht nur, daß sie genauso wie ich für Melanie Riesenfeld schwärmte, sie las dieselben Bücher wie ich, sie träumte, auch sie, von einer sozialistischen

Gesellschaft. Aber während bei uns alle Träume sehr schnell zerrannen, weil diese Träume selbst nur aus romantischen Mitleidsgefühlen und unverbindlicher Wohlgesinntheit aufgeschäumt waren, gewannen sie bei Trude Substanz und Konsistenz. Ich erinnere mich nicht mehr genau, wann ich es an ihr bemerkte, vermutlich erst im dritten Jahr unserer gemeinsamen Schulzeit. Ich hatte sie schon des öfteren von einer Gruppe sprechen gehört, die sie Blau-Weiß nannte. Was da für Leute zusammenkamen, wußte ich nicht. Zuerst dachte ich an eine Art Sportverein, und, in der Tat, sie trieben dort auch Sport. Sie versammelten sich ein, zwei, dann dreimal in der Woche am Abend, und Trude war durch nichts zu bewegen, diese Abende zu versäumen. Kein noch so verlockendes Kino, keine Theaterkarte zogen sie ab. Ich ärgerte mich manchmal darüber. – Was hast du denn nur mit deinem blöden Blau-Weiß? – Trude zuckte die Achseln und schwieg. Sie lud mich nie ein mitzukommen. Und eines Tages sagte sie:

– Dort bereiten wir uns vor, nach Palästina zu gehen. –

Palästina, das war das alte Gelobte Land, Abrahams Land, Jakobs Land, in dem auch Jesus Christus gelebt hatte und aus dem die Juden nach der Eroberung von Jerusalem durch die Römer vertrieben worden waren. Jetzt saßen irgendwelche Westmächte dort, Engländer. Soviel wußte ich, mehr nicht. Bald hörte ich ein neues Wort aus Trudes Mund: Zionismus. Und dann: Zionismus und Sozialismus, so als wäre das eins, das eine durch das andere möglich, das eine mit dem anderen gekoppelt. Da war plötzlich ein neuer Entwurf: Er leuchtete mir ein. Wenn ein Volk auszog, sich seine alte verlorene Heimat zurückzugewinnen, da galt freilich kein Unterschied und keine Klasse mehr, und es war nicht mehr wichtig, ob einer gebildet und gelehrt, Doktor oder Professor oder Arbeiter war, vor den zweitausend Jahren Verbannung und vor der heiligen Vätererde zwischen Jordan und Karmel waren alle, alle gleich. Da brauchte es auch keinen Hauswart und Oberhauswart und Oberoberhauswart und Aufpasser, damit Gleichheit gewährleistet würde und Gerechtigkeit sei; da konnte sich alles von selbst ergeben, da konnte auch das Unmöglichste gelingen.

Ich sah das ein und schimpfte jetzt nicht mehr, daß Trude dreimal in der Woche zum Blau-Weiß ging, sondern beneidete sie beinahe darum und ließ mir von ihr erzählen, was dort vorging und was dereinst in Palästina vorgehen sollte: pflügen im steinigen Boden und die Wüste bewässern und wieder bewässern und sich wehren, wenn der Pflug zerschlagen und die Bewässerungsrinne zugeschüttet würde, mit Klauen und Zähnen sich wehren und zu einem Volk zusammenwachsen.

– Aber –, fragte ich, – wie werdet ihr denn miteinander reden, wenn Juden aus Polen und Deutschland und Amerika und aus aller Herren Länder mitsammen hausen wollen?–

– Wir werden hebräisch reden.–

Und wirklich lernte Trude hebräisch, sie, die sich in Latein und Französisch immer rund um eine Vier herumbewegte, sie saß und büffelte und malte die komischen Buchstaben von rechts nach links, und ich dachte: Schau an!

Ich kann nicht beurteilen, wie die Eltern Löffler die Anfänge der zionistischen Leidenschaft ihrer Tochter aufgenommen hatten. Möglicherweise hatten sie zuerst gar nichts dagegen, daß ihre Trude, die sich sonst eher scheu und verstockt und widerborstig gab, Anschluß fand an junge Leute mosaischen Glaubens. Vermutlich rechneten sie damit, daß der Zionismus nichts weiter sei als eine Art von Romantik, eine spezielle Sorte von Wolkenkuckucksheim, und wenn eines Tages der Ernst des Lebens beginne, da werde er sich wie andere Jugendträume in Dunst auflösen.

Für die Eltern Löffler war der Ernst des Lebens zweifellos in ihrem Geschäft gelegen, in dieser eher düsteren Bude voll Wein- und Schnapsdunst, hinter der Theke mit der blankgeputzten Messingplatte und vor den dicken schwärzlichen Fässern, aus denen sie abfüllten, unermüdlich abfüllten in Flaschen und Gläser; in diesen Fässern und in dem Fässer- und Flaschenlager dahinter, im Flur und im Keller, war ihr Vermögen und die Summe ihres Lebens enthalten. Ich stelle mir vor, daß sie sich sorgten, wie es weiterlaufen werde mit dem Geschäft, wenn sie beide einmal ausschieden, und es sah nicht danach aus, daß sie sehr lange weitermachen konnten. Frau Löffler litt an den Beinen und Herr Löffler war schlagflüssig. Sie hatten drei Töchter, keinen Sohn, das erschwerte die Lage. So war es kein Wunder, daß sie damit rechneten, ihre Älteste, Trude, werde hoffentlich bald heiraten, in die Branche oder doch nicht fernab von ihr, und dann würde der Laden in der Sedlačekgasse gerettet sein.

Begreiflich also, daß sie nicht entzückt waren, als sie allmählich merkten, das Wolkenkuckucksheim Zionismus war Trudes fertiger und unabänderlicher Lebensplan. Die beiden alternden Leute gerieten in Panik und sie wandten sich an mich: Ich sollte Trude zur *Vernunft* bringen. Doch leider: ich brachte sie nicht zur *Vernunft*, ganz im Gegenteil. Ich kann mich der Vermutung nicht erwehren, daß der Umgang mit mir in Trude die *Unvernunft* befestigt hatte, ja, daß diese bei ihr erst dadurch richtig zum Zug gekommen war, daß sie in meiner Existenz ein Quantum an Freiheit kennengelernt hatte, das ihr sonst unbekannt geblieben wäre; ein Element, das sie verdarb für den Lebensplan der Eltern, eine Sorte von Autonomie, die sich über die engen Verhältnisse hinwegzusetzen getraute oder mindestens so tat, als wenn sie sich das getrauen dürfte. Die alten Löffler merkten das nicht. Sie hofften also auf den Umgang mit mir, da ich ja naturgemäß nichts mit dem Zionismus zu tun hatte. Sie empfingen mich in ihrer Wohnung immer als das feine Fräulein, beinahe unterwürfig, und bedankten sich bei mir und den Meinen, wenn Trude bei uns eingeladen wurde. Trude und ich, wir wurden bald unzertrennlich.

Ich wurde Frühaufsteherin, verließ unser Haus schon um sieben Uhr morgens und holte Trude aus der Sedlačekgasse ab. In der Schule saßen wir nebeneinander und, wenn unsere Lehrer uns trennten, schrieben wir einander Zettel in einer den griechischen Buchstaben entlehnten Geheimschrift. Am Nachmittag legten wir endlose Spaziergänge vor oder gingen ins Kino. Trude litt meist an Geldmangel, denn sie aß gerne und besorgte sich am Vormittag meist nicht nur *eine* Burenwurst beim Schuldiener. Auch um mein Taschengeld war es nicht besonders üppig bestellt. So kauften wir uns jeweils nur die billigsten Kinokarten und versuchten uns dann auf einen besseren Platz nach hinten zu schwindeln. Meist gelang das. Auch in der Trambahn fuhren wir schwarz, ohne Gewissensbisse. Wenn wir zufällig einmal bei Kasse waren, gingen wir zum Konditor, verschlangen sieben fette Tortenstücke und begaben uns dann auf den Rummelplatz um dort mit dem Ringelspiel stundenlang rundum zu fahren, nur um zu erfahren, was unser Magen vertrüge. Er vertrug alles. Mit der Zeit verfielen wir auf noch andere Streiche. Wir schlichen uns nachts außer Haus, wanderten durch die Vorstadt zum Bolewetzer Teich, warfen dort die Kleider ab und schwammen hinaus. Ich getraute mich nicht sehr weit, aber Trude schwamm bis zur Insel gute dreihundert Meter vom Ufer entfernt. Ich kauerte derweil im Kies und horchte ängstlich in die Stockfinsternis nach den Plätschergeräuschen der Schwimmerin. Vor Grauen erstarrend hörte ich einen Schritt hinter mir auf der Böschung den Weg entlang schlurfen; es war kein Haus in der Nähe, nur der Bahndamm und eine aufgelassene verlotterte Fabrik.

Ein anderesmal unternahm Trude etwas womöglich noch Gewagteres. Es war am Ende jenes arktisch kalten Winters 1927, der Bolewetzer Teich war bis in die letzten Märztage hinein von einer dicken Eisschicht bedeckt. Am 1. April, die Eisdecke war kaum aufgetaut, wanderten wir hinaus. Trude hatte ihren Badeanzug mit. Sie schlüpfte aus ihren Kleidern und in den Anzug, dann watete sie in das Wasser hinein. Ich hörte sie aufwinseln, wie ihr die eisige Flut bei jedem Schritt höher um die Schenkel schwappte. Aber dann warf sie sich mit ausgebreiteten Armen vornüber und begann Tempo zu machen. Ich weiß nicht, warum sie das tat. Sie wollte wohl abgehärtet sein wie ein Seehund (für Palästina), vital wie ein Walroß (für Palästina), sie dachte wohl selbst nicht, daß sie dabei ihr Leben aufs Spiel setzte. Vor Anstrengung keuchend schwamm sie hinaus, ich hörte sie über eine Distanz von hundert Metern nach Luft ringen. Endlich erreichte sie die Insel, einen sumpfigen, mit Riedgras bestandenen Fleck. Ich sah sie hinaufkriechen, daliegen, sich krümmen. Nach einer Weile begann sie, auf der schmalen Zunge hin- und herzurennen, mit den Armen zu schlagen, ich glaubte, ihre Zähne klappern zu hören. Die Sonne schien matt, es war den ganzen

Tag kühl gewesen, jetzt erhob sich ein leichter Wind, es wurde kalt. Noch stand Trude der Rückweg bevor.

Warum fiel mir nicht ein, Hilfe zu holen? Vielleicht hätte sich jemand gefunden, der eine der nahegelegenen Bootshütten aufgesperrt, ein Boot losgemacht und Trude geholt hätte. Nein, mir fiel das nicht ein. Ich hockte tatenlos da und wartete gespannt, weniger ängstlich als belustigt, wie das Abenteuer enden würde. Im Grunde meines Herzens war ich überzeugt, Trude würde es schaffen.

Sie schaffte es.

Nach Minuten verzweifelten Umherirrens, angesichts der sich neigenden Sonne, schutzlos preisgegeben dem immer kälter blasenden Wind, stürzte sie sich noch einmal in die eisige Flut und erreichte das Ufer.

Auch in trockenen Kleidern konnte sie sich nicht erwärmen, ich lieh ihr meinen Mantel, meine Unterwäsche. Frierend liefen wir beide nach Hause.

Das war Trude: eine verwegene Person. In Gesellschaft brachte sie sich kaum ins Spiel. Sie redete wenig, sie hörte nur zu. In der Schule meldete sie sich freiwillig kein einziges Mal. Sie werden mich fragen, wenn sie was wollen, das war ihre Devise. Oder, wenn ich sie aufforderte sich vor Dritten zu äußern: Du redest ja ohnehin für mich. – Sie betrachtete mich als ihr anderes Selbst.

Aber sie überraschte mich manchmal durch unvermutet treffende Urteile. Da war eine Lehrerin, die Wandervogeldame, von der ich schon erzählt habe, die mit dem *deutschen Anilin*; ich glaubte höflich zu sein gegen sie, und begriff nicht, warum sie mich für frech hielt. – Na, da wunder dich! sagte Trude, du bist auf eine Weise höflich zu ihr, die beleidigend ist, herablassend wie zu einem Idioten. Ich jedenfalls möchte nicht, daß jemand so zu mir wäre wie du zu ihr. Ich glaub, ich gäb ihm eine in die Fresse. –

Zeitweise stritten wir uns erbittert. Selbst in jenem Sommer, da Trude bei uns in Telfs auf Besuch war. Aus welchen Schichten unseres Wesens die Anlässe zu diesen Streitigkeiten aufbrachen, weiß ich nicht mehr und kann es mir auch nicht mehr denken. Einmal fuhren wir uns richtig in die Haare. Dann wieder waren wir bereit, einander alles zu vergeben und füreinander da zu sein. Gegen Ende unserer gemeinsamen Schulzeit begann Trude Nacht für Nacht in unserer Wohnung aufzutauchen. Sie legte sich vor meinem Bett auf den Boden und schlief da mit einer Decke und einem Kissen, das ich ihr von meiner Liege gab.

Aber den rührendsten Beweis ihrer Anhänglichkeit gab sie mir knapp vor unserer Matura.

Im Frühjahr zuvor kam mir das dreibändige Werk *Kristin Lavranstochter* von Sigrid Undset zum erstenmal in die Hände. Ich las und war fasziniert. Das Werk war teuer, es kostete mehrere hundert Kronen, für uns junge Mädchen ein halbes Vermögen. Ich hatte mir die drei Bände geliehen und jammerte, daß ich sie zurückgeben mußte.

Trude hörte das und sagte kein Wort.

Es fiel mir in den folgenden Wochen auf, daß sie nie Geld hatte, sie konnte sich nicht einmal eine Kinokarte zu zwei Kronen leisten, sie kaufte sich auch keine Schuljause mehr wie früher, sie biß von meiner Tocenka ab oder schnorrte eine Schinkensemmel von Marietta Eidlitz. Eines Tages erschien Trude bei mir und brachte ein Paket mit. Sie legte es auf den Küchentisch und sagte: – Das ist für dich, du Luder. –

Es war das ganze Werk in Leinen gebunden. Ich besitze es heute noch.

Es ist in den Jahren meiner Jugend zu meiner Welt und zu meinem Prüfstein geworden. Etwas anderes als Literatur, weniger als Literatur, mehr als Literatur.

DAS LETZTE JAHR

Aber noch war es nicht so weit. Noch war das letzte Pilsner Jahr nicht überstanden. Es war ein wichtiges Jahr für mich, vielleicht das wichtigste meines Lebens. Damals wurde ich, was ich bin. Damals schossen die verschiedenen in mir deponierten Elemente (einander widersprechende unorganisch aufgehäufte Erfahrungen) zu einem Ganzen zusammen. Sie schossen unter Druck zusammen – so wie sich verschiedene Sedimente nur unter Druck verfestigen und dann als Kristalline überdauern.

Das damals Festgelegte wirkt bis heute nach.

Was geschah eigentlich?

Sehr wenig und nur verzweifelt Banales. Eine Liebschaft, die schief ging, eine ziemlich armselige kurze und dann für immer erledigte Affaire. Nicht mit Herrn Soundso, nein, das nicht, Gott sei Dank. So viel Malheur hatte ich denn doch nicht und so von allen guten Geistern verlassen stolperte ich nicht in die Falle. Hier schlug die Glocke Alarm – oder es war mein kleiner braver tapferer Schutzengel, der endlich in Rage geriet und Feurio schrie. Und so war ich dann auch von einem Augenblick zum anderen so weit, daß ich Apollon bildlich gesprochen eine Nase drehte und mich aus dem Staub machte, nicht ohne eine kleine scharfe, triumphierend blinkernde Schadenfreude. Er hatte gedacht, für ihn sei ich nur noch eine gemähte Wiese. Aber auf einmal griff er in Disteln und sagte: *Au*!

Soviel über Herrn Soundso. Schon zuviel über ihn.

Nun das andere: Wie begann es? Und woran lag es, daß es mehr wurde als nichts, und daß es dann doch so schnell zu Ende ging, als sei es nichts und nichts als Nichts gewesen? Es ist vielleicht am besten, ich erzähle, als ginge es dabei nicht um mich selbst. Was sich im Kapitel Agathe Schöch anbot, der Blick von außen, das läßt sich vielleicht auch hier praktizieren. Ecco.

Ein junger Mann, neunundzwanzig, Textilkaufmann im väterlichen Geschäft, zu drei Viertel jüdischer Herkunft, nur ein Großvater, ein Herr von Eckart, preußischer Oberst; man ist konfessionslos, mit Mühe durch die Matura geschleust, nach vier Semestern Jus an der Prager Universität gescheitert – zum Kummer der Eltern, zum Kummer der Mutter, der Tochter des preußischen Obersten. Sie stirbt herzkrank, mit achtundvierzig Jahren. Nun tritt der Sohn in das Geschäft des Vaters ein, in einen Konfektionsladen mittlerer Qualität, doch gut gelegen, am Ringplatz, die Firma ist schon alt und leidlich renommiert. Nach einigen turbulenten Jahren ist der junge Mann verhältnismäßig solide geworden. Er hat eine jeweils mehr oder minder fixe

Freundin, die er mit etwas aus der Mode gekommenen, aber noch durchaus präsentablen Mänteln, Kostümen und Schlafröcken aus dem eigenen Laden schadlos hält. An Liebe denkt er nicht oder nur in flüchtigen Augenblicken, an Ehe denkt er noch weniger. Seine Freunde sind Leute seinesgleichen. Trotzdem kommt er sich um einiges besser vor als sie, der preußische Oberst spukt durch sein Selbstbewußtsein, er kommt sich auch seinem eigenen Vater überlegen vor, der Vater stammt aus kleinen Verhältnissen, ein dicklicher untersetzter Mann mit etwas knolligem Gesicht. K. S. selbst hat den schmalen Schädelbau der Mutter geerbt, ihre hellen Augen, ihre feine Nase, ihr blondes Haar. Im ganzen ein hübscher junger Mann.

Eines schönen Sonntagmorgens fällt ihm ein junges Mädchen auf. Sie geht auf der Straße vorüber und dann vor ihm her, eine weißhäutige Dunkelblonde in einem braunen Samtkleid mit einer etwas phantastischen Masche aus Tüll am Hals. K. S. kennt das Mädchen und er kennt das Kleid, es wurde im eigenen Geschäft genäht, Sonderbestellung nach Angaben einer älteren Dame, einer Tante des Mädchens, wenn sich K. S. richtig erinnert, sie hat Schnitt und Masche bestimmt und hat das Kleid dann auch bezahlt.

Mit dem Mädel bekanntzuwerden ist nicht schwer: Schließlich hat man im Geschäft ja schon miteinander gesprochen. Das Mädel geht, wie es zugibt, noch zur Schule. Also ist es zu regelmäßigen Zeiten in bestimmten Straßen unterwegs. Da läßt es sich abpassen, und nach dem drittenmal wird ein Treffen vereinbart.

Das Mädel ist sehr jung, stolz, übermütig, sinnlich, ein Fohlen auf der Weide. Sie erzählt ganz freimütig, daß sie nachts von daheim wegzulaufen pflegt und mit einer Freundin (wirklich nur mit einer *Freundin*?) vor der Stadt herumstreicht. Freimütig erzählt sie von allerlei Schabernack, den sie – allein oder mit anderen – ihren Lehrern spielte, aber auch ihren Verwandten, bei denen sie wohnt, drei alten Frauen, denen sie offenbar auf der Nase herumtanzt. Augenblicksweise scheint sie K. S. raffiniert, augenblicksweise staunt er über ihre täppische Unerfahrenheit. Eine seltsame Mischung von Keckheit und Unwissenheit. Übrigens legt das Mädchen höchst eigentümliche Marotten vor. So behauptet sie für Nietzsche zu schwärmen, sie nennt ihn ausdrücklich ihren *Abgott,* sie schwatzt auch etwas über soziale Probleme, für die sie sich früher begeistert habe, doch die Lehre vom Übermenschen sei wohl die wahre; und um dem Faß den Boden auszuschlagen: Sie schreibt Gedichte. Und nebenbei will sie noch Vorzugsschülerin sein.

Der junge K. S. hat Erfahrung mit Frauen und nicht nur vom Bett, sondern vor allem und noch viel ausführlicher vom Geschäft her; da ist Gottes Tiergarten beisammen, Kundinnen, Verkäuferinnen, Näherinnen, alle Spielarten, Temperamente und weibliche Vertracktheiten. Aber an ein so seltsames Exemplar wie dieses Mädel ist er noch nie geraten.

Er findet sie hinreißend. (Sechs Wochen lang.) Er ist von ihr um seine Ruhe gebracht. Er gibt seiner Freundin den Laufpaß. Er schwört sich selbst, nun werde er ein anderes Leben beginnen. Er gibt sein altes Absteigequartier auf und mietet ein neues, gleichsam noch jungfräuliches, für den erhofften Fall des Falles.

Das Mädchen sagt, es möchte tanzen gehen, so mietet er ein Taxi und fährt mit ihr zum Sonntag-Five-o'-clock nach Marienbad. Er bestellt sich sogar eine Broschüre über Nietzsche, um nicht ganz unbeleckt dazustehen, wenn sie wieder auf Zarathustra zu sprechen kommt. Er geht soweit vor dem Vater eine Bemerkung fallen zu lassen: Er habe nun vielleicht doch die Frau seines Lebens ... Darauf der Vater: – Hat sie was? –

Das Merkwürdigste an dem Mädel war aber, daß K. S. mit ihr kein lieberes und ausführlicheres Thema kannte als seine eigene verstorbene Mutter. Nie wäre es ihm früher eingefallen mit einer seiner Flammen von seiner Mutter zu reden. Das wäre ihm unsinnig, unanständig, ja sogar pervers erschienen. Jetzt aber redete er von ihr. Erinnert ihn das Mädel an die Tote? Irgendwie vielleicht, ganz von ferne. Und daß sie auch Offizierstochter ist. Und daß sie diese Tüllschleife trägt. Und der Gang und ein bißchen die Stimme. K. S. hat in den letzten Jahren nur selten und dann ungern an seine Mutter gedacht. Warum hat sie auch gerade damals sterben müssen, als er das Jusstudium hinschmiß, nach der dritten versauten Prüfung und nach der dummen Affäre mit dem gefälschten Scheck. Um lumpige 2000 Kronen war es gegangen, und, weil der Vater sich gerade damals einbildete, er müsse den starken Mann spielen. So hat die Mutter den gefälschten Scheck nicht überlebt und die versaute Prüfung. Doch dann ist ja alles wieder ganz anders geworden, K. S. ein solider Mensch und ein braver Mitarbeiter im väterlichen Geschäft, und nun steht er gut mit dem Alten, leidlich gut mindestens, sie ziehen miteinander den Karren.

Das alles konnte K. S. dem Mädel nicht erzählen, aber etliches erzählte er doch; und einmal rutschte es ihm so heraus, daß es damals einen großen Auftritt gegeben hatte zwischen der Mutter und ihm, so sehr hatten sie gestritten, daß sie schließlich den Tisch umwarfen, der zwischen ihnen stand. – Das Mädel schaut erschrocken auf, wird dunkelrot, duckt sich und sagt kein Wort, sagt kein Wort minutenlang. Himmel, was hat sie bloß, kann sie sich nicht vorstellen, wie so etwas vor sich geht, Streit und Geschrei und auf einmal kracht es –!? Warum sagt sie jetzt kein Wort, was tut sie so heikel? Plötzlich so heikel, sie, die Nietzsche liest und Zola und noch so wilde Bücher?

Wie dem auch ist: Sechs Wochen lang findet er sie hinreißend und vier Wochen ist sie auch greifbar (wenn auch nicht so wie Mädels sonst greifbar zu sein pflegen). Aber dann – dann fährt sie weg. Das Schuljahr ist zu Ende, und sie fährt nach Hause zu ihren Leuten, irgendwo da unten in Österreich, in Tirol. Zwei Monate bleibt sie weg, die ganzen Ferien, was fällt ihr ein? Zwei Monate sind für K. S. einfach zuviel.

In den ersten Tagen nach ihrer Abreise schreibt er ihr lange jammervolle Briefe: Ich suche dich überall, mein Lieb, mein einziges Lieb, wie du mir fehlst, zehn Seiten Jammer, zehn Seiten Beteuerungen, noch nie habe ich geliebt wie ich dich liebe. – Die nächsten Briefe sind schon etwas kürzer und die übernächsten schon beträchtlich kürzer, und das herzbewegende Tremolo hat sich auch schon beruhigt. Trotzdem hätte man Lust, dem Mädel nachzufahren nach Tirol, aber gerade in diesen Wochen geht es nicht, der Alte sagt, was fällt dir ein, bist du wahnsinnig geworden? Ich kann dich nicht entbehren, wir stecken in einer Krise, unser Geschäft geht schlecht. – Ja, es geht schlecht, plötzlich, wir schreiben das Jahr 29, schon schleicht die Krise heran, und der Alte hat eine gewagte Transaktion getätigt, die gibt jetzt zu schaffen. – Also keine Reise nach Tirol, und eines Abends steht Elsa vor der Tür, die abgehalfterte Freundin.

Tränen und Vorwürfe – dagegen könnte man sich wappnen, aber Elsa ist zu klug dazu auf dieser Leier zu spielen. Elsa spielt auf alte Kumpanei, auf den altgewohnten altvertrauten Ton, auf Hähäerzählmirnix und Nadualterschwede, das tut gut, das ist bequem und lockert auf, lokkert endlich wieder auf nach anstrengenden Zarathustragesprächen. Und so will man kein Unmensch sein der lustigen Elsa gegenüber, und das jungfräuliche Absteigquartier wird in dieser Nacht zu nicht vorgesehenem Zweck verwendet.

Am anderen Morgen Katzenjammer.

Man wünscht Elsa zum Teufel, aber man wünscht auch eine bestimmte andere Person – ach nein, nicht eben zum Teufel, doch ein gewisses Quantum Ärger und Gereiztheit ist nicht wegzuspielen. Wenn die Ferien nur endlich ein Ende nähmen!

Dann ist es so weit.

Aber – wie heißt es in dem berühmten Text, wenn auch in einem anderen, ganz anderen Sinn: Das Blümchen ist weg? Der bunte regenbogenfarbene berückende und verzückende Brauseschaum des Liebestranks hat ausgeprikkelt und ist zusammengesunken. Ein unaufhaltsamer chemischer Prozeß. Trotzdem: Noch klopft das Herz beim ersten Wiedersehen, und es klopft auch später noch etliche Male. Doch unüberhörbar meldet sich die Erkenntnis zu Wort, daß auch dieser Frühling vergänglich war.

Es liegt nicht daran, daß Elsa immer wieder einmal auftaucht, es liegt auch nicht daran, daß die Sorgen im Geschäft überhand nehmen und allen kühnen Träumen, sofern sie jemals vorhanden gewesen, das Lebenslicht ausblasen. Es liegt an dem Mädel selbst. Ja, an ihr selbst. Irgendetwas hat sich an ihr verändert. Sie scheint auf einmal weniger sprühend und weniger lebenslustig, weniger federnd und weniger übermütig, was ist da los? Nur acht Wochen älter geworden – und diese Veränderung! K. S. versteht es nicht. Und eines Tages geht ihm der Hut hoch: Er hat dem Mädel ein Buch geborgt, das ihn amüsiert, das ihm gefallen hat: Pittigrilli, *Die Jungfrau von 18 Karat*. Aber schon am anderen Tag bringt ihm das Mädel das Buch zurück. – So etwas lese ich nicht, da bin ich mir zu schade dafür.–

So, zu schade. Aha. K. S. ist wütend. Und zum erstenmal taucht in ihm der Gedanke auf: Wir haben eigentlich nichts miteinander zu schaffen.

Trotzdem läuft die Sache weiter.

Sie läuft bis zu dem Punkt, den K. S. von allem Anfang vorgesehen hat (siehe das neugemietete Absteigquartier), aber sie läuft auch nur beinahe so weit. In das beiderseitig gewollte Zueinander bricht aus einem nicht faßbaren Grund plötzlich Fremdheit ein. Ein Vorhang geht nieder. Erst ein Schleier. Dann ist es eine Blende, dann ist es eine Wand.

Besonders ärgerlich und irgendwie herausfordernd findet K. S. des Mädchens Wankelmut. Hat sie sich erst im Sommer leidenschaftlich für Nietzsche erklärt, will sie jetzt plötzlich nichts mehr von ihrem Abgott wissen. Sie hat ein anderes, allerdings ebenfalls papierenes Idol gefunden, einen gewissen Herrn Oswald Spengler, Verfasser eines zweibändigen Wälzers über den Untergang des Abendlandes. Das hat K. S. jetzt noch gefehlt: UNTERGANG DES ABENDLANDES, eine so triste Philosophie. Wo er doch gute Laune nötig hätte um die schlimme Flaute zu bestehen, die sich jetzt – und gerade in den letzten Wochen – in der gesamten Textilbranche ausbreitet und die Firma in schwerste Schwierigkeiten gerät, der Alte ist schon ganz durcheinander und redet von Konkurs.

Gute Laune aber ist von dem Mädel nicht zu gewinnen. Im Gegenteil. Nicht nur, wenn sie von ihrem verdammten Spengler redet, sie ist auch sonst immer wie in einen Flor von Trauer getaucht. Macht K. S. einen Scherz, steckt sie den Kopf hinein und bockt. Nimmt er sie mit ins Caféhaus und trifft sich dort mit Freunden, sitzt sie mit gekränkter Miene da wie eine Prinzessin auf der Erbse, und seine Freunde sagen ihm dann: Was hast du dir da für eine fade

Nocke aufgelesen? Und eines Tages im November ist es soweit: Er lernt die kleine Eva kennen, Eva Brill, sie ist die Tochter des Bankdirektors, bei dem der alte S. eine Hypothek aufgenommen hat.

Nicht daß man etwa deshalb die kleine Brill so herzig findet, Gott bewahre, diese Unterstellung bleibe fern ...! Aber *daß* sie herzig ist, kann doch nicht abgestritten werden, ein netter und munterer und ganz unkomplizierter Spatz, mit ihr ließe sichs wieder einmal lustig sein.

So rückt man langsam durch diese grauen nebligen Vorwinterwochen, es ist die Zeit, in der das Weihnachtsgeschäft anlaufen, hochlaufen, heißlaufen sollte, doch leider, *leider*, es hapert damit, von Tag zu Tag wird es klarer, daß es heuer zu Weihnachten keine Hausse, sondern eine verdammte Pleite geben wird, kein Schlager schlägt ein, keiner der vielen eingetanen sündteuren Artikel zündet. Um so wichtiger ist die Hilfe, die Vater Brill ... Aber nein, nicht deshalb – nicht *nur* deshalb ist K. S. plötzlich heiß darauf, sich die kleine Eva zu kapern.

Noch zwei oder dreimal gibt die alte Flamme etwas wie Wärme und Licht. Noch zwei oder dreimal ist man imstande mit dem Mädel zu reden wie im letzten Jahr, auch von der eigenen Mutter zu reden: Gut, daß sie nicht mehr erlebt, was jetzt passiert; den Verfall des Vaters in dessen seniler Verzweiflung, den Verfall des Geschäfts, die große Talfahrt. Das Mädel versteht nichts davon. Sie hat keine Ahnung, was eine Firma ist. Was Konkurrenzkampf heißt. Und überhaupt: Sie hat ihre Bücher im Kopf und allerlei krause Ideen – und ihre Gedichte.

Einmal steckt sie K. S. ein Heft zu: – Lies das einmal. –

K. S. sitzt einen Abend darüber und liest. Manches kommt ihm lächerlich vor, aufgeblasen und sogar richtig meschugge. Der Tonfall, in dem hier Vers zu Vers gereiht ist, geht ihm gegen den Strich. Von Gott ist darin die Rede, von Ewigkeit, Seligkeit und Liebe, die nie endet. In K. S. sträubt sich alles, was er seinen gesunden Menschenverstand, was er Vernunft und Realismus nennt und ohne das er sich kein Leben vorstellen kann (und vorstellen zu dürfen meint). In den Widerstand träufelt noch dazu, er weiß nicht woher, eine Art Bitterkeit, eine leise, aber bohrende und immer stärker bohrende Empfindung des Neides, Gift für das eigene Selbstverständnis; und diese Demütigung erträgt er nicht. So kommt es eines Abends zwei Tage vor Weihnachten zum großen Krach, er schreit das Mädel an und macht ein Ende mit ihm: Wir leben in zwei verschiedenen Welten, was gehen wir einander an?

Das war es nun, vermute ich: eine kleine banale Episode. Sie kann in Einzelheiten auch ein wenig anders verlaufen sein. Auf alle Fälle eine Story, kaum wert sie zu Papier zu bringen. In ihrer ersten Phase – bis zum Ende der Ferien – war sie nicht einmal mir übermäßig wichtig. Ich hatte K. S.' mündliche Liebesbeteuerungen zwar durchaus wohlgefällig und mit Sympathie vernommen, aber ich hatte mich von ihnen nicht überwältigen lassen. In Telfs holte ich mir dann seine postlagernden Briefe pünktlich ab, doch ich las sie eher neugierig und gespannt als hingerissen und fasziniert. Ich fand sie, auch die leidenschaftlichsten, in gewisser Weise enttäuschend, unergiebig, nichtssagend, ich blieb auf Distanz. Aber nach meiner Rückkehr nach Pilsen veränderte sich etwas in mir. Ich begann wohl wirklich zu lieben. Und damit begann ich hilflos zu werden. Doch Hilflosigkeit war in diesem Fall höchstwahrscheinlich das Letzte, was ich mir leisten konnte. Sie riß gleichsam meine Flanke auf: die eingespielten Muster einer Liebesaffaire, wie K. S. sie gewohnt war und erwartete, diese Muster griffen nicht mehr. Das machte ihn ratlos und ärgerlich. Ich selbst erlebte diese sehr rasch und deutlich einsetzende Entfremdung als einen nicht nur K. S. und mich allein betreffenden Vorgang. Ich fühlte etwas Allgemeineres in ihm – und er ergriff mich um so mehr.

Ich empfand die Entzweiung nicht so sehr als persönliches Malheur, sondern als ein Signal für die innere Entzweiung der Welt, für die Fremdheit zwischen Geschlecht und Geschlecht, Sprung durch das Herz der Dinge. Ich gelangte dahin mich als Membran zu empfinden, hinter der sich etwas Größeres, etwas Überpersönliches bewegte, eine mächtig pulsende, allerdings höchst verletzliche Lebenssubstanz: Das Weibliche, und darüberhinaus, das kann hier nicht verschwiegen werden, DIE MUTTER: künftige Mutter, versteht sich, aber auch Tochter, Enkelin, Ahnfrau, ein höchst komplexes Continuum.

Da war eine Sache, die ich hier erwähnen muß, sie kam nicht von außen auf mich zu, sie hatte auch nichts mit K. S. zu tun. Es war in jenem Sommer in Telfs, an einem, ich weiß es noch genau, schönen Sonntagmorgen. Ich war von Telfs nach Pfaffenhofen hinüber gegangen, in den Nachbarort auf der anderen Talseite, um dort in einem kleinen Häuschen bei einer alten Frau zu baden. Wir hatten nämlich immer noch kein Bad im Haus und wanderten wöchentlich einmal – im Winter vielleicht nur monatlich einmal – zu Frau Schädl; sie vermietete eine Kammer mit einer Wanne voll heißem Wasser. Und der Sonntagvormittag war – nach der in der Franziskanerkirche gehörten Messe – eine gute Zeit, Frau Schädls bescheidenes Etablissement aufzusuchen.

An jenem Sonntag verließ ich also frisch gebadet das kleine Haus. Die Sonne schien warm, ich trug (warum habe ich mir das gemerkt?) ein graues Kostüm, darunter eine rosa Bluse. Und plötzlich, während ich die etwas holprige und staubbedeckte Straße entlang nach Hause ging, fiel mir ein: *Einmal werde ich Kinder haben.*

Ich hatte diesen Gedanken noch nie mit Intensität gedacht, auch damals nicht, als das Unglück an der Schwester geschah. Nun aber, mit einem Schlage, war er da und überschwemmte mich mit einem ungeheuren Glücksgefühl.

Alle noch ungenauen schweifenden, konturlos wogenden Glückserwartungen, die ich bis dahin – und dann und wann mit großer Vehemenz – empfunden hatte, sie strömten in diesen Gedanken ein und verdichteten sich an ihm zu einer, ich darf wohl sagen, grenzenlosen Lebens- und Liebesbereitschaft. Wann und von wem ich Kinder haben würde, das blieb im Augenblick noch völlig offen. Doch *daß* ich einmal Kinder haben würde, spürte ich damals vorahnend, und meine ganze Natur antwortete mit JA.

Zugleich aber schoß etwas wie Urangst ein: Mutterangst um das kommende hochverletzliche Leben; und im Gefolge dieser Urangst und sozusagen an ihre Fersen geheftet: Pietas: Hoffnung auf Mächte und Konstellationen, die segnen, schützen und fördern möchten, und der Stellenwert der eigenen Existenz eingebracht in das Gewebe Furcht, Hoffnung, Segen.

Aus jener Zeit muß der Text stammen, den ich erst neulich in alten Papieren fand, ein Gedicht, drei Vierzeiler, ein schlechtes Gedicht, unerträglich sentimental, würde man heute sagen, es beginnt: *Wenn ihr wieder blüht, ihr falben Bäume,* eine Schwangere spricht die Apfelbäume in ihrem Garten an, es ist Herbst, sie aber denkt an den kommenden Frühling, dann möchte sie, daß die Bäume blühen wie noch nie, ein Zelt aus Blüten, aus Segen möchte sie aufgespannt, denn dann wird sie zum erstenmal ihr Kind hinaustragen in die Frühlingswelt. Ein schlechtes Gedicht, wie gesagt, aber es spricht aus, was mich bewegte: Schutzinstinkt und vorausahnende Liebe, doch zuvor: Herbst und fahles Laub, alte Welt, welk geworden. Das Gedicht – sofern man das Textchen ein solches nennen will – hatte dann noch eine kleine Geschichte: Ich trug es in das Heft ein, in das ich auch meine anderen Gedichte einzutragen pflegte. Doch kaum hatte ich es eingeschrieben, stiegen mir Bedenken auf. Was sollten die Leute denken, die es etwa läsen... Ein Kind? Und ich sprach davon als ob ... Und richtig: Sogar meine liberale Freundin Trude schüttelte den Kopf, und Melanie Riesenfeld sah mich verdutzt an: – Sag mal, was soll das heißen? – Da log ich: – Ich habe eine Cousine, jung verheiratet, die erwartet, für sie habe ich das Gedicht geschrieben. – Und ich setzte auch eine Widmung hinzu mit einem erfundenen Namen: Für Ada Rhomberg.

Ja, nun also war es Herbst, und K. S. und ich gingen unter falben Bäumen spazieren, nicht unter Apfelbäumen, sondern unter den Weiden und Platanen der Schützeninsel Strelnice, einer städtischen Anlage, die sich unter dem alten Pilsner Wassertor dahinzog und in das Dreieck auslief, das die Mündung der beiden Flüßchen Mies und Radbusa umschloß und hinter dem der neuentstandene starke Fluß Beraun hieß: wo begann da die Beraun und wo endeten Mies und Radbusa?

Es war wieder ein Sonntagvormittag, und eben war das passiert mit Pittigrilli, und wir beiden waren herabgestimmt. Trotzdem hoffte ich, K. S. würde am Sonntagnachmittag Zeit für mich haben, um mit mir nach Dobřan zu fahren, meine Tante Anci hatte im Tagblatt gelesen, dort werde ein interessanter Vortrag gehalten, den sollte ich mir anhören. Aber K. S. hatte keine Lust und sagte: Er erwarte einen Geschäftsfreund und er müsse sich ihm widmen.

So fuhr ich mit Tante Anci nach Dobřan, und auch Trude Löffler fuhr mit, die allzeit Getreue. Ich war noch nie in dem Marktflecken gewesen, alles, was ich davon wußte war, daß sich in Dobřan das Landesirrenhaus befand.

In der kleinen schmierigen Gastwirtschaft hielt ein älterer, schäbig aussehender Herr einen Vortrag über Oswald Spengler; mit krächzender Stimme trug er den *Untergang des Abendlandes* vor, kaum zehn Personen waren erschienen.

Was der Mann erzählte, ließ mich aufhorchen. Ich wollte nachlesen, worum es ging. Doch das Werk war teuer. Obgleich die Tanten die meisten meiner Wünsche ungefragt erfüllten – bei Büchern hielten sie zurück. Immerhin ließen sie sich herbei, das zweibändige Opus zur Ansicht kommen zu lassen. Drei Tage durfte es im Hause bleiben, dann wurde es mit Dank dem gefälligen Buchhändler zurückgestellt. In den drei Tagen schlang ich in mich hinein, was ich nur verschlingen konnte.

Wieder ging mir eine neue Welt auf. Sie stimmte mich nicht eben begeistert, aber in einem mir neuen Sinn nachdenklich. Nietzsches rabiater Optimismus (ich hatte nur Optimismus aus seinem Werk herausgelesen) klang mir seit einiger Zeit ohnehin schon etwas schal. Seine heftige Ichbesessenheit begann mich zu befremden. Dagegen leuchteten mir Spenglers Bilder von den organischen Ganzheiten der verschiedenen Kulturen, von ihrem Keimen, Blühen, Reifen und Absterben unmittelbar ein. So mußte es wohl sein: Das Einfachste lieh sein Bild dem Größten, das Größte war mit dem Einfachsten verwandt. Auch wenn das Ergebnis, zu dem der Autor gelangte, nicht ermutigend war, ich hielt es für glaubwürdig. *Untergang des Abendlandes*, das stimmte doch überein mit *Untergang der Titanic*; mit *Warschau ist gefallen* und *Feuersäule*; mit dem dröhnenden Klang der Kitzbüheler Totenglocke und mit dem

Christi-Todesstunden-Gebet, das wir als Kinder in der Schule gelernt und jeden Freitag um drei Uhr Nachmittag gebetet hatten: *Und es sind Finsternisse geworden, als sie den Herrn Jesus gekreuziget hatten.*

Das alles amalgamierte sich in mir in jenen Wochen (und war natürlich nicht mehr so leicht auf Pittigrilli umzulenken), es verschmolz in mir zu einer festen Schicht. Das Material dieser Verbindung hatte alle wesentlichen Ingredienzien meiner jungen siebzehn Jahre aufgenommen: Nationalismus, Sozialismus, Katholizität; die Tragik, von der der Beruf meines Vaters, das Soldatenhandwerk, umwittert war; den inbrünstigen Individualismus des jungen Goethe, nun das morphologische Weltbild Spenglers, ein dichtes Gewebe, ein Weltbild, das tiefer, höher, breiter war als alles von mir vorher gedachte. Es überredete mich, der Verstand könne die Fülle des Seienden nicht einholen, unter den zutage tretenden Gründen lägen immer noch andere, tiefere, von älteren Beständen angelegte Gründe. Alles, was den Einzelnen einbetten konnte, war Liebe. Liebe, das wars wohl, was ich geben wollte, aber es sollte nicht nur Liebe sein zwischen einem Ich und einem Du, sondern auch zwischen einem Wir und einem Ihr, zwischen denen, die gelebt hatten, und denen, die leben würden, Vergangenheit, Zukunft, Allheit.

Das ging mir auf in jenen Tagen und Wochen, bruchstückweise, doch in mächtigem Anprall der Verwandlung, der Reifung. Ein bißchen viel auf einmal, zweifellos.

Und das neben K. S. und seinen Sorgen.

Ja, ich gebe es zu, ich war ein schwieriger Fall. Ich konnte nicht reden. Denn ich hatte keinerlei Vokabular für das, was in mir vorging, was sich in mir vorbereitete. In mir stauten sich Widerstände, und ich konnte sie nicht formulieren. So blieb mir nichts übrig als zu schweigen und hinter einer Wand von Schweigen unkenntlich, unfaßbar und letzten Endes *eine fade Nocke* zu sein. Kein Wunder, daß K. S. die Geduld mit mir verlor.

Wir trafen uns zuerst täglich nach Geschäftsschluß, das heißt um viertel nach sechs. Um halb acht sollte ich wieder daheim sein, und ich hielt mich zumeist an die vorgeschriebene Zeit. In den frühen Herbsttagen war es, wenn wir einander trafen, noch hell, später dämmrig, schließlich dunkel. Diese natürliche Veränderung gewann etwas wie symbolischen Charakter. Die Hoffnung und Heiterkeit, die uns anfangs belebt hatten, gerannen allmählich. Sie nahmen matte, fahle, schließlich dämmernd-modrige Töne an. Immer seltener gelang uns ein einmütig freies Gespräch. Immer häufiger schlich sich eine lähmende Traurigkeit ein. K. S. teilte mir mit, er könne jetzt nicht mehr um viertel nach sechs, er könne erst gegen sieben zu unserem Treffpunkt kommen, sein Vater brauche noch seine Mitarbeit. So schmolz die Zeit, die wir miteinander verbrachten, zu immer kürzeren Fristen zusammen. Weitere Hindernisse stellten sich ein. Aus dem täglichen Stelldichein wurden wöchentliche Zusammenkünfte. Dafür gingen wir dann und wann abends zusammen aus; aber auch das brachte keine Freude. K. S. war zerstreut. Ich bockte.

Bitterer Kummer.

Bitterer Kummer. Ich begann mich K. S. zugehörig zu fühlen. Je weniger wir einander zu sagen hatten, desto schwerer fiel es mir, mich jeden Abend wieder von ihm zu trennen. Ich fand es widernatürlich, daß er dahin, ich dorthin ging. Ich begann zu wünschen, daß ich ihm das Abendessen bereiten, ihm die Wäsche waschen und die Socken stopfen dürfte. Solche Wünsche habe ich früher – etwa Herrn Soundso oder dem feschen Chemieprofessor gegenüber – nie, auch nicht in Ansätzen empfunden. Ich begann mir vorzustellen, wie ich als Frau S. mein Leben verbringen würde. Er sagte, der Ruin seines Geschäfts sei nicht mehr aufzuhalten. Er werde eines Tages nach Südamerika auswandern. Ich stellte mir diese Auswanderung im Zwischendeck eines elenden Auswandererschiffes vor, aber auch das schreckte mich nicht. (Nur die Vorstellung, daß ich K. S. mit meinem Vater bekanntmachen sollte, erfüllte mich mit einer Art Panik.)

Selbstverständlich hütete ich mich, K. S. von diesen Phantasien zu erzählen. Er hatte mir ja einmal gesagt, an eine Heirat denke er nicht und könne auch nicht denken.

Doch welches liebende weibliche Wesen nimmt solches Reden ernst?

Ich bin heute sicher, daß der Angelhaken, an dem mein Herz hing, blutend hing und schmerzhaft durchbohrt, daß dieser Angelhaken damals ausgeworfen war, als K. S. von seiner Mutter sprach. Ich sage nicht, daß *er* den Haken ausgeworfen habe, so als habe er dabei nur listig, raffiniert und zielstrebig gehandelt. Er konnte ja nicht wissen, was er damit anstellte. Seine Schuldgefühle gegenüber seiner Mutter verschmolzen mit den Schuldgefühlen, die ich meiner Mutter gegenüber hegte, mochten die seinen auch um etliches begründeter gewesen sein. Wenn wir von unseren Müttern redeten, so fanden wir immer neue Gemeinsamkeiten: Beide hatten Klavier gespielt, beide hatten Chopin geliebt, beide hatten Wagner verabscheut. Ich zeigte ihm Bilder meiner Mutter, er brachte mir Bilder von seiner Mutter mit. Wir schworen darauf, sie ähnelten einander. Wir redeten uns eine geheime Verwandtschaft ein, wir kopierten eine Gestalt in die andere. Ich empfand das als eine Art Vermählung.

Ich muß hier nicht genauer erzählen, wie die Geschichte zu Ende ging. Es war knapp vor Weihnachten, ich sagte es schon. Wir tauschten noch unsere Geschenke aus. In unserem Absteigquartier, dem kaum von uns benützten, stand ein Christbaum. Ich hatte ihn hingebracht, aufgeputzt, jetzt war die traurige Komödie fällig, seine Kerzen anzuzünden und abbrennen zu lassen. Ich schenkte K. S. ein Lederportefeuille mit einem eingeschnittenen Medaillon, darin eine von mir selbst angefertigte Petit-Point-Stickerei. Er schenkte mir, wie ichs mir gewünscht hatte, einen Kanarienvogel, dazu eine große Bonbonniere. Ich öffnete die Bonbonniere erst im Sommer darauf, da war ihr Inhalt schon seifig verdorben.

Was mit dem Vogel geschah, weiß ich nicht mehr – und kein Nachdenken bringt mich auf die Sprünge. Ließ ich ihn in Pilsen – oder nahm ich ihn doch mit nach Hause? Ich habe ihn nie recht gemocht.

Mir ist, als habe er niemals gesungen.

IN PARENTHESE

Vor wenigen Tagen wurde in allen Zeitungen und über alle Rundfunkstationen die Nachricht verbreitet, in Berlin habe sich ein junges Paar, ein Münchner Student und seine Freundin mit Benzin übergossen und verbrannt.

In einem Brief gaben sie den Grund für diese schreckliche Tat bekannt: Sie wollten gegen Unterdrückung und Gewalt, gegen Hunger und Elend protestieren.

Kopfschüttelnd betrachtete ich das Bild, das unsere Tageszeitung brachte: zwei Menschenbündel in Decken eingeschlagen. Daneben ein dunkler Gegenstand, vielleicht war es der Benzinkanister. Dieses Bild war wenige Minuten nach dem Flammentod der beiden jungen Menschen geschossen worden. Vermutlich standen zu dieser Zeit Hunderte von Gaffern ringsherum, der Verkehr stockte, die Polizei zog ihre Sperren. Dann kam ein Fahrzeug und holte die Toten ab. Der Benzinkanister wurde als Beweisstück beschlagnahmt, das Pflaster von der Straßenreinigung abgespritzt. Die herumlungernden Hippies wurden für eine Weile des Ortes verwiesen, dann war alles, wie es gewesen war. Nichts war anders geworden. Nur die beiden lebten nicht mehr. Sie waren gestorben, um die Welt zu ändern, so zu ändern wie sie sie selbst erhofften, wünschten, wie sie sie für gut und rechtens gehalten hätten. Ihr Tod sollte die Welt anschreien, sie anflehen, beschwören, ihr Tod sollte der Welt ins Gesicht brüllen, wimmern, er sollte mit Menschen- und Engels- und Flammenzungen endlich, endlich, endlich überzeugen. Er sollte das Unerreichbare erreichen, das Unmögliche ermöglichen.

Sterbend triumphieren, wer möchte das nicht?

Tat des Wahnsinns. Und ganz vergeblich.

Zweimal in meinem Leben war ich nahe daran, einen ähnlichen Weg zu beschreiten, zweimal fühlte ich die Versuchung, zweimal juckte mich das Fell, wässerte mir der Mund danach, etwas oder jemanden zu verändern, eine Wand zu durchstoßen, die ich anders nicht durchstoßen konnte. Torheit, nur in der Jugend gerade noch erlaubt. Sehr ernst gemeint, sehr lächerlich agiert. Einmal sollte der Chemieprofessor zum Sozialismus bekehrt und zur

Menschheitsbeglückung delegiert werden. Ich war mit meinen Freundinnen der Meinung, er sei der rechte Mann dazu. Doch habe er zuvor jeder Frivolität zu entsagen. Und um dies zu erreichen: siehe oben.

Ich war bereit, mich zu opfern.

Das andere, nächste (und letzte Mal) war mein Ziel enger gesteckt. Ich brauche nicht zu sagen, daß es um K. S. ging. Es ging um *seine Seele.* Daß er mir durch die Lappen gegangen war, fand mich fassungslos. Aber am meisten setzte mir zu, daß ich glaubte, er sei *verloren.* Oder müsse verloren gehen, so wie er lebte (hier mutmaßte die Katholikin, intransingent). So wollte ich sterben, nicht um ihm einen Denkzettel zu erteilen, nicht aus Rachsucht, sondern aus Schutzengelinstinkt. Mir fiel dazu ein schönes großes Wort ein, und immer waren große schöne Worte imstande, mich aus den Pantinen zu kippen. Das Wort lautete: Ich bleibe bei euch alle Tage bis ans Ende der Welt. Das ging mir unter die Haut. Ja, ich bleibe bei dir alle Tage deines Lebens. Aber wie bleiben, wenn man weggewiesen, abgehängt, ins Abseits gefeuert wird? Da ist kein Ausweg und keine Hilfe außer im Tod. Als Lebende ausgelöscht kann man bleiben. Als Schatten gewinnt man Gegenwart. Aus dem Geisterreich wispert die Stimme immer an deinem Ohr: Werde, was du bist. Werde, was du sein kannst. Werde, was du warst, als du liebtest, mich liebtest, einen Augenblick lang, werde .. werde ..

Werde .. mein?

Der Egoismus der Liebe ist so groß, daß er sogar die Selbstvernichtung in Kauf nimmt, vielmehr: ihr Risiko einsetzt. Im Grunde ist Selbstvernichtung nicht gemeint. War nicht gemeint – im Grunde ging es dabei um einen Lebensakt. So mag es auch in anderen Fällen sein, so ist es sicher in vielen Fällen. Ich glaube, man könnte ein Buch darüber schreiben, inwiefern und wie oft sich ein Lebensakt als suizidale Entscheidung tarnt.

Doch wie könnte ich leugnen, daß alle diese Vorgänge etwas Demütigendes für mich hatten. Eine unerwiderte, nicht mehr erwiderte Liebe ist demütigend. (Und K. S. ersparte mir nicht die fast tägliche Demütigung, indem er mit der kleinen Brill da und dort und genau auf denselben Wegen auftauchte, die er mit mir gegangen war, und die auch ich jetzt noch gehen *mußte*.)

Demütigend ist weiterhin der Versuch sich selbst – wie kann ichs euphemistisch ausdrücken? – ein Leid anzutun und danach munter weiterzuleben.

Demütigend ist in der Jugend vielerlei.

Zum Beispiel: seinen Aufgaben nicht gerecht zu werden. Die Aufgabe des Schülers ist zweifelsohne zu lernen, seine devoirs und exercises, seine lectiones und exempla immer parat zu haben. Ein vergessenes Lehrbuch kann einen Tadel einbringen. Eine verkleckste oder auch nur verwischte geometrische Zeichnung kann eine Rüge zur Folge haben. Eine geschwänzte Stunde kann zu einer Eintragung ins Klassenbuch führen. Lauter Demütigungen. Sogar ein fehlender Bleistift kann zur Blamage werden. Du mußt leihen, bitten, tuscheln. Gleich spießt dich der strenge Lehrerblick, gleich kann dich der mahnende Ruf treffen: Ruhe!

Dein von Demütigungen (ganz anderer Art) verwundetes, wundgeschundenes, zu Tode ermattetes Herz erträgt das nicht mehr.

Was tun?

Der Ausweg liegt nahe und in deiner Hand. Von nun an: Musterhaft. Ein einfaches Rezept. (Plötzlich ist es ein *einfaches* Rezept.)

Von heute auf morgen beschließe ich: Ich gebe mir keine Blöße mehr. Ich lerne einfach täglich, was wir in der Schule durchgenommen haben. Dann bin ich in der nächsten Stunde auf jeden Fall gewappnet. Keine Hausaufgabe wird ausgelassen. Keine Schularbeit wird geschwindelt. Keine Formel ins Logarithmenbuch gekritzelt, keine Regel in das Lineal gekratzt. Kein Geschwätz mit der Nachbarin, kein Gekicher mehr – mir ist auch gar nicht mehr danach zumute. Keine Unaufmerksamkeit, auch in der langweiligsten Stunde nicht. Und siehe da, auf einmal wird jedes Fach und sogar bei jedem Lehrer leidlich interessant. Auf einmal habe ich Spaß auch an Optik, Philogenese, Geologie. Leider hat Mela Riesenfeld keinen Unterricht mehr bei uns. Den Deutschunterricht bestreitet heuer ein dicker Riese, Wutschka, mit Schmissen und Schmerbauch und bierdröhnender Stimme:

– Von Grillparzer halte ich nichts. So ein Schwächling! – Wutschkas Lieblingsdichter ist Liliencron. (Nichts gegen Liliencron. Trotz Wutschka.)

Das wichtigste Fach wird mir in diesem letzten Schuljahr die Philosophische Propädeutik.

Sie ist an Hand eines dünnen und eher ungenügenden Lehrbuchs ein Versuch der Einführung in die Philosophie. Ein Häppchen Sinnespsychologie, ein Pröbchen Logik, zwanzig Seiten Philosophiegeschichte von Anaximander bis Bergson. Weder von Marx noch von Freud ist die Rede. Immerhin.

Immerhin: Endlich ein Gegenstand, der mich brennend interessiert, mehr beinahe noch als Literaturgeschichte, wo so viel unnötiger Ballast mitläuft (Namen, Daten, Opera, die man nie gelesen hat, nie lesen wird.) Aber hier hängt sich an jeden Namen eine Sentenz: Das und das hat der Mann gesagt. Über die Sentenz läßt sich nachdenken, ihr läßt sich widersprechen und ihr läßt sich zustimmen. (Noch ahnt man nicht, daß die Schnellsiederformeln des Lehrbuchs von Fehlformulierungen strotzen.)

Der Mann, der das Fach vorträgt, ist in der Schule sonst als Französischlehrer beschäftigt, im letzten Jahr hat er auch unsere Klasse unterrichtet, ein Unglücksrabe; unfähig Disziplin zu halten, gequält, nervös, ungeduldig, jedem Schabernack ausgeliefert. Sein Name: Otto Antscherl, ein kleiner Jude aus Prag II. Er profitiert von meiner Veränderung. Die zwei Wochenstunden Philosophische Propädeutik laufen das ganze Jahr hindurch in wachsender Ausschließlichkeit als Privatgespräch zwischen uns beiden ab. Die wenigen, die sich außer mir für das Fach interessieren, meine Freundinnen, hören achtungsvoll zu. Die anderen beschäftigen sich still untereinander mit Nagelfeilen, Kartenspielen oder Mensch ärgere dich nicht. Wer den alten

Unfug wieder aufleben lassen und Antscherl verulken möchte, wird von mir sofort wieder niedergezischt. Die Unfugstifterinnen ducken sich. Bin ich zum Leittier der Klasse geworden?

In dieser Schule sind die Lehrer nicht verwöhnt. Sie sind es gewohnt, wenig zu verlangen und viel zu ertragen, einmal eine schnatternde Gänseschar, einmal ein Rudel wild um sich schlagender Fohlen. Auch ich war in den vergangenen Jahren abwechselnd bei der Gänseschar und bei den unberechenbar tollenden Fohlen gewesen. Die Veränderung, die nun mit mir vorging, schien den Erwartungshorizont der Lehrer weit zu übersteigen. Ich wurde zum Wunderkind.

Es begann damit, daß ich zum Direktor gerufen wurde und der Direktor nach meiner Meinung fragte – etwa über die vorgeschriebene Schullektüre. Oder – er hatte mein Deutschaufsatzheft auf seinem Tisch liegen und wollte sich mit mir über die letzte Schularbeit unterhalten. – Woher haben Sie nur diese Gedanken? – Oder ihm war zu Ohren gekommen, daß ich Gedichte schreibe, und er erkundigte sich höflichst danach, ob ich ihm etwa Einblick gewähren würde.

Den Höhepunkt erreichte Herr Zelinka, indem er mich befragte, was ich an seinen Lehrmethoden etwa auszusetzen hätte.

Mir schwoll der Kamm, natürlich.

Ich hatte den Direktor bis jetzt fast immer nur als brüllenden Löwen, als Anstaltswauwau erlebt. Nur ein Jahr lang hatten wir ihn als Lehrer gehabt, er war Geograph, und in jenem Jahr stand Island auf dem Lehrplan. Zelinka war einmal nach Island gereist. Diese Reise war ganz offenkundig der Höhepunkt seines Lebens gewesen. In dem zehn Monate währenden Schuljahr hätten wir Nord- und Südamerika, Nord- und Osteuropa behandeln sollen. Wir hörten acht Monate lang nur von Island. Auch gut. Warum nicht?

Jetzt erkundigte sich der alte Mann bei mir, ob ich mit seiner schwärmerischen Beschreibung von Island zufrieden gewesen sei. Ich sagte ja, was sollte ich auch sonst sagen? fügte aber dann leise hinzu, ich hätte sehr gerne noch mehr über die Kultur dieses Landes oder anderer Ländern gehört.

– Ach nein, was Sie nicht sagen, über die Kultur? Das wäre mir gar nicht eingefallen. – Und der Löwe beugte sich über sein Merkheft und notierte meinen Orakelspruch.

Er fand meine Gedichte wunderschön, leider jene am schönsten, die ich am wenigsten mochte. Und dann dachte er sich etwas Neues aus: Ich sollte im deutschen Kulturverein auftreten, in der großen Frühjahrsveranstaltung im Deutschen Haus sollte ich eine Anzahl meiner Gedichte rezitieren.

Armer alter Zelinka, ich kann ihn heute viel besser verstehen als damals. Obwohl von großer Tournüre und gewaltigem Umfang, mit imponierender weißer Mähne und jovischer Stimmkraft, war er ein unsicherer und ängstlicher Mensch. Er stand an der Spitze einer Schule, die keinen guten Ruf genoß. Sie war zwar nominell zum Reform-Real-Gymnasium ernannt, schleppte aber den Namen ihrer Vorgängerin, des Mädchen-Lyzeums mit, und das war ein – leider – ziemlich verächtlicher Name. Das Mädchen-Lyzeum war die erste Mädchenmittelschule von Pilsen gewesen, eine Anstalt für höhere Töchter und, wenn man der Fama glauben wollte, eine Hochburg der Dummheit, der Ignoranz, des Hochmuts und aller lächerlichen Eigenschaften, deren das weibliche Geschlecht geziehen werden kann.

Und Hand aufs Herz, ganz unlyzeal war die real-gymnasial-reformierte Schule, der Zelinka vorstand, auch noch nicht.

Zelinka litt darunter, und es ist begreiflich, daß ihm eine eher singuläre Erscheinung, als die ich mich plötzlich im letzten Schuljahr entpuppte, sehr gelegen kam und als Demonstrationsobjekt geeignet schien.

Endlich konnte sich die deutsche Mädchenschule als Hort pädagogischer Wunderwirkung präsentieren.

Die anderen Lehrer taten als seine Unterläufel fleißig mit. Otto Antscherl, der Unglücksrabe, zahlte dabei am meisten darauf: Er machte mir drei Tage nach der Matura einen Heiratsantrag, den ich zwar abwies, auf den ich aber ungeheuer stolz war.

Meine schriftliche Matura-Arbeit in Deutsch wurde im Jahresbericht der Schule abgedruckt. Ähnliches war noch nie vorgekommen.

Vor Hochachtung ersterbend angesichts so hoher Gelehrsamkeit, las man in Pilsen das kühn zusammengeklitterte Elaborat über Verbreitung und Bedeutung der lateinischen Sprache; ein Zweizeiler von Logau schlug das Thema an. Spenglers apollinische und faustische Seele verliehen ihm beträchtliche Aspekte und vor allem schönrednerischen Schwung. Dazu noch eine Prise Dionysik, Marke Nietzsche, eine Lage christkatholischer Streuzucker darüber, das Ganze in vier Stunden auf acht Folioblätter gebracht, da fielen ein paar Beistrichfehler nicht mehr ins Gewicht, noch, daß *Verhängnis* mit scharfem s geschrieben war.

Dann kam noch der Abend im Deutschen Haus.

Ich trat in meinem Matura-Kleid auf, das Kleid war nach meinem Entwurf bestellt worden: schwarzer Samt, langer Glockenrock, spitzer Ausschnitt mit Stuartkragen, dieser mit weißen Spitzen benäht.

Ich rezitierte ohne zu stocken drei lange philosophisch klingende Gedichte. Sie hatten alle einen und denselben Inhalt: Rückzug aus der stürmischen Zone der Rebellion, der überspannten Hoffnungen, des übersteigerten Selbstbewußtseins in eine quietistische Ergebung, in fromme Geborgenheit, ganz unjugendlich.

Das Haus applaudierte frenetisch. Ich erhielt einen Haufen Blumen, zu allem Überfluß noch einen Lorbeerkranz. Den Lorbeerkranz hatte mir ein unglücklicher Verehrer spendiert. Ein Jude (auch er ein Jude) namens Ernst Waldstein.

Zehn Jahre später wurde der arme Mann von den Nazis wegen Freimaurerei geköpft.

Die Zeitung schrieb eine glänzende Rezension über meinen Auftritt. Nach meiner mündlichen Matura bedankte sich der Vorsitzende für das hohe Vergnügen, das ich ihm durch meine Leistungen bereitet hätte. Die Lehrer gratulierten.

Nur Melas eisblaue Augen wurden kälter und kälter. Sie sah mich durchdringend an und schüttelte den Kopf. Was hatte sie gemerkt?

Ihre Blicke warnten mich, sie stimmten mich herab. Aber zehn Tage später war der Zirkus ohnehin zu Ende, ich packte meine Koffer, vier Pilsner Jahre waren vorbei.

Ich kehrte zum Vater zurück.

DIE ÜBERSIEDLUNG

Damit begann in meinem Leben ein neues Kapitel.

Ich wechselte das Klima und damit auch den Wachstumsrhythmus meiner Lebensringe. Die mit mancherlei künstlichen Spannungen aufgeladene, überheizte, gleichsam tropische oder mindestens subtropische Atmosphäre Pilsen blieb hinter mir zurück. Ich übersiedelte in ein kargeres Klima.

Nichts anderes kam für mich in Frage. Hatte ich aus den ursprünglich vorgesehenen zwei Jahren vier Jahre gemacht, so fiel mir jetzt nicht einmal im Traum ein, einen weiteren Aufschub zu erwirken. Rückkehr zum Vater war beschlossene Sache.

Selbstverständlich wollte ich studieren. Da bot sich die Universität Innsbruck als natürlichster Studienort an, das um so mehr, als mein Vater vorhatte, seine Stellung in Telfs aufzugeben und nach Hall, also in die Nähe von Innsbruck, zu übersiedeln. Mein Vater war in diesem Frühjahr dreiundsechzig geworden, er fand es an der Zeit, in den Ruhestand zu treten.

Noch immer wohnten wir in Telfs in dem häßlichen Mädchenheim. Noch immer herrschte bei uns Anna, die Puritanerin. Ich hatte vor, mich mit ihr zu vertragen. Es fiel mir auch nicht schwer. Sie sah mir manches nach. Mit meinen Geschwistern ging es nicht so gut. Mit meiner Schwester war Anna in permanentem Kriegszustand, denn Irmgard gestattete es sich, Annas Haushaltsführung in diesem oder jenem Punkt zu kritisieren. Mein Bruder nannte sie aus anderen Gründen einen Cerberus. Er aß gerne Süßes und stillte sein Verlangen oft aus der Zuckerdose oder dem Marmeladentopf. Das fand Anna ungehörig, und sie unterstand sich vor ihm, dem eben frisch ausgemusterten Leutnant, Zuckerdose und Konfitüren einzusperren, was wieder meinen Vater auf den Plan rief, der hielt dafür, so weit dürfe die Bevormundung einer zu Offiziersrang erhobenen Militärperson denn doch nicht gehen. Anna drohte mit Kündigung.

Ich, eben hereingeschneit, fand den häuslichen Kleinkrieg eher lächerlich. Ich liebte Anna und ergriff innerlich ihre Partei. (Immer wieder geschah das und blieb mein Lebtag so, daß ich Fremden recht gab, gegen die Meinen. Nicht selten hat man mir daraus einen Vorwurf gemacht und vielleicht hatte man recht damit.) Was Anna betraf, so verhielt es sich einfach so, daß ich mich ihrem starken Charakter beugte.

Ihren starken Charakter erwies sie auf mancherlei Art, auch in dem sie sich standhaft weigerte, die nun bald fällige Übersiedlung von Telfs nach Hall durchzuführen. Damit wolle sie nichts zu schaffen haben; sie werde Haushalt führen wie zuvor, erklärte sie, uns auch nach Hall folgen, alles andere sei unsere Sache. Basta.

Nun gut, so war es dann meine Sache.

Zum erstenmal in meinem Leben hatte ich eine größere Aufgabe zu bewältigen. Mein Vater war ein sehr unpraktischer Mensch. Einen häuslichen Aufbruch zu organisieren, bedrückte ihn wie eine herkulische Arbeit. Meine Schwester reiste soeben für ein Jahr nach England. Mein Bruder war auch keine Stütze. So machte ich mich mit meinen achtzehn Jahren an die Arbeit. Kisten waren da, Holzwolle, Papier. Ich begann, das gute Porzellan, dann das Glas, dann die zerbrechlichen Nippes Stück für Stück einzupacken. Dann begann ich den aufgestapelten Wust von immerhin zehn Jahren Telfer Aufenthalt in den fünf Zimmern und zwei Kammern zu sichten. Nachdem ich auch Wäsche, Kleider und Bücher verstaut hatte, nähte ich alle unsere besseren Möbel in Sackleinen ein und stopfte die Hüllen mit Baumwolle aus. So schützte ich Kredenzen, Schreibtische, Etageren vor jeder Beschädigung. Sogar mit dem Flügel verfuhr ich so. Ich fühlte mich verpflichtet, an den für kostbar gehaltenen Möbeln höchste Vorsicht walten zu lassen. Nicht weil ich selbst an den Möbeln hing, sondern weil ich dem Vater beweisen wollte – was? was beweisen?

Mein Vater hatte mich, ich schrieb es schon, viele Jahre kaum beachtet, jedenfalls so getan, als beachtete er mich nicht. Ich war ihm als Erziehungsobjekt durch die Familie Häßler entzogen. Ich hatte, das bildete ich mir wenigstens ein, in seiner Achtung und Liebe den Geschwistern gegenüber aufzuholen. Ich verfuhr dabei unbewußt, doch mit großer Umsicht. Ich wollte mich dem Vater unentbehrlich machen. So diente ich bei ihm, versuchte, mich bei ihm hinaufzudienen.

Seit Jahren schon war von dieser Übersiedlung die Rede gewesen und immer wieder war dabei ein, wie es schien, ungeheures Problem aufgetaucht. Der *Transport des Glassturzes.*

Dieser *Glassturz* gehörte zur sogenannten Goetheuhr, einem mehr oder minder greuelhaften Zier- und Erbstück der Familie Fussenegger. Ein bronzenes Uhrgehäuse, schnörkelgeschmückt, wurde von einem bronzenen Geheimrat in Gehrock und Plastron bewacht. Uhr und Geheimrat standen auf einem bronzenen Postament, das ganze auf einer schwarzen Holzplatte, darüber ein Glassturz, *der Glassturz.* Er war der Gegenstand unzähliger familiärer Unterhaltungen, das Ziel familiärer Besorgnis. Denn wie in aller Welt sollte er unbeschädigt von Telfs nach Hall transportiert werden? Ich schlug vor, man sollte ihn einfach zwischen Federbetten in einen Schrank sperren. Nein, wurde mir entgegnet, das sei nicht sicher genug. Man müsse eine eigene Kiste dafür anfertigen lassen, und mein Bruder, der prospektive Erbe der Kostbarkeit sollte sie selbst einpacken.

Nun gut. Der letzte Abend vor der Übersiedlung war gekommen, alles war bereit. Nur der Glassturz harrte noch der Verpackung. Mein Bruder Erwin, zu diesem Zweck auf Urlaub gekommen, schritt zur Tat.

Die Kiste war da. Ich sagte: – Hört mal, die kommt mir aber zu klein vor, die hat der Tischler nicht groß genug gemacht. – Aber man hatte so lange über diese Verpakkungsart diskutiert, man hatte sich schon so sehr auf sie eingestellt, man konnte meinen Einwand jetzt nicht gelten lassen. Die Kiste wurde mit feiner Holzwolle ausgepolstert, der Sturz hineingelegt. Er paßte nicht. Vater und Bruder rückten hin und her. Auch Anna erschien und schaute zu. Sie sagte, das Nachtmahl sei fertig. Die Männer hörten nicht auf sie.

Mich verzehrte der Neid, nicht etwa auf die Uhr, ich fand sie ohnehin abscheulich, aber auf die Aktion, die auf die lange harte Arbeit des Sichtens, Einpackens, Verwahrens gleichsam das Tüpfelchen aufs i setzen sollte. Da krachte es in der Kiste. Mein Bruder hatte zu kräftig nachgeschoben. Der kostbare Sturz lag in drei Teile zersprungen in seinem Prokrustesbett.

– Na also –, sagte mein Vater, – jetzt können wir ja zum Nachtmahl gehen. –

Mein Bruder stand erblaßt. Ich lachte – lachte – wie damals, als die Hähne in der Küche wüteten.

Noch heute kann ich nur mit diebischem Behagen an den verunglückten Glassturz denken. Warum nur, warum? Ich bin kein guter Mensch.

An einem schönen Oktobertag 1930 zogen wir in unserem Haller Haus ein.

Fuxmagengasse 6. Später nannten wir das Haus das Fuxloch. Noch später wollten meine Töchter dafür den Namen Fuxtanzplatz einführen. Doch dieser Name setzte sich nicht durch. Leider. Unser Haus also: Als es gebaut wurde, erschien ein langer Artikel darüber in dem Haller Käseblättchen, dem Lokalanzeiger. Das Haus wurde als Haller Ereignis gefeiert. Es war, wenn man dem Schreiber glauben will, das erste Haus, das nach dem Ersten Weltkrieg in Hall gebaut worden war, nach sieben oder acht Jahren der erste Neubau in einer Stadt von immerhin achttausend Einwohnern. Sein Äußeres wurde gelobt: die hübsch geschnitzten Balkone, die dunkelbraune Verschindelung des Oberstocks, der Erker, die Inschrift auf dem Dachbalken: Anno Domini MCMXXVI. Geradezu emphatisch wurde aber der Schreiber, als er auf das Innere zu sprechen kam, da war sogar von einer *Luxus*wohnung die Rede.

Luxus? Du lieber Himmel. Fußböden aus weichen Fichtenbrettern, Kachelöfen, ein schmales langes, nur durch die Küche erreichbares ungekacheltes Bad. Das einzige, was vielleicht auffallen konnte, waren die mit großer Sorgfalt weiß lackierten Türen. In dem Haus befanden sich zwei Wohnungen. Die untere war an einen alten Hofrat vermietet. Wir zogen in das erste Stockwerk ein. Ich kostete den Triumph aus, daß nichts, aber auch gar nichts von den durch mich verpackten Dingen zu Schaden gekommen war. Mein Vater nahm das zur Kenntnis: – Das hast du gut gemacht. – Und ich war selig.

So war der Anfang gemacht, ein Anfang freilich, der unter dem Aspekt der Einschränkung stand. In Telfs hatte mein Vater zuletzt gut verdient. Er bezog sein Gehalt als Verwalter und seine Pension als Oberst, zusammen 900 Schilling, eine damals ansehnliche Summe. Jetzt reduzierten sich seine Einnahmen auf die Hälfte. Auch die kleinen aber wirksamen Benefizien, die er als Verwalter gehabt hatte, fielen weg: Milch, Holz, Kartoffeln waren uns in Telfs umsonst geliefert worden. Nun mußten wir sie kaufen. So hieß es sparen. Trotzdem wäre die Pension des Obersten einigermaßen ausreichend und ein bequemer Unterhalt gewesen, wenn mein Vater nicht hätte allerlei Verpflichtungen nachkommen müssen: Er hatte eine Schwester, ein altes Fräulein ohne Einkommen, die sich mühsam mit Vermietung von zwei Zimmern durchbrachte; ihr schenkte mein Vater einen Zuschuß. Aber auch meine Schwester war übel dran, auch für sie zweigte der Vater etwas ab. Der Bruder verdiente als Leutnant gerade das Allernotwendigste, er rechnete mir vor, er werde nie heiraten können, denn nach normalem Avancement im österreichischen Bundesheer werde er erst als Major, das heißt mit fünfundvierzig imstande sein, eine Familie zu ernähren. – Und wozu dann noch heiraten?

So kündigte sich in unserem Haus von allen Seiten Verengung an: Unser Lebensstil verschob sich ins Knausrig-Ängstliche. Bei jeder Mahlzeit waren – wenn auch unausgesprochen – Überlegungen zugegen, was sie wohl gekostet haben mochte. Bei jedem kleinen Schaden drohte das monatliche Budget in Verwirrung zu geraten. Am besten war noch ich daran. Meine Mutter hatte mir ein kleines Erbe hinterlassen, das trug so viel, daß ich mir hie und da ein Kleidungsstück kaufen, daß ich meine Universitätsgebühren bezahlen, mir auch dann und wann ein Buch, eine Kino- oder Theaterkarte leisten konnte.

Und aus der Ferne wirkten die Tanten.

– Du bist auf die Butterseite gefallen, sagte der Vater zu mir. Wie immer bist du auf die Butterseite gefallen. –

Und wie immer fühlte ich mich schuldig.

SCHREIBEN 2

Längst war die Zeit der dicken, mit ängstlich regelhafter Kinderschrift vollgewuselten Hefte und Bücher vorüber; vorüber die Zeit der nahezu zwanghaft durchgehaltenen Niederschriften. Hatte ich mit diesen dichtgestrickten Zeilenreihen, mit dieser für mein Alter abnormal überspannten Beharrlichkeit etwas beweisen, hatte ich gar jemanden für meine Schreibleidenschaft bestechen wollen? Wenn ja, dann kann das nur meine Mutter gewesen sein. Denn das *eine* Jahr, das ich fern von ihr im Innsbrucker Marienheim verbrachte, veränderte auch schon mein Schreibverhalten. Ich entwarf und verwarf wieder, ich benutzte auch kein Schreibbuch mehr, sondern füllte meine Schulschublade im Studiersaal mit zahllosen Blättern, schlampig geschmierten Notizen, mit einem Wust – Erster Kapitel –, mit Personen- und Titellisten, Figurinen und Szenarien. Ich hatte in jenen Jahren auch Spaß am Zeichnen und überstand manche langweilige Schulstunde, indem ich Skizzen zum Gegenstand anfertigte: in der Naturgeschichte Tiere und Pflanzen, in der Geschichtsstunde die Portraits deutscher Kaiser, wie ich sie mir vorstellte, die Willensstarken mit buschigen Brauen und markanten Kiefern, die Willensschwachen mit schütteren Bärten und fliehendem Untergesicht.

Freilich zeugten alle meine Zeichnungen von niederschmetternder Talentlosigkeit; ich war nie imstande etwas anderes als ein manieristisches Gestrichel auszuführen. Ebensowenig Begabung legte ich in Musik an den Tag. Ich hatte auf Wunsch und unter Mithilfe meiner Mutter Klavier gelernt; ich kam nie weit damit. Ich hatte als Kind gern und vielleicht auch nicht einmal ganz falsch gesungen. Eines Tages war es zu Ende damit, so radikal, daß ich mir später nicht einmal die einfachste Tonreihe zutrauen sollte.

Alles, was sich in mir regte, setzte sich in Sprache um, und in jenen Jahren zwischen sechzehn und zweiundzwanzig vor allem in Gedichte.

Ich habe an anderer Stelle auseinandergesetzt, daß es mir schwierig ist, den Terminus *Gedicht* zu gebrauchen wie andere das tun: ohne Ansehen der Qualität dessen, was da *gedichtet* wurde. Für mich ist ein *Gedicht* nur ein *gelungenes* Gedicht, anders möchte ich das Wort am liebsten nicht verstanden wissen.

Trotzdem werde ich hier, der Einfachheit wegen, von *Gedichten* reden, von meinen Gedichten, meinen Machwerken.

Ich kannte den Zustand, in dem sich ein solches Gebilde ankündigt, kannte ihn seit meiner Kindheit (so etwa wie der erfahrene Epileptiker den bevorstehenden Anfall an seiner Aura erkennt). Es war, so möchte ich sagen, ein vor allem körperlicher Zustand, ein Spannungsgefühl in der Herzgegend oder im Lungentrakt, eine Art Vibrationsempfindung, die sich bis ins untere Zwerchfell ausbreiten konnte. Zugleich – oder fast zugleich – pflegten sich auch schon die ersten Worte einzustellen, der *Einfall,* drei vier Vokabeln, ein halber oder ganzer Satz – und augenblicklich läutete etwas Alarm: Man empfand das dringendste Bedürfnis in irgendeinen stillen Winkel zu rennen, dort einen Fetzen Papier und einen Bleistift zu ergreifen und zu notieren; den Einfall, dann aber auch gleich weiteres, denn der Einfall war ja nur insofern *Einfall* als er anderes nach sich zog, mit sich führte, reigenartig Geknüpftes, *Schwan-Kleban,* und die Haft- und Klebepunkte waren damals in jenen Jahren beinahe obligatorisch die merkwürdigen, teils sinnlos klingelnden, teils geheimnisvoll bedeutungsschweren Echostellen der Reime. Sie behinderten das Gedicht und brachten es doch auch wieder hervor, denn jedes Zeilen-Endwort wirkte dadurch, daß es nach seinem Reimwort verlangte, wie eine vorgeschobene Magnetspitze, eine ins

Meer der Sprache eingesenkte, in ihm gründelnde magnetische Sonde, die sich andere – und wenn es glückte – noch stärker aufgeladene magnetische Spitzen zuordnete. So baute sich das Gebilde kaleidoskopisch zusammen und ergab, endlich und schließlich, leicht oder unter Mühen, das war verschieden, ein leidlich stimmiges, leidlich sinnhaltiges und einem (meinem) naiven Geschmack entsprechendes *Gedicht*. Das war dann GLÜCK!

Es war Glück, auch wenn der Erguß aus schwermütigen Gefühlen, ja, sogar aus tiefem Gram oder aufflackernder Verzweiflung erfolgt war. Schwermut, Gram und Verzweiflung waren *eine* Sache, Schreiben war eine *andere*.

Oft genug mißriet es. Der Zustand wurde gestört. Irgendwer kam und wollte angehört sein, oder man wurde zum Essen gerufen oder – oder – oder –

Darum war der Zustand oft mit einer Art Panik gekoppelt. Schnell, nur schnell festhalten, was sich da tat, die drei oder fünf oder zehn Minuten Stille erkämpfen, erflüchten, erschwindeln, sie durchsetzen gegen die andern ...

Denn wenn sich der Zustand verflüchtigte, ließ er sich nicht mehr zurückrufen. Sogar wenn sich der Einfall merken ließ, aufgewärmt gab er nichts mehr her, es kam jeweils auf die Minute, auf *diese* Minute an.

Zuerst, ich sagte es schon, griff man nach einem Fetzen Papier, je fetziger, desto besser. (Der Ordnungssinn des Epikers ist beim Gedicht eher hinderlich.) So kann ein Zeitungsrand, eine halbausgeschriebene Korrespondenzkarte, ein Buchdeckel dienen. In späteren Neuschriften wird gestrichen, verändert, hin und hergewendet: Da piekt ein unreiner Reim, da stört ein Gestolper der Versfüße, dann wieder spießt sich ein Bild und läßt sich nicht einkneten, das ist Handwerksarbeit, oft langwierige Grübelarbeit, dennoch steigt man immer wieder ein, unverdrossen.

Könnte man nicht im Medium der freien Rhythmen kühner, freier, ausgiebiger agieren, wie damals etwa in der Zarathustrazeit? Aber nein, immer wieder steigt man nolens volens und ohne daß man groß überlegte warum, in die andere engere und engführende Form ein und ist froh, wenn man endlich das Gebilde sauber, fix und fertig in ein dickes Quartheft eintragen kann.

So hortet man Ergebnisse. Wozu?

In Pilsen hatte man Freundinnen und Freunde, denen man das Heft zeigen konnte, man hat es auch mal einer Autorität wie Mela Riesenfeld vorgelegt. Hier in Tirol sind weder Freundinnen noch Freunde. Hier ist alles komplizierter, langsamer, auf Verzögerung, Vereinzelung, wohl auch auf Vertiefung eingestellt.

Schule der geschlossenen Gesellschaft.

DIE UNI

Die Universität begann Ende Oktober. Ich hatte Germanistik, Kunstgeschichte, Geschichte und Reine Philosophie inskribiert: vier Fächer, mindestens dreißig Wochenstunden. Blödsinnig! sagte mein Vater, viel zuviel, du wirst noch eine Gehirntrompete. (Aber er sagte es nicht unfreundlich, seine Augen blitzten Zufriedenheit, mein Eifer gefiel ihm.)

Die Innsbrucker Universität war – und ist heute noch – ein großer grauer, in neubarocken Formen gehaltener Bau am Innrain, das Innere eher düster. Die langen Gänge sind mit grauem Terrazzo gepflastert, die Hörsäle in Grau, Stein- und Dunkelgrün gehalten. Über manchen Türen stehen rätselhafte Aufschriften wie Pedell, Quästur – und Seminar. Ja, immer wieder: Seminar. Historisches, althistorisches, romanistisches, germanistisches Seminar. Im ersten Semester, wie man ist, wagt man kaum durch den Türspalt zu lugen.

Dort sitzen die Glücklichen, Bevorzugten, Schon-Gescheit-Gewordenen, die höheren Jahrgänge mit dem Halbgott Assistenten hinter Bücherstapeln verschanzt. Wer wagte da einzudringen? Niemand kennt mich, niemand grüßt, niemand richtet ein Wort an mich, nur in der Quästur werde ich von einem seehundbärtigen Mann angeschnauzt, weil ich ein Formular falsch ausgefüllt habe.

Das erste größere Problem: einen Stundenplan zu erstellen. Etliche Vorlesungen kollidieren, man muß sich also entscheiden. Ich entscheide mich für Paläographie und Ethik, Kretisch-helladische Kultur und Tiroler Volksgeschichte, Lautverschiebung und Goethes Faust. Dazu noch Griechische Kunst vor den Perserkriegen und Der Renaissance-Palast.

Wieso hatte ich mich entschlossen, zu meinen alten Lieblingsfächern Geschichte, Deutsch und Philosophie auch noch Kunstgeschichte hinzuzunehmen?

Der Vorgang dieser Wahl war typisch für mich und – er wurde für mich auch lebensentscheidend.

Die Bildenden Künste hatten für mich nie eine deutliche Rolle gespielt. Wohl kann ich mich erinnern, daß ich als siebenjähriges Kind von einem Besuch in Maria Saal auf nicht näher zu beschreibende Art tief angerührt und von dem Gefühl durchdrungen war, ich sei an einem besonderen Ort gewesen. Als Zehnjährige erlebte ich die Kirche und das Kloster von Stams als eine Art paradiesisches Gelände. Auf einer Reise nach Venedig, zu der mich Tante Anci geschleppt hatte, staunte ich den mondbeglänzten Markusplatz und die zarte Üppigkeit der Aquiläischen Venus an. Aber nichts, gar nichts sprach zu mir aus den dürftigen Kapiteln, die in unseren Schulbüchern die antike, mittelalterliche und barocke Kunst abhandelten. Weder beeindruckten mich die Bilder noch sprach mich das magere Gerüst der Daten an.

Doch eines Tages fiel der Groschen. Ich glaube, es war in der siebten Klasse, in einer Supplierstunde, die Otto Antscherl bei uns übernommen hatte. Supplierstunden werden meist mit unverbindlichen Erzählungen oder sonst auf angenehme Weise vertrödelt. Otto Antscherl zeigte uns Bilder. Er sagte mir später, er habe selbst nichts von diesen Bildern verstanden, er habe nur eine sehr vage Beziehung zur Bildenden Kunst. Aber er machte eine Bemerkung, referierte wohl eine Bemerkung, die er irgendwo gelesen oder aufgeschnappt hatte: Zum Photo einer großen Barockkirche äußerte er, hier sei die Gotik aus der Vertikalen gekippt und in die Horizontale geschwenkt, der Barockbau sammle sich ebenso unter der großen Vierung, unter der krönenden Kuppel zum dominanten Akzent wie der gotische Bau in Kreuzgewölbe und Schlußstein.

Ich will hier nicht sagen, daß Otto Antscherl recht gehabt habe. Aber seine Bemerkung traf bei mir auf Hellhörigkeit. Ich hörte Vergleich heraus und nicht nur Vergleich, auch Verknüpfung. Ich hörte Sinnzusammenhang und Variation und, daß sich im jeweils anderen doch immer gleiches zu Wort melden könne. In diesem Augenblick dachte ich: Ich möchte auch Kunstgeschichte studieren, der Einfall setzte sich in mir fest, er wurde zum Vorsatz.

Zuerst war alles sehr enttäuschend.

In einige Fächer war ich wie in ein spanisches Dorf geraten; ich kannte mich hinten und vorn nicht aus. In anderen Fächern staunte ich über die nackte Banalität des übermittelten Stoffes. Baren Schrecken jagte mir der Linguist ein, ein Mann, der für einen großen Gelehrten galt; aber er stellte an den Anfang seines Kurses den Satz, daß sich die gesamte Linguistik noch für *Jahrzehnte* darauf einrichten müßte zu sammeln und nur zu sammeln, ehe es ihr erlaubt sein würde, auch nur die *bescheidensten* Schlüsse zu ziehen. Und so verfuhr er denn auch Stunde für Stunde mit Litaneien von einzelnen Wörtern aus dem Indogermanischen, Altgriechischen, Lateinischen, Angelsächsischen, Altfranzösischen, Schwedischen – ich kam nicht mit, zu schreiben, zu schreiben, zu schreiben, was sich da fortspann an Lautverdunklung, Lauterhellung, Eintrübung, Verschiebung, das faßte ich nicht, es rauschte wie ein Wasserfall an mir vorbei.

Ein Schrecken anderer Art war der Professor für Klassische Deutsche Literatur. Sah der Linguist aus wie ein Alttiroler Recke, zwar schon angegraut, aber immer noch imposant mit rotschimmerndem Schnauzbart, buschigen Brauen und wulstiger Felsstirn, so präsentierte sich der Sachwalter der klassischen Dichtung als kleines, dickes hamsterbäckiges Männchen mit winzigem Stichelbart auf der Oberlippe und blondem stets korrektem Scheitel. Sein Gesicht war sehr blaß, seine Augen klein, flink, seine Stimme hell und von manchmal etwas quäkendem Ton. Mit unerschütterlicher Miene und mittels eines dicken Manuskripts machte er sich nun über Goethes Meisterwerk her.

Ich lauschte mit Andacht. Denn ich hoffte nun in Ausführlichkeit zu erfahren, was uns Mela in einigen wenigen Stunden – unvergeßlichen Stunden – angerissen hatte. Aber ach!

Da war nicht Goethe mehr, sondern nur noch ein Kompendium von uralten verstaubten vergilbten Scharteken, aus denen sich Goethe seinen Faust zusammengelesen, aus denen er sich sowohl Margarete als auch den Pudel, sowohl Helena als auch homunculus zusammengeklittert und collagiert hatte; so viele Puppenspiele, so viele Volkssagen, so viele Vorgänger und Vorbeter, daß man nur staunen konnte, wie Johann Wolfgang bei so jungen Jahren ihrer aller hatte habhaft werden und daneben noch dichten und trachten, lieben und pokulieren, Käthchen und Gretchen die Köpfe verdrehen und das Straßburger Münster besteigen hatte können. Da war ja fast nichts mehr, was der junge Goethe selbst erfunden, alles war schon vorgeformt und vorgesungen, und er nur noch der Collaudator, der die Chose ins reine zu schreiben hatte.

Ich hörte zu, ich versäumte keine Vorlesung. Aber ich kann nicht verschweigen, daß mich tiefe Traurigkeit überkam. Neben dem Wasserfall des Linguisten das Sandgebläse des Literaturhistorikers, ich begann mich zu fragen: Was soll ich da? Noch hielt ich durch. Natürlich hielt ich durch. Es war nie meine Sache gewesen, mich zu früh davonzumachen. Trotzdem legte ich die Germanistik im vierten Semester ad acta. Waren denn nicht drei Fächer genug

Übergenug?

Am Morgen fuhr ich von Hall nach Innsbruck. Am Abend kehrte ich zurück. Zweimal in der Woche begann das Colleg schon um sieben Uhr. Es wurde von einem alten Herrn gehalten, der aus Furcht, mit anderen Vorlesungen zu kollidieren, unter die Auerhähne gegangen war. Sein Name Lehmann-Haupt wird später noch vorkommen.

Zu Mittag aß ich mitgebrachte Brote, trank ein Glas Milch, eine Tasse Kaffee, dabei saß ich meist allein in der düsteren Kellerkantine der Universität. Auch in der Universitätsbibliothek ließ sich manche einsame Stunde überstehen. Doch noch wußte ich nicht mit Zettelkatalogen umzugehen, ich irrte umher, fühlte mich nutzlos, verloren, isoliert. Darüber zu klagen verbot mir aber mein Stolz.

Dann und wann heftete sich eine kleine rundliche Linzerin an meine Fersen. Sie war, wie sie offen gestand, nur auf die Universität gegangen, um hier einen Mann zu finden. Der Betrieb öde sie an, sagte sie, die Tiroler seien grobe Lackel, und die deutschen Kollegen – unerträglich! Wenn das so weitergehe, werde sie eine Heiratsannonce aufgeben.

– Na tu das doch –, sagte ich. – Vielleicht hast du Glück. – – Und du? Willst du denn nicht heiraten? – fragte sie. – Einen Haushalt führen, Kinder haben? Das ist doch besser als dieser Kram. –

Ich weiß nicht, was ich antwortete.

Es ist richtig: In jenem Winter leckte ich an meiner Wunde. K. S. war nicht vergessen. Er war gegenwärtig, fast so gegenwärtig wie im letzten Jahr. Ich lebte die Tage, die Wochen und Monate als Jahrestage, -wochen und -monate unserer gemeinsamen Zeit. Der lange einsame Spätherbst in Innsbruck – Widerhall des langen späten schmerzlichen Herbstes im vergangenen Jahr. Weihnachten als Wiederkehr der Trennung, Januar, Februar, März: wie tief war ich damals durch schwärzesten Kummer gewatet.

Im April ein vorletztes, im Juni ein letztes Gespräch. Kurz darauf hatte ich erfahren, daß die Firma am Pilsner Ringplatz in der Tat aufgelöst worden, daß K. S. und sein Vater nach Reichenberg abgefahren seien. Von dort brachen sie nach Argentinien auf. Alles zu Ende und aus. Der letzte Tropfen Hoffnung aufgetunkt.

Der letzte Tropfen? Aber es war ja gar keine Hoffnung mehr gewesen, keine Hoffnung, weil auch jeder Wunsch erloschen war: Wunsch nach Wiedersehen, womöglich Wiederlieben, alles vorbei. Tödlich getroffen, bis in die Wurzeln verbrannt. Dennoch Trauer. Wieso?

Ich hatte die Figur der Vergeblichkeit erfahren, die große Verschwendung entdeckt, mit der das Leben gerade mit dem Besten verfährt. Ich trauerte nicht mehr um einen Geliebten. *Ich trauerte um die Liebe.*

Trotzdem war ich mir klar darüber, daß diese Liebe nicht nur auf ein Du zielte, daß sie noch anderes war als persönliche Hinwendung zu einer anderen Person, viel mehr auch als nur natürliches Verlangen, organische Bedürftigkeit. Da war noch anderes, Breitergestuftes, Weiterausgreifendes im Spiel gewesen. Das meinte nicht nur mich, das wollte noch mehr; die kleine Linzerin Gutti sprach es aus: Ja, willst du denn nicht heiraten, einen Haushalt führen, Kinder haben? Ja, das wollte ich. Aber ich hätte mir lieber die Zunge abgebissen, als es zuzugeben.

Vor zwei Jahren, nicht einmal zwei Jahren, hatte ich zum erstenmal gedacht: Ich werde einmal Kinder haben. Jetzt dachte ich schon mehr hinzu. Ich stellte mir vor: Gesichter, Namen, Anzahl. Ich dachte: fünf Kinder, nicht weniger als fünf. Vier wilde Buben, ein sanftes Mädchen. Tagträume. Ich dachte mir Namen aus, Markus, Afra, Wolfgang, ich dachte mir einen weißgedeckten Tisch und sieben Teller, ich dachte mir sieben Betten und ein Haus in der Sonne.

Indessen saß ich in der Straßenbahn, der alten Haller Raffel, und fuhr ins Colleg unter den linguistischen Sturzbach, unter das faustische Sandgebläse.

PRIMAVERA SICILIANA

So war das erste Semester in Innsbruck ziemlich trübselig verlaufen. Dann aber kam die große Zäsur. Ich fuhr mit Trude Löffler nach Italien. Schon immer hatten wir von großen Fahrten phantasiert. Nun kam uns zu Ohren, daß die italienischen Staatsbahnen ein günstiges Arrangement anboten. Es hieß *Primavera siciliana*: Wer im Frühling nach Sizilien reiste, konnte um das halbe Geld reisen. Das reizte, das lockte, das fuhr uns wie ein Feuer in die Krone.

Also kratzten wir unser Geld zusammen. Wir beide, Trude und ich, wir wollten fahren. Mein Vater war auch dafür; er fand, sehr einsichtsvoll, daß ein Studierender der Kunstgeschichte Italien gesehen haben müßte. Und daß wir beide allein reisen wollten, auch das fand er nur natürlich: Junge Leute unter sich – er hielt uns für vernünftig genug.

Ganz anders reagierte das Frauenhaus in Pilsen. Es explodierte in Ängsten, explodierte in entsetzlichsten Vorstellungen: Verführung, Verschleppung, Mädchenhandel. Italien zählte vierzig Millionen Einwohner, das bedeutete zwanzig Millionen Männer, zwanzig Millionen Männer lauerten also da unten zwischen Trient und Palermo auf allen Wegen und Stegen, von bösen Lüsten geschwollen und nichts anderes im Schilde führend als sich an unserem (lies: meinem) schuldlosen Fleisch zu vergehen. Kaum war unser Reiseplan ruchbar geworden, regnete es briefliche Beschwörungen. Ich hörte geradezu das schrille Entsetzensgetriller, das da angestimmt wurde, das Kind durfte nicht allein... ohne wirksamen Schutz... das Kind mußte behütet werden.

Ich war wütend, als ich erfuhr: Tante Anci stand bereit uns zu begleiten.

Nein, das wollte ich nicht. Ich wollte mit Trude Löffler allein... und wenn uns das nicht gelang, dann lieber gar nicht.

Wir hatten ja bei Gott nichts Böses vor. Wir wollten in Klöstern wohnen und uns tagsüber den Sehenswürdigkeiten widmen. Wir wollten keinerlei Abenteuer, keine Wagnisse mit zärtlichen Papagallis. Aber wir wollten freie Menschen sein, und mit Tante Anci, so schien uns, war alles verdorben.

Warum schien uns das so? Tante Anci war nicht der Mensch, der als Spielverderber auftrat. Sie war beweglich, unternehmungslustig, energisch, zum Reisen geboren. So hatte sie mich einmal mitten im Schuljahr zu einer Reise entführt, die kühn angelegt und für mich dabei lehrreich und ergiebig war: Nürnberg, Rothenburg, Würzburg, Weimar, Jena in fünf Tagen, schönen Frühlingstagen, ein Riesenprogramm angesichts der damals noch langsamen Züge und angesichts meiner – und der Tante potenzierten – Unfähigkeit Fahrpläne zu lesen. Trotzdem hatte ich viel gesehen auf dieser Reise: St. Lorenz und Sebaldus, die Burg von Nürnberg, Dürers Grab und die Eiserne Jungfrau; in Würzburg Schloß und Dom, in Weimar Gartenhaus und Frauenplan, und in der Nacht waren wir im Mondschein durch die Ilmenau gepilgert und hatten – ein seltsames Naturphänomen – ein langes weißes silbriges Band über den Himmel gespannt gesehen, quer über das Tal der Ilm, es sah aus wie der Kondensstreifen eines Flugzeugs, derlei gab es damals, 1929, gewiß noch nicht. (Ich staunte das schimmernde Himmelsgebilde an, ich fand, es sah aus wie eine Brücke, wie ein Pfad für Geisterfüße, wie eine Bahn von einst zu jetzt. Und in mir bewegte sich eine grenzenlose Hoffnung.)

Nicht genug damit, Tante Anci setzte es auf jener Reise sogar durch, daß wir von Nietzsches Schwester in Weimar empfangen wurden (es war doch meine Zarathustrazeit!), daß wir Friedrichs Zimmer sehen durften und die Terrasse, auf der er in seinen letzten Lebensjahren so oft geweilt und mit irren und dann mit stumpfen Blicken nach den Wolken gesehen hatte.

Nach allen diesen Visiten führte mich Tante Anci in Jena auch noch in ein Studentenlokal und ich durfte mir die Herrn in Couleur und Wichs betrachten, *Deutsche Studenten*, so wie man in einem Zoo besonders prachtvolle buntgefiederte Vögel betrachtet.

Hatte ich also einen Grund, mich gegen Tante Ancis Begleitungseifer allzu heftig zur Wehr zu setzen? Eigentlich nicht.

Aber ich setzte mich zur Wehr, wie ich mich beinahe immer gegen sie zur Wehr setzte. Seit Jahren hauste ein tiefer Widerstand in mir gegen sie, und dieser Widerstand fraß sich in mich hinein tiefer und tiefer und blieb Jahrzehnte bestehen, fast bis zu ihrem Tod, schmerzlich für mich, schmerzlicher für sie, die mich doch liebte, selbstlos liebte nach Maßstab ihrer Natur, ihrer der meinen weit überlegenen Vitalität; eine stille Tragödie durch Jahrzehnte.

Doch jetzt zur Reise nach Italien.

Mit Mühe gelang es mir, Tante Anci mindestens für einen Teil dieser Reise abzuschütteln. Es war – nach langem Hin und Her – ausgemacht, wir sollten uns erst in Rom treffen: Oberitalien und Florenz dürften wir, Trude und ich, allein genießen. (Treffpunkt Karfreitag Piazza di San Silvestro). Trude kam aus Prag. Dort studierte sie Medizin.

Mit dem *Grieben* und Wölfflins Buch über Renaissance-Malerei bewaffnet tigerten wir los. Erst Venedig, dann Florenz. Und dann – o Wonne – noch ein paar Tage allein in Rom.

Unsere Stimmung schwankte zwischen einer vielleicht übermäßig feierlichen Ergriffenheit und lachlustigem Übermut, zwischen hocherhabener philosophischer Schwärmerei und quietschvergnügter Strampelsucht. Hinzu trat ein merkwürdig spleeniges Vergnügen an einer geradezu wütend puritanischen Lebensweise. Wir nährten uns von Milch und Brot, Kakao und Brot. Ein paar Orangen, ein etto Wurst streiften für uns schon an Verschwendung. Überdies setzten wir unseren Ehrgeiz darein, möglichst selten einen Autobus, eine Tram oder ein anderes Verkehrsmittel zu benutzen und möglichst alles zu Fuß abzulaufen. Zum Beispiel in Venedig: Von San Marco überquert ein Vaporetto den Kanal und legt nach einer Minute bei Santa Maria della Salute an. Wir strebten von hier nach dort, doch ein Vaporetto benutzen, welch ein Luxus! Wir suchten statt dessen die Rialtobrücke, verirrten uns in den Gassen und Gäßchen, verfehlten den Fondaco dei Tedeschi, entdeckten aber auf diesem immer im Eiltempo unternommenen Irrgang nicht nur den Colleoni, sondern auch die Kirche Di Frari, stürzten vor Tizians Assunta und freuten uns wie die Schneekönige, als wir nach zwei Stunden atemlos auf den Portalstufen der Salute niedersanken: 40 centesimi waren erspart und unzählige Kunstwerke ersten Ranges hinzugewonnen.

So wanderten wir dann in Florenz jeden Morgen von der Viale Michelangelo, wo wir in einem deutschen Kloster wohnten, in das Centro und am Abend wieder hinaus. So durchhatschten wir Rom vom Termini bis zum Vatikan, wir machten sogar den Versuch, bis ans Ende der Via Appia Antiqua zu pilgern, doch da versagten sogar unsere Gehwerkzeuge. Freilich – unser Abscheu vor öffentlichen Verkehrsmitteln (und an ein Taxi dachten wir ohnehin nicht) entsprang nicht nur plattem Geiz, sondern auch und viel mehr dem Gefühl, wir *sollten* wandern, wir sollten uns treiben lassen; wir sollten nicht irgendwelchen vorgeschriebenen kanalisierten Linien, sondern unserer eigenen

Witterung folgen. Wir vertrauten einer hellseherischen Eingebung, die uns schon dahin führen würde, wo das Besondere war. Das Besondere: das große Kunstwerk, die historisch bedeutsame Stätte, das magnetische Feld exquisiter Erleuchtung. Denn wenn wir tatsächlich dann auf solchen Wegen plötzlich vor San Pietro in Vincoli standen (Hier ist der Moses! der Moses von Michelangelo!) oder vor dem Friedhof bei der Cestius-Pyramide (Hier ist August Goethe begraben!), dann schmetterte in dem Jubel-Fundschrei ein ganz persönlicher Jubelton mit: *Wir* haben uns das Besondere entdeckt, *wir* haben es uns erwittert. Wir sind (so würde man heute sagen) auf das Besondere *programmiert.*

Das war das große Glück dieser Reise: schauen zu dürfen und schauen zu können. Oder doch zu meinen, daß man schauen *könne.* Denn im Grunde verstand ich damals noch gar nicht meine Augen zu gebrauchen. Ich nahm das Schöne wahr, wenn man mir dazu sagte: Das ist ein großes Kunstwerk. Wenn ein Zeigefinger darauf hinwies: Das ist wichtig. Wenn Bildungsgut erklärte: Hier ist ein Leuchtpunkt. Dann leuchtete er mir. Im übrigen: Unsicherheit.

Auf dieser Reise freilich brauchte mich Unsicherheit nicht zu plagen. Da wimmelte es von Leuchtpunkten, da zogen die Dreisternchen-Herrlichkeiten in dichter Reihe vorüber. Da jagte man in den Uffizien hin und her zwischen Botticelli und Tizian, Leonardo und Raffael. Da taumelte man im Vatikan von der Sixtina in die Stanzen und schließlich saß man, ein wenig ausgehöhlt von Hunger und müde von der warmen Aprilsonne, unter der schlanken weißen Säule des Phokas und versuchte, erhabene Gefühle zu erwecken angesichts Palatin und Titusbogen – und des Unbehagens Herr zu werden, daß morgen Karfreitag war und Tante Anci in Rom erschien.

Ach, wenn es uns gelänge, ihr zu entkommen! Ach, wenn es uns gelänge, sie nicht zu treffen an dem gewissen Treffpunkt: Hauptpost Piazza San Silvestro. Ach, wenn wir doch allein nach Neapel und Sizilien reisen könnten! Aber der Gedanke, einfach nicht an den Treffpunkt zu kommen, sie einfach zu versetzen, nein, dieser Gedanke war zu absurd, nicht einmal am Rande tauchte er auf.

Doch am nächsten Morgen: Wir sind pünktlich. Um acht verlassen wir unser Kloster. Um neun betreten wir den ausgemachten Platz. Wir wagen uns kaum umzuschauen. Gleich wird die wohlbekannte sonore Stimme ertönen: Da seid ihr ja, Gott sei Dank. Aber die Stimme ertönt nicht. Wir heben unsere gesenkten Blicke: keine Tante. Wir lassen unsere Augen schweifen: keine Tante. Es ist neun Uhr fünf, es wird neun Uhr zehn. Ich vergewissere mich: Piazza di San Silvestro, Tor der Hauptpost. Leise beginnt es zu nieseln. Wir stehen und warten. Neun Uhr fünfzehn, neun Uhr zwanzig. Trude und ich beginnen zu lächeln, Trude und ich blinzeln einander zu. Trude und ich fassen uns an den Händen. Fast hätten wir zu tanzen begonnen. Wie lange wollen, wie lange *müssen* wir noch warten?

– Sie ist nicht gekommen –, sagte Trude. – Bestimmt nicht gekommen. Vielleicht ist sie krank, vielleicht hat sie den Zug versäumt. Vielleicht hat sie es sich anders überlegt. – Aber ich weiß es besser: Die Tante hat es sich nicht anders überlegt, die Tante versäumt keinen Zug, wenn es gilt, mich zu retten. Die Tante käme auch todkrank, wenn es gilt mich zu erreichen.

Ich wage kaum zu atmen. Sekunde verrinnt nach Sekunde. Schon bläht sich unser Glück. Schon füllt es sich und steigt wie ein Luftballon. Dreiviertel zehn! Ist es zumutbar, daß wir noch länger warten? *Kann* jemand von uns fordern, noch länger dazustehen? O gesegnete Piazza di San Silvestro! Sollten wir ohne Tante von hinnen streichen?

Zehn Uhr. Jetzt ist kein Halten mehr. Wir haben eine Stunde vergeblich gewartet. Das Anstandssoll ist erfüllt. Wir reißen aus. Nur fort, schnell fort! Verbirg uns, Heiliges Rom! Wirf eine Tarnkappe über unsere Köpfe, Ewige Stadt! Kein Tantenblick erspähe uns, keine Tantensorge erhasche uns. Heute nacht fahren wir nach Neapel ab. Allein, allein! Juhu.

Wir biegen in die Via Barberini. Der graue Regenhimmel schmilzt in Rosenwolken. Wir stürmen – Entlassene – die Via Barberini hinauf. Ich möchte ja lieber in kleine Seitengassen abbiegen, aber Trude ist überzeugt: Jetzt kann uns nichts mehr geschehen.

Da aber geschieht es. Das Nicht-mehr-für-möglich-Gehaltene, es geschieht: die Via Barberini herab kommt auf unserem Gehsteig pfeilgerade auf uns zu und hat uns auch schon erblickt und die Arme ausgebreitet, weit ausgebreitet die mit Beuteln, Schirmen, Paketen behängten Arme – sie – sie. Um eine Stunde verspätet, aber sie wars. Nach einer Stunde wachsender Hoffnung, wachsenden Glückes, sie wars. Und wollte uns doch nur Gutes tun.

O Heiliges Rom, du hast uns nicht versteckt. Ewige Stadt, mit deinen tausend Straßen, zehntausend Gäßchen, Durchbrüchen, Seitenwegen, Schlupfwinkeln, du hast uns genau aufeinander zugeführt. Via Barberini. Das Schicksal schlug zu.

Doch schon wenige Stunden später hätten wir jeden Grund gehabt, die Gegenwart der Tante dankbar zu registrieren. Trude hatte nämlich ihre Fahrkarte verloren, weiß der Teufel wie und wo, ihre kostbare Fahrkarte mit der fünfzigprozentigen Ermäßigung Primavera siciliana, lösbar nur im Ausland. Was tun? Die Tante wußte Rat. Ihre rabiate Vitalität wußte ja immer Rat. Sie konnte einige Brokken Italienisch. Mittels dieser machte sie das Eisenbahnministerium ausfindig. Machte auch das Büro ausfindig, wo der schlechtgelaunte Beamte saß, der beauftragt war dringliche Notfälle zu behandeln. Wer Italiens labyrinthische Bürokratie kennt, wird sich wundern, daß es ihr gelang, den Unglücksvogel Trude in einem einzigen Nachmittag, noch dazu am Karfreitag, bis an den richtigen Mann zu schleusen, ihm dann ein Loch in den Kopf und eine Weichstelle ins Herz zu reden und ihm die hochoffizielle Zustimmung zu entreißen, daß der Studentin Trude Löffler noch einmal eine verbilligte Fahrkarte ausgestellt werden durfte. Der Frühling in Sizilien war gerettet.

Trotzdem blieben unsere Herzen hart.

Sie blieben hart: Wir ließen die Tante auf dieser Reise schmählich hinter uns herlaufen, immer widerspenstig, immer gegen sie verbündet. Auf der nächtlichen Fahrt nach Neapel wußten wir sie in ein Abteil zu stopfen, machten uns in einen anderen Waggon davon. In Neapel bestanden wir darauf, in einem hoch am Vomero gelegenen Kloster zu wohnen und verbannten sie in ein Hotel am Hafen. In Pompeii verloren wir mit Absicht ihre Spuren und verzichteten lieber darauf, das Forum triangulare und das Haus der Vettier zu besichtigen, als daß wir uns neben ihr der Führungslinie anbequemt hätten. In Neapel versuchte sie einmal hinter uns her in eine abfahrende Trambahn zu springen, verlor das Gleichgewicht und stürzte auf die Straße. Da blieb mir selbst der Atem stehen ... Doch sie stand wohlbehalten wieder auf, freilich von oben bis unten mit dem zähen neapolitanischen Kot paniert, ein Bild des Jammers. Die Trambahn war unter gewaltigem Geklingel stehengeblieben, die Leute liefen zusammen, der Schaffner flehte die Tante mit gerungenen Händen an, ihn nicht anzuzeigen, eine Anzeige würde ihn ruinieren, ihn und seine dreizehn Kinder dem Hungertod ausliefern, seine Frau würde sich vor Verzweiflung in den Vesuv stürzen und seine greise Mutter ins Irrenhaus kommen. Tante Anci beruhigte ihn und wehrte seine beschwörenden Tiraden großmütig ab. Wir aber, Trude und ich, lachten schon wieder und entschieden höchst kaltblütig, die Tante habe sich unverzüglich in ihr Hotel zurückzubegeben und sich zu reinigen; alles andere werde sich finden, und fort waren wir wieder und auf und davon. Wollte sie uns zum Essen einladen in ein Restaurant, zu pasta und pollo, taten wir, als wollte sie uns vergiften: Nein, nein, wir blieben bei latte und pane, wenn es uns auch schon zum Halse heraushing. Und wollte sie uns bei der Überfahrt nach Palermo dazu bringen, ebenfalls einen Kabinenplatz zu buchen wie andere Touristen, so zeterten wir lauthals: Sie wolle uns um das Erlebnis der nächtlichen Seefahrt bringen. Wir wollten die ganze Nacht auf Deck verbringen und das Wehen der Winde und das Rauschen der Wellen genießen.

Den dümmsten Streich aber vollführte ich bei der Abreise aus Neapel. Wir hatten schweres Gepäck, und die Tante mietete eine Droschke, um mit unseren Koffern an den Hafen zu gelangen. Ich aber ergriff die beiden schwersten Gepäckstücke und marschierte los, die Tante folgte – diesmal mit Trude zusammen – in dem Gefährt, ich aber ging beharrlich in der Mitte der engen Gasse, sodaß mich der Wagen nicht überholen konnte, der Kutscher schrie, die Tante nicht minder, und sogar Trude ließ sich vernehmen, ich sollte doch aufgeben und einsteigen. Das Pferd folgte mir so knapp, daß es mir manchmal über die Schultern schnoberte, aber ich gab nicht nach. Ein lächerlicher Eigensinn hieß mich auf Mühe bestehen, Mühe, die ich mir nicht abnehmen lassen wollte, weil diejenige, die sie mir abnehmen wollte, schon zu viel Gutes an mir getan hatte.

Ich würde diese Geschichte nicht so ausführlich aufschreiben, wenn ich nicht glauben müßte, daß sich an ihr etwas abzeichnet, was später allgemeinere Bedeutung bekam. Hier ging es um die Verhaltensweise des Verwöhnten, um den Aufstand des Verpäppelten, um die Revolte gegen die Glasglocke, die über das junge Leben gestülpt werden sollte von Menschen, die über zu große Reserven verfügen.

Bis zu meinem zwölften Lebensjahr hatte ich mir diese Glasglocke gefallen lassen. Nachher nicht mehr. Damals war etwas wie ein biologischer Sprung erfolgt. Ich glaube nicht, daß er primär mit der Geschlechtsentwicklung zusammenhing, eher damit, daß mit meinem zwölften Lebensjahr die Periode der Kinderkrankheiten für mich abgeschlossen war. Ich trat in eine lange und, genau genommen, bis heute währende Periode physischer Gesundheit ein. Ich wurde robust, und ich wandte meine Kräfte gegen diejenige, die mich aus Überschuß eigener Vitalität unter der Glasglocke halten wollte.

Palermo, Monreale, ein Sprung in die Bucht von Zafferano; Trude weit voraus zwischen den weißen Kämmen der Brandung, ich in sicherer Küstennähe. Dennoch lief die Tante verzweifelt schreiend am Strand hin und her und schickte mir einen deutschen Studenten nach, er solle mich zur Rückkehr bewegen. Was mit Trude unterdessen geschah, kümmerte sie wenig. Dann Aufbruch und Ade Sizilien! Die Zeit reichte nicht mehr für Agrigent, nicht mehr für Syrakus und Taormina. Aber Trude und ich schworen uns mit heiligen Schwüren, wir würden zusammen wiederkommen, ledig oder verheiratet, in fünf oder in zehn Jahren: Sizilien wollten wir gemeinsam erleben. Und wir konnten uns in jenen Tagen nichts vorstellen, was uns jemals trennen könnte.

(Ach.)

Die Rückreise (sie eilte, denn sowohl für Trude als auch für mich begann das neue Semester) sollte in einem Zug erfolgen. Und wieder gelang es uns, die Tante abzuschütteln, indem wir ihr mit Menschen- und Engelszungen einredeten, sie könne doch nicht durch Rom reisen, ohne es genauer besichtigt zu haben, sie müsse noch einmal aussteigen und wenigstens das Forum und die Sixtina... Und wirklich gelang es uns, sie blieb. Wir reisten weiter, vierundzwanzig Stunden lang durch den italienischen Stiefel. Nach der Brennergrenze hätte ich füglich aussteigen und von Innsbruck nach Hall fahren können. Nein. Ich konnte und wollte mich von Trude noch nicht trennen, noch gor das große gemeinsame Erlebnis in uns, noch war nicht alles ausgeschwatzt und durchgehechelt, noch hatten wir einander die Herzen nicht genügend ausgeschüttet. So löste ich in Innsbruck noch einmal eine Fahrkarte (und plötzlich war mir nicht mehr leid um das Geld) und blieb im Zug sitzen, über München gondelten wir gemeinsam bis Pilsen, und in derselben Nacht verabschiedete ich mich und fuhr zurück, ohne mich meinen Verwandten, meiner guten alten Großmutter und der immer freundlich-freigebigen Tante Marci präsentiert zu haben; noch einmal saß ich zwölf Stunden auf der Eisenbahn, hungrig und entsetzlich müde, nach der längsten Reise meines Lebens, mit bis zum letzten Groschen ausgeleertem Portemonnaie, aber den Koffer voll Postkarten und Alinaridrucken und den Kopf angefüllt mit Madonnen und Göttern, Raffael und Michelangelo, mit peruginesken Frühlingshimmeln und cimabuesken Goldgründen und mit der felsenfesten Überzeugung, nach dieser Reise könnte ich nie mehr wieder ganz unglücklich sein.

ALLEGRO

Und so ließ sich auch das nächste Halbjahr an: in hellem flottem schmetterndem Dur, als hätte ich plötzlich zu mir selbst gefunden, wüßte, was ich sollte, konnte, was ich wollte. Obgleich ich meinen alten Plan, Germanistik zu studieren, noch nicht ganz aufgegeben hatte, wandte ich mich in diesem Semester doch entschiedener den anderen Fächern zu: Geschichte und Kunstgeschichte. Und nun gelang es mir, einer ganzen Reihe von Vorlesungen mit Verständnis beizuwohnen, ja sogar in Seminare zu gelangen und dort Referate zu übernehmen. Plötzlich traute ich mir alles zu, und in der Tat gelang es mir, mit älteren Semestern mitzuhalten und sie dabei sogar zu überrunden.

Als Italienreisende wurde ich vor allem von den Kommilitonen aus der Kunstgeschichte bestaunt: Wer hatte denn damals schon so ohne weiteres das Geld und auch den Unternehmungsgeist, bis Sizilien zu reisen? Eine studentische Vereinigung, der Historikerclub forderte mich auf, ich sollte über diese Fahrt in einem Vortrag berichten. Das tat ich denn auch: Ich verfaßte einen langen dythyrambischen Erguß über die Herrlichkeiten in Uffizien und Vatikan. Ich suchte dazu die passenden Dias aus dem Archiv heraus. Noch ahnte ich nicht, daß man mich nur in eine Falle locken wollte. Und richtig, ich tappte hinein. Noch begriff ich nicht, daß man in Tirol jede persönliche Äußerung als unpassend, ja, unanständig, als seelische Selbstentblößung empfand. Hätte ich bei meinem Vortrag nur Namen und Jahreszahlen heruntergeschnurrt, mir wäre es besser bekommen. Aber meine kühnen romantisch beflügelten Deutungsversuche kamen übel an. Des öfteren hörte ich ein hämisches Kichern aus dem abgedunkelten Hörsaal: Da redete doch eine Halbverrückte, die sich nur aufspielen wollte! Wie konnte man nur?

Die Aura der offenen Gesellschaft, die um mich war, mußte hier provokant wirken. Ich brauchte Jahre und hatte in eine Schule der Not zu gehen, bis ich es notdürftig erlernte, mich der geschlossenen Gesellschaft anzupassen oder so zu tun, als hätte ich mich angepaßt.

Trotzdem schlug mir der mißglückte Vortrag nicht *nur* zum Übel aus. Neben den unnachsichtigen Kollegen hatten sich auch etliche Professoren mein Gezwitscher angehört, und zwei von ihnen wandten mir ihre Sympathie zu.

Der eine war mein späterer Doktorvater Harold Steinakker, ein Deutsch-Ungar, aber alles andere als was man sich unter einem Mann balkanesischen Ursprungs vorstellt; ein kleines schon weißhaariges Männchen, schlank, knapp, knapp und präzis, kühl und bestimmt, so jedenfalls schien er uns, das Ideal eines akademischen Lehrers; redegewandt und sicher in seinen Formulierungen, war er doch immer vorzüglich vorbereitet, ein sachlicher Kompilator so gut wie ein zu großen Übersichten befähigter Geist. Mit eiligen Schritten erschien er zur Vorlesung, immer schon zehn Minuten vor Beginn. In diesen zehn Minuten schrieb er die zum Thema anhängige Literatur auf die Tafel: Autor, Titel, Jahrgang, Verlag – alles höchst verläßlich in seiner kleinen zierlichen Schrift – und in Erwartung, daß wir uns mit diesen Büchern befassen würden. Seinen Vorlesungen zu folgen, war nicht immer leicht. Die Fülle des Stoffes war bedeutend, selten erlaubte er sich vereinfachende Schemata. Sein Hauptfach war die Geschichte des Mittelalters und Südosteuropas. Doch eine seiner glänzendsten Vorlesungen behandelte die Spätzeit der Antike, den großen Umbruch zum abendländischen Europa. Hier ging er ausführlich auf geistesgeschichtliche, aber auch auf soziale und ökonomische Strukturen ein. Harold Steinacker war Nationalist und leugnete nicht, daß ihn die Geschichte vor allem unter dem Blickpunkt der Morphologie der Völker interessierte. Aber er ließ immer wieder durchblicken, daß sich jenseits des Nationalen und darüber ein Reich des Geistes bewegte, eine Instanz menschlicher Erkenntnis, menschlicher Entwürfe, die noch mehr wogen und die es erst lohnend machten, die zugrunde liegenden natürlichen Strukturen zu untersuchen.

Ich brauche kaum zu sagen, daß ich sehr bald eine eifrige Schülerin dieses Lehrers wurde. Ich besuchte alle seine Collegs, und ich versuchte, kein einziges zu versäumen. Ich saß in seinen Seminaren und trat nach jedem Semester zu ausführlichen Colloquien bei ihm an. Daß ich dabei gute Noten einheimste, erfüllte mich mit fast derselben innigen Befriedigung wie bei meines Vaters kargen Lobesworten. In gewisser Weise ergänzte mir Steinacker die Figur meines Vaters, die Kongruenz dieser beiden Gestalten war von großer Bedeutung für mich.

Doch da war noch ein zweiter Professor des historischen Fachs, der meinen mißgeschickt begeisterten Vortrag über

Italien mitangehört hatte und der mir auf Grund dieses Vortrags und vielleicht auch aus anderen Gründen seine Sympathie zuwandte. Er war in vielfacher Hinsicht das genaue Gegenteil von Harold Steinacker, aus einer ganz anderen Ecke gebürtig, von einem ganz anderen Temperament, Carl Lehmann-Haupt, ein Jude aus Hamburg, ein dicker freundlicher zappeliger Mann, schon nahe den siebzig und von schwerem Asthma geplagt, trotzdem voll Unternehmungslust, zu Geschäften und Scherzen bereit, gesellig und gastfreundlich. Sein Fach: Griechische Geschichte und Alter Orient; in jüngeren Jahren hatte er sich mit der Entdeckung der Chaldäischen Kultur und Sprache einen weitreichenden wissenschaftlichen Ruf erworben.

Er gab eine historische Zeitschrift *Clio* heraus, korrespondierte mit aller Welt, kannte Spengler, Einstein, Gide, Graf Keyserling und Madame Curie. Trotzdem hatte ich kaum je einen Lehrer, bei dem ich weniger lernte als bei ihm. Er setzte bereits intime Kenntnisse der Fakten voraus und erging sich in seinen Vorlesungen nur in dem komplizierten und widerspruchsvollen Tohuwabohu, das sich im Laufe wissenschaftlicher Querelen rund um die Fakten ausgebreitet hatte. Mit wütendem Eifer trug er uns alle Argumente vor, die für eine Annahme und gegen andere sprachen, ohne doch zuvor genauer darauf einzugehen, welchen Stellenwert die fragliche Sache in der Geschichte überhaupt besaß. Erbittert referierte er uns, seinen Schülern, mit welchen Winkelzügen der sonst geschätzte Kollege X. seine, Lehmann-Haupts, Ergebnisse zu untergraben unternommen, mit wieviel Ignoranz ein anderer, Y., sie zu umgehen sich erdreistet hatte. Letzten Endes bedeckte sich uns das gesamte Areal der alten Geschichte mit einem verfilzten Gestrüpp wissenschaftlicher Streitigkeiten, wir begriffen wenig oder nichts, da wir die Fronten etwa des Peloponnesischen Krieges nur höchst mühselig aus den Fronten zwischen Stählin und Willamowitz hätten abstrahieren müssen. Was uns aber doch aufging aus dem verfilzten Gestrüpp der Argumente war der höchst hypothetische Charakter der geschichtlichen Wissenschaft überhaupt.

Doch Lehmann-Haupt trat nicht nur als Lehrer auf. Er trat in meinem Leben vor allem als Förderer auf, als – wie soll ich sagen? – väterlicher Freund und Verehrer. Es begann damit, daß er mich in sein Haus einlud und aufforderte auch Freunde mitzubringen. Unermüdlich wurde im Hause Lehmann-Haupt gebacken und gekocht, Tee und Kaffee ausgeschenkt, fast täglich saß an dem runden Eßzimmertisch eine Schar junger und älterer Gäste, Studenten und Mitstrebende, neben pensionierten Offizieren und abgetakelten Sängerinnen verhinderte Schriftsteller und zweifelhafte Maler. Zu gewissen häuslichen Festen versammelten sich bis zu siebzig Personen in der, mit alten, schon etwas brüchigen Möbeln, Büchern, staubigen Nippes, selten geklopften Teppichen und antiken Bruchstükken vollgestopften Wohnung. Es wurde musiziert und rezitiert, es wurden Witzchen und Kalauer erzählt, der bejahrte Hausherr war immer – beinahe immer – in großer Fahrt und bei bester Laune, während seine Frau, die gute Tante These, in uralten schleifengeschmückten Seidenkleidern unter blondgrauer, mit einem straßbesetzten Samtbändchen durchflochtener Gretelfrisur aus müden matten Blauaugen blickte, freundlich auch sie, doch deutlich überfordert von des Gatten unentwegter Betriebsamkeit. Sie hatte etwas von einer leise wimmernden Lyra an sich, deren brüchige Töne nicht immer harmonisch zu dem jovial-rauheren Lebensgang des Gatten stimmte, sie sprach gern vom Tod, auch immer wieder vom Freitod, so wie jemand davon spricht, daß er sich gern in den Ruhestand zurückziehen wolle. Wir lächelten über diese Marotte, wir hielten sie eher für Koketterie, bis wir eines Tages mit der Bescherung konfrontiert wurden; doch das war viel, viel später und stand schon unter einem anderen Stern.

Zu mir entwickelten die beiden alten Leute eine große Zuneigung. Ich kann nicht leugnen, daß mir diese Zuneigung oft nützlich, noch öfters lästig war. Es begann damit, daß, wenn ich ein Colleg von Lehmann-Haupt versäumte, ich gewiß am anderen Tag eine Karte unter meiner Post fand: – Liebe Gertrud, ich habe Sie gestern an Ihrem gewohnten Platz vermißt, ich hoffe, Sie sind doch nicht etwa erkrankt? Geben Sie Nachricht! –

So durfte ich bald bei keiner Gesellschaft fehlen, die L.-H. in seinem Hause oder auf seinem kleinen Landsitz in der

Nähe von Innsbruck, auf der Vogelhütte gab. Schließlich verfiel der alte Mann auf die Idee, jeden Tag mit mir spazieren gehen zu wollen; er behauptete, er müsse mir Englisch beibringen und erkor dazu Spaziergänge an meinem Arm. Ich genierte mich und wagte doch nicht abzusagen. Ich wußte, daß andere hinter uns herlachten und unanständige Vermutungen anstellten, wenn er mich seine *Apfelblüte* nannte.

Beide, Carl und These, erzählten mir unaufhörlich von ihrem Sohn Hellmut, der als bereits wohlbestallter Universitätslehrer in Amerika lebte und demnächst auf Besuch kommen werde. Wollten sie mich an ihren Sohn verkuppeln? – Doch auch als sich dieser mit einer Amerikanerin verlobte und als ich mich mit einem Münchner verband, änderte das nichts an unserem Verhältnis. Die beiden alten Leute bewahrten mir ihre immergleiche Neigung – und ich hatte mich mit einer etwas verquälten Dankbarkeit herumzuschlagen, einem Gefühl, das mir gut, nur zu gut bekannt war.

Doch das Merkwürdigste: Carl Lehmann-Haupt, der Jude aus Hamburg, war der erste, den ich eine begeisterte Rede auf Adolf Hitler halten hörte; am 31. Januar 1933 sprach er im Blauen Saal des Hotels Maria-Theresia in Innsbruck: Endlich habe Gott den richtigen Mann geschickt, er werde Deutschland zu neuer Größe führen.

ENTSCHEIDUNGEN

Es war beschlossene Sache, daß ich ein oder zwei Semester an einer anderen Universität studieren sollte. Prag oder München – nun hieß es wählen. (Für kurze Zeit stand auch Zürich in Frage.) Die Wahl, so fühlte ich dunkel, würde über mein weiteres Leben entscheiden. Ich kannte Prag und es gefiel mir. Aber sein Bild war für mich mit dunklen Tönen eingefärbt, mit unbestimmten Anrüchigkeiten durchwürzt. Das zog mich einesteils an, andernteils fühlte ich mich gewarnt und abgestoßen. Die Vorstellung Prag verschmolz sich in mir mit Bildern von dunklen Gassen, Nachtlokalen und violett bestrahlten Tanzparketts. Ich war einmal, höchst ehrbar in Begleitung eines entfernten Vetters, in einer Bar gewesen. Ich hatte einmal in dem höchst bürgerlichen Luzerna-Saal auf einem höchst bürgerlichen Ball getanzt. Dennoch spürte ich an dieser Stadt etwas Rüttelnd-Unruhiges, einen geheimen Vulkanismus, ich spürte die Nachbeben der roaring twenties, die hier sicherlich in vollen Zügen genossen worden waren. Und ich konnte auch nicht außer Rechnung stellen, daß Otto Antscherl in dieser Stadt beheimatet war, der kleine zähe jüdische Professor, den ich drei Jahre lang mit meinen Kameradinnen zusammen unbarmherzig verlacht und geuzt, mit dem ich aber dann ein Jahr lang nachdenkliche Gespräche geführt hatte in Philosophischer Propödeutik, mit dem ich schließlich, am Ende der achten Klasse, nachdem ich seinen Antrag abgewiesen, dann doch in den allerletzten Tagen ein desperates Geplänkel anzufangen mich nicht entblödet hatte. Nun, dieser Mann würde, so vermutete ich, wenn ich nach Prag ging, in meinem Leben eine gewisse Rolle spielen, er und Prag zusammen: eine Beunruhigung. Ich hatte sie gegen die Vorstellung München abzuwägen.

München: Ich kannte es flüchtig von einem Dreitagebesuch, ich sah es vor mir im zarten Licht eines nach kurzem Schneefall aufgeklarten Wintermorgens hell, geräumig, mit weißlinierten klassizistischen Fassaden, säulengeschmückt, giebelgekrönt, klar, eine geordnete, Ordnung verheißende Welt. Ich wußte auch, daß hier in München ein großer Kunstgelehrter das Ordinariat innehatte, Wilhelm Pinder. Und nicht zuletzt, weil Lehmann-Haupt versprach, mir ein Empfehlungsschreiben mitzugeben an Oswald Spengler, der da wohnte, entschloß ich mich für München.

(Wie ich oben, wenn auch in Klammern, erwähnte, hatte ich auch Zürich als Studienort und damit untergründig vorausahnend, vorauswitternd, halb in Hoffnung und halb in Beängstigung, als künftigen Lebensort in Erwägung gezogen. Eine ältere Cousine, eine vermögende Frau, Witwe nach einem Züricher Kaufmann, hatte mich in ihr Haus eingeladen: Ich könnte doch, ließ sie mir sagen, ein oder zwei Semester bei ihr wohnen und in Zürich studieren. Ich nahm diese Einladung an, und nicht nur, weil der große Kunsthistoriker Wölfflin, der Matador unter allen Kunsthistorikern, in Zürich lehrte. Mich bewegten auch andere Gründe. Ich kann sie heute nicht anders bezeichnen denn als Fluchtinstinkte. Denn das Land, in das ich eingeladen war, die Schweiz lockte mich an, ihr Reichtum, aber noch viel mehr ihre Neutralität, ihr festes und, wie uns schien, unerschütterliches Staatsgefüge. Von dort war nichts zu vernehmen von Arbeitslosigkeit und Elend, nichts von Bürgerkrieg und brennenden Justizpalästen, nichts von Schutzbund- und Heimwehrgeraufe; undenkbar, daß ein Krieg die Schweiz erreichen sollte. In Deutschland und Österreich lagen die Dinge anders, und obgleich ich mich damals noch keineswegs mit Politik befaßte, empfand ich die ständig flackernde Bedrohung von außen, von innen, ich dachte in jenen Tagen: In der Schweiz wärest du sicher für dein Lebtag.

Da aber kam die Absage. Die Cousine zog aus irgendwelchen Gründen ihre Einladung zurück.)

Ich fuhr nach München mir eine Bude zu suchen.

SOLITUDE

Also nach München, mir dort eine Bude zu suchen. Ich fand sie bei Frau Krause in der Kaulbachstraße zwischen Siegestor und Englischem Garten. Die Bude war ziemlich armselig, ein langer schmaler Schluff, ein Bett, ein Sofa, ein winziger Tisch, auf einer Kommode standen Waschbecken und Krug. Aber die Wände waren blau gestrichen, blitzblau, und da mein und meiner Schwester gemeinsames Zimmer in Hall ebenfalls blitzblau gefärbelt war, glaubte ich hier das richtige Quartier gefunden zu haben.

Um Allerseelen war Semesterbeginn. Ich zog ein. Es war ein nebeliger und sonnenloser Winter, der nun begann. Ich hatte vor ihn zu nützen und hatte, nach Maßgabe der Zeit, auch die Mittel sie zu nützen. Ich ging fleißig zur Universität, zu Mittag in die Mensa, die lag in der Luisenstraße, nicht weit von den beiden Pinakotheken. (Ich ging allein.) Von der Mensa begab ich mich in einen der beiden langen klassizistischen Museumsbauten und wanderte dort von Saal zu Saal. (Allein.) Später hatte ich wieder Vorlesungen. Abends ging ich ins Theater, in ein Konzert oder zu einem Vortrag (wieder allein). Ich hatte Geld genug – die Tanten schickten –, um mir die billigen Studentenkarten leisten zu können. Das Abendessen nahm ich bei Frau Krause. Es bestand aus einem Teller Erbswurstsuppe und einigen Butterbroten, wochenlang.

Frau Krause, Witwe, um die vierzig, mit einem zehnjährigen Jungen, hatte einen älteren, sehr lustigen, immer zu Witzen aufgelegten Mann bei sich aufgenommen. Sie nannte ihn ihren Verlobten. Er kam aus Südwestafrika, erzählte von dort allerlei Geschichten und machte Späße. Er würzte meine frugale Abendmahlzeit mit seiner Gesellschaft. Ich lachte gern – und hatte es auch nötig nach all dem einsamen tierischen Ernst Tag für Tag. Später stellte es sich heraus, daß er ein Gauner war, ein Heiratsschwindler, der sich von liebebedürftigen Witwen verwöhnen ließ. Er kam dafür sogar ins Kriminal. Gegen mich benahm er sich wie ein Gentleman. Ich habe ihm ein gutes Andenken bewahrt.

Tierischer Ernst, Tag für Tag und immer allein.

Viermal die Woche Metaphysik bei Geiser, viermal Logik und Erkenntnistheorie bei Hönigswald, viermal Bayerische Geschichte bei Karl Alexander von Müller. Glanzpunkt im Vorlesungsreigen: Pinders Kunstgeschichte des 19. Jahrhunderts. Da war ich nun dort, wohin mich Antscherls Bemerkung von der umgekippten Gotik gewiesen hatte: Ich lernte jetzt, wie man Bilder abliest, was eine rahmenverwandte Form, was ein tiefer Horizont bedeutet, was an einer Statue statuarisch und was dynamisch genannt werden kann. Ich war immer da. Ich hörte genau zu, was der kahlköpfige Mann mit der angenehmen Stimme da vorn im abgedunkelten Hörsaal zu den auf Leinwand geworfenen Dias sprach. Die Bilder waren nur schwarz-weiß. Trotzdem lernten wir die Farben ablesen, in denen das Original gehalten war, ob sie kalt, hart, kreidig – oder weich, flimmernd, dampfend waren. Obwohl sich Pinder darum bemühte, beide Skalen unparteiisch nebeneinander gelten zu lassen, so war es doch unverkennbar, daß er der saftigen sinnlichen, flimmernden, fleischigen zuneigte. Mochte sie vielleicht auch weniger ideellen Gehalt transportieren, hier war mehr Leben, mehr Echtheit und damit höherer Rang.

Obwohl eher auf Ideelles programmiert, beugte ich mich seinem Urteil.

Mühsam war mir Hönigswald mit seiner Logik und Erkenntnistheorie, in der er aus dem einfachen Satz A = A das Gesamte der Welt zu entwickeln trachtete. In der Manege formaler Logik, zwischen den Käfigstäben einiger stringenter Sätze hatte sich der Verstand einzurichten und sich mit affenartiger Geschmeidigkeit um sich selbst zu ringeln. So bekam er das Entlegenste zu fassen und war in den Stand gesetzt, die kühnsten Folgerungen aus sich selbst zu entwickeln. Eine schwierige Sache. Ich litt unter den Anforderungen dieses Vortrags, aber ich litt mit Genuß, ich hätte keine von Hönigswalds Vorlesungen versäumen mögen. Leider konnte ich es mir nicht versagen, während des Collegs einige Male auf meine Armbanduhr zu blicken. Was dem Professor offenkundig auffiel, denn eines Tages ließ er mich nach der Vorlesung vor die Tür rufen und verbat sich diese Ungehörigkeit.

Ich war wie vor den Kopf geschlagen. Ich hatte mich doch so sehr bemüht zu folgen, ich hatte doch nicht aus Unaufmerksamkeit und Langerweile auf die Uhr gesehen. Ich hatte es getan so wie ein Läufer, der, schon müde und keuchend, immer wieder die Strecke abschätzt, für die er noch Atem und Kräfte haben muß um durchzuhalten. Nun wurde ich abgekanzelt. Ich schämte mich. Ich kam mir wie ein kleines geohrfeigtes Schulmädchen vor. Ich hatte mich als unwürdig erwiesen, den geistigen Kunststücken des Professors zu folgen, unwürdig, unfähig; ich war eben doch nur eine Frau.

Hatte Hönigswald etwas Derartiges gesagt? Ich kann mich nicht erinnern. Aber ich fühlte mich gleichsam vernichtet.

Ich vermochte Hönigswalds Vorlesungen von nun an nur

noch mit größter Selbstüberwindung zu besuchen. Ich schaute nicht mehr auf die Uhr, aber die Verstörung vernebelte mein Gehirn. Ich verstand kein Wort mehr.

FLUCHTWEGE

Sagte ich eben: Ich sei in München immer allein geblieben, so stimmt das nicht ganz. Ich fand Gesellschaft, fand sehr wohl Gesellschaft:

Da war zuerst einmal diese Dame, die mir anfangs nur auffiel, weil sie immer so phantastische Hüte trug, wahre Piratenschiffe mit Schleiersegeln und Federmasten. Sie tauchte in Pinders Vorlesungen auf, diese Vorlesungen wurden ja nicht nur von Studenten besucht, da versammelten sich auch andere kunstbeflissene ältere und alte Semester, zu ihnen gehörte die Dame mit dem Hut. Sie kaperte mich, indem sie mich mit Komplimenten köderte: Ich gliche einem Bildnis von Rosetti und so fort. Eines Tages bat sie mich in ihre Wohnung. Zum erstenmal betrat ich das Quartier einer Bohèmienne: drei kahle und eisigkalte Zimmer mit nackten Wänden, aber überall standen und lagen Bilder umher, gerahmte und ungerahmte, Plastiken aus Gips, Porzellan, Alabaster, dazwischen Kisten und hohe Stöße von Büchern. In den Ecken wälzte sich ein Meer zerfledderter Zeitschriften. Hier sei einmal Ordnung zu machen, kündigte mir die Dame an, und ich würde ihr dabei sicher helfen. Aber heute werde sie mir noch keine Arbeit zumuten, sie führte mich durch die großen kalten wüsten Zimmer in ein schmales einfenstriges schlecht belichtetes Kabinett, hier glühte ein Ofen, hier lagen und hingen Teppiche vor und hinter und über einem Bett, auf das eine großblumige schrecklich verschmierte Seidendecke geworfen war.

Da standen Lehnstühle mit Kissen, Lampen aus Bronze mit seidenen Schirmen, ein runder Tisch mit Dosen, Flaschen, verknüllten Papieren und einem Samowar. In diesem Samowar, meldete mir die Dame, wollte sie uns beiden einen Tee bereiten. Mir war sehr unbehaglich zumute. Ich hatte gar keine Lust hier Tee zu trinken, ich spähte mißtrauisch nach den braunverkrusteten Tassen. Noch unbehaglicher war es mir, daß ich auf dem Bett sitzen sollte und nirgends anders, und gleich erfüllten sich auch meine üblen Ahnungen: Die Dame setzte sich neben mich. Während die Spiritusflamme den Samowar beleckte, begann sie allerlei geheimnisvolle Reden zu schwingen von *Endlich gefunden* und *Längst geahnt* und, da ich wegrückte und stur und verzweifelt zu einem anderen Thema zu kommen suchte, langte sie sich ein Buch unter dem Bett hervor, einen dünnen graugebundenen Bildband, Sulamith Wülfing, *Rilkes Marienleben,* den schlug sie auf und ließ mich lesen, lesen und anschauen, und mir gefielen weder Bilder noch Gedichte. Nun war der Tee fertig, und ich mußte einen Schluck nehmen aus der braunverkrusteten Tasse und bemühte mich deren Rand nur so weit mit den Lippen zu berühren, als unbedingt nötig war. Unterdessen begann die Dame mit säuselnder Stimme und in schwärmerischen Tönen von einem Weisen namens Rudolf Steiner zu sprechen, sie verglich ihn mit Buddha, mit Laotse, mit Christus. Ich gestand, daß ich nichts wüßte von diesem Mann, da geriet die Dame außer sich, teils, weil sie nicht begriff, wie ein Mensch wie ich – *mit diesem Gesicht!* – noch nicht zu Steiners Jüngerinnen gehörte, teils vor wogender Vorfreude, weil es ihr vorbehalten sein würde, mich in die unvergleichliche Philosophie und Erlösungslehre einzuführen. Mich erfüllte das mit neuem Mißbehagen. Und alles, was mich tröstete in dieser Stunde und mich noch auf ein gutes Ende hoffen ließ, war der Umstand, daß die Dame immer noch ihren Hut aufhatte, ihr umschleiertes und gefedertes Piratenschiff, es war mir ein Pfand dafür, daß sie vorerst nichts Böses im Schilde führte und daß für heute kein Eroberungsfeldzug geplant war.

Endlich gelang es mir, meine nur angenippte Tasse auf ein freies Rändchen des überladenen Tisches zu schieben, mich von der Bettdecke abzuseilen und die Tür zu gewinnen. Ich log etwas von Theater und Verabredung und höchster Zeit. Und dann war ich draußen und atmete freie Luft.

Freie Luft. Aber von nun an stahl ich mich erst in der

letzten Sekunde vor Pinders Kolleg in den Hörsaal und verließ ihn fluchtartig, wenn das Licht wieder anging. Nie wieder kreuzte ich den Kurs des Piratenschiffs. Mein Weg war Fluchtweg.

Andere Gesellschaft: In der Mensa saß ich immer an demselben Tisch, an dem auch ein junger Kommilitone saß, Jurist, wie er sich vorstellte. Es gab, soviel ich mich erinnern kann, dreierlei Essen: ein Menu zu fünfzig, einen Gemüseteller zu zwanzig, eine Suppe zu zehn Pfennig. Ich holte mir meist das Menu, danach eine Tasse Kaffee und eine Zuckerbrezel. Kostenpunkt in summa fünfundsiebzig Pfennig. Der juristische Kommilitone begnügte sich mit Suppe und Brot. Da er beruhigend aussah, machte ich mir keine Gedanken darüber. Er aber machte sich Gedanken über mich, und er teilte mir diese Gedanken mit. Er hielt mich für eine Verschwenderin. Fünfundsiebzig Pfennige Tag für Tag! ich mußte doch am Rande des Ruins wandeln?! – Wenn ich einwandte, dafür brauchte ich für das Abendessen höchstens zwei Kupferlinge: Trotzdem, trotzdem! so könne man sein Geld doch nicht hinauswerfen. – Aber wenn ich doch Hunger habe, sagte ich. – Hunger! rief er, den habe er auch. Aber er wisse ihn zu stillen auf billigere Weise.

Bei Tietz gebe es Erdnüsse, für fünf Pfennig Erdnüsse, eine ganze Tüte voll. Ich solle nur mit ihm gehen und sehen – und dann würde ich begreifen, wie ich mein Geld hier in der Mensa verschwendete.

Nun gut, ich ging mit. Das Kaufhaus Tietz lag am Hauptbahnhof. Wir trabten von der Luisenstraße los, kauften bei Tietz eine Tüte für fünf Pfennig. Erdnüsse bröselnd, kauend und nuschelnd kehrten wir zur Universität zurück. Gehzeit eine dreiviertel Stunde. Unaufhörlich pries der Jurist die auf diesem Weg gewonnene Ersparnis. Neue Vorschläge zu neuen Ersparnissen folgten. Und lange Vorträge über die Notwendigkeit, über jeden Pfennig Buch zu führen. Als ich mich einmal an einem besonders grauen, besonders lichtlosen Dezembertag dazu hinreißen ließ, für mein kleines lichtloses Zimmer ein Sträußchen bunter Strohblumen zu erstehen, fiel der Kommilitone vor Entsetzen beinahe in Ohnmacht. Schließlich wurde es mir zu dumm. Ich hätte dem Pfennigfuchser eine Nase drehen und ihn zum Teufel schicken können. Doch dazu war ich zu schüchtern. Ich stellte meine Besuche in der Mensa ein. So ging ich ihm aus dem Weg. Neben der Flucht vor dem Piratenschiff nun auch Flucht vor dem Geizkragen. Mein Leben begann kompliziert zu werden.

Und noch einmal: Einladung zum Tanz. (Und hatte ich schon etliches Glück gehabt als ich den beiden ersten Einladungen entkam, so war das Glück der dritten, letzten zu entkommen, exorbitant.)

Colleg Karl Alexander von Müller. Bayerische Geschichte, täglich von neun bis zehn. Mein Platznachbar war ein langer hagerer strohblonder junger Mann mit nahezu farblosen Brauen und Wimpern, farblosen Augen und blaß-papierener Haut. Er trug ein schwarzes Jackett mit Silberlitzen benäht, schwarze Breeches und schwarze Stiefel. Ich sah: das war eine Uniform, welche Uniform, interessierte mich wenig. Es liefen viele Ähnlich-Gekleidete herum, Schwarze, Braune, auch einmal Blaue oder Grüne. Schwarz- und Braun-Gekleidete versammelten sich dann und wann in der großen Aula oder oben beim bronzenen Doriphoros, und Blau- oder Grün-Gekleidete versammelten sich dagegen, es wurde gesungen, gebrüllt, es gab Gerammel und Gewühl. Kam man eben des Weges, blieb man eine Minute stehen, hörte zu und äugte hin, in sicherer Entfernung. Ich wußte nie, wovon die Rede war, zuckte die Achseln und ging weiter.

Nun dieser junge Mann: Wir kamen ins Gespräch. Er redete anders als andere Kommilitonen, es lag nicht nur daran, daß er norddeutsch sprach. Er sagte vom Professor nicht, er sei interessant oder langweilig, sondern: – Der ist in Ordnung. – Er erwähnte sein Studium nicht als seine persönliche Sache, sondern nannte es seinen *Auftrag*. Welche Ordnung, und wessen Auftrag gemeint war, davon war vorerst nicht die Rede. Daß ich aus Österreich kam, quittierte er mit der Bemerkung, dort werde sich auch einmal etliches ändern. *Der Chef* habe das alles schon längst beschlossen.

Der Chef, ich wußte erst nicht, von wem die Rede war. Doch allmählich begriff ich: Hitler. Der Name Hitler tauchte auf allen Titelblättern der Zeitungen auf, in immer größeren, röteren, dominanteren Lettern. Aber da ich kaum je eine Zeitung las und wenn, nach Theater und Konzertkritiken blätterte, so war mir dieser Hitler nicht viel mehr als ein nebuloses Bild, einer der neben anderen auf den Plakatwänden prangte, was ging er mich an?

K. S. hatte mir einmal gesagt, Stresemann sei Deutschlands bester Mann gewesen, nun sei er tot – *die Deutschen haben eben kein Glück* –, und es werde nun wieder abwärts gehen mit ihnen. So sah es auch aus: Es ging abwärts, überall war davon die Rede, daß es abwärts ging, auf dem Sendlingertorplatz saßen die Arbeitslosen, scharenweise, sogar jetzt im Winter, in ihre dünnen Mäntel gewickelt und spielten Karten, tauschten Zigarettenbilder und würfelten um ein Bier. Daheim in Österreich war es auch nicht besser, und Enttäuschung und Bitterkeit brannten noch immer wie Wunden, daß die Alliierten, voran die Franzosen, die Zollunion nicht geduldet hatten mit Deutschland, vergeblich hatte man deshalb in Paris antichambriert.

Das war kurz zusammengefaßt der Inhalt meiner politischen Meinungen, und daß da am Rande irgendwo dieses weiten Feldes, im Gewirr unübersichtlicher Streitigkeiten und undurchsichtiger Manöver neben Thälmann, Brüning, Papen, auch eine Größe namens Hitler umherschwamm, bereitete mir wenig Kopfzerbrechen.

Aber er hieß der *Chef*. Und der junge Mann im Colleg Bayerische Geschichte ließ es mich wissen: Heut abend spricht der *Chef*. Im Zirkus Krone. Und danach kommen wir zusammen. – Ich hole Sie ab, wenn Sie wollen. Und Sie wollen doch? Nein?? – Nein, ich wollte nicht. Obwohl mich eine kleine Neugier juckte: War ich nicht fast Abend für Abend irgendwo, im Theater, im Konzert, in einem Vortrag, war auch mal in Hellabrunn bei den Tigern und Affen. Warum sollte ich mir nicht auch einmal diesen Zirkus ansehen, Zirkus im Zirkus, so wie man Jahre später die Beatles ansah und die Rolling stones anhörte, das Röhren der Arenen notierte, den Schwall der Erregung zu Protokoll nahm?

– Das nächste Mal –, sagte ich. – Das nächste Mal komme ich mit. – Am anderen Morgen saß der Schwarzberockte wieder da. – Sie haben was versäumt, der Chef war grandios. Immer ist er grandios. Aber so wie gestern ist er noch nie gewesen. – – Was hat er denn gesagt? –

Das erfuhr ich nicht. Aber ich erfuhr, daß der Chef nach der Rede im Zirkus noch bis zwei Uhr nachts im Kreis seiner alten Kämpfer geredet habe, und am Ende habe er allen die Hand geschüttelt, auch ihm, dem jungen Mann, habe er die Hand geschüttelt. – Und wenn Sie mitgewesen wären, hätte der Chef vielleicht auch Ihnen die Hand gereicht. –

Ich begriff nicht, was an dieser in Aussicht gestellten Handreichung so Verlockendes sein sollte. Ich widerstand den Einladungen der schwarzen Breeches, ich widerstand ihr vielleicht nur deshalb auf die Dauer, weil der Fasching ausbrach. Münchner Fasching: Da war ein reiches Programm zu bewältigen und mir blieb keine Zeit für Zirkus Krone.

LICHTSTRICH

Ich habe immer gern getanzt. Genauer gesagt: Ich war süchtig danach zu tanzen. In Pilsen hatte ich eine Zeitlang ziemlich miese Lokale besucht nur um dort beim five o'clock herumzuschwofen. Irgendeine ungestillte Sehnsucht bohrte in mir: vielleicht die Sehnsucht nach Bewegung, die mir als Kind so oft versagt worden war, immer sollte ich nur artig an der Hand gehen, nie toben, nie rennen, nie über Gräben springen. Nie, nie auf Bäume klettern. Der Tanz, so schien mir manchmal, sollte mir etwas wie Genugtuung bieten für jene Versagung. Darum stahl ich mich manchmal weg aus Großmutter- und Tantenhaushalt, mit suspekten Partnern verabredet (nicht nur mit Herrn Soundso), zog mich um im rußigen Salettel zwischen Hof und Garten, lief dahin und dorthin und war glücklich, wenn ich im Walzer geschwenkt und im Foxtrott geschoben wurde. Die Partner waren mir selten mehr als notwendiges Übel, die roaring twenties hatten ihren Anteil an mir. Ich trank nicht, ich rauchte nicht (von einem hochgestielten Glas Sekt und einer ungeschickt gepafften Zigarette abgesehen), und es war mir eigentlich zuwider und kam mir demütigend vor, wenn mir ein Mann zu nahe rückte – abgesehen von K. S. natürlich –, aber getanzt hätte ich am liebsten alle Tage und jede Nacht.

Ich litt Qualen, wenn ich nicht geholt wurde, und ich war selig, wenn ich von Arm zu Arm flog, wer mich holte, war mir recht, wenn er nur ein halbwegs guter Tänzer war. Das Reden dazu und danach war mir eher lästig, außer es stob ein Funke, aber wie selten kam das vor. Auf dem Münchner Fasching geschah es einmal, daß ein Funke stob. Er ritzte nur die Nacht, dann war er schon wieder erloschen.

Ball im Studentenhaus. Ich ging wie zu jedem Faschingsfest im immer demselben, für diesen Fasching eigens von mir entworfenen, nach meinen Angaben geschneiderten, oder sagen wir besser, von einer biederen Winkelnäherin zusammengepfuschtem Kostüm; einem langen, schwarzen Kleid mit langen Ärmeln und bescheidenstem Ausschnitt, auf dem weißen Vorstoß rotgestickt: *Schach dem Herzen.* Statt einer Ansteckblume war ein rotes Herz aufgenäht, in das Herz ein schiefes, schwarz-weißes Schachbrett appliziert, Schach contra Herz, Verstand contra Gefühl, so konnte das abgelesen werden, so meinte ich, daß es abgelesen werden sollte. Die erotische Herausforderung, die auch darin steckte, wagte ich mir natürlich nicht klar zu machen. Ich kam mir sehr vorteilhaft und apart vor in diesem Kostüm, beinahe Nonnen-Kostüm, möglicherweise war ich auch nur lächerlich, ein eigenwilliger Blaustrumpf und sonst nichts.

Also Ball im Studentenhaus. Mich holte ein junger Mann, der mir sehr gefiel, Philosophiestudent, wie ich nach dem ersten Walzer erfuhr, und Schüler von Hönigswald, wie ich beim zweiten Tango erfragte (und damals hatte mich Hönigswald noch nicht gerügt). Der junge Mann hatte zuerst Theologie studieren wollen, das erzählte er mir beim Promenieren quer durch den Saal, und bald darauf verließen wir den Saal und saßen und standen dann nur noch in den Gängen und Nebenzimmern, fernab von der Musik, die nur noch gedämpft und verworren zu uns herübertönte. Dann und wann taten wir ein paar Tanzschritte miteinander, aber dann standen wir wieder und redeten, redeten.

Wir redeten über Hönigswald und seine Weise, aus A = A die ganze Welt zu entwickeln und über Geiser und Spranger und Spengler und wer damals sonst noch en vogue war, und redeten über Gott und die Welt und über den christkatholischen Glauben und über Möglichkeit und Unmöglichkeit die Welt nach ihm zu gestalten. Es war sehr spät oder schon sehr früh als wir durch einen stillen zarten Schneefall vom Studentenhaus weggingen und, da es Sonntagmorgen war und von der Ludwigskirche das erste Glokkenläuten klöpfelte, traten wir in die große düstere Kirchenhalle ein und hörten die erste Frühmesse miteinander.

Dann begleitete mich der junge Mann in die Kaulbachstraße und dort vor Frau Krauses Haustor standen wir noch einmal eine Zeit, Stirn an Stirn gelehnt jetzt, und seine Hände lagen auf meinen Schultern und meine Hände auf den seinen. Als ich dachte: Jetzt wird er mich fragen, wann wir uns wiedersehen, sagte er: – Weißt du, ich habe eine Frau. – Ich antwortete nicht. – Damit ist alles gesagt –, fuhr er fort. – Es war ein schöner Abend. –

– Eine schöne Nacht –, sagte ich.

– Nein, nur ein Abend. Auch wenn er bis zum Morgen gedauert hat. –

– Ja so –, sagte ich, – das wirst du besser wissen. –

– Eben –, sagte er. – Und damit Adieu. –

Er nahm seine Hände von meinen Schultern. Ich nahm meine Hände von seinen Schultern, sperrte auf und ging in Frau Krauses Haustor. Dann sperrte ich wieder zu und tappte die paar Staffeln hinauf.

So war das mit dem Funken. Ein flüchtiger Lichtstrich. Nicht mehr.

M

In jenem Winter geschah noch dies und das: Trude Löffler kam aus Prag. Sie hatte dort Medizin zu studieren angefangen. Aber irgend etwas trieb sie weg. Hatte sie bei einer der ersten Prüfungen versagt, oder widerstand es ihr, sich noch für Jahre festzulegen und ihr Lebensziel, ihr Leben in und für Palästina, hinauszuschieben? Sie wollte Schluß machen mit Studium und bürgerlichem Drum und Dran. Sie verließ ihre Bude in Prag, ohne zu hinterlassen wohin, und fuhr zu mir. Ihre Abwesenheit wurde den Eltern Löffler gemeldet, sie ließen die Tochter durch die Polizei suchen. Erst als sie erfuhren, Trude sei zu mir gereist, waren sie beruhigt.

Zehn Tage blieb Trude: unsere letzte gemeinsame Zeit. Sie schlief bei mir in meinem blauen Schluff, ging mit mir in die Vorlesungen oder wartete geduldig vor der Tür. Einmal gingen wir auch noch miteinander ins Kino. Man spielte M, den berühmten Film von Lang.

(M heißt Mörder.)

Dann verließ sie mich. Sie sagte mir, sie kehre nicht mehr nach Prag zurück, weder nach Prag noch nach Pilsen. Sie werde von nun in Ostrau leben – *in einem Kibbuz.*

Ich konnte mir nichts darunter vorstellen.

Auch Otto Antscherl kam angereist; es war ein qualvoller Tag. Was hatte er sich von dieser Reise erhofft? Wir trafen einander in der Alten Pinakothek. Ich führte ihn zu meinen Lieblingsbildern, darunter das Selbstbildnis von Dürer. Er sagte: – Das Bild eines sinnlichen Mannes, das gefällt Ihnen. – Ich sagte: – Aber es ist große Malerei. – Er sagte: – Alles nur Blendwerk. – Ich erzählte ihm, daß seine Bemerkung von der waagrechten Gotik mich auf den Weg gebracht habe, Kunstgeschichte zu studieren. Er drauf: – Habe ich je so etwas gesagt? Ich hasse die Bildende Kunst. Sie ist Verführung zur Lüge. –

Zu Mittag aßen wir im Roten Hahn. Am Nachmittag erneuerte er seinen Antrag. Wieder wies ich ihn ab. Aber es war nicht genug damit, ich verlangte außerdem, daß er mir das Versprechen geben sollte, mich nie mehr treffen zu wollen, mir nie mehr zu schreiben. Er war, mit Recht, empört. Ich sagte ihm: – Sie beunruhigen mich nur, ich halte das nicht aus. – Und nochmals verlangte ich von ihm dieses Versprechen.

Schließlich gab er es mir. Wir trennten uns wie Todfeinde. Oder wie Komplizen, die soeben eine schlimme Tat vollbracht haben, eine schlimmere, als sie je gedacht hatten zu tun. Wenn ich heute das Muster betrachte, nach dem ich damals verfuhr, so muß ich mir sagen: Wohl war ich im Recht, einen Mann abzuweisen, zu dem ich keine andere als eine gebrochene Beziehung finden konnte. Trotzdem verschlägt es mir heute den Atem, wenn ich mir vorstelle, was sich Otto Antscherl Jahre später für Überlegungen aufgedrängt haben mögen über die Gründe, die mich damals bewogen, als ich den Bruch verlangte. Mußte er denn nicht gedacht haben: *München.* Mußte er nicht gedacht haben: *deutsches Mädchen, Zirkus Krone* und so fort. Er mußte wohl.

M

MMM

Die Schatten zogen herauf. Aber noch war uns eine Frist gegeben.

DAS PORTRAIT

Damals, Januar 1932, war es, daß mich ein junger Bildhauer bat, ihm für ein Portrait zu sitzen.

Es war in der sogenannten Asta-Bar, einer Imbißstube im Keller der Universität, ich nahm dort, seit mich der sparsame Jurist aus der Mensa vertrieben hatte, meine Mittagsmahlzeit ein. Zwei junge Männer saßen am selben Tisch, sie unterhielten sich und waren sehr lustig. Ihr Gelächter war ansteckend, und unwillkürlich konnte ich ein Mitlächeln nicht unterdrücken. Der eine der beiden jungen Männer betrachtete mich mit auffallend glänzenden Blicken. Ich dachte, jetzt wird es Zeit, daß du gehst. Als ich aufstand und mich dem Ausgang zubewegte, kam mir der mit den glänzenden Blicken nach und brachte sein Anliegen vor.

Wie? Portraitieren wollte er mich?

Er erzählte, er sei Kunststudent auf der Akademie und zeigte sich übermäßig erstaunt, daß ich die der Universität doch benachbarte Kunstakademie noch nie betreten hatte. Dahin *müßte* ich gehen, fand er, ganz unbedingt, und dort würde er mir auch seine Werke zeigen.

Ich verhielt mich skeptisch. Von der modernen Kunst hatte ich – trotz Pinders Vorlesungen – einen nur sehr nebulosen Begriff. Sie schien mir nicht recht geheuer. Da waren doch in letzter Zeit lächerliche Gebilde aufgetaucht, die sich für Kunst ausgaben, Drahtgestrüppe etwa oder zusammengeklitterte Monstren aus Würfeln und Kugeln. Man nannte das dann abstrakt, und wenn nun solch ein junger Künstler behauptete, ein Portrait von mir herstellen zu wollen, so würde es womöglich ein solches abstraktes Ungeheuer . . .? Aber der junge Mann wehrte meine Unterstellung ab und versicherte mir – mit weiterhin lebhaft glänzenden Blicken –, keineswegs sei er ein Abstrakter, sondern konkret, ganz konkret, wenn auch wieder kein Naturalist.

Ich sagte, ich wollte mir die Sache überlegen, ging und ärgerte mich. Da hatte ich die Bescherung. War mir die Mensa durch mein Erdnußhörnchen vermiest, so war jetzt auch die Asta-Bar durch den Portraitisten verlegt, denn auf den einfachsten Ausweg verfiel ich nicht, einfach nein zu sagen, danke und damit basta.

Ich wich in eine andere Imbißstube aus. Aber meine Vorsicht war vergeblich. Drei Tage später erwischte mich der Bildhauerstudent auf der Treppe, ich entging meinem Schicksal nicht.

Fürs erste sagte ich zu, mir die Akademie ansehen zu wollen. Dort führte er mich dann in sein Atelier, einen großen hellen Raum im Souterrain, *sein* Atelier, wie er sagte, und hier könnte ich auch seine Werke betrachten. Da stand eine mehr als drei Meter hohe Gestalt, mit bräunlichen Tüchern umwickelt, ein Christophorus, wie mir der Künstler erzählte, und schon hatte er eine Leiter erstiegen und turnte oben herum um die Tücher herunterzuwickeln. Zum Vorschein kam eine leichtgebeugte Männergestalt, auf deren Schultern ein Kind saß, beide in Ton, beide schon weit gediehen und, wie mir vorkam, so gut wie fertig.

Der Künstler fragte mich, wie mir die Figur gefiele, ich war um eine Antwort verlegen, ich verstand nichts davon. Zwar: Abstrakt war das nicht, aber nach welchen Kriterien zu beurteilen, wußte ich nicht, trotz Pinder und vielen Besuchen in Museen, und so murmelte ich etwas: – Ja, sehr schön, nur der eine Arm, der kommt mir nicht ganz richtig vor, vielleicht ist er zu lang. –

Nein, zu lang sei er nicht, rief der junge Mann, vielleicht sei der andere zu kurz, und zu meinem Schrecken stürmte er die Leiter wieder hinauf und begann das Werk mit einer Drahtschlaufe zu bearbeiten. Er schnitt handgroße Stücke ab, setzte sie um und fuhrwerkte hin und her. Aber nein, wollte ich sagen, bitte nicht, bitte nicht, ich verstehe ja nichts davon, ich habe das von dem Arm doch nur so gesagt, damit etwas gesagt ist, und vielleicht äußerte ich auch wirklich etwas dergleichen. Doch der junge Mann wollte das nicht gelten lassen und fragte immer wieder von seiner Leiter herunter, ob es nun besser sei, ich sagte ja, ja, viel besser, nur damit er aufhörte, seine Figur zu zermetzgern, ich hatte Angst, er könnte sie verderben, *und fühlte mich schuldig.*

Am nächsten Tag kam ich zur ersten Portraitsitzung, und das Schicksal nahm seinen Lauf.

Ich war in meinem Leben noch nie einem musischen Menschen begegnet; noch nie jemandem, der Künstler war und besessen von seiner Kunst, geschweige denn, daß ich je (außer bei mir selbst) an einem kreativen Prozeß teilgenommen hätte.

Was ich nun erlebte, ergriff mich und erheiterte mich zugleich. Ich hätte lachen mögen darüber und nahm es doch ernst und wußte auch, daß ich es ernst zu nehmen hatte. Ich wurde also portraitiert. Als ich in E. D.'s Atelier kam, war schon etwas aufgebaut: über einem Gerüst aus Eisen, Holz und Drähten eine etwa kopfgroße Masse Ton, daraus sollte nun mein Bildnis werden. Ich mußte mich auf einen Sessel setzen, der auf einer Drehscheibe stand, nein, stillsitzen mußte ich nicht, ich durfte reden, lachen, den Kopf hin und herdrehen. Ich mußte mir nur von Zeit zu Zeit gefallen lassen, daß der Künstler auf mich zusprang und mir mit einem großen Eisenzirkel die Maße abnahm:

vom Kinn zum Scheitel, von Ohr zu Ohr, von Augenwinkel zu Augenwinkel. Ich blinzelte und wich zurück. Aber das störte nicht. – Ja, ja –, schrie der junge Mann, und stach mit den Eisenspitzen in den Ton, – so ist es schon richtig, so stimmt es schon. – Von einem zweiten bereitgelegten Tonklumpen riß er Fetzen ab und knetete sie an den Kopf. Dann bückte er sich und verschlang meine Halspartie mit den Augen. Neuerlich wurden Fetzen von Ton an das Gerüst geklumpt. Wieder sprang er heran, drehte mich samt der Scheibe, sprang zurück, drückte, riß, wölbte und höhlte, handhabte Schlaufen, Spachtel und anderes mir unbekanntes Werkzeug. Im Laufe von wenigen Minuten war das Ding da vor mir ICH geworden, unverkennbar. Unverkennbar: mein Kopf, der hohe Schädel, die niedere Stirn, das kräftige Kinn, die kecke Nase, die flachen Augen. Ich, also ICH. Ich hatte das nicht erwartet, nicht so schnell, nicht so präzis. Vor allem nicht: in einem solchen Raptus.

Das war es: der Raptus. Der junge Mann benahm sich während der Arbeit eigentlich wie ein Verrückter. Er stürzte vor und zurück, drehte sich, stampfte, machte Ausfälle wie ein Degenfechter, murmelte, schrie und knurrte: – Jaja, das werden wir gleich haben! So, so – das muß her, das muß weg – und während sich sein Gesicht immer mehr rötete und seine ohnehin auffallend glänzenden Augen immer noch glänzender wurden, verwandelte sich der Tonklumpen in ein Bildnis, in ein genau und sensibel modelliertes Kunstwerk.

DIE HERKUNFT

Ich bin sicher: Die Büste wäre nach der dritten Sitzung fertig gewesen. Frisch und flott modelliert, ein hübsches Werk. Aber E. D. hütete sich, sie für fertig zu erklären. Er sagte, ich sei ein sehr interessantes Modell, und er begann gleich ein zweites Portrait von mir, in Lindenholz. Das höchst persönliche Motiv dieses Eifers war unverkennbar, aber es fiel mit dem anderen, mit dem Werk-Motiv zusammen. Diese Deckungsgleichheit dauerte viele Jahre fort. Sie wurde ihm und mir zum Verhängnis.

E. D. war der Sohn eines fränkischen Oberlehrers, das fünfte von acht Kindern. Ein Sohn war im Krieg gefallen, er war Musiker gewesen. Zwei Söhne waren Bildhauer geworden, eine Tochter, die jüngste, ging noch zur Schule. Die Familie war, sofern sie nicht in die Fremde ausgeflogen war, kurz vor der Inflation nach München übersiedelt. Sie bewohnte dort im Vorort Großhadern, in noch ländlicher Umgebung, eine nach heutigen Begriffen etwas verlotterte Villa mit Türmchen, Erker und großem Garten. Der Vater, ein kleiner Mann mit rötlichgrauer Bürstenfrisur, war ein alter Deutschnationaler mit einem tiefsitzenden antiklerikalen Tick, denn er hatte jahrzehntelang im katholischen Franken unter der Oberaufsicht des Bischofs und des Pfarrers Schuldienst leisten, und so hatte er auch als Mesner dienen müssen. Die dabei erlittenen Demütigungen konnte er nicht vergessen. Daß er einige Monate lang ein liberales Blättchen abonniert hatte, war für seine Laufbahn sehr schädlich gewesen. Trotzdem betätigte er sich auch in seinem neuen Wohnort als Organist in der Kirche, denn er liebte Musik und es hieß, er habe sogar das absolute Gehör.

Seine Frau, eine dicke breithüftige, immer tätige Person, litt nicht wenig unter dem tyrannischen Mann. Sie war einfältig, aber von großer Herzensgüte, ein reiches kindliches braves Gemüt. Sie sah aus wie eine Romanin, doch helläugig, und einige ihrer Kinder, auch E., hatten von ihr diesen hellen, auffallend glänzenden Blick geerbt.

E. war in Franken auf dem Land aufgewachsen und kurz vor Kriegsende ohne höhere Schulbildung nach Würzburg in die Lehre gegeben worden – zu einem Bildhauer. Der Grund dafür: daß sein älterer Bruder Lothar Bildhauer werden wollte oder daran war, Bildhauer zu werden. Die Eltern hielten große Stücke auf Lothars Begabung. Sie fanden, der Jüngere wäre recht gut dafür geeignet, dem Älteren, Höhergeschätzten, mit handwerklichem Können beizuspringen. Damit war E. fürs erste einverstanden. Doch sobald er selbst nach etlichen Jahren rein technischen Drills mit der *Kunst* bekannt wurde, sobald ihn selbst schöpferischer

Drang ergriff, war er alles andere als gesonnen, dem älteren Bruder als demütiger Adlatus beizustehen. Er drängte selbst in die Akademie und suchte sich der brüderlichen Vormundschaft auf allen Gebieten zu entledigen. Nie verwand er, daß ihn seine Eltern nur zur zweiten Geige bestimmt hatten, diese frühe Kränkung ließ sein Selbstgefühl nie mehr zur Ruhe kommen. Dazu kam, daß er von kleiner Statur war. In guten Stunden war er ein umgänglicher, fröhlicher, zu Scherz und Freude aufgelegter Mensch; sobald ihm aber aus irgendeinem Grund die Laune verdorben war, schnell verdüstert, von zorniger Empfindlichkeit und immer von Angst erfüllt, zu wenig beachtet, übervorteilt und in den Hintergrund gedrückt zu werden.

Wir kamen zusammen wie der Fuchs zum Dachs, wie der Reiher zum Kranich, wie die Muschel zum Seepferdchen; durchaus verschieden und unvereinbar in unseren Anlagen und deshalb auch in unseren Ansichten, teilten wir doch eine Weile miteinander den Lebensraum, teilten Wege, Pfade, Lichtungen, teilten miteinander denselben Wellenschlag der Zeit an derselben Küste, dieselbe Ebbe und Flut am selben Strand. Es war viel Gutes dabei und viel Elendes.

Es war ein Stück Leben.

(Heute sagt man: Lernprozeß.)

Zuerst war alles nur Spiel und Probe, als ob. So wie ich nur zum Ausprobieren zugestimmt hatte, mich von E. D. portraitieren zu lassen, so lief es dann weiter: ein Versuch mit einer neuen Lebenssituation wie eine erste Stellprobe auf dem Theater: Wie wär es, wenn …

wenn wir einander wiedersähen,

wenn wir einander näherkämen,

wenn eins das andere in seine Lebenspläne einbezöge,

wenn wir einander das Wort geben wollten, beisammen zu bleiben,

ein Spiel, dessen Fortgang uns selbst überraschte und aus dem wir nicht mehr herausfanden.

War es so? Ich glaube, ja.

E. D. war selbst äußerst verwundert über das heftige Gefühl, das ich von heute auf morgen und bald nach Portraitbeginn in ihm erregte. Er war neunundzwanzig Jahre alt und hatte sich, wie er immer wieder fast prahlerisch betonte, noch nie von einer Frau aus dem seelischen Gleichgewicht bringen lassen. Jetzt war er nahezu fassungslos darüber, was ihm geschah. Immer wieder kam er darauf zu sprechen, als habe er ein neues Organ, eine neue Fähigkeit – oder eine neue Schwäche an sich entdeckt. Wenn ich E. D. so reden hörte, beschlichen mich merkwürdige Empfindungen: Verwunderung, daß der Neunundzwanzigjährige erst jetzt dazukam, sich selbst als Liebenden zu erleben – (ich hatte dieses Erlebnis ganz bewußt schon als Zwölfjährige absolviert); ein Quentchen Hochmut darüber, daß es so war; ein Quentchen Mitleid, ein Bodensatz Ungeduld; und sicher auch eine nicht ganz geringe Befriedigung darüber, daß gerade ich diejenige war...

Es war im Spätwinter 32, ich wurde demnächst zwanzig Jahre alt. Ich hatte es nötig, endlich einem Menschen zu begegnen, auf dessen Neigung ich bauen konnte. Die Affaire K. S. hing mir noch nach. Die Wunde war nicht vernarbt. Andere kleine flache Schrammen waren hinzugekommen, schmerzhaft nur deshalb, weil sie bereits Verletztes von neuem verletzten. Summa summarum hielt ich mich für unfähig, einem Mann, der mir imponiert hätte, auf die Dauer zu gefallen. Ich kam mir beschädigt vor, und die alte Furcht, als Aschenputtel abqualifiziert zu werden wie damals in der Pilsner Quinta, saß mir noch immer in den Knochen.

Trotzdem gab ich fürs erste Fersengeld. Ich fuhr nach Pilsen, von dort kehrte ich nach Hall zurück und inskribierte von neuem an der Universität Innsbruck. Mein Vater hatte mir geraten, ein weiteres Semester in München zu bleiben. Ich lehnte das ab, trotz E. D., wegen E. D., einfach um wieder zu mir selbst zu kommen. Das war so meine Art: Ich ließ mich in eine Sache ein, ohne mich zu sparen, ohne das Risiko zu überlegen. Aber beinahe sofort setzte Gegenlauf ein. Ich fühlte mich aus dem Tritt gebracht, wie von klebrigen Fäden umwickelt. Ich riß mich los, setzte mich ab. Hatte ich Deckung gewonnen, setzte neuer Gegenlauf ein.

Diesen Gegenlauf nannte ich dann Liebe, aber es war Liebe zu einem Entfernten, also Vergegenwärtigung im Innenraum, Phantasie statt täglichem Beisammensein, Hinträumen statt Einander-kennen-Lernen, Einander-Hinnehmen, Sich-Aneinandermessen. Also Feigheit vor dem Leben.

Wirklich Feigheit?

DIE VERLOBUNG

E. D. war, als ich ihn kennenlernte, was man einen armen Teufel nennt. (Aber wer war das schon nicht in jener Zeit?)

In jenem Winter 1932 war man soeben in das dritte Jahr der großen Wirtschaftskrise eingetreten. Die ganze Welt bot ein düsteres Bild. Deutschland und Österreich boten ein verzweifeltes. Was brauche ich hier davon zu sprechen? Wir wissen Bescheid. Erwähnen will ich nur, was mir täglich ins Auge stach: die Scharen der Bettler, die Straßensänger, die Leute, die mit einem Bauchladen herumzogen und irgend etwas feilboten: eine Rolle Bindfaden, ein Päckchen Haarnadeln, einen Bleistift. Wer ein Staatsgehalt bezog, durfte sich glücklich schätzen. Aber seit neuestem waren auch Staatsgehälter nicht mehr sicher. Die neuen Notverordnungen kappten sie um Beträchtliches; von heute auf morgen büßten auch Beamte, auch Pensionisten bis zu einem Sechstel, einem Fünftel ihrer ohnehin knappen Bezüge ein. Das heißt: nun reichte es nur mehr für das nackte Leben. Das heißt: die Geschäfte verödeten gänzlich. Das heißt: die Industrie setzte noch weniger ab. Weitere Werke standen still. Weitere Arbeitslose strömten auf die Straße, weitere Bettler, Straßensänger, Hungerleider. Verzweifelte.

Und in dieser Lage: Kunststudent? Absurd.

E. D. stand in seinem letzten oder vorletzten Semester an der Akademie. Wovon er lebte, weiß ich nicht, und vermutlich wußte er es selbst auch nicht recht. Gewiß von der Hand in den Mund, heißt wohl, von der Mutterhand in den Mund. Denn immer wieder gelang es der alten Frau D., ihrem Sohn hinter dem Rücken des Vaters fünf Mark zuzustecken; dazu ein Stück Kuchen, ein Stück Wurst, dazu dann noch die frisch gewaschenen Socken, so versehen ließ sichs wieder zurückkehren auf dem alten quietschenden Fahrrad, zurückkehren aus der väterlichen Villa im Vorort hinein in die Stadt und ließ sichs auch wieder leben eine Woche lang und nicht einmal ganz schlecht. (Den anderen ging es noch viel schlechter.) Weil man Meisterschüler war und beliebt beim Professor, so erhielt man auch dann und wann noch ein bißchen Arbeit, man durfte ein Gerüst mitaufbauen helfen, Eisen biegen, Ton auftragen, das ergab dann noch einmal vier oder fünf Mark, und so fiel auch mal ein Kintopp ab, ein Stehplatz in der Oper oder die Bahnfahrt nach Bayrisch Zell zum sonntäglichen Schilauf. Die Bude blieb man schuldig, so lang es anging – und wenn es nicht mehr ging, so stand ja zu Hause noch immer ein Bett bereit. Man lief auf durchlöcherten Schuhsohlen, in billigen, an Ärmeln und Kragen ausgefransten Anzügen, aber das alles war nicht so wichtig. Solang die eigene Arbeit freute, war man bei guter Laune (von gelegentlichen kurzen Verfinsterungen abgesehen) und blickte mit glänzenden Augen in die Welt.

Als ich meinem Vater von E. D. erzählte und ihn fragte, was er davon hielte, wenn ich mich mit ihm verlobte: – Ein junger Bildhauer . . ., was sagst du dazu? – antwortete er: – Warum nicht? Heutzutage kommt es nicht darauf an, was einer hat. Heutzutage kommt es darauf an, was einer kann, und auf seinen Charakter. –

Das war eine unbürgerliche Antwort oder, wie man es nimmt, auch eine höchst bürgerliche, nämlich idealistische Antwort, in ihr kam Freiheit zu Wort und der stolze Verzicht auf die kleinen Winkelzüge rasch erreichbaren Vorteils. Ich hörte die Antwort gern. Im Sommer erschien E. D. in unserem Haus. Das war dann *die Verlobung.*

Es lag nicht an seiner Armut, nicht an der Hoffnungslosigkeit seiner Situation, auch nicht an seiner bescheidenen Herkunft, an seiner nur auf seinen Beruf und auf nichts als diesen Beruf bezogenen Bildung; nicht einmal lag es an seiner kleinen Statur, daß ich tausend Qualen erlitt, ehe er in unser Haus kam; tausend Qualen, als dann geschah, was ja geschehen mußte, was ich nicht anders erwarten konnte:

daß nämlich mein Vater seine Enttäuschung nicht verbergen konnte, als er den jungen Mann sah, den sich seine jüngste Tochter (diese Tochter, auf die er so große Stücke hielt) ausgesucht hatte. Es lag wohl vor allem daran, daß E. D. in unsere Familie kam wie wenn er von einem anderen Stern käme, er kam aus einer anderen Schichtung der europäischen Völkerlandschaft, aus einer anderen Haltung und Herkunft. Zweifellos hatte er vor allem von seiner Mutter romanisches Blut geerbt; daher sein dunkles Haar, seine leicht bräunende Haut, daher aber auch sein viel unmittelbareres Verhältnis zur Realität; daher seine unverhohlene Freude an allem sinnlichen Vergnügen und sein immer waches Interesse, sich nichts derlei entgehen zu lassen, daher auch sein in manchen Belangen rabiater Vitalismus und eine – in unseren Kreisen ungewohnte – grundsätzliche Ablehnung eines jeden abstrakten Systems. Von Staat, Kirche, Philosophie hielt er nichts. Seine Vorfahren hatten unter Würzburger und Bamberger Bischöfen als leibeigene Bauern und arme Weber gelebt. Es mag durch Jahrhunderte ein geducktes abhängiges Leben gewesen sein, man lernte den kleinsten Vorteil nutzen, nicht auffallen und trotzdem sein Schäfchen ins Trockene zu bringen. In solchen Umständen gedeiht Mißtrauen gegen den Überbau, Mißtrauen gegen alles, was auch nur von weitem nach Überbau riecht.

Von einem fremden Stern also. Gut, warum nicht? Die Zeit war danach, daß man sich von Abgrenzung nicht mehr viel versprach. Die Meinen nahmen E. D. freundlich auf, bemühten sich ihn freundlich aufzunehmen. (Er mag den schwelenden Hochmut trotzdem immer gespürt haben.)

Als deutlicher Pluspunkt wurde gewertet, daß E. *von drüben,* das heißt, aus dem *Reich* kam. Heiratete ich ihn (irgendwann, wann war ohnehin nicht abzusehen), würde ich Reichsdeutsche werden. Das wurde in unserer Familie mit Sympathie vermerkt. Noch immer brannte das Feuer in beiden Öfen und die Öfen rückten einander näher. Denn noch nie war es deutlicher geworden als jetzt: Die Not der Armen war die Not der Nation. Die Not der Nation war die Not der Armen.

ZWEITER TEIL
1933–1945

1933

So kam denn allmählich und unaufhaltsam das Jahr 1933 über unseren Lebenshorizont heraufgerückt. Ein Jahr wie alle Jahre. Oder nicht? Denn mindestens seit dem raschen Kabinettswechsel Brüning/Papen/Schleicher spürte jeder von uns das unterirdische Grollen der tektonischen Verschiebung: Irgendetwas mußte geschehen, was, wie, durch wen – das lag in jener Zeit noch außerhalb meiner konkreten Vorstellungen. Ich dachte: so geht es nicht weiter. Das dachten alle. Ich dachte: Ordnung sollte sein. Das meinten alle. Ich wünschte: dem Elend müßte gesteuert werden. Wer wünschte das nicht? Aber man erwartete weder Änderung noch Ordnung noch Besserung von der Parlamentarischen Demokratie. Die Parlamentarische Demokratie mochte anderwärts funktionieren, in Frankreich, in England, weiß Gott noch wo. Aber im Haus unserer Nation, der deutschen, funktionierte sie nicht. Man hatte sie uns im Jahr 19 hereingestellt wie eine riesige, unpraktisch unhandliche Apparatur, die Wunderdinge ausspucken sollte, mit der man aber nicht viel anfangen konnte. An welchem Ende man sie auch anfaßte, der Mechanismus versagte. Noch redete man nicht offen davon, daß sie abmontiert, zerschlagen, zum alten Eisen geworfen werden sollte. Aber man sah sich allenthalben um, wie sie umgangen, beiseite gerückt und aus dem Weg gebracht werden konnte. Irgendwann einmal, später, mochte man sich wieder mit ihr befassen. Im Augenblick taugte sie nicht.

Aber was – was *konnte* denn taugen?

So wie damals in Pilsen in den schönen Tagen sozialistischer Menschheitsbeglückungsträume flüchteten wir jungen Leute in allerlei utopische Entwürfe. Von allen Ordnungsmächten der Welt kam uns die katholische Kirche als die geeignetste vor, dem Chaos zu steuern. Sie war übernational, das konnte Frieden garantieren. Sie bot ein sittliches und metaphysisches Programm, das tat not. Ihre Soziallehre sah für alle, die arbeiten wollten, den *gerechten Lohn* vor, was immer damit gemeint war. – Gerechter Lohn, das mochte gerade noch ausreichender Lohn sein, ein Leben in Armut, aber Armut war noch nicht Elend und gemessen an dem gegenwärtigen Zustand der Massen schon etwas höchst Begehrenswertes. Überdies: Im Katholizismus lag ein Element, das Beharrung verhieß; es würde das Fortschreiten und Um-sich-Fressen der Technik abbremsen, die Auslieferung des Menschen an mechanische Kräfte rückgängig machen, seine Entwicklung eher nach innen als nach außen lenken, denn was konnte denn sonst Rettung bringen vor der Herrschaft der Maschinenwelt, vor dem Untergang unserer Kultur, dem *Untergang des Abendlandes!*

Und so fort. Träume, Wunschträume, romantisch aus allerlei Büchern genährt, von neu-thomistischen Schriften aufgeheizt. In das schön getürmte rosenrote Gebilde eines nahezu himmlischen Jerusalem wurde natürlich auch die eigene Daseinszelle projiziert, hineingedacht und ausgemalt: das eigene Lebensglück, der eigene Lebenssinn, das NEST.

Als ich am Abend des 30. Januar 1933 auf dem Weg von der Universität nach Hall an der Innbrücke auf die Trambahn wartete, sah ich dort ein Extrablatt ausgehängt: *Hitler zum Reichskanzler ernannt.* In meiner Aktentasche steckte ein Brief an E. D., schon geschlossen und mit der Marke versehen. Ich zog ihn heraus und kritzelte auf seine Rückseite: Eben lese ich: Hitler ist Kanzler. Wozu es der kleine Moritz nicht doch gebracht hat!

Ich stand damals im fünften Semester. Da es möglich war, im achten zu promovieren und ich entschlossen war, diesen frühesten Termin zu erreichen, war es nun an der

Zeit, mich um ein Dissertationsthema umzusehen. Es stand für mich fest, daß ich keinen anderen Doktorvater wollte als Harold Steinacker. Er war im historischen Fach der anspruchsvollste Lehrer auf unserer Universität. Nur wenige Kollegen wagten es, sich ihm als Dissertanten anzutragen. Die wenigen galten bei den anderen als Halbverrückte. Nicht um die Burg hätte ich darauf verzichten wollen, als eine solche Halbverrückte zu gelten.

Steinacker empfing mich freundlich und zeigte sich geneigt. In einigen Tagen sollte ich wiederkommen, bis dahin wolle er sich ein Thema überlegen.

Als er es mir dann wirklich nannte, war ich doch ein wenig bestürzt. – Suchen Sie mir –, sagte er, – den ersten Ansatzpunkt einer weltlichen Soziologie im Mittelalter. Sie wissen, die Scholastik hat etwas wie eine Gesellschaftslehre entwickelt, sie ist christlich-aristotelisch. Aber irgendwie, irgendwo müßte sich auch im weltlichen Bereich ein erster Versuch finden lassen. Den sollen Sie orten! –

Ich hatte mir alles andere erwartet, das nicht. Ich begriff sogleich: Das war die Suche nach der Stecknadel im Heuhaufen. Wo, um Himmels willen, sollte ich anfangen?

Steinacker gab mir einige Tips: Pataria, Albingenser, Waldenser. Aber ich erkannte schnell: Hier hatten einige Außenseiter des Christentums Ernst machen wollen mit den Lehren des Evangeliums. Hier war nichts Weltliches, hier war nur fromme Inbrunst, fromme Glut. Und wenn man auch Stände einebnen, Eigentum verteilen, Adel und Staat abschaffen wollte, so geschah das im Namen der Bergpredigt.

Nichts für mich.

Das historische Seminar bot keinerlei Materialien für meine weitere Suche. Auch die Universitätsbibliothek in Innsbruck: dürres Gelände. – Ich werde nach München gehen –, sagte ich. – Dort kann ich an der Staatsbibliothek arbeiten. –

März 33.

E. D. wollte, daß ich bei ihm wohnen sollte. Er hatte seit wir uns kannten ein kleines Atelier mit Kabinett in einem Hinterhaus der Gabelsbergerstraße. Ich hatte dort schon manche Woche mit ihm verbracht. Diesmal wollte ich dort nicht bleiben. Die Spannung, mit der ich mich an meine Arbeit setzen wollte, schien mir mit diesem Beisammenhausen nicht vereinbar. Ich suchte also ein Zimmer. Jemand sagte mir, in der Arcisstraße in einem vornehmen Haus werde ein Zimmer angeboten. Gut, ich wollte es versuchen. E. D. begleitete mich. Wir betraten ein Patrizierhaus, eigentlich ein kleines Palais, die Wände stuckiert, Säulen, Lüster, goldene Sessel. Eine Dame empfing uns. Ich brachte mein Anliegen vor. Sie nannte den Preis des Zimmers, er war hoch, aber ich hätte ihn zur Not erlegen können. Sie hätte nicht gezögert mich aufzunehmen. Aber irgendetwas machte es mir unmöglich mit ihr abzuschließen: eine dumpfe Scheu mich dieser Welt zu stellen, eine Art Platzangst angesichts einer Noblesse, die alle bisher von mir erfahrenen Verhältnise weit überstieg. Vielleicht hätte ich trotzdem gewagt hier einzuziehen, wenn E. D. nicht mit mir gewesen wäre. So stand ich von meinem seidenbespannten goldbeinigen Hocker auf, bedankte mich mit halberstickter Stimme und tappte in meinen schwarzen plumpen Gummistiefeln der Flügeltür zu. Die Treppe rannte ich hinunter. Um drei Ecken weiter, in der Heßstraße, fand ich ein anderes Zimmer. Dort zog ich ein.

Erst viele Jahre später erkannte ich, in welchem Haus ich damals im März 1933 gewesen war. Auf Abbildungen erkannte ich den Empfangsraum wieder: *Haus Pringsheim.*

Wie lange ich damals in München blieb, weiß ich nicht mehr. Drei Wochen? Vier Wochen? Am Morgen ging ich zur Bibliothek, zu Mittag trank ich einen Kaffee in der Kantine, am Abend traf ich mich mit E. D. in einem Wirtshaus zum Essen. Es war alles wie immer. Dann und wann fiel mir zwar auf, daß man jetzt öfter als früher irgendwelchen uniformierten Trupps begegnete, sie marschierten im Gleichschritt und sangen. Von öffentlichen Gebäuden wehten Fahnen. Was ging mich das an? Am auffallendsten war mir in dieser Zeit, daß E. abends unentwegt in den in der Gaststube ausgelegten Zeitungen las. Immer wieder brach er in Rufe der Verwunderung aus: Nein, was heute nicht wieder alles passiert sei! ein Staatsminister sei abgesetzt, ein Reichskommissar eingesetzt worden! E. lachte darüber und schüttelte den Kopf wie über tolle Streiche, kecke Lausbubenstreiche, an denen das Erstaunlichste war, daß sie immer gelangen, daß niemand dazwischenfuhr und sie abstellte. Man nannte das nun *Revolution.*

Revolution? Ich merkte nichts davon. Revolution hatte ich anders erlebt, damals als Kind, mit Schüssen, Aufläufen, Bränden, Zerstörung.

Ich ärgerte mich ein wenig über E.'s plötzliche Lesewut und seine ausführliche Verwunderung und hätte viel lieber mit ihm über andere Dinge geredet, über mein Dissertationsthema vielleicht, und daß ich nun doch endlich den Punkt finden müßte, den zu entdecken mich Steinacker ausgeschickt hatte; aber daß ich mit E. über diese Dinge nicht – oder nur ganz ungenau – reden konnte, das wußte ich bereits.

Nur einmal in diesem März, in dem Revolutionsmärz 33, erfaßte mich etwas wie eine Ahnung:

Es war an einem dunklen stürmischen Tag, draußen stöberte es, ich saß in meinem Zimmer in der Heßstraße und sah den Schnee waagrecht in den Böen wirbeln. Durch die kahlen Baumkronen waren die bräunlichen Mauern der Pinakothek auszunehmen. Nahe meinem Fenster stand ein Fahnenmast und an ihm hing und flatterte eine Fahne *Schwarz-Weiß-Rot.*

Ich saß an meinem Schreibtisch, schrieb, las, schrieb wieder. Unaufhörlich wehte draußen der Wind. Das Fahnentuch warf und drehte sich, zerrte, wallte, flatterte auf und ab. Immer öfter sah ich auf, immer öfter sog es den Blick an. Der finster tobende Himmel, die jagenden Flokken, die Fahne, dies alles schien mir mit einem Mal eins. Es war wie ein Schauspiel, wie ein Signal, ich begann zu frieren, ich begann zu zittern. Und Frieren und Zittern krochen tief in mich hinein und waren Grausen und Lust, Grausen und Lust: Ich merkte, mir geschah etwas.

EIN ENDE

Wenige Tage darauf fuhr ich nach Pilsen. Auch Trude Löffler wollte nach Pilsen kommen. Wir wollten uns treffen.

Meine Route, mir längst bekannt von unzähligen Reisen, ging von München über Regensburg, Schwandorf, Furth im Wald. Es war nichts Auffallendes daran, daß sich der Zug vor der Grenze leerte, daß er sich nach der Grenze wieder füllte. So war es meist. Doch diesmal leerte er sich gründlicher als sonst. Diesmal war ich in meinem Wagen die einzige Reisende, die die Grenze passierte. In der ersten Station, Taus (oder Domazlice) stürzten drei, vier Männer in mein Abteil herein.

– Woher kommen Sie? –

– Aus München. –

– Aus München? Was haben Sie dort gesehen? –

– Gesehen? Was sollte ich gesehen haben? –

– Dort ist doch Revolution. –

– Revolution? –

– Die Juden werden verprügelt. –

– Auf offener Straße werden sie geschlagen. –

– Die Redaktionen werden zerstört. –

– Die Sozialisten ins Konzentrationslager geschleppt. –

– So sagen Sie schon, was Sie gesehen haben. –

– Nichts –, sagte ich, – ich habe nichts gesehen. –

Fahnen, marschierende Trupps und rote Zeitungsüberschriften – ja, die hatte ich gesehen. Das konnte doch nicht zählen, oder?

Voll Verachtung wandten sich die Männer von mir ab.

Zum erstenmal fühlte ich etwas Schmerzhaft-in-mir-Zusammengeballtes, Parteinahme –? Für wen –?

In Pilsen war mein erster Weg zu Trude Löffler. War sie schon da? Nein. Morgen, sagten ihre Eltern, morgen werde sie eintreffen. Sie komme mit dem Nachtzug aus Mährisch-Ostrau.

– Wann kommt der Nachtzug an? – – Um halb drei. –

– Gut, dann werde ich sie abholen. –

Um zwei Uhr nachts zum Bahnhof. Die Tanten sahen es nicht gern, daß ich mitten in der Nacht... und: – Überhaupt –, fanden sie, – du wirst noch früh genug zu deiner Löffler kommen! – Ich kehrte mich nicht dran. Zu meinem Ärger paßte mich mein Onkel Hubert-Roderich ab und heftete sich als Aufpasser an meine Fersen. Er, der als nichtstuender Pensionär jetzt bei meinen Tanten lebte, glaubte ja immer, die Tugend oder Sicherheit seiner weiblichen Verwandten behüten zu müssen, wahrscheinlich weil er selbst hinter jedem Weiberrock her war.

Nun also: Halbdreiuhrnachtzug aus Mährisch-Ostrau. Wer nicht ankam: Trude.

Am übernächsten Tag war es endlich soweit. Da war ich nun allerdings nicht mehr zur Bahn gegangen. Um neun Uhr morgens stürzte ich in die Sedlačekgasse. – Ja, Trude ist da. Sie ist noch im Bett. Aber gehen Sie nur ruhig zu ihr hinauf! –

In Trudes Schlafzimmer bot sich mir ein überraschendes Bild. Trude saß aufrecht in ihrem Bett, unfrisiert, im Unterkleid und unterhielt sich mit vier, fünf jungen Männern, die zum Teil auf ihrer Bettkante, zum Teil auf dem Nebenbett Platz genommen hatten. Alle schienen erregt und sprachen laut durcheinander. Trude wurde nach dem Leben im Kibbuz befragt, aber ehe sie antworten konnte, folgten andere Fragen, Zwischenreden, Ausrufe. Ich begriff nur allmählich, was hier vor sich ging. Die jungen Männer gehörten alle zu dem Verein Blau-Weiß, in dem sich Trude vor Jahren betätigt hatte. Alle die jungen Männer waren Zionisten. Sie lebten hier in Pilsen und gingen bürgerlichen Berufen nach. Nur Trude hatte es bis jetzt gewagt, eine neue, die zionistische Lebensform auszuprobieren: im Kibbuz. Zwar noch nicht in Palästina, so weit war sie noch nicht: Doch in Mährisch-Ostrau, in dieser schwarzen Industriestadt, befand sich etwas wie ein Lager, eine Vorform palästinensischer Kibbuzzim. Dort lebten zwanzig junge Männer und zwanzig junge Mädchen miteinander in einem Haus, das sie sich gemietet hatten. Die Männer gingen in die Fabrik und übten sich dort bei harter Arbeit auf künftige harte Arbeit ein, die meisten Mädchen desgleichen. Zwei führten den Haushalt für die übrigen achtzehn, kochten in großen Kesseln, schrubbten die Böden und wuschen die Wäsche. Alles was sie besaßen, besaßen sie gemeinsam.

Wer mehr Kleider als ein anderer hatte, gab davon ab. Wer Geld erhielt von daheim, legte es in die gemeinsame Kasse. Am Abend saßen sie beisammen und lernten Hebräisch: Polen, Tschechen, Ungarn, Deutsche. In einem Jahr, so hofften sie, konnten sie auswandern.

Ich wußte das alles schon. Trude hatte mir davon geschrieben. Und die alte Frau Löffler hatte mir, sooft sie mich gesehen hatte im letzten Jahr, davon vorgejammert, denn sie fand, was ihre Tochter trieb, ganz ungehörig; fand es töricht und verrückt und: – Hat sie das nötig? Sie hätte studieren können, und wenn sie schon nicht studieren will, so könnte sie doch heiraten, aber so, wie sie da lebt, kann sie nicht mehr machen eine gute Partie ... –

Nun war ich da und sah Trude in ihrem Bett sitzen umgeben von ihren Freunden, und ihre Reden knatterten mir in die Ohren. Hatte mich Trude denn überhaupt begrüßt? Doch, aber die anderen, ihre Freunde, würdigten mich keines Blickes, und ich begriff: Hier war ich nur ein Störenfried.

Die Erregung der jungen Leute rührte keineswegs nur daher, daß Trude aus dem Kibbuz eingetroffen war. Ihre Erregung hatte eine andere Ursache. Immer wieder hörte ich *Deutschland* nennen, *Deutschland*, und wieder *Deutschland* und was sich dort tat.

Ich kannte die Namen nicht, die genannt wurden. Ich verstand nur Bruchteile von dem, was da referiert wurde. Einen der jungen Männer trieb die Erregung immer wieder von seinem Sitz. Er lief wie wild im Zimmer herum, schlug die Hände ein um das andere Mal ineinander, seine Augen glühten und dabei rief er: – Die Schweine, die Schweine, die Schweine. –

Ich ging. Ich war verwirrt, niedergeschlagen, eifersüchtig. Ich hatte eine Freundin gehabt und sie für meinen Besitz gehalten. Jetzt war sie plötzlich so weit weg von mir, unerreichbar. Was war das für eine Wand, die sich zwischen uns aufgerichtet hatte? Als wir einander das nächstemal trafen, begannen wir zu streiten. Kurze Zeit darauf wanderte Trude Löffler als Trude Herzl nach Palästina aus. Sie hatte eine Scheinehe geschlossen, um das Visum zu bekommen. Kaum angekommen, ließ sie sich scheiden. Wir wechselten noch einige Briefe. Im Jahr 34 den letzten. Unsere letzten Briefe kreisten nur noch um das Thema Politik. Ich kapitulierte vor der Unabsehbarkeit dieser Diskussion: Liebe Trude, ich werde dir nicht mehr schreiben. Du mußt hassen, was ich liebe: mein Land, mein Volk. Du mußt den Untergang wünschen dem, worauf ich hoffe und hoffen muß. Was hat es noch für einen Zweck?

Mit meinen anderen jüdischen Freunden blieb ich in Kontakt bis sie meinen Augen entschwanden: die einen in den Tod, die anderen auf verschlungenen Wegen zurück ins Leben, doch in ein Leben fern von mir, von uns: in Amerika, Frankreich, in der CSSR. Viele waren es nicht, die übrigblieben.

MMMM

DIE ALTE STADT

Wieder daheim, beim Vater: Hall, eine alte Stadt, gotisch; enge Gassen, uralte schwärzliche Häuser, Kirchen und Klöster. Wunderbar schön das alles, eingebettet zwischen Berge, im Norden die kristalline Klippe des Bettelwurf, im Süden die breitausladenden Flanken der Tuxer Berge, nordwestlich der steile Zackengrat der Nordkette, dann das sich abendwärts wölbende Amphitheater der Stubai- und Ötztaler Berge. Wunderbar schön das alles: ein Augenfest, mir binnen kurzem lieb, ans Herz gewachsen, unentbehrlich; als Heimat angenommen. Aber besteht Daheim-Sein wirklich nur im Blick auf die Landschaft? im Schauen auf alte Häuser, krumme Mauern, im dankbaren Aufblick zum grünbehelmten Kirchturm? – Ach wie schön er heute wieder glänzt, ach wie schön heute das Licht in den Erkern spielt, ach, wie schön der frischgefallene Schnee die Konturen zeichnet, ach wie schön Bettelwurf, Glungezzer, Saile; achwieschön Gnadenwald, Windegg, Melans! –?

Rund um die alte Stadt Villenviertel und dazwischen große ummauerte Areale, Klöster, Klostergärten, Garten auch eines längst aufgelassenen adligen Damenstifts und dann: Heil- und Pflegeanstalt. Das Landesirrenhaus oder wie es im Volksmund heißt das Gelbe Haus oder der Gugelhupf. Auch zwei Kasernen sind da und ein *k. u. k. Heeresaugmentationsmagazin.* Und unfern von unserem Haus die Schneeburg, ein Adelssitz, vierschrötig-barock, dort wohnt die Kaiserliche Hoheit, gefürstete Reichsgräfin Stollberg mit ihrem Gatten und ihren zahlreichen Kindern, und die sanfte, aber unnachgiebige Würde der Kaiserenkelin strahlte aus. Hall war eine Stadt der Orden, Männer- wie Frauenorden, hier hatten die Jesuiten ihre erste Niederlassung auf deutschem Boden gehabt. Da war ein Franziskanerkloster, das Mutterhaus der Kreuzschwestern, das Kloster der Schwestern zur Ewigen Anbetung, das Haus der Salesianerinnen zu Thurnfeld. Da war das Missionshaus St. Joseph und das Zufluchtskloster, daneben etliche gleichfalls mit Mauern versehene Adelssitze: Breitenegg und eine weitere Schneeburg in Mils und der Krippsche Ansitz in Absam. Uns gegenüber hatten die Grafen Forni eine im 19. Jahrhundert romantisch erbaute Villa, vis à vis eine ebenfalls betürmte Villa die Herrn von Isser. In der Post wohnte Baron Kathrein, Sohn eines ehemaligen Landeshauptmanns und gleich unterhalb des Dekanats die Familie Baron Verdroß.

Fast alle diese Adeligen lebten in bescheidenen, sogar bescheidensten Verhältnissen, aber sie bildeten in der Stadt doch etwas wie einen festen Raster; ein Gerüst des gesellschaftlichen Lebens, in das sich nur einhängen konnte, was von ihnen nicht abgesondert und ausgeschieden wurde. So war Hall eine Stadt fast ohne Industrie. Es war eine Schulstadt, insofern die Franziskanerpatres am Graben ein Gymnasium für Knaben führten. Es war eine Salinenstadt, indem es ziemlich hoch im Gebirge, zwischen Bettelwurf und Zunderkopf, auf 1400 m Höhe ein Salzbergwerk betrieb; die Sole wurde in Rohren zu Tal geleitet und nahe der alten Tiroler Münzstätte, der Burg Hasegg zu Salz gesotten. Es war ein Bezirksgericht vorhanden, auch die Landesirrenanstalt setzte allerlei Leute ins Brot. Vor allem aber war Hall eine Pensionistenstadt. In den Ruhestand versetzte Beamte, Offiziere, Priester siedelten sich hier an. Etwas Gesetztes, Gravitätisches, aber auch Skurriles ging von den alten Leuten aus und verschmolz mit dem Skurrilen, mit dem Kraus-Eigensinnigen, Außenseiterisch-Zeitabgewandten der gotischen Stadt. Man sah Gestalten wandeln, die aus altdeutschen Bildern hätten herausgeschnitten sein können. Überall gab es Bucklige, Verkrümmte, Hinkende. Woanders Ausnahmeerscheinungen, hier schienen sie unmittelbar aus den alten Torbogen herauszuwachsen, schienen die engen gotischen Spindeltreppen zu bevölkern, in dunkles Kirchengestühl eingeschnitzt zu sein. Schwachsinnige waren angestellt, die Straßen zu reinigen. Daneben gab es Figuren von höchster Anmut und herzergreifender Lieblichkeit: ein Szenarium von Harpyen und Heiligen; und eine hermetisch geschlossene Gesellschaft.

Es war nicht leicht in sie hineinzuwachsen. Ganz gelang es mir nie. In jenen Jahren *miß*lang es.

Das hatte viele Gründe.

Der erste und wichtigste Grund: daß wir wieder einmal Fremde waren, wieder einmal Zugereiste, anders redend, anders lebend, anders denkend. Was hätte uns den Weg ebnen können? Wir kannten niemanden und so wollte niemand uns kennen. Vielleicht war der eine oder andere in Wirklichkeit gar nicht abgeneigt, aber das geltende Ritual der Gesellschaft verbot Entgegenkommen ohne vorher von seiten des Fremden deutlich dargebrachte Ergebenheitsbezeigung.

Mein Vater war zu Ergebenheitsbezeigungen nicht aufgelegt. Und vor allem wäre es ihm nie eingefallen, sein kritisches, mehr als kritisches Verhältnis zur katholischen Kirche zu revidieren, nur um Anschluß zu erlangen in einer auf strikte Katholizität eingeschworenen Gesellschaft. In dieser Hinsicht war er immer noch der alte Liberale, wie sein eigener Vater, und insofern auch wieder konservativ. Ich ging zur Kirche, auch meine Schwester. Aber das zählte nicht oder zählte kaum, mit Recht. Auf die Konfessionalität einer Familie kann man erst dann bauen, wenn sich auch die Männer dazu bekennen.

Fanden wir als Familie keinen Zugang zur Gesellschaft, so fand mein Vater doch Zugang zu einem kleinen Zirkel, zu vier oder fünf anderen pensionierten Offizieren: Oberst N., Oberst K., Oberst Z., Herren zwischen Siebzig und

Achtzig. Ein einziger jüngerer war darunter, der den Titel Oberstleutnant trug, in Wirklichkeit aber nur ein Militärbeamter gewesen war, zuständig für die Versorgung der Truppe. Er hatte den Spitznamen Zwiebelsepp und die respektlosen Reime, die ihm später, in weniger respektvoller Zeit auf der Straße nachgerufen wurden, erregten sogar bei seinen engsten Bekannten nur still zustimmendes Grinsen. Oberst N. war ein geplagtes zittriges Männchen, der seine Frau seit zwanzig Jahren im Rollstuhl fuhr, sie treulich versorgte und beinahe vor Kummer starb, als er sie verlor. Oberst K. hatte das Unglück einen geisteskranken Sohn zu haben. Er lehnte es ab, ihn in eine Anstalt zu stecken und verbrachte sein Leben größtenteils nur damit, den Kranken zu hüten, zu bändigen und ihn, wenn dessen Zustand es erlaubte, spazierenzuführen. General Z. war die freundlichste Gestalt in diesem Quartett, ein immer milde lächelnder rosiger Greis, dessen Lieblingslektüre in den Romanen der Courths-Mahler und der Nathalie von Eschstruth bestand. Stößeweise schleppte er sie von der Leihbibliothek nach Hause und verschlang sie, verschlang sie immer wieder, denn nicht einmal die exorbitante Fruchtbarkeit dieser Autorinnen war imstande, seinen Hunger nach ihren Produkten zu stillen. Trotzdem – oder ebendeshalb – war General Z. ein kühner Träumer und hegte einen Lieblingstraum, nämlich auf Löwenjagd zu gehen, Safari in Afrika auf den König der Tiere. Armer General Z.! An dieser stillen heimlichen Leidenschaft sollte er schließlich sterben; doch das ist eine Geschichte für sich und kann in diesem Buch nicht erzählt werden.

... GAR NICHT SO UNRECHT ...

Keine Ausflüchte mehr, meine Liebe. Kein Rund-um-den-Brei-Herumreden! Weder die Gotik von Hall noch die Skurrilität seiner skurrilen Bewohner retten dich vor dem Geständnis: Wie dich die Zeit an den Wickel kriegte.

Seit einiger Zeit sprachen mein Vater und ich über Politik. Ich glaube, es begann damit, daß ich meinen Vater überhaupt zum Reden bringen wollte. Er war, wie ich schon früher sagte, ein sehr schweigsamer Mensch. Meine Mutter hatte unter seiner Schweigsamkeit sicher gelitten. Auch meine Schwester war schweigsam. War sie allein mit meinem Vater zusammen, beschränkte sich die familiäre Unterhaltung auf einen Guten-Morgen-Gruß, auf eine gelegentliche Bemerkung über das Wetter, auf eine Frage, wenn gefragt sein mußte, auf eine Mitteilung, wenn etwas mitgeteilt werden mußte und dann, auf die abschließende Feststellung: – Jetzt gehe ich schlafen. Gute Nacht. – Dazwischen kam es vor, daß mein Vater mit den Vögeln sprach, die er hielt, mit einem Gimpelpärchen, einem Zeisig, daß auch meine Schwester zu den Vögeln sprach: – Na, komm her! Na, gib Ruh! Kriegst gleich dein Futter. – Sonst Schweigen.

(Dabei hingen die beiden aneinander, meine Schwester an meinem Vater sogar mit leidenschaftlicher Liebe.)

Ich hatte nicht vor, in diesem stummen Dasein zu leben, und ich hätte es gar nicht ausgehalten. Also versuchte ich, meinen Vater zum Reden zu bringen. Als Thema bot sich mir die Politik an.

Täglich verließ mein Vater zweimal das Haus. Am Vormittag ging er in die sogenannte Stube, am Nachmittag in Meißls Café. Da und dort traf er sich mit seinen Bekannten: Oberst N., Oberst K., Oberst Z. Er spielte Schach mit ihnen und las Zeitungen. Wenn er heimkam, lautete meine erste Frage: – Was gibt es Neues? – Die Antwort war fast immer dieselbe: – Nichts. Nichts Besonderes. – Dann nach einer Pause: – Ja, richtig. Da ist doch das und das passiert. –

Auch in jenem Frühjahr 33 fragte ich: – Was gibt es Neues? – Und immer seltener lautete die Antwort: – Nichts. – Immer häufiger begann die Antwort: – Ja, stell dir vor! – Und immer häufiger klang sie so, als hätte sich der Befragte beeilt, nach Hause zu kommen, um mitzuteilen und zu bereden, was er soeben erfahren hatte, was ihn bewegte, und dann mit mir, der Tochter, lange Gespräche zu führen.

Und eines Tages hieß es dann: – Hitler hat im Reichstag geredet. *Der Mann hat gar nicht so unrecht.* –

DER MANN HAT GAR NICHT SO UNRECHT.

War es das, worauf ich gewartet hatte, seit – seit ich mich erinnern konnte? daß *einer* gar nicht so unrecht, also *recht* hatte, daß mein Vater einem *recht gab*? daß er einen Politiker nicht als Hanswurst bezeichnete, als würdelosen Schnorrer, als Gauner, Schwindler und Verräter? Zugegeben: Mein Vater hatte Ignaz Seipel seine Achtung nicht versagt, aber Seipel war ein Prälat, und da war Vorbehalt am Platz. Zugegeben: auch Schober und Brüning hatte er gelten lassen, gutwillig alle beide, doch ängstliche Leisetreter, die zum Scheitern verurteilt waren. Zugegeben: auch der Reichspräsident Hindenburg mochte passieren, aber ein General taugte nur als Galionsfigur; als Politiker, so verschwor es mein Vater, taugte er nichts.

Von Hitler konnte man nun nicht behaupten, daß er ein Leisetreter sei. Von Hitler waren keine klerikalen Neigungen zu vermuten, und er kam von unten, aus dem Volk, aus dem Nichts, war nicht erstarrt in militärischer, diplomatischer oder weiß Gott welcher Routine. Und: *Er hatte gar nicht so unrecht*. Ich hörte das Wort, fast staunend, glaubte ihm, oder wollte glauben. War entschlossen zu glauben, vorpräpariert von langer Skepsis und Hoffnungslosigkeit, sattgefressen an melancholischer Untergangsstimmung, mit der ich gefüttert worden war Jahr um Jahr seit *Feuersäule* und *Hungerrevolte*, seit *Kitzbüheler Totenglocken*, seit *Spengler* und *Buddenbrooks*. Bisher hatte ich in dem Gefühl gelebt, einer verlorenen Generation anzugehören. Jetzt zum erstenmal wurde mir mitgeteilt: Einer hat recht. Und wenn dieser Mann recht hatte und das Recht durchsetzte, das sagte mein Vater nicht, aber ich hörte es heraus, dann gab es Hoffnung auch für uns?

(Hoffnung: Brot des Lebens, Hoffnung, Urkraft des Daseins. Hoffnung: christliche Kardinaltugend. Hoffnung: größte Lügnerin. Hoffnung: schnödeste Verführerin. Hoffnung: Todesfalle.)

In jener Reichstagsrede hatte Hitler mit dem Austritt Deutschlands aus dem Völkerbund gedroht. Und – damit hatte er nicht so unrecht – also recht? Recht also, Schluß zu machen mit Frankreichs Katz- und Mausspiel? Schluß mit den kniffligen diplomatischen Manövern in Genf und Locarno? Deutschlands Geduld ist erschöpft, schrieben englische Zeitungen und gaben Applaus. Deutschland will den Krieg, schrieben französische Blätter und gaben Alarm. Wir hielten den Atem an und starrten auf das Schauspiel: die Welt verwandelte sich in ein Theater, auf dessen Guckkastenbühne ein Vorgang ablief, dieser *eine*, Phase um Phase. Jedermann hielt die Blicke darauf gerichtet. Jedermann lebte mit, die einen in Angst, Kummer, Entsetzen, die anderen als schon Verführte. Aber gemeinsam war allen, daß sie starrten, harrten, zitterten, nichts galt daneben, nichts wog dagegen.

SCHRITT FÜR SCHRITT

Ich war nun ein Jahr lang sozusagen verlobt. Ich trug einen Ehering an der linken Hand, einen schmalen billigen Goldreif, E. D. desgleichen, zu mehr hatte das Geld natürlich nicht gereicht. Wir trafen uns alle drei Monate, oft unter abenteuerlich armseligen Umständen. Reiste E. D. nach Tirol, und es war Winter, so versetzte er seinen Sommermantel, reiste er im Sommer, versetzte er seinen Wintermantel. So konnte er jeweils die Fahrkarte bezahlen.

Nun aber, knapp vor dem Pfingstfest 33 trat eine neue Lage ein. Hitler sperrte die Grenzen gegen Österreich. Wer in das kleine Bruderland reisen wollte, mußte 1000 Mark erlegen, eine für damalige Begriffe geradezu entsetzliche Summe. Sofort sperrte auch Österreich seine Grenze gegen Deutschland. Nur mit Visum, hieß es, und unter besonderen Umständen werde man von nun an nach Deutschland fahren dürfen.

Die Nachricht war, wie man sich denken kann, ziemlich niederschmetternd für uns. Wir hatten uns zu Pfingsten treffen wollen. Nun standen wir vor unüberwindlichen Schranken. Unüberwindlich? Ich begann sofort nach einem Ausweg zu suchen. Mir fiel ein: wir könnten doch beide in die Schweiz... Sofort suchte ich Züge heraus, visierte einen Treffpunkt an, schickte ein Telegramm. Und richtig, es klappte. Wir trafen einander am nächsten Tag in Rorschach am Bodensee, auf Schweizer Boden. Aber ach: Die Fahrkarten für die längeren Strecken hatten unser beider Barschaft aufgefressen. Wir liefen noch in glühender Hitze zu Fuß bis St. Gallen, um uns dort gemeinsam den barokken Dom anzusehen. Verwirrt stolperten wir durch die von altem Reichtum gleichsam dampfende Stadt. Zum Essen kauften wir uns ein halbes Weißbrot und einen Becher Milch, es gelang uns gerade noch, den nächsten Morgen gemeinsam zu erwarten. Dann trennten wir uns für ungewisse Zeit.

Daheim erzählte ich meinem Vater von der abenteuerlichen Eskapade. Bittere Worte fielen, doch nicht, wie zu erwarten gewesen wäre, über die willkürliche Verhängung der Tausend-Mark-Sperre, sondern über die österreichische Regierung, die durch ihr kritisches bis feindseliges Verhalten diese Sperre herausgefordert habe. Alle Schwierigkeiten, alle Entbehrungen, die wir auszustehen, die ganz Österreich in den folgenden Jahren seitens des Reichs zu ertragen hatte, wurde nur den Unseren angelastet. Das hatte Gründe (von Gerechtigkeit rede ich nicht).

Damals war Dollfuß Bundeskanzler, ihm zur Seite standen etliche Politiker von sehr undurchsichtigem Charakter. Auch Dollfuß war alles andere als ein überzeugter Demokrat. Als er im südlichen Nachbarland Mussolinis Faschismus fest im Sattel und im nördlichen Nachbarland Hitlers Diktatur im Kommen sah, entschloß er sich rasch, selbst einen eigenen hausgemachten Absolutismus in Gang zu setzen. Er manipulierte das Parlament, daß es sich auflöste, er manipulierte die Parlamentspräsidenten: sie legten ihr Amt nieder. Ohne Präsidenten kein Parlament, ohne Parlament keine Demokratie. So war der Kreis geschlossen, das Ziel erreicht, hinten herum; was Mussolini mit seinem theatralischen Marsch auf Rom, was Hitler mit dem in direktem Zugriff erzwungenen Ermächtigungsgesetz in Szene gesetzt hatte: es war auch bei uns installiert, aber in kleinem Format, eine zwergenhafte miefige Wohnküchendiktatur, Tyrannei aus dem Hinterhaus, auch wenn ein Fürst dabei mittat, auch wenn die Kirche dazu die Segenshand hob.

Uns gefiel das nicht.

Leider.

UNGELIEBTER REBELL

Inzwischen war es mir gelungen die Stecknadel im Heuhaufen ausfindig zu machen, auf die mich mein Doktorvater angesetzt hatte. Ich hatte eine Spur gefunden. Bei Troeltsch war mir der Name Jean de Meung untergekommen, ein französischer Kleriker aus dem späten 13. Jahrhundert, er hätte, so hieß es da, ein riesiges Reimwerk hinterlassen, ein Monstrum von zwanzigtausend Versen, Roman de la Rose. Darin, so hieß es weiter, sei rebellisches Gedankengut aufgenommen, es werde über das Naturrecht räsonniert und König und Adel und Geistlichkeit tüchtig beschimpft. Hier hakte ich ein; ich war mir sicher: Hier mußte der Schlüssel liegen, der Ansatzpunkt zu einer weltlichen Soziologie im Mittelalter, hier oder nirgends. Ich suchte Steinacker auf und teilte ihm das mit. Er widerriet mir, die Spur zu verfolgen. – Nein –, sagte er, – da machen Sie sich nur unnötige Mühe, zwanzigtausend Verse Altfranzösisch, das lohnt sich nicht. – Aber ich war eigensinnig und es gelang mir die alte Schwarte von irgendwoher aufzustöbern und nun gings an.

Ja, es ging an. Ich staunte. Denn dieser Herr Jean de Meung, der zur Zeit der scholastischen Hochblüte lebte, in einer Welt der Kathedralen, der Ritter und Mönche, er war ein Rebell reinsten Wassers, ein Aufklärer und Tabubrecher, ein wilder Rüpel und ein Lüstling dazu.

Ich konnte nicht die leiseste Spur von Sympathie für den Mann in mir entdecken. Nichts desto weniger durchakkerte ich die zwanzigtausend Verse und dreißig Gesänge mittelalterliches Französisch, erst qualvoll langsam, da ich jedes zweite Wort im Lexikon nachschlagen mußte, dann doch etwas zügiger und mit wachsendem Erstaunen über die Fündigkeit: denn dieser Mann entpuppte sich als direkter Vorläufer Rousseaus, auch er führte den Ursprung von Staat und Königtum auf einen Contract social zurück, es ging recht positivistisch-desillusioniert bei ihm zu, da war nichts von schöner Ordnung und harmonia mundi. Die Hierarchie der Stände war als nackte Gewalt denunziert, Neid, Habsucht und Bosheit regierten die Welt, und nur der arme Teufel, der Prolet von Paris, genoß ein Häppchen Wohlwollen.

Nun gut: Das war mein Thema. Ich pickte die einschlägigen Stellen heraus, verzettelte sie und begann an meiner Dissertation zu schreiben, alles brav und wie gelernt. Aber dann konnte ich es mir nicht versagen, mich des Vergleichs wegen in die Gesellschaftslehre des Thomas von Aquin zu vertiefen, in dieses – wie mir schien – in sich ruhende weise System gegenseitiger Verpflichtungen und Berechtigungen, gegenseitigen Nutzens und gegenseitiger Hilfeleistungen. Ich wußte zwar: dieses System war nur erdacht und entworfen und nie verwirklicht worden, aber mir schien, *daß* es erdacht und entworfen worden und in das mittelalterliche Universum eingehängt worden war wie eine strahlende Lampe in die Dunkelheit, das allein schon war tröstlich und ein Versprechen auf bessere Zukunft.

Um so finsterer, ja barbarischer, kam mir – trotz seiner über Jahrhunderte hinwegweisenden Modernität – Jean de Meungs belferndes Wüten vor. Ich haßte den Burschen, während ich vierhundert Seiten über ihn schrieb, und beim Schreiben dachte ich: Warte nur, noch ein Jahr, dann bin ich für ein *anderes* Schreiben frei.

KÜNSTLERLEBEN

Nun ging meine Verlobung mit E. D. ins zweite und dann ging sie ins dritte Jahr. Wir lebten miteinander; ich weiß nicht, was die Meinen dachten, wenn ich nach München fuhr. Nie war davon die Rede, ob es denn auch wirklich wahr sei, daß ich jeweils draußen bei den künftigen Schwiegereltern wohnte, wie ich sagte, und in der Tat, ich blieb auch dort jeweils drei, vier Tage, so war die Form gewahrt, und wo ich sonst blieb, darüber wurde nicht geredet. Nicht einmal die Tanten redeten darüber, das Thema war ausgeklammert, auch wenn sie sich sonst in alles einmischten, was ich ließ und tat. Schon längst hatte sich die Umschichtung bürgerlicher Moral angebahnt, dem trug man Rechnung, aber man hütete sich, dieses Rechnungtragen ausdrücklich anzuerkennen. War das Verlogenheit? Es war in meinem Fall vermutlich eher eine übertriebene Rücksicht auf meine Person: ich würde wohl wissen, was ich tue (schrecklicher Irrtum!).

Der einzige Mensch, der mich in dieser Hinsicht hart anfaßte, war unser alter Dienstbote, Anna Dornauer. Sie war nach etlichen Interregnen wieder bei uns eingerückt und führte den Haushalt meines Vaters. Eines Tages – ich war eben wieder dabei nach München hinauszufahren – fuhr sie mich an: – Mir gefällt das nicht, das sag ich Ihnen. Und auszubaden haben es nachher die Kinder. – Ich zuckte die Achseln und gab keine Antwort. Ich fuhr wie vorgehabt, selbstverständlich. Aber das Wort saß und traf mich tief. Es traf mich an einer Stelle, die mich schon lange triezte. Meine Beziehung zu E. D. war von allem Anfang an schmerzlich gespalten: auf der einen Seite Zuneigung, auf der anderen Widerstand, Ja und Nein nebeneinander und im raschen Wechsel, ein qualvolles Schwanken, jahrelang. Was war es, das mich ihm zuneigte? Ich beschrieb es schon: zuerst einmal, wie er damals an meinem Portrait modellierte: besessen, hingerissen. Der kreative Raptus imponierte mir. Er war so glaubhaft, natürlich, unverstellt. Und er beherrschte diesen jungen Mann so gänzlich...

Dafür hatte ich Verständnis. Das traf in mir auf ähnliche besessene Bereitschaft, da war doch einer von meiner Art. (Cum grano salis von meiner Art.)

E. D. lebte, auch das beschrieb ich schon, in ziemlich elenden Verhältnissen. Aber er dachte mit keinem Gedanken daran, seinen Beruf deshalb aufzugeben, zu kapitulieren, irgendwo unterzukriechen in einer anderen Hürde, an einer Futterkrippe. Auch das gefiel mir, und nie, mit keinem Wort, habe ich ihm je ein anderes Verhalten nahegelegt.

Ich lernte seine Arbeitswelt kennen, auch dieses Kennenlernen empfand ich als Bereicherung: Ich lernte nun, wie eine Plastik entsteht, die Techniken in Ton, Gips, Holz, Bronze, Stein, den Werdegang aus dem Lehmklumpen zum Guß. Aber auch die andere vielfältige und nie auszuschöpfende Problematik: Standort und Wirkung im Raum, Sinn und Zweck, formale Bewältigung und inhaltliche Definition.

Das hört sich alles abstrakt an und so, als hätte ich es auch aus einem Buch herauslesen können; aber ich erfuhr es ganz anders, höchst handgreiflich und Schritt für Schritt. Ich lernte Gips anrühren und Ton durchkneten und Negativformen geduldig ausnudeln. Ich half beim Schleppen von Plastiken zu Ausstellungen und lernte einen guten von einem schlechten Aufstellungsplatz unterscheiden, lernte Streiflicht und Hintergrund abschätzen und die günstigste Sicht ausfindig machen, ich lernte vor allem stille Freundlichkeit und unterwürfige Geduld an den Tag legen, sobald sich irgendwelche Personen zeigten, die, wenn auch nur in kühnen Träumen, als mögliche Auftraggeber in Betracht gezogen werden konnten, damit nahezu göttliche Personen, von deren Gunst und Gnade Wohl und Wehe abhing. Ich lernte, daß die Kunst nach Brot gehen muß, und wohin diese Wege führten, sehr verschlungene Pfade und dornenvolle, treppauf treppab und winkelige Korridore entlang in Ämtern und Tintenburgen, von deren Existenz ich vorher keine Ahnung gehabt hatte. Da gab es ein Baudezernat und eine Kulturabteilung und eine Vermittlungsstelle zwischen dieser und jenem, und es gab Vorschlagslisten, auf die zu gelangen lebensentscheidend war, es gab Günstlinge und Gegengünstlinge und ein Dickicht von Kompetenzen. Aber was es nicht gab in jenen Jahren 32, 33 und sogar noch 34, das waren Aufträge, denn es fehlte an Geld.

Nach wie vor radelte E. D. zu seiner Mutter hinaus und holte sich seine fünf Mark. Sein Lehrer Hermann Hahn verschaffte ihm eine einmalige Prämie, 200 Mark. Ein Halbjahr darauf erhielt er beim Verlassen der Akademie – Glücksfall der Glücksfälle – das vielbegehrte, nur für wenige Meisterschüler erreichbare Mon-Stipendium, 1000 Mark. War er damit ein Krösus? Beinahe. Doch leider mußten aufgelaufene Miet- und Bäckerschulden davon beglichen werden, Restsumme 150 Mark. Im Winter 32 auf 33 schrieb mir E. hoffnungsvolle Briefe: die Witwe eines Regierungsrats habe sich bei ihm eingefunden und wolle ein Grabmal, sie habe es beinahe schon bestellt, habe dann aber zur Bedingung gemacht, daß eine auf dem Familienbesitz vorhandene plastisch verzierte Steinplatte mit eingebaut werde. E.D. radelte, um diese Steinplatte in Augenschein zu nehmen, bei bitterer Kälte bis Bad Tölz. Die Platte sei nicht sehr schön, schrieb er mir deprimiert, aber irgendwie werde sich der Einbau vielleicht doch lösen lassen. Die Witwe ließ sich einen Entwurf bringen und etliche Alternativvorschläge. Weitere Wünsche ihrerseits: Dazu sollte ein Spruch in die Grabplatte eingemeißelt werden. Also neue Entwürfe, eine zweite Fahrt nach Tölz. Die Witwe zögerte noch immer. Schließlich war die Katze aus dem Sack: ihre Verwandten hatten sich eingeschaltet und rieten zu einer Überführung in ein anderes, bereits vorhandenes Grab. Der letzte elende Hoffnungsfunke zuckte noch einmal sterbend auf. Dann hatte sichs. Aus.

Und so fort, immer wieder.

Die Lage war so hoffnungslos, daß man solche Fälle vorgegaukelter Möglichkeiten und nachfolgender Enttäuschungen sogar noch als Glück empfand. War die Hoffnung auch vergeblich gewesen, so hatte sie doch für eine Zeit wie ein verflogenes Glühwürmchen geleuchtet. War auch die Mühe verschwendet, so hatte sie doch über Tage und Wochen lähmender Depression hinweggeholfen.

Ich glaube, es war im Sommer 34, da fuhr in die düsterverödete Szenerie des Münchner Kunstlebens wie ein erster ankündigender Windstoß die Nachricht, daß am Rande des Englischen Gartens ein großer Ausstellungspalast gebaut werden sollte. Hitler selbst wollte das Gebäude bauen lassen, es sollte zum *Haus der deutschen Kunst* werden – und zu seiner Grundsteinlegung sollte ein Festzug stattfinden. E.D. erhielt den Auftrag, für diesen Festzug ein Nürnberger Stadtzeichen zu modellieren, ein Wappenweibchen, halb Mensch, halb Vogel, das sollte auf einer Kugel stehen. Honorar 300 Mark.

O Glück. O Seligkeit. Auf einer Tribüne sitzend sahen

wir den Festzug vorüberziehen. Ein hübsches buntes Schauspiel, höchst bescheiden gegen das, was sich später an Aufwand, Prunk und Protz zu ähnlichem Anlaß durch München bewegen sollte. Ein graugefärbelter Abguß des Bamberger Reiters wurde ebenfalls vorübergefahren. Ich war nahe daran, bei seinem Anblick ein Kreuz zu schlagen, tief gerührt von seiner stillen Hoheit.

Nach wie vor hauste E. D. in seinem Atelier in der Gabelsbergerstraße. Das Hinterhaus war von Künstlern bewohnt. Hier absolvierte der hochbegabte Hans Wimmer seine Anfänge, aber es waren auch hoffnungslose, am Rand des Elends dahinvegetierende Existenzen da, ein alter Mann namens Christer z. B., der sich als Architekten bezeichnete, aber sein ganzes Leben lang nur ein einziges Haus nicht einmal auf-, sondern nur umgebaut hatte. Das vergilbte Foto seines Werkes bildete das Glanzstück seiner Wohnhöhle. Wohn- und Arbeitshöhle, ja, das war wohl auch E. D.'s Bleibe nebenan, fünf Jahre lang, denn so lange dauerte es bis wir heirateten. Das Atelier war klein, Wasser auf dem Gang, die Toilette mit Christer gemeinsam. In einem Winkel stand ein zweiflammiger Gasrechaud, darüber ein Brett mit Tassen, Tellern, einem Kochtopf, einem Teekessel. Ein von Wachsflecken und Gipsspritzern gesprenkelter Tisch. Ein uralter zersessener, in seinen Federn schwankender Fauteuil. Also Junggesellen-Lotterwirtschaft? Aber daß von den Wänden hier das Photo eines archaischen Apollon blickte, dort ein Buntdruck von Corinths Walchenseelandschaft, das gab dem ganzen doch eine andere Note.

Daheim (ich dachte es nicht, aber ich fühlte es) war das Leben wie erstarrt. Zugegeben, es war alles ordentlich, alles sauber, alles hatte sein Fach, seinen Ort, seine Zeit. Pünktlich um acht wurde meinem Vater das Frühstück serviert. Vorher hatte er die Vogelkäfige geputzt, die Vögel mit frischem Futter, frischem Wasser versorgt, er war rasiert, gewaschen, angekleidet. Nach dem Frühstück rauchte er seine erste Zigarette. Um halb elf verließ er das Haus und ging in die sogenannte Stube. Fünf Minuten vor zwölf tauchte sein weißer schmaler Kopf wieder hinter der Gartenmauer auf: um zwölf war Mittagessen ... und so fort.

Wir bewohnten drei und, wenn man die schlecht oder gar nicht heizbaren Dachstuben dazu rechnete, fünf Zimmer. Zwei davon waren allerdings nicht für den täglichen Gebrauch bestimmt. Salon und Speisezimmer standen fast das ganze Jahr über leer, wenn ich nicht gerade auf dem Klavier klimperte, es zierte den Salon; oder wenn nicht gerade ein Gast eine Tasse Tee bei uns nahm, diese Zeremonie hatte im Speisezimmer zu erfolgen. Dort hatte unser soziales Prestige etliche Perserteppiche, etliche Eichenmöbel, etliche Vasen, Bilder und die – leider ihres Glassturzes beraubte – Goetheuhr zu präsentieren. Hier lag und stand alles immer auf demselben Platz. Ich akzeptierte diese Ordnung (erst später stürzte ich sie um), ich akzeptierte auch das auf die Minute festgelegte Tagesprogramm. Aber in einem Winkel meines Herzens mußte doch wohl etwas ganz anderes rumoren: Bedürfnis nach Ungeordnetem, wohl auch Unabsehbarem; das dunkle, aus frühester Kindheit mitgeschleppte Verlangen nach Vorbürgerlich-Vitalem, selbst um den Preis der Simplifizierung.

Vermutlich war der Umstand, daß E.D. in jenen ersten Jahren unter so bedrängten Verhältnissen lebte, unserer Beziehung eher förderlich als hinderlich. Wenn wir einander trafen, so war das jedesmal ein Abenteuer, und das Abenteuer strahlte Reiz aus. Aber die glücklichsten und reichsten Stunden erlebten wir sicher gemeinsam in Südtirol.

Auch hier holte uns die Politik ein.

Südtirol war damals seit fünfzehn Jahren unter italienischer Oberherrschaft, seit einem Jahrzehnt regierten die Faschisten. Sie regierten mit dem strikten Vorsatz, das deutsche Land zu italienisieren, die kleine Minderheit auszuradieren, sie entweder zu zersprengen oder so rasch wie möglich aufzusaugen. Es gab keine deutschen Schulen mehr, nicht einmal in den Elementarklassen wurde Deutsch unterrichtet. Privater Deutschunterricht wurde mit Gefängnis oder Deportation auf eine Insel bestraft. Die gesamte Verwaltung wurde nur italienisch abgewickelt. Nicht genug damit: Man drangsalierte die Leute mit einander widersprechenden Verordnungen und stürzte sich dann, wenn sie – notwendiger- und unabwendbarerweise – gegen eine der Verordnungen verstießen, mit schweren

Strafmandaten über sie. So sollte die deutsche Bevölkerung nicht nur eingeschüchtert und verwirrt werden; sie sollte auch verarmen, von Grund und Boden kommen, zu Flugsand zerfallen und dann – irgendwohin nach Italien abgeschwemmt – ihre Identität verlieren. Nicht einmal die deutschen Namen blieben ungeschoren, sogar auf den Grabsteinen begann man die Berger in Montinis, die Tiefenbrunner in Bassafontanas und die Hochschwarzer in Altomoros umzuwandeln.

Das Land war arm, ausgesogen von einer unbarmherzigen Steuerpolitik. Es verharrte in einem Zustand schmerzlicher Lethargie. Zwar waren die Italiener an verschiedenen Punkten tätig: Sie bauten Kasernen und Militärstraßen, sie bauten Wasserwerke und stampften – vor allem in Bozen – neue Viertel aus dem Boden. Aber wozu Kasernen und Militärstraßen dienten und dienen sollten, war nur allzu klar. Der in den Wasserwerken gewonnene Strom wurde sofort nach Süden geleitet, und die neuen Bauten sollten nur zuströmende Italiener aufnehmen. Ein protziges Denkmal an der Talferbrücke verkündete, daß Rom einstmals das Licht der Zivilisation in die Nacht der nördlichen Barbarei gebracht habe; und so wollte man die neue Lage von neuem verkaufen: Italiens Herrschaft als Sieg des ewigen Imperio. Und Mussolini – ein an alle Mauern schwarz gepinseltes Gesicht als überall gegenwärtige, wachsam drohende Allmacht des Cäsaren.

Es war zum Weinen. Und es war zum Lieben. Wir liebten Südtirol. Wir trauerten darum; alles, was uns zu tun übrigblieb, war hinunterzufahren, immer wieder hinunterzufahren, die paar erübrigten Groschen dort auszugeben, mit Menschen zu reden. Und je armseliger das Dorf war, in dem wir einkehrten, desto besser.

DAS ERSTE BUCH

In den letzten Junitagen 34 legte ich meine Rigorosen ab, am 7. Juli wurde ich auf der Universität Innsbruck zum Dr. phil. promoviert.

Schon in den Tagen zwischen der letzten Prüfung und der Promotion begann ich mein erstes Buch zu schreiben.

Schon lange war ich damit schwanger gegangen. Ganz allmählich hatte sich der Stoff in mir gesammelt. Ich will versuchen zu erzählen, was ich mir von dem Vorgang gemerkt habe. Daß ich in die Geschichte zurückwollte, stand für mich fest. Ich hatte mich mit Geschichte vollgesogen, vielleicht nicht einmal so sehr, weil ich Geschichte studiert habe. Geschichte war für mich: *Warschau ist gefallen, die Feuersäule, Hungerrevolte* und *Totenglocke,* Geschichte war für mich auch die Landschaft, wo ich sie am liebsten mochte, das Hochtal zwischen Wäldern und Almen, der schmale Steig, der alte Brunnen, die krumme Holzhütte: Fundamente. Nie etwas Aufgeputztes, Prachtvoll-Aufgedonnertes, nie Juwelenbrust und Reifrock, eher Armenhemd und Holzschuh; nie fiel mir ein, sogenannte geschichtliche Persönlichkeiten bei meinem Schreiben aufs Korn zu nehmen, eher ging es mir dabei um das anonyme Fußvolk, und geschichtliche Persönlichkeiten tauchten höchstens am Rande auf, ganz schattenhaft. Geschichte also im Sinne des Hinab-Geschichteten: dorthin lockte es mich abzusteigen, mich einzugraben, auch mich zu tarnen.

Wenn ich an die ersten Bilder zurückdenke, in denen mir Personen und Handlungen meines ersten Buches auftauchten, fällt mir immer das Bild eines Mädchens ein, das eine Kette aus Beeren fädelt, aus den korallenroten, schon hartgeschrumpften Beeren einer Eberesche, sie hängt sich die Kette um den Hals, eine zwei- oder dreifache Kette, so sitzt sie am Waldrand, über einer herbstlichen Wiese, im Schatten. Sie hatte den Namen *Judenta.*

Nie habe ich eine Figur dieser Art in einem meiner Bücher gezeigt, nie diesen Namen verwendet. Aber von dieser Figur spann sich ein Faden.

Ich habe in den ersten Kapiteln dieses Buches von einer Kinderliebe erzählt und, daß sie mich anfiel, da war ich neun, und daß ich sie austrug bis ich sechzehn war. Ich will nicht sagen, wen sie betraf. Aber ich will sagen: Da war Ferne; da blieb mir nichts als Hin-Denken, Hin-Denken in ein Tiroler Tal, in eine Ortschaft, die ich nicht kannte, in eine Landschaft, die ich noch nie betreten hatte. Sie ist dann die Landschaft meines ersten Buches geworden. Ich kannte sie, ohne sie zu kennen. (Natürlich fuhr ich später hin und nahm sie in Augenschein.) Erst später begriff ich, was da geschehen war: Ich hatte mir damals mit meinem tiefverschwiegenen Hindenken als Zwölf-, Dreizehn-, Vierzehnjährige gleichsam das Nest getreten, wie sich ein Tier das Nest tritt irgendwo in Heu oder Laub, um darin seine Jungen zu werfen. Im Hin-Denken hatte ich mir diese Landschaft erschlossen, wie der kleine Fluß in ihr lief, wie sich die Hänge staffelten, wie die Täler auseinanderzweigten. So hatte ich mir den Ort entdeckt, wo Judenta saß und ihre Beeren fädelte.

Nichts von Judenta. Die Hauptfigur meines Buches nannte ich Almuth, sie war eines Gaugrafen Tochter, aber was war denn in jener Zeit um 900, die ich mir als Erzählzeit erwählte, ein Gaugraf anderes als ein besserer Bauer, Verwalter eines Lehens (auch mein Vater war Verwalter gewesen), Almuth war mutterlos (wie ich) und Vatertochter (wie ich), auf sie sollte das Erbe kommen, *sie* hatte keine Geschwister.

Erbe in jener Zeit: mehr Last als Freude, denn die Welt war aus den Fugen, Unordnung und Not ringsherum. Auf sie, die Erbin kam es an, daß es mit den etlichtausend Menschen in ihrem Gau nicht ganz in den Graben ging. Sie sollte herhalten, sollte die Säule sein durch *Tadellosigkeit.*

Aber leider, die Tadellosigkeit war schon verspielt, die Säule war schon geknickt, denn meine Almuth war, noch ehe die Last auf sie gelegt wurde, den schönen Redensarten eines netten freundlichen Knaben erlegen, eines FREMDEN, der, als das Malheur schon passiert war, ihr zuredete, sie solle sich nun doch mit dem vom Vater ausgesuchten Bräutigam arrangieren. – An wen ich wohl gedacht hatte bei diesem unverläßlichen Liebhaber? – An K. S. oder gar an Herrn Soundso? Aber nein, das war ja das Merkwürdige, daß ich an niemanden gedacht hatte, an keine Episode meines eigenen Lebens, daß ich nichts kopierte. Es war alles übersetzt, getarnt, umstrukturiert, vom 20. ins 9. Jahrhundert, vom pleitegegangenen Textilkaufmann in den landstreichernden Abenteurer, doch nicht genug: Was ich da schrieb, war nicht nur aus der eigenen Vergangenheit übersetzt, es nahm auch ein Stück eigener Zukunft vorweg, ahnte sie vorweg, fürchtete sie vorweg, wie, weiß ich nicht.

Ich ging nicht gut um mit meiner Almuth. Der Feind kam ins Land, ihr Vater wurde gefangen und geblendet. Warum geblendet? Weil das die Methode war in jener rauhen Zeit, sich seiner Gegner zu entledigen? Aber geblendet sicher auch, damit der Vater die Schande der Tochter nicht sehen konnte, denn Almuth bekam ein Kind. Der Vater starb noch zur rechten Zeit, sie verkroch sich bei übelbeleumundeten Leuten in der Einsamkeit, das Kind sollte, sobald es geboren war, weggebracht werden, irgendwohin, sie wollte nicht wissen, wohin. Als es dann soweit war, fragte man sie, ob sie den neugeborenen Knaben nicht doch wenigstens einmal sehen wollte. Und sie sagte: NEIN!

In diesem *Nein* kulminierte die Handlung. Dieses *Nein* war der Schnittpunkt, in dem sich das Vorher und Nachher traf. Der Punkt, an dem das ganze Gewebe hing. Von diesem *Nein* konnte es nur einen langen schmerzhaften Weg geben zu einem JA am Schluß des Buches, zu einem *Ja*, in dem sich das ganze übrige Leben der Almuth aufhob, aufhob Ordnung, Gesetz und der (elende) Schein der Tadellosigkeit.

Ich kann mich nicht erinnern, daß es mir besondere Schwierigkeiten bereitet hätte, die Handlung zu erfinden. Freilich war es nicht so, daß ich sie aus logischer Überlegung heraus disponiert hätte. Ich fand sie vielmehr in Bildern in mir vor. Almuth auf verzweifeltem Alleingang durch das Gebirge, Almuth unter einem blitzzerspaltenen Baum, Almuth als alternde Frau mit ihrem ersten, verstoßenen Sohn, er ist Rebell, Wegelagerer, Räuberhauptmann, Untergrund, der sich auflehnt und die Ordnung zum Einsturz bringt, für die die Mutter zu leben geglaubt hat.

Da lag der tragische Ausgang sozusagen schon auf dem Tisch. An zweierlei erinnere ich mich genau: An das qualvolle Herzklopfen, das mich befiel, als ich mir ausdachte, daß Almuth zwei ihrer ehelichen Kinder sterben sehen müßte. Die Ökonomie der Handlung verurteilte sie zum Tod. Zugleich aber war mir so fürchterlich zumute, als müßte ich einer Hinrichtung beiwohnen.

Ein anderer, ganz anderer Augenblick war es, als mir plötzlich aufging, daß ich in die Düsternis dieser vita eine Zone der Helligkeit einbringen müßte; daß es doch sinnlos sei, immer nur in die eine Kerbe zu hauen, immer nur Finsteres, Tragisches, Unerträgliches aufzuhäufen. Daß die Geschichte davon gewinnen würde, wenn sich auch Glück zeigte, Lichtung im Dickicht, golden besonnte Zone zwischen nächtlicher Schwärze. Ein kleiner epischer Trick, nichts weiter. Aber daß ich ihn gefunden hatte, erfüllte mich mit Glücksgefühl. Zum erstenmal war ich ganz aus mir selbst einem Prinzip auf die Spur gekommen, das ich später unter dem (Thomas Mann entliehenen) Begriff *Sinnesverkehrung* verstand. Zum erstenmal erlebte ich, was *Gewicht* ist in einem künstlerischen Prozeß: Es ist durch *Gegengewicht.*

So schrieb ich also das Buch, ich schrieb es mit der Hand in dicke Quarthefte, jeden Tag etliche Seiten, schrieb das Buch, wie man damals, vielleicht nur noch damals! ein Buch zu schreiben imstande war, in einer heute beinahe kläglich anmutenden Naivität, unbeleckt von Zweifeln, unerschüttert von Lord Chandos und Konsorten.

Tante Anci hatte mir eine Schreibmaschine gekauft, eine alte furchtbar klappernde, aber unverwüstliche Remington. Auf ihr begann ich jetzt, mit zwei Fingern zu tippen. Das Abschreiben dauerte sechs Monate. Der erste Mensch, dem ich das Manuskript zu lesen gab, war meine Schwester. Die Ärmste, sie bekam den Wust unnumerierter Blätter in vollständigem Durcheinander. Sie fraß sich durch und reihte Original und Durchschlag, zwei mal dreihundert Seiten, ohne sich ein einziges Mal zu irren. (Noch heute schreibe ich am liebsten auf unnumerierten Seiten und bringe sie erst nachher, vielfach mit Mühe, in Ordnung.)

Der zweite Mensch, der das Manuskript zu lesen bekam, war mein Vater. Ich wartete auf sein Urteil. Er las und las, schließlich war er auf der letzten Seite angekommen. Ich saß ihm gegenüber an unserem Wohnzimmertisch und wagte kaum zu atmen. Nun war er fertig. Er klappte die Mappe zu und sagte: *Großartig.*

Von dem Augenblick an war ich entschlossen, das Manuskript unter die Leute zu bringen.

WOHIN DAMIT?

Ich versuchte es erst mit dem katholischen Verlag Pustet und bekam eine halbherzige Antwort: Jaja, sehr schön – vielleicht ließe sich der Roman in Fortsetzungen bringen, möglicherweise werde man einiges ändern... Ich bedankte mich und schickte das Manuskript weiter.

Langen-Müller antwortete mir, man sei beeindruckt, könne sich aber nicht entschließen.

Ich freute mich über den Eindruck und schickte das Manuskript weiter. Wohin?

Ich kannte keinen dritten Verlag, geschweige denn einen Verleger, überhaupt keinen Literaten. Ich hätte wohl in Innsbruck meine Fühler ausstrecken können: da saß die Tyrolia und pflegte ihre Star-Autoren, Widmer-Pedit und Oberkofler. Sonderbarerweise dachte ich nicht daran, mich hier zu präsentieren. Ich wollte die größere Plattform, also suchte ich nach einem dritten, deutschen Verlag. Dazu durchstöberte ich den Bücherschrank meines Vaters: Es war doch in jedes Buch Verlag und Verlagsort hineingedruckt.

Viga-Ljot und Vigdis von der Undset war bei Cassirer in Berlin erschienen.

So adressierte ich mein Manuskriptpaket an Cassirer. Ich wußte: ein jüdischer Name, also ein jüdischer Verlag. Wir standen im Jahr 35. Trotzdem schickte ich mein Buch ab. War ich so ahnungslos, was unterdessen in Deutschland geschah?

Ja, ich war ahnungslos. Ich hielt, was mir bei meinen gelegentlichen Besuchen in Deutschland an antisemitischen Schriften unter die Augen kam, die Aushängeexemplare des Stürmers etwa, für dummes Zeug, blödes Gebelfer, leeres Gekläff, nicht ernst zu nehmen. Da waren eben einige Verrückte, die gegen das Judentum loszogen. Na, wenn schon. Auch in Österreich, auch in der Tschechoslowakei hatte ich böse bissige Judenwitze gelesen, böse Karikaturen gesehen. Schon möglich, daß da einige über die Stränge schlugen. Aber in der Publizistik focht man eben mit groben Waffen. Wie wütend war in den zwanziger Jahren die Kirche von der roten, die Sozialdemokratie von der klerikalen Presse angegriffen worden! *Die Hunde und Schweinepfaffen,* hieß es da, *die Roten Volksverräter,* tönte es zurück. Das Klima war rauh. Man zuckte die Achseln und dachte: – Was weiter? – Und so konnte ich damals 1935 in der Tat glauben, daß ein jüdischer Verlag in Deutschland weiterproduzieren dürfte.

Im Herbst 35 erhielt ich einen Brief von Max Tau. Ich kannte den Namen nicht, Tau stellte sich mir als Lektor des Cassirer-Verlags vor, sein Brief umfaßte wenige Zeilen: er habe mein Manuskript gelesen und es gehöre zum Besten, was ihm in den letzten Jahren unter die Augen gekommen sei. Leider sei das Programm des Verlags gefüllt, doch wenn es mir recht sei, so wolle er meinen Roman an einen anderen Verlag weitergeben. Er erwarte meine Antwort.

Ich war wie trunken vor Glück. Sonderbarerweise schoß mir dieses Glück in den Satz ein: Wie gut die Menschen sind, wie gut, wie gut.

Im Januar 36 fuhr ich nach Berlin. Ich wollte doch sehen, was unterdessen mit meinem Buch geschah. Max Tau hatte Wort gehalten; das Manuskript lag bei Rütten-Loening. Sitz des Verlages: Frankfurt. Eine Berliner Lektorin dieses Verlags versicherte mir, das Buch sei so gut wie angenommen.

Am anderen Tag fragte man mich, ob ich Herrn Cassirer und Herrn Max Tau zum Bahnhof begleiten wollte. Sie führen, so hieß es, auf eine Geschäftsreise nach Schweden. Ich sagte zu. Als ich auf den Lehrter Bahnhof kam und den bereitstehenden Expreßzug nach Kopenhagen fand, hatte sich schon ein gutes Dutzend Menschen um Cassirer und Max Tau versammelt. Ich wunderte mich ein wenig, daß da so viele waren, die die beiden für eine Geschäftsreise verabschiedeten. Die Stimmung war nicht heiter, aber sie schien mir auch nicht desperat. Es war ein stiller ernster gefaßtgelassener Abschied. Ich ahnte nichts davon, was da wirklich geschah: Emigration.

Einige Wochen später erhielt ich den Verlagsvertrag von Rütten-Loening. Auch dieser Verlag hatte einen jüdischen Besitzer gehabt. Wieder etliche Wochen später den Brief eines mir unbekannten Mannes, Dr. Hachfeld. Er habe, schrieb er mir, den Verlag Rütten-Loening gekauft und sei nun mein neuer Verleger. Er freue sich, mein Buch herauszubringen, es erscheine demnächst.

IDYLLEN

Mit dem Spätzug am Brenner angekommen. Wir, E. und ich verlassen den Bahnhof und machen uns auf den Weg nach Gossensaß. Rechts und links der Straße mannshohe Schneemauern. Es ist noch nicht Ostern, zwischen Wolken treibt der sich rundende Mond. Die Straße ist leer. Vielleicht, daß uns auf stundenlanger Wanderung ein Wagen überholt, daß uns zwei begegnen. In der Stille rauschen die Bäche, unsichtbar unter mattschimmernden Eisbärten, die schwarzen zottigen Hänge herab. Allmählich werden die Schneemauern niedriger, zerfallen zu scholligen Brocken, dort, wo das flache Paß-Gelände zum Steilstück abbricht, sehen wir die ersten aperen Stellen aus der geschlossenen Schneefläche treten, schwarze Risse und Flecken, sie breiten sich aus, werden mehr, schließlich zeigt sich im Mondlicht, daß die dunkle moosige Flur neben der Straße mit Anemonen gesprenkelt ist, millionenfach daneben die blassen Flämmchen des Krokus.

Wir verlassen die Straße, ein Wiesenpfad zweigt ab, jetzt riecht es nicht mehr nach Schnee und Winter, es riecht hier nach Erde und Wasser, zur Rechten geht der tiefe Trog des Pflerschtales ab, dort zeigen sich die hellbeschienenen Felspyramiden der Tribulaune, Wolken quellen hinter und zwischen ihnen, ein Gletscher leuchtet lang und geisterhaft. Ich denke: Erde und Fels. Ich denke: Uraltes und Allmacht der Natur. Ich will nicht hören, daß eine Turmuhr schlägt von einer Kirche. In dieser Nacht will ich es nicht hören.

Ein anderesmal: Auf dem Weg nach Tiers. Wieder auf Nagelschuhen, wieder den Rucksack am Rücken, aber Junitag, heiß, dampfend, dampfend das Bozner Becken, glühend das Eisacktal bis Blumau, dann die lange gewundene felsüberhangene Schlucht den tosenden Bach entlang,

Stunde um Stunde geduldig, schwitzend, dazwischen ein Trunk am Straßenrand aus hölzernem Brunnenrohr.

Endlich schiebt sich der Felsspalt auseinander und zwischen bewaldeten Hängen zeigt sich weit hinten blasser Kalk, Wände, Türme, Zinnen, der Prospekt entrollt sich, nimmt Breite an, die weltbekannte, längst vertraute unverwechselbare Kulisse des Rosengartens.

In Tiers Quartier gemacht, zwei Kammern unterm Dach. Aber noch ist der Tag nicht zu Ende, noch einmal brechen wir auf, wandern gegen St. Cyprian, näher heran an den Wunderberg, Märchenberg, über die Lärchenwiesen schleicht schon Dämmerung.

Der Himmel ist schwarz-violett und spielt mit fernen Blitzen. Über die Vajolettürme schleift eine Regenfahne. Wir kauern unter einem Kapellendach und sehen zu, wie die Tropfen fallen, dicht, dann sanfter, noch einmal prasselnd, dann jäh verstummend.

Im Westen öffnet sich ein Himmelsspalt, schickt waagrechte Strahlen, triefend grün, triefend golden, ein Regenbogen wächst aus den Wäldern, schließt die Mittelgruppe des Rosengartens ein wie eine bunte Mandorla. Gleich darauf: aus.

Jetzt kommt die Nacht, wir kehren zurück.

An diesem Abend findet in unserem Gasthaus eine *Lustbarkeit* statt.

Ein Zauberkünstler tritt auf, spielt mit Bällen, Karten, spielt auf einer Mundharmonika und tanzt dazu, schluckt sogar Feuer. Ein armer Teufel, ein alter häßlicher Mann mit einer dicken Knollennase und zerklüfteten Zügen, seine Hände zittern, seine Stimme krächzt, seine Knie schwanken. Der Schweiß steht ihm auf der Stirn, die Angst in den Augen, wird er es diesmal noch schaffen? Wird er, wenn er am Ende mit seinem Zinnteller dienert, doch ein paar Lire bekommen?

Ja. Er bekommt. Die Leute, die sich in der Wirtsstube versammelt haben, Bauern und ihre Frauen, einige junge Mädchen, ein Dutzend junger Burschen, die einen sitzen hier, die anderen dort – nach uraltem Ritual getrennt –; sie sind entzückt auf ihre stille und unvergleichlich gehaltene Weise, überrascht und voll Bewunderung. Sie klatschen, sie lachen, sie nicken einander zu, wenn ihnen ein Kunststück besonders gelungen erscheint, und fast jedes erscheint ihnen besonders gelungen.

Aber ihre Fröhlichkeit ist die Fröhlichkeit Trauernder. Ihr Lachen ist auf den von langem Kummer gezeichneten Gesichtern nur wie ein zitterndes Licht, und sogleich nach der Vorstellung ist es wie ausgelöscht. Man steht eilig auf, geht rasch auseinander, nicht ohne einen verdüsterten Blick in die Ecke geworfen zu haben: dort sitzen zwei Carabinieri, in Schwarz und Silber, schwer bewaffnet.

Am anderen Morgen fragen wir die Wirtsleute, ob der Zauberkünstler noch da sei. Jaja, er ist, lautet die Antwort, droben am Dachboden, dort hat er in einem Verschlag übernachtet. Wir suchen ihn auf, wir möchten mit ihm reden, eine verloren-verlotterte Existenz, sie interessiert uns, uns beide. Unter dem Vorwand, seine Utensilien in Augenschein nehmen zu wollen, dringen wir bei ihm ein. Aber wir finden den Mann bei einer seltsamen Beschäftigung. Auf dem kleinen Tischchen vor der Dachluke hat er nicht etwa seine Zauberspielkarten, seinen Zylinder, sein Kaninchen, er hat einen großen hölzernen Kasten stehen, in kleine Kästchen unterteilt und in jedem Kästchen ein Mineral: Bergkristall, Granat, Schwefelblüte, ein angeschliffener Amonit, ein fossiles Farnkraut. Wir staunen. – Was machen Sie damit? – Ich sammle. – Sie sammeln? – Ja, ich sammle selbst, im Gebirge. Erst gestern habe ich das hier gefunden. – Er reicht uns ein Stück. – Sie wandern mit diesem Kasten? – Ja freilich, mit diesem Kasten. – Aber Sie müssen doch auch das andere tragen … –, wir weisen vage auf die herumgestreuten Utensilien der Zauberei. – Ja, das auch. – Das ist aber schwer. – Der Zauberer zuckt die Achsel. – So ist es eben. – Und die Steine führen Sie immer mit sich? – Freilich. – Aber wozu nur, wozu? – Der Alte lächelt geringschätzig über unsere Frage. – *Wozu? Weil sie halt schön sind.* –

Eine halbe Stunde später hat er zusammengepackt, in zwei aufeinandergestellten Kraxen hat er seine Habe verstaut. Er hat sie vor dem Wirtshaus auf einen Tisch gebaut, jetzt geht er mit krummem Rücken vor ihnen in die Knie, schiebt die Arme in die Riemen, ruckt die Riemen auf den

Schultern zurecht. Mit einem leisen Ächzen huckt er die Last auf, eine Sekunde lang scheint er darunter zu wanken, dann hat er Stand und gleich auch Schritt. Als menschliches Lasttier stapft er den Weg talaus, mit seinen Kristallen.

Ein anderes Mal Südtirol und wieder Ostern. Ich habe mir in den Kopf gesetzt, wir wollen von Meran über den Jaufen wandern. Der Jaufenpaß ist 2200 m hoch, tief verschneit, die Straße ist nicht geräumt, aber ich rechne damit, daß eine gut ausgetretene Spur hinaufführt. E. hat keine Meinung dazu, da ich das Land besser kenne als er, es besser zu kennen vorgebe, überläßt er mir meist den Wanderplan.

Wir fahren bis St. Leonhard im Passeier. Dann beginnen wir die Jaufenstraße hinaufzuwandern. Der Versuch, eine Abkürzung zu nehmen, führt uns auf einen langen vergeblichen Irrweg. E. D.'s Laune verdüstert sich. Dann sind wir wieder auf der Straße, bald im Schnee. Aber zu meiner Überraschung gibt es keine ausgetretene Spur, nur das flache Schneeband, das die Straßenrampe bezeichnet. Bald sinken wir bis zu den Knöcheln ein, dann bis zu den Knien. Dabei sind wir noch weit unter der Waldgrenze. Wo führt das hin? Aber ich bilde mir ein: irgendwanneinmal müssen wir auf eine Spur stoßen. Dann wird das Steigen leichter sein, dann kommen wir noch vor dem Abend ins Jaufenhaus. Die Spur kommt nicht. Schließlich verlassen wir die Straßenrampe und stapfen einfach querfeldein.

Um die Wahrheit zu sagen, ich habe keine Ahnung in welcher Richtung sich der Paß befindet. Ich habe mir das alles viel leichter vorgestellt. Der Himmel wird düsterer, die Sicht schlechter, nur noch ganz schattenhaft heben sich Hänge und Einschnitte vor uns ab. Jetzt waten wir bereits bis über die Knie im Schnee, immer wieder brechen wir noch tiefer ein, dann müssen wir unsere Rucksäcke vom Rücken schwingen und vor uns legen, damit wir uns über sie aus der Bruchstelle herausstemmen können.

So geht es stundenlang. E. D. ist – mit Recht – der Meinung, daß wir uns auf einen dicken Unsinn eingelassen haben. – Und du bist schuld. –

Ich denke: du hast es gut, du in deinen dicken wollenen

Knickerbockern, ich hingegen in meinem dünnen Rock... Meine Unterwäsche ist schon total durchnäßt. Aber ich schweige. Ich werde das nicht auch noch zugeben, wo das Debakel meiner Planung nicht mehr zu leugnen ist.

Endlich entdecken wir eine Hütte vor uns. Und, o Wunder, aus dem Kamin steigt Rauch.

Wir arbeiten uns an die Hütte heran, klopfen an, treten ein. Da sind zwei junge Männer, sehr junge Männer, sie fragen uns, woher wir kommen, wohin wir wollen, sie schütteln den Kopf über unser Vorhaben, den Jaufen zu überqueren ohne Schi, ohne Schneereifen, sie wundern sich, daß wir bis hierher gekommen sind. Dann reden sie wieder über ihre Angelegenheiten. Wir haben uns unterdessen an das offene Feuer gesetzt, unseren Proviant ausgepackt, einige Bissen zu uns genommen. Allmählich begreifen wir, in welcher Lage die beiden jungen Männer sind.

Sie sind Deserteure. Sie sollten eingezogen und – wie die meisten Südtiroler Rekruten – nach Süditalien oder Sizilien verbracht werden. Nun sind sie vor ihrem Gestellungsbefehl ausgerissen. Morgen wollen sie weiter nach Österreich.

Sie fragen uns: – Wie ist es dort? Werden wir Arbeit bekommen? – In Österreich nicht, aber vielleicht in Deutschland. In Deutschland eher. –

Die beiden sahen uns an. Deutschland, das war weit für sie. Vielleicht waren sie früher noch nie über ihre Talschaft hinausgekommen. Vielleicht war der Grund ihrer Desertion nicht nur der Haß gegen das welsche Regime, sondern auch die Furcht vor der Fremde. Jetzt standen sie zwischen Fremde und Fremde. In ihren Mienen zuckte es: ein rascher Wechsel von Hoffnung, Angst, Schüchternheit und Zutraulichkeit. Das Unabsehbare ihres Schicksals spiegelte sich auf ihren Gesichtern ab. E. D. und ich, wir wunderten uns, daß die beiden in ihrer gefährlichen Lage uns vertrauten. Aber wir hätten uns gehütet, ein Wort der Verwunderung zu äußern. Es wäre uns wie ein erster Schritt erschienen, ihr Vertrauen zu zerstören, ein erster Schritt dazu, sie auszuliefern.

Die beiden brachen auf. Sie mußten noch heute weiter. Auch wir brachen auf. Sie wiesen uns den Weg: wir könnten ihn nicht mehr verfehlen. Hinter jener Zirbengruppe würden wir auf die Telegraphenmasten stoßen, die zum Jaufenhaus führten. Ihnen müßten wir folgen.

Wir fanden die Masten bald. Sie sahen gerade noch mit den Köpfen über den Schnee heraus. Hie und da schleifte ein Draht. Dann stießen wir auf Schispuren.

Gegen sechs Uhr abends erreichten wir den Paß. Ich wollte in das Jaufenhaus einkehren. E. D. wollte nichts davon wissen. Er sagte: – Wir machen uns nur lächerlich, wenn wir da ankommen wie wir sind, ohne Schi, wie die Verrückten. – Also gingen wir weiter. Ich bibbernd vor Kälte in meinem nassen Unterzeug. Aber kurz darauf zerriß die Wolkenwand vor uns, vielmehr, wir traten aus ihr hervor von einem Schritt zum anderen. Ich hatte so etwas noch nie und habe es auch nachher nie mehr erlebt, es war, als hätte sich ein Visier geöffnet. Vor uns stand der Himmel blau, hell und klar mit einem Stich ins Kristallisch-Grüne. Darunter die Berge, Gipfel bei Gipfel, tiefgestaffelt im Halbkreis, große schräge Flächen, die sich zu scharfen Schneiden hinaufzogen, rosig golden im Abendlicht, schwarz getürmte Felspyramiden daneben und zerklüftete Wände. Mir verschlug es den Atem. Ich dachte: Ja, *so* müßte es sich sterben lassen, wie wir hier aus dem Nebel kommen; hinüberleben, hinübersterben in eine andere Welt.

Und immer wieder Südtirol und immer wieder diese merkwürdigen Augenblicke einer besonderen prägenden Intensität.

Sommerabend im Etschtal, bei Meran. E. D. und ich waren auf Schloß Tirol gewesen und nun sitzen wir irgendwo an der Etsch, Obstgärten hinter uns, den Fluß vor uns, die Fluten klatschen an die Böschung des Wals.

Da kommt den langen schnurgeraden grasumbuschten Weg ein altes Bäuerchen herabgeritten. Er kommt ganz langsam, feierabendlässig – wie eben der dicke blonde Haflinger die Hufe setzen mag – im Sattel hängend, krumm und grau, die blaue Schürze vor den Leib gebunden, in erdverklumpten Stiefeln, ein alter müder Mann, der heimkehrt von der Arbeit, geduldig mit dem Tier, das ihn trägt.

Ein rundes Gesicht, hager, von weißen Stoppeln umwuchert, runzlig rund um die kleine rote Knöpfchennase. Schief sitzt der zerfledderte Hut, willenlos schaukelt der Mann, als schliefe er im Sattel. Wir schauen ihm entgegen, wie er heran- und vorüberschaukelt, schauen ihm nach, wie er dahinhoppelt auf der breiten, sich wiegenden Kruppe. Wir lachen beide auf, E. D. und ich, im selben Augenblick, und im selben Augenblick schießen uns beiden die Tränen in die Augen.

Dieser Moment des gemeinsamen Lachens und der gemeinsamen Tränen war vielleicht von allen unseren gemeinsamen Momenten der beste. In ihm kulminierte unsere Beziehung, und in den langen Jahren der sich anbahnenden Zerwürfnisse, der immer deutlicheren Widersprüchlichkeit, der Trennung endlich, habe ich doch immer wieder an diesen Augenblick denken müssen und mich gefragt: Wer sonst hätte damals mit mir so gelacht? Wer sonst mit mir geweint?

IN TORMENTIS

Nun war ich *Schriftstellerin* geworden, das heißt, ich hatte mein erstes und dauerhaftestes Lebensziel erreicht, hatte ein Buch veröffentlicht, und gleich folgte ein zweites, ein schmales Bändchen, die Mohrenlegende. Die Zeitungen besprachen gut, in einem Kölner Blatt erschien ein großer Artikel, über eine ganze Seite: *Das junge Talent.* Sogar der Mann, der mein Manuskript von Langen-Müller zurückgeschickt hatte, äußerte sich jetzt bedauernd, da sei ihm ein Lapsus unterlaufen. Ich konnte zufrieden sein.

Ich war nicht zufrieden. Noch immer lebte ich bei meinem Vater in Hall. Bald, nachdem ich mein Philosophicum abgeschlossen hatte, setzte ich mir in den Kopf, nun auch noch Jus zu studieren. Aber es wurde nicht viel daraus. Meine Schwester erkrankte, lag Monate in der Klinik, ich saß täglich bei ihr, stundenlang, die Unterbrechung warf mich aus der Bahn. Mein Doktorvater Harold Steinacker riet mir, weiterhin wissenschaftliche Forschung zu betreiben, er wolle mir die akademische Laufbahn ebnen. Ich dankte: Nein, ich wollte nicht. Ich wollte nicht lehren. Ich wollte schreiben.

Gewiß, ich wollte schreiben.

Aber im übrigen wollte ich heiraten und Kinder haben. Meine Verlobung mit E. D. dauerte nun vier Jahre. Wir trafen einander, wie beschrieben, in Südtirol, trafen einander in der Schweiz, in München – und trafen einander auch so bald nicht wieder. Manchmal erst nach Monaten. Doch daran lag es nicht, es lag nicht an Trennung und Ferne, daß es zwischen uns nicht zum besten stand.

Es hatte früh begonnen, mit kleinen Nadelstichen des Ärgers; mit Winzigkeiten, die nicht zählten, nicht zählen *sollten*. Nur ihre Wiederholung, ihre Dichte setzte mir zu. Wir hatten gute Stunden miteinander. Plötzlich fiel Fremde ein. Sie fiel wie ein Vorhang aus Ruß. Die Welt verdunkelte sich. Woher?

Da war ein Feld, auf dem wir uns vollständig verstanden: das Feld des Augenscheins. Da hatte ich viel von E. zu lernen. Ich lernte mit seinen Blicken sehen, mit seinen Blicken auslesen: das bessere Bild, das schönere Haus, das hübschere Möbel; die stimmigere Farbkombination, die expressivere Linie... Ich lernte begierig. In diesem Bereich stimmten wir überein.

Aber es waren andere Bereiche, in denen keine Übereinstimmung herzustellen war; etwa, wenn die Frage auftauchte, wie der eigene Vorteil wahrzunehmen sei. E. D. war immer der Meinung, daß es das Nächstliegende sei, den nächstliegenden Vorteil am Schopf zu packen. Es war ihm natürlich, nach dem Spatzen zu greifen, vor allem, wenn die Taube auf dem Dach noch nicht erschienen war. Ich neigte dazu, mit einem vielleicht noch fernen, vielleicht noch nicht einmal existenten Taubenschwarm zu rechnen. So viel Vorgabe, so viel Vertrauensseligkeit schien E. absurd. Ich war in seinen Augen starr, stolz, hochmütig und dabei schrecklich lebensuntüchtig.

Ich verstand es nicht, mich in eine geschlossene Veranstaltung hineinzuschwindeln, zu der ich keine Einladung vorweisen konnte. Ich brachte es nicht zuwege, unter einer

Absperrungsbarriere einfach durchzutauchen und mich mit reinster Unschuldsmiene in die Menge der Zuvorgekommenen einzureihen. Immer war ich ihm zu langsam und nicht wendig genug. Auch meine Finanzgebarung kam ihm höchst unvernünftig vor. Er war entsetzt, als ich ihm einmal erzählte, ich habe einer Frau, die mir den Koffer tragen half, zwanzig Mark geschenkt, nur weil ich annahm, daß sie im Elend lebte. So etwas war in E.'s Augen himmelschreiende Verschwendung, Verschwendung auch, wenn ich vor einem Besuch im Krankenhaus einen Strauß Blumen kaufte, oder ein Buch für meine immer noch geliebte, immer noch von mir verehrte Melanie Riesenfeld. E. hatte ja recht. Ihm selbst ging es hautig – und ich, ich warf mein Geld zum Fenster hinaus.

Nein, aber auch daran lag es nicht, daß wir uns immer wieder stritten. Streit war in unserer Familie nicht üblich. Meine Eltern hatten nie gestritten (bis auf ein einziges Mal, das kam mir vor wie Weltuntergang). Und wenn meine Onkel, Hubert-Roderich und Hermann-Friedrich gegeneinander losfuhren, lautstark und in gestenreicher Debatte, dann ging es um ideologische Streitigkeiten – und nie um ordinären Krach. Und ganz undenkbar wäre es uns Geschwistern gewesen, eine Meinungsverschiedenheit mit unserem Vater anders als in den schonendsten Wendungen auszutragen.

Jetzt gewöhnte ich mich an den Zustand des Streites.

Ich kann mir die Gründe nicht mehr ins Gedächtnis rufen, die uns veranlaßten... es waren im einzelnen sicher winzige Gründe: ein Zu-spät-Kommen zu einer Verabredung, eine umgeworfene Kaffeetasse, eine falsch geklebte Marke, eine versäumte Trambahn; lauter Lächerlichkeiten; aber sie zeigten, daß unser Verhältnis unterminiert war. Eben schien noch alles gut, freundlich-planiertes Gelände. Plötzlich brach etwas wie eine hohle Stelle ein, wie ein Loch im Rasen oder eine zugewehte Mulde. Und sofort stellte sich Sog ein in tiefer und tiefer gelegene Hohlräume. Was als kleine Reizbarkeit begonnen, stellte nach fünf Minuten schon den Grundbestand in Frage.

So ging es seit Jahren. Im Sommer 33 sprach ich zum erstenmal davon, daß wir nicht füreinander taugten. E. D.

verstand gar nicht, wovon ich sprach. Er hielt, was ich da unter Qualen herauswürgte, für Ausfluß einer flüchtigen Laune. Er hielt mich für seinen sicheren Besitz, und er – er war seinerseits entschlossen an mir festzuhalten.

Nie in den fünf Jahren unserer Verlobungszeit hatte ich je Anlaß an E. D.'s Treue zu zweifeln. Das war nach K. S. und Herrn Soundso ein nicht zu unterschätzendes Gut. Ich kann auch nicht behaupten, daß er mir anderweitig *Kummer* bereitet hätte. Nur die furchtbaren, scheinbar grundlosen Zerwürfnisse nagten an mir. Ich fühlte mich gedemütigt, herabgesetzt, irre an mir selbst. Wieso geriet ich in diese Zustände maßlosen Zornes, unbeherrschbarer Erbitterung? Nachher schämte ich mich. Ermattet suchte ich nach einer Trennung mit Anstand. Doch E. D. mißverstand mich schon wieder. Er glaubte, ich wollte zu Kreuze kriechen und eine Versöhnung um jeden Preis. Noch tiefer ermattet ließ ich es zu: Jaja, schon recht.

Aber dann, nach Hall zurückgekehrt, in den Alltag zurückgekommen, diesen stillen, sehr gleichmäßigen, geordneten Alltag mit meinem Vater, in dieses Leben, in dem ein Streit nicht einmal *denkbar* war, da setzte sich die Schraube in Bewegung: Nicht mehr Zorn, der war verraucht; nicht mehr Erbitterung, die war schal geworden, aber Zweifel, an Verzweiflung streifende Zweifel, ob Ja, ob Nein, so oder so, die Schraube drehte sich, sie drehte sich täglich, fast stündlich, oft von Minute zu Minute, entschlußloses Entschließen, jaja, nein nein, in ewigem Kreislauf.

In tormentis.

Später dachte ich: Ich wollte nur fort von daheim, wollte aus der Enge, wollte nach Deutschland, in den größeren Raum, deshalb. Ich dachte und grübelte und konnte das Rätsel nicht lösen.

Eine Freundin sagte viel später zu mir: – Die Inder haben ein Sprichwort: wenn ein ungleiches Paar zusammenfindet, dann sagen sie: Ihre künftigen Kinder haben sie an *einem* Haar zusammengeführt.

Als meine Freundin mir das sagte, hatte ich vier Kinder von E. D. – und ich wars zufrieden an *das Haar* zu glauben. (Und ich glaube noch heute daran.)

Wie dem auch sei: Ich habe hier von E. D.'s ersten bescheidenen Bewegungen auf dem Feld des Erfolges zu berichten, nicht nur, weil sie mich letzten Endes selbst betrafen, sondern weil ich damit einen Beitrag zu liefern hoffe zu dem Bild, das wir uns vom Deutschland jener Jahre zu machen haben. Ich kann nichts liefern als einen winzigen Ausschnitt, Blick durch einen haarfeinen Spalt in eine private Existenz. Was später geschah, war zu ungeheuerlich, als daß es die Sicht auf das Vorangegangene nicht verstellt hätte. Drei Jahrzehnte war die Sicht so gut wie verboten. Jetzt sieht es aus, als dürften wir sie nachholen.

Also: E.'s materielle Lage war kaum verändert. Also immer noch Gabelsbergerstraße, noch immer Geldnot und Fahrten zur Mutter hinaus, um sich einmal tüchtig sattzuessen und die bewußten fünf Mark einzuheimsen. Im Englischen Garten wurde jetzt das Haus der Kunst erbaut, der *Deutschen* Kunst. Im Elend der frühen dreißiger Jahre hätte kein Staatsmann von Kunst zu reden gewagt. Jetzt hielten Hitler und Goebbels große Reden: sie versprachen ein *goldenes Zeitalter*. Ganz Deutschland sollte sich in einen blühenden Garten voll glücklicher Menschen verwandeln. Man glaubte diesen Reden, man glaubte auch nicht. Man sah: Die Arbeitslosen verschwanden allmählich von der Straße, aus den Isarauen, von den Stufen des Monopteros. Die Geschäfte, die lange leergestanden, verzeichneten wachsenden Zugang. Die noch vor kurzem grau verlotterten Fassaden der Stadt belebten sich farbig frischverputzt. Nur im Bereich der Kunst stockte die alte Misere, da drehte man immer noch jeden Groschen um.

Freilich: es kamen Gerüchte in Umlauf: Von Hitler war da die Rede und von seiner alten Liebe zur Kunst. Er habe doch selbst einmal Künstler werden wollen, Architekt, nur die böse Welt habe ihn daran gehindert. Jetzt war er Kanzler, aber sein Herz hinge immer noch ... Es wurde gemunkelt, er habe den Gipfel der Macht erklommen, nur um zu bauen, seiner alten Lust auf Baukunst zu frönen. Jedenfalls *wollte* er bauen – und nicht zu knapp: Riesenstraßen und Opernhäuser, Theater, Ehrenmäler, Triumphbogen und die gigantischen Arenen für Sport und Aufmärsche – und alles – so wußte es das Gemunkel – *alles voll Kunst.* Das hörte man gern. Wie auch nicht? Aber als dann die ersten Entwürfe auftauchten, ging ein Achselzucken los, ein Kopfschütteln und leises Gespött. Das war ja alles so ungeheuer, dabei so klassizistisch-leer und schematisch-öde, wildgewordene Phantasien eines Spießers. Das Wort vom tollgewordenen Anstreicher lief wieder um. *Troost* hieß der Architekt, den sich Hitler zur Verwirklichung seiner Tagträume erwählt hatte, man nannte ihn nur mehr *Troostlos.* Der Mann starb, andere traten in seine Fußstapfen, doch war kein Wechsel zu gewärtigen, denn, darüber war man sich einig, die Pläne gerade für die größten Projekte stammten von Hitler selbst, für die Umgestaltung von Berlin, von München, für das Parteitagsgelände in Nürnberg; sie trugen Hitlers Handschrift, die einer kalten, unfunktionalen Gigantomanie.

Aber – und das war nun bezeichnend für jene Zeit – mochten die Hauptentwürfe verfehlt sein: man sah neben ihnen noch viele andere Aufgaben bereitgestellt, kleinere, auch kleinste: Sie boten Nischen an für das, was man für nötig und vertretbar, für eine vernünftige Entwicklung hielt, Siedlungsbauten und Wohnblöcke, Schulen, Museen, Werkkantinen, Ärztehäuser, in der Summe ein gewaltiges Bauvolumen, das nach den langen Jahren der Stagnation in Angriff genommen werden sollte. Und auch hier sollten die Bildenden Künste ihren Platz haben.

So breitete sich neben der offiziellen schematisch-bombastischen Staatskunst ein Feld der Hoffnung aus. Natürlich herrschte auch da der *Deutsche Stil.* Aber was war er weiter als ein Derivat der Münchner Schule von Klenze bis Hildebrandt, aufgeladen mit barocken Elementen, die Volkstümlich-Gemüthaftes simulierten, Retrospektive also, doch innerhalb dieser, so meinte man, hoffte man, sollte nicht nur gemäßigte Sachlichkeit, sondern auch die persönliche Geste, die individuelle Spielart und dann und wann einmal sogar der kühne Alleingang wohl möglich und erlaubt sein.

Unter uns jungen Leuten war kaum einer, der daran dachte, daß sich draußen in der Welt vielleicht eine andere

Entwicklung anbahnte. Aus der deutschen Presse, auch aus der österreichischen, verschwanden alle kulturellen Nachrichten über das Ausland, und wer von uns hätte schon das Geld gehabt, eine Reise zu unternehmen oder auch nur eine teure ausländische Publikation zu kaufen, nur zu diesem Zweck? In Berlin mochte das alles anders laufen. Dort mochten die Spuren der Zwanziger-Jahre mit ihren weltweiten Verflechtungen nicht so leicht zu verwischen gewesen sein. In München setzte sich die bayerische Selbstgenügsamkeit durch – und ging ununterscheidbar in das von Hitler verfügte deutsche Selbstgenügen über.

Aber Pläne hin oder her, Entwicklung auf oder ab, für E. D. und Seinesgleichen war das alles vorläufig noch Zukunftsmusik.

Endlich, 1935, kündigte sich für E. D. der erste größere Auftrag an, ein Brunnen. In einem neuerschlossenen Viertel, in einem von eben erbauten Siedlungshäuschen umstandenen Platz sollte ein Brunnen errichtet werden. E. D. wurde aufgefordert, Entwürfe einzureichen. Die Aufregung, mit der der junge Mann (jung? immerhin schon dreiunddreißig) an die Aufgabe ging, war grenzenlos.

Tage verbrachte er damit, den Platz zu vermessen und den bestmöglichen Standort anzuvisieren. Er photographierte die mit dünnen Besenbäumchen bewachsene Fläche, dann saß er über den Bildern und brütete darüber wie über dem Ei des Kolumbus. Dann stürzte er an seine Tonkiste und erstellte Entwürfe, eine Frau, einen Mann, eine Sitzende, einen Kauernden, einen Knaben mit Fischnetz, ein Mädchen mit Schwan. Er hätte sicher ein Dutzend Entwürfe hergestellt, hätte ihn nicht ein gewitzterer Freund gebremst. – Gib acht, sonst merken die Leute, wie unsicher du bist! – *Die Leute*, das waren jene schon erwähnten Baubehörde-Gewaltigen, die den Auftrag vergaben. In Hangen und Bangen erwartete E. D. ihren ersten Besuch. Sie kamen, nickten, wiegten die Köpfe. Der Auftrag bestand, aber so ganz zufrieden waren sie nicht. Da – in einer glücklichen Stunde – hatte E. D. einen neuen zündenden Einfall. Er fand eine hübsche und verhältnismäßig originelle Lösung: über einem quadratischen Becken und einer runden Schale sollte sich ein kräftiges Kapitell erheben, ein starker Knauf, aus dem vier Fischweibchen stiegen, halblebensgroß. Der neue Entwurf gefiel. Die erste Hürde war genommen. Ein Dreivierteljahr später wurde die Fischweiber-Viererschaft in Fränkischen Sandstein gehauen aufgestellt. Sie erhielt einen anderen Platz als ursprünglich vorgesehen, in einem dicht verbauten Bereich der Inneren Stadt. Das war als Anerkennung zu werten. Gesamthonorar 2000 Mark.

(Eins der Fischweiber zeigte ganz deutlich mein Profil.)

War das Eis damit gebrochen?

Keineswegs. Denn wenn wir jetzt geglaubt hatten, jetzt werde es losgehen mit Aufträgen an E. D., so irrten wir uns gewaltig. Monate vergingen. Nichts rührte sich. Das Geld schmolz dahin, die alte Misere kehrte zurück.

Da trat ein unwahrscheinlicher Glücksfall ein. Ein amerikanisches Zeitungsbüro interessierte sich für den Münchner Najadenbrunnen. Man fragte an, was eine Kopie wohl kostete? Unter neuem Bangen und Zagen nannte E. D. den ihm schwindelhaft anmutenden Preis von 5000 Mark. Allmählich sickerte durch, wer da anfragen ließ: der märchenhaft reiche, märchenhaft ferne, auf märchenhaft skurrile Weise kunstversessene Zeitungsverleger W. R. Hearst. Wird er anbeißen oder nicht? In qualvollem Harren vertröpfelten die Wochen. Beim Sonntagsnachmittagskaffee beratschlagte die Familie D. über den Fall. Die alte Frau D. gab ihrem Sohn den wohlgemeinten Rat, er möge von seinem nächsten Ausflug nach Bayrisch-Zell Herrn Hearst eine freundliche Postkarte schreiben. Eines Tages ist es so weit: Zusage aus N. Y. Fünftausend Mark. Taumel des Glücks. Aber auch die 5000 zerrannen. Wie auch nicht? E. D. und ich spannen allerlei Phantasien: wie wenn neue Aufträge aus Amerika kämen? wie wenn sich dorthin ein Weg eröffnete? wie wenn...?

Auf solchen Wie-wenn läßt sich nichts aufbauen. Und doch sind sie das Lebenselixier jedes freien Künstlers. Freischwebend im Raum der Hoffnung (und der Verzweiflung) hat er keine andere Wahl als mit den verstreuten Sympathien des Schicksals zu rechnen und darauf zu vertrauen, daß sich von irgendwoher aus irgendwelchen unvermutbaren Winkeln günstiger Konstellationen gleichsam an zarten, zitternden, stets bis zum Zerreißen gespannten Fäden irgendwelche Glücksfälle herabsenken, sich fassen, festhalten und konsumieren lassen. Ein mühsames Dasein, immer auf der Schaukel.

Im Jahr 37 besserte sich E. D.'s Lage so weit, daß ich es wagen konnte, vor meinem Vater und auch bei den Tanten von einer bevorstehenden Heirat zu sprechen. Daß diese Heirat nach wie vor ein gewagtes Unternehmen sein würde, das wußte ich, wollte es aber in Kauf nehmen, aus vielen Gründen. Der erste war wohl der Nestbautrieb, der sich in mir Jahr für Jahr immer gebieterischer zu Worte meldete. Ich konnte kein Haus mehr ansehen, ohne mir vorzustellen, wie man darin Quartier nehmen könnte. Ich konnte keine fremde Wohnung mehr betreten, ohne sie sofort in meiner Phantasie für uns und unsere künftige Familie einzurichten. Ich lief jedem fremden Kinderwagen nach und suchte einen Blick auf das kleine Wesen zu erhaschen, das drinnen lag. Ich war nun bald fünfundzwanzig. Mit knapp siebzehn hatte ich zum erstenmal gedacht: Ich werde einmal Kinder haben. Als eine überwältigende Vision war mir dieser Lebenssinn plötzlich aufgegangen. Die Vision war von Zeit und Umständen aufs Eis gelegt worden. Ich hatte keine Geduld mehr, sie noch weiter einzueisen. Die Urangst der Frau vor dem Dahinschwinden ihrer biologischen Reserven regte sich in mir: eine Uhr, die tickte, tickte ...

Hinzu kam, daß sich auch in unserer Umgebung derselbe Nestbautrieb mit fast hektischer Emsigkeit in Bewegung setzte. (Ich kenne die deutschen Statistiken nicht, und sie hätten auch in einem Erinnerungsbuch wie diesem wenig zu besagen. Mir wenigstens schien es so, daß allenthalben rings um uns geheiratet wurde.) Die beiden Brüder von E. D. kreuzten mit Bräuten auf. Eine Freundin, die Bremer Bildhauerin Marie Luise Wilckens, wollte mit ihrem Lebensgefährten Burke-Huber in ihrer Heimatstadt hanseatisch-patrizische Hochzeit feiern. Auch andere Freunde und Bekannte rückten in den Stand der Ehe ein, nicht immer mit reiner Freude. Der Spaßmacher Leo von Welden, ein begabter Maler, wollte sich ausschütten vor Gelächter, – *daß es ihn jetzt erwischt habe* – und dabei schaute ihm die nackte Verzweiflung aus den Augen. Der zu Dicklichkeit und Melancholie neigende junge Architekt F. bekannte sich mit süßsaurem Lächeln als frischgebackener Ehemann seiner langjährigen Freundin: – Was willst machen? Ich wars ihr schuldig. – Überall rundum wurden also Wohnungen gesucht, angemietet, ausgestattet. In Deutschland war Nestbau in Gang, noch nicht in Österreich. Da herrschte nach wie vor Arbeitslosigkeit und triste Lethargie.

Vielleicht spielte in dieser plötzlich fast hektischen Lebensbewegung etwas wie Vorahnung mit. Witterte man die Herankunft schlimmerer Zeiten? Heißt es nicht, daß die Vögel ihre Brunftspiele abkürzen, ihren Nestbau beschleunigen, ihre Brut mit verdoppeltem Eifer züchten, wenn ein besonders früher Herbst und harter Winter bevorsteht? Vielleicht schlummern solche Reste von Instinkten auch im Menschen? Vielleicht spürte auch ich etwas davon?

Ein dritter letzter und mächtiger Grund war, daß ich meinem Vater nicht länger zumuten wollte, sich mit meiner immer noch nicht legalisierten Beziehung zu E. D. abzufinden. Obwohl nie ein Wort in dieser Richtung fiel, spürte ich, daß er durch diese Beziehung verletzt war und daß er nur aus übergroßer Rücksicht darauf verzichtete, mir die Verletzung zu zeigen.

Und welches andere Mittel hätte ich gehabt, die Verletzung zu heilen, als die Ehe mit E. D.?

Und dabei die unaufhörlichen Zweifel, die bohrende Unsicherheit. In tormentis.

DIE TANTEN IN PILSEN

Es wird Zeit auch von ihnen wieder zu reden. Nach wie vor bildeten sie ein wichtiges Stück meines Daseins. Nach wie vor pendelte ich zwischen Tirol und Böhmen. Alle Jahre verbrachte ich mindestens zwei Monate in Pilsen. Dort kleidete ich mich ein, versorgte mich mit Geld, ließ mich verwöhnen. Längst war mein schmähliches Betragen während der italienischen Reise vergeben, *wenn* es mir überhaupt je ernstlich angekreidet worden war. Nun kam die Zeit, wo von meiner Ausstattung die Rede war. Die Tanten erboten sich, sie zu besorgen. – Du bekommst alles von uns, was du brauchst, was du willst. –

Na schön. Ich ging in der Pilsner Wohnung herum und suchte mir aus, was mir gefiel: Da zwei Biedermeierschränkchen, dort einen kleinen Barocktisch, drei vier kleine Gemälde, spätes 18. Jahrhundert. Und die *dunklen Krüge.* Die dunklen gotischen Krüge, die man vor etlichen Jahrzehnten in einem Häßler-Haus entdeckt hatte, als man es abriß: Vom Keller führte eine Treppe hinab in einen noch tiefer gelegenen Keller und von diesem noch einige Staffeln abwärts zu einem Brunnenschacht. Auf dem Grund des Brunnens lagen etliche Tongefäße, Henkelkrüge, Henkeltöpfe, die meisten unbeschädigt. Sie mochten, als der Brunnen noch in Benutzung war, den wasserschöpfenden Frauen entglitten und langsam auf Grund getrudelt sein. Vor hundert Jahren hatte man sie wieder entdeckt, heraufgebracht, etliche der Krüge waren in das städtische Museum gewandert, etliche standen noch da. Sie gefielen mir. Ich wollte sie mit nach München nehmen. Die Tanten waren einverstanden, selbstverständlich.

Was sie mir anboten an modischen Möbelgarnituren, Kredenzen und Kristallustern wies ich voll Abscheu von mir. In Prag machte ich ein Biedermeierensemble ausfindig, Tisch und sechs Stühle, in Winterberg im Böhmerwald wurde nach den Zeichnungen eines Münchner Architekten ein Schlafzimmer bestellt. Es war sündhaft teuer, die Tanten zahlten.

Die Tanten hatten eine böse Zeit hinter sich. Seit Jahren wohnte Onkel Hubert-Roderich bei ihnen. Dieser angebetete, vielbewunderte Bruder, Held, Erfinder, Charmeur, er hatte sich, wie schon beschrieben, in eine kläglich verkrachte Existenz verwandelt. Wie schon beschrieben hatte er Zuflucht nehmen müssen bei seinen Schwestern, meinen Tanten. Kaum eingezogen, begann er die beiden alten Frauen gnadenlos zu tyrannisieren. Sie duckten sich und ließen ihn gewähren. Nur gegen mich, gegen ihre Liebe zu mir kam er nicht auf. Selbstverständlich grollte er, wenn er sah, was sie für mich taten. Selbstverständlich kochte er vor Ärger, als er merkte, daß ich mir von dem vorhandenen

Hausrat aussuchen durfte, was mir gefiel. Und er erstickte beinah vor Grimm, als er begriff, daß die Tanten die ihm selbst schon längst abgekauften väterlichen Erbteile auf meinen Namen hatten verschreiben lassen. Denn H.-R. hatte ebenfalls Kinder, zwei Töchter. Sie waren, seiner Meinung nach, Nichten gleichen Rechts.

Gewiß: gleichen Rechts. Aber wo ist schon Gerechtigkeit, wenn Liebe im Spiel ist? Ich habe, das kann ich beschwören, nie Erbschleicherei betrieben. Ich habe nie um der Tanten Neigung geworben. Ich *hatte* sie eben, hatte sie von meinem ersten Lebenstag, von meiner ersten Lebensstunde an, da ich unter der hellstrahlenden Petroleumlampe meine kläglichen Säuglingsgrimassen zog und damit den Entzückenssturm erregte: Sie hat gelächelt, sie hat uns alle angelächelt. Was ist gegen eine solche passionierte Entscheidung auszurichten? Nicht einmal meine gröbsten Unartigkeiten, nicht einmal mein schmähliches Betragen in Italien konnten daran etwas ändern. Und wenn Onkel H.-R. jetzt versuchte, die Tanten gegen mich einzunehmen, so kam er an die Unrechten. Wie Tigerinnen verteidigten sie ihre Liebe zu mir gegen seine Ansprüche zugunsten anderer, zugunsten seiner Töchter.

Die Ältere dieser Töchter stammte aus seiner ersten, die Jüngere, Huberta, aus Onkel Roderichs dritter Ehe. Huberta kannte ich nicht, sie lebte in Wien bei ihrer Mutter. Aber mit Ingeborg hatte ich mich angefreundet. Sie tauchte dann und wann in Pilsen auf. Sonst lebte sie auf dem Land, auf einem Gut, demselben, von dem ihre Mutter gestammt hatte, ein düsteres Anwesen in abgelegener Gegend, das junge Mädchen lebte dort allein. Wir hatten als Kinder gern miteinander gespielt, später, als Backfische, gern miteinander gekichert. Doch eines Tages machte mich etwas an Ingeborg stutzig.

Sie lief jedem Hund nach, stürzte sich auf jeden fremden Köter, streichelte und herzte ihn. Ebenso geriet sie über jede Katze aus dem Häuschen. Sie küßte die Tiere hemmungslos, auch auf die Schnauze.

– Du bist verrückt –, sagte ich, – so was tut man nicht. –

Aber Ingeborg lachte über meine Worte. Sie lachte in einer Weise, die mir nicht gefiel.

– Mit Ingeborg stimmt etwas nicht –, sagte ich zu meinen Tanten.

Eines Tages wurde ihnen das Mädchen gebracht. Eigentlich wurde es Hubert-Roderich gebracht, seinem Vater. Die wohl schon lange schwelende Krankheit, Erbteil aus ihrer Mutter Familie, war bei ihr ausgebrochen. Sie hatte ihren Lieblingskater erwürgt, hatte ihrem Hund den Kopf abgeschlagen, dann war sie schreiend aus dem Haus gelaufen, man fand sie neben der Straße liegend, halbnackt im Schlamm.

Nun war sie da, in meiner Tanten altjüngferlicher Wohnung. Die Hölle brach los. Lag es nahe, die Kranke in eine Anstalt zu bringen, sie mindestens einem Arzt vorzuführen, H.-R. lehnte beides ab. Nicht einmal einem teuren Privatsanatorium wollte er sie ausliefern. Er kenne, so beteuerte er, die dort angewandten Methoden und Therapien nur allzugut. Also mußten die Tanten die Irre bei sich behalten. Aber H.-R. wollte es nicht einmal wahrhaben, daß seine Tochter irre sei. Sie sei, zugegeben, etwas hysterisch. Was ihr fehle sei nur ein Mann. Wenn sie einen Mann habe, werde sich alles in Wohlgefallen auflösen.

Also richtete man sich auf den Zustand ein, Ingeborg zu hüten, zu beruhigen, sie zu ertragen. Ich weiß nicht, wie meine Tanten diese Zeit überstanden. Vielleicht glaubten sie, was ihnen ihr Bruder vorredete, vielleicht wollten sie es auch nur glauben. Meine Tante Anci stellte sich nur sehr ungern einer bitteren Tatsache, vor allem, wenn diese Tatsache ein Familienmitglied betraf. Da ließ sie immer nur das Beste, die erfreulichere Motivation, die tröstlichere Version, die hoffnungsreichere Aussicht gelten. Und was sie nach außen verlauten ließ, das hielt sie schließlich selbst für wahr, eine pathetische Optimistin. Tante Marci war nicht so glücklich veranlagt. Sie wollte in Frieden leben. Obwohl sie in ihrer Jugend in Kainz und in die dramatische Kunst vernarrt gewesen war, war sie jetzt allen dramatischen Lebensumständen ganz abgeneigt. Sie fühlte sich sofort überfordert und geriet in eine Art Panik. Wenn ein außerordentlicher Umstand eintrat, begann sie zuerst still zu schwitzen. Ihre vorquellenden Augen quollen noch mehr hervor und weiteten sich unnatürlich. Ihre Unterlippe fing zu beben an, sie bewegte ihren Mund als betete sie. Schließlich stieß sie einen grellen Schrei aus: – Nein, nein, das ertrage ich nicht. – Damit stürzte sie davon, schloß sich in ihrem Zimmer ein und flüchtete dort in den mit Vorhängen abgeteilten Schlafalkoven. Noch Stunden später fand man sie dort sitzen, lautlos vor sich hinflüsternd, den Rosenkranz in der Hand.

Unterdessen war Tante Anci schon längst wieder in vehementer Rüstigkeit tätig – und Onkel Hubert-Roderich? Er hatte jeden Schock im Nu überstanden, pfiff sich eins, machte Witze, erzählte Anekdötchen. Von ihm rann alles Elend wie Wasser ab. Auch das Elend Ingeborg rann sehr schnell von ihm ab. (Und wer hätte auch annehmen können, Hubert-Roderich werde den Rest seines Lebens als Krankenwärter vertrauern?)

Seiner eigenen forschen Diagnose gemäß, machte er sich auf die Suche nach einem Mann für seine kranke Tochter. Er fädelte es trefflich ein. Da Ingeborg einiges Vermögen besaß, auch der Gutsbesitz war da, konnte ein Bursche gefunden werden, ein von seinen Schuldnern bedrängter Automechaniker war bereit, Ingeborg zu heiraten.

Ich war bei der Hochzeit nicht zugegen. Ich hätte auch gar keine Lust gehabt dabeizusein. Ich war vermutlich der einzige Mensch in unserer Familie, der H.-R. die Wahrheit ins Gesicht zu sagen wagte: – Das ist ein elender Handel und eine Schande. – H.-R. zuckte die Achsel und gab seine Lieblingsredensart von sich: – Was willst du machen, mein liebes Kind? ich bin nicht der Liebe Gott, ich habe die Welt nicht erschaffen. –

Zwölf Monate später besuchten wir Ingeborg in ihrem neuen Wohnsitz im Böhmerwald, in der Mühle ihrer Schwiegereltern. Sie hatte unterdessen ein Kind geboren, hielt es im Arm, sog dabei an ihrer Zigarette, witzelte, kicherte, schließlich entblößte sie ihre große blaugeäderte Brust und legte den Säugling an. In mir stiegen Ekel und Widerwillen auf und zugleich ein glühender, vom eigenen Verlangen angeblasener Haß: Närrinnen dürfen Kinder haben, und du?

Nestbautrieb hin und her, Brutfieber hin und her – oder ob du dich vertrugst mit E. D. mal ja, mal nein, und ob der alte Vater und die alten Tanten... was konnte das wiegen, wiegen gegen das andere, das säkulare und furchtbare Gewicht, gegen den Mühlstein, heraufgeholt aus den Sümpfen der Barbarei und bereitgelegt, nein, nicht nur bereitgelegt, sondern schon gebunden an den eigenen Hals, den Hals des Nachbarn, den Hals des Nächsten und Übernächsten, an jedermanns Hals in diesem Land: der Mühlstein Unrecht. Der Mühlstein Schande. Der Mühlstein Untergang.

So wars doch oder nicht? Leugne, wenn du es kannst, leugne, daß dir zu Ohren kam: Dachau. Leugne, daß man es flüsterte: Scherben und Schläge. Leugne, daß dich fror beim Anblick der Fahne. Spätestens nach dem wüsten Ausbruch am 30. Juni 1934 mußtest du es doch wissen.

Ja, ich wußte. Und erinnere mich genau, wo mich die Nachricht erreichte, in Innsbruck, auf dem Weg zur Hochschule, Sonderausgabe rotumrandet, Menschentrauben vor dem Kiosk... bis auch ich das Blatt in den Händen hielt, starren Blicks, und stolpernd weitertappte, entsetzt, wie von lähmenden Giften befallen.

Auf der Uni traf ich einen Kollegen. Ich kannte ihn flüchtig, er hatte Geschichte studiert wie ich, bei Harold Steinacker wie ich, er war älter als ich und kam mir viel klüger vor. Er sagte:

– Da haben Sie es: die ewige deutsche Tragödie. Der deutsche König und seine ungetreuen Herzöge. Der deutsche Kaiser und seine rebellischen Nachfolger... –

Ach so. Achso. So hatte ich es nicht gesehen. *Die deutsche Tragödie*, das klang mir süß in die Ohren. Und als ich heimkam am Abend und mein Vater mich empört empfing:

– Man muß sich schämen, ein Deutscher zu sein –, da ballte sich in mir Trotz zusammen: Und jetzt erst recht.

Schwachsinn. Einer hatte den Dreh gefunden, *das schöne Wort*, das schöne Wort wog alles auf, schon wieder wog ein *Wort* alles auf, nur weil es schön klang, schmeichelhaft hochgestochen, Kaiserkönigherzog, weil es Vergleiche aufrief, mit Vergleichen prahlte und den Resonanzkasten Geschichtlichkeit erdröhnen ließ.

Das bestach mich. Damit war ich bestochen.

Wir waren bestochen, o gewiß. Da waren Sprichwörter, die bestachen, etwa: Wo gehobelt wird, dort fallen Späne. Die Geschichte hält solche Sprichwörter bereit, in Menge. Ihre Erfahrungen aufgestapelt in Jahrtausenden, aus allen Winkeln hervorgekehrt und aus allen Winkeln quellend; sie haben eine Weisheit zu verzapfen: Der Stärkere hat recht. Und wenn *du* die rohe Formel nicht gelten läßt und die feinere Tour bevorzugst, darfst du dich damit trösten: Wo Großes geschieht, dort fallen Opfer.

Ja, Großes. Aber was ist schon groß?

Geh hin und klopf ab das, was heute geschieht, heute und hier und frage dich: Ist das nun groß oder klein? Und frage dich weiter: Wo treibt es hin?

Die Überlebenden einer Katastrophe wundern sich immer darüber, daß sie das Heraufkommen des Unheils nicht früher empfunden, früher gewittert und an diesen oder jenen Signalen abgelesen haben. Die Leute, die nicht mit dabei waren, wundern sich erst recht und geben jenen die Schuld, nicht früher erkannt, nicht früher durchschaut und sich vorgesehen zu haben. Ja ja gewiß. Im Nachhinein ist es nicht schwer, die damals schon ablesbaren Zeichen der Hybris und des mörderischen Wahnsinns auszufiltern. Sie waren ablesbar, diese Zeichen, wenn auch durchmischt mit anderen Zeichen. Und leider: in jeder Zeit, auch in der unseren, sind Zeichen kommenden Unheils. Sitzen wir deshalb nicht doch fröhlich zu Tisch? In jeder Zeit schreiben unsichtbare Finger ihre Menetekel an alle Wände. Wer wagt sie zu entziffern? und *wenn* er sie entziffert hat, aufzuspringen und Wehgeschrei zu erheben? In jeder Zeit sind Elemente des Todes unterwegs, aber wer möchte leben, wenn er nur *sie* sähe, und wer möchte vor allem unter Menschen leben und ihnen nichts, nichts, *nichts* anderes zu sagen haben als: Untergang, Untergang, Untergang?

Wir ahnten den Untergang. Wir ahnten unentwegt. Als Hitler an die Macht kam; als er die Verträge kündigte; als er seine Truppen ins Rheinland marschieren ließ; als der Putsch 1934 in Österreich inszeniert wurde. Wir hielten jedesmal den Atem an. Duckten uns und warteten, was würde geschehen? Nichts geschah. Proteste wurden erhoben. Sonst geschah nichts.

Andernteils: das Konkordat wurde mit der Kurie abgeschlossen. Die britischen Staatsmänner Simon und Eden machten Hitler ihre Aufwartung. Das Flottenabkommen mit England. Die Olympiade in Berlin. Die Verlagerung der Macht im Inneren von den immer mit Mißtrauen betrachteten Parteiformationen zur Wehrmacht. (So schien es doch, oder?) Hitlers Rede: Ich müßte wahnsinnig sein, einen Krieg zu wollen. Und der deutsche Alltag: ein Muster an Sauberkeit, Pünktlichkeit, Genauigkeit, Ordnung.

Einen Staat, der so verfährt, daß sich der kleine subalterne Beamte lieber einen Finger abschneiden ließe, als daß er sich eine Mark Trinkgeld fischte, wer glaubt einen solchen Staat von raffgierigen Gaunern regiert?

Einer Polizei, die gewissenhafteste Erhebungen pflegt, wenn eine Fensterscheibe kaputtgegangen und ein Blumentopf zertrümmert worden ist, ist einer solchen Polizei zuzutrauen, daß sie nachts, wenn alles schläft, ohne richterlichen Befehl, nur auf Weisung, verhaftet, einkerkert, zu Tode bringt?

Kann man einer Staatsjugend unterstellen, die gehalten wird, jeden, auch den geringsten, Flurschaden bei ihren Übungen zu vermeiden, eher zu helfen, wo Not am Mann ist, sich zur Verfügung zu stellen, wo Kräfte gebraucht werden, seis bei der Ernte, seis bei etwaiger Katastrophe durch Feuer, Wasser, Sturm – kann man einer solchen Staatsjugend unterstellen, sie werde dazu eingeübt, Frauen, Kinder und Greise zu ermorden?

Man kann es schlechterdings nicht.

Oder doch?

Im Inland fehlten die Informationen. Aber war ich nicht oft genug im Ausland? In Österreich schrieb die Regierungspresse gegen das verderbliche blutige Nazisystem. In der Tschechoslowakei war fast die ganze Publizistik auf Greuelmeldungen geschaltet. Doch leider: auf *Greuel*meldungen. Das wahllose Tamtam gegen Deutschland entwertete die einzelne Information. So war zu lesen: Die Reichswehr plündere die Geschäfte in Berlin, weil es sonst nichts mehr zu essen gäbe. Die SA durchstreife die Parks und fange sich am hellichten Tag Mädchen und Frauen ein, um sie zu vergewaltigen. Ein amerikanisches Blatt meldete sogar: Hitler lasse alle neugeborenen Mädchen umbringen, da er nur Knaben und damit künftige Soldaten wolle.

Schwarzschilds Tagebuch verhöhnte Deutschlands Suche nach künstlichen Ersatzstoffen: bald würden die Deutschen ihre Schinnen sammeln, um daraus Christbaumschmuck zu verfertigen: deutsche Weihnacht ahoi!

Alle diese Tiraden – begreiflichen, aber blinden – Hasses hatten nur eine Wirkung: unsere Parteinahme für Deutschland zu festigen.

Ich hatte noch auf der Universität ein Buch gelesen, *Sacrum Imperium* von Dempf. Es ging darin um das Heilige Römische Reich Deutscher Nation, ein wissenschaftliches Buch: Es grub den Wurzeln nach bis ins römische Altertum und noch tiefer. Es behandelte die Präambeln kaiserlicher und königlicher Dokumente, diese Formeln hochgezüchteten christlichen Selbstverständnisses. Es behandelte die ideellen Grundlagen einer Konstruktion, die die Kaiserdome sowohl wie Dantes Göttliche Komödie hervorgebracht hatte. Von dieser Konstruktion hatte das alte Österreich gezehrt, bis es auseinanderfiel. Im Schatten dieser Konstruktion war der junge Goethe in Frankfurt aufgewachsen. Im Nachvollzug dieser Konstruktion waren im Osten Europas Bahnen, Brücken und Schulen gebaut worden, und irgendetwas, ein Rest oder eine verpuppte Imago mochte, konnte, und wie ich in Verblendung dachte, *mußte* doch noch lebendig sein.

DAS REICH. Ich bildete mir ein, es sei um so viel mehr als ein anderer Staat, als es für mehr als sich selbst politische und sittliche Verantwortung trüge. Andere Staaten mochten einfach ihre Politik treiben. REICHSPOLITIK, so meinte ich in kompletter ideologischer Verblendung, mußte auch immer Ordnungspolitik, Schutzpolitik, sein.

Ich bekenne, ideologischer Süchtigkeit erlegen zu sein.

Mein Verhältnis zur katholischen Kirche hatte sich in den letzten Jahren abgekühlt. Ich nahm es dem österreichischen Klerus übel, daß er es mit Fey und Starhemberg, mit den deutsch-feindlichen Ressentiments der Wiener, mit der kleinkarierten Abziehbild-Diktatur unter Dollfuß und Schuschnigg hielt. Ich hörte sogar auf, die sonntägliche Messe zu besuchen. Die Elemente, die am Nationalsozialismus auch nur von weitem und über viele Umleitungen römisch-katholisch waren, sprachen mich an. Mit der Lehre von der germanischen Rasse konnte ich nie etwas anfangen. Aber wo von *Ganzheit* die Rede war, von Integration der Stände und Klassen, der gegenseitigen Hilfeleistung und Cooperation, da schwang etwas mit in mir, ich fühlte Resonanz. Meine Aversion gegen das Bürgerliche bekam Schützenhilfe von seiten der Volksgemeinschaft: Da lag ein Sprengsatz Freiheit für mich aus der verwöhnenden Umgarnung meiner Herkunft. Und zuletzt – und nicht zuletzt: da war das *Kind,* gefordert, versprochen, zum Programm erhoben. Genauso wie in der Kirche.

Andernteils hatte ich auch mit der Kirche meine Schwierigkeiten bekommen. Schrieb ich soeben, ich habe mich dem Katholizismus aus politischen Gründen entfremdet, so hatte die Entfremdung doch noch einen anderen Grund. (Beide Gründe verschränkten sich ineinander.) Ich lebte mit E. D., also nach kirchlicher Moral in permanenter Todsünde. TODSÜNDE. Im ersten Jahr unserer Verlobung suchte ich auf Distanz zu schalten. Ich ging zur Beichte. Dort hörte ich durch das hölzerne Gitter geflüstert, was ich ohnehin wußte: Verboten, verboten. Und daraus gefolgert: Entweder – oder. Entweder ich beendete die illegale Gemeinsamkeit – oder ich legte mich selbst in Acht und Bann. Mit zitternder Stimme sagte ich Besserung zu. Aber ich zweifelte selbst. Zweifelnd, von Zweifeln zerfressen ging ich für lange Zeit zum letztenmal zur Kommunion. Siech vor Gewissensbissen kehrte ich von meiner nächsten Zusammenkunft mit E.D. zurück. Ich wagte mir keine Standfestigkeit mehr zuzutrauen.

Trotzdem versuchte ich es noch zwei-, dreimal, auf eigene Kappe diesmal und ohne den Versuch, mich der Krücke kirchlichen Zuspruchs zu bedienen. Freilich fand ich bei E.D. nur wenig Gehör. Für ihn war das alles nur *spinnerte Tour.* Oder er mutmaßte in Augenblicken der Verfinsterung, ich sei anderwärts vor Anker gegangen. Ich konnte mich ihm nicht erklären, was mich von dorther forderte, nicht in langen Gesprächen, nicht mit Menschen- und Engelszungen und wenn ich eine Stunde lang geredet hatte und dann innehielt und sagte: – Du hörst mir ja gar nicht zu! – dann antwortete er mir: – Sprich nur weiter, sprich nur weiter, es ist sehr interessant, wie du dabei die Lippen bewegst, das brauche ich für mein nächstes Portrait. –

Schließlich schämte ich mich meines eigenen kläglichen Versagens, gab ermattet nach und versuchte die Vokabel Gott aus meinen Gedanken zu streichen. Als Ersatz bot sich mir an: Schicksal, Kunst, Sprache.

Ich nahm seltsame Gewohnheiten an. Ich erzählte schon, daß ich oft in die Berge ging. Nun begann ich, große Touren auch allein zu unternehmen. Das war für eine Frau etwas Ungewöhnliches, und daheim durfte niemand etwas davon wissen. Aber ich zog es vor, allein zu wandern und zu steigen, da mir die meisten Leute, mit denen ich gelegentlich unterwegs gewesen war, nicht zusagten. Die geborenen Tiroler waren entweder wilde Bergfexe, die klettern wollten, das lehnte ich ab, oder die doch ein mir nicht einholbares Tempo vorlegten. Unter Qualen versuchte ich Schritt zu halten mit ihnen. Aber mein Herz war keine eiserne Pumpe, immer wieder blieb ich zurück. Das ärgerte sie – und mich. Oder aber die Leute glaubten, eine Bergtour als Liebesabenteuer anlegen zu können. Dazu wollte ich, mich auch nicht verstehen. Kurzum, ich verzichtete auf Begleitung und ging allein. So durchquerte ich das Karwendel, so wanderte ich über die Scharten der Stubaier Alpen. Einmal kam ich spät auf die Dresdner Hütte. Diese Hütte liegt nicht sehr weit von den Gletscherzungen des Zuckerhütls und des Freigers entfernt, über dem Talgrund der Mutterberger-Alm. Ich belegte mein Matratzenlager, löffelte meine Erbswurstsuppe, nach dem Abendessen ging ich noch einmal hinaus ins Freie. Es war eine sternklare Nacht. Ich tappte über die Gletscherschliffe und Felsplatten und die schmalen Rasenränftchen dazwischen und wanderte noch einmal ein Stück weiter den Fernern zu.

Es war vermutlich im Herbst, wenn die Luft am reinsten ist: Die Sterne funkelten über mir in unerhörter Pracht. Ich wußte nicht viel von Astronomie. Ich wußte damals noch nicht, daß hinter unserer Milchstraße noch Milliarden Milchstraßen ihre Lichtströme wälzen. Mir war, was ich sah, etwas wie eine unerträgliche Offenbarung. Die Unermeßlichkeit des Raumes stürzte in mich hinein, ich fühlte mich wie vernichtet. Ich empfand einen einzigen Wunsch, es möge *kein* Gott sein. Kein Noch-Größeres über der unerträglichen Größe dieser Welt, kein Noch-Ewigeres über dieser Ewigkeit. Ich fiel auf die Knie, hob die gefalteten Hände und flehte hinauf: SEI NICHT, SEI NICHT, SEI NICHT!

Seither hielt ich mich für eine Atheistin.

DIE WOHNUNG

Es war an einem heißen Maimorgen, als ich mich aufmachte, um in München eine Wohnung zu suchen. Irgendwann im Laufe des Sommers, so war es ausgemacht, wollten wir heiraten. E. hatte einen größeren Auftrag, er sollte eine Dekorationsplastik herstellen, einen *Kentauern.* Sein Freund Alois Dorn hatte einen ähnlichen Auftrag, eine *Europa auf dem Stier.* Beide etwa drei Meter hoch. Noch nie hatten die jungen Leute plastische Aufgaben solchen Umfangs zu bewältigen gehabt, und sie verfuhren dabei, als handelte es sich nicht um Gipsdekorationen, die heute aufgestellt und morgen wieder abgeräumt werden sollten, sondern um richtige Plastiken, Modelle für Bronzegüsse oder dergleichen, und stürzten sich mit entsprechendem Eifer in die Arbeit. Natürlich konnten sie die Riesentrümmer nicht in ihren Ateliers herstellen, sie hatten also gemeinsam eine große Werkstatt gemietet, die aufgelassene Erzgießerei des sagenhaften Herrn von Miller. Hier war seinerzeit der Koloß Bavaria für die Theresienwiese gegossen worden. Seit Jahren stand der große wüste Hallenbau leer. Nun hatten die beiden hier ihre Figuren aufgebaut, das heißt: vorläufig nur große Gerüste aufgezogen aus Holz, Eisen, Rapitz; Gips und Holzwolle wurden säcke- und ballenweise herangeschafft, gleich sollte es mit dem Modellieren losgehen, die Arbeit eilte, eilte sehr, Anfang Juli mußten die beiden Plastiken fertig und mit Goldbronze bepinselt aufgestellt werden.

Daß Alois Dorn und E. D. miteinander entwarfen, disponierten und kooperierten, war beiden eine Hilfe und verlieh der ganzen Arbeit und auch der mit ihr verbundenen Plakkerei eine heitere Note. Auch ich nahm an dieser Heiterkeit teil und an dem gemeinsamen Werk, wenn auch nur insofern, als ich zu Mittag Kaffee kochen und Kuchen bringen mußte: Den Kaffee stellte ich in irgendeinem Winkel auf einem Spirituskocher her, den Kuchen holte ich aus einer Konditorei, und wehe, wenn er nicht vom Besten war, dann wurde ich von E. gescholten und von seinem Freund geuzt, und beiden antwortete ich aus dem unergründlichen Pessimismus, der mir anerzogen war: – Na, wartet nur, eines Tages werdet ihr noch froh sein, wenn ihr trockenes Brot zu essen habt! –

Heute aber: Wohnungssuche. Mein erstes Ziel war das Wohnungsamt. Dort hoffte ich einige Adressen zu erfahren, es gab wenig freie Wohnungen in München, man hatte mir schon gesagt, es werde nicht leicht sein, etwas Gutes zu finden; etwas *Gutes* war vor allem etwas *Billiges*, denn E. hatte erst neulich geäußert, er könne für Wohnung und Atelier zusammen höchstens hundert Mark ausgeben, und ich war wieder einmal zornig geworden und hatte E. D. angezischt: – Hundert Mark, wie stellst du dir das vor? Dann können wir niemals heiraten. – Doch inzwischen war der Ärger wieder verraucht, die Kränkung abgeklungen, ich wollte mir alle Mühe geben, etwas Billiges zu finden, das vielleicht doch nicht allzu unfreundlich war. Zwei Zimmer, dachte ich, zwei Zimmer genügen ja. Und so strampelte ich auf meinem Rad los zum Wohnungsamt.

Es lag, so viel ich mich erinnern kann, in dem tristen Stadtteil Thalkirchen, war ein hoher düsterer Sandsteinbau aus der Gründerzeit, ziemlich entmutigend. Neben dem Tor hing ein weißes Schild mit dem Hoheitszeichen: *Wohnungsamt der Hauptstadt der Bewegung.*

Ich lehnte mein Rad an die Mauer, schloß es ab und trat ein. Wie viele Münchner Treppenhäuser war auch dieses dunkel, beinahe braunschwarz getäfelt, auch die Staffeln waren schwarz, es roch schlecht nach Amt und vielen Leuten, und da standen sie auch schon Schlange, vom Erdgeschoß bis zum ersten und dann noch einmal bis zum zweiten Stockwerk, dort war die Auskunftsstelle für Mietgesuche.

Ich stellte mich an. Ich hatte, wie fast immer, ein Buch bei mir, vielleicht Hölderlin, vielleicht auch nur Paul Ernst (ein Schriftsteller, der unterdessen so gut wie vergessen ist, der aber damals beliebt war, Novellen schrieb, die er nach klassischem Muster baute, ich glaubte, viel von ihm lernen zu können). Bald war ich ganz in das Buch vertieft, so rückte ich in der Schlange hinauf, Staffel für Staffel, und war fast erstaunt, als ich nach einer Stunde schon oben am Schalter ankam.

Dort erhielt ich drei Adressen zur Auswahl.

Nun konnte ich lospreschen. Eine Wohnung in Bogenhausen war schön, aber unerschwinglich teuer. Die zweite in Giesing, ein enges und poveres Quartier; ich hätte es trotzdem in Betracht gezogen, doch ich wußte schon, hier hätte E. nicht wohnen mögen, es war ihm zu entlegen. Die dritte Adresse in Schwabing, in einem Nobelhaus in der Leopoldstraße, aber das Innere der Wohnung war verlottert und verkommen, wir hätten mit anderen Leuten zusammenhausen müssen, Leuten, die mir nicht gefielen, obwohl sie allerlei Titel trugen, *von* und *zu*, nein, dachte ich, lieber ein anständiger Prolet als ein verkommener Aristokrat, so geht das nicht. So komme ich nie zu einer Wohnung. Ich setzte mich auf eine Anlagenbank und grübelte nach was tun.

Da hatte ich eine Idee, die schien mir sehr gut, und ich setzte sie auch sofort in die Tat um. Ich steuerte einen großen Wohnblock an und fragte dort nach dem Hausmeister: Ich hätte gehört, log ich, hier werde eine Wohnung frei und könne besichtigt werden. Der Hausmeister schaute mich mißtrauisch an und schüttelte den Kopf, nein, nichts dergleichen sei der Fall. Ich setzte mich auf mein Rad und fuhr drei Ecken weiter. Wieder ein Wohnblock, wieder die Frage nach dem Hausmeister und nach einer angeblich gekündigten Wohnung. Und siehe da, hier klappte es schon:

Im vierten Stock – zwei Zimmer – eine Kammer – Preis 84 Mark. Ich war entzückt. Ich fand das billig, billig im Vergleich zu anderen Preisen, fand auch die Wohnung gut im Vergleich zu anderen Wohnungen; waren die Zimmer auch klein, die Wände schräg, das Bad winzig, in mir war eitel Glück, *eitel Glück*, denn ich war ja nicht nur beglückt, ein NEST gefunden zu haben, sondern auch stolz darauf, wie ich es schlau und tüchtig angestellt.

Ich versprach dem Hausmeister, Herrn Riedl, noch heute mit dem künftigen Wohnungsinhaber zu erscheinen, dann könnte alles fest abgemacht werden; und aufs Rad und losgestrampelt und zu E. D. gesaust. E. D. arbeitete in der Erzgießerei an seinem Kentauern.

Nebenan in demselben durch das offene Tor belichteten Teil der sonst düsteren Ruinenhalle arbeitete Alois Dorn an seiner *Europa*.

Man vermaß und setzte Punkte und klatschte große Klumpen Gips auf die Gerüste aus Stahl, Holz und Rapitz. Ich suchte E. D. mein Glück mitzuteilen.

Aber er hörte nicht. Er sagte zwar: – Jaja, schon recht, warte, später. –

Ich wartete. Ich dachte: Nach dem derzeit laufenden Arbeitsgang ... Doch sofort schloß sich ein neuer Arbeitsgang an. Ich sagte mir: Gut, dann beim Mittagessen. Doch beim Mittagessen blieb E. D. ebenso taub. Nach dem Essen beorderten mich die Herren in die Stadt zum täglichen Kuchenkaufen. Als ich zurückkam, lagen die beiden Künstler im Gras und schliefen. Ich versuchte E. D. zu zupfen: – Du, hör mal, die Wohnung! – E. D. räkelte sich mit dem Ausdruck tiefster Erschöpfung, er sei von der langen Vormittagsarbeit ganz kaputt und möchte sich ausruhen. Ja, es stimmte: Er hatte seit sechs Uhr morgens barabert, der Termin drängte, das Arbeitspensum war ungeheuer. Ich verschluckte meine Ungeduld und kochte Kaffee. Nach dem Kaffee begann ich wieder: – Die Wohnung – E. D. gähnte und lenkte das Gespräch auf die Hinterbacken des Kentauern. – Ich bitte dich, die *Wohnung*!!! – Er drauf: – Was fällt dir ein? Heute geht das nicht. Heute auf keinen Fall. – – Aber dann ist die Wohnung weg. – Ich kann nicht Wohnung suchen, wenn ich arbeiten soll. – Aber die Wohnung ist ja schon gefunden. – Du machst alles hinter meinem Rücken. – Hinter deinem Rücken? Es war doch ausgemacht ... – Du versuchst mich zu erpressen. – Wollen wir heiraten oder nicht? – Was hat das damit zu tun? – Wir müssen doch irgendwo wohnen. – Ist die Wohnung das Wichtigste? –

Der Streit war da. Wieder einmal Streit. Solange Tageslicht herrschte, lief die Arbeit, waren auch andere Menschen in der Nähe; solange war der Streit nichts als ein leiser rascher Wortwechsel, aber spät abends, in E.'s Atelier ging er weiter, in aller Bitterkeit. Er dauerte fast die ganze Nacht. Ich sagte: – Ach, machen wir doch endlich Schluß, du willst ja gar nicht heiraten. – Wie kannst du mir unterstellen, daß ich nicht will? Seit fünf Jahren schaue ich keine andere Frau an. Seit fünf Jahren schreibe ich dir täglich. Jeden Abend gehe ich zur Bahn, nur um die Post an dich einzuwerfen. –

Ja, das stimmte. Jeden Abend ging E. zur Bahn und warf einen Brief oder eine Karte an mich in den Kasten. Diese Gewohnheit hatte er angenommen und ließ nicht mehr von ihr: Sie wurde ihm zu einem festen abschließenden Punkt in seinem Tagesablauf. Er führte diesen abendlichen Gang immer als Beweis an für seine Liebe zu mir. Ja, gewiß, sie war auch ein Beweis, aber ich hatte die merkwürdige Vorstellung, daß dieser Beweis nicht alles sei und nicht alles abdecken konnte, darum: – Damit kommst du mir immer. Du bist verliebt in deine eigene Liebe. Aber du mußt jetzt allmählich merken: Liebe ist nicht mehr genug. – Was soll denn dann genug sein, um Himmels willen? – Ehe ist noch etwas anderes. – Ich sehe den Unterschied nicht. – Nein, den sieht offenbar nur eine Frau. – Ja, eine Frau. Die Frauen sind immer unersättlich. Sie wollen den Mann beherrschen, ihn unterjochen, aussaugen. Das ist doch bekannt. – Wenn du so sprichst, gehe ich sofort. – Ich meine doch nicht dich. – Dann hör auf mit deiner Stammtischweisheit. Sie ist lächerlich. – Lächerlich ist nur dein Hochmut. Alle sagen, wie hochmütig du bist. – Wer, alle? – Na, alle: der Manetstätter, der Sternetseder, der Lang. – Ach, die! –

Ach, die! Sie waren E.'s Kumpane aus seiner Akademiezeit oder aus der Zeit, in der E. noch in der Schnitzwerkstätte gearbeitet hatte. Ganz brave Leute, aber daß E. ihr Urteil über mich ernst nahm, empörte mich. Und doch regte sich in mir auch ein Anflug von Zweifel: die Erinnerung etwa an Trude Löffler, und daß sie behauptet hatte, ich habe unsere Professorin, die Wandervogeldame, hochmütig behandelt und um so hochmütiger, je höflicher ich mich gegen sie betragen wollte. Auch gegen E.'s Kumpane hatte ich mich immer höflich betragen wollen. Vielleicht war ich wirklich hochmütig, vielleicht strahlte ich wirklich *unerträglichen* Hochmut aus.

Und wieder fühlte ich mich schuldig.

Doch diesmal behielt die Erbitterung die Oberhand.

Am nächsten Tag reiste ich ab. Ich fühlte mich krank und wundgeschunden von den langen fruchtlos auf der Stelle tretenden, nervenzerrüttenden Streitgesprächen. Ich hatte genug. Ich war fest entschlossen, am Ziel angekommen, sofort ein Telegramm nach Pilsen zu schicken, die Tanten möchten mit den Ausstattungsvorbereitungen aufhören, die Unterhandlungen mit dem Spediteur abbrechen, die bestellte Küche abbestellen. Ich war fest entschlossen, meinen Entschluß auch meinem Vater mitzuteilen, meine Zelte in Hall abzubrechen und nach Berlin zu gehen, um mir dort in der Nähe meines Verlags eine Stellung zu suchen, ein neues Leben zu beginnen. Aber zum Unglück (oder soll ich sagen: zum Glück?? – Ja, ich sage zum Glück!) fuhr ich diesmal nicht geradenwegs nach Hall. Ich machte einen Umweg über Vorarlberg. Dort lebte meine Tante Anna (schon wieder eine Tante), die einzige Schwester meines Vaters, ein kleines, ja winziges altes Fräulein, die ich nie als Autorität anerkannt hatte, die ich aber gerne mochte, weil es sich so lustig sein ließ mit ihr. Obgleich sie in der ganzen Familie als die schlimmste Jammerbüchse galt, und obgleich sie ihre Lieblingsvokabeln *schauerlich* und *fürchterlich* beinahe in jeden Satz einflocht – mit mir hatte sie fast immer etwas zu lachen, und oft waren wir beide meinem Vater mit unmäßigem Gekicher und Gedalber auf die Nerven gegangen. Diese kleine Tante wollte ich nun in jenen späten Maitagen in Vorarlberg besuchen. Sie erwartete mich am Bahnhof. Als ich aus dem Zug sprang, stand das alte kleine Dämchen auf dem Perron mit blumengeschmücktem Strohhut, mit weißem Spitzenplastron und samtener Pompadour, und während ich mich zu ihr hinunterbeugte und sie auf beide Wangen küßte, seidigweiche Altfrauenwangen, sagte sie: – Ich freu mich ja so, daß du bald heiraten wirst, ich freu mich ja so *fürchterlich*! –

Was soll ich sagen? Ich schickte das Telegramm nicht ab. Ich blieb drei Tage in Dornbirn, ließ mich herumreichen bei der zahlreichen Verwandtschaft und empfing von allen Seiten Glückwünsche zu meiner bevorstehenden Vermählung.

Die standesamtliche Trauung fand in München, die kirchliche in Innsbruck statt.

Die von mir ausfindig gemachte Wohnung bekamen wir doch noch: E. D. hatte recht gehabt; es hatte gar nicht so große Eile gehabt sie anzumieten.

DER NEUE STAND

Am Abend unseres Hochzeitstages sah E. D. Tränen in meinen Augen. Er fragte mich: – Weinst du, weil du so glücklich bist? – Ich sagte: – Ja, weil ich so glücklich bin. –

Und augenblicksweise war ich auch wirklich dann und wann zu Tränen der Freude erschüttert.

Es war, wenn ich allein war in unserer kleinen Wohnung in München-Schwabing, am Abend etwa, wenn die Deckenlampe ihr durch den blaßgelben Lederschirm gemildertes Licht verstreute und das Wohnzimmer erhellte, das nach Maßgabe jener Jahre und unserer bescheidenen Möglichkeiten wirklich ein netter gemütlich-freundlicher Raum war. Da stand der alte Barockschrank, den ich für mein erstes Buchhonorar gekauft hatte, ein ansehnliches Stück; da hing eine bäuerliche gotische Madonna aus Pilsen in steingrüner und blaßgoldener Originalfassung; da hingen die paar kleinen Ölgemälde aus dem großväterlichen Haus. Die Biedermeiergarnitur aus Prag war frisch mit blauem Rips bezogen, und obwohl der an ihr tätig gewordene Tapezierer kein Meister seines Fachs gewesen sein konnte, denn man stach sich beim Niedersetzen verschiedentlich an Nägeln und Nadeln, so gefiel sie mir doch. Mir gefiel das Heim, das kleine Nest, das zu bauen nach so vielen Jahren drangvollen Wartens mir doch gelungen war, ein Winkel, eine Bleibe, und in nicht allzuferner Zeit sollte hier auch ein Kind... und da sollte mir keine Träne der Freude ins Auge steigen?

E. D. gab sein Atelier in der Gabelsbergerstraße auf und zog in ein anderes, größeres in der Amalienstraße um. Früh ging er aus dem Haus, abends kehrte er zurück. So war ich tagsüber allein. Mir war es recht, so hatte ich Zeit zum Schreiben.

Zum Schreiben. Ja.

Kaum, daß mein erster Roman erschienen war, hatte mir mein Verleger die übliche Verlegerfrage gestellt, wann denn der nächste fällig sei. Ich war etwas bestürzt. Der nächste *Roman*? – Jaja, ich schrieb, natürlich schrieb ich das und jenes, kleine Geschichten, auch einmal eine längere Erzählung. Aber einen *Roman*? Ich begriff nicht, daß jemand – und war es auch mein Verleger – mit solcher Selbstverständlichkeit auf meine Produktivität rechnete, daß er sie einplanen, sie terminisieren wollte. Für mich, so schien es mir, war mein erstes Buch ein großes Ereignis gewesen, ein *Lebensereignis*. Konnte man ein nächstes voraussehen?

Nach einiger Zeit antwortete ich dem Mann: An ein neues großes Buch dächte ich derweil noch nicht. Um ein neues großes Buch zu schreiben, da müsse man doch wohl zuerst ein neuer Mensch geworden sein.

– Aber hören Sie –, ließ sich Dr. Gerz, der Cheflektor, vernehmen, der auch dabei saß, Sie haben doch jene Zeit so gut beschrieben. Die Kritik hat Ihre Einfühlung lobend hervorgehoben. Möchten Sie nicht ein ähnliches Thema aufgreifen wie im ersten Buch? –

Nein. Nein, das wollte ich nicht. Ich wollte mich nicht selbst abklatschen, nur weil die Kritik... Ich wollte Geduld mit mir haben. Ich wollte mich sammeln, *mich* einsammeln aus den verschiedensten Bereichen, in denen ich mich bis jetzt bewegt hatte, böhmische Erinnerungen rumorten in mir, das Bild der kranken Cousine setzte mir zu, amalgamierte sich mir mit Erfahrungen aus meiner Schwester Fürsorgebereich. Doch wußte ich noch nicht, wie ins reine kommen mit alldem. Ich hatte noch nicht gelernt, meine eigenen Motivationen zu zergliedern, nie fiel mir ein, daß sich hinter allen diesen mich heimsuchenden eher düsteren Motiven als letztes bewegendes Element meine schmerzlich-brüchige Beziehung zu E. verstecken könnte. Über mich selbst, meine Ehe und meine aktuelle Situation zu schreiben, diese Möglichkeit schloß ich aus. Ich wartete also, daß das, was mich in meinem privaten Dasein bedrängte, sich in Bilder umsetzte, Bilder, Personen, Handlungen, alles weitab von mir: Verfremdungsprozeß. (Und ich wußte nicht einmal, daß ich wartete.)

Doch daneben, in einer anderen Schichte meiner Person ging, das will ich gerne gestehen, etwas ganz anderes vor. Es begann damals in jenem ersten Winter, der meiner Heirat folgte. Es fraß sich in mich hinein wie eine Ätzung. Ich lernte damals zum erstenmal das heftige, beißende, fressende Verlangen kennen nach *Geld*, Verdienst und damit *Lebensrecht*. Denn ich bekam in eben jenem Winter die Demütigung zu spüren, die darin besteht, nicht zu *haben* und darauf angewiesen zu sein, zu *bekommen*; sich erhalten zu lassen und in Abhängigkeit zu leben.

E. D., zwar gutmütig und mir zugetan, machte es mir nicht leicht, in dieser Abhängigkeit von ihm zu leben. Er machte es mir um so schwerer, als er selbst in jenem Jahr nach einem kurzen euphorischen Aufschwung (der Kentaur!) wieder in berufliche Engpässe geriet. Wieder einmal war kein Auftrag da – oder vielmehr, der Auftraggeber zahlte säumig. War ich nun schuld daran, wenn Ebbe in der Kasse war? Die Hochzeit hatte mein Vater bezahlt, acht Tage Salzburg in der Festspielzeit für uns beide hatte Tante Marci berappt. Die Ausstattung war bis in die winzigsten Lappalien von Anci und Marci bestritten worden. Sie hatten mir zu Möbel und Geschirr und Wäsche noch alles mögliche in Kisten und Kasten gepackt: Selchfleisch und Dauerwürste und Linsen, auch ein Riesenweckglas mit

Grammeln, das leider zerbrochen war und seinen Inhalt auf die frisch gewaschene mit Seidenbändchen verschnürte Bettwäsche ergossen hatte. An alles hatten sie gedacht: an Schuhbürsten, Schuhpasten, Seife, Gewürze und sogar an Zahnstocher. Aber an eins dachten sie nicht oder wollten nicht daran denken, aus höchstbegreiflichen pädagogischen Gründen: sie wollten mir *kein Geld* schicken. Nein, so sagten sie sich, dafür soll der junge Mann jetzt nur selber sorgen.

War das für E. D. eine Enttäuschung? Er äußerte sich nie darüber. Schmunzelnd nahm er zur Kenntnis, daß seine Familie meine Ausstattung bewunderte. Und auch seine Freunde fanden unsere Wohnung gemütlich, angenehm, geschmackvoll. Das war Balsam für E. D.'s Herz. Andernteils witzelte er in der üblichen Art über die Ehe: Jetzt sei die Mark, die er verdiene, nur noch fünfzig Pfennig wert. Diese Witze verletzten mich, sie verletzten mich über Gebühr.

Die kleine Summe, die ich allmonatlich von meinem Muttererbe erhielt, zerrann mir zwischen den Fingern. Vielleicht lag es an dem Umrechnungskurs, vielleicht auch an E. D.'s Geschick, mir kleine Zahlungen zuzuspielen. Hier fünf, dort zehn Mark – ich kam fortlaufend in Verlegenheit. Eines Tages hieß es, wir könnten die Miete nicht begleichen. Zwei Monate lang wurde sie uns gestundet. Ich litt Qualen, wenn ich den Hausmeister auch nur von Ferne erblickte. Dann erschien der Hausverwalter, nahm die Wohnung in Augenschein, ganz offenkundig, um die hier gesammelten, unter Umständen pfändbaren Werte zu schätzen. Er fuhr mich grob an: Mit welchem Recht ich mich als *Dr. phil.* in seiner Mieterliste eingetragen hätte? Auf meine Antwort, weil ich doch Dr. phil. *sei,* belehrte er mich in rüdem Ton: dieses Recht hätte ich mit dem Wechsel des Namens verloren. Als G. F. dürfte ich mich allenfalls Doktor nennen, als G. D. dürfte ich den Titel nicht mehr führen.

Obgleich ich wußte, daß der Mann Unrecht hatte, fühlte ich mich von Neuem herabgestimmt.

Eines Samstagabends in der *Wies'nzeit,* also zur Zeit des Oktoberfestes, kam ich von einem kleinen Einkaufsweg nach Hause (damals hielten die Geschäfte auch am Sonnabend bis sechs Uhr offen). Da hörte ich, als ich den Flur betrat, von oben aus dem Treppenhaus ein schrilles Klingeln. Ein Dauerklingeln. Von welcher Tür mochte denn das kommen? Ich stieg hinauf, je höher ich stieg, desto lauter wurde das Schrillen, und schließlich merkte ich, es kam von unserer Tür. Himmel, was war das, da stand ein Mann, ein untersetzter Kerl, schwankend, mit glasigen Augen, und drückte auf den Glockenknopf. Als er mich sah, hörte er auf. Ich erkannte ihn. Es war ein Steinmetz, den E. aufgenommen hatte, damit er irgendeine Arbeit für ihn ausführte, und E. hatte die ganze Woche über geklagt, der Mann sei nur für einen halben Tag gekommen, habe schlechte Arbeit geleistet, habe sich dafür einen Vorschuß auszahlen lassen, mit einem Wort ein Lumpenhund. Nun stand er da und wartete auf mich.

Er sagte, er wolle Geld. Jaja, sagte ich, er werde Geld bekommen, ich müßte nur noch rasch etwas holen, er solle mitkommen, vor dem Haus werde er das Geld dann erhalten. Mir fiel nichts Besseres ein, den Burschen von der Wohnungstür wegzulocken, denn ich wußte, darauf dürfte ich mich nicht einlassen, vor ihm aufzuschließen. Und wirklich folgte er mir. Doch als er auf der Straße war, schlüpfte ich durch ein Geschäft ins Haus, bat darum, mich durch das Lokal zu lassen und rannte so rasch ich konnte die vier Treppen hinauf. Ich schloß auf, schloß hinter mir zu und legte die Kette vor. Es war bald sechs Uhr abends, um halb sieben erwartete ich E. Gespannt lauschte ich, ob meine List gelungen sei. Aber schon nach kurzer Zeit kamen schwere Schritte die Staffeln herauf. Der Bursche fühlte sich durch mich betrogen, war wütend und begann zu toben.

Er beschimpfte mich und rüttelte am Türknauf, trommelte und stieß mit den Stiefeln. Er wolle Geld, schrie er, zwanzig Mark, und wenn ich ihm die nicht gäbe, so werde er die Tür aufbrechen.

Mir war nicht wohl zumute. Aber ich riegelte mich in der Küche ein und begann, das Abendessen zuzubereiten. Ich begann sogar, einen Kuchen zu rühren für den nächsten Tag. Dazwischen lief ich zum Fenster und spähte nach

Hilfe. Denn das Toben draußen ließ nicht nach. Er werde mich umbringen, schrie der Kerl, erwürgen, erschlagen. Er wolle die zwanzig Mark.

Der Mann war schwer betrunken. Vielleicht hätte es genügt, ihm fünf Mark durch den Türschlitz zu schieben, vielleicht hätte er sich damit getrollt. Für fünf Mark hätte er sich noch einmal vollaufen lassen können, und sicher war ihm vor allem nur darum zu tun. Aber ich dachte nicht daran nachzugeben. Ich fürchtete E.'s Vorwürfe und schließlich gelang es mir, Herrn Riedl, den Hausmeister, durch das Küchenfenster herbeizurufen.

Herrn Riedl bat ich, den Wüterich wegzubringen. Der Hausmeister bewaffnete sich mit einer Stahlrute und stieg nun seinerseits in den vierten Stock herauf. Zitternd lehnte ich hinter der geöffneten Küchentür und lauschte auf das Gespräch der Männer im Flur. Es wurde von beiden Seiten in drohendem Ton geführt. Endlich hörte ich vier Füße die Treppen hinuntertrapsen. Herr Riedl hatte gesiegt. Seine Stahlrute hatte gewirkt. Ich atmete auf. Ich buk meinen Kuchen fertig, deckte den Tisch und nahm die ramponierte Wohnungstür in Augenschein. Um sieben erschien E. mit zweien seiner Freunde. Ahnungslos alle drei, natürlich. Nur die bis auf Stummel abgerauchten und zertretenen Kippen auf der Treppe und die in ihren Angeln ächzende Wohnungstür illustrierten meine Erzählung. – Ach, wäret ihr nur früher gekommen, ich hab mich so gefürchtet! – E. begann sofort nach Argumenten zu suchen, ob nicht doch *ich* Schuld an dem Auftritt trüge? Ich hätte den Burschen vielleicht gereizt, ich hätte ihn zu hochmütig behandelt, so hochmütig wie Manetstätter, Sternetseder, Lang...

Ich zitterte vor Zorn.

Zum Glück waren E. D.'s Freunde anderer Meinung. Sie fanden, ich hätte das Einzig-Richtige getan und Alois Dorn sagte zu mir: – Sie haben sich tapfer gehalten. Bravo, Äbtissin! –

Äbtissin. Das war mein Spitzname in jenen Jahren. Auch Alois Dorn hatte einen Spitznamen: der *Prälat.* E. D. hieß der *Kaplan* und der Maler Leo von Welden *Bruder Vigilius.*

Doch ehe ich von dieser Kumpanei berichte, muß ich zu Ende berichten von der Misère, die damals in unseren Verhältnissen und auch in unserem Verhältnis war.

E. D. und ich, wir hatten schon zu lange miteinander gelebt, als daß uns jetzt in der Ehe das gemeinsame Leben etwas Reizvoll-Neues, Beglückend-Beschwingendes hätte sein können. Das alles hatten wir ja schon hinter uns, da und dort auf gemeinsamen Fahrten, in den Zeitumständen abgelisteten, abgestohlenen Augenblicken konsumiert. Es half uns nicht mehr über die Runden; es war wie ein Spielwerk, das schon zu oft abgelaufen war, die Melodie klang verstimmt und scheppernd.

E. D. war nicht zum Ehemann geschaffen. Er liebte mich, ich zweifle nicht daran. Aber irgendwo kam er sich übers Ohr gehauen vor. Er war stolz auf mich, auf meine Bildung, sogar auf meine, wenn auch bescheidenen, schriftstellerischen Erfolge. Doch gleich neben Stolz und Liebe hausten in ihm Mißtrauen und Empfindlichkeit. Er hatte wahrscheinlich zu lang, zu schmerzlich um das gekämpft, was man einen ausreichenden Lebensunterhalt nennt, als daß er jetzt gern und aus vollem Herzen mit einem anderen Menschen, mit mir, geteilt hätte.

Wir mußten sparen, gewiß. Aber E. D. legte eine seltsame Art von Sparsamkeit vor. So wie er immer der Meinung war, er könnte bei einer bestimmten Zahlung – bei der Zeche im Gasthaus etwa – billiger davonkommen, wenn er sie mit Klein- und Kleinstgeld bestritt (ich sah ihn oft genug in seinem Portemonnaie nach Kupferlingen kramen), so verfuhr er nun auch in anderer Hinsicht, immer in kleinsten ängstlichen Schritten: da war zum Beispiel eine Rechnung zu bezahlen, sie machte, sagen wir, 16 Mark 50 aus. Er schrieb mir einen Scheck auf 20 Mark, ich fuhr in die Stadt und holte das Geld. Am nächsten Tag kam eine neue Rechnung – auf 19 Mark. Aber nichts konnte E. D. dazu bewegen, mir einen Scheck auf mehr als wieder 20 Mark auszustellen. Auf diese Weise war am dritten Tag eine neue Fahrt zum Bankschalter fällig. Ich ärgerte mich.

Ich hatte die besten Vorsätze gefaßt, so sparsam und so

gut wie irgend möglich zu wirtschaften. Doch E. D. mißtraute mir in dieser Hinsicht. Er fand es unnötig, Gäste reichlicher als mit einem Glas Bier und bestenfalls mit einem Wurstbrot zu bewirten. Wartete ich mit einem Braten auf und mit unter großen Mühen selbstgebackenen, selbstdressierten Törtchen, war er verärgert und nannte mich eine leichtfertige Österreicherin; ich wolle nur großtun. Dabei wollte ich nur unser gemeinsames Prestige befestigen. Wer konnte unterscheiden, worin der Unterschied bestand? Einmal wurde uns das Gas gesperrt, ein anderesmal das Licht. Ich war erbittert und machte eine Szene. Ich war keine angenehme, ich war sicher eine ganz humorlose Ehefrau.

Unter solchen Umständen wuchs in mir der rabiate Wunsch Geld zu verdienen. Ich hatte in meinen Haller Jahren dann und wann wissenschaftliche Hilfsarbeiten übernommen: Ich hatte Register zusammengestellt für wissenschaftliche Zeitschriften, ich hatte für Ausländer Korrekturen an deren Artikel unternommen. Einem Griechen namens Papastasarow hatte ich eine jämmerlich zusammengeklitterte Habilitationsschrift über Thukydides in mühsamer Neufassung auf Form gebracht: Er lehrte nun an der Universität Saloniki. Alle diese Arbeiten hatte mir Lehmann-Haupt vermittelt. Lehmann-Haupt war nun alt, krank, emeritiert, überdies saß er in Innsbruck. Hier in München kannte ich niemanden, der mir solche Arbeiten vermittelt hätte. Eine Stellung zu suchen getraute ich mich nicht. Ich hatte zwar *studiert*, aber, so glaubte ich, nichts *gelernt*. Ich konnte nicht Stenographie, auch nicht Maschinenschreiben – außer mit zwei Fingern mühsam über die Tasten stotternd; ich konnte rein gar nichts also, womit ich mich hätte antragen können. Nur schreiben, – ja, schreiben, das konnte ich (konnte ich wirklich?), und das wollte ich. Darauf setzte ich meine Hoffnungen.

Mein erstes Buch, der Roman, hatte einen Achtungserfolg errungen, er schlug sich hauptsächlich in wohlwollender Kritik nieder. Meine *Mohrenlegende* wurde da und dort sogar begeistert besprochen, aber schon nach kurzer Zeit erfolgte Protest: Das Amt Rosenberg bezeichnete das Büchlein als elendes katholisches Machwerk, als Mitleidwerbung für Andersrassige, und darum: *Abzulehnen.* Damit war der Weg des Büchleins beendet. Es wurde aus dem Buchhandel gezogen.

Mich hatte dieses Urteil nicht übermäßig aufgeregt. Im Grunde hatte ich es nicht anders erwartet. Doch für den Verlag: ein Schuß vor den Bug. Darum vermutlich jetzt der Ratschlag: eine neue Geschichte, Titel: *Eines Menschen Sohn* ins Freundlich-Erträgliche abzubiegen.

Ich ließ mich herbei. Zum einzigsten Mal in meinem Leben ließ ich mich herbei, eine Geschichte umzumodeln. Ich war nicht glücklich dabei. Mein Verlag vermittelte die umgeschriebene, ins Freundlich-Erträgliche abgebogene Fassung an den Verlag Reclam. Dort erschien sie als eigenes Heftchen, meine dritte Buchpublikation. Leider brachte sie mir so gut wie gar keine Einnahme. Ich wurde mit 125 Mark abgefunden.

Das war bitter. Ich geriet in eine Art Panik. Ich war mein Essen nicht wert, offenbar, nicht wert das Paar Schuhe, das ich trug, nicht wert das Hemd, das ich anhatte. Das einzige, was mir blieb, war Hoffnung. Dreimal täglich wartete ich mit Sehnsucht auf die Post. Am Morgen klatschte die Zeitung durch den Schlitz, ich stürzte hinaus, ob etwa vom Verlag oder anderswoher... Gegen Mittag klappte der Schlitz wieder, gegen vier Uhr ein drittesmal. Dieses Geräusch war meine Verbindung zur Welt. Telefon hatten wir keines. Ich hatte mir meinen kleinen Küchentisch ins Schlafzimmer gestellt, dort saß ich und schrieb. Wenn ich die Augen hob, sah ich auf eine graue Fassade, auf ein schwärzliches Dach, das genau so war wie das Dach unseres Hauses, auf Mansardenfenster, die genau so waren, wie das, hinter dem ich saß. Ein alter schnauzbärtiger Mann lehnte vis à vis im Rahmen und schmauchte seine Pfeife. Ich kam mir ziemlich verlassen vor.

Dabei war ich von guten Freunden umgeben. Ich merkte es nur nicht. Dr. Gerz hatte, das wurde mir erst später deutlich, eine Neigung zu mir gefaßt. E.'s jüngste Schwester, eine resolute junge Frau, schloß sich mir mit besitzergreifender Entschiedenheit an. Ein benachbartes Ehepaar Dr. Gstettner bemühte sich um mich. Und dann waren E.'s Freunde da. Ich nannte sie schon: Maler Welden (Leo Vigilius) und Alois Dorn (der Herr Prälat). Sie waren in jenen Monaten oft bei uns zu Gast, Alois Dorn beinahe täglich. Er brachte sein Abendessen mit, ein Viertel Leberkäse, eine Flasche Bier, manchmal auch eine Flasche Wein. Er kam mit E. und ging um zehn oder elf, manchmal noch später. Wenn er da war, war ich guter Laune. Auch E. war guter Laune. Wir waren ein munteres lachlustiges Trio, nie um ein Gesprächsthema verlegen, immer eines Sinnes, fast immer.

Ich tischte auf, trug nach dem Essen ab. Oft ließ ich das Geschirr ungewaschen in der Küche stehen, um nur ja nichts von dem Gespräch im Zimmer zu versäumen. Wenn die Männer drinnen miteinander lachten, wollte auch ich mitlachen. Ich war noch immer lachlustig – trotz der tief in mir sitzenden Desperation.

Am ausgiebigsten und einmütigsten lachte ich mit Alois Dorn. Alois Dorn war Österreicher, aus dem Innviertel. Er entstammte einer kinderreichen Familie, seine Eltern hatten im Dorf Suben am Inn einen kleinen Laden geführt. Der junge Mann hatte schon schwere Zeiten erlebt: Er hatte ohne jede Unterstützung von daheim auf der Akademie Bildhauerei studiert, dabei hatte er sich regelrecht durchgehungert. Schon zuvor hatte er gehungert, im Krieg und auf der Fachschule. Er erzählte davon, doch ohne Wehleidigkeit. Er klagte niemanden an, auch nicht die Umstände, die ihm übel mitgespielt hatten. Von seiner Mutter sprach er mit Achtung und Dankbarkeit, von seiner Heimat mit Zuneigung. Trotzdem lebte er nun schon seit mehr als einem Jahrzehnt in München und wollte auch hier bleiben. Er war unverheiratet und sprach auch nie davon, daß er heiraten wolle.

Mit E. verband ihn seit Jahren eine enge Freundschaft. Beide hatten zur gleichen Zeit die Akademie verlassen. Aber ihr Ausbildungsweg war doch sehr verschieden gewesen. E., als Schüler Hermann Hahns, hatte vor allem die Oberflächenbehandlung eines plastischen Körpers gelernt: die feinen Nuancen der Form, die zarte Sprache der Hebungen, Senkungen, Schwellungen, Höhlungen, das Vokabular der intimen Reize. Alois Dorn war Schüler bei Joseph Wakkerle gewesen, einem Meister vor allem der Komposition;

er hatte vorausgesetzt, daß der Schüler die Form schon beherrschte und konzentrierte seine Methode auf die Gesetze der Raumgestaltung; bei ihm war zu lernen, wie eine Figur komponiert, wie sie plaziert werden sollte; er befaßte sich mit den Funktionen architektonischer Massen, mit der raumordnenden Disposition.

Davon hatte E. bei Hahn nichts gehört. Alois Dorn waren wieder die Hahnschen Prinzipien eher fremd geblieben. Durch Zufall kamen sich die jungen Leute näher. Sie erkannten, daß sie voneinander lernen könnten und, da beide lernbegierig und in ähnlicher Weise von ihrem Beruf besessen waren, so wurden sie Freunde, nahezu unzertrennliche Freunde. Und als dann die Aufträge kamen, vor allem solche dekorativer Art, so bildeten sie eine Arbeitsgemeinschaft.

Gemeinsam verhandelten sie mit den Auftraggebern, gemeinsam mieteten sie sich Arbeitsräume, besorgten ihre Materialien, entwarfen, bauten Gerüste; sie korrigierten einander, ergänzten einander. Gemeinsam erstellten sie auch ihre Kostenvoranschläge, gemeinsam kassierten sie ihre Honorare. Dann wurde geteilt. Alle diese heiklen Vorgänge verliefen ohne Mißklang, *fast* ohne Mißklang. Ein Glücksfall einer Künstlerfreundschaft, so schien es.

So schien es denn auch nur natürlich, daß Alois Dorn, der Junggeselle, beinahe jeden Abend bei uns auftauchte, um mit E. alles zu besprechen, was für den nächsten Tag zu besprechen, alles auszumachen, was in laufenden Angelegenheiten auszumachen und im übrigen durchzuhecheln, was aktuell und auf dem Tapet unseres augenblicklichen Interesses war. So konnte es natürlich nicht ausbleiben, daß wir auch öfter über Politik redeten und darüber, was wir von der Zukunft zu erwarten hätten. Da mischte auch ich mich dann ein, und es zeigte sich, daß ich mit Alois Dorn eher übereinstimmte als mit E. D. Seine und meine Argumente hatten dieselbe Richtung. Beide brachten wir bei diesen Gesprächen etwas Gemeinsames ein. War es nur das Gemeinsam-Österreichische?

Das Gespräch zwischen den beiden Männern verlagerte sich auf ein Gespräch zwischen Alois Dorn und mir. Wir warfen einander die Bälle zu, E. D. geriet dabei manchmal aus dem Spiel. Merkwürdigerweise schien ihn das nicht zu stören. Nur als ich ihm einmal vorschlug, ich könnte Alois Dorn, dem *Prälaten,* das Du anbieten wie anderen Freunden auch, da wehrte er ab und meinte, das wäre dann schon zuviel des Guten.

DER MANTEL DES ALLRIGHT

So kam das Jahr 38 heran. Im Januar fuhren wir, E. D. und ich, nach Pilsen. Die Tanten begrüßten uns in freudiger Aufregung. Wieder öffneten sich die Schleusen ihrer Freigebigkeit, und diesesmal unter besonderen Aspekten. Schon lange ging die Fama um, in Deutschland gebe es keine gute Ware mehr: die Butter auf dem Frühstückstisch (wenn überhaupt zu haben) bestehe hauptsächlich aus Margarine, Kleider und Anzugstoffe aus Holz. Die Fama lief durch die Welt, sie wurde selbstverständlich auch im Lande kolportiert. Man glaubte ihr und glaubte ihr glauben zu müssen, kurzum, schon lange vor dem Krieg fühlte sich das deutsche Volk als eines, das Mangel litt. Um so begehrlicher schielte man nach draußen: im Ausland, so hieß es, sei alles besser, solider, nur dort sei noch vortreffliche Qualität zu haben. Ich kann nicht beurteilen, ob das wirklich so war. Görings höhnische Alternative: Butter oder Kanonen? hatte ein zwiespältiges Echo gefunden. Offiziell hieß es natürlich: Lieber Kanonen! – doch im privaten Bereich nistete sich die Furcht ein, wieder einmal zu kurz zu kommen. Eiserne Devisenvorschriften hinderten jeden Kauf im Ausland. Doch *ich* mußte ja kein Geld ausführen, um im Ausland kaufen zu können. Auf mich warteten die paar Groschen aus meiner Mutter Erbe, und vor allem, auf mich warteten die Tanten.

Diesmal warteten sie auch auf E. Er sollte sich in Pilsen in Friedensqualität einkleiden können. So kam er in seinem schäbigsten Anzug, in seinem ältesten Mantel. Vom Bahnhof weg stürzten wir gleich in einen Konfektionsladen und besorgten eine neue Schale. Ein feiner Herrenschneider erhielt Auftrag, E. mit englischen Stoffen herauszuputzen. Auch ich bekam das meine. Die Tanten tischten auf und verwöhnten uns, sogar Onkel Hubert-Roderich machte gute Miene zu dem für ihn doch eher bösen Spiel; doch E. war ein Fremder für ihn, und gegen Fremde wahrte er immer Höflichkeit.

Hier wäre eine kleine Episode einzuschalten.

Meine Tante Anci hatte die Neigung plötzlichen Aufwallungen nachzugeben, besonders wenn es darum ging, mir und den Meinen Wohltaten zu erweisen. So überfiel sie die Idee, es genüge nicht, wenn E. zwei Anzüge, einen Sommermantel, einen Wintermantel und ein halbes Dutzend Hemden erhielte, nein, er sollte noch einen *dritten Mantel* bekommen. Sie erspähte einen wohlfeilen Stoff, braun mit rotem Karo, sie kannte auch einen billigen Schneider. Diesen dritten Mantel mochte der Schwiegerneffe werktags tragen, wenn er, wie es seine Gewohnheit war, auf seinem kleinen Fichtel-Sachs-Motorrad zur Arbeit fuhr.

Der Schneider, den Tante Anci im Auge hatte, war Onkel Huberts Schneider, der bei uns nur der *Allright* hieß, denn Allright war sein Lieblingswort und immer, wenn er eine Bestellung erhielt, versicherte er in den höchsten Tönen, er werde sie bestens ausführen, nämlich *all-right*. Herr Böhm war ein kleines kahlköpfiges Männchen, ein Tscheche. Leider war er meist betrunken und in diesem Zustand schien er auch zu arbeiten. Seine Schnitte waren abenteuerlich, seine Nähte erbärmlich, die Knöpfe saßen am falschen Platz, der Kragen windschief. Trotzdem: An Onkel Huberts tadelloser Gentlemanfigur sahen auch Böhms Machwerke noch erträglich aus.

Wohlgemut schneiderte er nun für E.'s untersetzte Statur den bewußten Alltagsmantel. Bald war er fertig. Wir fanden ihn zwar nicht schön, den braunen, rotkarierten, aber E. zog ihn an, gehorsam und gottergeben, als er mich an einem der letzten Tage unseres Pilsner Aufenthaltes zu meiner Schneiderin begleitete.

Auch meine Schneiderin Pani Vitová, eine dickliche Vierzigerin und immer so stark gepudert, daß sie staubte, war keine Virtuosin der Haute couture. Sie hatte ihre

Werkstatt in einem Souterrainlokal draußen hinter dem Bahnhof in Dobrawka. Als ich mit E. eintraf, maß sie ihn mit einem vernichtenden Blick. Dann machte sie sich daran, an mir zu probieren. Sie wußte natürlich, wer ich war, wer E. war und woher wir kamen. Ich merkte, irgendetwas ging in ihr um. Endlich sagte sie, vor mir kniend und die Stecknadeln zwischen die Lippen gepreßt: – Der Herr kommt wohl aus München? – Ja, er kommt aus München. – Aha, das habe sie sich schon gedacht. Und der Mantel, den er anhabe, der sei auch aus München?! – O nein –, antwortete ich, – der ist aus Pilsen. – *Aus Pilsen!* – Ich glaubte, die Frau würde die Stecknadeln vor Schreck verschlucken. – Aus Pilsen? – Aber ja –, sagte ich, – er ist erst heute Morgen fertig geworden. – Was? – schrie die Frau, – von einem tschechischen Schneider? – – Ja, genau –, sagte ich und begann zu lachen, – vom Schneider Böhm. –

Im Augenblick war Pani Vitová in eine rasende Furie verwandelt. Ihr ganzer tschechischer Nationalstolz geriet in Aufruhr. – Dieser Lump, dieser Gauner –, tobte sie, – so eine Schande, eine Schande für alle tschechischen Schneider, eine Schande für die ganze Republik. – Einen solchen Mantel habe sie noch nie gesehen. Ein solcher Mantel, hätte sie eben noch geschworen, könne höchstens in Nazideutschland angefertigt worden sein. Ein solcher Mantel müsse bestraft werden, der Schneider eines solchen Mantels müsse aus der Gilde gefeuert, er müsse aus der ganzen Zunft getilgt und vernichtet werden.

Nanu, meinten wir, so schlimm sei er doch wieder nicht.

Aber Pani Vitová ließ sich nicht mehr beschwichtigen. Heute sei Gildenversammlung, da werde sie den Böhm anzeigen, den Schandfleck der Republik.

Wir kehrten heim. Pani Vitová holte am Nachmittag den Mantel als corpus delicti ab. Abends kam ich von einem Gang aus der Stadt zurück. In unserer Wohnung war ein ungewohnter Lärm. Ich lief ins Speisezimmer, da stand E. und hatte das inkriminierte Kleidungsstück übergezogen. Rund um ihn her jagten sich zwei Gestalten, Pani Vitová und Böhm, sie kamen soeben aus der Gildenversammlung, wo jene diesen zu vernichten gesucht hatte, durch Anzeige und wüste Beschimpfung. Auch jetzt zeterten sie die wildesten Vorwürfe gegeneinander. Zeternd waren sie in unsere Wohnung eingedrungen, hatten E. gezwungen, den Mantel wieder anzuziehen und balgten sich rund um ihn herum wie zwei Hunde um einen Laternenpfahl. Tante Marci stand daneben, von Gelächter geschüttelt, ihr rundes Bäuchlein tanzte dabei auf und ab. Tante Anci, die schwarzen Augen rollend, verbat es sich, den Skandal in unserer Wohnung auszutragen. Die Streitparteien hörten nicht auf sie. Immer wieder brachte Pani Vitová die nationale Seite des Problems ins Spiel: die Blamage für den tschechischen Staat, aus dem ein solcher Mantel nach Nazideutschland ausgeführt werden sollte. – Jen se podívejte, samý hrbol! – kreischte sie. – Schauen Sie nur hin, lauter Falten, lauter Falten! – Ach was, konterte der Schneider, Falten müßten sein: – Když son skloní chobot, taky se mu hrbolati. – Wenn ein Elefant den Rüssel senkt, so hat er auch lauter Falten. –

E. verstand natürlich kein Wort und blickte bestürzt und belustigt zugleich an sich herab. Ich erstickte wieder einmal fast vor Lachen. Da öffnete sich die Tür. Onkel Hubert-Roderich war heimgekommen. Er betrat die Szene wie ein deus ex machina. Was sei hier im Gange? ließ er sich mit einschmeichelnder Stimme vernehmen. Was müsse er bemerken? Eine schöne junge Dame (damit meinte er Pani Vitová) raufe mit einem alten Mann? Er habe Pani Vitová bislang für eine *lady* gehalten, jetzt schreie sie wie ein Marktweib? Sei denn das ihrer würdig?

Die Wirkung seiner Worte war wunderbar. Pani Vitová starrte den alten Schmeichler wie eine Erscheinung an. Ihr Gesicht – eben noch das einer Megäre – begann zu strahlen, kindlich entzückt. In flötenden Tönen begann sie sich zu erklären ... Herr Böhm suchte indessen das Weite. Onkel Hubert-Roderich spendete noch etliche Komplimente. So löste sich der ganze Bahöl in Wohlgefallen auf.

Zwei Tage später packten wir unsere Koffer. Auch den All-right-Mantel packten wir ein, wir fuhren nach Deutschland zurück.

DAS RAD BEGINNT SICH ZU DREHEN

Es war spät am Abend, als wir die tschechische Grenze überschritten und der Zug in Furth am Walde zu längerem Aufenthalt anhielt. Wir öffneten das Fenster und wunderten uns, daß die Januarnacht von einem silbrigen Schein erhellt war. Ein weißlicher Schimmer bewegte sich über dem Himmel, erlosch, kehrte wieder und schnitt den Horizont zur schwarzgezackten Silhouette aus.

In jener Nacht, erfuhren wir später, stand ein großes Nordlicht über ganz Europa. Noch nie in geschichtlicher Zeit, so hieß es, sei ein so starkes Nordlicht über unseren Breiten beobachtet worden.

Zwei Wochen später kamen wir von einem Ball nach Hause, der Ball war das traditionelle Maskenfest der Künstler, Schwabylon, es wurde in einer Brauerei an der damaligen *Danziger Freiheit* abgehalten. Es war schon gegen Morgen, fünf oder sechs Uhr, als wir müde und übernächtig die vier Treppen zu unserer Wohnung hinaufstiegen. An der Tür steckte schon die Morgenzeitung. Während E. D. aufschloß, nahm ich sie aus dem Schlitz und las die Überschrift, sie war in Riesenbalkenlettern gedruckt, rot unterstrichen. Hitler habe den Oberbefehl über die Wehrmacht übernommen. Blomberg und Fritsch seien zurückgetreten. Ich las E. D. die Nachricht vor, dann sagte ich: – Der Ball heut nacht wird unser letzter Ball gewesen sein. –

Er war es.

Wenige Tage später berichteten die Zeitungen, der österreichische Bundeskanzler Schuschnigg sei zu Hitler auf den Obersalzberg gefahren, um mit diesem die gemeinsame Zukunft der beiden Länder zu beraten. Nach seiner Rückkehr aber geschah etwas Merkwürdiges. Schuschnigg schrieb eine Wahl aus, von heute auf morgen, eine Wahl in einem Land, das sechs Jahre lang eben von seiner, Schuschniggs Partei, am Wählen verhindert worden war. Noch merkwürdiger klang die Frage, die zur Entscheidung vorgelegt werden sollte. Der österreichische Staatsbürger wurde befragt, ob er sich zu einem *freien, unabhängigen, deutschen, so-*

zialen, einigen, mithin wohl auch glücklichen Österreich bekenne. Mittels dieser beschwörenden Formulierung sollte wohl ein überwältigendes Ja erzwungen werden? Aber gerade die beschwörende Dringlichkeit der Frage, die Übereilung des Wahltermins, die kopflose Panik, mit der der Vorgang eingeleitet, propagiert und vorangetrieben wurde, ließen erkennen, daß Schuschnigg nur aus Verzweiflung handelte, daß er sich, unter übermächtigem Druck, mit einer jähen Kehrtwendung diesem Druck entziehen, daß er in eine überstürzte Flucht nach vorwärts ausbrechen wollte.

Das Manöver mußte mißlingen. Es mußte innenpolitisch und außenpolitisch mißlingen und vor allem gegen den Mann, gegen den es gerichtet war, Hitler. Noch waren die Pressionen nicht bekannt geworden, die Hitler gegen Schuschnigg angewendet hatte, noch hatte man keinen Begriff von dem gewalttätig brutalen Stil, mit dem er, der Führer, gegen schwächere Partner verfuhr. Zwar standen noch immer die blutigen Schatten des 30. Juni 34 im Raum, das Gemunkel um die K.Z.'s, auch der widrige Eindruck eines grobschlächtigen Antisemitismus. Trotzdem war die illusionäre Landschaft rings um seine Person noch intakt, eine Landschaft schöner, braver, manchmal etwas biderber, dann wieder heroischer Bilder: der Volksführer, der die gedemütigte Nation zu sich selbst gebracht hatte; der Erretter aus der Not; der Mann, der sich immer wieder verschwor, den Frieden zu bewahren. So, in dieser Profilierung, stand er sehr vielen vor Augen; auch einem Teil des Auslands erschien er so.

– Wir brauchen einen Hitler –, schrieb man in Frankreich. – Warum haben wir keinen Hitler? – schrieb man in der Tschechoslowakei. In England gab es Sympathiekundgebungen. Gegen diesen Mann, Idol so vieler Millionen, versuchte Schuschnigg jetzt verzweifelt unsinnig instrumentierten Widerstand.

War er wahnsinnig geworden?

Man dachte eigentlich nicht, daß das, was Hitler wollte, der Anschluß sei. Man dachte eher an Friedensschluß, Kooperation der beiden deutschen Staaten, an Übereinkunft und Bündnis. So lange hatten Mißtrauen und Mißgunst geherrscht, Grenzsperre und wütender Pressekrieg; und waren zwar in letzter Zeit die feindseligsten Maßnahmen Schritt für Schritt abgebaut worden, so bestanden noch genug andere fort, die ein Ärgernis waren. Sollten sie nicht endlich auch ausgeräumt und beseitigt werden? Der Weg schien beschritten, was wollte Schuschnigg mit seiner Wahl?

Er wollte Österreich vor dem Anschluß retten, er wollte den in Fluß gekommenen Gang der Dinge aufhalten. Aber der Magmastrom unter seinen Füßen hatte sich bereits in Bewegung gesetzt.

Ich saß in unserer Schwabinger Wohnung bei der Arbeit, da hörte ich E. zu ungewohnter Zeit nach Hause kommen. E. war nicht allein. Wieder kamen seine Freunde mit ihm. Alle waren voll Aufregung. Hätte ich denn nichts gehört? Die ganze Stadt sei voll Truppen, sie marschierten durch gegen Süden. Und der Himmel voll Flugzeuge, die *müßte* ich nun doch gehört haben. Das gelte Österreich.

– Österreich? –

– Ja, dort ist Revolution. –

Mich ergriff eine furchtbare Aufregung. Sofort machte ich mich bereit, mit den Männern auf in die Stadt hineinzugehen. Dort sahen wir in der Tat marschierende Truppen, lange Kolonnen, sie bewegten sich durch das Tal und durch die Prinzregentenstraße über die Isar den südlichen Ausfallstraßen zu. Nun war es Abend. Wir kehrten in unsere Wohnung zurück. Der Radioapparat versorgte uns mit ergiebigeren Nachrichten als der Anblick der marschierenden Kolonnen. Ab sieben Uhr schaltete, so glaube ich mich zu erinnern, das normale Programm auf eine aufpeitschende Aktualität um: Meldungen, Märsche, Lieder, wieder Meldungen. Ab neun Uhr hörte man Seiß-Inquarts zitternde Stimme: Deutschland habe Österreich unter seinen Schutz gestellt, einmarschierenden deutschen Truppen sei kein Widerstand zu leisten.

Schuschniggs berühmtes: *Gott schütze Österreich* hörten wir nicht.

Wir saßen bis um vier Uhr früh um den Apparat herum, E., Alois Dorn, Leo Welden und ich. Zuletzt kauerte ich auf dem Boden und lehnte meinen übernächtig verwüsteten verwirrten Kopf an das immer noch tönende Gehäuse. Endlich bei Morgengrauen machten wir Schluß. Die Gäste gingen, Alois Dorn wollte mit dem ersten Frühzug in seine Innviertler Heimat fahren. Wir fielen für einige Stunden schweren Schlafes in die Betten. Aber auch ich wollte nach Hause, nach Hall, zu meinem Vater. E. war einverstanden. Wir nahmen einen Zug am frühen Nachmittag.

Wir fuhren über Garmisch nach Innsbruck. Immer wieder hielt der Zug auf offener Strecke. Immer wieder passierten wir Bahnhöfe, auf denen Lastwagen und Tanks verladen wurden. Immer wieder donnerten Flugzeugstaffeln über uns hinweg. Es dämmerte, als wir bei Reith hinter Seefeld den ersten Blick ins Inntal hinunter gewannen. Wir sahen die lange Inntalstraße von einem Heerwurm überkrochen. Vor Zirl riß er ab, nach Zirl setzte er wieder ein. An den Stationsgebäuden wehten schon einzelne Hakenkreuzfahnen. In Innsbruck wimmelte es davon.

Die Straßen der Stadt waren voll von Menschen; so dicht, als wäre niemand mehr in den Häusern geblieben, waren die Gehsteige der Innenstadt mit Spalieren gesäumt. Zwischen ihnen bewegten sich Pulks von lachenden winkenden Männern, Frauen, Knaben, Mädchen. Noch trug niemand eine Uniform, als Kennzeichen dienten weiße Strümpfe, weiße Hemden. Dann und wann tauchte auch eine Abteilung Polizisten auf. Sie hatten bereits Hakenkreuzarmbinden angelegt und wurden heftig bejubelt.

Weil ich soeben in der Nähe der Schöpfstraße war, in der Nähe von Lehmann-Haupts, lief ich die zwei Stockwerke zu ihnen hinauf und läutete. Wankend auf seinen krummen Beinen, hinkend und schweratmig kam mir der alte Mann über den Flur entgegen. Seine kleinen, von schwärzlichen Falten umgebenen Augen, Augen eines alten Elefanten, glitzerten von Tränen. Er umarmte mich. – Ein großer Tag, Gertrud, – sagte er mit rasselndem Atem, – ein großer Tag! Wir erleben Geschichte. Wir erleben Geschichte. –

Ja, wir erlebten Geschichte. Gegen neun, so hieß es, würden deutsche Truppen den Stadtrand erreichen. Die Menge stürzte ihnen entgegen. Ich geriet in einen Trupp, der durch die Altstadtgassen jagte. Da sah ich einen Mann neben mir stolpern, der Hut flog ihm vom Kopf, er taumelte, kippte vornüber. Die Menge rannte über ihn hinweg.

Ich dachte: der Mann. Ich dachte: der Gestürzte. Ich dachte: Ist ihm etwas geschehen? Ich dachte: Du mußt umkehren, hingehen, dich kümmern. *Und wenn du es nicht tust, ist alles verloren.*

Ich kehrte nicht um. Ich blieb nicht stehen. Ich ließ mich von der Menge weiterreißen. Da marschierten eben die ersten deutschen Truppen den Rennweg herauf. Es war irgendein bayrisches Regiment. Die Leute sahen erschöpft aus. Sie hatten einen Weg von vierzig Kilometern hinter sich. Sie waren verstaubt, verschwitzt und bewegten ihre Beine, als schmerzte sie jeder Schritt. Eine Frau stand neben mir und sagte: – Das sind ja lauter kleine Leut. Und schön sinds auch nit. Ich habe immer gedacht, die Deutschen sind alle schöne und große Leut. –

Mir blieb ein Gesicht im Gedächtnis, ein junges Gesicht eines kleinen und etwas mickrigen Burschen. Es war hohlwangig vor Anstrengung, der Schein der Fackeln – woher plötzlich die Fackeln? – zeichneten es genau. Ich sah die Augen glänzen unter dem Rand des Stahlhelms, ich sah die Lippen zittern vor Verwunderung, Überwältigung, ungläubig überrascht von dem ungeheuren Jubel, der über der Truppe zusammenschlug, ungewiß, noch immer ungewiß, wem denn der Jubel gelte?

Auch am anderen Morgen in Hall: Freude überall. (Denn die, die sich nicht freuten, hatten sich verkrochen und waren nicht zu sehen.) Nur unsere alte Anna, die sich doch so oft abfällig über das Regime Dollfuß-Schuschnigg geäußert hatte, wehrte auch jetzt ab: – Nein, nein, so schnell kriegts ihr mich nicht herum. Da ist was wie ein Schwindel im Gang. –

Am 13. März wurde Österreich zum Bestandteil des Deutschen Reiches erklärt. Wir waren nun doch etwas verdutzt und fanden, das sei aber reichlich schnell gegangen. Wäre es nicht ratsamer, rücksichtsvoller, sogar staatsmännischer gewesen, die Angliederung durch rechtliche Akte vorzubereiten, in sachlichen Entscheidungen schrittweise zu vollziehen?

Ganz im Gegenteil, argumentierten wir gegen uns selbst: Angesichts der Gefahr internationaler Verwicklungen sei eine als vollendet gesetzte Tatsache einem langsamen umwegreichen Prozeß vorzuziehen. Frankreich hatte soeben keine Regierung. Damit waren auch seine Verbündeten blockiert.

Im Radio hörten wir die Jubelstürme in Linz, die Jubelstürme in Wien. Kein einziges Mal in all den Berichten war von irgendeinem Widerstand die Rede. Offenbar waren alle Positionen kampflos geräumt worden? Offenbar hatte es nirgends Blutvergießen gegeben? Niemandem, so dachten wir, ist ein Haar gekrümmt worden. Der Anschluß erschien uns wie ein Pfingstwunder.

(Nur: In mir haftete wie ein winziger Widerhaken die Enttäuschung über mich selbst: daß ich nicht umgekehrt war, dem gestürzten Mann zu helfen. *Wenn du das nicht tust, ist alles verloren.*)

ERWARTUNG

Wir kehrten nach München zurück. Nun kam eine andere Zeit für mich, die Zeit, auf die ich gewartet hatte seit meinem siebzehnten Lebensjahr. Wir hatten ausgemacht: Ein halbes Jahr nach unserer Verehelichung wollten wir ein Kind in die Welt setzen. Warum nicht schon früher? Aus Furcht vor finanziellen Engpässen? Die konnten immer wieder kommen. Eher aus Furcht nicht vorbereitet zu sein oder aus der hysterisch gefärbten Bedenklichkeit heraus, irgend jemand könnte, falls das Kind zu früh geboren würde, auf die Vermutung kommen, der Grund unserer Heirat sei eine Schwangerschaft gewesen.

Ich wollte die neue Lebenslage begehen wie ein Fest – (ein Fest in einem schon sehr unfestlich gewordenen Ehealltag.) Ich dachte diesem Kind entgegen wie einer unendlichen überwältigenden Liebesaufgabe. Ich dachte ihm entgegen auch wie einer in unabsehbar fernste Zukunft ausgreifenden Schicksalsentscheidung. Ich dachte vielleicht zu viel; und ich war sehr erstaunt, daß ich nicht sogleich nach gefaßtem Entschluß schwanger wurde.

Nach der dritten Enttäuschung begann ich mich zu ängstigen. Vielleicht konnte ich überhaupt kein Kind haben? Vielleicht rächte sich nun die Zeit der Verhütung? Vielleicht wurde ich dafür bestraft, daß ich in den vergangenen Jahren so manches Mal voll Aufregung und Entsetzen darauf gewartet hatte, die Regel zu bekommen? Dann aber im Mai 38 war es endlich soweit.

Zuerst verschwieg ich sogar E. meinen Zustand.

Ich wollte ihn erst in mir erfassen lernen. Schon zuvor hatte ich mich in einer Art hochgestimmter Askese darauf vorbereitet. Keinen Tropfen Alkohol, keine Zigarette, keinen Kriminalfilm, kein Buch, das Schauderhaftes schilderte. (Nur die eigene Produktion war nicht so leicht umzusteuern.) Trotzdem veränderte sich wenig an meinem Leben. Ich schrieb wie zuvor, besorgte meinen Haushalt wie zuvor, wusch die Wäsche in der Kellerwaschküche, von Hand natürlich, denn Waschmaschinen gab es damals noch nicht. Ich hatte nicht einmal einen funktionierenden Staubsauger. Die Teppiche mußten in den Hof getragen, dort über dem Rasen gebürstet oder über der Teppichstange geklopft werden. Das alles tat ich wie zuvor. Nur an unseren großen schweren Perser aus dem Wohnzimmer (Erbstück von meiner Mutter) getraute ich mich nicht mehr heran. So bat ich E. mir zu helfen und war enttäuscht, daß ich ihn jeweils lange bitten mußte.

Die unbefangene Art und Weise, die heute gang und gäbe ist, auch die jüngste Schwangerschaft in alle Welt hinauszuposaunen, war damals nicht üblich. Die Schwangere verbarg ihren Zustand solange sie konnte und erwartete, daß man auch nachher nicht viele Worte darum machte. Erst wenn sich die Zeit dem Ende zuneigte, durfte er zum Gesprächsgegenstand werden. Sogar in der engsten Familie hielt man es so. Man hielt es auch nicht für nötig, einen Arzt aufzusuchen, solange alles normal zu verlaufen schien. Ich will nicht sagen, daß das vernünftig war. Aber der so gehaltene Zustand des Schweigens, der Zurückhaltung, der Verborgenheit zog einen Sperrkreis um das werdende Leben. Die Gesellschaft rührte nicht an das intime

Geschehen. Sie zollte, sofern es nicht mehr übersehen werden konnte, ihren stillen Respekt.

Zu den ersten, die meinen Zustand erkannten, gehörte Alois Dorn. Er sprach E. darauf an und meinte, E. sollte von nun an dafür sorgen, daß ich nicht mehr so oft auf dem Rad in die Stadt fahren müßte. Er habe dabei bemerkt, daß ich ängstlich sei, und Ängstlichkeit sei in diesem Falle abträglich. E. erzählte mir erst Monate später von dieser Bemerkung seines Freundes. Ich nahm sie dankbar zur Kenntnis. Inzwischen hatte ich selbst das Radfahren aufgegeben.

Oft hatte mir E. vorgestellt: – Wenn du ein Kind haben wirst, wird dir das Schreiben vergehen. – Danach sah es nicht aus. In mir saß, tief eingewurzelt, eine triumphale Sicherheit: Nichts werde mich je davon abhalten können weiter zu schreiben. Mochte die Arbeit im Haushalt anwachsen, die Zeit knapp werden, gedrängt voll mit tausend Verpflichtungen: Man konnte auf Schlaf verzichten, auf Vergnügen, auf Gespräch, man konnte seine Kräfte zusammenraffen in äußerster Anspannung: aber das Schreiben blieb unverzichtbar.

So meine stille Meinung in jenen Monaten und meine Praxis in den späteren Jahren.

Damals trat man zum erstenmal an mich heran, ich sollte öffentlich aus meinen Werken lesen. Das war etwas Neues für mich. Etwas Aufregendes. Ich traute es mir nicht recht zu. Ich wußte: meine Stimme war klein, schwach, sie neigte nach einiger Anstrengung zum Versagen. Also suchte ich jemanden, von dem ich dachte, er könnte mir eine gewisse Sprechtechnik beibringen.

Im Telephonbuch fand ich den Namen einer Rhetorin: Elisabeth Huch. Ich rief sie an, sie ließ mich kommen, kopfschüttelnd hörte sie mir zu. – Sie werden niemals lesen können –, sagte sie. – Ihre Stimme ist so schwach und so kreidig, da läßt sich nichts daraus machen. Und das R rollen Sie im Rachen, das läßt sich nicht mehr ändern, in Ihrem Alter (ich war 26) lernt man nicht mehr um. –

– Ich möchte es aber doch versuchen –, piepste ich.

– Gut also, versuchen wir es. – Dreimal in der Woche wanderte ich nun zu Elisabeth Huch nach Bogenhausen (einer Verwandten übrigens der von mir fast abgöttisch verehrten Ricarda). Mir war ziemlich elend auf diesem Weg: Wenn ein Auto vorüberfuhr, würgte mich Übelkeit, die Abgase versetzten meinen Magen in Aufruhr. Das einzige, was dagegen half, war Kirschen essen. Tütenweise verschlang ich sie: herrliche, rote Herzkirschen, die man auf der Straße zu kaufen bekam. Dazwischen murmelte ich meine Aufgaben vor mich hin, die Sprechübungen, die mir Frau Huch aufgegeben: – Des Königs Löhne verhöhnen Gelöste, Betörte, hört und gönnet den Söhnen – Und vor allem die Übung für das Gaumen-R: – Reiche richten rundum Gerichte und rächen rasende raschelnde Raben...

Nach zehn Lektionen hatte ich das Gaumen R weg, erlegte das Honorar und sagte Frau Huch adieu.

Im Juli fuhr ich zum erstenmal den Rhein entlang, ich fuhr nach Köln und von dort ins Industriegebiet. Dort fand eine Buchhändlertagung statt, man hatte mich aufgefordert, einen Vortrag zu halten, aus meinen Werken zu lesen, acht Tage mitzutun. Auf dem Weg hinauf machte ich in Heidelberg halt, dort war mein Bruder jetzt in Garnison. Ich erreichte ihn nicht in seiner Kaserne, seine Wohnadresse kannte ich nicht. Aber ich begegnete ihm abends auf der Straße und stürzte beglückt auf ihn zu. Der Zufall dieser Begegnung erfüllte mich mit um so tieferer Freude, als ich erst wenige Wochen zuvor meine Schwester in Nürnberg binnen zwanzig Minuten in einer kleinen schäbigen Pension in einem Hinterhaus des Bahnhofviertels aufgestöbert hatte, obgleich dieses Viertel doch von Fremdenpensionen und Gasthäusern wimmelte.

Hatte mich ein unsichtbarer Faden zu ihr geführt, wie mich jetzt ein unsichtbarer Faden zu meinem Bruder geführt hatte? Ich zog aus diesen Zufällen keine Schlüsse. Aber ich müßte lügen, wollte ich behaupten, sie hätten auf meine Stimmung keinen Einfluß gehabt. Ich hatte das Gefühl, durchlässig zu sein für mehr, als ich selbst wußte, porös für Anmutungen, Zuflutungen, Witterungen. Das hob meine Laune und führte mir Kräfte zu.

Und dann saß ich doch wieder nahezu stumm und scheu in mich verkrochen bei den Buchhändlern in Langenberg, dreißig oder vierzig zumeist sehr jungen Leuten, hörte zu und errötete, wenn man mich ansprach und zum Reden aufforderte. Als ich dann am dritten Nachmittag meinen Vortrag hielt und am selben Abend meine Lesung, war ich sehr verwundert über den wilden Applaus, den ich erntete. Von dem Tag an war das Eis gebrochen, und ich befand mich wohl unter den fremden jungen Leuten, ich spürte ihre Sympathie wie vielleicht ein Vogel bei raschem und rascherem Flug das dicht und dichterwerdende Luftpolster unter seinen Flügeln spüren mag: ein Element, das trug und mich zu neuen Erfahrungen mitnahm.

Ich war zum erstenmal im Industriegebiet an Ruhr und Wupper und war neugierig gewesen auf diese Landschaft, von der ich glaubte, sie sei eine einzige hephaistische Werkstatt, voll Hochöfen, Schloten und Rauchfahnen. Ich hatte nicht erwartet, hier mitten im tiefsten Ruhrpott Grünes zu finden, Bauernland, Wälder, Wiesen. Das Heim, in dem der Kurs stattfand, lag auf einem waldigen Hügel und das kleine Hotel, in dem ich wohnte, fünf Minuten daneben in dichtem Buchenbusch. Das Programm begann am Morgen mit Sport und Fahnenhissen, daran nahm ich nicht teil – dann folgten Vorträge und Diskussionen, damals noch *Fragestunden* genannt. Man wanderte miteinander und sang miteinander, von Politik war wenig die Rede, diese Jugend kümmerte sich nicht darum. Einmal fragte mich ein Buchhändler aus Hamburg: – Sagen Sie mir nur, warum haben wir denn nur dieses Österreich erobern müssen? Wir haben doch gar kein Bedürfnis danach gehabt. –

Nein, sie hatten kein Bedürfnis danach, die Welt zu erobern, diese jungen Leute, wie ich sie damals kennenlernte und wenn die dreißig oder vierzig, mit denen ich in jenen Tagen beisammen war, irgendetwas repräsentierten, was damals 1938 im deutschen Volk umging an Hoffnungen, Wünschen und Erwartungen, so war *nichts* davon auf Krieg gerichtet, *nichts* auf Expansion und am *allerwenigsten* auf Weltherrschaft.

Aber woher kam die wilde Schwermut, die mich anfiel, wenn wir abends am Lagerfeuer saßen, das wir hinter dem Tagungshaus auf einer Lichtung angefacht hatten, wir saßen im Kreis darum, und die Bäume standen schwarz wolkig mit ihren Laubmassen und den bizarren Aderwerken ihres Geästs vor dem von letztem Tagesschein blaß schimmernden Himmel? Woher kam es, daß mir um alle diese jungen Menschen bitter leid war? Was griff mir ans Herz bei ihren Liedern und bei ihrer unbeschwerten und etwas simplen Fröhlichkeit?

Seit Ende Mai hatte die öffentliche Propaganda umgeschaltet; umgeschaltet vom siegreichen Anschluß der Ostmark (so hieß nun Österreich). Eine andere Walze war aufgelegt worden, von einem Tag zum anderen, die Walze hieß *Sudetenland.* Damals dachte ich zum erstenmal: Das ist nicht gut. Da bahnt sich Unheil an. Noch war die Angliederung von sechs Millionen Menschen, die Problematik der wirtschaftlichen, rechtlichen, militärischen Angleichung und gegenseitigen Durchdringung nicht in Angriff genommen, geschweige denn bewältigt, und schon lief die Maschinerie auf einer Tour, die auf neue Ziele setzte. Wieso denn nur? Warum?

Die deutschen Zeitungen krakeelten gegen die ČSR, dort werde deutschfeindliche Politik betrieben. Nun ja, was weiter? Die Tschechen mußten ja nur einen Blick auf die Landkarte werfen, um sich ihrer neuen Lage bewußt zu werden. Sie waren jetzt mit dem Hauptteil ihres Staates von Deutschland umgeben, Böhmen wie ein dicker Kopf, der in einem Löwenrachen steckte. Die Tschechen waren, so meinte ich, geschockt. Aber sie würden sich, so meinte ich weiter, an die Lage gewöhnen, und ihre Folgerungen ziehen. Sie würden, wenn man ihnen nur ein wenig Zeit ließ, sich von Frankreich lösen, mit Deutschland einen Ausgleich suchen, man sollte sie nur beruhigen, nicht angreifen. Ihr realistischer Sinn, den ich zu kennen meinte, würde sie gut beraten.

Nein, aber nein. Schon heizte der Kessel Wahnsinn. Schon gor es in einigen Köpfen. Vielleicht gor es nur in einem einzigen Kopf: Unersättlichkeit.

FRIDOLIN

Eines Tages rief mich E. in Langenberg an: Er habe eine große Überraschung für mich, er habe einen Wagen gekauft. – Ich glaubte mich verhört zu haben. – Einen Wagen? ein *Auto?* Wieso denn das? – Ich hatte nie auch nur im Traum daran gedacht, daß wir uns ein Auto kaufen könnten. Keiner von unseren näheren Freunden und Bekannten hatte ein solches Vehikel. Wieso denn plötzlich *wir?* Krebsten wir denn nicht tagtäglich in allerlei Schwierigkeiten?

Doch E. war schon Feuer und Flamme: Der Wagen sei gebraucht, aber so gut wie neu, ein Opel Olympia, eine vorzügliche Type, ein zügiger Bergsteiger, ich würde schon sehen ... Er besuche schon einen Fahrkurs. Jetzt steuere ein Bekannter den Wagen. Sie beide würden mich aus dem Rheinland holen.

Sie holten mich. E. war gekränkt, daß ich mich nicht begeisterter zeigte. Trotz latenten Mißtrauens gewöhnte ich mich an den kleinen graugrünen Wagen und taufte ihn nach Schillers Ballade vom Eisenhammer: *Fridolin:*

Ein treuer Knecht war Fridolin ...

Bis Ende August hatte es E. in der Tat geschafft, die Fahrprüfung abzulegen. Er bekam seinen Führerschein und zwei Stunden später fuhren wir los, nach Österreich. Diesmal nicht nach Tirol, diesmal wollten wir die Wachau sehen, Wien, das Burgenland. Der jüngste Bruder meiner Mutter, Hermann-Friedrich hatte uns eingeladen.

Die Fahrt war abenteuerlich. Auf der Autobahn versagten uns gleich einmal die Scheibenwischer, und wir mußten am Randstreifen das Ende eines Gusses abwarten. Wir hatten Glück, er dauerte nicht allzulange. In Salzburg fuhren wir verkehrt in die einzige Einbahnstraße, die es damals gab, und standen alsbald einer Trambahn gegenüber. E. hupte, die Trambahn klingelte, ich beschwor ihn, zu reversieren und in eine Seitengasse zurückzuweichen. Dort wartete eine neue Tücke: ein Radfahrstand, der gottlob nur mit wenigen Rädern beschickt war. Wir fuhren ihn an, vielleicht sogar um.

Im Karacho flüchtete E. aus der Stadt.

Später die lange, von Schlaglöchern wimmelnde Bundesstraße nach Linz. Wir wollten in St. Florian übernachten. Doch alle Wirtshäuser waren geschlossen. Eine halbe Stunde lang versuchte der neugebackene Autofahrer in den engen finsteren Gassen des Dorfes zu wenden. Endlich gelang es. In Linz krochen wir in einer elenden Herberge unter, nachdem wir noch zweimal quer über eine Verkehrsinsel geholpert waren. E. war begreiflicherweise vollständig erschöpft. Doch am nächsten Tag setzte er sich voll neuen Tatendrangs an den Volant.

Wie er leidenschaftlich gern Schi lief und immer gern und viel Rad gefahren war, so begann er nun leidenschaftlich gern Auto zu fahren. Seine Natur zog ihn in ein mobiles Leben, Geschwindigkeit faszinierte ihn und von Gefahr hielt er nicht viel. Ich litt neben ihm, und wenn er mich aufforderte, auf abgelegenen Landstraßen selbst das Fahren zu probieren, so tat ich es immer nur mit Zittern und Zagen, ungeschickt und immer bereit aufzugeben. Er lachte mich aus und begriff nicht, was ich dagegen hatte, mit quietschenden Rädern in die Kurven zu gehen oder gar mit Leerlauf eine Bergstraße hinunterzufahren. Seine Vitalität überrundete die meine weit, und sie schien mir manchmal und jetzt erst recht, wo ich mich um ein zweites Leben zu sorgen hatte, wie eine unerträgliche Provokation.

Trotzdem war unsere Reise in jenem fernen warmen, beinahe unheimlich wetterstabilen Herbst 38 eine der schönsten Reisen meines Lebens. Von Linz steuerten wir in die Wachau, wir begannen mit Melk, übersetzten auf der Fähre und zuckelten dann das linke Ufer der Donau entlang. Noch hatte ich die Bilder in mir, die ich vom Rhein empfangen hatte. Der Rhein war für mich eine Enttäuschung gewesen. Seine Romantik schien mir zu wohlkonserviert, zu glatt geschleckt. Wilhelminischer Prunk stieß mich ab, technische Perfektion stimmte mich traurig. Hier in der Wachau war alles anders.

Unser Reisetempo war Schneckentempo. Abgesehen von vielen Zwischenaufenthalten, Besichtigungen und schlendernden Spaziergängen: es war keine *Straße* vorhanden, nur ein Sträßchen, nach heutigen Begriffen unbefahrbar. Wir holperten durch die Ortschaften (über aus Katzenköpfen und Holperbuckeln bestehendes Pflaster) und zwängten uns hindurch zwischen alten Mauern, Torbogen, Ecksteinen, Treppchen. Einem anderen Auto begegneten wir selten – zu unserem Glück, dafür um so häufiger Bauernwagen, Rindern, Schweinen, Hühnern und geruhsam watschelnden Gänseherden. Dann und wann mußte E. jäh abbremsen, wenn hinter einem Straßeneck soeben Mist oder Holz oder Heu auf- oder abgeladen wurde.

Natürlich hatte uns das prächtige Stift Melk mächtig imponiert. Natürlich fanden wir Dürnstein bezaubernd, Göttweig interessant, natürlich zogen wir in Stein und Krems geduldig von Kirche zu Kirche. Doch das reinste Entzücken erregten uns die bescheidenen Architekturen, Weinhauerhäuser und -häuschen, Hütten und Ställe, Backöfen und Holzschuppen mit ihren krummen und winkeligen Mauern, die uns eher modelliert als gebaut vorkamen, mit ihren krummen, oft grotesk gegiebelten Dächern, ihren Treppchen, die sich in abenteuerlichen Wendungen zu Lauben und Pawlatschen emporschwangen. Dazwischen Heiligenbilder, Putten und Pestsäulen, auf Wolkenpolstern ruhende Genien, Posaunenengel und Heilige Geister. Ich staunte das alles an und sog es in mich ein und war damit beschäftigt, was meine Augen tranken, weiterzuleiten durch Nerven und Adern, im Blutstrom und Atem, weiterzuleiten zu dem, was ich trug...

Dann waren wir in Wien und bei Onkel Hermann-Friedrich im Burgenland. Doch die Reise nahm ein jähes Ende. E. erhielt ein Telegramm: Unser Wagen sei von der Wehrmacht eingezogen, er sei sofort in München abzuliefern.

Ich an E.'s Stelle wäre als gehorsame Soldatentochter sogleich nach München zurückgeprescht. Er war klüger als ich. Er sagte: Wir lassen uns noch zwei Tage Zeit. So schlugen wir noch einen Bogen, sahen Gmunden und Ischl und St. Wolfgang mit seinem Altar. Als wir endlich in München einfuhren, hieß es, Chamberlain werde erwartet. Und gleich darauf bedeckte sich die Stadt mit Fahnentuch: Das Treffen der großen Vier war angesagt. Noch einmal schien der Friede gerettet.

DIE GEBURT

Am 4. Februar 1939 habe ich mein erstes Kind, meine Tochter Richarda geboren.

Es war ein klarer kalter Morgen. Ich erwachte, ehe es hell wurde. Immer, wenn ich mich später an dieses Erwachen erinnerte, bildete ich mir ein, daß mich Vogelstimmen geweckt hätten, Amselgesang vom First des Nachbarhauses. Ich irrte mich: So früh im Jahr singen die Vögel nicht – und nicht bei solcher Kälte. Nicht Vogellaute hatten mich geweckt, sondern die ersten Wehen. Ich hielt mich still und wartete. Ich wollte diese erste Stunde der sich ankündigenden Geburt ganz bei mir sein. Ich war gespannt und hatte auch Angst. Ich hatte keine Mutter, mit der ich mich hätte besprechen können: Wie ist es denn eigentlich? Auch meine Großmutter war längst gestorben. Das einzige, woran ich mich halten konnte, war ein Gespräch, das ich wenige Wochen zuvor mit Ina Seidel geführt hatte. Die große alte Dichterin (für mich war sie damals uralt) hatte mich zu sich eingeladen. Ich verehrte sie, aber ich scheute sie auch. Doch das eine Mal, bei ihr sitzend in dem winterabendlich dämmrigen Zimmer, hatte ich mir ein Herz genommen und sie gefragt: – Wie ist es denn ein Kind zu bekommen? – Ina Seidel lächelte aus ihren schmalen dunklen, mandelförmig geschlitzten Sybillenaugen und antwortete mit sonorer Stimme: – Ein Kind bekommen: das ist ein Stück Naturgeschehen. Wir Frauen werden dabei ein Stück Natur. Es ist, wie wenn der Wind die Bäume biegt. Wir leiden nicht so sehr, als daß ein Es in uns leidet. In dieses Es sind wir hineingenommen. –

Nun also war es soweit. Die ersten Schmerzen kamen und gingen. Sie schienen mir nicht unbekannt, ich war eingeübt, von monatlicher Erfahrung. Das Bild von den im Wind sich biegenden Bäumen schien darauf zu passen. Es blieb bei mir fast bis zuletzt. Als es draußen schon hell zu werden begann, weckte ich E. Es sei an der Zeit, heute würden wir unser Kind bekommen. Er glaubte mir nicht. – Oh geh! – sagte er, – du bildest dir das wahrscheinlich nur ein. – – Ich weiß es –, sagte ich, – ich weiß es gewiß! – Und ich bat ihn aufzustehen.

Er stand auf und frühstückte. Ich konnte nichts mehr zu mir nehmen. Aber er glaubte mir noch immer nicht und begann die Morgenzeitung zu lesen. Ich rief ihm durch die geöffnete Tür zu: – Du mußt den Wagen holen! Rasch! – Nun holte er den Wagen. Wir machten uns auf den Weg.

Drei Wochen zuvor war aus Böhmen ein Mädchen zu uns gekommen. Die Tanten hatten sie geschickt, sie sollte mir von nun an behilflich sein, eine kleine Rothaarige um die Vierzig, mit einem runden roten knochigen Gesicht; sie gefiel mir nicht, ihre Gegenwart war mir unbehaglich, ich hätte sie am liebsten wieder weggeschickt. Am schwersten fiel es mir, ihr irgendwelche Anordnungen zu erteilen. Befehlen hatte ich ja nie gelernt. In diesem Augenblick aber konnte ich es. – Tun Sie das! Tun Sie jenes! – Plötzlich ging mir das ganz leicht von den Lippen, ich war selbst erstaunt *wie* leicht. Ich registrierte das als neue Erfahrung. Was geschah mir da? War das Zuwachs an Ermächtigung, aus diesem Augenblick?

Nun wurde es mir schon mühsam, mich die Treppen vom vierten Stockwerk hinabzuschieben. Ich krümmte mich in Wehen.

E. sagte: – Nimm dich zusammen! –

E. trug den rechten Arm in der Schlinge. Vor vierzehn Tagen hatte er sich beim Schilaufen das Schultergelenk verletzt. Im Auto konnte er nicht schalten. Ich saß neben ihm und schaltete an seiner Statt. Die Straßen waren lichtgrau und bucklig von Eis.

Die Klinik, in der ich angemeldet war, lag unfern meiner ersten Münchner Wohnung bei Frau Krause, zwischen Siegestor und Englischem Garten.

Als wir ankamen, waren die Schmerzen schon so stark geworden, daß ich mich übergeben mußte. Noch war kein Arzt zur Stelle, auch keine Hebamme; eine Schwester gab mir rasch eine Spritze, um die Wehen zu mindern, den Geburtsvorgang zu verlangsamen. Nun konnte ich es kaum mehr erwarten, aus den Kleidern und auf ein Bett zu kommen. Aber das Bild von den im Wind wehenden Bäumen blieb bei mir.

Um elf erschien die Hebamme, eine mürrische Person. Jetzt setzten die Preßwehen ein, immer, wenn sie kamen, suchte ich in meinem verwirrten und schwankenden Kopf ein paar Verse zusammen, *Eichendorffs Abend*, ich liebte sie, ich wollte mich an sie halten, so lang ich konnte, wie an ein Unterpfand. *Schweigt der Menschen laute Lust:/ Rauscht die Erde wie in Träumen/Wunderbar mit allen Bäumen,/Was dem Herzen kaum bewußt,/alte Zeiten, linde Trauer,/Und es schweifen leise Schauer/wetterleuchtend durch die Brust.*

Nach jeder Preßwehe knickte ich zusammen und schlief einige Atemzüge lang, so hob mich der Vorgang auf, ließ mich wieder sinken in stark und stärker pulsendem, immer steigendem Rhythmus, die Wände schienen um mich zu schwanken, das Viereck des Fensters blähte sich wie ein Segel vor dem Wind, neben dem Gesicht der Hebamme tauchte jetzt ein zweites auf, wohl das des Arztes? – Gleich ist es soweit – sagte jemand, ich ächzte: – Nein, nein, noch nicht, noch nicht! – und wollte doch und wollte nicht, schließlich schrie ich nach meinem Vater.

An das Letzte erinnere ich mich als an ein ungeheures Lärmen, ein unerträgliches Dröhnen, eine Flutwelle, die mich faßte, emporhob, immer höher. Entsetzt fühlte ich etwas aus mir wegstürzen, so als stürzten alles Blut und alles Eingeweide aus mir heraus – und damit auch das Leben. Aber ehe ich denken konnte: – Das ist das Ende! – war es still.

Das Dröhnen: weg. Der Donner: stumm. Stille wuchs auf, verzweigte sich, hüllte mich ein, selige Stille, Süßigkeit. Wie aus einer Brandung herausgeschleudert, war ich gelandet. Alles was ich noch hörte, war ein leises Quäken. Es kam vom Fußende meines Bettes her, und als ich mich aufrichtete, sah ich zwischen meinen Schenkeln ein bläulichrotes Körperchen mit angehockten Beinen: mein Kind.

– Es ist ein Mädchen –, sagte jemand.

– Es ist gut –, sagte ich.

Zehn Minuten später läuteten die Glocken von München den Samstagmittag ein. Die Februarsonne schien durch das hohe Fenster auf das Kreißbett, auf dem ich lag, die Hebamme hantierte noch am Wickeltisch.

– Nun, war es arg? –, fragte sie. – Und sagen Sie auch:

Nie mehr wieder? – – Wieso? – sagte ich, – nie mehr wieder? –

– Das sagen doch alle nachher. –

Ich sagte: – Leicht war es nicht. Aber wenn damit ein neues Leben erkauft wird, so ist es immer noch wenig gewesen. –

Gleich darauf brachte sie mir das Bündelchen und legte es mir an die linke Seite. Das winzige Köpfchen war noch ganz zerdrückt. Seine Mienen waren sehr mürrisch, es sah beleidigt aus. Aber dann blinzelte es aus blauen Äuglein, blinzelte gegen das Licht, die Iris schien ganz undurchsichtig dunkel wie bläulicher Schieferstein. Ich hielt ihm die Hand schützend vor. Es hatte lange schwarze gebogene Wimpern und haarstrichfein gezeichnete schwarze Brauen. Es glich schon jetzt seinem Vater.

Mir nicht.

ANGSTTRÄUME

Als ich zehn Tage später die Klinik verließ, befand ich mich in einer neurotischen Krise. Ich weinte Tag und Nacht, hatte schreckhafte Träume, lief nachts in der Wohnung herum, ohne recht wach geworden zu sein, kniete vor unseren Betten nieder und suchte das Kind darunter, ich hatte es im Traum nackt da liegen gesehen zwischen langen rostigen Nägeln, oder ich suchte es ein andermal in E.s Bett, weil ich geträumt hatte, es müsse dort unter seinem Kissen ersticken. Mein Vater war gekommen und hatte sein erstes Enkelkind mit Freuden begrüßt. Meine Schwester war gekommen, um mich in der Pflege des Säuglings einzuüben. Die Tanten hatten die Kleine mit begeisterten Telegrammen begrüßt. Freunde und Bekannte hatten mir Blumen gebracht, und auch E.s Familie zeigte sich durch die Geburt der kleinen Richarda erfreut, obwohl sicher ein Junge mit mehr Freude begrüßt worden wäre.

Ich aber saß da und weinte.

Ich konnte das Kind nicht nähren, obwohl ich es verzweifelt versuchte, meine allzu empfindliche Haut mochte daran Schuld sein oder die schon durch Generationen betriebene Entwöhnung vom Säugegeschäft. Hatte ich nicht schon selbst eine fremde Amme gehabt, so auch meine Mutter, vielleicht auch die Mutter meines Vaters? In bürgerlichen Kreisen war man ja schon vor vielen Jahrzehnten darauf verfallen, den Anteil der Natur zu verkürzen und abzudrängen, die Inanspruchnahme der Frau durch die Mutterschaft auf Dienstleute und Pflegemütter umzulenken.

In unserer Generation wäre die Bereitschaft dagewesen, sich wieder in Anspruch nehmen zu lassen. Es gelang mir nicht; *mir* gelang es nicht. Aber ich glaube, daran lag es nicht, nicht daran allein, daß ich in jenen Wochen einer Art Zerrüttung verfiel.

Es konnte auch nicht nur eine Folge der Niederkunft sein; ich habe später noch vier Kinder geboren, ohne daß sich ähnliche Zustände nur andeutungsweise eingestellt hätten. Ich vermute, meine Zerrüttung rührte daher, daß mich eben in jenen Wochen, zwar nicht in vollem Umfang bewußt, doch unabweisbar die Gewißheit überkam, daß ich in E. keinen VATER für dieses und auch für keines meiner späteren Kinder finden würde und daß damit unsere Ehe von Grund auf verfehlt und im Kern verstört war.

Es ist hier keineswegs meine Absicht über E. zu klagen. Und er könnte, läse er diese Zeilen, nie verstehen, was ich ihm anzukreiden das Recht hätte. Er liebte seine Tochter auf seine Weise. Er fand das winzige Päckchen Leben, das ihm auf so lächerliche Weise ähnlich sah, ganz entzückend. Er begann das winzige Kind auch sofort zu portraitieren. Ich mußte es im Arm halten und versuchen, sein Köpfchen, das auf dem Hals schaukelnde, so zu balancieren, damit er es richtig ins Auge fassen und mit seinem großen tonverschmierten eisernen Zirkel immer wieder von Ohr zu Ohr, vom Kinn zum Scheitel, von der Nasenspitze bis zum Hinterköpfchen messen konnte. Bald warf er das Baby in die Lüfte und spielte damit wie mit einem Gummiball und freute sich, wenn die Kleine nach überstandenem Schreck übermütig aufschrie. Er schüttete ihr einmal, weil sie wegen langanhaltender Darmverstimmung nicht zunehmen wollte, schnell und heimlich Rahm ins Fläschchen und wollte mir nicht glauben, daß die danach eintretende Katastrophe darauf zurückzuführen sei. Er fand die kleine Richarda vor allem wunderschön, das schönste aller bisher zur Welt gekommenen Kinder. – Das wird mal ein hübsches Mädel werden, Donnerwetter, auf die werden wir aufpassen müssen! – Und er lachte stolz und zufrieden, wenn andere in diese Phrasen miteinstimmten, und nie hätte er begreifen können, was mich daran verletzte, empörte, was mein ganzes Inneres in Aufruhr versetzte.

Möglicherweise hatte er recht, wenn er mich hysterisch nannte, eine hysterische Mutter, der man es nie recht machen konnte; war es in der Tat nicht lächerlich, daß ich es für eine Katastrophe hielt, wenn das Kind nicht rechtzeitig seine Flasche oder sein Bad bekam? Daß ich mich erbittert dagegen wehrte, es der Nachtluft auszusetzen? Daß ich es vor Zigarrenrauch und schmetternder Radiomusik abzuschirmen versuchte und später, als es schon kriechen konnte, streng darauf sah, daß es weder mit weggeworfenen Kippen noch mit abgelutschten Eislöffelchen in Berührung kam?

Ich sage nicht, daß ich diese Ängstlichkeit aus mir selbst bezog (wie oft hatte ich mich über Tante Ancis übertriebenes Getue lustig gemacht!). Aber da waren Einflüsse, die mich dahin drängten: zuerst einmal meine liebe und gute Schwester, die die Säuglingspflege selbst schulmäßig erlernt hatte und die mich nach Richardas Erscheinen darin unterwies, ziemlich streng und strikte. Das Badetuch *hatte* eben vorgewärmt und das Fläschen *hatte* vor jedem Gebrauch ausgekocht und das Zelluloid-Spielzeug *hatte* in heißem Wasser gespült zu werden, wenn es auch nur einmal auf den Boden gefallen war. So hatte Irmgard es gelernt dort in der Klinik für kranke und geschädigte Kinder, und so gab sie es mir weiter. Ich nahm ihre Lehren mit Begier auf. Dazu kam ein Buch, ich glaube es hieß: *Die deutsche Mutter und ihr erstes Kind.* Dieses Buch war womöglich noch strikter in seinen Anweisungen, noch unerbittlicher in seinen Forderungen, eine gnadenlose Schule. Trotz aller Fürsorge und Vorsicht für das Kind war dieses Buch doch – nach unseren Begriffen – gegen das Kind geschrieben: – Keine Liebkosungen! sie sind unhygienisch. Keine Nachsicht bei Geschrei! so beginnt Verwöhnung. Keine Nahrung außerhalb der vorgeschriebenen Zeiten! – Exerzitium also in Pünktlichkeit, Disziplin, Hygiene; die Liebe eingesargt.

Dennoch: Irgendetwas in mir kam diesem Vorschriftenkalender, diesem in unterschichtig drohendem Ton geschriebenen Gesetzeswerk entgegen. Statt mich auf meinen Instinkt zu verlassen, sog ich die Anweisungen in mich wie ein Flagellant die Bußrezepte seines Sektenhäuptlings. Ich wollte das Optimale leisten und ich war bereit, mich zu diesem Zweck in Stücke reißen zu lassen. Natürlich wünschte ich, daß E. in dieser Gesinnung gleichzog. Aber trotz Entzücken über den wohlgestalteten Säugling, das niedliche Kleinkind und über die sich immer niedlicher herausmausernde kleine Eva: Eine solche Gesinnung wollte sich bei E. nicht einstellen.

Ich erstickte fast vor Gram, wenn ich E. zum siebentenmal gebeten hatte, mir irgendein für nötig gehaltenes Utensil für das Kind aus der Stadt zu bringen und wenn er dann auch das achtemal ohne anrückte. – Aber ich habe dich doch so sehr gebeten! – Du weißt doch, wieviel ich zu tun habe, meine Nerven sind schon ganz kaputt. – Dasselbe wie damals, als es um die Wohnung ging. Dasselbe immer wieder.

In mich bohrte sich das Gefühl ein, daß ich allein stehen würde, sollte sich eine Notlage einstellen, allein für das Kind, allein mit dem Kind, darum die Träume wahrscheinlich von den langen Nägeln. Darum die Suche unter den Kissen. Darum die endlosen Stunden weinend neben dem Bettchen. Ich wußte das alles nicht so genau. Oder ich wußte es bis ins Sonnengeflecht hinein.

DAS RAD DREHT SICH

Inzwischen schritt die Weltgeschichte fort.

Vor einem halben Jahr war das Sudetenland besetzt worden, halb widerwillig zugestanden, halb beschwichtigend zugeteilt durch Europas Großmächte, die aber eben durch diese Beschwichtigung, durch diese Zuteilung sich selbst als Großmächte zu unterminieren begonnen hatten. Daladier kehrte in ein von Panik geschütteltes Land zurück, Chamberlain ächzte nach Kanonen, und Mussolini, der sich so lange für das Zünglein an der Waage gehalten und Hitler so lange als faschistischer Seniorpartner vorangeleuchtet hatte, er war plötzlich zur Marionette degradiert.

Hitler saß in der Schaltzentrale und bediente das Schwungrad der Weltgeschichte nach Belieben.

Haffner hat in seinem kleinen Buch über Hitler etwas sehr Zutreffendes geschrieben: Hitler bemaß die Politik nach seiner eigenen Lebenszeit. Da er sich selbst Ungeheures vorgenommen hatte und das Ungeheuerste zu tun nur sich selbst zutraute, so richtete er seinen Handlungsplan nach seiner eigenen vermutlichen Lebensdauer ein. Er wurde nun fünfzig und zweifelte daran, daß er sechzig oder siebzig würde und zweifelte überdies, ob er mit sechzig oder siebzig noch die Kraft aufbringen würde, seine Pläne auszuführen. Da aber diese Pläne bis an den Ural reichten und darüber hinaus, da sie auf die deutsche Weltherrschaft zielten, glaubte er, sich beeilen zu müssen. Sechs Jahre war er schon Reichskanzler und hatte bisher nichts weiter als das kleine Österreich angegliedert, nichts weiter als die schmale Sichel des Sudetenlandes eingeheimst (das Saarland war ihm durch Völkerbundstatus rechtmäßig zugefallen und zählte deshalb für ihn nicht). Mußte er nicht rascher fortfahren als bisher? Mußte er sein Tempo nicht beschleunigen, wenn er das werden wollte, wofür er sich hielt: Cäsar, Napoleon und Alexander in einer Person? Ja, und er beschleunigte sein Tempo.

Er beschleunigte nicht wie ein Politiker, der es mit Menschen, mit Völkern, mit organischen Strukturen zu tun hat, sondern wie ein Zauberlehrling, der eine Armee Besen aus der Ecke holt: Er muß nur mit dem Fuß stampfen, mit dem Finger schnippen. Die Besen rennen. Oder wie ein Operndirektor, der das Repertoire einer ganzen Saison in einer Nacht über die Szene jagen will: Die Kulissen türmen sich auf der Bühne, die Sänger stürmen, einander überschreiend, an die Rampe, das Orchester tobt aus allen Instrumenten zugleich, zugleich in allen Tonarten, Triumphmärsche und Todesarien, Feuerzauber und Götterdämmerungen, das Winseln der Verzweiflung in die Wirbel der Trommeln, die Bocksprünge der Harlekine über königliche Katafalke: nichts genügt dem Rasenden, alles zugleich will er, alles in allem, *denn die Nacht, die er spielen läßt, ist seine letzte.*

Also Memelland. Also Prag. Beide in jenem März 1939.

Ich will nicht sagen, daß der Anschluß des Memellandes an das Deutsche Reich ganz ungerechtfertigt war: Lebten dort nicht mehr Deutsche als Litauer?

Und was Prag betrifft: – die meisten Altreichsdeutschen fanden es eine höchst unnötige Eroberung. In uns Österreichern aber steckte das alte, die Zitadelle Böhmen mitumfassende Raumkonzept. Böhmen zum Deutschen Reich: das sahen wir im Rahmen jahrhundertealter Geschichte. Waren nicht schon die Przemysliden Reichsfürsten gewesen? Hatte Böhmen nicht die Kurwürde innegehabt, bis es keinen deutschen Kaiser mehr zu küren gab? Böhmen war in gewissem Sinn *unser* Böhmen gewesen, so wie wir selbst von Böhmen abstammten, in Böhmen gelebt hatten, uns selbst als Böhmen fühlten...

Und trotzdem war da etwas, was uns schaudern machte. Die Hast, die gewaltsam zugriff, ehe sich etwas wie Ausgleich und Annäherung durch Verhandlung anbahnen konnte. Die tückische und brutale Hast, die sich selbst Lügen strafte... denn Hitler hatte erst vor einem halben Jahr gesagt: Ich will gar keinen einzigen Tschechen.

Wohin sollte das führen? Sollten die Deutschen täglich zum Frühstück ein neues Husarenstück ihres Führers serviert bekommen? Damit mußte es doch demnächst aus sein.

DICHTERTREFFEN

Ich habe mich soeben als leidenschaftliche Mutter vorgestellt, als ein über ihr Junges angstvoll und eifersüchtig gekrümmtes Muttertier. Ja, das war ich, aber ich war auch anderes, zu meinem Glück, zu meinem Unglück. Mich sog das Mutter-Sein nicht völlig auf.

Das ANDERE war auch da, ungebrochen, von ähnlicher Unermüdlichkeit, Unabdingbarkeit: Schreiben, Nachdenken. Eine Unruhe, die kaum eine Stunde schwieg, ein Energieschub, der nicht anders umzusetzen war als in Sprache, Erfindung und immer bastelnde Phantasie.

In jene Zeit vor dem Krieg fiel eine neue Erfahrung. Zum erstenmal begegnete ich Kollegen und hörte sie über Formprobleme reden, Probleme, die mir als solche nie in dieser Schärfe aufgegangen waren. Ich hörte sie reden davon, ob *Sprache* überhaupt imstande sei *Seiendes* zu erfassen. Ich hörte sie mäkeln an Texten, an denen ich nie einen Makel entdeckt hätte. Ich hörte sie reden über *Wortfelder* und *semantische Vorgänge.*

Ich staunte. Obgleich diese Gespräche oft nur in halben Andeutungen, in Dreiviertelsätzen geführt wurden am Wirtshaustisch, im Eisenbahnwagen und obgleich ich ihnen manchmal nur als Außenseiter beiwohnte, hinlauschend mit gespitzten Ohren, versetzten sie mich in eine ungeheure Aufregung. Sofort war ich finster entschlossen, dieser Thematik auf den Grund zu gehen, sie mir anzueignen und mein eigenes Schreiben auf sie auszurichten. Hier war von Schlüsseln die Rede, die Türen aufsperrten zu ungeahnten Herrlichkeiten.

Und ich, sagte ich mir mit grimmigem Selbstvorwurf, ich war immer an diesen Türen vorbeigegangen.

So rüttelte eine neue Unruhe in mir. Aber ich wußte nicht, *wie* ihr einen Ausweg verschaffen. Ich begann Halb-Unsinniges zu tun. Weil mir Kleists Prosa – mit Recht – als Non-plus-ultra erzählender Sprache erschien, schrieb ich seine Novellen ab, mit Bienenfleiß schrieb ich sie in dicke Hefte, weil ich glaubte, sie mir so am genauesten einverleiben zu können. Ich lernte lange Passagen von Stifter auswendig. Die Geschichte vom braven Kasperl und schönen Annerl wurde mir eine Zeitlang zum Brevier. Nie aber fiel mir ein, daß alle diese Hervorbringungen (so prachtvoll sie sein mochten) doch aus einer längst vergangenen Zeit stammten. Sprache war mir nicht verschleißbares und sich verschleißendes Konsumgut, sondern Bestand, so unvergänglich-unerschöpflicher Bestand, wie etwa dem vorkonziliaren Katholiken die Meßliturgie der Kirche. Begriffe wie Avantgarde und Innovation waren zwar nicht unbekannt, aber sie hatten keinen imperativen Charakter.

Was in der Welt geschah, auch in der Welt der Literatur, der Kunst überhaupt, davon hatten wir keine Ahnung mehr. Die politische Selbstisolation Deutschlands trug ihre Früchte. Wer konnte sich Bücher von auswärts verschaffen, wer eine Zeitschrift aus der Schweiz, aus Frankreich, England, Amerika? Nicht nur die wachsamen Augen der Staatspolizei verhinderten das, es verhinderten vor allem die rigorosen Devisenvorschriften, die jede ins Ausland fließende Mark strengster Kontrolle unterwarf. Die großen Schriftsteller der zwanziger Jahre waren ausgewandert, allen voran Thomas Mann. In Pilsen las ich seinen *Zauberberg*. Ein jüdischer Freund hatte ihn mir geliehen. Aber ich las ihn zu hastig, um ihn zu verstehen, um mehr von ihm zu begreifen, als daß er ein Dokument der Todesverliebtheit, der Koketterie mit Zersetzungsvorgängen, ein Dokument einer brillanten intellektuellen Eitelkeit war. Daß es ein Werk wie *Joseph und seine Brüder* gab, davon hatten wir keinen Dunst. *Ich* hatte keinen Dunst davon.

Es war, glaube ich, im Jahr 36, als mich mein Vater auf das Erstlingswerk eines jungen Autors aufmerksam machte. Es hieß: *Das Tal von Lạusa und Duron.* – Das mußt du lesen –, sagte mein Vater, – das ist vorzüglich. –

Er ließ sich selten zu Äußerungen solcher Art hinreißen. Darum nahm ich mir das Werk mit Neugier vor. Dem kleinen Buch war ein Motto vorangestellt, ein Gedicht. Es begann:

Siehe, dem tieferen Dunkel entlock ich dich...

Der Autor hieß Franz Tumler.

Auch mir gefiel das Buch. Es war in stifterischem Tonfall geschrieben, handelte in den Dolomiten und war von einer feierlichen Symbolik durchzogen, die Resonanz in mir weckte. Im übrigen umkreiste es das Problem der Zerstörung einfachen Lebens durch Krieg, Technik, Überfremdung. Es leuchtete mir ein.

Im Jahr 37 schrieb ich eine Rezension über Tumlers

neues Werk *Der Ausführende.* Die Rezension erschien in einem Münchner Blatt. Wenige Tage später läutete es an unserer Tür. Franz Tumler war gekommen, er hatte meine Rezension gelesen und wollte sich bedanken. Wir redeten höflich und schüchtern miteinander, dann ging er. Etliche Monate später kam er wieder, diesmal angemeldet, ich buk einen Kuchen und kochte Kaffee. Wieder redeten wir miteinander höflich und schüchtern und ziemlich mühsam. Ich wußte nicht, was ich vor dem für hochbegabt gehaltenen und auch schon jung-berühmten Kollegen plaudern und erzählen durfte, ohne mich zu blamieren und die bare Banalität meiner Existenz preiszugeben. Also war ich einsilbig, auch er war einsilbig, und als wir später miteinander im Englischen Garten über den Großhesseloher See ruderten und wieder schweigend und schüchtern vor uns hinblickten, da fuhr es mir durch den Kopf: Wir schweigen eigentlich wie Liebende.

Im Herbst – ich erwartete Richarda, und es war mir schon recht deutlich anzusehen – trafen wir uns in einem ganz anderen Rahmen wieder. Wir beide waren zum *Weimarer Dichtertreffen* geladen. Dieses Treffen sollte alljährlich stattfinden, es war eine Art Vorläufer unserer Buchmessen und literarischen Symposien, die Öffentlichkeit sollte auf die Existenz der Literatur hingewiesen werden, der *deutschen* Literatur natürlich und *nur* der deutschen, aber auch bei diesen Veranstaltungen gab es Schattierungen und eine Bandbreite von Nuancen. Goebbels und das Propagandaministerium traten federführend auf. Doch daneben agierte das Amt Rosenberg und eine andere, mit der SS koalierte Gruppe, und alle drei konkurrierten einander und machten sich das Feld untereinander streitig. Nach außen hin ging selbstverständlich alles in lupenreiner Einträchtigkeit vor sich, nur ganz leise und hinter vorgehaltenen Händen wurde von Eifersucht und gegenseitigen Drohgebärden berichtet. Da kamen nun von allen Seiten, aus allen Richtungen der Windrose die geladenen Dichter angereist, engagierte Parteigänger, die ihr Süppchen kochen, und träumerische Eigenbrötler, die andere träumerische Eigenbrötler treffen und verträumt literarische Gespräche führen wollten. Es waren gute, achtbare Namen dabei, und es fehlte nicht an Windbeuteln, Glücksrittern und schäbigem Gesinnungspack. Es wurden etliche Reden gehalten, Gedichte und Novellen vorgelesen, die Schicksalsymphonie aufgeführt, und im traditionsreichen Weimarer Theater wurde ein klassisches Stück gegeben. Schließlich fand auch ein Empfang im Schloß statt, Goebbels gab ihn, und dabei ereignete es sich, daß ein österreichischer Kollege – Weinheber – im Suff den Minister zwar lallend, aber unmißverständlich belehrte, er solle sich nicht zu viel um die deutsche Literatur kümmern, das bekomme ihr nämlich schlecht. Der Mann wurde rasch von erschrockenen Freunden beiseite geführt, die Szene dauerte sicher nur eine halbe Minute, ich war im Nebenraum und merkte gar nichts davon.

Goebbels machte mir im Laufe dieses Treffens einen sehr merkwürdigen Eindruck. Er hielt die große programmatische Rede; was er damals sagte, ist mir gänzlich entfallen. Ich wunderte mich nur die ganze Zeit, daß man diesen Mann, ausgerechnet *diesen*! zum Propagandaminister gemacht hatte. Propaganda –, das sollte doch etwas Glaubhaftes sein? Ich aber glaubte Goebbels kein Wort. Ich dachte: Wenn dieser Mann sagte, zwei mal zwei ist vier, dann würde ich sofort zu zweifeln beginnen, ob es vielleicht nicht doch fünf oder drei sei. An jenem Abend im Schloß wurde ich ihm und seiner Frau vorgestellt. Magda, in blondem Haar und schwarzem Samt, plauderte eine kleine Weile mit mir. Daß ich in Tirol daheim war, schien sie zu interessieren, sie fragte mich nach Sommerfrischen aus. Auch sie machte den Eindruck eines ganz künstlichen, eines zerstörten Menschen, ein Mannequin ihres Mannes, ein Mannequin der Macht, eine Marionette der Lüge. Auf gespenstische Weise schienen mir die beiden gleichgeschaltet, aber diese Gleichschaltung deutete nicht auf Ergänzung hin, im Gegenteil. Als ich wegging von ihrem Tisch, hatte ich nur einen Gedanken: Wie sehr müssen die beiden einander hassen.

(Wenige Wochen später begannen die ersten Gerüchte über Goebbels' Bocksprünge im Areal der Ufa zu kursieren.)

Ich hatte, als ich nach Weimar fuhr, keinen einzigen Kollegen außer Franz Tumler gekannt. Durch ihn wurde ich in einen Kreis eingeführt, den ich den Kreis um das *Innere Reich* nennen möchte: eine Zeitschrift, von Paul Alverdes und Benno von Mechow herausgegeben, ich kannte sie längst und hatte darin auch einmal eine Erzählung publiziert. Sie war von allen Zeitschriften, die mir in jenen Jahren in die Hände kamen, die liebste und schien mir die achtbarste zu sein. Die Leute, die sie machten, waren Nationalisten, gewiß, aber sie hatten – und nicht nur in ihrem Hinterkopf – auch einen Begriff von Europa, von den Gemeinsamkeiten der Kultur und den Gemeinsamkeiten der Verantwortung; dieses Europa stellten sie sich freilich – wie hätte es auch anders sein können? – als ein *Europa der Vaterländer* vor, sie waren also etwas wie deutsche *De Gaullisten.* Mechow und Alverdes, beide waren im Krieg gewesen, beide waren als Beschädigte zurückgekommen. Diese Beschädigung brachten sie in ihre Arbeit als schattierendes Element ein. Vielleicht machte es sie auch manchmal ängstlicher als nötig. Vielleicht machte es sie manchmal auch nachgiebiger gegen bestimmte Leute, die gleichfalls durch den Krieg beschädigt worden waren. Noch waren Wandervogelromantik und Schützengrabensolidarität aus ihren Köpfen nicht ganz verraucht. Aber ihr Begriff von Deutschland und von dem, was es sein sollte, war himmelweit entfernt von allem, was da heraufstieg, und was ihnen später zum Vorwurf gemacht wurde. Es war, möchte ich fast sagen, das reine Gegenteil davon; oder sah nur *ich* dieses reine Gegenteil?

Als tumpe Törin stolperte ich also in den Kreis um das *Innere Reich.* Zum erstenmal schnupperte ich Prominentenluft. Mit Staunen sah ich, wie einer eine ganze Tafelrunde zu rotem Sekt einlud und eine Nacht freihielt (es war derselbe Mann, den ich später wegen einer vergeudeten Mark toben hörte). Mit Staunen bemerkte ich, daß auch junge Kollegen nur noch mit dem Taxi fuhren, selbst wenn ihr Weg nur um drei Ecken führte. Gleich am ersten Abend des Ersten Großdeutschen Dichtertreffens kam es zu einer Rauferei zwischen zwei Österreichern und einem Preußen, weil dieser jene als *Kameraden Schnürschuh* zu uzen versucht hatte. Dabei wurde ein Telephonhäuschen umgeworfen und einiger Schaden angerichtet. Zum Glück erschien keine Polizei. Vielleicht war sie angewiesen, staatspolitisch irrelevanten Unfug durch deutsche Dichter großzügig zu übersehen. Dafür trieben sich fremde, höchst korrekt gekleidete Herren zwischen uns herum, nahmen gleichmäßig verteilt zwischen uns Platz, ganz Ohr, ganz Auge und fein registrierendes Gedächtnis. Ich glaube, sie zählten mit, wie oft die deutschen Dichter die Hände im Applaus bewegten, wenn applaudiert werden sollte; wer mit wem und welche mit welchem sprach oder wie oft sich einer nach Wiechert umsah, der soeben aus dem KZ kam, trotzdem geladen, oder wer nach Grimm fragte, Hans Grimm, der, wie man hörte, Goebbels einen empörten Brief geschrieben hatte nach der vorletzten Wahl, der nach Hindenburgs Tod, als Hitler auch dessen Amt kassiert hatte: – Ich habe mit Nein gestimmt, Herr Minister, wo ist meine Nein-Stimme geblieben? Der Ort, in dem ich wählte, hat hundert Prozent Ja gemeldet! –

Aber es gab auch andere Gespräche zwischen den deutschen Dichtern, und sie waren mir viel wichtiger: Sie drehten sich um Sachfragen. Wenn einer einen Roman schreibt, woher nimmt er das Recht zu sagen: so war es und so, wie weist er sein Recht nach, sein Alles-Wissen? Wo nimmt der Schreiber seinen Standpunkt ein? In *einer* Figur, in *jeder* Figur, oder schwebt er als allwissender Regent über allem Geschehen? Und dann Gespräche über Gedichte: Über den Reim, seinen Sinn und Unsinn, und daß hinter allem Sagen das Schweigen lauert – oder daß erst das Schweigen das Sagen ermöglicht . . .

Solche Gespräche hörte ich nicht am Tisch der Sekttrinker, aber ich hörte sie nebenan, und die zwei jungen österreichischen Kollegen, die dem Preußen die Telephonhäuschenschlacht geliefert hatten, waren die Partner: ein junger Steiermärker Sepp Keller, der den Krieg nicht überlebte, und mein Bekannter, Franz Tumler, beide Jahrgang 12 wie ich. Manchmal gesellte sich uns auch ein junger Sachse, Martin Raschke (auch er blieb im Krieg). Aus seinem Mund hörte ich zum erstenmal die Namen *Rimbaud* und *Marcel Proust*. Ich nahm mir vor, nach Büchern von ihnen zu fahnden. Aber es gelang mir nie, auch nur eine Zeile von ihnen aufzutreiben, damals.

DER FREUND

Im Sommer 39, knappe acht Wochen vor Ausbruch des Krieges, gaben wir auf mein Drängen unsere Zweizimmerwohnung in der Ansprengerstraße auf und zogen in eine größere Wohnung um, sie lag nur ums Eck im gleichen Häuserblock, ebenfalls unter Dach, im vierten Stock. Dieser Umzug war viel Plage für mich. E. wußte sich in solchen Fällen immer rechtzeitig abzusetzen, er schützte dringende Arbeit vor. Als er dann abends nach Hause kam, fand er eine Menge auszusetzen, alle Möbel waren falsch gestellt. Nun ging es wieder ans Umräumen. Freund Alois Dorn half dabei.

Sonderbarerweise war diese Wohnung, der alten ähnlich und nahezu gleich in Ausstattung und Raummaßen, nie gemütlich einzurichten. Was dort zueinander gestimmt hatte, stand jetzt beziehungslos nebeneinander wie zufällig abgestellt. Widrig schien mir der lange Flur, widrig auch die schmale schlauchartige Küche. Nur daß ich jetzt ein eigenes Arbeitszimmer hatte, drei mal drei Meter, das kam mir paradiesisch vor.

Noch immer kam Alois Dorn oft zu uns. Nachdem wir uns einmal, ganz am Anfang unserer Bekanntschaft, heftig gestritten hatten, waren wir gute Freunde. Nach wie vor bestand auch zwischen ihm und E. die erprobte Werkgemeinschaft. Ich merkte, daß Alois Dorn meinem Mann in vielen Beziehungen überlegen war, er hatte ein rasches und entschiedenes Urteil; wo E. tausendmal hin und herzweifelte, hatte er beim zweiten oder dritten Hinschauen schon seinen Entschluß gefaßt. So war es auch beim Umgang mit den Auftraggebern. Alois Dorn hatte eine erstaunliche Menschenkenntnis und dachte nicht daran, sich von mediokren Leuten einschüchtern zu lassen. E. war immer voll Angst, jemanden zu verärgern, anzuecken, und damit am Ende einen Vorteil zu verlieren. Oft duckte er sich gar zu sehr, und wenn Alois Dorn ihn zu forscherer Gangart ermutigen wollte, sagte er: – Du hast es leicht. Du bist allein, du kannst etwas riskieren. Aber ich – ich muß ja für eine Familie sorgen. –

Ich legte mir in jenen Jahren kaum Rechenschaft über

meine Beziehung zu A. D. ab. Es war – auf der einen Seite – eine Beziehung der Zutraulichkeit. Ich freute mich wie ein Schneekönig, wenn er meine kleine Richarda auf den Arm nahm, sie mit kritischen Blicken betrachtete, ihr schließlich über Stirn und Schläfen strich und sagte: – Da steckt Begabung drin, das wird ein kluges Kind. – Ich fühlte mich gehoben und geehrt, wenn er etwas von mir gelesen hatte und es mir mit den Worten zurückstellte: – Das haben Sie recht gut gemacht, Äbtissin. – Ich fühlte meine hausfraulichen Fähigkeiten aufs beste anerkannt, wenn er meinen Kartoffelsalat und mein *Matschkerl* lobte, eine Süßspeise meiner Erfindung, rumgetränkte Biskotten mit Creme und Marillen. Wenn wir zu dritt beisammen saßen, schwatzten wir immer noch über E. hinweg. War ich aber dann mit E. allein, wußte ich allerlei Einwände gegen seinen Freund zu erheben.

Erstens kam es mir seltsam vor, daß sich A. D. entschlossen zeigte, sein Leben als Junggeselle fortzuführen. Er hatte Freundinnen. Fand er denn keine unter ihnen, die ihm als Frau gut genug schien? Obgleich ich keines seiner Mädchen kannte, erhob sich in mir doch etwas wie ein Solidaritätsgefühl für meine Geschlechtsgenossinnen. Ich fand A. D. in dieser Hinsicht hochmütig und gefühlskalt. *(O Gott, hätte ich geahnt ...!)*

Ein wenig unheimlich war mir auch seine Menschenkenntnis. Er hatte eine nahezu divinatorische Art entwikkelt, seinen Nächsten zu durchschauen. Von einem Gauner ließ er sich nichts andrehen, von einem aufgeblasenen Funktionär ließ er sich nicht imponieren. Wo einer mit Unverschämtheit aufkreuzte, hielt er harten Widerpart. Alle diese Eigenschaften dämpften wieder meine Zutraulichkeit. Ich war nicht nur dumm genug, immer wieder irgendwelchen miesen Leuten aufzusitzen, sondern war so dumm, mir noch etwas darauf einzubilden, *daß* ich aufsaß: Ich redete mir ein, es sei besser sich einmal betrügen zu lassen, als Betrug zu vermuten. A. D.'s Realismus – oder was sich dafür ausgab – reizte mich zu einer Art Mißtrauen gegen ihn. Dann und wann redete ich mit E. darüber. Er schwieg und zuckte die Achseln. Aber auch er äußerte sich mitunter kritisch über seinen Freund: – Er sitzt tagelang herum und liest. Wie kann man so faul sein? – Jetzt hat er in Suben einen Turm gebaut. Er ist wohl größenwahnsinnig geworden? – Sein Geld wirft er zum Fenster hinaus. Wie er dich damals in der Klinik besucht hat, hat er dir doch einen Strauß weißen Flieder gebracht. Fünf Mark hat der Flieder gekostet. Ihm sind dann nur noch sechzig Pfennig geblieben. Ja, tut man so etwas? –

Trotzdem: die beiden waren als Freunde unzertrennlich. Und wie die Zeit so fortschritt und immer bedrohlicher wurde und immer öfter das Wort *Krieg* auftauchte in unseren Gesprächen, kamen die beiden zu einer merkwürdigen Abmachung.

– Wenn einer von uns eingezogen wird –, so lautete das gegenseitige Versprechen, – so wird sich der andere sofort freiwillig melden und versuchen, sich zu demselben Truppenkörper einziehen zu lassen. – Denn zu zweit werde sich der Kommiß eher überstehen lassen.

Kommiß – eine gefürchtete Sache: Konfrontation mit einer mechanisierten, querulanten, womöglich auch intrigenreichen kalten feindlichen Welt. In ihr war ein einzelner – sensibler Künstler – vermutlich so gut wie verloren? Zu zweit mochte man es sich richten können, mindestens anfangs beim Exerzieren, Putzen, Wacheschieben vor der Kaserne. Was danach kam, dahinter lauerte: *die Feuerwelt*... sie konnte man sich gar nicht ausmalen.

Wir alle waren damals noch der Meinung: Hitler wollte keinen Krieg. Er *riskiere* ihn zwar, *wolle* ihn aber *nicht.* Käme der Krieg doch, so dürfte das allerdings nur ein kurzer Krieg sein; einen längeren halte Deutschland nicht aus. – *Und wenn wir den verlieren, sind wir alle hin.* –

NACHTMAR

Aber leider: Je weiter wir in diesem Sommer 39 rückten, desto deutlicher wurde, worauf wir zuliefen. Ich kann mich an politische Einzelheiten nicht mehr erinnern. Ich weiß nur, daß ich die schwere Schwüle jenes Augusts als einen dumpf gärenden, unheilbrütenden Brodem empfunden habe, in den dann nachts das rote Gestirn des Mars hereinstach wie eine glühende Nadelspitze, der Erde nahegekommen wie schon lange nicht mehr. Nie hatte ich mich astrologischen Phantastereien hingegeben. Jetzt schaute ich beunruhigt zum nächtlichen Himmel auf. Hing da wirklich Unausweichliches in unsere Welt?

In der Nacht zum 24. August wurde der Pakt mit Stalin unterzeichnet. Am 29. sollte in Monschau in der Eifel ein schon längst vorbereitetes Treffen deutscher und französischer Dichter stattfinden, eine Zusammenkunft für Frieden und Verständigung. Ich war eingeladen worden, einen Vortrag zu halten über Reichsidee und Nationalstaat, lies: Deutschland und Frankreich, und daß beide zivilisatorisch, kulturell und moralisch aufeinander angewiesen seien. Der Vortrag war geschrieben, meine Schwester gebeten, die kleine Richarda für einige Tage zu sich zu nehmen, sie kam, kam gern und holte das Kind, das sie liebhatte; ich fuhr mit dem Nachtschnellzug nach Köln.

Dort sollte ich erwartet und nach Monschau gefahren werden. Schlafwagen hatte ich natürlich nicht. Das Abteil war dicht besetzt. Als wir uns dem Westen näherten, tauchten neben unserem Zug immer öfter Transporte auf: Panzer auf offenen Waggons. Auf den Straßen neben der Bahn bewegten sich dunkle Massen, Truppen, berittene, motorisierte, marschierende Truppen. Metallteile blinkten auf, Stahlhelme, Gewehrläufe, Geschützrohre.

In unserem Abteil spann sich ein Gespräch an: Bange Fragen, halbe Sätze, lange Seufzer. Krieg? Wirklich Krieg? Warum nur Krieg? Ein einziger Mann gab sich forsch: – Das wird kein Krieg, – sagte er, –alles was kommt: ein paar Lausejungen kriegen Haue. Und damit wird sich's haben. –

Niemand antwortete. Eisiges Schweigen. Jeder verkroch sich hinter seinem Mantel. Draußen zogen weiter Panzer, Geschütze, Truppen vorbei. Es wurde hell. In Köln verließ ich den Zug.

Der Mann, der mich nach Monschau eingeladen hatte, erwartete mich an der Sperre. – Fahren Sie sofort zurück, die Geheime Staatspolizei hat das Treffen verboten. Geben Sie acht, daß man Sie nicht erwischt. –

Ich war verwundert. Was sollte mir denn vorgeworfen werden? Hatte es denn nicht immer in den offiziellen Erklärungen der Regierung geheißen: – Wir wollen Frieden, auch mit Frankreich, vor allem mit Frankreich? – Ich sah ein, nach Monschau konnte ich nicht mehr fahren. Doch sogleich umkehren? Nein. Ich war müde, wollte schlafen. So nahm ich mir ein Hotelzimmer und legte mich für einige Stunden aufs Ohr. Aber ich kam nicht zur Ruhe. Stimmen, Schritte, Türenschlagen den ganzen Tag, im ganzen Haus. Taumelnd vor Müdigkeit erwartete ich auf dem Bahnsteig den Nachtzug nach München.

Neben mir eine Frau mit einem kleinen Mädchen an der Hand. Mir fiel auf, daß sie mich immer wieder umkreiste, mich musterte, schließlich sprach sie mich an: Sie wolle das Kind aus Köln wegbringen. In München habe sie eine Schwester. München sei besser in dieser Zeit. Ob ich die Kleine in Obhut... nur diese Nacht, morgen Früh warte die Schwester am Zug. Ich sagte zu. Ich übernahm das Kind, es saß die Nacht über auf meinem Schoß oder neben mir, dicht an mich gepreßt, schlief, weinte auch ein wenig, schlief weiter. Fremdes Leben. Ich dachte an mein Kind. Ich dachte: So also ist das. Eines Tages: Flucht. Eines Tages: Trennung. Eines Tages: Leb wohl auf gut Glück.

Nein, das war doch nicht möglich. Das konnte doch *niemand* wollen.

DAS FEUERWERK

Das konnte doch *niemand* wollen.

Wenn ich so dachte, so dachte ich wie Millionen andere: das konnte *er* doch nicht wollen. ER. Das war die Figur, die es verstanden hatte aus einem Irgendwem (Anstreicher, Trommler, kleiner Moritz) zur Schlüsselfigur der laufenden Weltgeschichte zu werden. Ich schrieb es schon irgendwo in diesem Buch: Alles was sich in jenen Jahren abspielte, hatte sich auf eine Art Guckkastenbühne zusammengezogen, Bühne, auf der ER agierte. Aller Augen starrten dahin.

Aller Ohren lauschten dahin. Selbst der Kosmos schien darauf bezogen: gärender Sommerbrodem, rotglühend nahes Gestirn.

Der Mann selbst – ich hatte ihn etliche Male gesehen.

Zumeist von weitem, hinter Zäunen aus hocherhobenen Händen, stehend im Auto, schattenhaft vorbeiwischend; nur einmal nahe und ausführlich wohl eine halbe Stunde lang. Es war 1937, das Haus zur Deutschen Kunst wurde eröffnet. Die Künstler waren geladen zu festlichem Empfang.

E. gelang es, mich und seine Schwester Luitgard mithineinzuschwindeln. Es war eine laue Sommernacht, die Flügeltüren des großen Hauses standen nach hinten offen, und auf der Terrasse drängte sich die Menge. Dort saß Hitler mit seinem Hofstaat an einem langen schmalen Tisch, er saß links außen an der Balustrade, neben ihm der französische Botschafter François-Poncet, auf den er fast ununterbrochen einsprach. Am selben Tisch saßen Göring, Goebbels und Heß, wer sonst noch, weiß ich nicht mehr, dazwischen prunkten einige Damen in Goldlamé, eine Gesellschaft Prominenter, wie sie überall auf der Welt bei solchen Anlässen beisammensitzt, vom Fußvolk bestaunt, begafft.

Hitler war unentwegt mit François-Poncet beschäftigt.

Nur einmal ließ er seine Blicke herüberschweifen, nickte wohlgefällig in die Menge, und es geschah, was so oft von derartigen Begegnungen gemeldet wurde: Jeder Einzelne glaubte sich von seinen Blicken getroffen, persönlich wahrgenommen; seine stark hervortretenden Augäpfel unter den wulstig aufgeworfenen Brauenbogen mögen diesen Eindruck hervorgebracht haben, sie spiegelten stärker als normale Augen. Überdies stellte sich in jedem Einzelnen der Effekt ein, den jede durch Massenmedien bekannt gemachte, immer wieder reproduzierte, allerwärts angebotene Figur hervorbringt: Ob glorifiziert oder als Feindbild gezeichnet, bewundert oder gehaßt, Erkennen ist in diesem Fall Wiedererkennen, tausendfach vorgeprägt, es spiegelt Bedeutung vor, es gewinnt *Dimension.*

Und so gewann auch für mich ein Augenblick dieses Abends an Dimension; eine Beobachtung, die ich machte und die mich mit panischem Schrecken erfüllte.

Es war schon gegen Mitternacht, das Fest hatte schon lange gedauert, da wurde im Englischen Garten ein riesiges Feuerwerk gezündet.

Es war wohl als Abschluß gedacht einer langen Kette glänzender Vorführungen. Auf einer Bühne unterhalb der Terrasse hatte zuletzt im Licht großer Reflektoren das Berliner Staatsballett getanzt. Jetzt erloschen die Scheinwerfer, nur da und dort flackerte eine Fackel auf. Die Kulisse der Bäume stand schwarz und riesig vor fernen bleichen, ungewiß schwankenden Helligkeiten.

Da zischte die erste Rakete hinter den Wipfeln hervor – und binnen Sekunden war der Himmel vor uns von Feuersäulen übersponnen. Ich habe in meinem ganzen Leben nie mehr ein Feuerwerk von solcher Pracht gesehen. Die Bahnen der Raketen überkreuzten einander, überstiegen einander und schütteten sich oben unter ohrenbetäubendem Geknalle in roten, grünen, weißen Kaskaden aus. Purpurne Säume sanken auf blaue Sterne, silberne Wolken zerspritzten zu goldenen Schweifen. Und immer das Knallen, das wilde wütende Knallen, Gezisch und Bersten: So, stellte ich mir vor, ging eine Artillerieschlacht vor sich. Das Getöse wurde mir entsetzlich, ich wollte schon aus der Menge ausbrechen und mich in das Innere des Hauses flüchten. Da sah ich Hitler, der sich in diesem Augenblick sicher unbeobachtet glaubte. Er hatte sich von François-Poncet weg und zu Heß hingedreht. Heß' Blicke begegneten den seinen. Mit aufgedrehtem Daumen wies Hitler auf das Feuerwerk. Heß lächelte. Auch Hitler lächelte, beider Münder spitzten sich, beider Augen zwinkerten Kumpanenblicke. Beide nickten. Das Einverständnis war hergestellt. Es zielte weiter als auf das Feuerwerk, es zielte auf Fernhingeplantes, zielte auf ...

Mich erfaßte Entsetzen. Ich wollte weg, weg und zwar sogleich. Ich konnte Luitgard bestimmen mit mir zu gehen. Wir verließen die Gesellschaft, ohne uns zu verabschieden, verließen den Ausstellungspalast, liefen hinaus in den Englischen Garten. Dort wurlte es von Volk, Tanzflächen waren aufgelegt, Musik spielte. Es feierte ja nicht nur die Prominenz. Ganz München feierte, das ganze deutsche Volk sollte heute seine Meister feiern. Luitgard und ich trieben durch die Menge, ziellos schlenderten wir vom chinesischen Turm zum Großhesseloher See, schließlich bis zum Aumeister hinaus. Wir begannen zu frieren, Tau fiel. Gegen Morgen kehrten wir heim, übernächtig, todmüde. E. empfing mich mit heftigen Vorwürfen. – Warum bist du nicht geblieben? Läufst davon und mischst dich unter den Abschaum! –

Jaja. Abschaum.

KRIEGSBEGINN

Als ich an jenem 30. August in München ankam, versuchte ich E. zu erreichen. Er war weder in unserer Wohnung noch in seinem Atelier. Ich erfuhr: Unser Auto war von der Wehrmacht angefordert worden, genau so wie das erstemal bei Kriegsgefahr im vergangenen Herbst. E. hatte den Wagen – nolens volens – in die bezeichnete Kaserne gefahren. Nun wartete er dort, was mit dem geliebten Vehikel geschehen würde. Er saß im Kasernenhof und beobachtete. Er konnte sich nicht trennen von *Fridolin*. Ein Unteroffizier wurde auf ihn aufmerksam. – Was machen Sie noch hier? – Und dann: – Gehen Sie heim! Den Karren kriegen Sie doch nicht mehr. – Als E. immer noch zögerte: – Gut, dann ziehen wir Sie auch ein. –

Gefangen, gehangen.

E. war 37 Jahre alt. Er wäre sicher noch nicht eingezogen worden. Zwar: Mit Militärdienst mußte jeder deutsche Bürger rechnen, doch noch war kein Krieg, noch hoffte man, noch konnte alles gut ausgehen. E. versuchte sich zu trösten: – Wenigstens kann ich weiterhin den Wagen fahren. Ich kann obacht geben, daß ihm nichts passiert. Die Rammel fahren ihn mir sonst kaputt. –

Alois Dorn hörte von E.'s Assentierung. Er kam sofort aus Suben angereist, wo er den Sommer zu verbringen pflegte. Seinem Versprechen gemäß meldete er sich bei der Truppe, zu der E. eingeteilt war, auch er wolle eingezogen werden. Seltsamerweise gab man dem Vorschlag nach. Die ungeheure und unbarmherzige Maschinerie hatte noch ihre Weichstellen und Zugänge: A. D. und E. D. wurden als Rekruten in einen Fliegerhorst bei Landsberg verlegt.

Da hatte der Krieg schon begonnen.

Krieg, warum nur Krieg? Das fragte sich jedermann. Wenn es jetzt noch irgendetwas zu bereinigen gab, so konnte das doch nur der polnische Korridor sein? Aber angesichts der neuen Lage, Pakt mit Rußland, würden die Polen doch sicher bereit sein zu Verhandlung und Abmachung, würden eine exterritoriale Autobahn auf ihrem Staatsgebiet dulden, würden ihre Rechte auf Danzig zurücknehmen, würden vielleicht auch zustimmen, Deutsche aus Polen, Polen aus Deutschland umzusiedeln? Dann konnte man doch in Freundschaft neben diesem Volk leben, wie damals zu Pilsudskis Zeiten. Dann konnte doch endlich Ruhe sein, endlich der so oft versprochene, so oft in glänzenden Farben geschilderte innere Aufbau Deutschlands beginnen. Hatte sich Hitler nicht öffentlich verschworen: – Ich werde Deutschland zu einem einzigen blühenden Garten machen. –?

Am Morgen des ersten September erwachte ich vor dem Hellwerden. Unruhe trieb mich aus dem Bett und, obgleich ich wußte, daß um diese Stunde noch keinerlei Radioprogramm zu erwarten war, schaltete ich den Apparat ein. Ich erwartete nichts zu empfangen als Funkstille. So erschrak ich, als eine Stimme aus dem Kasten tönte, sie sprach in einer fremden Sprache, kurz, eindringlich, ernst. Gleich darauf eine andere Stimme, französisch, und schließlich auf deutsch: Achtung, Achtung, deutsche Schiffahrt in der Ostsee! Deutsche Schiffe verlassen die Gewässer und laufen deutsche Häfen an! In dem Gebiet sind Kriegsoperationen zu erwarten.

Die Stimmen wechselten. Die Sprachen wechselten. Immer wieder dieselben Durchsagen.

Es geschieht, dachte ich, jetzt geschieht es doch. Jetzt ist unser Leben zu Ende.

Ich saß vor dem Kasten bis es hell wurde, bis die Sonne aufging, auf der Straße klapperte das Milchauto, im Nachbarhaus wurden die Jalousien heraufgezogen, an der Apotheke nebenan gingen die Rollbalken rasselnd hoch. Ich saß noch immer vor dem Kasten, nun waren die Ansagen verstummt, nun kam die Morgenmusik, Lieder, Märsche, Gymnastik. Ich kauerte wie gelähmt noch immer im Nachthemd, ungewaschen, unfrisiert, ohne Frühstück. Endlich fiel mir ein, E. habe mir den Auftrag gegeben, irgendetwas irgendwohin zu bringen. Der Mechanismus des Pflichtgefühls setzte ein; du mußt tun, was du sollst, ich raffte mich auf, zog mich an, fuhr in die Stadt. In der Trambahn hörte ich, Hitler werde eine Rede halten. Ich hörte die Rede in einem kleinen Kellerlokal hinter dem Münchner Rathaus. Der Raum war mit Menschen vollgestopft, sie saßen stumm, mit gesenkten Köpfen, ohne Bewegung. Kein einziger zeigte Zustimmung, Genugtuung, gar Freude. Stumm wie sie zugehört hatten, standen sie auf und gingen fort.

Nun war ich mit meiner kleinen Richarda allein. Ich hatte sie kurz nach Kriegsbeginn wieder aus Hall geholt. E. äußerte den Wunsch, ich sollte mit dem Kind in München bleiben; wenn er Urlaub bekomme, wolle er uns beide zu Hause vorfinden. Ich fügte mich seinem Wunsch. Zuerst tauchte die Frage für uns auf: Wovon sollte ich leben? Als Frau eines Eingerückten mußte ich vom Staat erhalten werden. Die ausbezahlte Summe wurde aber nach *der* bemessen, die der Mann vor seiner Einberufung als sein Einkommen angegeben hatte. Diese Summe war ziemlich gering gewesen. Da die Miete für Wohnung, Atelier und Garage weiterlief, blieb mir mit dem Kind zusammen ein Betrag von 40 Mark. Obwohl E. Geld auf seiner Bank liegen hatte und auch seinen Wagen bezahlt bekam, versuchte ich wochenlang von diesen 40 Mark zu leben. Daß ich an der Kleinen nicht sparen konnte, stand für mich fest. Also aß ich Kartoffeln mit Salz, Brot mit Salz, gelbe Rüben. Luitgard fand, so gehe das nicht weiter. Sie setzte sich mit E. zusammen, als er auf Urlaub kam und rechnete ihm vor, daß er diesen Zustand ändern müsse; er solle um eine höhere Zuwendung eingeben. Das tat er denn auch. Von nun an erhielt ich zweihundert Mark. Damit, so fand ich, war gut auszukommen.

Der Kriegsalltag begann: An den Fenstern wurden Verdunkelungen angebracht. In den Geschäften erhielt man nur noch auf Marken die nötigsten Waren. Man lernte damit umgehen: Magermilch konnte nicht abgekocht werden, da sie anbrannte. Innereien wurden auf halbe Marken verkauft. Heißwasser gab es nur noch samstags, und die nach Norden liegenden Räume, Küche, Kammer und ein Zimmer (mein Arbeitszimmer!), wurden von der Heizung abgekoppelt. Natürlich gab es keine Straßenbeleuchtung. Nachts versank die Stadt in tiefste Finsternis. Zuerst wagte man sich kaum mehr auf die Straße. Doch man lernte zu: Die Augen gewöhnten sich, mit einem vagen Schimmer auszukommen. Man steckte sich mattphosphoreszierende Plaketten an: So wurde man von anderen Passanten nicht angerannt. Noch gab es keine Fliegeralarme. Aber vor jeder Wohnungstür stand ein Kistchen mit Sand und ein Gerät, das man Feuerpatsche nannte. Luftschutzkurse wurden abgehalten, ein Raum im Keller befestigt. Doch das alles war noch nicht viel mehr als Manöverspiel.

WARSCHAU

Mein Bruder war als Hauptmann gegen Polen im Einsatz. Mein Vater hatte mir versprochen, telegraphische Nachricht zu geben, sobald er selbst Nachricht hatte. Niemand zweifelte, daß wir Polen bald überrannt und zu einem Waffenstillstand gezwungen haben würden. Schon in den ersten Tagen trafen Siegesmeldungen ein. In den Kinos wurde die erste Kriegswochenschau gezeigt. Ich wollte sie sehen, Luitgard holte mich ab. Wir legten das Kind zur Ruhe, in der Hoffnung, daß es bald einschlafen würde. Eine Nachbarin versprach, in einer Stunde nachzusehen. Ich schwitzte vor Angst, daß es inzwischen unruhig werden und schreien könnte. Luitgard ermahnte mich, wie so oft, zur Vernunft.

Wir gingen in das nächstgelegene große Kino, ich glaube es hieß *Gloriapalast*.

Unter aufpeitschender Musik sahen wir *unsere Landser*

über einen Acker stürmen, der als Grenzland bezeichnet worden war. An einer anderen Stelle sahen wir sie Stacheldrahtverhau durchtrennen und einen Schlagbaum umstürzen. Von Truppen besetzte Wagen rumpelten über eine Brücke. Ein Panzer hob seine stählerne Schnauze über eine Böschung. Dann erschien eine weite Landschaft. Sie war flach und in der Ferne mit Häusern und Türmen besetzt. Aus dieser Landschaft stiegen Rauchsäulen in die Höhe, viele Rauchsäulen, eine neben der anderen, fast so viele wie die Raketenbahnen, damals hinter dem Haus der Kunst; nur daß sich oben keine Sterne, keine Goldwolken und Kaskaden entfalteten. Wenn Feuer war in dieser Landschaft, dann unten: zwischen den Häusern, zwischen den Türmen, dort wo Menschen lebten. Wo sie erst bis vorgestern oder vor einer Woche hoffend, arbeitend, liebend, sich freuend oder in Schmerzen, aber in Frieden gelebt hatten. Jetzt flammten Bomben zwischen ihren Mauern. Jetzt hagelte es Eisen auf sie nieder. Jetzt wallten Brände auf und schlossen sie ein. Und rings um diese Stadt standen Kanonen und schossen weitere Brände, Sprengsätze und fetzende Splitter hinein. Eine Stimme sprach zu den Bildern: – Sie sehen Warschau. Warschau ist von deutschen Truppen eingeschlossen. Es wird Tag und Nacht von unserer Artillerie beschossen. Die Luftwaffe unterstützt den Kampf der Bodentruppen. Noch leistet der Feind hinhaltenden Widerstand. –

Als ich nach dem Kino nach Hause kam, stürzte ich zuerst in Rikes Zimmer. Das Kind schlief ruhig. Ich zog ihm das Bettchen herauf, das es von sich gestrampelt hatte, und entfernte den kleinen blauen Zelloloidbären, der neben seinem Köpfchen auf dem Kissen lag, es hätte sich im Schlaf daran stoßen können.

Luitgard saß unterdessen im Wohnzimmer und drehte an den Radioknöpfen. – Wir erwarten, hieß es da, in kurzer Zeit eine Sondermeldung des Oberkommandos der Wehrmacht. Dann Musik. Und schließlich die Ansage: Das Oberkommando der Wehrmacht gibt bekannt: WARSCHAU IST GEFALLEN.

Warschau ist gefallen: zum zweitenmal. Zum zweitenmal in meinem Leben. Das erstemal war ich drei gewesen.

Jetzt war ich siebenundzwanzig. Zum zweitenmal ging mir der Satz ins Ohr und tiefer als ins Ohr. Nun wußte ich ja, was er bedeutete. Ich bildete mir ein, es zu wissen. Was das erstemal nur ein *Klang* gewesen war, ein Satz und das Leuchten in den Augen der Erwachsenen und das Beben in ihren Stimmen und später Fahnen und Fackeln und Lampions, das war jetzt *Elend.* Elend das Bild der Stadt unter den Rauch- und Feuersäulen. Elend das Donnern und Rasen der Flieger und Mörser. Elend: Sprung und Lauf und neuer Sprung von Graben zu Graben, von Grube zu Grube und, was da sprang und lief und wieder sprang, immer feuernd, immer unter der Glocke des eigenen Feuerschutzes: die eigenen Leute. Brüder, Vettern, Freunde. Und das Flattern der Fahne, *unserer* Fahne, und die Lichtreflexe der Helme, deren Silhouette uns eingeimpft war als die Chiffre der Achtbarkeit, und auf dem Koppelschloß: Gott mit uns. Und nun – nie zuvor gedacht, plötzlich hereingebrochen, Elend, Elend im Kampf, Elend im Sieg, Elend in dem schmählichen Triumph, ein kleineres schwächeres, schlecht gerüstetes Volk überfallen zu haben ohne Grund. Es niederzuwerfen ohne Gnade, seine Hauptstadt zu zertrümmern, seine Dörfer niederzuwalzen, seine Frauen, Kinder und Greise vor sich herzujagen und in Kellern und Löchern krepieren zu lassen.

Der Krieg, den wir führten, war ungerecht, wir wußten es, wußten das alles mehr oder minder klar – und duckten uns im Triumph und spähten aus Augenwinkeln nach rückwärts, denn in unserem Nacken stand die *Rache.*

Einmal würde sie kommen.

So fuhr ich nachts auf, zitternd an allen Gliedern, unten auf der Straße rannte ein Schritt und eine Stimme schrie und schrie, wüste Beschimpfungen, rasende Drohungen. Stimmen und Schreie verhallten ums Eck, aber sie kehrten wieder von der anderen Seite, als umkreiste ein Wahnsinniger unseren Häuserblock. Ich lief ans Fenster, blickte hinaus, aber sah nichts weiter als die vorkragenden Ziegel des Mansardendachs, konnte nichts sehen, nicht einmal Lichter gingen an, schwarz wie ein dichter Vorhang hing die Nacht.

Ein anderes Mal:

Wie ich schon sagte: Noch gab es keine Fliegeralarme in der Nacht, geschweige denn am Tag. Aber einmal mußte eine fremde Maschine doch durchgekommen sein. Man hörte sie brummen, brummend die Stadt überqueren, dann den Beschuß. Die Flakgranaten explodierten mit scharfem peitschendem Knallen. Ich horchte atemlos. So also hört sich das an? Die ersten Schüsse, die ich in diesem Krieg hörte. Noch waren sie fern. Noch fürchtete ich sie nicht.

Aber ich merkte sie mir als erste Signale.

Bald darauf traf ich einmal Bruno Brehm. Er sagte: – Wenn Sie einmal flüchten müssen, nehmen Sie Ihr Bettzeug mit. Alle Flüchtlinge im Ersten Weltkrieg habe ich mit ihrem Bettzeug ziehen gesehen. Sie haben gewußt, warum. –

ZWISCHENSPIELE

E. kam auf Urlaub von seinem Fliegerhorst. Fast jeden Sonntag kam er frei. Das hatte seine tieferen Gründe. Er fuhr in der Tat noch immer seinen Wagen, zwar nicht als Fahrer, so doch als Beifahrer; über den Wagen verfügte, zu E.'s Kummer und weit über Vorschrift und Befugnisse hinaus, ein ältlicher Unteroffizier, reaktivierter Reservist. Der Mann war alles andere als ein Mustersoldat. Er mißbrauchte das Auto zu privaten Fahrten, er hatte wohl eine Freundin in München oder wollte seine Geschäfte unter der Hand weiterführen. Allsonntäglich schrieb er sich also selbst einen Urlaubsschein oder wußte sich einen solchen von einem Vorgesetzten zu ergattern. Er nahm E. mit. E. litt, wenn der Unteroffizier die Schaltung des Wagens unsachgemäß bediente. Streit brach aus zwischen beiden: eine lange triste Affäre von Schikanen, Beschwerden, Gegenbeschwerden. E. war, wenn er nach Hause kam, bis an den Rand gefüllt mit Empörung über *Bierl*. Er machte sich gründlich Luft, erzählte mir endlos und immer von neuem von Bierls Übeltaten, Unregelmäßigkeiten, Unverschämtheiten. Wenn ein Gast kam, wiederholte er alles. Mir war seltsam zumute. Ich bat E., seine Gedanken von Bierl abzulösen, sie anderen Dingen zuzuwenden. E., immer mißtrauisch, vermutete, ich ergriffe des anderen Partei. Endlich erlebte er die Genugtuung, daß Bierls Machenschaften aufgedeckt wurden. Der Mann wurde bestraft, degradiert, sogar eingesperrt. Ich atmete auf. Jetzt konnten wir über anderes als über *Bierl* reden.

In diesem ersten Kriegsherbst fand kein Weimarer Dichtertreffen statt. Aber die Beziehungen zu dem Kreis, den ich im Vorjahr nur berührt hatte, vervielfältigten sich. Ich hatte im letzten Jahr die Witwe Eugen Diederichs Lulu von Strauß und Torney kennengelernt. Die alte Dame versicherte mir, man würde es zu schätzen wissen, wenn ich mein nächstes Buch bei Diederichs erscheinen lassen wollte. Ich sagte zu. Ich hatte keinen ernstlichen Grund, Rütten-Loening zu verlassen; vielmehr, ich hatte nur einen sehr privaten Grund. Alfred Gerz, der Cheflektor, ein ruhiger, etwas ölig schönrednerischer Mann, hatte angefangen mich zu beunruhigen. Er machte mich verlegen mit seiner Art, mir auf melancholische Weise den Hof zu machen. Galten seine melodischen Komplimente der Autorin oder der jungen Frau?

Ich merkte, hier geriet ich aufs Glatteis, das mochte ich nicht. Ich schloß mit Diederichs ab, hier fühlte ich mich sofort viel heimischer, vor allem bei einem der Brüder, Niels und seiner Gattin Inge. Das waren gute, freundliche und mir bald wohlgesinnte Menschen, da nahm ich Neigung, wie ich sie geben konnte, wollte, durfte. Lulu protegierte mich weiter.

Eine andere mir angetragene Freundschaft versetzte mich fürs erste nur in Verlegenheit. Die junge Frau Waltraud N., die Gattin des Mannes, der damals in Weimar die ganze Gesellschaft eine Nacht lang mit rotem Sekt bewirtet hatte, gab mir ihre Sympathie zu erkennen. Ich begegnete ihr in der Stadt, unvermutet, wie ich eben mein Rad über eine belebte Kreuzung schob, in einem meiner armseligsten Fähnchen, schlecht frisiert, mit Laufmaschen in den schäbigen Strümpfen.

Sie elegant und schlank und beneidenswert schön.

Ich erkannte sie sofort und versuchte ihr auszuweichen.

Aber sie kam schon auf mich zu, ganz offensichtlich erfreut, begrüßte mich, lud mich ein, fragte sogar, ob sie mich nicht einmal besuchen dürfte. Jaja, das dürfte sie natürlich, aber es sei gar nicht sehr schön bei uns – und überhaupt –. Sie ließ das nicht gelten und forderte mich auf, mit ihr ins Regina zu kommen, dort säße ihr Mann soeben mit Freunden und Kollegen beim Austernessen und bei Sekt.

Austern hatte ich noch nie gegessen und hatte auch gar keine Lust dazu. Aber ich hätte mich auch in meinem Zustand nicht für viel Geld überreden lassen, das superfeine Hotel Regina zu betreten und mich der Corona zu zeigen. Ich verabschiedete mich hastig und radelte davon.

Aber Waltraud N. ließ sich nicht entmutigen. Sie fand mich wieder, und da war ich auch nicht mehr scheu. Ich war gezeichnet von einer neuen Lebenssituation, einer, an die ich früher nie gedacht hätte, die ich mir auszumalen oder gar zuzumuten nie gewagt hätte, in die einzutreten mich eine Menge gekostet hatte und für die ich später bezahlte, jahrelang und viel zu hoch bezahlte für das, was sie wert war. Denn sie war zwar einiges, aber nicht allzuviel wert. Immerhin habe ich durch sie etwas gewonnen, worauf ich, von Natur aus angelegt, nicht habe verzichten können. Es hatte mich in wechselnder Gestalt schon durch meine ganze Jugend begleitet, ich habe es lange für mein wahres Leben gehalten: *Innenraum.*

Innenraum, das war: bei mir sein. Das war: sich abschirmen. Da war das Ferne näher als das Nächste. Da war ein Irgendwohindenken, Sichirgendwohinsehnen, Sichwiederholenwasgeschehenist, Sichzudeutenversuchenwasgeschieht. Es war eine Sucht, ein immerwährender Wachtraum, Liebe als innerpsychisches Ereignis: RELIGIONSERSATZ.

DIE REISE

Ende Mai 39 hatte ich meine Schwester gebeten, nach München zu kommen und meine Kleine für fünf Tage zu übernehmen. Und wie immer, wenn ich meine Schwester rief und bat, kam sie und kümmerte sich um das Kind. Ich hatte eine Einladung bekommen, mit einer Gruppe Schriftsteller nach Prag und Wien zu fahren, die Einladung kam, wenn ich mich recht erinnere, von der Reichsschrifttumskammer. Wir sollten wohl Böhmen in Augenschein nehmen, das Reichs-Neuland und danach Wien, die alte Reichshauptstadt, Festveranstaltungen waren angeboten, eine Burgaufführung, eine Festsitzung der Reichstheaterkammer und auch ein Empfang durch den Minister. Ich sagte zu. Wie hätte ich nicht zusagen sollen, damals war eine Reise in offiziellem Rahmen noch etwas durchaus Ungewöhnliches, ein Glanz ging davon aus, der einen Strahl auch in mein wenig belichtetes Dasein zu werfen versprach; und in der Liste der Mit-Eingeladenen stand, dem Alphabet entsprechend, ziemlich weit unten der Name *Franz Tumler.*

Die Gruppe traf sich in Aussig. Gleich am ersten Abend fuhren wir die Elbe hinauf, zum erstenmal erlebte ich die Durchfahrt durch eine Schleuse, erlebte wie das Schiff gehoben wurde von den leise und in dunklen Pulsschlägen steigenden Wassern, und wie es dann oben zu neuer Fahrt ansetzte auf höherem Niveau. Mir kam dieser Vorgang irgendwie bedeutsam vor, ich beobachtete ihn von der Reling des Schiffes aus, neben mir stand Franz Tumler, und als er später in einem Augenblick des Alleinseins seine Hand auf meine legte, *war es passiert.* Es war passiert und dauerte zehn Jahre lang, so wenig vorerst *passierte* und so dürftig die Beziehung blieb, ein Vorgang in der Phantasie viel mehr als einer in der Realität, eine romantische Beziehung, die sich vor allem in vorsichtig unterspielenden, aber melodisch gegliederten Äußerungen fortbewegte, die wir einander schrieben, dann und wann auch zu-sprachen, aber neben und hinter diesen Äußerungen war die bare Fremdheit und schlimmer noch, die barste Langeweile. So begann es, so endete es: Wir galten zwar bald für alle, die uns beide kannten, als interessantes Liebespaar, aber wir waren immer verlegen voreinander, wir haben nie, auch nicht eine Stunde lang miteinander geredet, wie uns der Schnabel gewachsen war. Wir taten immer feierlich wie Stiftersche Figuren, Heinrich und Natalie im *Nachsommer*, wie Augustinus und Margarita in der *Urgroßvatermappe*, zu Kunstfiguren stilisiert. Wir benahmen uns voreinander so gesittet wie vor Respektpersonen, alles, was zwischen uns geschah, war gleichsam in Schönschrift auf unseren beiderseitig mehr oder minder dunklen, mehr oder weniger zerstörten Lebenshintergrund hingesetzt, es hielt Fassade, es zelebrierte Bedeutung, aber es hielt nicht stand. Wenn wir irgendwann einmal zwei oder drei Tage gemeinsam verbrachten, sofort verbreitete sich etwas wie ein kalter Rauch zwischen uns, es war der schleichende Verdruß der Langeweile.

Eine seltsame Liebesgeschichte also und nur deshalb so langlebig, weil uns das Leben getrennt hielt: Tumler lebte damals in Oberösterreich, dann in Berlin, er hatte soeben geheiratet, seine Frau erwartete ein Kind, er hatte sie geheiratet, weil sie dieses Kind erwartete. Später rückte er ein und war da und dort, zumeist an der norddeutschen Küste, auch in Frankreich in der Nähe von Brest. Ich war und blieb in München, pendelte höchstens zwischen Pilsen und Hall, es dauerte einmal ein Jahr, einmal drei Jahre, ehe wir uns wiedersahen, und es verging mancher Monat, in dem wir einander nicht einmal schrieben. Wir konnten einander vormachen: diese Trennungen seien erzwungen, und sie *waren* auch erzwungen, obenhin gesehen. Aber unter dem äußeren Zwang wirkte die Klugheit des Gefühls, die Vorsicht der eigenen Illusion gegenüber; in mir die untergründige, abgründige Angst vor Enttäuschung, Angst vor der Unmöglichkeit, diese Liebe auch auszuleben.

Auszuleben: Nicht nur mit ihr zu leben wie mit einer nur in winzigen Dosen erreichbaren Droge. Sie gab mir Freiheit, täuschte mir Freiheit vor. Ich konnte doch irgendwohin denken. Ich konnte mich an irgendetwas erinnern. Tagelang beschäftigte ich mich in Gedanken mit einem Brief, den ich erhalten hatte, mit einem Brief, den ich schreiben wollte. Wochenlang rekapitulierte ich mir eine Begegnung. Einige Verszeilen, die Tumler geschrieben oder auch nur zitiert hatte, gingen in mir um wie eine mystische Formel. Um sie herum kristallisierten sich mir eigene Vorstellungswelten. Alles was ich in jenen Jahren schrieb, war in irgendeiner Weise von dieser Beziehung angeregt, mitgeformt, mindestens wie von einem Streiflicht angeleuchtet. Tumlers Beziehungen zu Südtirol und ein Fünf-Minutengespräch, das wir einmal auf der Reise von Weimar nach München über Südtirol führten, war Anregung für mich, den kleinen Roman *Die Leute auf Falbeson* zu schreiben. Ich brachte in dieses Buch unzählige Erfahrungen ein. Trotzdem schien es mir so, als habe es des Impulses von dorther bedurft, damit sich das epische Gefälle dieser Geschichte in mir in Bewegung setzte.

In einem seiner ersten Briefe hatte Franz Tumler geschrieben, er sei sich ganz sicher, daß unsere Beziehung nichts, aber auch gar nichts Literarisches an sich habe.

Doch genau umgekehrt war es. Nicht nur bei mir, auch bei ihm. Während wir miteinander redeten, umhergingen, irgendetwas erlebten, sann er schon darauf, wie er eine Geschichte daraus machen könnte. Doch Geschichten haben es ja so in sich: In ihnen wird ja nicht nur ein Zustand, sondern – notwendigerweise – auch das Ende gedacht. Mithin mischte sich *Ende* in alles ein, was wir miteinander erlebten.

Wir haben nie etwas füreinander getan: Ich habe ihm nie einen Knopf angenäht, nie ein Hemd gewaschen, kaum je eine Suppe gekocht – und schlimmer: Ich hatte auch nie besonderes Verlangen danach es zu tun. Er wieder war nie auch nur eine Stunde lang an meinem Bett gesessen, wenn ich krank war, er hat nie eins meiner Kinder zu ermahnen oder zu belehren gesucht, sich nie im geringsten in meine häuslichen Verhältnisse eingemischt und hat auch ganz gewiß nie die geringste Lust dazu empfunden.

Der Umstand, daß ich schrieb und veröffentlichte, war ihm sicherlich ein Greuel. Als das Buch *Die Leute auf Falbeson* erschienen war, ließ ich es Franz Tumler schicken. Danach sagte er zu mir: – Ich hab das Buch gelesen. Ja. Du kannst denken, wirklich, du kannst denken. Nur die Sprache, die reicht nicht hin. Das liegt nicht an Einzelheiten. Es ist so, als ob du kein Heimatrecht hättest in dem, was du schreibst. Aber vielleicht –, fügte er dann rasch hinzu, – irre ich mich, vielleicht habe ich gar kein Recht dir das zu sagen. –

Verwirrung und Verzweiflung breiteten sich in mir aus.

Bei jedem Satz, den ich in dem Buch geschrieben hatte, hatte ich Maß zu nehmen versucht an dem Begriff von Sprache, den er mir beigebracht. Und nun: Unzureichend und kein Heimatrecht.

Ich schluckte die bittere Pille. Ich nahm mir vor, noch mehr Bitternisse zu schlucken. Wie ein Schüler, der von seinem Meister gerügt wird und trotzdem nicht aufgeben will: Ich dachte nicht daran aufzugeben. Das Uneinholbare einzuholen war ich entschlossen, und wenn ich es auch nur einmal streifen würde, streifen könnte –, für diesen Augenblick zu leben war ich entschlossen.

Ich greife voraus: statt die Geschichte meines Lebens auch in dieser Phase zu entwickeln, nehme ich das Resumée vorweg, als fürchtete ich die einzelnen Bilder. Und ich fürchte sie auch. Es fällt mir nicht leicht, mich als Gastreisende der Reichsschrifttumskammer vorzustellen, als Gast des Propagandaministeriums. Denn selbstverständlich war jene Reise im Mai 39 nichts anderes als eine aufwendig aufgezogene wohlgezielte, dennoch ihr Ziel verfehlende Propagandaveranstaltung.

Deutsche Dichter sollten Anschauungsunterricht nehmen in Sache Großdeutsches Reich und Großdeutsche Herrlichkeit. Ausgepolstert mit sacrum imperium und Parlergotik, mit Komfort und Kunst, mit der rauschenden Pracht des barocken Prag und der rührenden Folklore der Iglauer Sprachinsel, mit der Aussicht vom Kahlenberg auf die fern glitzernde Stadt und einer anti-englisch aufgezäumten Stuart-Vorstellung im Burgtheater ging die Reise vor sich, pünktlich, perfekt, alles lief wie am Schnürchen, die Fahrt elbeaufwärts auf bewimpeltem Schiff, der gesellige Abend auf Burg Rabenstein, die Reise durch das böhmische Land; und wenn auch der zuerst ins Programm gesetzte Empfang beim Reichsprotektor Neurath auf den Hradschin entfiel (denn es war soeben wieder eine außenpolitische Verwicklung eingetreten und Feuer am internationalen Dach, und der ehemalige Außenminister mußte nach Berlin um dort Öl auf die Wogen zu gießen), so waren wir reichlich entschädigt durch den Empfang in den Dörfern rund um Iglau, durch die unbeholfenen, aber redlich bewegten Willkommensgrüße der dort siedelnden Bauern, durch die lieben, von Freude erhellten Gesichter, durch die feierlich knicksenden Mädchen in Tracht und die singenden Kinder. Und warum sollten wir auch nicht den Spuren Parlers folgen in Prag und Kuttenberg? Und warum sollten wir nicht am Kahlenberg der Türkenbelagerung gedenken und des heldenhaften Entsatzheeres unter Sobieski?

Aber dann geschah etwas, das warf einen Schatten und es verdarb mir die Freude an allem.

Goebbels empfing uns im Salon der Kaiserloge in der Burg. Zwanzig Schriftsteller im Halbkreis aufgestellt und der Minister in ihrer Mitte, flankiert von zwei Adjutanten in schneidiger Uniform. Riesengestecke aus roten Rosen umflammten den kleinen häßlichen Mann mit den faltig erschlafften Wangen, mit dem von virtuoser Rhetorik ausgeleierten Mund, mit dem Klumpfuß, den er in elegantem Schuhwerk verbarg. Gelangweilt hörte er die gestammelten Dankesworte an, die ein Kollege darbrachte. Dann begann er – und beschimpfte uns. Er sagte: Die Literatur, wie sie heute in Deutschland geschrieben würde, tauge nur sehr wenig. Die Zeit sei groß, groß durch ihre großen Männer, große Erfinder, große Politiker, große Ingenieure. Nur die Dichtung zeige keinerlei Größe. Sie sei *Butterblümchenromantik* und damit unwert, unwert der Zeit und jetzt schon dazu verurteilt, schnellstens vergessen und abserviert zu werden. Danach hob er die Hand zum deutschen Gruß, drehte sich auf dem Absatz seines Klumpfußes um und ging hinaus.

Wir standen da und staunten. Ich fühlte mich eher zum Lachen aufgelegt als zu Empörung. Mich betraf Goebbels Rede nicht tiefer als die Klassenrüge eines mißgelaunten Lehrers. Hielt er die neue Deutsche Dichtung für Butterblümchenromantik, nun gut, sollte er. Ich konnte mir zwar nicht denken, wie Dichtung aussehen sollte, die mit Autobahnbrücken und Flugzeugen konkurrierte –. Doch das war nicht meine Sorge. Schlimmer mochte der Rüffel für *die* Kollegen sein, die einen Namen hatten. Immerhin war Kolbenheyer unter uns, auch der Dramatiker Rehberg und, wenn ich nicht irre, Josefa Berens-Totenohl. Ihnen war der Kopf gewaschen worden. Sie mochten sich ärgern. Weder

Kolbenheyer noch Rehberg dauerten mich besonders. Ich mochte beide nicht.

Doch es war nicht diese Sache, die mich so tief verstimmte, die einen Schatten warf auf alles, was wir auf dieser Reise gesehen hatten, was uns auf dieser Reise geboten worden war.

Es geschah gleich darauf in der Festsitzung der Reichstheaterkammer. Das ganze Burgtheater war dicht gefüllt, Kopf an Kopf saßen die Stars, die Schauspieler, die Regisseure, die Dramaturgen. Dort Gründgens und da George, da Kayssler und drüben die Körner, die Hoppe... Goebbels betrat die Bühne und sprach. Er sprach über das Deutsche Theater. Ich hätte mich nicht gewundert, wenn er es das beste, das tiefsinnigste, glänzendste Theater der Welt genannt hätte. Aber er sagte etwas anderes. Er sagte, die Deutschen hätten *vor allen anderen Völkern* der Welt Theater gemacht. Sie seien allen andern Völkern, inklusive Franzosen, Engländern, Spaniern, Italienern zuvorgekommen. *Nichts* hatten die anderen aufzuweisen, als Deutschland schon das große Drama hatte. Auch auf dem Theater seien die Deutschen nicht nur die Besten, sie seien auch die Ersten gewesen.

Ich glaubte meinen Ohren nicht trauen zu dürfen. Ich sah mich um, von meinem Platz in den hintersten Reihen des Parketts ließ ich meine Augen schweifen, zu meinen Nachbarn, sie regten sich nicht. Zu den Logen: Kein Kopf schüttelte Nein. Kein Räuspern war zu hören, kein Hüsteln, kein Scharren. Schweigen. Am Ende Applaus. Dann die Hymnen. Beim Hinausgehen sagte ich zu einem Kollegen:

– Der traut sich was! Vor Fachleuten zu reden als hätte er Idioten vor sich. –

– Wie meinen Sie? – fragte der Kollege.

Ich wiederholte.

– Verstehe nicht –, sagte der Kollege und ein anderer, älterer mischte sich ein. – Sie sind zu laut –, sagte er, – solche Dinge denkt man, aber man sagt sie nicht. –

– Wie denn nicht? – schrie ich beinahe. – Shakespeare, Calderon, Corneille, waren die nach oder vor Lessing, he? –

– Tatsachen zählen nicht –, sagte der Kollege.

– Was zählt denn dann? –

Er blieb vor mir stehen, sah mich an, schüttelte den Kopf und murmelte: – Hoffnungslos. –

Dann ging er.

Ich dachte: Feigling! Feigling der eine, Feiglinge die anderen. Hätte doch einer dazwischengerufen, einer gehustet, geschneuzt, mit dem Logensessel gerückt! *Das Kuschen war schuld*, an vielem, an allem war das Kuschen schuld.

Das Kuschen der Fachleute.

FRANKREICH

Das war ja nun vorbei. Wir hatten Krieg inzwischen, Polen war niedergeworfen, Franzosen und Engländer hielten auch nach der Kriegserklärung still. Die ganze lange Westfront vom Rheinknie bis zur Mosel hielt still. Wenn wir den Sender Straßburg in unserem Radioapparat erwischten, sendete er Chopinmusik, Hommage à la pauvre Pologne. Dann und wann bellte ein Geschütz. In roten Lettern meldete der Völkische Beobachter, ein deutscher Stoßtrupp habe fünf Engländer gefangengenommen. So kam der Winter.

Er kam früh und er war bitter kalt.

E. war draußen in Landsberg am Lech. Zu Weihnachten erhielt er Urlaub. Es war das erste Weihnachtsfest, das wir mit unserem Kind feiern konnten. Die Tanten hatten für Rike ein Dutzend Kleidchen geschickt, einen Fellsack und zwei Teddybären. Wir kauften auch einen Baum, ich schmückte ihn. Am Nachmittag vor dem Heiligen Abend fuhr E. hinaus zu seinen Eltern und blieb bis Mitternacht. Als er zurückkam, sollte endlich beschert werden. Ich zündete die Kerzen an und holte Rike aus ihrem Bettchen. Das Kind war ganz schlaftrunken und starrte mit weit aufgerissenen erschreckten Augen in die ihm fremdartige Lichterscheinung. E. fand, es sollte doch seinen Spaß haben am Christbaum und schwenkte es gegen die Kerzen. Das Kind schrie grell und verzweifelt, ich nahm es ihm unsanft aus dem Arm und legte es im Nebenzimmer wieder ins Bett. Dann bliesen wir die Kerzen aus und gingen schlafen.

Im Frühjahr wurde E. vom Militär freigestellt. Er sollte mit A. D. zusammen wieder einen größeren Bildhauerauftrag ausführen. Kaum war E. zu Hause, packte ich zusammen und fuhr zu den Tanten nach Pilsen, später nach Hall. Am 5. Mai 1940 machte meine kleine Rike die ersten selbständigen Schritte, sie war ein sehr herziges Kind.

Als ich in Pilsen war, erfolgte der Einmarsch in Dänemark und die Besetzung Norwegens. Daß wir damit England zuvorgekommen waren, erfuhren wir sofort. Doch daß es England ohne Gegenwehr duldete,schien mir unfaßbar. Einen Augenblick lang flammte die wahnsinnige Hoffnung auf: damit sei der Krieg entschieden, damit gewonnen. Jetzt müßte Hitler einen auch nur einigermaßen billigen Vorschlag machen, und der Spuk wäre aus.

Statt dessen geschah anderes: Am 10. Mai brach die Offensive im Westen los. Das Thermometer unserer Lebensspannung schnellte hoch. Die unausdenkliche Entsetzlichkeit eines Kriegs im Westen – nun war sie da. Verdun, Flandern, Chemin de Dame, das würde sich nun alles wiederholen. Dutzende Bücher hatten wir gelesen, von Remarques *Im Westen nichts Neues* über Barbusses *Le feu* bis zu Jüngers *Stahlgewittern*, und von nichts anderem war die Rede gewesen in diesen Büchern als von Schützengräben und Sappen und von Trommelfeuer auf immer dieselben Schützengräben, dieselben Sappen, dieselben zerwühlten, zerstückten, mit Feuer und Stahl überschütteten leichengespickten Löcher. Und was da vor uns lag zwischen Belchen und dem Kanal war wohl nichts anderes als dieselbe Todesmühle? Nein. Nein? Nein!

In Sondermeldungen kam es aus dem Kasten.

Wir glaubten uns zu verhören. Aber selbst, wenn wir, vor unserem Apparat kauernd, das Ohr an die Skala gedrückt die auf geringste Lautstärke gedrosselte Stimme Englands hörten: Dieselben Namen wurden genannt. Dieselben Städte, dieselben Gegenden, wie sie auch von unseren Sondermeldungen genannt wurden: Durchbruch bei Arras, Kämpfe bei Rouen. Die deutschen Truppen stehen vor Paris.

PARIS.

Wir glaubten zu träumen.

Wir hatten den Krieg nicht gewollt. Und niemand, kein einziger Mensch, den ich kannte, hatte sich *gefreut*, als es losging; hatte auf mehr zu hoffen gewagt als auf einen *glimpflichen* Ausgang, auf einen Verständigungsfrieden allerbesten-, aller-aller-bestenfalls. Aber dieser Sieg in Frankreich drehte in uns etwas um. Ja, er drehte einen Schalter, den wir für abgestellt und für ewig eingerostet hielten: daß unsere Nation noch einmal Glück haben sollte. Daß unsere Nation einmal und – ein für allemal – die Demütigungen, die uns zugefügt worden waren, zurechtrücken und abschütteln konnte.

Wir wünschten – ja, was wünschten wir wohl? Wir wünschten einzumarschieren in Paris und Waffenruhe zu erzwingen. Wir wünschten nicht das Unglück des französichen Volkes. Wir wünschten eine beglichene Rechnung, aber mit Großmut beglichen. Die Unterschrift im Eisenbahnwagen von Compiègne, gut; das war das Äußerste, die äußerste Geste, die gutmachen sollte, was uns angetan worden war, Kriegsschuldformel, Reparationsschraube, Einmarsch ins Rheinland. *Aber dann*: Hutab vor der Kulturnation. Hutab vor Notre Dame und Pascal. Hutab vor Grand Trianon, Watteau und Flaubert. Hutab auch vor den Hekatomben des Ersten Weltkriegs. Sie fielen gegen uns, Salut! Salut auch denen, die jetzt gefallen waren, die wir in den Wochenschauen liegen sahen neben den Straßen hingestreut, unsere Stukas hatten sie gejagt und niedergeschmettert. Salut, ihr Armen! Salut ihr weinenden alten Frauen. Ihr weint um Frankreich. Wir verstehen, daß ihr weint. Salut selbst euch, ihr Generäle mit dem goldenen Lorbeerlaub an Krägen und Epauletten, die ihr uns den Krieg angesagt habt vor einem halben Jahr und die ihr jetzt mit fahler Miene und erstarrten Gesichtern den Degen abgebt und die Unterschrift leistet. Auch euch, Salut. Bitteres leiden Völker eins durch das andere, wir haben gelitten, ihr leidet jetzt, Gott gebs, daß ihr so bitter nicht leiden müßt wie wir durch euch.

Salut vor allem dir, liebes und schönes und herrliches Land, Frankreich, älteste Tochter des Okzidents, ältere schönere feinere Schwester Deutschlands. Wir alle lieben dich und die Liebe lacht uns im Herzen, diese Liebe, die du uns lange verbittert hast. Aber höre, Schwester, schlimme geliebte Schwester, höre uns zu: Nimms nicht zu krumm, daß wir dich schlugen, diesmal, es soll das letztemal gewesen sein. Halts uns zugute, daß wir dich immer bewundert haben. Daß wir deine Bücher liebten, deine Weine, deine geschliffenen Sitten. Und wenn jetzt die Söhne unseres Landes in deinen Häusern wohnen – (Gott gebs, daß sie sich anständig betragen!) dann bette sie gut und lasse sie kosten was süß ist an dir, machs ihnen nicht zu schwer, den armen Schweinen, wer weiß, was ihnen bevorsteht – und uns allen?

ZWISCHENSPIEL II

So sah es aus, damals in meinem Kopf und in vielen anderen Köpfen, verworren und rauchig von Illusionen und frischem Hoffnungsgewölk und Weihrauchschwaden, die sich sowohl um das Bild einer unbekannten, doch inbrünstig geglaubten douce France, als auch um das Bild des eigenen, für ernst und heilig gehaltenen ordo imperii lagerten. Billige Triumphgefühle erlaubten wir uns nicht, wollten sie uns nicht erlauben. Gerade daß wir so rasch, so unglaublich rasch und wie im Sturm gesiegt hatten, gerade das sollte uns, so meinten wir, zu Großmut und Rücksicht stimmen dürfen. Alles, was in jenen ersten Wochen danach klang, daß Frankreich mit Anstand behandelt werden sollte, erfüllte uns mit Zustimmung, mit Genugtuung.

Aber dann kam die Schlacht um England, das nutzlose, wütende, wochenlang währende Duell in den Lüften. Es brachte keine Entscheidung. Mein Vater, der nach dem Frankreich-Feldzug gesagt hatte: – Jetzt wüßte ich nicht mehr, wie wir den Krieg verlieren sollten –, zog ein bedenkliches Gesicht und sagte: – Jetzt ist irgendetwas in Gang, das uns teuer zu stehen kommen kann. –

E. wurde wieder eingezogen und diesmal nicht mehr mit Alois Dorn zusammen, diesmal zeigte sich die nun lückenlos eingespielte Militärmaschinerie persönlichen Wünschen nicht mehr gefügig. E. kam zu irgendeiner Wehrmachteinheit, erst nach Augsburg, dann in die Oberpfalz, Alois Dorn wurde zur Luftwaffe einberufen. Mein Bruder saß im fernen Norden am Eismeer. Meinem Vater ging es nicht gut. Im Sommer 40 hatte er sich bei einem der ersten Luftangriffe auf München erkältet und eine Lungenentzündung bekommen, von ihr konnte er sich nie mehr ganz erholen. Meine Schwester hatte ihre Matura nachgeholt und begonnen, Medizin zu studieren. Ich schrieb weiter, und jetzt fing ich auch an zu verdienen. Meine ersten Bücher wurden nachgedruckt (außer natürlich die *Mohrenlegende*), eine Filmgesellschaft zahlte etliche Tausender für das Vorkaufsrecht auf irgendein Manuskript. Nun mußte ich nicht mehr mit jeder Mark knausern. In gehobener Stimmung empfing ich den Geldbriefträger und sah ihm zu, wie er die Hunderter auf den Tisch blätterte, fünfzig Hunderter auf einmal, sie bedeckten die ganze Platte, so viel Geld hatte ich noch nie gesehen, ich war wie geblendet.

Freilich: was konnte ich denn schon anfangen mit dem vielen Geld? Wenn ich mir ein Paar Strümpfe kaufen wollte, brauchte ich Punkte, Punkte der Kleiderkarte, und ihrer waren wenige. Um ein Paar Schuhe mußte ich in unsere Zuteilungsstelle nach Milbertshofen,ein weiter Weg, und dort um einen Bezugschein eingeben. Meist standen schon eine Menge Menschen Schlange vor dem Büro, ich stand mit ihnen, Rike im Wagen neben mir oder auf meinem Arm, ich schwitzte in der verbrauchten Luft und wurde schwindelig. Alles war rationiert außer Luxusware. In ganz München gab es kein Gummiband zu kaufen, aber in irgendeinem Geschäft, so hieß es, gäbe es einen Posten französischer Seide. Es kam nur darauf an, daß man davon erfuhr. Drakonische Gesetze verhinderten den Schwarzmarkt. Es war unmöglich ein Pfund Blutwurst ohne Marken zu erstehen, aber man konnte an gewissen Tagen in eleganten Restaurants Hummer essen und Sekt trinken. Bitter war es, daß man fast kein Obst und monatelang kein anderes Gemüse als einen groben schwärzlichen Wirsing zu kaufen bekam. Längst hatten die Geschäfte ihr Aussehen verändert. Alles Hübsche, Gefällige war aus den Auslagen verschwunden. Bestenfalls stand ein bunter Druck darin: Erntedankfest auf dem Bückeberg.

Die Geschäftsinhaber gaben sich keine Mühe mehr, ihren Unwillen zu verbergen, wenn man seinen Einkauf tätigte: 200 g Haferflocken, 50 g Margarine, 1/2 Pfund Zukker, die staatliche Zuteilung, alles auf Karten. Sie schnippelten die Abschnitte herunter, wogen aus und versuchten recht knapp zu wiegen. Bald gab es auch weder neue Tüten noch frisches Einwickelpapier. Man benutzte dasselbe Scharnitzel dutzende Male, glättete das zerknitterte wieder aus, klebte ein Loch zu. So wurde der Alltag grau. Nicht daß wir hungerten. Aber wir wagten nie uns auch nur einmal richtig sattzuessen. Die Ödenei des Angebots stimmte uns herab, ein ständig zehrender und immer mehr um sich greifender Mangel höhlte uns aus. Darum sogen wir dann, wenn sich irgendwo eine unerwartete fortune anbot, diese gierig in uns ein. So kaufte ich einmal einen Bauernschrank aus Franken, obgleich ich ihn gar nicht brauchte, ein anderesmal ein hübsches Hütchen, obgleich es mir gar nicht paßte, und jeweils um sündteures Geld. Mein Glück war, daß ich von Zeit zu Zeit nach Böhmen kam. Dort war noch Ware vorhanden und greifbar, gute Stoffe, gute Seife und Kaffee.

Kaffee. Der war mir wichtig. Das hing wohl mit dem extrem niedrigen Blutdruck zusammen, an dem ich viele Jahre meines Lebens litt. So setzte mir jede körperliche Anstrengung übermäßig zu, ich konnte mich nicht bücken, ohne daß mir schwarz vor den Augen wurde, und wenn ich mich streckte, um einen Gegenstand von einem Schrank zu holen, war ich einer Ohnmacht nahe. Der Kaffee half mir dagegen, und vor allem: Er heizte mich auf, wenn ich schreiben wollte. Ich wurde süchtig nach ihm. Ich bildete mir ein, ohne Kaffee nicht leben zu können. Die Tanten sorgten dafür, daß ich bei meinen jeweiligen Besuchen in Pilsen ein Kilo oder zwei erhielt. In festverstöpselten Bierflaschen transportierte ich den schwarzen Schatz nach München: Täglich wurden zwanzig Bohnen abgezählt, zwanzig Bohnen ergaben eine Tasse. Ich gestattete sie mir nur, wenn ich an meine Schreibarbeit ging. In dieser Hinsicht: sture Konsequenz.

Mein Verhältnis zu E. hatte sich in diesen ersten Kriegsjahren eher gebessert. Da er immer wieder einrücken mußte, waren wir naturgemäß immer wieder getrennt. Aber auch wenn wir beisammen waren, fühlte ich den Gegensatz unserer Charaktere, unserer Gesinnungen und Lebensstimmungen nicht mehr so scharf und quälend wie in den ersten Jahren unserer Ehe. Ich hatte E. gegenüber ein schlechtes Gewissen; ich war doch, was man eine ungetreue Ehefrau nennt. Das machte mich geduldiger gegen ihn und ließ mich manches ertragen, was mich zuvor erbittert hatte. Dazu kam, daß ich jetzt selbst über Geld verfügte. Die ätzende Demütigung, um jede Mark bitten und mich bei jeder zweiten Ausgabe gegen den Vorwurf der Verschwendung verwahren zu müssen, diese Demütigung hatte ein Ende gefunden. Nach wie vor konnten wir gute Stunden miteinander haben, die besten, wenn wir miteinander in Ausstellungen gingen oder seine Arbeit besprachen. Reisen und Ausflüge machten wir kaum noch miteinander. Auto hatten wir keines, denn Fridolin war für immer im Kriegsgetöse verschwunden und zu größeren Wanderungen zu Fuß hatten wir keine Lust, da keine Kraft mehr (die schmale Nahrung begann uns zuzusetzen). Blieben uns noch die Fahrräder, aber sie mußten geschont werden, denn wann würde es für sie neue Reifen geben? War E. in München, so fuhren wir am Sonntag bestenfalls nach Großhadern zu E.'s Eltern. Wir fuhren in der Tram, das Kind führte ich im Wagen mit, später tappelte die Kleine auch zu Fuß an meiner Hand. Nicht immer war es leicht mit ihr zurecht zu kommen. Zeitweise war sie engelhaft brav, zeitweise zeigte sie sich furchtbar widerspenstig, schrie, schlug um sich und war durch nichts zu beruhigen. Mir fiel nicht ein, daß diese Anfälle vielleicht mit den Streitigkeiten zusammenhingen, die doch immer wieder zwischen E. und mir auftraten, mit den tiefen Verstimmungen, die sich zeitweise auch jetzt zwischen uns hinschleppten. E. gab mir die Schuld, wenn das Kind trotzte, ich gab ihm die Schuld: Er habe es mit seinen derben Liebkosungen erschreckt oder durch einen zu weiten Weg übermüdet. E. hielt unsere Ehe in jenen Jahren sicher für eine normale durchschnittlich glückliche Ehe. Sein Begriff von möglicher Gemeinsamkeit war nicht sehr hoch. Er hielt es für natürlich, daß Gatten miteinander stritten, hielt es sogar für natürlich, daß der Stärkere seinen Argumenten dann und wann nicht nur verbalen Nachdruck verlieh. Dennoch liebte er mich wahrscheinlich noch immer. Und ich könnte nicht sagen, daß auch in mir nicht etwas wie Liebe war, wenn Liebe Wohlwollen ist, Sorge und das Gefühl der Zusammengehörigkeit in der Unbill der Zeit, und je finsterer die Zeit, desto fester das Band, je schwankender der Boden, desto unabdingbarer das Miteinander und schließlich und nicht zuletzt: Ich hatte *ein* Kind und ich wollte ein *zweites* – und von wem sollte ich es haben als von ihm, und die Hoffnung auf ein *drittes* wollte ich nicht begraben.

So rückte das Jahr 41 herauf.

Die Schauspielerin Franziska Kinz (sie hatte mich gebeten, ein Filmsujet für sie zu entwerfen), verheiratet mit einem höheren Beamten, einem Funktionär, der, wie er mir selbst sagte, Verbindungsmann war zwischen Außenamt und Propagandaministerium, diese Franziska Kinz vertraute mir in den letzten Tagen des Januar 41 ein Geheimnis an:

– Im Juni, sagte sie, haben wir Krieg mit Rußland. – Und auf meine Frage: – Warum, um Himmels willen, warum denn Krieg mit Rußland? – antwortete sie: – Weil wir keinen Treibstoff mehr haben und das und jenes nicht mehr und das wollen sie sich dort holen und deshalb wollen sie Krieg mit Rußland, diese Haderlumpen. –

Ich war bestürzt. Aber ich glaubte nicht recht, was mir Franziska sagte. Ich wollte es nicht glauben. Sie haßte das Regime, obleich ihr Mann ihm diente und obgleich sie unter der Ägide Goebbels' auf dem Gebiet des Films sich einigen Lorbeer (auch vergoldeten Lorbeer) geholt hatte. Aber sie spürte wohl wie so viele, die oben saßen und wußten, wie es zuging, was geplant, gewagt und aufs Spiel gesetzt werden sollte, daß dieses Spiel schief gehen mußte, und sie fürchtete, weil sie ja mit oben saß oder doch nicht ganz fern von diesem Oben, daß es dabei auch um ihren Pelz gehen würde. Das erbitterte sie wie es viele erbitterte, und ich habe in jenen Jahren unter den Nutznießern des Regimes sehr viele Hasser gefunden, zu meiner Verwunderung viel mehr Hasser als unter dem einfachen Volk, das sein Los ohne Murren trug, das darbte und blutete und in Unwissenheit und Stille hoffte, der Krieg möge für Deutschland ein gnädiges Ende nehmen.

Die Lage stellte sich ja nicht ganz übel dar: Zwar zeigte England keinerlei Neigung zum Nachgeben, und von Hitler erwartete es nicht einmal der größte Optimist. Was er in Händen hielt, hielt er – und er hielt nun, nachdem er mit Ungarn, Bulgarien und Rumänien Freundschaftspakte geschlossen hatte, eigentlich den ganzen Kontinent bis an die russische Grenze unter seiner Gewalt. Wo sollte in diesem festbestückten System ein Einbruch erfolgen? Es war etwas wie ein Patt entstanden, solange die abenteuerliche Übereinkunft mit Rußland hielt, war ein Ende nicht einmal vorstellbar.

Wie sollte es also weitergehen? Tägliche Überlegungen, Sorgen, Denkspiele. Jeder von uns wurde zum Strategen, wie Luftblasen stiegen die tollsten Hoffnungen auf. Vielleicht starb Churchill – oder die Araber schlossen den Suezkanal – oder die Spanier nahmen Gibraltar? Oder aber kehrte der Herzog von Windsor zurück, der ehemalige Prinz von Wales, war er nicht jedes Jahr pünktlich in Kitzbühel zum Schilauf erschienen? War er nicht ein Freund der Deutschen? Vielleicht gelang es ihm, den Thron zurückzugewinnen, die sturen Minister davonzujagen und Frieden zu schließen mit Deutschland. So phantasierten wir hin und her.

Im Frühling dieses Jahres aber geschah etwas Schlimmes. Es war wie ein Signal und löste Erschrecken aus, Vorgefühlwelle, daß Unheilvolles am Wege sei. Jugoslawische Minister waren in Berlin erschienen und hatten für ihr Land einen Beistandspakt unterzeichnet. Aber als die Minister nach Belgrad zurückkehrten, wurden sie in dem Augenblick, da sie aus ihrem Salonwagen krochen, hopp genommen und als Verräter und Verkäufer ihres Vaterlandes ins Gefängnis gebracht. Das war unerhört und zeigte an: Nicht alle, die sich vor Deutschland ducken *sollten, wollten* sich auch ducken.

Die Reichsregierung zögerte nicht, den aufmüpfigen Jugoslawen eine schreckliche Lektion zu verpassen. Wie Racheengel stürmten die Armeen los.

Drei Tage später: Sondermeldungen.

Acht Tage später: Siegesfeiern.

Aber der Sieg schmeckte bitter. Und als unsere Zeitung ein großes Bild von Belgrad brachte, von der mit Ruinen gesäumten, mit Trümmern übersäten Hauptstraße, sagte unsere alte Anna, die wieder einmal bei uns erschienen war: *Schweinerei.*

Im Mai teilte mir E. mit, er werde jetzt mit seiner Truppe transferiert, wohin wisse er nicht, aber alles weise darauf hin, daß er nach dem Osten käme. Nach dem Osten? Wozu das? So viele wurden jetzt nach dem Osten versetzt. Franziskas düstere Prophezeiung geisterte im Hintergrund aller Überlegungen. Aber da geisterten auch andere, freundlichere Versionen. Sie waren – darauf möchte ich schwören – von höchster Stelle in Umlauf gesetzt worden: Rußland habe sich angeboten, deutschen Truppen den Durchmarsch zu gestatten, man wolle England über Indien angreifen, Stalin habe zu diesem Zweck sogar eine neue Eisenbahn bauen lassen . . .

MARIE-LUISE

Wieder einmal reiste ich nach Pilsen, diesmal in besonderer Absicht. Ich wollte mich in Prag mit einer Freundin treffen, mit der Bildhauerin Marie-Luise Wilckens aus Bremen. Sie lebte seit Jahren in München, ich hatte sie durch E. kennengelernt, sofort Vertrauen zu ihr gefaßt. Die große blonde schlanke Frau gefiel mir ausnehmend gut. Ihre Herkunft aus einem Bremer Patrizierhaus umgab sie für mich mit einer besonderen Aura, die um so heller strahlte, da Marie-Luise diese patrizische Herkunft aus freien Stücken hinter sich gelassen und mit der unsicheren und bedrängten Existenz einer Künstlerin vertauscht hatte. Ich bewunderte ihre Werke, das Norddeutsch-Kühle und Vergrübelte ihrer Natur, ihre Nachdenklichkeit und nicht zuletzt ihre

Treue zu einem Mann, der, darüber waren wir uns alle einig, ihr nicht einmal das Wasser reichen konnte. Jo Burke nannte er sich, hieß aber in Wirklichkeit Josef Huber, Künstler auch er, Maler, doch wenig erfolgreich in seinem métier. So führte er eine Schule, eine der vielen eher tristen kleinen Kunstschulen in Schwabing, so brachte sich Huber-Burke über die Runden. Der Mann hatte etwas Welkes und Mühsames an sich, das um so welker und mühsamer wirkte, als er gegen die Strahlungskraft seiner viel jüngeren Frau aufzukommen versuchte. Er hatte jahrelang beharrlich um sie geworben, keiner ihrer Freunde und Bekannten hatten gedacht, sie würde ihn nehmen. Doch nachdem sie ihn einmal genommen hatte, hielt sie unverbrüchlich an ihm fest. Mit dieser Frau hatte ich mich nun in Prag verabredet. Sie kannte die Stadt nicht, und ich brannte darauf, sie ihr zu zeigen.

Klein-Rike blieb bei den Tanten in treuer Obhut.

Was ich damals mit Trude Löffler in Italien erlebt hatte, heitere Gemeinsamkeiten, das wiederholte sich nun für mich in diesen Tagen, wenn auch auf einem anderen höheren Niveau. Waren wir damals an Hand eines primitiven Reiseführers von Sehenswürdigkeit zu Sehenswürdigkeit gestolpert, so konnte ich jetzt planvoll führen. Auch mit Marie-Luise lief ich unermüdlich (jetzt auf klappernden Kriegs-Holzsohlen) quer durch die Stadt. Auch mit ihr hauste ich in einem bescheidenen Quartier, auch mit ihr war ichs zufrieden, wenn wir in einem stillen Winkel unser Butterbrot aus dem Papier packten. Aber natürlich, wir waren keine naiven Backfische mehr, wir erlebten die Stadt als einen gewaltigen, doch in tausend zarten Einzelheiten in sich selbst stimmigen, auf sich selbst abgestimmten, reich gegliederten Organismus. Wir sahen viel: die Altstadt in der Niederung und Hradschin und Kleinseite jenseits der Moldau, dialektisch aufeinander bezogen, jene, die Bürgerstadt, kristallin zusammengedrängt, diese, die Adelsstadt, locker aufwipfelnd in Gärten, Palästen und Türmen, vom Riegel der Burg – samt Dom – gekrönt. Wir kosteten den Rhythmus nach, in dem sich die Gäßchen verengten und erweiterten, den einladenden Schwung der Fassaden, den klugen wohleinkalkulierten Einsatz des Dekors. Wir liefen durch Torflure, in Höfe, über Treppen und beugten uns über Geländer, immer auf der Jagd nach dem Geheimnis PRAG. So umkreisten wir einmal stundenlang die Nikolaikirche auf der Kleinseite und suchten nach dem Punkt, in dem sich der Anblick der Türme und Kuppeln am vollkommensten mit dem Anblick der hinter ihnen aufsteigenden Schloß- und Domfassaden amalgamierte.

Der reinste Klang, die vollendete Form, die letzte höchste einsame Höhe: Diese Idee ging in uns beiden um. Danach waren wir unterwegs, Tag für Tag, stundenlang. Zugleich waren wir von dem Gedanken durchdrungen, das Vollkommen-Stimmige, Gültige könne nur punktuell erreicht, nur in einem einsamen sublimen Ereignis verwirklicht worden sein: ein Augenblick Glück, ein Atemzug Vollendung, was wog dagegen, was konnte dagegen gelten?

In dieser Gesinnung waren wir uns einig, so einig vielleicht nur deshalb, weil wir beide darauf angewiesen waren, uns in ein Reduit zurückzuziehen gegen das Leben, wie es in unserem Alltag geworden war: Pfusch, Bitterkeit, Enttäuschung – und darüber: Unheil, Unheil brütend nah und fern. Wir konnten nicht fliehen, das wußten wir, aber wir wollten uns auch nicht ergeben.

So verbrachten wir miteinander zehn Tage in Prag, schöne Tage trotz allem, gute Tage. Obwohl unser Einverständnis ganz ungetrübt war, überschritt es nie die Grenze der Vertraulichkeit. Über private Dinge gab es keine gegenseitige Herzensergüsse. Man schwieg und achtete einander. Die Achtung dieser Frau war mir ein Trost, Pflaster auf manche Wunde.

DER PAUKENSCHLAG

Wir hatten unser Prager Besichtigungsprogramm fast bis zum Ende abgewickelt, es standen nur noch wenige Punkte darauf, darunter der alte berühmte Judenfriedhof, die alte berühmte Neusynagoge. Dann wollten wir nach Kukus hinausfahren, ein Dorf im Tal der oberen Elbe, dort war ein

Stift, eine Gründung des Grafen *Sporck* aus dem Ende des 17. Jahrhunderts, ein kunsthistorischer Geheimtip in jener Zeit. Was mich hinzog, war der Umstand, daß dort ein Tiroler, ein gewisser *Matthias Braun* aus dem Ötztal ein vielfiguriges plastisches Werk geschaffen hatte, eines der besten jener Zeit, aber niemand in des Künstlers Heimat kannte ein Stück von ihm, nicht einmal die Fachleute wußten mehr als seinen Namen. Nun wollte ich mir die Plastiken ansehen, wollte womöglich darüber berichten, Bruno Brehm hatte mich dazu ermutigt: – Wenn jemand darüber schreiben kann, dann bist du es. –

Am vorletzten Tag unseres Prager Aufenthalts, an einem herrlich kühlglühenden Junitag machten wir noch eine lange Wanderung nach Karlstein, quer durch die Buchengehölze des Brdywaldes, wir zwei Frauen allein – im fremden Land – fremd, *fremd?* – mir war es vertraut, und ich dachte keinen Augenblick lang, wir könnten uns auf einer einsamen Wanderung hier in Böhmen in eine größere Gefahr begeben als in Tirol oder Bayern.

Am letzten Tag in Prag: Jüdischer Friedhof und Synagoge. Beide sind im zweiten Bezirk gelegen, im ehemaligen Getto, das als solches längst verschwunden war; man hatte das einstmals engverbaute und anstößig unhygienisch gewordene Quartier im vorigen Jahrhundert abgerissen und saniert, indem man es mit breiten Straßen durchzog und mit normalen Häusern besetzte, Gründerzeithäusern wie anderswo auch. Mir war an diesem Viertel nie etwas Besonderes aufgefallen.

Diesmal aber – woran lag es? Daß es öder war als die übrige Stadt? weniger Menschen auf der Straße, kaum Fahrzeuge, die meisten Geschäfte gesperrt? Irgendetwas beängstigte uns, schon ehe wir den alten Friedhof erreichten.

Auf diesem Friedhof hatte die Judenschaft des alten Prag ihre Toten jahrhundertelang begraben. Vollgestopft war dieses Stück Erde mit Gebein. Vollgestopft auch mit Tafeln und Erinnerungsmälern, sie steckten nebeneinander und übereinander im Boden, dicht gekeilt, kein Gras dazwischen, kein Grabbeet. Es widerspricht den religiösen Vorschriften der jüdischen Orthodoxie Gräber zu bepflanzen, der Jude bringt keine Blumen an das Grab seines Toten, sondern legt einen Stein darauf. So war das üblich gewesen in ferner Vergangenheit, als die Gräber noch draußen in der Wüste lagen und geschützt werden mußten vor Räubern und vor nach Aas scharrendem Getier. Auch dieser Friedhof hatte keine Blumen, nichts wuchs hier als dunkelstämmige und stark verkrümmte Bäume mit dürftigem, schwärzlich-grünem Laub.

Ich kannte das alles von früheren Besuchen her. Aber diesmal berührte es mich anders.

Lag es daran, daß uns der Weg durch den verödeten Stadtteil schon mit etwas Unheimlichem angeweht hatte? Oder lag es an dem bleichen, starren Gesicht des Wärters, der den Eingang überwachte? Wir hatten an seinem winzigen Schiebefenster unseren Obulus erlegt. – Oder lag es daran, daß uns, je weiter wir in den Friedhof eindrangen, desto deutlicher zwei Männer folgten? Vielleicht waren auch sie nur Besucher wie wir. Doch wir kamen uns beobachtet vor. Von überall her schienen uns angstvolle und haßerfüllte Augen anzustarren. Es war ja auch unverkennbar, woher wir kamen, die junge große blonde Frau aus Bremen – und ich, die Österreicherin im Dirndlkleid ...

Etwas wie Grauen ergriff uns, Grauen vor dem Entsetzen, das wir erregten, das mit uns wanderte, ohne daß wir begriffen, wieso, das uns wie eine schwarze Wolke umgab. Wir ahnten nicht, welche Bedrohung von unserem Anblick ausging, wir fühlten uns selbst bedroht und verließen Friedhof und Stadtteil wie von bösen Geistern gejagt.

Am anderen Morgen: Fahrt nach Kukus.

Dort eine hellere Welt, wie uns vorkam, ländliches Leben, Heiterkeit. Wir wohnten im Stift, als Gäste des Verwalters. Wir betrachteten die Figuren, die Kirche und Vorbau und Garten schmückten, Brauns inzwischen berühmt gewordene *Tugenden* und *Laster*, die herrliche Gruppe der *Verkündigung* über dem Kirchenportal, seine *Waldheiligtümer* auf dem Berg *Bethlehem*.

Am Morgen des 22. Juni, einem Sonntagmorgen, wir waren gerade dabei uns fertig zu machen, um wieder hinauszuwandern nach Bethlehem, riß jemand unsere Tür auf und rief herein: – WIR HABEN KRIEG MIT RUSSLAND. –

Krieg mit Rußland.

Also doch.
Krieg mit Rußland.
Durch meinen Kopf fuhr ein schrecklicher Gedanke: – Weil sie nicht wissen, wie sie mit England fertigwerden sollen, machen sie Krieg mit Rußland. – Aber statt auszusprechen was ich dachte, setzte ich ein vages erfrorenes Lächeln auf und sagte: – Hitler wird ja wissen, was er tut. –
Später hörten wir in der Küche einer fremden Wohnung seine Rede. Sie begann mit einem donnernden Satz, aber leider auch mit einem grammatikalischen Schnitzer: – Von schweren Sorgen bedrückt, zu monatelangem Schweigen verurteilt, ist nun die Stunde gekommen, in der ich endlich offen sprechen darf. –
Nun lag es also auf dem Tisch: *das* wars, warum unsere Truppen so massenweise in Polen zusammengezogen worden waren. Auch E. war seit Wochen östlich von Warschau.
Die Frau, in deren Küche wir Hitlers Rede mitangehört hatten, eine einfache Frau sprach aus, was uns alle durchschauerte: – *Das ist der Untergang und unser aller Ende.* –
Uns war nicht mehr danach zumute, an diesem Sonntagmorgen nach Sporcks Waldheiligtümern zu suchen. Hastig packten wir zusammen. Wir wollten heim, heim oder jedenfalls weg von hier, Marie-Luise zu ihrem Mann, ich zu meinem Kind. Am Abend kamen wir in Prag an, um unser hier zurückgelassenes Gepäck zu holen. Plötzlich war alles verändert. Wo wir auftauchten, schlug uns Haß entgegen, in der Trambahn, im Zug, in der kleinen Gastwirtschaft, wo wir hastig ein paar Bissen hinunterschlangen, auch in unserem Quartier, noch vor drei Tagen waren wir überall freundlich bedient, sogar unterwürfig umschmeichelt worden. Es war, als hätte sich alles umgedreht. Ein neuer Akt der Weltgeschichte hatte eingesetzt, Hitler hatte ihn mit einer politischen Todsünde begonnen. Sie war nicht seine erste politische Todsünde, aber zum erstenmal ließ sich ihre Unverzeihlichkeit, die Unermeßlichkeit seines Wahnsinns erahnen.

ANNÄHERUNG

Nun war ich also wieder in Pilsen und wartete. Ich wartete E.'s erste Nachrichten ab. Und richtig, nach zehn Tagen kam eine Karte: Ich bin verwundet, ich bin in Schlesien, in einem Lazarett.

Am nächsten Tag setzte ich mich auf die Eisenbahn und fuhr nach Frankenstein.

Ich war zwölf Stunden unterwegs. Es war an einem herrlichen Sommerabend, als ich ankam. Mit schrillem Jagdgeschrei durchkreuzten Hunderte von Schwalben den kristallklaren Himmel. Ich fand E. nicht mehr zu Bett, ich fand ihn im Garten des Krankenhauses, das nun Lazarett und mit Verwundeten von der Ostfront belegt war. E. trug den linken Arm dick bandagiert in der Schlinge. Am nächsten Morgen war ich beim Wechseln des Verbandes zugegen. Die Wunde sah häßlich aus: Eine handtellergroße Zerfleischung. Aber die Finger waren beweglich geblieben, die Gelenke intakt. E. erzählte mir, wie er verwundet worden war.

Den Morgen des 22. Juni hatte er bei Brest-Litowsk am Bug erlebt. Schon am Abend des gleichen Tages sei er mit seiner Truppe, motorisierter Infanterie, über den Fluß gebracht worden, sie seien hinter den Panzerspitzen hergezogen, Feindberührung habe es vorerst keine gegeben. Dann aber, eines Nachts, vor Minsk: Die Kolonne stand, Wachen waren ausgestellt, die meisten hatten sich in den mit Planen versehenen Lastkraftwagen schon zur Ruhe begeben. E. habe seinen Platz an der linken Bordwand von einem Kameraden besetzt gefunden und habe sich deshalb an die rechte Bordwand gelegt. Plötzlich war von weit hinten heftiges Schießen zu hören. Zugleich näherte sich ein Wagen in rasender Fahrt. Ehe E. begriff, was geschah, hatte eine Maschinengewehrsalve die linke Bordwand in Fetzen gerissen. E. selbst fühlte einen Schlag gegen den linken Arm. Schreiend sprang er auf und auf die Straße. Weitere russische Wagen rasten vorbei. Ein vom Gros abgeschnittener Trupp Rotarmisten hatte ostwärts durchzubrechen versucht und dazu die Rollbahn benützt, auf der die deutsche Heeresschlange aufgefädelt war.

Der Kamerad, der sich auf E.'s Platz zum Schlafen niedergelegt hatte, war vom Kopf bis zu den Beinen von der Salve aufgeschlitzt worden. E. hatte eben noch das äußerste Geschoß der Garbe abgekriegt. Es war erst rätselhaft, woher die breite Fleischwunde rührte. Dann fand man den Einschuß in den Oberarm. Das Projektil war am Ellenbogengelenk vorbei mit der Breitseite aus dem Unterarm ausgetreten. Es war ein Wunder, daß E. den Arm behielt. Es war ein Wunder, daß er noch lebte.

Ich blieb drei Tage in Frankenberg und ließ mir erzählen, immer wieder erzählen. Immer wieder gingen wir die Augenblicke durch, in denen er beschädigt und zugleich gerettet worden war. Immer wieder ließ ich mir alle Umstände wiederholen. Ich dachte: Der Tod, der Tod hat ihn nicht genommen. Der Tod hat ihn zurückgeschickt, hat ihm das Leben geschenkt. Alles was nunmehr kommt, steht unter diesem Geschenk, im Licht der Rückkehr aus der Todeszone. Ich will diese Rückkehr ernst nehmen. Ich will von nun an schätzen, was ich habe.

Als ich Frankenberg verließ, war ich fest entschlossen, unsere Ehe von nun an hochzuhalten. Im November wußte ich, daß ich wieder ein Kind erwartete. Ich freute mich, ich hatte es ja gewollt.

Im Herbst dieses Jahres heiratete mein Bruder eine junge Pfälzerin, Hildegard Heil. Als ich sie das erstemal sah, war ich überrascht, wie sehr sie mich an meine Mutter erinnerte: groß und etwas üppig, blond und hellhäutig, auch die entschiedene und trotzdem irgendwie gesetzt-gefestigte Art der Bewegung erinnerte mich. Wir freundeten uns rasch an. Die junge Frau brachte in unsere Familie ein Element ein, das mir Vergnügen bereitete: Sie erzählte. Sie erzählte viel und gern und immer wieder von ihrer Heimat, von dem Dorf in der Rheinpfalz, von ihren Verwandten, Nachbarn, von komischen Käuzen und alten Bräuchen; sie brachte das Air ländlichen Lebens mit, einen gewissermaßen geradlinigen Optimismus, eine unbeugsame Vitalität.

Ich sorgte dafür, daß mein Bruder eine Wohnung bekam. War er auch an der Front, solange der Krieg währte (und wie lange er noch währen sollte, war nicht abzusehen); hatte die junge Frau auch vor, diese Zeit vor allem noch in der väterlichen Mühle am Bienwald tätig zu sein: Eine gemeinsame Bleibe sollten sie doch haben. Ich setzte mich also dafür ein, daß die eine Wohnung in unserem Haller Haus frei würde; die Hofratswitwe, die darin hauste, sollte gekündigt und mit einer kleineren Unterkunft abgefunden werden (die wollten wir ihr kostenlos zur Verfügung stellen). Als sich die Frau nicht einverstanden erklärte, wurde ein Prozeß angestrengt. Mein Vater war nicht dafür, so rigoros vorzugehen, aber ich nahm das Verfahren auf meine Kappe und gewann es. Oberflächlich gesehen hatte mich schwesterliche Zuneigung dazu bestimmt. Untergründig rührte sich wohl die Vorahnung in mir, es werde besser sein in kommender Zeit, wenn zusammenrückten die zusammengehörten. Vorahnungen umschwirrten uns – und nicht erst seit der mißglückten Offensive vor Moskau.

Im Mai 1940 waren die ersten Bomben auf München gefallen. Auch in unserer Nähe war ein Haus zerstört. Am nächsten Tag waren die Straßen schwarz von Pilgern, die sich den Trümmerhaufen ansehen wollten. Auch wir pilgerten hin, E. D., Alois Dorn und ich. *Trümmerschauen.* War das des deutschen Volkes neuestes Vergnügen geworden? – Solange wir noch hinsehen, ist es ja gut. Schlimm wird es erst, wenn wir nicht mehr hinsehen. –

Orakelspruch.

Orakelspruch: Was wohl bleiben wird von dem, was wir heute deutsche Dichtung nennen, was noch gelten wird davon in fünfzig Jahren, falls es dann noch so etwas geben wird wie deutsche Literatur?

Oder: In welchem Rattenloch Hitler wohl sterben wird?

Oder: Wenn Deutschland den Krieg gewinnt, dann bleibt uns nichts übrig als auszuwandern.

Oder nach dem Besuch einer mit Heroen und Führerbildern bestückten Ausstellung im Haus der Deutschen Kunst: Hitler sagt, dieser Krieg wird nur für deutsche Kultur geführt. Aber wenn wir diesen Krieg gewinnen, dann ist etwas faul an der Weltordnung.

Und immer öfter und öfter der bittere Witz: Genießen wir den Krieg, der Friede wird fürchterlich.

Und schließlich, nach der Kriegserklärung an Amerika:

Ein Jude schaut sich den Globus an und fragt: – Was ist das für ein großer roter Fleck? – Antwort: Rußland. – Und hier der große grüne Fleck? – Antwort: die USA. – Und da die vielen blauen Flecke rundum? – Das Britische Weltreich. – Und dieser winzige braune Fleck? – Das ist Deutschland. –

– Deutschland? – der Jude ist außer sich. – *Das ist Deutschland?* Ja, *weiß* das der Hitler? –

So war das. In ausweglose Lage gebracht, lebte man Tag für Tag und wußte: Tag für Tag wuchs das Unheil. Es wuchs, wenn wir siegten, es wuchs, wenn wir unterlagen, es wuchs vom Morgen zum Abend, vom Abend zum Morgen. Es wuchs, wenn wir Städte verloren, und es wuchs, wenn wir Städte eroberten, und es wuchs zu Meer und zu Land, im Osten, im Westen, im Norden, im Süden. Wir hatten Krieg mit der Welt, erst neulich hatten wir den Vereinigten Staaten den Krieg erklärt, einer Weltmacht, aber es entsetzte uns nicht mehr, wir nahmen es hin, es kostete uns nur noch ein Achselzucken. Dann und wann schmetterten Siegesfanfaren, und irgendjemand erklärte: Nur bis an die Wolga. Bis Stalingrad. Ist dieser Platz gefallen, dann ist es zu Ende, der Krieg gewonnen, der Frieden da. Nur noch bis Stalingrad müßten wir kommen, dort sei die Wende.

ROSENBUSCH – APFELBAUM

Am 11. Juli 1942 habe ich meine zweite Tochter Waltraut Irmgard geboren. Die Schwangerschaft war ähnlich glatt verlaufen wie die vor Richardas Geburt, nur etwas mühsamer, weil ja die Zeit mühsamer geworden war. Dafür waren mir viele Ängste erspart geblieben. Ich war mir unergründlich sicher, daß dieses Kind gesund sein würde, daß alles mit ihm in Ordnung ging: Ich hatte der Natur vertrauen gelernt, ihre wunderbare Kraft war zugegen, sie würde das Wesen in mir formen, gestalten, entfalten ...

Dennoch erwartete ich die Entbindung in einem merkwürdigen Zustand des Trotzes. Der Trotz richtete sich gegen E. Längst war die euphorisch gebesserte Phase nach seiner Verwundung abgewelkt. Wieder schleppte sich unser Alltag in einem oft irrationalen Wechsel zwischen Verstimmung und freundlicherer Zuwendung dahin. Meine junge Schwägerin Hildegard war bei uns auf Besuch. Ich richtete es so ein, daß E. in der letzten Zeit vor der Geburt bei seinen Eltern übernachtete. Ich wollte ihn nicht bei mir haben, wenn es losging, ich wollte lieber Hildegard bei mir haben, von ihrem Beistand erwartete ich mehr Umsicht, mehr tätige Zuwendung, und sie enttäuschte mich nicht.

Sie brachte mich in die Klinik. Es war sehr früh am Morgen, ich sagte der Hebamme, sie solle die zuständige Ärztin nicht wecken, ich könnte das Kind sicherlich auch ohne deren Hilfe zu Welt bringen. Nachher war die Geburt doch schwerer als erwartet. Das Kreißzimmer schwamm in Blut. Die Hebamme sagte: – Das hätten Sie uns nicht antun sollen. –

Das Kleine war rundlich, rosig, lichtblond. Es war vorerst ein wenig schläfriger als Rike und viel friedlicher. E. war enttäuscht, daß es nun wieder eine Tochter war. Als er mich in der Klinik besuchte, saß er fernab von meinem Bett am Fenster, sah hinaus und grollte: Nun habe er gedacht, er hätte in Rußland Glück gehabt, könnte also noch einmal Glück haben und einen Sohn …

Das war nun vermasselt. Daß wir ein drittes oder gar viertes Kind haben könnten, zog er bei Lage der Dinge nicht mehr in Betracht.

Ich blieb zehn Tage in der Klinik. Ich erinnere mich dieser Zeit als einer sehr glücklichen, sehr heiteren. (Trotz E.'s Groll.) Ich hatte mir Kellers *Grünen Heinrich* als Bettlektüre mitgenommen und tauchte tief und genußvoll in die grüngoldene Herrlichkeit dieses Buches ein. Aber ich bekam noch ein zweites Buch in jenen Tagen: Tolstois *Krieg und Frieden*. Eine neue Freundin hatte es mir gebracht, von ihr muß ich erzählen.

Diese Freundin war viel älter als ich, ungefähr an die fünfzig, eine hagere, schmalköpfige Person mit einem feinnervig-blassen Pferdegesicht, viele nannten sie häßlich. Skurril und etwas unheimlich war sie auch mir erschienen, anfangs, als ich sie nur flüchtig kannte, und ich war ihr manchesmal ausgewichen, wenn ich ihr auf der Straße begegnete. Sie arbeitete im Rundfunk, führte Regie in Frauensendungen und Märchenstunden, sie lebte allein, von ihrem Mann getrennt, in einer Dachwohnung in unserer Nähe, aber sie lebte *für* ihre zwei Söhne. Jockl und Hermann hießen sie und waren Offiziere der Wehrmacht und damals, als ich mich mit Trude Geißler befreundete, beide in Rußland.

Es dauerte nicht lange, bis ich die beiden, ohne sie zu kennen, liebte wie zwei Brüder.

Es dauerte auch nicht lange, bis ich Trude Geißlers Leben bis zu einem gewissen Grad als das eigene empfand. Aber die Brücke, auf der wir uns zuerst einander zubewegten, war jenes Buch: *Krieg und Frieden.* Ich hatte Tolstois *Auferstehung* und *Anna Karenina* gelesen. Nun aber rollte sich vor meinen Augen etwas wie eine epische Urlandschaft auf, und bald konnten wir beide, Frau Geißler und ich, nicht satt werden, uns miteinander durch diese Urlandschaft zu bewegen. Wir redeten über die Figuren dieses Buches nicht wie über erdachte Figuren, sondern wie über Leute, die wir persönlich kannten, Nachbarn oder Verwandte, wir redeten über sie, als müßten wir gewärtig sein, daß sie in diesem Augenblick das Zimmer beträten. Wir erhitzten uns für und wider, jeder von uns hatte seine Lieblinge. Wir warnten einander vor dem schlimmen Dolochow. Trude liebte vor allem Pierre, ich hatte mich eher in André vergafft. Was Natascha betraf, waren wir uns einig, ein süßes Geschöpf, nur am Ende wurde sie gar zu biderb, fett und trug fleckige Kleider. Schade um sie! Trude Geißler fand, sie hätte gut und gern ein wenig mehr *Comment* bewahren können.

Comment. Das war eine Vokabel, die ich oft aus ihrem Munde hörte. Zu Comment war sie aufgezogen worden im fernen siebenbürgischen Kronstadt, Tochter eines Arztes, Nußbächer, früh nach Deutschland gekommen, früh in Künstlerkreise geraten, selbst voll musischer Neigungen – doch mit *Comment*! Sie hatte gemalt, getanzt, Stunden in Rhythmik gegeben, sogar massieren hatte sie gelernt. Sie schrieb und nähte Puppen und sammelte Rezepte für den

Frauenfunk so gut wie alte Kinderverse für die Kinderstunde. Sie hatte viele Freunde und machte sich ein Hobby daraus, ihre Freunde zusammenzubringen und dafür zu sorgen, daß sie sich ihrerseits wieder befreundeten. Und obgleich sie selbst erbärmlich mager und verhungert war und, so gut sie konnte und vermochte, ihre beiden Söhne mit Feldpostpäckchen versorgte und zu diesem Zweck unausgesetzt buk, so ging doch niemand weg von ihr, ohne eine Tasse Tee und einen Keks vorgesetzt bekommen zu haben oder ein Tellerchen Kompott oder ein Häppchen Topfen mit selbstgesuchten Kräutern gewürzt.

Das was mich aber an ihr geradezu faszinierte, war, daß sie wunderbar erzählen konnte. Sie erzählte von Kronstadt und von ihren Buben und von der Bohème der zwanziger Jahre, und alles, was sie erzählte, war anekdotisch gestrafft, witzig, dabei rührend, sie unterhielt eine Gesellschaft nicht einen, sondern zehn Abende lang, sie brachte ihre Welt ein in ihre Freundschaft zu mir.

Merkwürdig erschien mir an ihr, daß sie auf der einen Seite eine entschiedene Feindin des Regimes war; über Hitler sprach sie nie anders als mit Verachtung: Er ruiniere das deutsche Volk, er sei eine aus dem blasigen Abschaum der Vorstadt geborene Existenz.

Auf der anderen Seite war sie mit dem Beruf ihrer Söhne einverstanden. Sie schien stolz zu sein auf ihre soldatischen Eigenschaften. Sie schien es für untragbar zu halten, daß man sich dem Dienst am Vaterland entzog, auch wenn die Sache, für die gekämpft wurde, nicht sauber war. Sie schien vielmehr zu glauben, daß die Sache dadurch sauberer würde, daß für sie gekämpft und wohl auch gestorben würde. Dabei hing sie mit ganzer Seele an ihren beiden Söhnen.

Wir, ihre Freunde, sagten oft zueinander: Gott bewahre, wenn einem von ihnen etwas geschieht! dann ist es auch um Trude geschehen. (Erst sehr viel später, in ganz anderer Zeit – begriff ich ein wenig davon, was diese Frau meinte, wenn sie von *Comment* sprach, wenn sie es ertrug, daß ihre Söhne Offiziere eines Regimes waren, von dem sie nichts hielt; ich begriff es erst auf einer Reise durch Rumänien, vor siebenbürgischen Wehrkirchen, Wehrburgen, Orten, die jahrhundertelang weder Rückzug noch Übergabe erlaubten; nur Aushalten, Durchhalten, eben *Comment*.)

Die Zeiten waren freilich nicht mehr danach, Freundschaften nur auf Büchergespräche zu begründen. Da mußte noch anderes hinzukommen: Hilfsbereitschaft und Kumpanei. Trude Geißler legte eine Probe dafür ab wenige Tage nachdem ich aus der Klinik entlassen war. Ich wollte am anderen Morgen mit den beiden Kindern nach Hall reisen, hatte schon alles gepackt und hergerichtet, da wurden mir von den Schwiegereltern in Großhadern zwei Eimer gebracht mit frisch gepflückten Johannisbeeren. Juniernte aus ihrem Garten!

Unmöglich sie zurückzuweisen, unmöglicher noch, die kostbaren Beeren verkommen und zugrunde gehen zu lassen. Ich stürzte mich also in die Arbeit, rebelte, passierte und begann einzukochen. Da erschien Trude Geißler zu einem Abendplausch. Sie fand mich in der Küche und blieb bei mir, rebelte mit, passierte mit, rührte und rührte, bis lange nach Mitternacht die Marmelade mit Zucker versetzt und in Gläser gefüllt, verschlossen und verbunden war.

Am nächsten Morgen konnte ich fahren.

Die folgenden Wochen malten sich mir – zum letztenmal für ein Jahrsiebt – in Farben des Glücks. Ich lebte bei meinem Vater und hatte die Kinder bei mir. Obwohl die Lebensumstände karg und zusehends schwieriger wurden, so war jener Sommer doch gleichsam vergoldet vom Widerschein des besonnten Gartens vor unserem Haus, denn in diesem Garten stand das Körbchen, in dem die kleine Traudi lag, vormittags im Schatten eines Rosenbusches, nachmittags im Schatten eines Apfelbaums, winzig, aber rosig-kräftig, und immer, wenn ich hintrat und mich niederbeugte, empfing mich dasselbe freundlich-aufstrahlende Lächeln, empfingen mich dieselben dankbar-begrüßenden Krählaute; und blieb ich einmal unbemerkt, so konnte ich mich daran weiden, mit welchem seligen Staunen der große blaue Blick nach oben ging, wo Rosenbusch und Apfelbaum ihre Zweige wiegten.

So empfand ich das zweite Kind als einen wahren Schatz. Ich hatte es weder so festlich erwartet wie Richarda noch hatten sich solche Ängste und Bitterkeiten rund um sein Erscheinen gelagert. Ich brauchte nun keine Anweisungen mehr zur Pflege, brauchte keine strengen Bücher mehr zu lesen mit Litaneien von Ge- und Verboten, mir ging das alles jetzt leicht von der Hand. Ich brauchte mir das Kind nicht erst zu *verdienen,* es war mir zugefallen aus Himmelshöhen, wie ein goldener duftiger Apfel, genauer gesagt wie eine golden beflaumte und duftige Aprikose. Zu meiner Erleichterung zeigte die kleine Richarda keinerlei Eifersucht auf das Schwesterchen, und zu meiner Freude hatte auch mein Vater die zweite kleine Enkelin sofort ins Herz geschlossen. Diese Zuneigung blieb ungetrübt, bis er 1945 starb.

FRAU PECHLER

Die Tanten in Pilsen hatten immer ein Mädchen in ihrem Haushalt beschäftigt. Seit Kriegsbeginn konnten sie offenbar keines mehr finden. Sie nahmen eine Bedienerin auf, Frau Pechler.

Ich fand Frau Pechler nicht sehr sympathisch und auch nicht sehr tüchtig. Mit einer gewissen Verärgerung hatte ich bei meinem letzten Besuch in Pilsen wahrgenommen, daß die Wohnung verstaubte, verrußte, daß sich in Ecken und Winkeln allerlei Unordnung anhäufte. Doch war das die Sache der Tanten, nicht die meine. Nun, da ich im Oktober 42 nach München zurückkehrte, fanden die beiden alten Frauen, ich bräuchte eine Hilfe, und da auch in München die Arbeitskräfte knapp geworden waren, noch knapper als in Böhmen zweifellos, so schickten sie mir Frau Pechler.

Ich hatte keine große Freude, als sie mir angekündigt wurde. Aber ich widersetzte mich auch nicht. Eines Abends läutete es, ich öffnete. An mir vorbei stürzte Frau Pechler in die Wohnung. – Wo ist die Küche? schrie sie. Ich war überrascht, wollte sie erst begrüßen, in Empfang nehmen, ihr das Zimmer zeigen... Aber sie hatte schon die

Küchentür gefunden, war hineingelaufen, hatte – noch im Laufen – eine Schürze aus ihrer Tasche gezerrt, band sie nun um und machte sich an die Arbeit: ein paar Teller standen da, ein paar Tassen, sie erhitzte Wasser, wischte den Herd, spülte ab, alles so eilig, so schusselig-überstürzt wie möglich, mechanisch, manisch, abschnurrend wie ein aufgezogener Apparat. Mir war nicht wohl zumute.

Frau Pechler blieb. Was ich erwartet hatte von ihrer Tätigkeit, trat ein. Sie brachte mit ihrem Eifer nur Unruhe und Unordnung in meinen Haushalt, die Kinder mochten sie nicht, Rike versteckte sich vor ihr, die Kleine strebte aus ihren Armen. Frau Pechler ließ sich nicht beirren. Sie sauste herum, lief auch manchmal in die Stadt und überraschte mich dann mit allerlei seltsamen Nachrichten: Ein Herr habe ihr Geld angeboten, dafür sollte sie die Tabaktrafik am Marienplatz kaufen oder man habe sie aufgefordert, den Ratskeller zu pachten und derlei mehr. Ich hielt Frau Pechler für eine notorische Lügnerin am Rande der Psychopathie.

Aber eines Tages erzählte sie mir etwas, was mir das Blut in den Adern erstarren ließ.

– Ich weiß ja –, sagte sie, – ich weiß ja, was vorgeht. Mit den Juden wird Schluß gemacht, verstehen Sie, einfach Schluß! –

– Wie meinen Sie das? –

– Na, eben Schluß –, sagte Frau Pechler und fuhrwerkte weiter mit Lappen und Besen, – ich habs vom Landratsamt. Im Pilsner Landratsamt hab ich aufgeräumt, und da hab ich gehört, was sie sich dort erzählen. Mit den Juden wird kein Federlesens gemacht, das ist beschlossene Sache. –

– Reden Sie keinen Unsinn! Was soll denn beschlossene Sache sein? –

– Sie fangen die Juden zusammen –, fuhr Frau Pechler fort und schrubbte weiter, – im letzten Winter haben sie damit angefangen. Da haben sie die Juden auf offene Waggons gesetzt, Männer, Weiber, Kinder, fünf-, sechshundert Stück, und sind losgefahren mit ihnen von Budweis nach Pilsen. Es waren gerade minus zwanzig Grad. Wie der Zug angekommen ist, waren die Juden tot, alle tot, hart gefroren. –

– Das ist doch nicht möglich. –

– Freilich ist das möglich – , erwiderte Frau Pechler und gab dem Boden letzten Glanz, – der Führer hats befohlen, mit allen Juden wird jetzt Schluß gemacht. –

Von diesem Augenblick an breitete sich ein Element der Zerrüttung in meinem Leben aus. Nicht, daß ich Frau Pechler Glauben schenkte, sie hatte zu oft zu faustdick gelogen. Aber die *Möglichkeit,* daß sie die Wahrheit gesprochen haben könnte, sie allein schob etwas wie eine Schicht Fäulnis und Verkrebsung in mich ein. Noch ließ es sich verdecken, verschweigen, ableugnen. Aber es ließ sich nicht mehr vergessen, und es erhielt Zuzug, von daher, von dorther, tropfenweise.

Im Winter 42/43 begannen in gewissen Kreisen Bilder zu kursieren; sie wurden heimlich hergezeigt, mit Achselzukken kommentiert. Es waren Bilder von Erschießungen. Vor einer langen Mauer standen zehn oder fünfzehn Männer, sie schienen ruhig dazustehen; waren sie gefesselt? Ich weiß es nicht mehr. Alle sahen mager, zerlumpt und elend aus. Das nächste Bild zeigte, wie etliche fielen. Sie rutschten mit dem Rücken die Mauer herab oder kippten nach vorn. Das dritte Bild zeigte die meisten schon in Lage. Dunkle Flecken färbten ihre Röcke. Einer saß noch mit baumelndem Kopf. Auf dem letzten Bild lag auch dieser.

– Wer sind denn diese Leute gewesen? – Plünderer. – Plünderer? – Sie haben einen Zug mit Wehrmachtsgut überfallen und ausgeraubt. – Ach so. Ja, dann .–

DIE LETZTEN

Ich kannte keine Juden in München. Ich hatte auch in Tirol kaum welche gekannt.

Lehmann-Haupt war schon 1938 gestorben, friedlich auf seiner Vogelhütte über Innsbruck, Opfer seiner alten angina pectoris. Seine Frau, Tante These, wollte ein Vierteljahr später zu ihren Kindern nach Amerika reisen. Sie hatte schon die Fahrkarte nach New York, hatte schon Abschied genommen von ihren Innsbrucker Freunden. Die Wohnung war versorgt für lange Abwesenheit, die Teppiche zusammengerollt, die Nippes verpackt, Schränke und Truhen mit Mottenpulver eingewölkt. Ich besuchte die alte Frau am letzten Nachmittag. Sie war ganz verstört.

– Schauen Sie, Gertrud! – klagte sie, – schauen Sie doch aus dem Fenster, schon wieder hängen diese Fahnen, blutrot sind sie, blutrot! Ich sehe nichts als Blut ... –

– Ach, lassen Sie doch, Frau Geheimrat –, sagte ich. – Morgen fahren Sie weg, übermorgen sind Sie in London, in zehn Tagen in Amerika, bei Ihren Kindern, Ihren Enkeln. Sie sollten sich freuen! –

Aber Tante These freute sich nicht. Und sie kam auch nicht bis London, geschweige denn bis Amerika.

Als am nächsten Morgen ihre Bedienerin kam um einzuheizen, wunderte sie sich, daß die Greisin schon angekleidet in ihrem Lehnstuhl am Fenster saß. Sie schien zu schlummern. Als die Bedienerin nachlegen kam, saß sie noch immer unverändert. Die Bedienerin brachte das Frühstück. Auf dem Tischchen lag eine leere Packung Veronal.

Ich kannte keine Juden außer in Pilsen und in Prag. Nach Pilsen kam ich nun selten, nach Prag fast nie mehr. Seit es jetzt auch im Süden Deutschlands immer häufiger Fliegeralarm gab, scheute ich die weiten Fahrten vor allem wegen der Kinder. Man mußte damit rechnen, daß sich die Züge verspäteten, daß sie stundenlang auf freier Strecke standen, ungeheizt, mit zerbrochenen Fenstern. So verzichtete ich auf meine gewohnten Fahrten nach Böhmen. In Pilsen war ich zum letztenmal im Jahre 43.

Der Kreis meiner Freunde und Mitschülerinnen hatte sich hier schon seit langem zerstreut. Zu den wenigen, zu denen ich immer Verbindung gehalten hatte, gehörte ein Augenarzt, Paul Zentner, mit dem ich mich in meinem letzten Schuljahr angefreundet hatte, ein stiller, ruhiger Mann, Sohn eines jüdischen Hopfenbauers aus der Gegend von Saaz. Er hatte sein Studium erst spät abgeschlossen, da er, im Ersten Weltkrieg freiwillig eingerückt, verwundet in italienische Gefangenschaft geraten, fünf lange bittere Jahre auf einer Insel gesessen hatte. Obwohl begeisterter

Mediziner (– Das menschliche Auge ist das größte Wunder der Welt! –) hatte er literarische und historische Neigungen, das mochte der Grund sein, daß er mich leiden mochte. Immer, wenn ich nach Pilsen gekommen war, trafen wir einander, gingen spazieren und führten lange Gespräche über Gott und die Welt. Seit 1933 redeten wir auch über Politik. Er hörte mir geduldig zu, wenn ich über Deutschland berichtete und ihm, dem viel älteren Mann, eifervoll darzulegen versuchte, daß es doch das Wichtigste gewesen sei, die Arbeitslosigkeit zu bekämpfen und die allgemeine Verzweiflung zu dämpfen. Paul Zentner nickte und sagte, ja, das stimme, das stimme alles, aber einen Einwand könne er mir nicht ersparen: Wo bliebe die Demokratie? – Und später: Ob ich es denn für recht und legal hielte, daß jetzt die Juden in Deutschland so schlecht behandelt würden? – Nein, das hielt ich weder für recht noch legal, antwortete ich, doch es werde sich gewiß in Zukunft ein Weg finden lassen, daß Deutsche und Juden miteinander in Frieden leben könnten. – Sind denn die Juden keine Deutschen? – fragte er mich wieder mit seiner ruhigen Stimme. Er zum Beispiel fühle sich als Deutscher, dann erst als Jude, und als Jude nur insofern, als seine Eltern wünschten, daß er sich noch als Jude bekenne...

Für ihn war Deutschland dasselbe wie für mich: Land der eigenen Sprache, der eigenen Kultur, Land, um dessen Wohl und Wehe man bangte. – Hitler wird vergehen –, sagte er, – Deutschland wird bleiben. Ich habe nur die eine Sorge, daß Deutschland Schaden nimmt durch ihn. –

Im ersten Kriegsjahr heiratete er, damals schon Mitte der Vierzig. Ich besuchte ihn, um ihm Glück zu wünschen und seine Frau kennenzulernen, auch sie war Jüdin, eine kleine, schmale Schwarzhaarige, Ende Dreißig. Unglücklicherweise redeten wir wieder über Politik. Sie fragte mich, ob ich denn glaubte, daß Deutschland den Krieg gewönne. – Ich antwortete – wir hatten damals soeben Norwegen besetzt –, ja, das glaubte ich allerdings. Da schlug sie die Hände vor das Gesicht und murmelte: – Entsetzlich. –

Entsetzlich. Als ich Zentner im Jahr 41 wiedersah, war ich betroffen, wie verändert er aussah. Er war hager geworden, sein Anzug war schäbig, unter dem Arm trug er ein Päckchen in Zeitungspapier eingerollt. Ich weiß nicht, warum mich gerade dieser Umstand so irritierte? Er hatte etwas so schrecklich Armseliges an sich.

Ich besuchte ihn noch eimmal. Er sagte, er dürfe jetzt nur noch jüdische Patienten behandeln, seine Eltern hätten das Saazer Hopfengut verloren, auch das angestammte Haus, er habe beide jetzt bei sich, auch seinen Bruder habe er aufnehmen müssen. Sonst kein Wort der Klage. Als er davon hörte, daß E. verwundet und in ein Heimatlazarett verlegt worden sei, sagte er: – Ich gratuliere. Ein Tausendguldenschuß. – Ich hatte die kleine Rike bei mir, sie tanzte rund um uns herum, er betrachtete sie lange und sagte dann: – Ein heiteres Kind. Gott gebs, daß sie dir immer so heiter bleibt. –

Das war das letzte, was ich von ihm hörte. Das letzte? Nein. Im Jahr 44 erzählte mir Tante Anci, Zentner habe sich geweigert, aus dem deutschen Kulturverein auszutreten, als letzter Pilsner Jude habe er auf seiner Mitgliedschaft beharrt. Bald darauf sei er samt seiner Frau und seinem neugeborenen Kind nach Theresienstadt abtransportiert worden.

Der Rest war Finsternis.

Auch die Familie Löffler besuchte ich noch einmal, im Spätherbst 43.

Löfflers wohnten nicht mehr in ihrem Haus in der Sedlačekgasse, sie hatten ihren Laden räumen und eine kleine Wohnung in der Gerlachgasse beziehen müssen, dem alten Gerlachhaus gegenüber, dem Bürgermuseum der Stadt Pilsen, in dem ein Teil der dunklen Krüge aus den alten Häßler-Kellern und eine Urkunde verwahrt und ausgestellt waren, auf der einer meiner Urgroßväter als Mitbegründer des Allgemeinen Pilsner Bräuhauses mitangeführt war und unterschrieben hatte.

Ich fand die alten Löfflers allein in ihrer Bude. Herr Löffler sprach nicht viel, er war immer schweigsam gewesen, dafür erzählte mir Frau Löffler um so mehr. Ja, Trude sei in Palästina, es gehe ihr gut, vor einem halben Jahr hätten die Eltern Nachricht über die Schweiz erhalten. Auch ihnen, den beiden Alten, gehe es nicht *ganz* schlecht, das Geschäft habe man ihnen weggenommen, aber darüber sei nicht zu jammern, schließlich müßten sie froh sein, die Plage loszuhaben. Gestern sei ihre Tochter Anny vorgeladen worden bei der SS. Sie sei mit tausend Ängsten hingegangen, zitternd am ganzen Leib. Dann aber sei sie beruhigt, ja, geradezu *glücklich* zurückgekommen, die Herren von der SS seien sehr höflich gewesen zu Anny, von so höflichen und feinen Herren könne doch bestimmt auch in Zukunft nichts zu befürchten sein.

Was sollte ich antworten? Ich sagte: – Nein, bestimmt nichts zu befürchten! – und ging fort und dachte: Ihr oder wir, wir oder ihr – oder: wir alle zusammen.
MMMMMMM...

ZERRÜTTUNG I

Allmählich hatten wir uns an den Krieg als an einen Prozeß der Aushöhlung und Zerrüttung gewöhnt. Gewöhnt waren wir längst an Verdunkelung, Nahrungsmittelknappheit, Alarme. Sogar an Trennung von geliebten Menschen. Stunden der Angst wechselten mit solchen des Gleichmuts: Man wußte die Eingerückten zwar in der Zone der Gefahr; doch allmählich breitete sich Gefahr auch in der Heimat aus. Überdies tröstete man sich: Auch an der Front war das Gefecht die Ausnahme. Dazwischen lagen Märsche, Rasten, auch Etappendasein in der zweiten und dritten Linie. Aus Frankreich hatten wir von herrlichen Zeiten gehört, von Verbrüderungen und Schlemmereien, von genußreichen Besuchen von Kathedralen und Abteien. Aus Afrika erreichten uns abenteuerliche Geschichten von entsetzlicher Hitze und Sandstürmen, aber auch von weißen Badestränden und malerischen Beduinenzelten. Von den Fliegerhorsten kamen Nachrichten von mörderischen Jägerduellen und furchtbaren Verlusten, aber dazwischen auch von phantastischen Himmelfahrten über Meere und Inseln zwischen Regenbögen und Wolkentürmen, vor Morgen- und Abendröten. Da war das Grauen in bunte Aureolen eingefaßt. Nur aus Rußland kam monotone Kunde: Dreck, Läuse, Schlamm und Kälte, Hunger, Tod. Und Tod. Und Tod. Und Tod.

Kein Ende. Dieses Land nahm kein Ende.

Im letzten Jahr war Stalingrad verloren gegangen. Kurz zuvor hatte ich mich mit Tumler im Zug nach Wien getroffen. Als wir die Linzer Industriegelände durchquerten und von der Traunbrücke sekundenlang Aussicht gewannen auf die von Dampfwolken überlagerten Hochöfen und Werkhallen der Hermann-Göring-Werke, sagte Tumler: – Schau hin, die bauen auf Teufel-komm-raus, als ob sie noch immer den Krieg gewinnen wollten. –

Einige Monate später lag ich in einem Münchner Krankenhaus. Jemand hatte mir einen kleinen Radioapparat gebracht, zur Erheiterung und Unterhaltung, wie er sicher meinte. Aus diesem Apparat hörte ich von der Landung in Sizilien und von der Absetzung Mussolinis. Nachts heulten die Sirenen. Sofern sich die Kranken selbst bewegen konnten, packten sie ihre Kleider und Taschen und wankten die Treppen in den Luftschutzkeller hinab. In den Aufzügen wurden die Krankenbahren befördert. Sobald der feindliche Pulk einen Sperrkreis von 30 Kilometer überschritten hatte, wurden die Aufzüge eingestellt. Dann rannten Pfleger und Schwestern um die letzten, die noch oben waren. Dann krachte und schütterte es. Die Flak begann zu knattern. Einmal schreckte ein dumpfer Schlag durch das Kellergewölbe. – Das war ein Flugzeug –, urteilte ein Soldat, – das ist samt seinen Bomben niedergegangen. –

Nach meiner Entlassung aus dem Krankenhaus verbrachte ich vier Wochen auf einem Hof im Allgäu. Auch Rike war da. Ich sollte mich erholen. Statt dessen schrieb ich. Der Besitzer des Hofes, der bekannte Schriftsteller N. hatte den Auftrag zu einem Drehbuch bekommen. Ich schrieb es für ihn. Dafür wollte er mit mir die Auftragssumme teilen. Ich fand das Geschäft in Ordnung. Schreiben machte mir Spaß. Er führte die Verhandlungen: eine vernünftige Arbeitsteilung, so fand ich.

Der Film sollte ein unzeitgemäßes Thema haben: deutsch-russische Versöhnung. Deutsch-russische Kooperation. N. war der Meinung (und wie recht hatte er!), daß die vom Reich betriebene Ausrottungspolitik in Rußland der reine Wahnsinn sei. Man sollte endlich aufhören vom Untermenschen zu reden. Man sollte dort endlich versuchen, mit den Nationen ins Gespräch zu kommen, man sollte doch wenigstens den Ukrainern den Schatten einer Selbstverwaltung in Aussicht stellen! Ein General Wlassow war gefangen genommen worden. Er war bereit, sich den Deutschen zur Verfügung zu stellen. Man sollte ihn gewähren lassen. Man sollte –.

Darum der Film. Er sollte um Verständnis werben – in Deutschland für die Russen, in Rußland für die Deutschen. Die Fabel setzte im Jahr 17 an, russischer Rückzug und Revolution; das Elend der Bauern, der Aufstand gegen die Herren, der blinde Glaube an das kommende Paradies. Dann freilich die Enttäuschung. Die harte Fron in der ersten Industrialisierungswelle. Die Willkür der Kommissare. So weit gelang die Fabel ohne Bruch. Dann begann das Drehbuch zu lügen. Denn was es im zweiten Teil zu zeigen versuchte, 1941, den deutschen Krieg, das war gelogen. Es zeigte einen Befreiungskrieg oder den Ansatz zu einem Befreiungskrieg, das was wir wünschten, hofften, wovon wir meinten, es hätte doch gelingen müssen. Doch nein. Wir meinten das nicht mehr. Wir wußten: Längst vertan. Diese Bauern, die die deutsche Vorhut mit Salz und Brot begrüßten; diese Kirchen, die geöffnet wurden; diese Gesten der Menschlichkeit, der Hilfe, der Versöhnung; längst vertan. Und wo sie im Ansatz vielleicht doch einmal geleistet worden waren, vom Einzelnen und Einzelnsten im Widerstand gegen den Ansturm der Entsetzlichkeiten, das galt nicht mehr, nichts mehr und war nicht einmal ein Funke, hinausgewirbelt in die schwarze Weltnacht.

Alles Lüge. Ich plagte mich und schlug mich herum mit wechselnden Fassungen, alles Lüge, was da wohlmeinend zusammengeklittert einer längst vertanen Chance nachlief, nachträumte, nachwünschte, nachjapste und zuletzt wie zu Tode geschleift im Dreck liegenblieb.

Der Ufa-Mann, der das Drehbuch kaufte, sagte: – Ich riskiere Kopf und Kragen damit. Wissen Sie, was man sagen wird? Volksverrat. Wir sind noch lange nicht so weit zu erkennen ... –

ZERRÜTTUNG II

Ich war also auf diesem Gut, um zu schreiben. Ja, aber da war noch ein anderer tieferer Grund, meine Beziehung zu N.s Frau, jener jungen schönen Frau, der ich anfangs aus dem Weg gegangen war, weil mich ihre Schönheit, ihre Eleganz, ihre elitäre Herkunft bedrückten. Unterdessen hatte ich die Scheu vor ihr verloren, seit Jahren verband uns eine merkwürdige, halb romantisch schwärmerische, halb desperate Vertrautheit, ein – ich kann es nicht anders nennen – mythisch-poetisches Element. Die junge Frau liebte, auch ich liebte, beide unglücklich und hoffnungslos, beide Mütter von Kindern aus enttäuschten und verschatteten Ehen. Die beiden jungen Männer, die wir liebten (oder zu lieben glaubten) waren Freunde, engste Freunde, so wurden wir die engsten Freundinnen, eine war der anderen Trost und Zuflucht, halb Klagemauer und halb Brunnen, aus dem wir, wenn wir ganz ermattet, ganz verwirrt und ganz verzweifelt waren, etwas wie Labsal schöpften. Wir hatten einander zwei Jahre lang gekannt, ehe das erste Bekenntnis-Wort zwischen uns fiel über das, was wir doch längst voneinander wußten. Doch mit diesem Wort war eine Wand gefallen, und so war die junge Frau, Waltraut N., der einzige Mensch, zu dem ich reden konnte, reden wollte: das Immerfort-Verschwiegene brach sich Bahn. Wir saßen nächtelang miteinander auf ihrem Bett und erzählten, Hand in Hand und Schläfe gegen Schläfe geneigt, oder liefen stundenweit durch die Allgäuer Landschaft, durch Wiesen und Wälder, zu mit Dickicht dicht umwimperten Weiheraugen hinab und wieder hinauf zu nebelumflossenen Angern, über die sich grasende Kühe mit schellenden Glocken und unter dunklem Gemuhe bewegten. Die Landschaft mit ihren Hügeln und Gräben und mit dem weiten Kranz der Berge im Süden wurde uns zur Kulisse unserer eigenen, durch die Zeit aufgeheizten, durch Furcht und Trauer geschürten Gefühle. Alles war ungewiß: die Liebe der Männer, an die wir dachten, die Zukunft der Kinder, natürlich auch das eigene Leben und Überstehen, alles ungewiß. So galt nur unsere Empfindung, nur sie wollten wir gelten lassen. Darin waren wir uns einig. Die eine lebte die Liebesgeschichte der anderen mit, und je dürftiger diese Geschichten waren, desto süchtiger waren wir danach, sie in der doppelten Brechung nachzuleben, in doppelter Spiegelung und gegenseitigem Widerhall. So schufen wir uns etwas wie einen Irr- oder Zaubergarten, durch den wir unsere Kreise zogen, eigensinnig, selbstbesessen und weltfremd.

Ich blickte auf das Leben meiner Freundin hin so wie man etwa auf eine Dichtung hinschaut, auf ein Märchen oder eine klassische Novelle. So schauten auch andere auf sie, die meisten voll Mitleid und Sympathie, aber auch mit dem Egoismus des ästhetischen Genießers. Man sprach von der schönen Isot, die es schwer habe mit ihrem König Marke und derlei mehr. Und, als ob diese Anmerkungen ein Verhängnis heraufbeschworen hätten, so endete ihre Geschichte tragisch und makaber – oder sie endete auch nur der Zeit gemäß: der junge Dichter, der Freund, um den die Frau so viel gelitten hatte, starb fünf Tage vor Weihnachten 44 als Kradfahrer an der italienischen Front. Er starb nicht vor dem Feind, sondern starb den Tod auf der Landstraße; ein Lastwagen, den er überholte, hatte einen Zipfel seines Ledermantels erfaßt und riß ihn unter die Räder.

ZERRÜTTUNG III

In jener Zeit begannen die ersten schweren Luftangriffe auf München. Im Juli des nächsten Jahres erfolgten pausenlose Serienangriffe. Wir erlebten es mit, wie die Stadt allmählich in eine Ruinenlandschaft zerfiel. Diszipliniert wie wir am Vorabend die Schrecken des Bombardements überstanden hatten, ebenso diszipliniert sahen wir nun zu, wie die städtischen Kühlhäuser, in denen die Vorräte für Monate gelagert waren, von langsam schwelenden Bränden ausgefressen wurden. Millionen gekühlter Eier verwandelten sich vor unseren hungrigen Augen in eine riesige Omelette, ehe sie mit Tonnen von Fleisch und Würsten zu schwarzen Rinden verschmorten. Aber niemand wagte die

Hand auszustrecken, um sich ein Pfündchen zu ergattern. Plünderung war verboten, auch an Verlorenem.

In jedem Haus regierte ein Luftschutzwart, zumeist ein älterer Mann, der es genoß, wenigstens auf diese Weise zu Ansehen zu kommen. Da wurde viel Eifer an den Tag gelegt, geübt, herumkommandiert und angeschnauzt. War dann ein Angriff erfolgt, wurde gelöscht, geschippt, geborgen. So wichtig und unentbehrlich die Luftschutzwarte waren, so genossen sie doch wenig Ansehen und wenig Dank für ihre Bemühungen. In unserer Nachbarschaft war ein Dachstuhl in Brand geraten. Das Mobiliar wurde aus dem Oberstock ausgeräumt. Da sich das Feuer schon durch die Decke fraß, war die Rettungsmannschaft dazu übergegangen, das Rettungsgut aus dem Fenster zu werfen. Der Luftschutzwart stand unten und gab acht, daß nichts gestohlen würde. In der wachsenden Panik wurde sogar ein Schrank aus dem Fenster geworfen, mit Kleidern vollgepackt, ein schwerer Brocken. Er fiel dem Luftschutzwart auf den Kopf und quetschte ihn platt. Nicht Trauer, Gelächter quittierte das Ende des Ärmsten.

Immer breiter wurden die Lücken, die die Bomben in Münchens Fassaden rissen. Erstaunliche Ausblicke taten sich auf: Kuppeln und Türme traten in nie gesehener Pracht hervor, in ernster Würde zeigte sich manches Bauwerk, das zuvor unter betulichem Dekor verschwunden war, bis dann nach dem nächsten Angriff das Bild noch einmal verändert, die imposanten Kuppeln eingestürzt, die Türme geknickt und der zu ernster Würde gediehene Palast zu einer Schutthalde eingeebnet waren.

Die Trambahnen hatten zu fahren aufgehört. Der Verkehr innerhalb der Stadt wurde schwierig. So griff man auf die Dampfkraft zurück. In der Ludwigstraße wurden Eisenbahnschienen gelegt, da fuhr ein Zug mit schwerer Lokomotive von der *Danziger Freiheit* durch den Stumpf des Siegestors bis zur Feldherrnhalle. Andere Strecken wurden mit Loren befahren. In der Nacht transportierten sie Schutt und Trümmer, am Tag nahmen Personen auf ihnen Platz. Vor dem Karlstor waren riesige Wasserbecken angelegt worden, offene Löschteiche. In ihnen spiegelten sich die ausgebrannten Skelette der umliegenden Häuser. Keine Pumpe war gegen den Feuersturm aufgekommen.

Wer nicht in der Stadt leben mußte, wanderte ab. Nur die Fremdarbeiter, die aus allen Richtungen der Windrose, oft mit Gewalt, herbeigeschleppt worden waren, damit sie in den Rüstungsbetrieben roboteten, schienen sich in der zerstörten City wohl zu fühlen. Am Sonntag erfüllten sie die Trümmerstraßen in dichten Scharen, sie sangen und tanzten und etliche versuchten sogar in den Löschteichen zu baden, was ihnen aber von herbeigerufenen Uniformierten verboten wurde.

Was ich als Kind erlebt hatte, die wandernden Heerscharen der Zivilisten, das erlebte ich jetzt wieder. Die Bewohner der inneren Städte zogen aus, zuerst drängten sie in die Vorstädte, dann aufs Land. Jedermann trug, was er nur tragen konnte. Möbeltransporte wurden organisiert. Man lud auf, was man für kostbar, dann, was man für lebensnotwendig hielt. Der eine schleppte dahin, der andere dorthin. Bauernhöfe, Schwaigen, Almen: gesuchte Refugien. Vorsichtige begannen ihr Hab und Gut in die verschiedensten Verstecke zu verteilen. Man spielte va banque und rechnete damit: Irgendwo würde doch irgendetwas übrig bleiben.

Auch wir entleerten unsere Wohnung Stück für Stück; Bilder und Teppiche zu den Schwiegereltern nach Großhadern, Silber und Porzellan nach Hall. E. war um unsere Möbel ängstlicher besorgt als ich. Er schlug mir vor, einen größeren Transport nach Tirol zu verlagern. Ich warnte ihn und sagte: – Was du jetzt trennst, kommt nie mehr zusammen. – Er glaubte mir nicht. Der Transport ging ab.

In jener Zeit begann ich *Ernst Jünger* zu lesen. Tumlers Freund, Sepp Keller hatte mich auf ihn hingewiesen. Ich nahm mir die *Marmorklippen* vor und legte sie bald wieder weg. Das Pretiöse und Exotische, Männerbündisch-Elitäre an ihnen ließ mich kalt, weckte kein Echo in mir. Aber dann: DER ARBEITER.

Ich besitze es heute noch, das schwarze Buch mit der weißen Schrift und dem weißen Strich, der den Einband halbiert, ein Buch wie viele andere, trotzdem *Das Buch* für mich in jener Zeit, so wie vor Jahren für mich Nietzsches Zarathustra *das Buch* gewesen war, und dann Spengler und dann Kleist, und doch war dieses *eine* Buch anders als sie alle, furchtbarer, wahrer, – hassenswert und unentbehrlich, und sieben Siegel waren da aufgebrochen. Da stand es: Lebensnachricht und Todesurteil und Gott weiß was noch.

Ein unerbittliches Buch. Ich las es in unerbittlicher Zeit und sagte: Aha – jaja – und wieder aha und jajaja –, so ist es, so kommt es, so trifft es ein und so wird es uns vernichten.

Meine Erinnerung an dieses Buch zeigt mir eine große nächtige Landschaft, Planlandschaft, weit ausgebreitet über Horizonte, ich sehe darauf Schornsteine, Hochöfen, Krane, Kessel, eiserne Ungeheuer mit Greifwerkzeugen, riesige Rollenwerke aus Stahl mit rasselnden Ketten, Schienen und Leitwerke, Tunnels und Schächte. Dazwischen stehen *Feuersäulen*, viele *Feuersäulen*, rot zwischen Schwarzem, sie rücken vor, sie wandern, sie wachsen zusammen, wie einzelne Wurzelstränge zu einem Stamm; oder sie winden sich wie Adern, vulkanische Kanäle, in denen sich Lava vorwärtsschiebt, und Feuer und Eisen und Lava sind zusammen *eine* Welt, in der es zu sterben gilt und zu arbeiten, zu arbeiten und zu sterben, im Sterben noch zu arbeiten und damit Kräfte umzusetzen im *großen Spiel*.

Eine Vision aus hephaistischer Werkstatt, aus dem magmatischen Kern dieser Erde. Sie hatte nichts Tröstliches an sich, aber sie bot sich dar als Schlüssel für so viel Unverstandenes, Unverstehbares, Entsetzlich-Undurchschaubares. Und wer will nicht lieber wissen und wissend sterben als unwissend dahintaumeln und blind krepieren?

DIE ENTDECKUNG

Im Frühsommer 43 merkte ich, daß ich wieder in andere Umstände gekommen war. Aber nach einem Fliegeralarm, bei dem ich die beiden Kinder und unser schweres Luftschutzgepäck in den Keller und nach der Entwarnung in den vierten Stock, nach neuerlichem Alarm noch einmal hinunter und heraufgeschleppt hatte, trat eine schwere

Blutung ein. Die Blutung wiederholte sich; schließlich hieß es, ich müßte in die Klinik. Waltraut N. holte Rike zu sich aufs Land, Tante Anci verfrachtete ich mit der Kleinen in die Rheinpfalz. Dann kochte ich noch für zwei Tage vor, bügelte E.'s Wäsche und verwahrte Franz Tumlers Briefe in der Tiefe meines Wäscheschranks. So glaubte ich fertig zu sein. Es war elf Uhr nachts, als ich – allein – in die Nymphenburger Klinik hinausfuhr und den Portier herausläutete.

Leider hatte ich versäumt, den Papierkorb unter meinem Schreibtisch zu leeren. Hier lagen drei, zu daumennagelgroßen Papierschnitzeln zerrissene Briefentwürfe an Franz Tumler. Alle drei fast gleichlautend und doch wieder verworfen, denn ich hatte mir angewöhnt, meine Briefe an ihn so skrupulös-akribisch zu formulieren wie ein Philosoph seine Grundsatzerklärungen oder ein silbenklaubender Lyriker seine Gedichte.

In der Klinik ließ man mich fürs erste nur einmal liegen. Die drakonischen Gesetze gegen jeden Eingriff ließen die Ärzte so lange zögern, bis sich durch Eintritt der Sepsis eindeutig erwiesen hatte, daß die Frucht schon abgestorben war. Und richtig bekam ich eine Art Wochenbettfieber, da erst entschloß man sich zur Operation. Es war beinahe zu spät. Ich lag mit hohem Fieber, wütenden Schmerzen, in schrecklichen Beängstigungen. Eines Nachmittags – es war heiß, unerträglich schwül und ein Gewitter stand am Himmel – kam E. auf Besuch. Er schien verstört, aber ich merkte, nicht mein Zustand war es, der ihn verstörte, obgleich dieser Zustand alarmierend war. Er setzte sich fernab von mir, blickte mich düster an, gab zerstreute Antworten. Ich fragte: – Was hast du denn? So sag schon, was du hast! – Nach meiner dritten Frage brach es aus ihm hervor, er wisse alles, alles, ich brauchte gar nicht zu leugnen, er habe im Papierkorb den Beweis gefunden, ich hätte eine Liebschaft, schon ein Jahr lang...

In mir ging Seltsames vor. Seit jener Prager Fahrt 1939 hatte ich mich vor der Entdeckung gefürchtet wie vor einem Weltuntergang. Und doch hatte sich in mir im Laufe der Jahre der geheime bohrende Wunsch eingenistet, die Entdeckung möge eintreten. Schließlich hatte ich sie geradezu herbeigesehnt, dann und wann sogar herausgefordert. Nun war sie da. Und traf mich wie ein Keulenschlag. Ein dumpfes Dröhnen erfüllte meinen Kopf, aus allen Poren brach mir der Schweiß aus, und während draußen der erste Blitz zuckte und der erste Donnerschlag die Schwüle zerriß, zuckte in mir der Gedanke auf: Ich bin gerettet, jetzt werde ich gesund.

Zu leugnen dachte ich nicht. Im Gegenteil. Wie sich draußen der Himmel in einem prasselnden Regenguß öffnete, so redete ich jetzt und gestand: Nein, nicht ein, vier Jahre dauerte meine Beziehung zu T. und unterschwellig und unbewußt noch zwei Jahre länger, seit unserer Begegnung im Herbst 37, sechs Wochen nach unserer, E.'s und meiner Heirat. Immer wieder hätten wir Schluß zu machen versucht, aber immer wieder sei es uns klar geworden, daß es ein Ende zwischen uns nicht gebe, man könnte uns trennen, aber nicht entzweien, da sei ein Band, das nicht zerschnitten werden kann...

So redete ich, wie von Sinnen, in einem selbstmörderischen Verzweiflungsakt warf ich alles auf einmal auf den Tisch, obgleich ich doch wußte, was ich dabei riskierte und daß ich eine doppelte Gefahr für mich heraufbeschwor: Die eine war, daß sich E. scheiden ließ und mir die beiden Kinder wegnahm, und die andere war, daß mein Vater erfuhr... Und beides zu denken war mir gleich unerträglich.

E. war, vermute ich heute, jetzt noch bestürzter als zuvor. Er hatte sicher damit gerechnet, daß ich abstreiten und leugnen oder daß ich mindestens versuchen würde, meine Beziehung zu T. als romantische Freundschaft hinzustellen, als augenblickliche Laune herunterzuspielen. Nun aber sah er sich einem Menschen gegenüber, den er gar nicht mehr kannte, der auf ihm unfaßliche Weise reagierte, der nicht nur einen anderen zu lieben vorgab, sondern diese Liebe auch noch wie ein Idol verteidigte, wie ein Häretiker seine Häresie – als das Ritual einer ebenso lebensfremden wie lebensverachtenden Obsession.

Der arme E.! Er begriff nicht, daß ich durch die Banalität unseres Ehealltags in diese Lage gedrängt worden war; daß die ganze Affäre nichts war als eine einzige Fluchtbewegung in eine, wenn auch nicht bessere, so doch besser imaginierte Welt. Und er war mit vollem Recht fassungslos darüber, daß das besorgte Muttertier, als das er mich so oft kennengelernt hatte, das sich so ängstlich und pflichtbesessen über seine Jungen krümmte, daß diese ihr Nest behütende und von Bruteifer erfüllte Gluckhenne (die ihm, dem Vater, damit so oft auf die Nerven gegangen!) anderenteils doch auch ein Vogel war, der wild und ungezähmt seine Flügel regte und in unbewachten Augenblicken nachts abstrich zu anderen Gestaden.

(Daß diese Gestade vor allem in Träumen bestanden, in melodischen Sprach-Kadenzen und sorgsam gehorteten Erinnerungssplittern, das glaubte mir E. nicht.)

Was, um Himmels willen, sollte nun werden?

Es war natürlich, daß E. von Scheidung sprach.

Er hatte auch schon einen Rechtsanwalt aufgesucht und ihn befragt, dieser hatte ihm geraten, mich einfach davonzujagen. Auch einen Arzt hatte er befragt, und den Rat erhalten, er, E. sollte sich zwei Freundinnen zulegen und mich auf diese Weise bestrafen. Sogar E. fühlte, daß diese Ratschläge wenig taugten. Er befragte auch andere Menschen, zu viele Menschen, er hielt mit seinem Unglück nicht hinterm Berg, jeder hörte ihm zu, jeder bedauerte ihn, jeder gab seine Meinung kund und erhöhte die Verwirrung.

Alois Dorn war der erste, zu dem sich E. nach der Entdeckung geflüchtet hatte. Wie mir E. selbst erzählte, war sein Freund tief betroffen, so, sagte er wörtlich, *als wär' es ihm selbst passiert*. Doch als E. ihm zumutete, er sollte an seinen Nachforschungen teilnehmen, um mich noch gründlicher zu überführen, lehnte das Alois Dorn kategorisch ab. (Und nun, nach meinem Geständnis war weitere Überführung nicht mehr nötig.) Soll ich mich scheiden lassen? fragte E. den Freund. – Ich weiß es nicht –, antwortete dieser. – Hier hört jeder Ratschlag auf. –

Inzwischen aber begann etwas anderes: mein Kampf um meine Ehe mit E. Es war ein Kampf vor allem um meine Kinder und es war ein Kampf um die Schonung meines Vaters.

Mein Vater, das wußte ich, hielt nichts von Scheidung und nichts von geschiedenen Leuten. Für ihn war eine Scheidung etwas wie Fahnenflucht aus einer einmal übernommenen, heilig beschworenen Verpflichtung, ein unauslöschlicher Makel für den, der die Verpflichtung brach. Diesen Kummer wollte ich ihm nicht antun. Er sollte das nicht an seiner Tochter erleben. Für meinen Vater, so dachte ich, lasse ich mir auch die Haut vom Leibe abziehen. Nach vielen Vorwürfen und entsetzlichen Szenen (– Wie tief bist du gesunken! –) erklärte sich E. bereit, von einer Scheidung abzusehen. Seine Bedingung war, daß ich mich von Franz Tumler trennte. Ich nahm diese Bedingung selbstverständlich an. Ich wollte ihm schreiben, was geschehen war und welche Folgerungen sich daraus ergaben. Unglückseligerweise verbot mir E. die Wahrheit zu schreiben. Mein Abschiedsbrief sollte Tumler vermuten lassen, ich hätte aus eigenem Antrieb oder aus Laune oder aus purem Überdruß an unserer Beziehung zur Feder gegriffen. Dagegen aber sträubte sich alles in mir. Ich geriet in ein schmerzliches und meine Nervenkräfte überforderndes Dilemma. Stundenlang lag ich weinend in meinem Klinikbett, stundenlang weinend saß ich nach meiner Entlassung aus der Klinik über einem Blatt Papier, auf dem ich in möglichst barscher Form mein Valet geben sollte. Was ich schließlich – nach Wochen des Zögerns und bitterer Nötigungen – zuwege brachte, waren ein paar verschlüsselte Sätze, die zwar keinerlei Gründe nannten, von denen ich aber hoffte, daß sich Gründe aus ihnen erahnen ließen. E. verlangte von mir eine Abschrift des Briefes, ich gab sie ihm, und wieder ging er damit zu seinem Freund Alois Dorn und fragte ihn, was er von diesem Brief halte. Der Freund las ihn, schüttelte den Kopf und sagte: – Das ist kein Abschied. Das ist nur Aufschub. Du hättest dich doch scheiden lassen sollen. –

ABFLUG

Kurze Zeit darauf verließ Alois Dorn München und übersiedelte in seine Innviertler Heimat. Bei seinem letzten Besuch behandelte ich ihn kühl, ja beinahe feindselig. – Es ist nicht schön von Ihnen, daß Sie uns jetzt verlassen, Herr Prälat, jetzt wo die Zeiten schlechter werden. –

– Ja, wissen Sie, Äbtissin –, antwortete er, – wenn ein Rabe auf einem Eichbaum sitzt, in den der Blitz einschlagen wird, dann fliegt er vorher ab. Ich habe das Gefühl: Hier ist so ein Eichbaum. Und deshalb streicht der Rabe ab. –

Ich hörte diese Worte nicht ohne Bitterkeit. Denn obwohl wir nie und auch jetzt nicht ein vertrauliches Wort über E. und meine Ehe oder gar über die neue desperate Konstellation gewechselt hatten, war mir A. D. doch immer wie ein geheimer Verbündeter erschienen, einer der es nicht merken ließ und trotzdem unterschwellig mächtige Subsidien leistete. Nun zog sich der Verbündete zurück. Er hatte recht, sich zurückzuziehen, und sein Gefühl, Witterung für Gefahr, trog ihn nicht. Denn der Baum, in den der Blitz einschlug, war das Haus, in dem er wohnte und arbeitete, ein Eckhaus in der Thorwaldsenstraße in Nymphenburg: es wurde kurz darauf durch eine Luftmine zerstört. In seinem Keller lagen nur noch Tote.

Ich sah Alois Dorn sechs Jahre lang nicht wieder. *Dann kam er und fragte mich, ob ich seine Frau werden wollte.*

Das Haus, in dem wir, E. und ich, in München wohnten, blieb vom Blitz verschont. Es gehörte zu den wenigen Häusern in Schwabing, die bis zum Kriegsende nicht oder kaum beschädigt worden waren. Da war Glück im Spiel, eine gnädige Fügung. Aber der Lebensbaum, auf dem wir saßen, E. und ich, war schwarz verbrannt und kahlentlaubt und bis ins Mark versehrt. Es kam eine sehr schwere Zeit für uns beide. Trotzdem strichen wir noch nicht ab wie Raben. Der Baum trug noch immer das Nest in einer seiner geschwärzten Astgabeln, es war ein zerfleddertes, vom Sturm zerzaustes, unwirtlich gewordenes Nest. Noch dauerte es, noch klammerten wir uns daran fest, aus unterschiedlichen Gründen – und gewiß auch, weil die Zeit uns dazu zwang, zu zwingen schien.

Aber die Rechnung unseres Lebens wird nicht – oder zum geringeren Teil – in unseren Köpfen, nicht einmal in unseren Herzen, in unserer persönlichen Befindlichkeit gemacht. Sie kommt, so meine ich doch, mit ihren Posten von weither auf uns zu und verfährt nach anderen Grundsätzen als denen, die wir gerade denken und die einleuchtend zu finden uns eben beliebt. Von allen Kümmernissen, die ich damals auszustehen hatte, von allen Zerwürfnissen, unzähligen verweinten Stunden, hysterischen Anfällen und dumpf ermatteten Verzweiflungen blieb nichts zurück in mir, kaum eine Narbe, kaum eine winzige verwachsene Verhärtung. Das Bild jener Jahre wird, wie ich es heute sehe, aufgesogen vom Bild zweier Menschen, die ihr Leben eben jenen Jahren zu verdanken haben, schönen jungen klugen gesunden Menschen, meinen beiden Kindern Raimund und Dorothea, geboren 44 und 45, – Raimund meiner Mutter, Dorothea meines Vaters genaues Ebenbild.

DAS HAAR DER INDER.

Gesegnetes Haar. Gesegnet! (Siehe Seite 278)

LAUB, KRISTALL UND MORGENT(H)AU

Wieder war ich in Hall, die beiden kleinen Mädchen bei mir. Mein Tageslauf begann damit, daß ich um sieben Uhr morgens in das benachbarte Dorf Heiligkreuz pilgerte, um dort bei einem Bauern Milch zu holen; nicht, daß die Milch *frei* gewesen wäre, ich mußte auch dort meine Karten liefern; aber es hieß, sie sei um ein Grad fetter als die Milch in der Stadt, und deshalb ... Ich genoß den alltäglichen Morgenweg. Manchmal fielen mir dabei einige Verse ein. Der Anblick der Landschaft stimmte mich festlich. Eines Tages, Ende Oktober hatte es zum erstenmal gefroren. Noch standen die Bäume im Laub, rot, braun, golden. Sie glänzten von Reif. Als ich auf dem Rückweg war – die Sonne war schon erschienen, erhob sich ein leiser Wind. Nun fielen die Blätter, sie fielen dicht, ein Regen, ein Schneefall von Blättern, zu Mittag waren alle Bäume kahl.

Abends kam der erste Schnee. Ich hängte Wäsche auf unseren Balkon, tief hingen die Wolken, sie waren beinahe schwarz. Trotzdem schien mir die Welt nicht enger und bedrückt, sondern weiter und freier als zuvor. Kam es daher, daß die Milliarden Schneekristalle, die fielen und die schon gefallen waren, etwas wie Ahnung hauchten zarter strenger Gesetzlichkeit, zarter sublimer Ordnung? Aus dem schweigenden Weiß ringsumher wehte mich etwas an wie aus gestirntem Himmel.

An solche Augenblicke klammerte ich mich: Sie gaben mir, wenn nicht Lebensmut, so Lebens-Anstoß. Dann und wann beschrieb ich sie in meinem Tagebuch. Dann und wann setzten sie sich mir in einige Verse um. Ich nahm sie mit in meine Träume. Meine Träume begannen damals sehr lebhaft und deutlich zu werden, sie bewegten sich in großen Landschaften, waren signalhaft und feierlich. Trude Geißler hatte mich dazu angeregt, Äschylos zu lesen; *Äschylos* und *Die Wahlverwandtschaften* – und Einholen und Kochen und Kinderwirtschaft – das lief alles nebeneinander.

Obwohl mich die Ärzte vor einer neuen Schwangerschaft nachdrücklich gewarnt hatten (– Zwei Jahre müssen Sie sich Zeit lassen, mindestens zwei Jahre! –) nahm ich es mit Fassung hin, als ich Ende Januar sicher war, daß ich von neuem erwartete. In dieser Zeit erreichte uns eine Einladung von N. in das Sporthotel von Igls. N. machte mit seiner Frau dort Urlaub. Mit ihnen war Giselher Wirsing, langjähriger Redakteur der Münchner Neuesten, jetzt Schriftleiter eines Blattes, das das Außenamt für die besetzten Westgebiete herausgab, ein elitäres Blatt, ich habe es nie zu Gesicht bekommen. Giselher Wirsing galt für hervorragend informiert.

Wir saßen also dort in der Hotelhalle beisammen, zwischen Teppichen und Gemälden, in Lederstühlen, bei gepflegter Hintergrundmusik. Giselher Wirsing teilte uns mit, wie man mit dem deutschen Volk zu verfahren gedenke, wenn der Krieg zu Ende und von Deutschland verloren sei. Das Wort von der bedingungslosen Kapitulation war uns längst zu Ohren gekommen. Jetzt wurden uns die Ausführungsvorschriften zugeliefert, die dafür bestanden. Ein Herr Morgenthau sollte sich darin hervorgetan haben, Josef Dschugaschwili stieß mit Zusätzen nach: Alle Generalstabsoffiziere werden sofort erschossen. Alle Unternehmer, und sollten sie auch nur Knöpfe oder Nähnadeln produziert haben, werden für zwanzig Jahre eingekerkert. Alle deutschen Intellektuellen werden zur Umerziehung nach Sibirien deportiert.

Wir hörten diese Nachrichten – wie gesagt – in der angenehm gepflegten Atmosphäre der Hotelhalle, bei angenehm gedämpfter Musik. Interessante Nachrichten. Vielleicht gab es auch damals Menschen, die sie mit gleichmütigem Achselzucken abtaten und vergaßen; vielleicht auch nur auf sich beruhen ließen. Solche Menschen genossen den Vorteil, nur wenig Phantasie zu haben. Ich *hatte* Phantasie.

Von nun lebte ich mit diesen Erwartungen.

VERFALL

Es gehörte zu den tiefsten Bitterkeiten jener Jahre, daß mein Vater körperlich und seelisch verfiel. Er, der mir immer das Muster gewesen war eines schönen, gefaßten, ja, ich möchte sagen, über sich selbst gebietenden Menschen; er, an dem ich gehangen war seit Kindheitstagen, der mir das Beste in meinem Leben gewesen, so ausschließlich das Beste, daß ich ihm am Vorabend meiner Hochzeit unter Tränen gestanden hatte: – Vater, wenn du nicht mehr lebst, dann will auch ich nicht mehr leben –; dem ich noch zwei Stunden vor meiner Niederkunft geschrieben hatte: – Ich wünsche mir nur das eine, daß das Kind, das ich bekommen werde, dir ähnlich sei. – Und dem zuliebe ich auch jetzt manches auf mich nahm, von dem ich mir dachte, es würde mich erwürgen vor Gram...

Dieser Mensch, dieser einzige, nun verfiel er. Der Verfall kam langsam, Schritt für Schritt, aber er kam vielleicht doch rascher unter den jetzt herrschenden Verhältnissen als er in friedlichen Tagen gekommen wäre. Die Misere des Alltags zehrte an dem alten Mann. Da war zuerst einmal die immer dringendere Frage nach der notwendigen weiblichen Hilfskraft im Haushalt, eine Frage, die meinem Vater seit meiner Mutter Tod zugesetzt hatte. Anfangs war sie noch immer leicht zu lösen gewesen. Fürs erste kam die schon oft erwähnte alte Anna ins Haus, dann eine zwar depressive, aber gutwillige Osttirolerin, dann ein braves böhmisches Mädchen mit Namen Vlasta. Doch dazwischen ereignete sich dies und jenes: eine Köchin erkrankte und starb. (Friede ihrer Asche. Ich habe ihr in *Katschenka* im *Haus der dunklen Krüge* ein ehrendes Andenken gesetzt.) Aber es erschienen noch andere Gestalten, die weniger Ehre verdienten: eine verarmte Marquesa, die leider sehr oft betrunken war; eine geschiedene Frau, die sich einbildete, daß sie sich meinen Vater kapern könnte; dann – schon im Krieg – eine Kölnerin, die mit ihrem Jungen Zuflucht suchte in Tirol, aber weder kochen noch Wäsche waschen wollte. Man mußte sie entfernen. Dann wieder eine Osttirolerin, aber weiß der Teufel, welcher verflixte Zufall sie in unser Haus gebracht hatte. Sie war schmierig wie ein alter Lumpen, ließ alle Speisen anbrennen und entwich schließlich ohne ein Wort zu sagen und unter Mitnahme ihres Zimmerschlüssels. Als ich am nächsten Morgen nach vergeblichem Klopfen und Rufen die verschlossene Tür mit einem Dietrich öffnete, fand ich das Zimmer leer, ihr Bett in einem entsetzlichen Zustand und, als ich darunter Nachschau hielt, etliche Dutzend angebissener und halbverfaulter Äpfel aus unserer Gartenernte. Sie hatte, wenn sie vor dem Einschlafen daran kiefelte und genug hatte, die Äpfel einfach unter ihr Bett geworfen.

Das waren nun die Frauen, die meines Vaters Haushalt führen sollten. Wenn ich im Lande war, ging es ja ein wenig besser. War ich aber wieder in München oder sonst verreist, war mein Vater diesem Geschwader hilflos ausgeliefert, und das setzte ihm zu.

Er bekam schlecht und wenig zu essen. Die Mahlzeiten waren lieblos zusammengehudelt, und von der kargen Zuteilung erhielt er sicher nur einen Teil. Sein Zimmer war zu wenig geheizt, seine Wäsche war schlampig gewaschen. Mein Vater war nicht der Mann, der eine fremde Weibsperson mit groben Worten angefahren hätte. Vielleicht dünkte er sich zu gut dazu. Vielleicht auch hatte er Furcht, dann ganz allein zu bleiben. Solange er ausging, konnte er sich bei anderen Menschen ein wenig aufmuntern. Aber seit dem Jahr 41 blieb er zu Hause. Kein Caféhaus mehr und keine Stube, keine Zeitungslektüre und kein Schachspiel mehr mit Pensionistenkollegen. Nur Zwiebelsepp kam täglich auf Besuch. Ihm war die Frau davongegangen, darüber jammerte er nun Tag und Nacht, klagte Gott und die Welt an und saß uns auf der Pelle.

Die kleine Runde der bejahrten Schach- und Tarockpartner, Oberst N., Oberst K., Oberst Z., war zersprengt, und die Art und Weise, in der das geschehen war, hatte etwas Absurdes und Gräßliches an sich. Der arme N., der seine Frau so lange im Rollstuhl gefahren und ihr dann so sehr nachgetrauert hatte, daß er beinahe daran zugrunde ging, er war in eine schlimme Sache hineingezogen worden. Ein kleines frühverdorbenes Mädchen, ein Kind aus der Nachbarschaft hatte ihn angezeigt. Weiß Gott, was an den Anschuldigungen dran war! Der alte Mann wurde vor Gericht gestellt, der Ehre verlustig erklärt, zu etlichen Jahren Gefängnis verurteilt; wegen Haftunfähigkeit entlassen, irrte er nur noch wie ein Gespenst in der Gegend umher, verachtet, gemieden, der Lokale verwiesen, in denen er früher verkehrt hatte. Auch mein Vater wollte nichts mehr von dem Unglücklichen wissen und verbot uns, vor ihm auch nur dessen Namen zu nennen.

Oberst K. hatte ein anderer Schicksalsschlag getroffen. Sein geisteskranker Sohn, sein Sorgenkind, das er so lange gebändigt und gehütet hatte, war eines Tages von amtswegen in eine Anstalt eingewiesen worden. Man werde, teilte man den Eltern mit, eine neue Therapie anzuwenden suchen. Die Therapie bestand in Gastod oder Herzspritze. Wenige Wochen nach dem Abtransport des Kranken erhielten K.'s das berüchtigte Schreiben: An Lungenentzündung gestorben. Eingeäschert. Hier die Urne.

Oberst K. fühlte sich durch dieses Verfahren aufs schrecklichste betroffen und erblickte nun in jedem, der für das Regime jemals auch nur die geringste Sympathie bezeigt hatte, einen Henker seines Sohnes.

General Z. war schon vor Kriegsbeginn gestorben. Von ihm hieß es, er habe sich rechtzeitig aus dem Staub gemacht. Allmählich keimte in den Lebenden der Neid auf die Toten: Sie wußten nichts mehr. Sie hatten alles hinter sich. Sie brauchten nicht mehr zu frieren, zu darben, zu fürchten, mit anzusehen, wie ihre Welt zerbröselte.

Meinem Vater blieb das nicht erspart. Die einzige Verbindung zur Außenwelt war, seit er das Haus nicht mehr verließ, neben Zwiebelsepp die tägliche Zeitung und der Rundfunkapparat. Mein Vater duldete nie, daß wir in seiner Gegenwart Feindsender hörten. Er wußte auch ohne sie Bescheid. Der alte Offizier machte sich nichts vor. Wie er im Spätherbst 14 schon die Niederlage heraufkommen gesehen hatte, so sah er sie auch dieses Mal wieder kommen, eine schlimmere Niederlage allerdings, die totale Katastrophe. Dennoch mochte er nicht, daß wir jammerten. Das Gegacker über die unabwendbare Talfahrt kam ihm unwürdig vor.

Nur einmal erschreckte er mich durch einen heftigen Ausbruch.

Es war am 25. August 1944.

DIE HÖLLE

Doch zuvor im Sommer: Seit Juni hatten wir Invasion im Westen. Fast zugleich brach die Offensive im Osten los. Mein Bruder war sehr lange an der Murmanskfront gewesen, in einem toten Winkel des Kriegsgeschehens. Seit etlichen Monaten war er im Mittelabschnitt. Immer hatte er pünktlich Nachricht gegeben. Plötzlich blieben seine Feldpostkarten aus. Wir begannen uns zu sorgen. Die junge Frau geriet außer sich. Als sie ihrer Erregung Luft machte, verwies es ihr mein Vater mit strengen Worten: Sie habe als Frau eines Offiziers immer mit dem Äußersten rechnen müssen. Dabei wußten wir doch, wie er dachte: Alles längst verloren.

Nach Wochen des Bangens traf Nachricht ein. Dann der Bruder selbst. Er schloß sich mit uns ein und erzählte.

Er hatte Entsetzliches hinter sich, und wir konnten an dem, was er erzählte, Maß nehmen an dem, was dort im Osten wirklich geschah.

Es hatte damit begonnen, daß er mit seinem Stab in die Festung Bobruisk verlegt worden war. Diese Festung sollte als Wellenbrecher gegen den auf breitester Front anflutenden Angriff der Russen gehalten werden. Doch die Festung bestand nur auf dem Papier, in den Befehlen und der Kommandosprache des Hauptquartiers. Die Wirklichkeit bestand aus einer kleinen offenen russischen Stadt am Ufer der Beresina. Ein paar verfallene Mauern erinnerten daran, daß man sich hier im vorigen Jahrhundert damit beschäftigt hatte, eine Umwallung anzulegen. Dieser Ort war nicht zu halten.

Im Stab entstand ein heftiger Streit. Einige Offiziere beriefen sich auf den Führerbefehl, andere rieten zum Abzug nach Westen, ehe der feindliche Ring um die Stadt geschlossen sein würde. Noch dauerte der Streit an, da erfolgte der erste Schlag.

Auf der Beresina erschien ein deutsches Lazarettschiff. Es kam in langsamer Fahrt flußaufwärts und wollte vor Anker gehen. Da schlugen schwere Granaten ein. Das Schiff zerbarst. Es sank vor den Augen der deutschen Besatzung von Bobruisk mit Mann und Maus.

An diesem Vorgang war zu ermessen, was die Stunde geschlagen hatte. Der russische Ring um die Stadt war geschlossen. Nach einer langen Nacht weiteren Streits und bitterer Anklagen gelangte man zu dem Entschluß, den letzten Augenblick zu nutzen und auszubrechen. Ein Ausbruch war nur möglich unter Hinterlassung aller schweren Waffen. Nachdem man sie zerstört, die Magazine in Brand gesetzt und die letzte vorhandene Brücke gesprengt hatte, formierte man sich zu einem großen Carré. In ihm waren zehntausend deutsche Soldaten versammelt. Man hatte keine andere Chance als den russischen Ring mit der eigenen Anzahl zu durchbrechen. Wo sich der Feind entgegenstellte, sollte er durch die Masse überrannt werden. Wer dabei liegenblieb, blieb liegen. Wer verwundet wurde, war verloren. Jeder Mann hatte ein Stück Brot im Sacke, einen Karabiner, einen Gurt Patronen. So begann der Aufbruch im Morgengrauen.

Es war ein Weg in die Hölle. Eine Zeitlang war es möglich, die Marschformation beizubehalten. Dann erfolgten die ersten Aufsplitterungen. Sie erfolgten bei erster Feindberührung. Man verlor einander in Wäldern, Sümpfen, bei Umgehung von Ortschaften. Aus manchen Ortschaften wurde geschossen, dann und wann von einzelnen Rotarmisten. Die deutschen Soldaten waren so außer sich, daß Hunderte von ihnen einen einzigen Mann durchsiebten. Selbst als dieser längst nur noch ein Klumpen Fleisch war, schossen sie weiter.

Gerüchte von Spionen, die sich in ihre Reihen eingeschlichen hätten, versetzten die Verzweifelten in Raserei. Diese Spione, so hieß es, führten sie in eine Falle. Die eigenen Offiziere wurden bedroht. Auch mein Bruder wurde augenblicksweise bedrängt. Die Leute setzten ihm Gewehrläufe an Brust und Rücken. Sie wollten ihn erschießen und bedachten nicht, daß sie einander durch ihn hindurch erschossen hätten. Durch die Dazwischenkunft eines anderen Offiziers löste sich die Turbulenz. Die Männer, die Erwin eben noch füsilieren wollten, flehten ihn um Rettung an.

Der erste und der zweite Tag waren vergangen. Man hatte kaum gewagt eine Rast einzulegen. Die Leute taumelten nur mehr. Aus dem Carré der Zehntausend waren längst Haufen von Fünf –, dann von Zweitausend geworden. Sehr bald zerfielen auch diese Formationen. Schließlich hatte mein Bruder noch dreißig Mann bei sich. Er und ein Kärntner Gefreiter gingen abwechselnd an der Spitze. Abwechselnd spähten sie aus und trafen Entscheidungen. Längst hatte die Befehlsstruktur, die Hierarchie der Chargen jeden Sinn verloren. Feldwebel trieben Generäle vorwärts. Stabsoffiziere ließen sich von einfachen Soldaten sagen, welchen Weg sie nehmen sollten.

Hunger, Müdigkeit, Durst. Am schlimmsten der Durst. Obwohl sie durch endlose Sümpfe irrten, fanden sie kein Wasser. Am allerschlimmsten aber waren die Schneisen im Buschwald. Denn in den Schneisen standen Panzer und feuerten. Nun konnten sie nur noch rennen wie die Hasen.

– Rechts und links von mir sind sie gefallen. Ich weiß nicht, warum ich noch hier bin. Ich sehe nur noch Tote. –

EIN BUB! EIN BUB!

Der 25. August 44. – Ich erwartete meine dritte Niederkunft für Mitte September. Ich wollte das Kind in Tirol bekommen. Da die Klinik in Innsbruck schon teilweise zerstört war, hatte man verschiedene Abteilungen, darunter die Geburtenstation nach Seefeld verlegt. Ich war dort angemeldet, und der Oberarzt hatte mich untersucht und angewiesen, mich in drei Wochen einzufinden.

Doch am Abend desselben Tages fühlte ich verdächtige Schmerzen, das wohlbekannte Ziehen im Rücken und im Bauch. Am nächsten Morgen waren die Schmerzen noch immer da, doch waren sie nicht stark genug, daß sie mich daran gehindert hätten, die tägliche Arbeit im Haus zu tun. Am Nachmittag saß ich in unserem ehemaligen Speisezimmer, es war jetzt mein Schlafzimmer geworden, zwei Kinderbettchen standen nun neben der Kredenz, die Goethe-Uhr war verschwunden, und statt Kristallglas und Vasen standen jetzt Stöße von Windeln und Höschen in den Fächern.

Ich schrieb und korrigierte ein Manuskript.

Vor einem Jahr, in jenem für mich so bitteren Sommer 43 hatte ich eine Sache zu schreiben begonnen, die mir ganz besonders am Herzen lag. Es war diesmal kein Roman, keine Erzählung, es war ein dramatischer Versuch. Ich hatte im Zug historischer Studien ein Thema entdeckt, das mich faszinierte. Es ging um Magdeburg, Magdeburg im Dreißigjährigen Krieg, mit Gustav Adolf verbündet, von Tilly eingeschlossen und eines Tages erobert. Dabei verbrannte die Stadt, ein Feuermeer verschlang Besiegte und Sieger.

Jener Brand entsetzte die auch damals schon an Entsetzlichkeiten gewohnte Welt. Er stand wie ein Fanal in der Landschaft des Jahrhunderts, als ein unbegreiflicher und irrationaler Greuel.

Ich hatte zu diesem Thema ein dickes Buch gelesen, eine alte Schwarte voll zeitgenössischer Berichte und Dokumente. Und da las ich allerdings Erstaunliches. Ich las, daß es gar nicht so sicher sei, daß der Feind, daß Tillys Truppen Magdeburg durch Feuer vernichtet hätten. Wahrscheinlicher sei es durch die Bewohner selbst vernichtet worden. Ein abgesunkener Apotheker Wilke habe seinem Haß gegen das Patriziat schreckliche Rache zu verschaffen versucht, vor allem aber habe der Kommandant der Stadt, der schwedische Oberst Falkenberg in seiner fanatischen Treue zu Gustav Adolf geschworen, er werde Magdeburg eher verbrennen als es dem Feinde überlassen. Er und Wilke verbündeten sich. Er und Wilke sorgten dafür, daß überall in der Stadt Brandnester vorbereitet wurden. Tag für Tag verschlechterte sich die Lage. Die versprochene Hilfe blieb aus. Gustav Adolf, der als Befreier erwartete, als Heiland ersehnte, rührte sich nicht. Tilly griff an, die Stadt verbrannte. Wilke verschwand. Falkenberg starb in den Flammen.

Diese Geschichte hatte ich geschrieben. Sie endete mit Falkenbergs Tod. Das Schlußwort lautete:

Armselig ist der Mensch
der mehr zu geben nicht hat als sein Leben.

Lange bastelte ich an dem Stück. Ich war auch jetzt noch damit beschäftigt. Ich hielt es für wert, daß es mich überlebte. So schrieb ich es etliche Male ab und verschickte es an Freunde. Auch an jenem Nachmittag saß ich dabei und korrigierte. Mit einem Male flog die Tür auf. Mein Vater stand auf der Schwelle. Er sagte: – Es ist aus. Rumänien ist abgesprungen. Jetzt haben wir den Krieg endgültig verloren. –

Vielleicht hatte es dieses Erschreckens gar nicht bedurft, daß sich meine Wehen gleich darauf verstärkten. Um acht Uhr abends waren sie so stark, daß ich meine Ärztin bat, mir den Rettungswagen zu schicken. Mit ihm wollte ich nach Seefeld fahren.

Doch gerade an diesem Tag war die Bestimmung erlassen worden, Rettungsautos dürften nur noch bei Lebensgefahr benützt werden. Also nicht nach Seefeld.

Die Hausentbindung wurde vorbereitet.

Meine Schwester war zugegen, auch Hildegard, auch E. Um zehn Uhr erschien die Hebamme. Ich kannte sie nicht, und ich verlor gleich mein Vertrauen in sie, nachdem sie schon in den ersten Minuten allerlei abergläubische Ammenmärchen zum Besten gab.

Das Kind kam gegen Mitternacht zur Welt. Es war klein, zart, um drei Wochen zu früh geboren. Trotzdem hatte es im letzten Augenblick gefährlich ausgesehen, die Wehen setzten aus, das Köpfchen, schon sichtbar geworden, lief bläulich an. Die Hebamme schrie: – Das Kind erstickt! – Als es dann endlich dalag, hatte es die Nabelschnur zweimal um den Hals gewickelt.

E. war außer sich. Er hatte zum erstenmal erfahren, was es bedeutet, wenn eine Frau ein Kind bekommt. Zum erstenmal begriff er etwas von dem Vorgang, der ja doch immer etwas von einem letzten Kampf, einem elementaren Aufbäumen, einem Akt auf Leben und Tod hat. E. hatte das vorher abgetan, hatte sich nie bemüht, sich das auch nur vorzustellen. Nun hatte er es gesehen. Zitternd stand er dabei und konnte es nicht fassen.

Zuletzt aber, als er sah, daß es ein Knabe war, geriet er ganz aus der Fassung. – Es ist ein Bub! rief er, ein Bub! ein Bub. –

Ich schaute E. an. Irgend etwas sank in mir zurück. Aus dem Soeben-Erlebten, Überstandenen, aus den Schrecken und der Herrlichkeit des Geburtsaktes sank ich gleichsam rücklings zurück wie auf Sand in ein anderes Hier- und Sosein, Hier- und Jetztsein: Spur der FEUERSÄULE. Und sagte: – *Alles zum Untergang.* –

DIE UNBARMHERZIGEN

Wir waren nun zu neunt in unserem Haller Haus. Mein Wochenbett, die Sorge für den Säugling, die Gegenwart der beiden kleinen lebhaften Mädchen, auch E.'s Anwesenheit – das alles bildete eine nicht eben geringe Belastung für das tägliche Getriebe. Mein Vater war in jenem Herbst ganze Wochen lang bettlägerig, er litt an Gicht, an Herzbeschwerden und war dabei ungeduldig gegen sich selbst und reizbar gegen uns alle. Zum Unglück sagten sich jetzt auch noch die Tanten an.

Ich wagte es zuerst gar nicht, meinem Vater die Nachricht zu bringen. Als ich schließlich damit herausrücken mußte, zeigte er sich sehr ungehalten. – Die haben wir jetzt auch noch nötig! – sagte er. – Hier im Haus können sie keinesfalls wohnen. Du mußt ihnen ein Zimmer woanders suchen. Und am besten wäre es, du telegraphierst ihnen ab. –

Ich telegraphierte, ungern und mit schlechtem Gewissen. Immer verfolgte mich schlechtes Gewissen, wenn ich zwischen den Parteien meiner Familie stand: Tat ich dem einen recht, so setzte ich den anderen zurück, war ich dem anderen zu Willen, verletzte ich den einen. Doch das Telegramm erreichte die Tanten nicht mehr. Sie waren schon auf dem Weg zu uns.

Sie wollten mich sehen, meine Kinder, vor allem doch wohl das Neugeborene, Raimund Walter Georg. Aber vermutlich wollten sie noch anderes. Ja, so war es wohl. Indem ich diese Zeilen niederschreibe, wird es mir klar: Sie wollten sich umsehen bei uns als dem Ort möglicher Zuflucht. Umsehen nach einer Bleibe für künftige Zeit. Nein, nicht daß sie sich das wirklich klar machten, daß sie sich das selbst sagten, selbst eingestanden, nicht daß sie den Weltuntergang zu erwarten wagten, wie er dann eintrat – in *ihrer* Welt eintrat. Doch irgendwie, als flüsternde Schatten, als haarfeine Zugluft, die durch Ritzen blies, als Zittern und Rieseln im Gebälk mußte ihnen etwas von der Veränderung ihrer Lage aufgegangen sein: Deutsche in Böhmen. Sie hatten etliche winzige Kostproben davon bekommen, was das hieß, damals im Jahr 18 oder Frühling 19, als der Pöbel vor dem Haus der Cousine tobte. Sie mochten sich jetzt daran zurückerinnern, an die Schleifspur aus dem Haus, an den Schatten der Laternenpfähle. Wer weiß, ob ihnen nicht längst jetzt, 1944, erste deutliche Aufwallungen des Hasses entgegenschlugen? Ob man ihnen nicht unter der Hand schon zu verstehen gab, was kam?

Und so wollten sie sich wohl umsehen bei uns nach einem Zuflucht-Winkel, bei mir, der sie soviel Gutes getan hatten.

Aber dieses Sich-Umsehen bekam ihnen schlecht.

Wir hatten ja nun wirklich keinen Platz in unserem Haus. Und wir hatten auch sehr wenig zu essen. Mein Vater fühlte sich schon längst überlastet. Meine Schwester war den Tanten nie sehr zugeneigt gewesen, sie hatte ihr Medizinstudium aufgeben müssen und arbeitete jetzt als Rotkreuzschwester in einem nahen Lazarett, früh auf und spät zu Bett, durch schweren Dienst übermüdet. Und ich –? Ich hatte zu tun um meine Konflikte mit E. auszutragen, meinen Vater zu pflegen, die beiden kleinen Mädchen zu bändigen. Rike hatte wieder eine schwierige Zeit, und aus Traudi war eine sehr unternehmungslustige kleine Person geworden, hinter der man ständig her sein mußte, da sie Neigung zeigte, alle Augenblicke entweder auf ein Fensterbrett zu steigen oder aus der Hundeschüssel zu lekken oder ein Tintenfaß in die Suppe auszuleeren. Einmal erwischte ich sie gerade noch, wie sie vom ersten Stockwerk außen am Haus längs der Dachrinne in den Garten klettern wollte; sie stand schon draußen auf dem handbreiten Gesims und trällerte fröhlich vor sich hin.

Und daneben der neugeborene Junge, er war sehr zart, ein Achtmonatekind, wie zart er war, merkte ich daran, daß er sich seine Fersen an den weichen Windeln wundwetzte, ich mußte seine Beinchen in Watte packen. – Ich hatte wirklich alle Hände voll zu tun.

Und nun – die Tanten!

Ich machte kein Hehl daraus, daß sie mir unwillkommen waren. Ich mietete ihnen ein Zimmer in der Stadt, ich legte ihnen nahe, im Wirtshaus zu essen. Schließlich gelang es mir, die beiden ins Zillertal abzuschieben, mit Rike zusammen, die unterdessen Keuchhusten bekommen hatte; Keuchhusten, diese überaus ansteckende Kinderkrankheit. Wenn der kleine Bruder angesteckt würde, so würde er, wie meine Ärztin und Irmgard übereinstimmend bestätigten, kaum noch zu retten sein.

Gehorsam packten die Tanten zusammen und zogen sich ins Zillertal zurück. Leider waren sie auch dort ungern gesehen. Mit dem keuchhustenden Kind zogen sie von Quartier zu Quartier. Nur einmal kam ich sie besuchen.

Auch über diesem Besuch waltete ein Mißgeschick. Ich fühlte mich krank. Ich hatte mich schwer erkältet, als ich nach meiner Niederkunft bei kühlem Wetter nur in Sandalen gelaufen war, um meine letzten Strümpfe zu schonen.

Nun meldete sich eine Nierenbeckenentzündung an. Ich hielt es kaum noch aus, aufrecht zu sitzen. Überstürzt kehrte ich nach Hause zurück, nahm die fünfzig Sulfonamidtabletten, die mir unsere Ärztin verschrieb, binnen vierundzwanzig Stunden und ohne meine Tätigkeit im Haus zu unterbrechen. Dann brach ich zusammen und lag achtundvierzig Stunden im Tiefschlaf. Mein Glück.

Es war mein Glück, daß ich schlafen konnte, wenn ich krank war, schlafen konnte bei jeder Gelegenheit, die sich mir bot. Damals begann die Phase schwerer Überanstrengung für mich, sie dauerte etliche Jahre. Doch – trotz aller Ängste, peinigender Sorgen und würgender Kümmernisse – tief in meiner Natur mußte sich doch eine unerschütterte Zelle Kraft und Bei-mir-Sein erhalten haben, eine Zelle des Widerstands gegen die Zerstörung. Aus ihr tankte ich Schlaf.

Im Januar 44 war Frau Geißlers Jüngster, Jockl, in der Krim gefallen. Im Oktober erhielt die Mutter die Nachricht, daß ihr älterer Sohn Hermann im Westen in englische Kriegsgefangenschaft gekommen sei. – Es ist anzunehmen –, schrieb ihr Hermanns Regimentskommandeur, – daß er nur leicht verwundet ist. – Trude Geißler rief mich voll freudiger Aufregung an und teilte mir mit, daß für Hermann der Krieg aus, daß er aus dem Hexenkessel gerettet sei. Als ich den genauen Wortlaut des Briefes erfuhr, beschlichen mich böse Ahnungen. Aber alle, Freunde und Bekannte stimmten in den Jubel ein: Hermann ist gerettet. Wenigstens Hermann! – Und demnächst, so hieß es weiter, werde Nachricht von ihm eintreffen.

Aber die Nachricht kam nicht. Wochen verstrichen, Monate verstrichen. Trude Geißler wartete. Sie wartete Tag und Nacht. Von allen an der Westfront Gefangenen trafen Briefe ein. Von Hermann nicht. Erst viel später erfuhr sie: Hermann war nicht leicht, sondern schwer verwundet worden. Englische Sanitäter trugen ihn nach hinten. Auf dem Weg zum Verbandsplatz kamen sie noch einmal unter Beschuß.

Ein junger fern verwandter Vetter von mir fiel in Italien. Seine Mutter und seine Schwester wohnten in Hall wie wir. Der Ortsgruppenleiter sollte sie benachrichtigen. Er legte, wie vorgeschrieben, seine Amtswalteruniform an und läutete an ihrer Wohnung. Obwohl die Frauen wußten, daß er die Aufgabe hatte, die jeweils Hinterbliebenen zu benachrichtigen, empfingen sie ihn mit Heiterkeit: – Das ist aber schön von Ihnen, daß Sie uns wieder einmal besuchen kommen! – Der Mann wagte seine Botschaft nicht auszurichten. Unverrichteter Dinge ging er weg. Anderen erzählte er. Die ganze Stadt wußte Bescheid. Keiner wagte den Mund aufzumachen. Mutter und Schwester des Gefallenen spazierten durch die Gassen. Man wich ihnen aus, grüßte sie nur von ferne, drückte sich rasch ums nächste Eck. Nachts hörte man plötzlich schrille Jammerrufe aus der Wohnung. Die Mutter hatte bemerkt, daß eine Topfblume, die ihr der Sohn beim letzten Urlaub geschenkt hatte, geknickt und verwelkt war. Die zerstörte Pflanze im Arm stürzte sie ins Treppenhaus: – Er ist tot! – schrie sie, – er ist tot, Richard ist gefallen. –

Neben der Trauer regte sich euphorische Turbulenz. In unserer Nachbarschaft heiratete eine Sechzehnjährige. Ich sprach ihre Eltern an und äußerte mich erstaunt darüber, daß sie diese Heirat erlaubten. – So jung, wie Ihre Tochter ist! – Was wollen Sie denn? – antwortete mir die Frau. – Sollen sie glücklich sein, eine Woche lang glücklich! Was geht uns die Zukunft an? –

Ja, was ging uns die Zukunft an?

Hatten wir denn überhaupt noch so etwas wie eine Zukunft? Wenn Freunde beisammensaßen, so war es nachgerade zum Gesellschaftsspiel geworden, einander zu versichern, man wolle das Ende nicht überleben. Die Gatten wollten ihre Kinder mitnehmen. – Wir haben Gift. – Ich habe noch sechs Schuß in der Pistole. Wir schaufeln uns vorher im Garten ein Grab. –

Ich muß mir vorwerfen: Auch ich hatte solche Gedanken. Albträume verfolgten mich. Der Umstand, der mich am meisten beunruhigte, war, daß man auf dem unbebauten Feld unserem Haus gegenüber vor einigen Monaten ein Lager errichtet hatte. Es war ein kleines Lager und umfaßte nur drei oder vier Baracken. Darin waren gefangene Polen untergebracht. Am Morgen wurden sie truppweise zur Arbeit geführt, am Abend kehrten sie mit ihren Wachmannschaften zurück. Welche Art von Arbeit sie verrichteten, wußte ich nicht. Dann und wann bewegten sie sich aber auch frei, kamen über die Straße, öffneten unser Gartentor, tappten die Treppen herauf, baten um etwas zum Essen. Wir wiesen keinen ab. Jedem reichten wir, was eben da war, einen Teller Suppe, ein Stück Brot. Aber ich zitterte vor solchen Besuchen. Ich hatte das Gefühl, unser Haus werde von ihnen rekognosziert – für die Stunde X.

Die Stunde X., wann würde sie erscheinen?

Nach den gewaltigen Vorstößen aus Ost und West war im Herbst etwas wie Ruhe eingekehrt. Galgenfrist. Nur die Luftangriffe hämmerten weiter mit gleicher Gewalt.

Die Tanten reisten Ende Oktober nach Pilsen zurück. Ich begleitete sie nun doch bis München. Mir war ihr Schicksal nicht gleichgültig. – Hört mal –, sagte ich, – wenn die Russen über die Weichsel kommen, dann ist es für euch höchste Zeit. Nehmt eure besten Sachen, die Pelze, das Silber, den Schmuck und das Gold – und kommt zu uns. Das, was sich in Böhmen abspielen wird mit den Deutschen, das sollt ihr nicht mitmachen! – Aber wieso denn? – antworteten sie, – wir haben doch niemandem etwas Böses getan. – Darauf kommt es nicht mehr an –, sagte ich, – merkt euch das! – Meinst du wirklich, Kind? – fragten sie. Und Tante Marci fügte hinzu: – Gott kann uns doch nicht verlassen. Wenn Gott gerecht ist, müssen wir doch noch siegen. – Und dann, im Ton der Ermattung: – Unseren guten Soldaten zuliebe! – Ehe wir uns in München verabschiedeten, drang ich ein letztes Mal in sie: – Wenn die Russen über die Weichsel – nehmt das Beste, was ihr habt – und das Gold, das Gold, vergeßt mir nur nicht das *Gold*! –

Das Gold. Es handelte sich dabei um etwa hundert hochkarätige Münzen, Taler und Dukaten, die schon ein Urgroßvater zu horten begonnen und zu denen jede nachfolgende Generation etwas hinzugefügt hatte; so war eine Art Familienschatz entstanden, man hatte ihn keiner Bank anvertrauen wollen, sondern um ihn vor Diebsaugen zu tarnen lieber in ein großes Wollknäuel gewickelt und in einer tiefen Schublade aufbewahrt. An dieses Gold dachte ich nun, es würde uns weiterhelfen in höchster Not. Wenn alles andere seinen Wert verlor, Gold würde seinen Wert behalten.

Der Zug nach Pilsen ging vom Bahnhof Moosach weit vor der Bannmeile von München ab. Seit Wochen waren die Bahnhöfe in der Stadt unbenützbar. Ein Lastauto der Wehrmacht schaffte uns hinaus. Es setzte uns ein Stück vor den Geleisen ab: Dort drüben, hieß es, würde irgendwann ein Zug abfahren. Wir schleppten das Gepäck, Tante Marci weinte. Sie bot jedem, der uns begegnete, ein Bündel Banknoten an, er sollte uns doch um Himmels willen helfen, ich schrie sie an: – Laß doch, ich bitte dich, ich mach das doch! – und zum Glück, muß ich sagen, war von den uns Begegnenden auch niemand bereit, die Koffer zu schleppen, ich brachte sie an Ort und Stelle, aber ich merkte, die alte Frau war in Panik, sie war nicht imstande, mit ihrer Lage fertigzuwerden. Hinter dem Bahnhof, auf offener Strecke stand der abfahrtbereite Zug. Mit Müh und Not gelang es mir, die beiden alten Frauen über die hohen Trittbretter zu hieven. Dann erschienen ihre Gesichter noch einmal hinter den gesprungenen, mit braunen Papierstreifen kreuz- und querverklebten Fenstern. Endlich fuhr der Zug an. Ich atmete erleichtert auf, drehte mich auf dem Absatz um und ging.

Tante Marci hatte ich zum letzten Mal gesehen.

DER VATER

Am Weihnachtstag 1944 erfolgte der erste Luftangriff auf Hall. Es fielen nur wenige Bomben, vermutlich in Notwürfen, da der Hauptangriff Innsbruck gegolten hatte. Ich hatte die Kinder in den Keller gebracht und kehrte dann wieder in die Küche zurück, um dort das Essen fertigzumachen. So entging es mir, daß auch mein Vater in den Keller ging, viel zu leicht bekleidet, das Treppenhaus war eisigkalt, das Haustor stand offen. Zwei Tage später begann mein Vater zu fiebern und über Schmerzen zu klagen. Der Befund des

Arztes lautete: Lungenentzündung. Die dritte oder vierte Lungenentzündung in den letzten Jahren. Der Arzt zog ein bedenkliches Gesicht.

Der letzte Abend, die letzte Mitternacht des Jahres kam heran. Meine Schwester und ich wären vielleicht schon vorher zu Bett gegangen, aber der Vater winkte uns heran und wies auf den Radioapparat, er wolle noch hören. Wir wußten, was er hören wollte. Für zwölf Uhr war eine Rede Hitlers angekündigt, seit langer Zeit die erste. Was war von ihr zu erwarten? Gewiß keine Wende. Aber mein Vater mochte denken: Vielleicht die Wahrheit. Mein Vater mochte glauben, ein Mann, der sich Deutschlands Führer nannte, könnte doch den letzten Augenblick dieses letzten entsetzlichen Jahres nicht verstreichen lassen, ohne ein Wort der Wahrheit zu sagen, ein Wort des Eingeständnisses, ein Wort vielleicht sogar der Reue und Selbstverdammung: vertan, verspielt, verloren. – Und darum wollte er hören.

Aber dann: die rauhe röhrende Stimme, stur wie immer, grollend, dieselben Parolen wie immer, derselbe zum Himmel schreiende Durchhaltewahnwitz, Lügen, die der doch handgreiflichsten Wirklichkeit ins Gesicht schlugen, Forderungen, die nur noch Grauen erwecken, und eine rasende Selbstbesessenheit, die wir doch nur mehr als luziferisch empfinden konnten.

Wir hörten das an, vom ersten bis zum letzten Wort, entsetzt, in uns zusammengekauert: Todes- und Vernichtungsurteil, und – als es endlich schwieg – wandte ich mich um. Ich wandte mich nach meinem Vater, sah ihn, wie er halbaufrecht in seinen Kissen lehnte, bartstoppelig das hagere Gesicht, mit dem verwirrten weißen Haarschopf, ausgemergelt, zu einem Gerippe abgemagert, ein Gespenst nur noch dessen, was er gewesen war. Nun hob er den Arm und winkte ab, er winkte ab wie nur *er* abwinken konnte: endgültig. Die letzte Hoffnung – erledigt.

Zehn Tage später starb er. Seit Stunden lag er schweratmend, schon bewußtlos. Meine Schwester und ich saßen wieder bei ihm und besprachen uns leise miteinander, was nun werden sollte. Zu unseren Füßen unter dem Tisch lag unser alter Hund, ein ruppiger dummer und schlecht erzogener Airedaleterrier. Auf einmal stand das Tier auf und trat an das Bett des Sterbenden, hob die Schnauze und stieß ein leises hohles Heulen aus. Dann kehrte er an seinen Platz zurück. Eine Minute später seufzte mein Vater tief und schmerzlich auf – und war nicht mehr.

Wir holten die Kinder. Rike sträubte sich und fürchtete sich vor dem Toten. Die kleine Traudi aber wollte sofort zu ihm ins Bett kriechen. Selbst als er im Sarg lag, versuchte sie ihn noch mit einem Bilderbuch zu unterhalten.

Wir hatten ihm seine Oberstenuniform angezogen und seine Orden an die Brust geheftet. Als wir ihm die Ringe abziehen wollten, seine Eheringe, die er mir, seinen Siegelring, den er meinem Bruder bestimmt hatte, fanden wir keine Ringe mehr an seinen Fingern. Er hatte sie in seiner Todeskrankheit in einem Augenblick des Alleinseins selbst abgezogen und in die Schublade seines Nachtkästchens gelegt. So zeigte er uns, daß er seinen Tod vorausgesehen und daß er abgeschlossen hatte.

Am 14. Januar fand das Begräbnis statt. Es waren siebzehn Grad unter Null und ein schneidender Wind. Die Sargträger hatten so klamme Hände, daß ihnen der Sarg beim Hinaustragen entglitt, unter Donnergepolter schoß er die Treppe hinab. Zum Begräbnis hatte sich kaum ein Dutzend Menschen eingefunden. Als wir auf den Friedhof kamen, mußten wir feststellen, daß die Grube falsch ausgehoben war, sie lag mehr unter dem Weg als unter unserem Grabgeviert, aber wir hatten nicht den Mut, von den Totengräbern zu verlangen, sie sollten die beinhart gefrorene Erde noch weiter aufpickeln. So brachten wir unseren Vater zur Ruhe. Am gleichen Morgen traten die Russen zur letzten großen Offensive an.

TE DECET HYMNUS

Ich hatte beim Tod meines Vaters und bei seinem Begräbnis nicht eine Träne geweint. Jahrelang hatte ich mir seinen Tod nicht vorstellen können, ohne daß mich ein Zittern ergriff, daß mich ein Schluchzen würgte. Hatte ich meine Trauer um diesen von mir doch einziggeliebten Menschen im voraus verausgabt? – oder war es einfach Erleichterung: Er müßte von den kommenden Schrecken nichts mehr erleben?

Ich hatte damals, schon ehe mein Vater starb, mit allem, was meine Arbeit betraf, aufgeräumt. Ich wollte nicht mehr schreiben. Ich konnte mir nicht vorstellen, was ich in Zukunft noch schreiben sollte. Ich hatte, so glaubte ich, gesagt, was ich sagen konnte. Da war, neben *Falkenberg* ein *Sonettenkranz*, an dem ich seit mehr als einem Jahr herumgegrübelt, gefeilt, gebastelt hatte. Er begann mit der Zeile:

Traum ist das Brot, von dem ich mich ernähre...

und endete:

Und was er schenkt, ist eingeborner Tod.

Wer war das: ER?

Ich hatte bei Abfassung des Zyklus zwar an Franz Tumler gedacht, aber zugleich weit über ihn hinaus. Liebe und Tod verschmolzen für mich in *einer* Figur, aus ihr las ich Rettung, nicht des Leibes, aber der *Person* und mehr als der Person, des *Inbilds* oder der *Seele* oder der unverwechselbaren höchst individuellen und doch auch für das Allgemeinste höchst signifikanten Konstellation, die sich im Einzelnen ereignet oder doch ereignen kann. Und obwohl ich für mein Leben sozusagen keinen Pfifferling mehr gab, so bildete ich mir doch ein, irgendwie gerufen, irgendwie gemeint zu sein, bildete mir ein, hinter den tobenden Feuersäulen der Zeit, hinter dem Feuervorhang noch etwas *anderes* erahnen zu dürfen. Ich wußte nicht, wie ich es nennen sollte, doch die Engführung der Sprache im Reim, im Gedicht drängte es mir auf als Äußerstes, das sich aus Hintergrund, Urgrund, Abgrund aufrufen ließ: GOTT.

Gott. Denn das reimte sich auf *Tod.* Reimte sich auf *Gebot.* Es reimte sich auch auf *Brot,* und floß zusammen zum Bild der Katakombe, des unterirdischen Heiligtums, des Brunnenschachts, der Kellerkrypta mit nacktem Steinaltar und Kelch und Opfer und dem Zeichen Ω.

Ich kann mich nicht mehr genau erinnern, war es noch vor oder bereits nach dem Tod meines Vaters: Ich besuchte als Stellvertreterin unserer Familie einen Totengottesdienst in unserer Haller Pfarrkirche. Es war sehr früh am Morgen und noch finster. Der Tote, für den die Messe gelesen wurde, war ein Sohn aus der Nachbarschaft, in Holland gefallen. Er hieß Peter Mayr. Ich hatte ihn kaum gekannt. Aber ich kannte seine Familie, der Vater war Notar, ein feiner und stiller Herr. Seine Mutter hatte ich immer besonders gerne gesehen, eine liebe schöne und gütige Frau, sie hatte mich immer an meine Mutter erinnert, so sehr, daß, wenn ich sie auf der Straße sah, ich an mich halten mußte, nicht hinzulaufen und sie zu umarmen. Noch als Fünfzigjährige war ich immer versucht, mich bei jeder Begrüßung und jedem Abschied über ihre Hand zu neigen und sie zu küssen. Fünf Kinder waren in der Familie, drei Söhne, zwei Töchter, und oft hatte ich sie mit ihren schönen kindlich frischen Stimmen aus dem Nachbarshaus singen gehört.

Wir wußten, daß die Familie streng katholisch war, und wir wußten auch, daß sie der Partei angehört hatte, die am längsten und heftigsten gegen den Anschluß aufgetreten war. Nun hatten sie den ältesten Sohn für Hitlers Krieg opfern müssen.

Sterbemesse. Die Kirche war fast dunkel. Nur vorn in der Apsis brannten einige spärliche Lichter. In der ersten Bank hatten die Eltern und die Geschwister des Toten Platz genommen. Ich erkannte sie von weit hinten, wo ich mich unter der Kanzel in einen Schattenwinkel ins Gestühl gedrückt hatte. Vermutlich war es der alte Dekan, der die Messe las. An Musik kann ich mich nicht erinnern, aber an die lateinischen Responsorien. Sie kamen unisono aus der ersten Bank nach dem tridentinischen Meßritus, nach uralter Vorschrift: Te hymnus decet, Deus, in Sion... gloria in excelsis et in terra pax... Laudamus te, benedicimus te, gratias agimus tibi propter magnam gloriam tuam – Lobpreisung geziemt dir, Gott, auf Sion. Ehre sei dir in der Höhe und Frieden auf Erden. Wir loben dich, wir preisen dich, wir sagen dir Dank ob deiner großen Herrlichkeit...

In mir krümmte sich etwas, Empörung, Bewunderung, Staunen. Wie konnten die dort vorne loben, preisen, Dank sagen, Dank sagen *für übergroße Herrlichkeit*? Wie konnten sie es über die Lippen bringen: Fiat voluntas tua, dein Wille geschehe wie im Himmel so auch auf Erden, wie konnten sie sich ergeben in den herzzerreißenden Verlust, Verlust an ein Schicksal, das sie nie gewollt, nie bejaht, das sie gehaßt und verachtet hatten? In mir ging etwas Schreckliches vor. Ich glaubte aufstehen und hingehen und vor ihre erste Bank hintreten zu müssen, wo sie knieten, der Reihe nach, Vater, Mutter, Brüder, Schwestern, ich glaubte ihnen die Bücher aus der Hand reißen zu müssen und sie zu fragen: Wißt ihr denn auch, was ihr da aussprecht, unisono, was euch so glatt von den Lippen geht nach alter Formel und alter Vorschrift? Wißt ihr auch, daß ihr dankt, daß euer Peter tot ist, durchbohrt oder zerfetzt oder auch nur erstickt im Sumpf oder im Bunker oder in der verschütteten Grube, ewig getrennt von euch und verloren? Aber während ich mit starren Blicken an ihren Rücken hing und alles in mir in aufrührerischer Empörung schwelte, erklang vorn das kleine heiser schrillende Glokkenzeichen zur Kommunion. Der Priester sprach das Agnus Dei und das Non-sum-dignus – und dann stieg er mit dem Ziborium die Stufen herunter. Aus der ersten Bank lösten sich die Gestalten: Eltern und Kinder. Eins nach dem anderen trat heraus, ging vor und kniete an der Kommunionbank nieder. Sie blieben allein dort, zu sechst, niemand wagte es, sich ihrer Reihe zu gesellen. Ich begriff, was geschah: Sie empfingen, um für das Kind, den Sohn, den Bruder mitzuempfangen. Er war tot, doch für sie war er zugegen, in dieser Stunde, zugegen als Opfer in der Opfergabe, in den Göttlich-Geopferten eingeschmolzen als ein für immer Geborgener; so kam der Endliche mit dem Unendlichen zu den Seinen, zu Vater, Mutter, Geschwistern – und so waren sie in der Trauer und in ihrem Glauben alle eins.

Ich begriff das oder ich glaubte es zu begreifen. Ich kniete unter dem finsteren Gewölbe im tiefen Schatten der Kanzel, weit seitab von den anderen in meinem Betstuhl, allein. Ich verbarg mein Gesicht in den Händen und weinte. Ich weinte um alles, was ich verloren hatte, was ich verloren wähnte. Ich weinte mich einer neuen Lebensphase entgegen.

DIE FEUERSÄULE

Es war am 14. Februar 1945. E. und ich machten uns auf, um zu einem Bauern ins Voldertal zu gehen. Wir hatten kaum noch etwas zum Heizen, vielleicht konnte uns der Bauer Holz liefern. Überdies meinte E., wir könnten mit ihm darüber verhandeln, ob er uns nicht ein oder zwei Kisten unserer Habseligkeiten einlagern lassen könnte, Lebensmittel oder Wertsachen. Seit Stalingrad hatte ich Lebensmittel zu horten begonnen, ich hatte durch meine Schwangerschaften höhere Zuteilungen an Haferflocken, Grieß und Zucker erhalten, die hatte ich gestapelt für noch schlechtere Zeiten, nun überlegten wir, sie wegzubringen auf einen sichereren Platz. Bei allem, was man besaß, tauchten jetzt solche Überlegungen auf: verstecken, verlagern, vergraben; der alte archaische Urtrieb gefährdeten Lebens erwachte: das Raubtier, das seinen Knochen vergräbt, der Hamster, der seine Höhle versorgt, der Igel, der sich in den Laubhaufen wühlt, sie wurden uns jetzt zum Vorbild. Trotzdem hielten wir das Land, in dem wir wohnten, hielten wir Tirol nicht für *unmittelbar* gefährdet; unmittelbare und konzentrierte Gefährdung, so meinten wir, würde vermutlich erst in Wochen eintreten, wenn der Ring der Fronten noch mehr zusammengeschnürt, die Verteidigungslinie noch gründlicher zusammengedrückt, wenn schließlich nurmehr das Berggelände, *die Alpenfestung* übriggeblieben sein würde. Dann allerdings werde sich hier der Endkampf ereignen.

So machten wir uns also an jenem Februartag auf den Weg. Die Kinder blieben daheim. Ein Mädchen war da, und meine Schwägerin, sie wohnte ja nun bei uns im Haus in der unteren Wohnung, sie würde, wenn es nottat, nach dem Rechten sehen, unbesorgt konnten wir gehen. Es war ein herrlicher Tag, blauföhnig und strahlend, der erste wärmere Tag nach einem grauenhaft kalten Winter, zum erstenmal hörten wir Tropfen in der Dachrinne klingeln, zum erstenmal lag eine Ahnung von Vorfrühling in der Luft. Wir überquerten den Inn, folgten der kleinen Straße und stiegen dann durch den Wald auf. Hier auf der Schattenseite war es viel kälter als drunten, hier hingen die

Bäume voll Schnee, und der steile Hohlweg war eine einzige Fläche blanken Eises.

Es mochte gegen Mittag gehen, da hörten wir die Sirene aus dem Tal, Fliegeralarm, und bald darauf das Brummen hoch aus dem Blau. Quer über das Inntal flog ein starker Pulk. – Nach München –, sagten wir, – die fliegen heute wieder nach München, neue Bomben auf Bombentrümmer, aber sie geben ja nicht nach, bis alles zermalmt ist. –

Wir stiegen weiter, ohne an etwas Schlimmes zu denken, bis wir eine Kante erreichten, hier blieb der Wald zurück, vor uns eine freie Leite, von hier ging der Blick hinab ins Tal gegen Innsbruck und auf Hall. Wir blieben stehen, wie wir immer hier stehen blieben, wenn wir diesen Weg nahmen, um zu verschnaufen nach der ersten Anstiegsstufe und um der Aussicht willen. Unter uns liegt Hall, spielzeugklein aus der Vogelschau und gestochen klar im Mittagslicht, die kompakte Rosette der Altstadt mit den großen grauen Kirchendächern, mit der Bogenlinie des Grabens und den locker gestreuten äußeren Vierteln. Der Inn ist grün wie Smaragd, und die Äcker im Norden sind schon mit aperen Rainen gestreift. Wir stehen und schauen noch immer, aber mit einem Male wird mir so sonderbar: Plötzlich ist es mir schrecklich, das Städtchen da unten zu sehen, aufgeschlagen wie ein Bilderbuchbild, schutzlos und überklar unter dem offenen Himmel, und mich durchzuckt der Gedanke: Es liegt doch da wie ein Angriffsziel. Mich faßt ein Bangen: die Kinder unten, die Kinder in dem leichtgebauten Haus, nicht besser als eine Streichholzschachtel, und ich denke: Soll ich zurück? Und wie ich noch denke und zweifle und wäge, da ist ein Ton in der Luft, ein ferner brummender Ton, er nähert sich, nähert sich, seltsam drohend, und da ist auch schon die Spitze sichtbar im Blau, blitzend, die ersten Staffeln. – Ja, aber was ist das? Sie kommen nicht von Norden, aus Richtung München, sie halten nicht auf den Süden zu, sie kommen das Inntal entlang, in geringer Höhe, in gedrosseltem Flug. In mir gellt Entsetzen auf: Innsbruck! Innsbruck! Sie halten auf Innsbruck, o Gott, sie werden doch nicht auch Hall –? Notwurf – wir habens ja schon erlebt.

Aber da funkelt es schon über uns in der Luft, schwebende Silberpünktchen, niedertorkelnde Blitze, drei, fünf, zehn, immer mehr, immer mehr.

– Bomben! – schrei ich und geh in die Knie und springe auf und stürze wieder, – Bomben! – Und ich denke, es kann nicht sein, und ich sehe: es ist. – Und dann geht es drunten schon an.

Östlich der Stadt, auf fast freiem Feld, wirft die erste Lage eine schwarze Fontänenreihe auf, turmhoch und höher. Drei, vier Sekunden später das Krachen der Detonationen. Da ist auch schon die nächste Lage niedergegangen, besser gezielt, zwischen Häusern und Gärten, und dann die dritte, die vierte, ein Teppich neben dem anderen, jetzt ist der Bahnhof daran und die westliche Vorstadt – und dort, dort – unser Haus, unser Haus, die Streichholzschachtel, und nun springen auch dort schon die schwarzen Geysire.

Meine Kinder!

Wenn es wahr ist, daß der Mensch im Angesicht des Todes sein ganzes Leben noch einmal nacherlebt, es in einem blitzartigen Ablauf von Bildern vor sich sieht, daß in ihm eine Art rasendes Arpeggio über die ganze Klaviatur seines Daseins aufdröhnt, – wenn das wahr ist, dann habe ich allerdings damals auch so etwas wie einen letzten Augenblick erlebt. Denn während ich die Stadt unter mir in schwarzen flammendurchzuckten Wirbeln mehr und mehr verschwinden, während ich neue und immer neue Pulks heranfliegen und ihre Bombenschächte leeren sah, während ich beobachtete wie zwei Flugzeuge von der Flak getroffen und aufgeschlitzt wankten, taumelten und dann wie zwei flammende Papierdrachen in Schraubenbewegungen niedergingen und im Anprall zerbarsten, – sah ich zugleich meine Kinder wimmernd ins Kellereck gedrückt und unter brechenden Mauern begraben, ich sah mich selbst wie ein Tier den Schuttberg mit bloßen Händen durchwühlen, ich sah das Grab meines Vaters auf- und seinen zertrümmerten Sarg hervorgerissen (gottlob, daß er nichts mehr fühlte!), sah mich selbst, aufs unerträglichste beraubt, auf der Flucht in den Irrsinn hinaus nach Deutschland und den Fronten entgegentaumeln.

Und doch hatte ich das Bewußtsein meiner selbst nicht verloren, im Gegenteil: Ich blickte auf mich hin wie auf eine fremde Person, wie ich dort auf der Kante des Steilhangs durch den knietiefen Schnee rannte, die Hände rang und mit den Armen um mich schlug, schreiend, schluchzend, die Bomben auf mich niederwünschend und doch erbebend, wenn ein Reihenwurf diesseits des Flusses einen der Hänge unter uns zerwühlte; ich sah mich wie eine weit entfernte fremde groteske Figur, grotesk im Ausbruch ohnmächtiger Verzweiflung, in meinem alten blaukarierten Mantel, in Bergschuhen, ein weinrotes Wolltuch auf dem Kopf.

Ich fluchte dem Krieg, der da als silberfunkelnder, hundertfach geflügelter und geschwänzter Drache schräg über mir im sonnigen Blau dahinzog, satanisch schön. Aber ich fluchte auch dem Frieden, der uns mit verlogenen Parolen und schmeichlerischen Entwürfen in einen verderblichen Traum gewiegt hatte. Ich fluchte der Glasglocke, in die mich die Liebe der Meinen gesetzt und in der sie mich verpäppelt und mit verzuckerten Illusionen genährt hatte. Diese Glasglocke war jetzt endgültig unter dem Schlag einer entsetzlichen Belehrung zerborsten. Ich sah unter den immer steigenden Erdfontänen, unter den Detonationsflammen und wirbelnden Trümmern die eigene Jugend – mit allen ihren verwegenen Glückserwartungen und Ansprüchen – in einem Malstrom von Dreck und Feuer vergehen. In mir war Haß, aber Haß nicht nur auf die Mächte der Vernichtung und die verbrecherische Narrheit, die diese Vernichtung auf uns losgelassen, sondern auch auf den Traum von bürgerlicher Sicherheit, in dem ich erzogen worden war, auf diesen Traum voll Hochmut und Selbstgewißheit, der jetzt unter dem Keulenschlag einer brutalen Erniedrigung endgültig in Brüche ging.

Als unten nichts mehr zu sehen und die ganze Stadt unter einer Wolke von Rauch und Staub verschwunden war, riß ich mich los und rannte den Weg, den wir gekommen waren, zurück. E. rannte mit mir; er hatte die Zeit des Angriffs in Deckung verbracht, in einem nahe der Leite im Wald tief eingeschnittenen Bachbett. Gleitend, stürzend, schlitternd, von neuem aufgerafft, so schafften wir den Hohlweg, dann die Straße. Ich weiß nicht, wie wir es zuwege brachten noch vor der Entwarnung über die Brücke zu kommen. Hier war das ganze Gelände aufgerissen, Trichter an Trichter, rauchende Trümmer wohin wir sahen. Der alte Münzturm stand unbeschädigt, ein brennendes Haus sperrte eine Gasse, keuchend mußten wir noch einen Umweg nehmen. Doch als wir die Fuxmagengasse hinaufliefen, kam uns ein Mann aus der Nachbarschaft entgegen, er sagte: – Ihr Haus steht, den Kindern ist nichts geschehen. –

Ich fiel ihm um den Hals.

Ja, das Haus stand – und den Kindern war nichts geschehen.

Zuerst hatte sich die Nachricht verbreitet, ein Zeitzünder habe das Dach durchschlagen und sei in einer der Zimmerdecken steckengeblieben. Als meine Schwester davon hörte, kam sie aus ihrem Lazarett herbeigerannt und wollte sich auf das Geschoß stürzen und es bei Gefahr von Leib und Leben aus dem Hause tragen. Aber zum Glück war das Ding kein Zeitzünder, sondern nur die Lichtmaschine eines abgeschossenen Flugzeugs, man konnte es in aller Ruhe entfernen. Die Scheiben der Fenster waren geborsten, überall lagen Scherben und losgebröckelter Verputz, die nächste Bombe war in Nachbars Garten niedergegangen. Meine Schwägerin hatte die Kinder in den Keller gebracht und hatte mit ihnen ausgeharrt, tapfer und gefaßt, obwohl sie selbst hochschwanger und knapp vor ihrer Niederkunft war. Der kleine Junge lag, als wir ankamen, schon wieder ruhig schlafend in seinem Körbchen, die beiden Mädchen waren noch blaß, aber schon eifrig beschäftigt herumzusausen und die Schäden im Haus in Augenschein zu nehmen.

Ich hatte sie wieder, die Meinen. Ich holte Besen und Schaufel und kehrte Mörtel und Scherben zusammen und nagelte Pappendeckel in die Fensterrahmen.

Darüber war es Nacht geworden, und ich konnte nun auch zur Ruhe gehen. Rings um mein Bett waren die drei Bettchen aufgestellt, ich ging von einem zum anderen, sie schliefen friedlich, die Kinder, mit vom Schlaf gerundeten Wangen, jedes in seiner gewohnten Ruhestellung, Rike mit zierlich ineinander geschlungenen Händchen, Traudi auf dem Bauch liegend, das Gesicht zur Seite gedreht, den dicken Lutschedaumen zwischen den blühenden Lippen. Ich beugte mich über jedes, zog dem einen die Decke herauf, streifte sie dem anderen vom feucht verschwitzten Köpfchen, im Licht der kleinen Lampe sah ich die zarten Schatten zucken, die ihre Wimpern warfen. Ich löschte das Licht und legte mich hin und eine Weile hörte ich sie noch atmen, und das still webende Wispergeräusch wiegte auch mich in den Schlaf. –

Doch schon am nächsten Tag holte ich ein leeres Heft hervor und begann wieder zu schreiben.

FAST EIN EPILOG

Ich begann das Buch zu schreiben, das fünf Jahre später als *Das Haus der dunklen Krüge* herauskam, ein Buch über meine Familie, über das Nest, aus dem ich kam, in dem man mich so lange festzuhalten gesucht und aus dem loszukommen ich aus Kräften gerudert hatte. Ich ging nicht sehr gut um mit diesem Nest in jenem Buch und sagte viel Bitteres darüber und zeigte, daß es schon angefault und morsch gewesen war vor meiner Zeit. Erst später merkte ich, daß ich so manche Niederlage meines eigenen Lebens an meiner Herkunft zu rächen versucht hatte. Die Motive, die mich zu der Niederschrift drängten, waren verschlungen und ineinander verfilzt, doch wahrscheinlich ist es eben die Verschlungenheit und Verfilzung der Antriebskräfte, die uns zum Schreiben bringt.

Im März, vier Wochen nach dem Luftangriff auf Hall, kam Tante Anci aus Böhmen. Sie kam allein. Tante Marci, die Empfindlichere, kam nicht mit ihr. Aber auch Tante Anci brachte keinen Pelz mit (– Aber wozu denn einen Pelz? Es wird doch Frühling! –), sie brachte kein Silber und keinen Schmuck, nicht einmal das Gold brachte sie und, als ich danach fragte, wehrte sie ab und brach in Klagen aus, wie schwierig die Reise gewesen sei und wie oft sie hatte umsteigen müssen. Wie hätte sie da das Gold mitschleppen können, das schwere –? Nein, nein, das Gold liege sicher daheim in seiner Schublade, in seinem Versteck. Doch als sie dann auspackte und ihre Reisetasche leerte, die einzige kleine, die sie mitgebracht hatte, da legte sie mir ein Päckchen auf den Tisch, in Seidenpapier eingeschlagen, mit einem Bindfaden umwickelt. Ich fragte: – Was ist das? – und sie winkte mir mit den Augen: – Mach es nur auf! – und als ichs öffnete, war es ein *Schleifstein*.

EIN SCHLEIFSTEIN! Mir wankten die Knie, mir wurde schwarz vor den Augen. – Das Gold war dir zu schwer, aber einen Schleifstein hast du *doch* mitgebracht. – Freilich –, sagte die Tante und sie sagte es fröhlich und stolz, – freilich, denn wißt ihr, Kinder, ihr habt halt immer so schlecht geschliffene Messer. –

Ich habe die Geschichte oft erzählt und viel Gelächter geerntet mit ihr und Kopfschütteln über die unerhörte Naivität der Tante. Gold in einen Schleifstein zu tauschen wie Hans im Glück, das war doch die Höhe! Aber viel später dämmerte es mir, was es zu bedeuten gehabt hatte, daß die alte Frau das Gold liegen ließ und sich lieber mit nutzlosem Kram belud. Hätte sie nämlich das Gold an sich genommen und alles Wertvolle, was sonst noch dalag, dann hätte sie sich ja zugeben müssen, daß sie für immer ging; daß sie alles übrige verloren gab, daß sie nie mehr zurückkehren werde in *ihr* Nest, in das ererbte Haus, die ererbte Wohnung, daß sie auch nicht mehr zurückkehren werde zu der älteren Schwester, die in Böhmen zurückblieb, weil sie zurückbleiben wollte, und daß sie, Anci, sich rettete, zwar in Bettelarmut und zu langem Elend, dennoch rettete, während die andere verloren war. So ließ sie das Gold liegen bei diesem Abschied und steckte lieber den Schleifstein ein, so war ihr das Unerträgliche ein wenig erträglicher geworden, und das war, vielleicht, auch *goldeswert*.

Tante Marci, ich sagte es schon, war verloren. Sie hatte nicht reisen wollen, sie hatte nach den Erfahrungen im vergangenen Herbst bei uns nicht ansprechen wollen um Quartier, um unsere Hilfe und Geduld. Sie erwartete, zu allem Unglück, das Kriegsende nicht in Pilsen, sondern in *der* Stadt, in der man gegen die Deutschen am härtesten und grausamsten verfuhr, in Prag. Dort hatte sie Zuflucht genommen in einem Altersheim. Man holte sie, wie alle deutschen Insassen, heraus, nahm ihr alles weg, was sie bei sich trug und verfrachtete sie mit Hunderten und Tausenden anderen in die Sportarena am Strahov. Dort kampierten sie im Freien, auf den Tribünen, auf Aschenbahnen und Fußballrasen. Sie kampierten Wochen und Monate. Sie hungerten, dursteten, starben.

Ich möchte nicht wissen, was in der alten Frau vorging, als das Entsetzliche über sie hereinbrach. Ich möchte nicht wissen, wie sie die Hölle ertrug, sie, die sich immer schon beim geringsten Unfall, bei der geringsten Unregelmäßigkeit und Unbequemlichkeit bis zur Panik erregt hatte. Ich hoffe, sie konnte noch beten, so wie ich sie oft beten gesehen hatte in Augenblicken der Beängstigung und (oft nur eingebildeten) Not: Die großen weitaufgerissenen graugrünen Kugelaugen quollen noch weiter hervor, Schweiß trat auf ihre Stirn und perlte in den kurzen Borstenhärchen an Mund und Kinn und lautlos bewegte sich ihre Unterlippe. Einstmals war sie dick gewesen, an neunzig Kilo schwer, sie hatte gern üppig und viel gegessen, im Krieg war sie abgemagert, daß ihr die Kleider am Leibe schlotterten, jetzt verfiel sie wohl zu einem Skelett. Immer hatte sie *bequem* und *der Gesundheit* leben wollen, immer war sie spazieren gegangen – *um der Gesundheit willen*; um der Gesundheit willen war sie in der Sonne gesessen und hatte frische Luft geschnappt und sich jeden Morgen einer Kaltwasserkur unterzogen, wie sie Pfarrer Kneipp empfohlen hatte zu guter Gesundheit. Jetzt saß sie Tag und Nacht im Freien, in Sonne und Regen, in Hitze und Kälte, vom 5. Mai bis zum 1. Juni, den ganzen Juni, den ganzen Juli, eine lange Marter. Im August wurde sie endlich in ein anderes Lager geschafft, dort starb sie und wurde in einem Massengrab verscharrt.

Durch das Rote Kreuz erhielten wir die Nachricht, zwei Zeilen, Datum und Ort.

Eine ähnliche Nachricht erhielten wir über meine unglückliche Cousine Ingeborg. Ich kann nicht leugnen, daß uns diese Nachricht mit einer gewissen Erleichterung erfüllte.

E. war kurz vor Ende des Krieges noch einmal eingerückt. Er war zum Volkssturm einberufen worden und hatte sich, um dieser Einberufung zu entgehen, freiwillig bei der

Wehrmacht gemeldet. Ich hatte ihm dazu geraten, da ich befürchtete, die Alliierten würden den Volkssturm nicht als reguläre Truppe gelten lassen und mit seinen Angehörigen wie mit Partisanen verfahren. E. war in Österreich gefangengenommen und nach etlichen Wochen amerikanischer Inhaftierung nach München entlassen worden.

Er kam von dort mit dem Rad gefahren und pendelte dann eine Zeitlang zwischen Bayern und Tirol. Gegen Ende September wurde die Grenze zwischen Deutschland und Österreich geschlossen, er war soeben wieder in München. Damit waren wir für Jahre – und damit auch für immer getrennt.

Auch mein Bruder kehrte heim, mit knapper Not der russischen Gefangenschaft entkommen, nach einem langen Fußmarsch von Nordböhmen bis Tirol.

Auch Franz Tumler meldete sich und erschien anderthalb Jahre später auf Besuch. Wieder waren wir schüchtern voreinander und redeten gemessen und schonend wie Kunstfiguren. Auch er war ein armer Teufel geworden inzwischen, und das näherte uns für kurze Zeit einander an. Doch sowie sich unser Verhältnis auf einen bestimmten Punkt zubewegte, an dem sich Entscheidung aufdrängte, ob engere Gemeinsamkeit sein sollte oder nicht, da zerbrach es auch schon. Es war nie etwas anderes gewesen als ein Verhältnis der schönen Worte, der gepflegten Distanz und der ästhetischen Listen. Als solches freilich war es perfekt.

Das Ende des Krieges, vor dem ich mich so lange qualvoll gefürchtet hatte, vollzog sich bei uns erst am Vorabend der allgemeinen Kapitulation und vielleicht deshalb ohne schwere Verwicklungen, ohne weitere Zerstörungen und dramatisch-blutige Ereignisse. Das Polenlager in unserer Gasse wurde sang- und klanglos aufgelöst, niemand tat uns etwas zuleide. Zuerst rückten die Amerikaner ein, später kamen die Franzosen. Sie beschlagnahmten die Wohnung meines Bruders, mein Bruder zog mit Frau und Kind zu uns in das obere Stockwerk. So waren wir zusammengedrängt, zu zehnt und zeitweise zu elft auf kleinem Raum, der Zustand hielt sich Jahre, bis zum Herbst 49. Wir lebten *Kommune*, d.h. wir lebten Kommunität an Tisch und Herd, am selben Wasserhahn, am gleichen Wäscheplatz und mit derselben Gartenharke, es war nicht leicht, aber wir brachten es zuwege, in Eintracht und Anstand zu überstehen.

Eins habe ich hier noch zu erwähnen: die Welt hatte sich für uns verändert, wir gehörten einem geschlagenen Volk an, einem entehrten Volk und, wenn man auch in Österreich sehr schnell und, wie ich damals empfand, *zu* schnell vom eigenen Staat, vom Status des Opfers und damit von eigener Privilegierung redete, so hatten wir diese Lage doch längst erwartet und was sie brachte an Not, Armut und Schwierigkeiten: Wir hatten das in Gedanken längst vorweggenommen.

Nun aber folgte noch einmal etwas anderes: am 6. August 1945 fiel die Bombe auf Hiroshima, am 9. August auf Nagasaki. Da war nun die Wunderwaffe, von der bei uns gefaselt worden war, der große alles vernichtende Blitz. Andere hatten die Waffe entwickelt und hergestellt, andere hatten die *große Feuersäule* aufgehen lassen. Wir beneideten sie nicht darum. Zum erstenmal war ich *froh*, daß wir den Krieg verloren hatten, daß wir ausgeschieden waren aus den Mächten dieser Erde, aus dem Wettstreit um die Vorherrschaft, um den Platz am Schalthebel der Weltgeschichte, der offenkundig von nun an die Möglichkeit mit einschloß, die ganze Erde zu vernichten. Wir hatten die Bühne verlassen, auf der das Drama dieser Möglichkeit spielte, auf der es heute noch spielt. Wir sind abgetreten aus der Zone, in der Irrtum und Schuld ein neues, zuvor nie gedachtes, nie vorstellbar gewesenes globales Ausmaß annehmen kann. Andere rückten in diese Zone ein.

So blieb uns viel erspart. Dafür lernten wir danken.

DIE TASCHE

Im Frühwinter des Jahres 1946 hatte ich noch ein Abenteuer zu bestehen, das, wäre es nicht ausgelaufen wie es auslief, mein künftiges Leben sicher von Grund auf verändert hätte. Es warf mich noch einmal in die Stunde Null zurück. Noch einmal waren die Weichen ausgestellt, noch einmal hing alles an einem Haar.

Am 14. November 1945 hatte ich mein viertes Kind, meine Tochter Dorothea bekommen. Ich lag noch im Krankenhaus, da kam am dritten oder vierten Abend nach meiner Niederkunft ein Polizist in mein Zimmer herein und teilte mir mit, ich sei aus Österreich ausgewiesen. Ich hätte, so las er mir aus einem amtlichen Schriftstück vor, binnen zehn Tagen mit meinen Kindern das Land zu verlassen.

Das war eine schlimme Nachricht. Aber sie kam nicht unerwartet. Ich war ja schon vor dem Anschluß, 1937, durch meine Ehe mit E. Reichsdeutsche geworden, war auch jetzt noch mit einem Reichsdeutschen verheiratet. Das wurde mir jetzt als eine Art Vaterlandsverrat angekreidet. Ich sollte dafür bezahlen.

Überdies war das Land mit Flüchtlingen überfüllt, Wohnraum und Nahrung knapp. So versuchte man abzuschieben, wen immer man abschieben konnte.

Aber ich wollte nicht gehen. Ich wollte nicht mit meinen Kindern in die zerstörte Stadt zurück, in die womöglich noch härteren Verhältnisse, die drüben herrschten. Vor allem aber wollte ich nicht in das alte Leben zurück, in die Gemeinschaft mit E., von der ich weder Hilfe noch Heilung erhoffen konnte. So war ich entschlossen mich der Ausweisung zu widersetzen. Ich verließ mich darauf, daß man mich nicht mit Gewalt aus meinem Hause reißen und über die Grenze transportieren werde, und Befehlen und Drohungen wollte ich mich nicht beugen. Am anderen Morgen schleppte ich mich zum Telefon und begann verschiedene Leute um Hilfe zu bitten: Den Propst von Innsbruck, Josef Weingartner, einen Universitätsprofessor Reut-Nikolussi, neuerdings Mitglied der Tiroler Landesregierung. Die beiden hatten mir schon vor Jahr und Tag zu erkennen gegeben, daß sie meine Bücher schätzten. Jetzt verweigerten sie mir ihre Hilfe nicht. Unter allerlei Vorwänden konnte ich eine erste Verlängerung der Frist erhalten, nach der die Ausweisung erfolgen sollte, vier Wochen; nach diesen vier Wochen müßte ich neuerlich um vier Wochen ansuchen und wieder um vier Wochen, so werde es vielleicht gelingen die Fristen so lange anzustückeln, bis ich am Ende doch für immer bleiben könnte. Mehr konnten mir auch meine Gönner nicht versprechen.

Ich war mir klar: Unter solchen Umständen hatte ich mich als einen Menschen minderen Rechts zu betrachten. Mein Haus wurde als deutsches Eigentum beschlagnahmt. Ich war nur widerwillig geduldet, ein unnützer Esser und, da ja noch andere Menschen an mir hingen – meine vier Kinder, Tante Anci und jetzt, nach seiner Entlassung aus einem tschechischen Zuchthaus, auch noch Onkel Hubert-Roderich – sozusagen das Leittier einer ganzen Schmarotzerherde. Ich war mir klar: Ich dürfte mir nicht das Geringste erlauben, nicht einmal um einen Bezugschein nachsuchen für ein Paar Schuhe etwa. Da war kein Darandenken! Und wenn ich am Monatsersten die Lebensmittelkarten von der Gemeinde holte, wartete ich schon mit Bangen auf die rüde Frage, wann ich denn endlich zu verschwinden gedächte.

Nun aber, im Spätjahr 1946, sollte in Österreich die Reichsmark abgeschafft und durch eine neue Währung, den Schilling, ersetzt werden, eine längst fällige Maßnahme, die schon nach der ersten Nationalratswahl beschlossen worden war; sie sollte gehortetes Geld entwerten und die Wirtschaft sanieren. Was Ausländern gehörte, verfiel dem Staat, so natürlich auch mein an einer hiesigen Bank angelegtes Konto. Doch sollte jedermann, auch der Ausländer, das Recht haben, eine kleine Summe des alten Geldes in neues umzutauschen. Zu diesem Umtausch, so war bekanntgegeben worden, waren die neuen Lebensmittelkarten mitzubringen. Auf ihnen würde der erfolgte Wechsel bestätigt werden. Ohne Karten kein Geld. So stiegen diese Karten noch einmal im Wert und wurden zu nahezu unschätzbaren Dokumenten. Wir sprachen daheim davon, welch ein Unglück es wäre für den, dem sie abhanden kämen.

Unser Haushalt bestand aus acht Personen. Ich trug die Verantwortung für diese acht; so hatte ich auch die Karten in Verwahrung. Sie steckten immer in meiner Handtasche. So pflegte ich sie mit mir herumzutragen. Das war, einesteils, leichtsinnig. Andernteils hatte ich meine Erfahrungen, mit meinen beiden alten und immer hungrigen Flüchtlingen vor allem, ich wollte sie nicht in Versuchung führen.

Eines Nachmittags in der ersten Adventswoche fuhr ich nach Innsbruck. Was ich dort wollte, weiß ich nicht mehr. Wie immer hatte ich die Karten bei mir, die schon reduzierten der laufenden, die neuen, noch unberührten, der kommenden Zuteilungsperiode, eben jene, auf die der Geldumtausch erfolgen sollte. Ich hatte auch noch ein Buch bei mir, ein Tiroler Kollege, Josef Leitgeb hatte es mir geliehen: es war Jüngers Abhandlung *Über den Schmerz*.

Es ging gegen Abend, gegen sechs Uhr, als ich mich auf die Heimfahrt machte. Es schneite zum erstenmal in diesem Jahr. Die Tram war überfüllt, ich mußte stehen. Trotzdem konnte ich es mir nicht versagen, nach dem Buch zu greifen. Ich nahm es aus der Tasche, legte die Tasche in das Gepäcknetz, behielt den Bügel in meiner Linken und stützte mich zugleich mit dieser Linken an die Stange. In der Rechten hielt ich das Buch. So begann ich zu lesen.

Die Fahrt von Innsbruck nach Hall in dem altertümlichen und schwerfälligen Rappelkasten dauerte eine gute halbe Stunde. Innerhalb des engeren Stadtgebietes folgte Station auf Station. Jedesmal wenn die Bremsen knirschten, blickte ich nach meiner Tasche und bewachte sie. Gedränge hinaus, Gedränge herein. Der Wagen fuhr wieder an, ich konnte weiterlesen.

So ging es bis zum *Schießstand,* einem schon damals ausgedehnteren Vorort von Innsbruck. Ich hatte mich wohl für einen Augenblick ganz in Jüngers Text verloren, denn ich vergaß, bei dieser Haltestelle nach meiner Tasche zu sehen. Und als sich die Trambahn wieder in Bewegung setzte, war meine Tasche verschwunden.

Ich schrie auf, hemmungslos, wild vor Schreck: – Meine Tasche, meine Tasche, meine Tasche ist gestohlen. – Und dann, zum Schaffner gewandt: – Läuten sie ab, ich will hinaus, ich muß meine Tasche wieder haben, die Karten sind darin für acht Personen! –

Der Schaffner war ein rauher Mann. Er ließ sich nicht erweichen, er weigerte sich abzuläuten. Doch ich war schon an der Tür. Ich riß sie auf. Die Bahn war jetzt in voller Fahrt. Sollte ich springen? – Da hörte ich Bremsgeräusche. Nicht der Schaffner, ein anderer Mann hatte drinnen an der Läuteschnur gerissen, so erzählte man mir später, aus Mitleid hatte er eigenmächtig gehandelt und war dafür auch noch bestraft worden, ich wußte nichts von dem Vorgang, ich hörte jetzt nur das Schnarren der Bremsen, das Bollern der Räder. Ehe der Wagen hielt, sprang ich ab.

Ich sprang hinaus auf die verschneite Fahrbahn, der Schnee lag erst drei Finger hoch und war hier auf offener Strecke von nur wenigen Spuren durchzogen. Die Tram fuhr weiter, und ich begann zu laufen.

Ich lief die Straße zurück auf die Station zu, an der wir zuletzt gehalten hatten. Hier mußte der Dieb ausgestiegen sein. Bald war ich da. Ein Wartehäuschen und eine Tafel bezeichneten die Stelle. Niemand war zu sehen. Leer lag die Kreuzung, unbeleuchtet, leer und still. Das Dunkel war nur vom Schnee erhellt, der rein, locker und zart seine silbernen Flächen bildete. Es schneite noch immer. Flokken flüsterten in meinem Haar.

Da stand ich nun, und der Schrecken brannte mich noch immer wie eine schwarze Flamme. Ich hatte Unersetzliches verloren: den Unterhalt der Meinen für viele Wochen. *Ohne* Karten zu leben war unmöglich, da man *mit* ihnen sein Leben doch nur kärglich fristen konnte. An wen sollte ich mich wenden um Ersatz? Wer würde mir glauben, wenn ich von meinem Unglück erzählte? Man würde vermuten, daß ich lüge, daß ich mir betrügerischerweise einen Vorteil verschaffen, daß ich die Behörde beschwindeln wolle! Endlich würde man einen Vorwand haben mich abzuschieben, man würde eine neuerliche Ausweisung beschleunigen und mich mit den Meinen über die Grenze schaffen. *Das war das Ende!* Wie sollte ich heimkommen und gestehen: Ich habe in der Trambahn gelesen, so wurde ich bestohlen, wir sind erledigt – und ich bin schuld daran.

Da bemerkte ich, daß sich in einem Vorgarten nahe der Straße ein Mann befand. Er stand dort, hatte ein Fahrrad an den Zaun gelehnt und gab sich daran zu schaffen. Sein Gesicht konnte ich kaum erkennen, doch sein Anzug schien eine umgeschneiderte Uniform zu sein. War ihm etwas an meinem Betragen aufgefallen? Er wandte sich mir zu und fragte: – Was haben Sie? Ist Ihnen etwas geschehen? –

– Ja –, sagte ich, – mir ist meine Tasche gestohlen worden –, und ich erzählte ihm den Hergang. Bedauernd schüttelte er den Kopf. – Da ist wohl schwer zu helfen. Aber ich gebe Ihnen einen Rat. Gehen Sie doch in die Häuser hinein und fragen Sie die Leute, es sind viele, die um diese Zeit von der Arbeit nach Hause kommen. Vielleicht erfahren Sie, wer mit ihnen aus der Tram gestiegen ist. –

– Ja –, sagte ich, – das will ich tun.– Und weil ich keinerlei andere Hoffnung hatte, folgte ich seinem Ratschlag, obwohl ich ihn für sinnlos hielt.

Ich läutete am nächsten Haus, da rührte sich nichts. Beim zweiten Haus fand ich nicht einmal das Gattertor des Gartens. So ging ich weiter und entfernte mich von der Haltestelle und kam zu einem dreistöckigen ochsenblutrot gestrichenen Gebäude mit einem Türmchen am Dach. Ich kannte es längst vom Vorüberfahren, es war ein ganz besonders scheußliches Exemplar einer freudlosen Mietskaserne.

Hier stand das Haustor offen, im Flur brannte eine Birne. Ich sah drei Wohnungstüren mit ihren Schildern, Briefkästen, Klingelknöpfen. Ich dachte: An welcher Tür willst du läuten? Was willst du sagen? Mit höflichen Fragen nach einem Dieb zu forschen, ist das nicht lächerlich?

Ich ging an den ersten drei Türen vorbei und stieg die Treppe hinauf. Ich hatte keine Gründe dafür außer dem einen: den Augenblick hinauszuzögern. Auch im ersten Stockwerk war ich noch unentschlossen. Schließlich gab ich mir einen Ruck und drückte einen Klingelknopf.

Eine Frau öffnete, steckte den Kopf heraus. – Was wollen Sie? – – Entschuldigen Sie, bitte –, begann ich, – ich habe nur eine Frage an Sie. Vielleicht finden Sie diese Frage merkwürdig, aber... Können Sie mir jemanden nennen, der täglich um diese Zeit mit der Trambahn ankommt? –

Auf dem Gesicht der Frau erschien ein freundliches Lächeln. Dieses Lächeln überraschte mich beinahe mehr als ihre Antwort. – Jawohl –, sagte sie und ließ mich rasch und bereitwillig ein. – Mein Untermieter... er ist gerade heimgekommen. –

Sie wies hinter sich, auf eine Tür. Ich ging hin, klopfte an, klopfte noch einmal und drückte, als keine Antwort erfolgte, die Klinke nieder. In dem Zimmer saß – mit dem Rücken zur Tür – ein kleiner älterer Mann in dunklem Überrock und dunklen Stiefeln, mit einer schwarzen Mütze auf dem Kopf. Ich näherte mich ihm, ich sah das kurzgestutzte Borstenhaar auf seinem Hinterschädel. Er rührte sich nicht. So begann ich zu wiederholen, was ich der Frau im Flur gesagt hatte, nun schon flüssiger, schneller, wie eingelernt:

– Entschuldigen Sie, bitte, ich möchte Sie nur fragen –

Da aber blieb mir das Wort in der Kehle stecken. Ich taumelte zurück wie jemand der einen Schlag gegen das Brustbein bekommen hat, ich zog die Luft mit einem kurzen hellen Japser ein, denn da war...

Ja, denn da war *die Tasche, meine Tasche.* Sie stand auf den Knien des Mannes, schräg gegen die Tischkante gelehnt, klaffend offen und ausgeräumt. Die Kunstledermappe für die Karten lag aufgeschlagen daneben, und die Karten selbst, rote, weiße, grüne und blaue Zettel daneben aufgefächert, zum Zählen aufgelegt, vielleicht schon abgezählt. Auch die Börse war aus der Tasche genommen und die Münzen auf dem Tisch verstreut.

– Da ist ja meine Tasche, sagte ich, *da ist sie ja*! – Und ging auf den Mann zu, nein, nicht auf ihn, nur auf das, was mir gehörte. Ich sah ihn dabei nicht an. Nur seine Hände sah ich, wie sie die Tasche losließen, weiße bleiche häßliche Altmännerhände mit platten Nägeln und gichtischen Knoten, sie kamen mir nackt und kalt und irgendwo hilflos vor, wie sie sich zurückzogen von dem Meinen und kraftlos niedersanken.

Inzwischen griff ich zu: Ich schob die Karten zusammen und in die Mappe zurück. Ich zählte sie nicht. Ich nahm auch das Geld und die Börse und dann die Tasche von den Knien des Mannes. Mappe und Börse tat ich hinein und klappte sie zu. Der Mann sagte kein Wort, auch ich sagte nichts mehr. Was hätte ich noch zu sagen gehabt? Er hatte mich bestohlen. Vor einer Minute noch hatte er geglaubt, einen reichen Fang gemacht zu haben. Aber das Glück hatte gegen ihn gespielt. Es hatte ihn ausgepunktet.

Da war kein Wort mehr nötig.

Als ich fertig war und nichts mehr zu tun hatte als das Zimmer zu verlassen und fortzugehen, da blickte ich den Mann doch noch einmal an. Er saß noch immer unbewegt auf seinem Sessel, hielt den Kopf gesenkt, ließ beide Arme hängen. Der Schirm seiner Mütze verdeckte sein Gesicht. Da kam mir vor, als ob ich doch nicht so aus seinem Zimmer weggehen könnte, als wäre er nur ein Stück Holz oder ein Stein. Ich war bei ihm eingedrungen und hatte ihm seine Beute abgenommen. Er hatte sich nicht gewehrt. So verbeugte ich mich gegen ihn, um ihm doch eine Art Höflichkeit zu erweisen, eine Andeutung der Teilnahme an seinem Mißgeschick. Doch wie ich mich abwandte um zu gehen, sah ich, daß auch er sich vor mir ein wenig verneigte, und damit war zwischen uns alles in Ordnung gebracht.

Nun verließ ich das Haus. Es war, seit ich in hellem Entsetzen aus der Trambahn gesprungen war, nicht viel mehr als eine Viertelstunde verstrichen. Bei der Haltestelle sah ich mich nach dem Mann um, der mir den guten Rat gegeben hatte. Doch er war samt seinem Fahrrad aus dem Vorgarten verschwunden. Eine Weile später klingelte die nächste Bahn heran. Ich konnte nach Hause fahren.

INHALT